Drei junge Helden, ein Mordfall und ein Versagen auf ganzer Linie. Dazu eine Erzählerin, die Teil des Geschehens ist und sich nach Kräften bemüht, den Überblick zu behalten, ein Kaffeehaus im Prenzlauer Berg, in dem in einem fort geredet wird, während Mehlspeisen verzehrt werden, ein Hausmusiktrio, jede Menge Ungereimtheiten und ein Muster aus Raute, Fliege, Sechseck, Fünfeck, Zehneck, das den Schlüssel zu allem bilden könnte, wenn …
Ja, wenn Stanjic, der Österreichflüchtling, Glaser, der Mann aus den neuen Medien, und von Sydow, der sich nach den Frauen verzehrt, ohne je eine zu bekommen, sich nur ein bisschen besser als Detektive eigneten – und eins und eins zusammengezählt hätten.

VERENA ROSSBACHER, 1979 in Bludenz/Vorarlberg geboren, aufgewachsen in Österreich und der Schweiz, studierte einige Semester Philosophie, Germanistik und Theologie in Zürich und am Deutschen Literaturinstitut in Leipzig. Lebt in Berlin. Nach ihrem Debüt »Verlangen nach Drachen« (2009) ist »Schwätzen und Schlachten« ihr zweiter Roman.

Verena Roßbacher

SCHWÄTZEN UND SCHLACHTEN

Roman

btb

MIX
Papier aus verantwortungsvollen Quellen
FSC® C014496

Verlagsgruppe Random House FSC® N001967
Das für dieses Buch verwendete FSC®-zertifizierte
Papier *Lux Cream* liefert Stora Enso, Finnland.

1. Auflage
Genehmigte Taschenbuchausgabe Februar 2016,
btb Verlag in der Verlagsgruppe Random House GmbH, München

Umschlaggestaltung: semper smile, München,
nach einem Umschlagentwurf von Herburg Weiland
unter Verwendung eines Motivs von © www.tapeten-in-berlin.de
Karte: Oliver Wetterauer
Druck und Einband: GGP Media GmbH, Pößneck
MK · Herstellung: sc
Printed in Germany
ISBN 978-3-442-74907-2

www.btb-verlag.de
www.facebook.com/btbverlag
Besuchen Sie auch unseren LiteraturBlog www.transatlantik.de

Für Mathias

Kapitelübersicht

1. Wenn der Bär kommt

Da wurde einer umgebracht, was an sich schon blöd genug ist.

Und es war nicht so, dass sich irgendeiner von ihnen als Detektiv geeignet hätte.

Aber was heißt denn Detektiv! Das ist ein großes Wort und sicher ein spannender Beruf, jeder, der dabei an schöne Frauen, vielfältige Starkgetränke und alles in allem an harte Jungs denkt, hat vermutlich eine Menge Bücher gelesen, bloß mit Sicherheit die falschen.

Stanjic konnte wohl trinken, bloß wurde er davon so enervierend rührselig und so grässlich weinerlich, schlecht, wenn es gilt, wichtige Spuren zu sichern und ausgefuchste Mörder zu stellen.

Glaser hatte es eher mit Früchtetee, das darf man sowieso keinem erzählen, und Sydow hätte immer schon gerne eine Frau und hatte nie eine.

Jungs, das ja, aber hart? Sie waren einfach drei Jungs und es war eher so, dass sie in die Kalamitäten mehr oder weniger ungeschickt hineintaperten.

Wenn sie eins und eins zusammengezählt hätten, wäre alles anders gekommen, aber im Rechnen waren sie auch noch nie gut. Früchtetee und Sentimentalitäten, keine Frauen weit und breit und im Rechnen eine Niete, Sie sagen: Das fängt ja gut an! Hören Sie: Verglichen mit mir gehts Ihnen prima, ich muss immerhin hier Rede und Antwort stehen.

Hier wird jemand umgebracht werden und alles, was ich habe, sind drei softe Jungs, die im schlimmsten Fall sogar stricken können, jede Fußspur vertrampeln und hinter Scotch lediglich einen probaten Kalkentferner vermuten, irgendwas Wirksames für die Toilette.

Aber was solls, wenn der Bär kommt, grab dir ein Loch, leg dich hinein und stinke. Alte Jägerweisheit.

2. Stichwort: autobiografisches Schreiben

Noch kurz zu meiner Person. Sie fragen sich sicherlich, wie ich dazu komme, Ihnen diese unselige Geschichte auseinanderzusetzen. Ich stieß tatsächlich erst sehr spät dazu. Ich war damals eingeladen, Weihnachten auf einem Gutshof in Mecklenburg zu verbringen, ich bin über sieben Ecken mit Sydows Großmutter verwandt. Wies der Teufel will, traf ich dort auch auf David Stanjic – ich kannte ihn bereits wegen einer ganz anderen Geschichte, die sich vor ein paar Jahren zutrug –, und die Sache begann mich zu interessieren.

Am 26.12.2012 überschlugen sich die Ereignisse, einer war mausetot und es folgte ein informeller Nachmittag, der der allgemeinen Aufklärung dienen sollte. Mich persönlich machte er allerdings nicht gerade klüger.

Zurück in Berlin hatte ich erst mal anderes zu tun und vergaß die Angelegenheit – bis ich hörte, Wolfram Siebeck koche neuerdings im *Tante*. Ich dachte, ich könnte einen Bericht darüber als Anlass nehmen, bei Oma Sydow vorbeizuschauen und bei der Gelegenheit auch etwas ausführlicher mit David zu plaudern. So kam eines zum anderen, ich recherchierte, kratzte da und dort die Einzelheiten zusammen, bis ich überblicken konnte, in was für eine verfahrene und umständliche Groteske sie alle geraten waren. Ganz nebenbei geriet ich dabei selbst in, wie soll ich sagen, gewisse amouröse Verwicklungen, aber keine Sorge: Im demütigen Dienst der allgemeinen Aufklärung bin ich absolut nicht korrumpierbar.

Nebenbei erwähnte ich dann die Sache beim Kaffee gegenüber

meinem Lektor und er meinte, das sei doch was, ein Mord und gleich drei Hochzeiten, das klinge doch nach einem tollen Buch.

Insgeheim bezweifelte ich das. Meine diversen Einwände wischte er vom Tisch.

Persönliche amouröse Verwicklungen?, wiederholte er gut gelaunt, dann nimm für Mathias doch ein Pseudonym! Er grübelte kurz, blätterte fahrig durch eine herumliegende Fernsehzeitschrift und blieb beim Samstagabendprogramm hängen, die Robin-Hood-Verfilmung mit Russel Crowe. Crowe?, meinte er angetan, wie wärs mit Russel Crowe?

Also bitte, sagte ich, ich kann doch nicht in Berlin einen Russel rüber zu Bolle schicken zum Einkaufen, wie sieht das denn aus.

Er durchforstete die Liste der Nebendarsteller, Max von Sydow, rief er begeistert, das klingt doch ganz ausgezeichnet!

Max, sagte ich entsetzt, geht gar nicht, das verzeiht Mathias mir nie!

Frederik, sagte er abschließend und klappte die Zeitschrift zu, Frederik von Sydow ist ein prima Name.

Also meinetwegen.

Ich wäre im Übrigen, fügte ich missmutig hinzu, aber gar nicht selbst dabei gewesen.

Ach was, rief er, ich solle mir, meinte er, während er dem Kellner um die Rechnung winkte, ein bisschen Mühe geben, mit ein wenig Fantasie und Einfühlungsvermögen würde ich das Ding schon schaukeln.

Und wie rede ich von ihnen?, rief ich ihm hinterher, er eilte schon gewichtig zum Ausgang, Vor- oder Nachnamen?

Nachnamen natürlich, sagte er, schon in der Tür, er tippte irgendwas in sein Blackberry, das wirkt professioneller. Vor allem, er hob kurz den Kopf und deutete mit diesem monströsen Taschenrechner auf mich, vor allem angesichts deiner eigenen amourösen Verwicklungen, da gilt es, äußerst korrekt zu sein.

Ja, sagte ich.

Und vergiss das Wichtigste nicht.

Ja?

Kapitelüberschriften.

Kapitelüberschriften?

Enorm wichtig, in den Kapitelüberschriften fasst du logisch zusammen, worum es in dem folgenden Kapitel geht. Ein lieber Leser weiß dann jeweils, was ihn erwartet, und kann zur Not mal was überblättern.

Verstehe.

Frohes Schaffen!, rief er mir noch zu, weg war er.

So viel dazu.

3. Es geht auch um Österreich

Es würde also einen Mord geben. Es gab Indizien, die ihn ankündigten.

Nicht ganz unwichtig in der Profession des Detektivs ist natürlich seine eigene Gewissheit darüber, dass er einer ist. Leute klingeln ihn an oder besuchen ihn in seinem schäbigen Büro. (Sie sehen: Ich lese die falschen Bücher.) Sie klagen ihm ihr Leid und der Detektiv legt los. Oder aber, der Detektiv stößt rein zufällig auf ein kriminelles Problem, beispielsweise im Urlaub. Luftkurend in den Schweizer Bergen oder schnorchelnd im indischen Ozean gerät er in irgendeinen tödlichen Schlamassel und wird ihn lösen, wenn's sein muss in Gamaschen oder einem knappen Badehöschen. Schwieriger wird es, wo einer kein Detektiv ist, Böses geschieht und der, der kein Detektiv ist, es nicht ahnt, vielmehr vielleicht denkt: interessante Sache hier, oder: spannend.

So ungefähr lag der Sachverhalt. Sie fanden diesen Text, und Worte sind harmlos, dachten sie, dabei kann alles Gedachte, Gesagte, getan werden, es kann jedes Wort so ungeheuer fleischlich werden und gefährlich.

Aber das kam später. Vorerst dachten sie noch: interessante Sache hier, irgendwie spannend. Wenn überhaupt. Sydow fand es nicht mal witzig.

Es war also nicht so, dass einer von ihnen sich als Detektiv geeignet hätte, aber ganz grundsätzlich: Man könnte sich fragen, wofür sich irgendeiner von ihnen überhaupt eignete. Sie machten zusammen Musik, aber na ja. Bis anhin die üblichen Verdächtigen, Mozart, Schumann und Freunde und alles, was sich auf Größe eines Trios zusammenstauchen ließ, ein bisschen fiedeln und tröten, alles in allem krauchten sie um die traurige Tatsache Hausmusik, bis Simon Glaser diese neue Idee hatte, eine super Idee, sagte er begeistert, ja, geht so, sagten die anderen.

Sonst? Wenig Erbauliches. Glaser trank diesen Früchtetee, fand Heizen mit Holz wichtig und war an den Stadtrand gezogen, als wär das schon ein Programm. Er machte in Kunst oder Neuen Medien, wenn er einem was erklärte, befiel einen augenblicklich eine Art Blackout und der dringende Impuls, sich vom Acker zu machen. Kann sein, es lag an den Erklärungen oder an ihm, kann sein, an der Kunst an sich, den Neuen Medien.

Womit er sein Geld verdiente, war im Großen und Ganzen undurchsichtig, irgendwas mit Film.

Was, Film, sagte Sydow, er fand das zu undurchsichtig.

Na, so Filme eben, sagte Stanjic, komisches Zeug.

Und wo spielt er so was?

Keine Ahnung, Vereinslokalen, öffentlichen Toiletten.

Vereinslokalen?

Türkische Vereinslokale zum Beispiel, da rennt eh den ganzen Tag der Fernseher und die Sachen von ihm sind immer in Endlosschleife, das ist genau das richtige Format.

In Endlosschleife? Warum?

Weil man sie sonst nicht versteht.

Sagt wer.

Sagt Simon.

Und die Türken, was sagen die?

Keine Ahnung, sind doch Türken. Aber wenn ich Türkisch könnte, würd ich sagen, sie sagen: Das ist also dieses Deutschland. Schlimm.

Verstehe. Und du?

Ich verstehe sie auch so nicht.

So viel dazu. Stanjic hatte damit so seine Erfahrungen. Nicht, weil er ein Vereinsjockel wär, er kam nicht mal aus der Türkei. Stanjic kam aus Österreich, er war ein Österreichflüchtling, aus Österreich geflüchtet, wie andere Leute aus Krisengebieten flohen, er fand, Österreich war in der Krise und die Welt schaute nicht hin.

Gott sei Dank hatte er diesen Quatsch hinter sich, diese latente selbstzufriedene Unzufriedenheit, die engstirnige Besserwisserei, dieses im Grunde durch und durch marode und malade System, manchmal sagte er Quark anstatt Topfen, nur so vor sich hin, er sagte Postbote anstatt Briefträger und wartete auf den echauffierten Aufschrei, das genäselte Aufheulen seiner ehemaligen Mitbürger, Österreich aber war weit weg, Krisengebiete sind immer so angenehm weit weg.

Das Interessante daran war: Sagte einer in Deutschland *Marille* statt Aprikose und *die Milch geht über*, fanden das alle sympathisch und irgendwie exotisch, umgekehrt, sagte Stanjic zu Sydow, umgekehrt kann ich dir da nur abraten.

Ich fahre sowieso nie nach Österreich, sagte Sydow.

Ist auch besser so, was soll man in Krisengebieten auch groß ausrichten, außer man ist von Amnesty oder von der Caritas, die könnten in Österreich vielleicht noch was reißen. Vielleicht. Aber ich meine theoretisch. Sagen wir, du würdest dorthin verschleppt, von Männern mit Damenstrumpfhosen über dem Kopf, in einem verdunkelten Bus nach Österreich gekarrt, vor dem Dom aus dem Auto geworfen, und stehst jetzt in Wien auf dem Stephansplatz und suchst, beispielsweise, nach einem Bäcker. Die lange Fahrt, das schwere Los der Verschleppten, die Ungewissheit unter den Strumpfhosen, dieses Österreich an sich, die Angst hat dich innerlich aufgezehrt, du hast einen Bärenhunger. Du fragst einen dahergelaufenen Ureinwohner: Wo bitte kann ich hier ein paar Schrippen kaufen, und denkst hoffnungsvoll: Vielleicht hilft mir der Exotenbonus, Schrippen, denkst du, sie werden hören, ich komme aus Berlin, ich bin hier fremd und einsam, ich vermisse die Schrippe, die Bulette und Kaffe statt Kaffee, der Österreicher wird mich zum Frühstück einladen. Weit gefehlt. Hohn und Spott wirst du ernten, Bosheit und Stinkerei. Der Österreicher wird dich nicht nur nicht zum Frühstück einladen, er wird dich immer und konsequent in die falsche Richtung schicken, immer dahin, wo in tausend Jahren nie ein Bäcker auftaucht. Fahre nicht nach Österreich. Auch nicht theoretisch.

Ist gut. Gott sei Dank ist dir die Flucht gelungen.

Ja, die Krise hatte mich schon fest in der Mangel. Aber ich bin dem Land entwischt.

Das war natürlich nur die halbe Wahrheit.

Ach was, sagte Sydow, es hat mit der Wahrheit rein gar nichts zu tun, es hat mit Österreich nichts zu tun.

Dieses Land ist ein Debakel, sagte Stanjic gern.

Kann schon sein, erwiderte Sydow, bloß ist dein eigenes Debakel ganz und gar privater Natur, es heißt Klara und macht auf Dauer, dass dir das Land zu eng wurde. Nicht weil das Land so klein wär oder Klara so dick, mehr so innerlich.

Stanjic war, kurzum, eine feige Socke, in Österreich war die Krise und er rannte davon, setzte sich ab und tat, als wär er ein politischer Mensch. Dabei:

Der Österreicher, sagte Sydow abschließend, ist an sich kein politischer Mensch, beim Österreicher ist immer alles privat. Es heißt Klara oder Topfen statt Quark und betrifft den Österreicher immer höchstpersönlich.

4. Schon wieder ein Berlin-Roman

Stanjic hatte die ersten Wochen im Berliner Exil damit zugebracht, sich zu verlaufen, er ging konsequent in die falsche Richtung, stieg stur in die verkehrte U-Bahn und fand den Bus nicht. Dann kaufte er sich ein Auto, damit wurde es nicht besser, aber er saß dann immerhin immer im Trockenen.

Schade war –

Schade ist, pflegte Sydow gerne zu sagen, dass es die Mauer nicht mehr gibt. Du hättest spätestens dort jeweils gemerkt, dass es Zeit ist, umzukehren.

Stimmt, sagte Stanjic, schade. Er fuhr neuerdings Lunchpakete aus, auch ein Job. Man lernt da, sagte er, die verschiedensten Menschen –

Jaja. Sydow hielt entweder nichts von Menschen oder davon, dass sie alle verschieden waren, er mochte die Sandwichs nicht oder was, jedenfalls fand er, das sei zwar auch ein Job, aber ein schlechter.

Aber zurück zu den Filmen. Sie hatten David Stanjics Zutrauen in die Neuen Medien nicht gerade gestärkt, aber natürlich war er von Österreich her ein gebranntes Kind.

Die Österreicher machtens im Film wie in allem anderen auch, entweder ganz richtig oder grundsätzlich falsch, vornehmlich, sagte Stanjic, vornehmlich natürlich Zweiteres.

Man sah dann Österreicher in Filmen wahlweise in ihrer Selbstzufriedenheit oder in ihrer Unzufriedenheit, man sah sie in ihrer Brutalität wüten oder in ihrer Dumpfheit dräuen, man sah sie in ihrer ganzen tragischen Tristesse dahinmarodieren oder ihren maladen Geist balsamieren und fragte sich, wozu das alles noch auf Filme bannen und in Kinos zeigen, ist die Realität nicht schon grausig genug?

Doch, fand Stanjic. Darum, sagte er sich, schau ich mir ein bisschen diese Filme an vom Glaser, ärger kanns nicht werden.

5. Die Zukunft gehört den Neuen Medien

Wenn er einen der Filme schaute, verstand er ihn nicht. Sie ließen ihn in tiefer, ratloser Kontemplation zurück, wiewohl er sie sich jeweils mehrfach zu Gemüte führte, sie waren, wie gesagt, vorsorglich für eher beschränktere Persönlichkeiten wie ihn, immer in Endlosschleife.

Wollten ihm die Filme irgendwas sagen? Was? Wollten sie ihm nichts sagen? Warum nicht? Trotzdem, er hatte das diffuse Gefühl, ab einer gewissen Menge geschauter Filme womöglich irgendeinen geheimen Zusammenhang aufzudecken. Er dachte sich den Effekt in etwa so, wie wenn man durch diverse Zimmer stöbert, von jedem Bett die Decke zieht und hofft, dass was darunter ist.

Stanjic dachte zum Beispiel: eine nackte schöne Frau. Oder –

na ja. Er dachte im Grunde nur: eine nackte schöne Frau. Was sollte man sonst in einem Bett Interessantes finden. Aber das fände er sehr interessant. Er fände es geradezu inspirierend. Bisher hatte er aber nichts dergleichen entdeckt, auch in den Filmen spielten bedrückend wenig nackte Frauen mit, es waren wohl eher symbolische Filme, bloß verstand er die Symbole nicht. Gut möglich, dass eins der Symbole eine nackte schöne Frau symbolisierte, aber er wusste nicht, welches. Vielleicht hätte er sonst mächtig viel Spaß gehabt beim Filmeschauen.

Vielleicht aber auch nicht. Er war eher nicht so für Symbolik. Er mochte nackte schöne Frauen, er mochte, dass sie nackt waren, er mochte ihre Schönheit. Er war, dachte er bei sich, ein ganz schlichter Charakter.

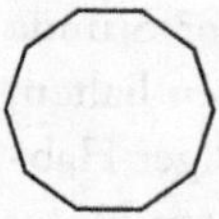

6. Ein bisschen Geometrie schadet nie

Im Nachhinein war mir natürlich klar, was der hinterhältige Zusammenhang war, der diese Filme miteinander verband.

Ich kann sagen, alles wäre anders gekommen, hätten sie zwei und zwei zusammengezählt und all die kleinen Steinchen gedeutet, die die Zukunft schon auf ihren Weg gestreut hat. Und hier liegt genau der Hund begraben: Wir werden erst auf Seite 278 wissen, was es genau damit auf sich hat, aber so viel möchte ich Ihnen schon mal verraten: Es ist kein Stein. Es ist eine kleine Kachel. Es gibt genau fünf Formen in verschiedenen Farben und mit zusätzlichen Linien darauf, die sich verbinden, sobald man ein Muster legt. Die Kacheln haben einprägsame Namen: Raute, Fliege, Sechseck, Fünfeck, Zehneck. Verstehen Sie? Sie können, wenn Ihnen das zu abstrakt sein sollte, sich ein paar entsprechende Bildtafeln ansehen, beispielsweise im Darb-i-Imam-Schrein im Iran kann man diese Fliesenkunst sehr schön betrachten. Sie können sich aber auch das Cover meiner Verlagskollegin Eva Menasse anschauen, praktischerweise hat sie eines dieser Muster zur Vorbereitung auf mein Buch in ihrem aktuellen Werk *Quasikristalle* zur Verwendung gebracht.

Wir werden uns noch eingehender mit diesem System beschäftigen, im Moment dazu nur so viel: Es ist ein Muster. Und alles, was ich hier so umständlich darlege, ist ein weiteres Stück, das wir brauchen werden, um das Gesamtbild zu erkennen. Ich habe der Einfachheit halber pro Fliese ein Kapitel veranschlagt, mein Lektor hielt das für übersichtlicher. Sie könnten also, wenn Sie ein Freund der plastischen Anschauung sind und gerne basteln, die einzelnen Kapitel aus dem Buch schneiden und sie sodann in Ihrem Wohnzimmer auslegen – Sie können aber genauso gut faul darauf warten, dass David Stanjic den Job für Sie erledigt, sicher haben Sie Wichtigeres zu tun, ganz im Gegensatz zu ihm.

Ich saß am Ende mit einem gewaltigen Haufen an Material da und habe alles Unnötige aussortiert, ich schwöre.

Es geht immer noch ungeheuer weitschweifig zu und her, aber: Alles ist wichtig, ich versuche einfach, diesem komplexen und verdrehten Fall irgendwie Herr zu werden. Hören Sie? Stünde auf dem Buch, das Sie gerade erwartungsfroh in Händen halten, etwa: *Krimi* oder: *Polizeiroman*, so wären Sie in beständiger Habachthaltung, Sie hörten die Flöhe husten und vermuteten hinter jedem meiner Worte einen sensationellen Hinweis auf das Gesamtgeschehen. Und zu Recht. Sie hätten einen erprobten Ermittler, Sie vertrauten auf Sherlock oder Guido, auf Philip und Jules, Sie wähnten sich in der angenehmen Sicherheit, dass diese Leute einfach vom Fach sind, gut, hin und wieder scheinen sie die Sache zu versemmeln, aber das täuscht. Sie sind ausgekocht, in ihrem scharfen Geist rattert und fuhrwerkt es beständig, auch wenn man das von außen nicht unbedingt erkennen mag.

Hier verhält sich die Sache leider etwas anders. Weil, und das ist der springende Punkt: Lange ahnte keiner von unseren Freunden, dass die gefährliche Handlung schon längst ihren Lauf genommen hatte, noch wusste niemand, dass der Kreis sich immer enger zog. Noch war nichts passiert.

7. Adam und Eva

Wo also beginnen? Ich denke, ich nehme einen heiteren Tag im Sommer 2012. Es war das erste Mal, dass David Stanjic die Uetliberg-Episode erwähnte. Für alles, was davor war, habe ich mir vorgenommen, ein paar elegante Rückblenden einzubauen. Eigentlich nämlich beginnt die Geschichte viel früher, nämlich 2003, bloß sagt mein Lektor, ich solle nicht bei Adam und Eva anfangen, sondern knackig mit einer Liebesszene beginnen, das käme immer gut.

Aber Adam und Eva, sagte ich, das ist doch eine Liebes-

Ach was, sagte er, das Thema ist doch abgefrühstückt.

Von mir aus.

Apropos Astronauten, sagte Stanjic darum einmal, es war hoher Mittag und es gab Rindfleisch und Polenta.

Wieso apropos, Sydow blickte von seinem Teller auf, schaute sich stirnrunzelnd um und angelte sich einen Pfefferstreuer vom Nebentisch.

Sie saßen im *Visite-ma-tante*, was natürlich lustig gemeint war, visite ma tente, eine harmlose Aufforderung aus der Zeit der französischen Besatzung, ihre exquisite Pfadfinderkunst zu begutachten, mit der die Soldaten versuchten, die deutschen Mädchen in ihr Lager zu locken.

Das ist etymologisch höchst umstritten, behauptete Sydow.

Papperlapapp, sagte seine Oma, ich habs am eigenen Leib erlebt.

Zur Zeit der französischen Besatzung. Sagte Sydow. Im 19. Jahrhundert. Ja?

Werd nicht frech, sagte seine Oma.

Papperlapapp sagt heute übrigens kein Mensch mehr, sagte er.

Als ich –

Ja, weiß schon, im 19. Jahrhundert, als du ein junges Mädchen warst und von französischen Soldaten unter windigen Versprechungen ins Iglu gebeten wurdest, hast du gesagt, Papperlapapp –

Unsinn. Ja, habe ich gesagt, ich zelte für mein Leben gern. Sonst wärst du heute überhaupt nicht hier, sondern würdest noch –

Mit den Mücken fliegen, sagte Sydow.

Genau, sagte Frau Sydow, mit den Mücken. Im Übrigen habe ich dort –

Den besten Milchkaffee deines Lebens getrunken, sagte er.

Richtig.

Dein Großvater, Sydow verfiel in ihren leicht getragenen Tonfall, war ein sehr romantischer Mann.

Das war er wirklich, Frederik, wir haben in späteren Jahren noch oft ein Zelt aufgestellt in unserem Garten und manchmal hat er gesagt –

Omi! So was erzählt man doch nicht seinem Enkel, so was wirft mich, psychoanalytisch gesehen, wieder um Jahre zurück.

Ich denke, warf Stanjic ein, du bist so psychophob.

So auch wieder nicht.

Im Übrigen, sagte Stanjic, ein paar Jahre auf oder ab macht bei dir, psychoanalytisch gesehen, das Kraut nicht fett. Immerhin kriegst du dann deine Zehnerkarte schneller voll, ein Jahr gratis.

Das war auch wieder wahr.

Wie auch immer, sie saßen im *Visite-ma-tante*, was natürlich lustig gemeint war, visite ma tente, Tante, besuch mein Zelt, meine Tante, verstehen Sie? Lustig, oder?

Geht so, murmelte Sydow, er fand so was offen gestanden nicht mal witzig. Jedenfalls gehörte das Café seiner Oma, sie fand so was richtig lustig, Omas eben, sie war schon auch eine Tante, aber eben nicht seine.

Ich habe, sagte Sydow, kein Wort von einem Astronauten gesagt. Er tunkte eine Gabel voll Polenta in die Soße und begann wieder zu essen. Schön übrigens, dass man dich auch mal wieder sieht, du hast ein paar Proben vergeigt, ist dir das klar?

Ja, weiß ich, mir ist da was –

Weißt du, das mit dem Verlaufen zieht langsam nicht mehr.

Ich habe mich auch nicht verlaufen, das ist eine merkwürdige Sache, wollte ich dir eben erzählen, es geht um Simon und –

Simon geht mir auch auf den Zeiger, kaum, dass du wieder serviert wirst, fehlt der Glaser, hat das irgendeinen geheimen Zusammenhang?

Das ist gar nicht so verkehrt, darüber wollte ich ja gerade mit dir –

Später vielleicht, mir fällt da nämlich was anderes ein, sagte Sydow, jetzt, wo dus sagst, apropos Astronauten, das war folgendermaßen.

Wie gesagt, was sie richtig gut konnten, war das weit Ausholen und das Ausführlichwerden, die Hausmusik, na ja, wenn sies freut, aber um die enormen Umwege, um überhaupt irgendwo zu Potte zu kommen, kommt man, so man sich ihnen an die Fersen heftet, nicht herum.

Wiewohl, und das ist das eigentlich Bemerkenswerte an dieser Art des Fortkommens, sich schlussendlich immer alles fügt, es sind gewaltige Schlenker, das ja, sinnlos oder gar ohne Zusammenhang mit dem eigentlichen Geschehen, das hier berichtet werden soll, sind sie mitnichten.

Es waren drei Jungs und hart waren sie nicht, aber zäh, auf eine eigentümlich verdrehte Art. Die Letzten werden die Ersten sein und wer zuletzt kommt, ist auch da, das wären so Sentenzen, die sie sich, wenn ihnen mal der Schneid ausgehen sollte, unverdrossen zuriefen. Bloß geht denen nie der Schneid aus.

Apropos, sagte Sydow also, Astronauten.

Es war an einem Abend nämlich folgendermaßen gewesen:

Ich habe die Tür hinter mir zugezogen –

8. Mein Lektor und ich

Nein, sagte mein Lektor.

Was nein.

In der Perspektive kommst du bei der Szene nicht weit, Überraschung, Witz, Schönheit – kann man dann alles den Hasen geben.

Den Hasen?

Und jetzt schreibst du alles um und machst auf personalen Erzähler, wie gehabt.

Aber Frederik erzählt es doch dem Stanjic.

Für dich immer noch Sydow. Ja und?

Er raffte seine Papiere zusammen und winkte dem Taxichauffeur draußen durch die Scheibe des Cafés hinweg zu, er hatte es eilig, Termine, berühmte Autoren, die seiner harrten, er ist ein viel beschäftigter Mensch. Machst du eben, rief er im Hinausgehen, ein neues Kapitel und here we go!

Verstehen Sie, dass ich manchmal unendlich müde bin?

Sydow hatte die Tür hinter sich zugezogen, seine Brille beschlug, eine flotte Impression von Nebel über Feldern, fette Erdschollen im Zwielicht, der Dunst, der über den Wiesen hängt, wenn der Morgen leise davontrappelt. Er wartete, bis es wieder aufklarte, die Äcker verblassten und die Felder sich an den Rand der Stadt zurückzogen, er wartete, bis es aufklarte und es nur eine Brille war, die beschlug, und die Stadt, die er kannte.

Das *Visite-ma-tante* war proppenvoll, das war keine Neuigkeit. Kleine Cafés sind, sobald sie voll sind, immer proppenvoll, es war ein sehr kleines Café. Wenn sehr kleine Cafés proppenvoll sind, denken alle, es müsse ein besonders gutes kleines Café sein und die Sache wird zum Selbstläufer.

Sydow dachte, während die Brille langsam wieder aufklarte, an andere Selbstläufer, aber so auf die Schnelle fiel ihm gar keiner ein.

Er dachte, bis die Brille vollständig wieder aufgeklart war, proppenvoll ist ein absolut ekelhaftes Wort. Er dachte an andere, weniger ekelhafte Worte, aber nicht mal so was fiel ihm ein. Er dachte solchen und anderen überflüssigen Quatsch und ließ es bleiben. Es war nur eine Überbrückung gewesen, bis die Brille wieder aufgeklart war, er hätte es genauso gut sein lassen können.

9. Frauen

Hör mal, sagte Stanjic, wegen den Astronauten –

Kommt schon noch, warte mal, Sydow schob den leeren Teller weg und richtete sichs ein, ausführlicher zu werden.

Es war warm und roch gut nach Kaffee und Hefezopf. Er knöpfte sich den Mantel auf und wickelte diesen Schal vom Hals, wickelte diesen Schal vom Hals wickelte diesen – es nervte kolossal, dieser elendslange Schal, er nervte einfach, der Schal war, ungewickelt und entrollt, unverschämt lang, sicher an die zweieinhalb Meter, eher mehr, und kolossal, auch kolossal war ein bescheuertes Wort, heute fielen ihm nur grauslige Wörter ein, proppenvoll, kolossal, kolossal sagte kein Mensch.

Er stopfte den Schal in den linken Mantelärmel, natürlich passte gar nicht alles rein, natürlich nicht, sagte er vor sich hin, wie sollen drei Meter Schal in 80 cm Ärmel passen. Dieser Schal, er pulte den Schal wieder aus dem Ärmel und knüllte ihn so gut es ging zusammen, aber es ging nicht gut, er knüllte ihn also nicht zusammen. Er klemmte ihn unter den Arm, dieser Schal ist ein Skandal, wenn ich nicht so ein netter Mensch wäre, würde ich meine Oma darin einwickeln und erst im Frühjahr wieder auswickeln. Das würde sie lehren, unbescholtene Bürger als wandelnde Spulen zu verwenden, sie hätte dann einfach ein bisschen Zeit zum Nachdenken.

Er zwängte sich zwischen den voll besetzten Tischen durch, Herrgott, sagte er entnervt, vis-à-vis wäre ein hektargroßes Kaffeehaus, Platz genug zum Versteckenspielen mit den Kellnern, aber nein, ihr müsst euch hier herinnen auf dem Schoß sitzen, schon klar. Er kämpfte sich durch bis zur Theke, hängte seine Sachen links daneben an die Garderobe und wickelte ausführlich den Schal um den ganzen Ständer. Er nahm sich eine von den Zeitungen mit herüber.

Er sah seine Oma zwischen den Tischen herumgehen, frisch onduliert, aber das nannte man vermutlich überhaupt nicht mehr so. Er hatte keine Ahnung, wie man das jetzt nannte, seine Oma jedenfalls ging zwischen den Tischen herum und sah adrett aus, aber auch adrett sagte man nicht mehr, er haute sich mit der flachen Hand auf die Stirn. Adrett, das nennt sich dann *Neue Deutsche Literatur,* würde ich *Noch Neuere Deutsche Literatur* studieren, sähe sie womöglich flott aus, wäre ein heißer Feger, und ich, Flegel, lümmelte in zwielichtigen Kaschemmen. Die deutsche Literatur, sagte er, krankt an einem chronischen Hinkebein, kommt einfach den vielen neuen Büchern nicht hinterher, die im Schweinsgalopp die Äonen durchmessen.

Er blätterte ein bisschen durch die Zeitung, das Wetter blieb, wie es war, wieso auch nicht. Deutschland hatte so seine üblichen Probleme, wie immer rang es mit seiner Identität, Europa: die üblichen Schwierigkeiten, die Gurken zu krumm, der Euro zu schwach und alte Tomatensorten hatten keine Chance, Europa stritt über die Türkei, das Übliche eben, die Welt, sie drehte sich weiter, die bekannten Themen. Einer Astronautin entglitt bei einem Außeneinsatz an der Internationalen Raumstation ISS ihre Werkzeugtasche, flog davon. Seither tauchte sie regelmäßig am Nachthimmel auf. Derzeit, teilte die NASA mit, überschwebe sie gerade Europa und wurde von einem Hobbyastronomen dabei gefilmt, wie sie am Stern *Eta Pisces* im Sternbild Fische vorbeizog, offensichtlich entschlossen auf dem Weg zum Widder.

10. Es sind alles Schwätzer

Ach so, sagte Stanjic, apropos Astronauten.

Ich bin überhaupt noch nicht fertig, rief Sydow, das war quasi erst das Vorwort, es kommen noch lauter wichtige und interessante –

Kannst du deiner Oma erzählen, Stanjic war klar, jetzt oder nie, apropos Astronauten, sagte er.

Vergiss es, sagte Sydow.

Stanjic stand auf und holte sich eine Zeitung, schlug sie auf. Von mir aus, sagte er, er lehnte sich zurück, hielt sich die Zeitung vors Gesicht, aber ohne mich.

Man kann nicht sagen, dass Stanjic nicht eine gewisse Entwicklung genommen hätte. Ich habe in meinem letzten Bericht, *Verlangen nach Drachen,* einen, wie ich finde, ganz gelungenen Einblick in Stanjics Charakter gegeben. Sicher, er war immer ein smarter Typ. Aber so wahnsinnig schlapp! Doch Gott sei Dank: Die Krise weckt im Menschen oft die erstaunlichsten Fähigkeiten und er, in seiner gebeutelten Heimat nun keineswegs als Vielredner, als eloquenter Sprachjongleur bekannt, erkletterte hier in der Fremde hurtig die Höhen des eifrigen Schwätzens, hatte er bis anhin eher schwermütig das Schicksal über sich entscheiden lassen, griff er neuerdings kurzerhand hinein ins Geschehen, tunkte wacker seine Hände in die Ponderabilien und nahm beherzt den Faden an sich. Man muss allerdings anmerken: Hätte er nicht das Lebensruder endlich an sich gerissen, er wäre mit zweien wie Sydow und Glaser innerhalb kürzester Zeit ganz einfach auf der Strecke geblieben, wäre untergegangen wie ein Sack Kartoffeln im weiten Ozean, und fragen Sie nicht, wie der dorthin gekommen ist.

Also, für ihn mag es ein wichtiger Schritt sein in puncto Autonomie und Selbstbestimmung, für alle anderen, die auf Gedeih und Verderb ausgeliefert sind, wenn einer erst mal so richtig in Fahrt kommt, für die unter uns, die, gleich mir, in völligem Unvermögen, einen gewaltigen Redeschwall zum Stoppen zu bringen, sitzen bleiben wie erschlagen, für uns alle geht hier die Sache weiter. Oder, wie Sydow sagen würde, apropos Wetter.

Wieso Wetter, sagen wir, haben wir was verpasst?

Kann schon sein, sagte Sydow, also: Das Wetter blieb, wie es war, wieso auch nicht. Deutschland hatte so seine üblichen Probleme, wie immer rang es mit seiner Identität, Europa, die üblichen Schwierigkeiten, die Gurken zu krumm, der Euro zu schwach und alte Tomatensorten hatten keine Chance, usw.

Auch der Weltraum hatte, wie man sehen konnte, so seine Probleme, er blätterte sich durch. Wirtschaft, es ging bergauf oder bergab, es wurde gewarnt, es wurde prophezeit, Manager erörterten ihre jährlichen Haushaltsausgaben und kamen zu dem Schluss: Ja, 30 Millionen Lohn sind gerechtfertigt, Sydow ging über zum Sport: Die einen rannten einem Ball hinterdrein, die andern stopften ihn in ein Netz, wieder andere droschen auf ihn ein, schlugen ihn mit fantasievollen Geräten über Platten und Plätze und in Löcher, es schien der Ball dem Sport so einige Probleme zu machen, aber man kämpfte unverdrossen.

Berlin: Bei den Schnellbahnen der öffentlichen Verkehrsbetriebe gingen während der Fahrt die Türen auf, Reisende fielen hinaus, die Türen gingen wieder zu. Die Vorsitzenden der öffentlichen Verkehrsbetriebe sagten, sie könnten sich das auch nicht erklären.

Vermischtes: Das Amt für Statistik rechnete vor, es seien im letzten Jahr rund 20 000 Kinder weniger auf die Welt gekommen als im Jahr davor und damit wiederum nur halb so viele wie vor 50 Jahren. Das liege, vermuteten Experten, zum einen daran, dass Frauen weniger Babys bekämen.

Das liege, er las den Artikel ganz langsam und sorgfältig noch einmal, vermuteten Experten, zum einen daran, dass Frauen weniger Babys bekämen. Er blätterte eine Seite vor, blätterte zurück, hm, sagte er nachdenklich. Er nahm die Brille ab und begann sie in seinem Pullover zu reiben. Er schaute mit der vermeintlichen Konzentriertheit der Kurzsichtigen in die Kuchenvitrinen, putzte sehr gründlich seine Brille, was, wie er feststellen musste, als er sie wieder aufsetzte, wirklich nichts besser machte, es war ein Wollpullover.

Auch die Misere beim Kindermachen hatte sich dadurch komischerweise nicht verändert, was ihn, angesichts der Logik des Artikels, eigentlich wunderte.

Zum einen, sagte er, zum andern, er nahm die Brille wieder ab, hauchte sie an und zog sein Unterhemd aus der Hose, polierte an den Gläsern und schaute konzentriert die Schokoladenkuchen an.

Anna kam schon wieder mit einem neuen Tablett aus der Küche, lauter Schokoladenkuchen, sie öffnete die Vitrine und holte eine der leeren Tortenplatten heraus, hallo Frederik, sagte sie.

Anna? Er drehte den Kopf, kniff die Augen zusammen, bist dus? Er ging nah an sie heran, hallo Anna.

Anna – sie heißt im Nachnamen übrigens Snozzi, aber sie trägt es mit Fassung – steckte in ehrgeizig kurzen Hosen und gestreiften Strümpfen, mit Brille hätte er das genau gesehen, so zogen die Schenkel als wunderbar verträumte Schemen an ihm vorbei, in einer Art Wischtechnik.

Bringst du frischen Kuchen?

Den beste der Stadt, sagte Anna Snozzi, sie hatte die vollen Platten hineingeschoben und schloss die Glastür, aber erzähls nicht weiter, sonst rennen sie uns hier die Bude ein.

Von mir kein Wort zu niemandem, sagte Sydow, er schloss den Mund ab und warf den Schlüssel weg, ich schweige wie ein Grab, ich bin froh, dass ich das Café für mich alleine habe, es wäre schlimm, wenn diese wohltuend gähnende Leere hier sich in ein proppenvolles zu kleines Lokal verwandelte.

Er widmete sich wieder seiner Brille, zum einen, sagte er, zum andern. Zum einen liegt es daran, dass die Frauen weniger Babys bekommen. Zum andern liegt es daran, dass die Männer ihre Frauen nicht mehr finden, weil sie wegen der reinwolligen Strickpullover ihrer überdominanten Omis so verschmierte und verkratzte Brillen haben und hilflos und blind durch öde, frauenfeindliche Gegenden irren und versehentlich und aus Verwechslung sich an unschuldigen Rehen vergreifen und zu verzweifelten Sodomiten werden, was der Geburtenrate, warnen Experten, vermutlich nicht förderlich sein wird.

Vielleicht aber auch schon. Er setzte die Brille wieder auf, suchte nach seiner Frau, aber die war auch mit geputzter Brille nicht da. Er hatte auch mit geputzter Brille keine Frau, was er für sowohl bedrohlich als auch bedenklich und zu allem Überdruss der Geburtenrate nicht förderlich erachtete. Er schaute kritisch auf den Artikel, Brille geputzt, Frau nicht da, sagte er zu den Experten, was nun? Euch mangelt es an Babys? Ich wars nicht. Schickt die Frauen zu mir!

11. Die Natur

Ich wusste doch, sagte Stanjic, er ließ die Zeitung sinken, ich wusste doch, es würde um Frauen gehen.

Astronauten, es geht um Astronauten.

Ja, Stanjic wurstelte das Blatt zusammen, knüllte es weg, du fängst bei Astronauten an und landest unweigerlich bei den Frauen. Du könnstest auch mit allem möglichem anderen anfangen und landetest dann immer bei den Frauen, du fängst immer mit allem Möglichem anderen an, völlig wahllos. Ist dir aber ganz egal, ist ein prima Einstieg, denkst du dir, um schön über dein Lieblingsthema zu reden, Frauen.

Unsinn, das liegt in der Natur der Sache.

Welche Natur, was für eine Sache.

In der Frauennatur, die versteckt sich, gut getarnt, in den abgelegensten Sachverhalten, kaum hat man sich darein vertieft, springt sie heraus wie ein Schachtelteufel und sagt, ich war vorher schon da.

Die Natur.

Ja.

Springt heraus.

Genau.

Und ist immer vorher schon da.

Kannst du nicht ernsthaft bestreiten. Kannst du in der Bibel nachlesen.

Und zudem, sagte Stanjic, er fand das auffällig, wo sind wir eigentlich in diesem Unsinn, wo ist Simon, wo bin ich?

Nicht da, sagte Sydow.

Wie nicht da, wir sind doch immer da.

Eben nicht. Keine Ahnung, wo ihr euch herumtreibt, jedenfalls habt ihr mich an dem Abend vollkommen hängen lassen. Vermutlich bist du durch Moabit geirrt und hast dich gewundert, dass hier alles so fremd und neu aussieht, und Simon ist, seit er sein neues Programm fährt, sowieso nie da, wenn man ihn braucht. Hockt in seiner Wohnung und freut sich über die Nähe zum Wald, bisschen Früchtetee. Aber jetzt hör zu, ich war gerade am Zeitunglesen.

Ich *bin* gerade am Zeitunglesen, sagte Stanjic.

Echt? Sydow betrachtete den Haufen Papier, interessante Technik, österreichisch? Ihr habt einfach den Dreh raus, Wahnsinn. Aber lass dich nicht stören, Bildung ist ja so wichtig. Weiter im Text, ich war gerade am Zeitunglesen, in typisch deutscher, dröger Manier, Seiten umblättern und so.

12. Die *Deutsch-Französische Freundschaft*

Er schlug die Seiten um, schon wieder ein Bus mit einer gesamten Schulklasse ausgebrannt, wir können uns das, sagten die Vorsitzenden der Verkehrsbetriebe, auch nicht usw., die Vorsitzenden der Verkehrsbetriebe konnten sich so was einfach auch nicht erklären.

Und dabei: Kinder sind in unserem Land ein rares Gut, sagte Sydow, die Geburtenrate geht stündlich zurück, wir können uns, sagte er, diese Verkehrsbetriebe im Grunde gar nicht leisten, unsere Männer ziehen, bebrillt und blind, geschlossen durch die Fauna und begatten verdatterte Rehe, die Frauen würden schon Kinder wollen, grübeln aber noch, von wem, und wissen nicht, wo sie mich finden können, weil ich in einem Schal gefangen bin und das kleine Café wegen hartnäckiger Gerüchte im Umlauf so ekelig proppenvoll ist.

Die armen Frauen, sie fragen sich, von wem sollen wir die Kinder kriegen, von den Experten?

Die Experten, sie haben keine Zeit, sie müssen in ihren Forschungszentren forschen oder finden, da sie immer diese nicht optischen Chemiebrillen tragen vom Experimentieren, nicht einmal den Weg in die Wälder, um neue Expertisen anzustellen. Sie wollen in die Wälder und landen in der Mensa. Sie landen dann einfach immer in der Mensa. Sie schauen, mit den nicht optischen Chemiebrillen und der vermeintlichen Konzentriertheit der Kurzsichtigen, in die Kuchenvitrinen in ihrer Expertenmensa, sehen Schokoladenkuchen und denken aber, es sind die Kinder von

Männern, die sich mit Rehen paarten, wundern sich. Und die Verkehrsbetriebe rotten uns mit ihren eigenen Mitteln aus. Niemand kann sich irgendwas erklären. Die Frauen nicht, sie suchen ihre Männer an den total falschen Orten, die Männer nicht, sie wundern sich über die komischen Geräusche ihrer Frauen beim Kindermachen, die Rehe nicht, sie verstehen die faunische Welt nicht mehr, die Vorsitzenden nicht, ihre Fahrzeuge machen, was sie wollen, die Kinder nicht, sie sind viel zu wenige, um sich zum Nachdenken in sogenannten *Thinktanks* zusammenzutun, die Experten in den Mensen stellen Mutmaßungen an über die Entwicklungen dieser neuen Spezies in diesen Inkubatoren, aber da entwickelt sich nichts. Es werden durch falsch gestreute Gerüchte (bester Kuchen der Stadt) nur immer weniger, darum gefallen sie sich in der Formulierung zahlloser Syllogismen. Busse brennen aus, weil sie vermutlich Feuer gefangen haben. Pendler fallen aus fahrenden Schnellzügen, weil sich mit großer Wahrscheinlichkeit die Türen geöffnet haben.

Seltsame Welt, sagte Sydow. Die Frauen würden mich übrigens, so sie meiner in dem proppenvollen Café doch irgendwann zufällig ansichtig würden, gar nicht als Mensch, Mann und potenziellen Kindsvater erkennen, sie würden mich wegen des kolossalen Schals mit einer wandelnden Garnrolle verwechseln. Mit einem Strickstrumpf. Denkt da irgendeine Frau auf der Welt ans Kindermachen? Nein, keine einzige. Im besten Fall denkt eine Frau da an ihre Oma, weil die so schön stricken kann.

Apropos, er schaute nach seiner Oma aus, die so schön stricken konnte. Das war übrigens, falls jemand gerade nicht aufgepasst hat, das ist übrigens, sagte Sydow, die Probe aufs Exempel. Ich denke an mich und meine fehlende Frau. Dann denke ich an mich als Strickstrumpf und dann automatisch an meine Oma. Und genauso geht es den armen Frauen. Sie denken nicht sexuell, wenn sie mich sehen, sie denken nicht: ich eine Frau und du ein Mann, sie denken nicht einmal mütterlich in Abetracht der von mir zu erwartenden Kinder, nein, sie denken großmütterlich.

Das war, dachte Sydow, der Geburtenrate vermutlich nicht förderlich.

Er blätterte sich durch den weiteren Unsinn, war das vielleicht eine Faschingszeitung? Eine Faschingszeitung vor dem Fasching, damit es noch lustiger ist? Nein, keine Faschingszeitung und es war auch nicht noch lustiger, es war einfach eine seltsame Welt, er blätterte sich vor bis zur Seite der *Deutsch-Französischen Freundschaft*.

Er las gerne die Seite der *Deutsch-Französischen Freundschaft*, immer umarmten sich auf der Seite der *Deutsch-Französischen Freundschaft* Deutsche und Franzosen im Namen der Freundschaft, immer wurden Rezepte ausgetauscht zwischen deutschen und französischen befreundeten Gourmets, immer behaupteten die Franzosen, das schlechte Wetter käme zu ihnen von Deutschland herüber und dass sie aber trotzdem Freunde blieben, immer betonten die Deutschen ihre eigene philosophische Schwermut, die bodenlose Tiefgründigkeit, die Fähigkeit zur metaphysischen Transzendenz und dem allem grell widersprechend der Franzosen Hang zu Schi-Schi und Tandaradei, was aber der gegenseitigen Freundschaft keinen Abbruch tue, hätten sie, die Franzosen, doch das Herz am rechten Fleck. Wo – ungewiss. Nichts für ungut, Freundschaft!

Heute umarmten sich auf einem halbseitigen Bild die beiden Kanzler, sie waren gute Freunde.

Sydow sah sofort, dass das Bild montiert war, seit François Hollande wars aus mit der Freundschaft, ein frostiger Händedruck, mehr war von Merkel nicht zu erwarten. Na egal.

Das Pariser Naturkundemuseum gab in einem Nachruf den Tod der Riesenschildkröte Kiki bekannt, sie war vor drei Tagen im Alter von 146 Jahren verschieden.

Kiki war, schrieb der Direktor elegisch in einem offenen Brief an seinen deutschen Freund und Kollegen im Naturkundemuseum Berlin, *berühmt für ihre demonstrativen, von lauten Grunzlauten begleiteten Liebesspiele, die im ganzen* Jardin des Plantes *widerhallten.*

War sie anfangs, erinnerten sich alte - sehr sehr *sehr* alte, sagte Sydow streng – *Museumsangestellte, noch in einer Schubkarre zu ihren Gespielen gefahren worden, habe das später, wegen ihres beträchtlich angewachsenen Gewichts und Umfangs, ein fest angestellter Gabelstapler bewerkstelligt,* er hieß Jean-Jaques Fontemblaux und trug einen Schnauz.

Auf dem Foto stand er rauchend neben einem ruhenden Gabelstapler und schaute in eine sinnlose Zukunft. *Der ausgebildete Chauffeur,* stand darunter, *Jean-Jaques Fontemblaux, befinde sich seither in Trauer. In tiefer Trauer und auf trauriger Arbeitssuche, lege aber,* so die unten geschaltete Jobanzeige, *Wert darauf, auch weiterhin ausschließlich im Zeichen der Liebe unterwegs zu sein. Zuschriften bitte unter Chiffre* usw.

Das französische Rezept war, saisonbedingt sommerlich, eine *Crêpe Framboise,* die Deutschen kochten schon wieder Wurst. Currywurst sei, behauptete Siebeck, ein traditionell deutsches Essen, perfekt für einen gelungenen Sommerabend.

Siebeck, dachte Sydow verärgert, verlottert auch zusehends. Er, der bis vor Kurzem noch Kartoffeln nur als Bamberger Hörnchen kennen wollte und von sich behauptete, herauszuschmecken, ob ein Kuchen von Hand oder mit der Maschine gerührt wurde, speiste das deutsche Volk neuerdings mit allerlei Frechheiten aus Wurst ab, er, der sich die Erziehung des germanischen Gaumens auf den Bauch geschrieben hatte, wurde nur immer dicker. Und er ordnete neuerdings alles seiner neuen dicken Freundschaft mit diversen dicken französischen Küchenchefs unter. Er hatte, so schien es, die Deutsche Küche einfach aufgegeben. Sollten die hiesigen Ignoraten seinetwegen alle zwei Tage Wurst essen und dazwischen Kartoffeleintopf von der gemeinen Linda, sollten sie, war Siebeck doch egal, wieder ohne schlechtes Gewissen ihre Billigeinkäufe tätigen und beim Essen sparen, wo sie konnten, Pangasius fressen und denken, das sei ein wichtiger Fisch, er, Siebeck, hatte es satt, ihnen ständig auf die Finger zu schauen, und war mit wehenden Fahnen und quellendem Fleisch zu den Franzosen übergewechselt. Er und Alain Ducasse hatten sich die dicken Arme um die Schultern gelegt und prosteten sich zu, sie hatten vor Freude und Freundschaft rote Nasen und putzige Mehlstaubstüber auf den –

Das ist schön, dass du dich weiterbildest, seine Oma stellte das Tablett ab und ordnete irgendwelche Falten, am Rock natürlich.

Er legte die Zeitung zusammen, ja, geht so, sagte er, Bildung ist ein zweischneidiges Schwert.

Was ist mit dieser Liebesszene, fragte mein Lektor hier irritiert, er blätterte durch den Wust von Manuskriptseiten, wir hatten doch abgemacht, dass –

Was soll ich machen, sagte ich, wenn Mathias, ach was, Frederik einmal loslegt, habe ich keine Chance mehr. Stanjic übrigens auch nicht.

Für dich immer noch Sydow, sagte er pingelig, du kannst hier nicht deine persönlichen amourösen Verstrickungen –

Meinetwegen!, rief ich, die Leute an den Nebentischen schauten zu uns rüber (wir saßen übrigens wieder im *Liebling,* am Helmholtzplatz, ich hatte wenig Lust auf das *Tante* und Frau von Sydow, die zu allem ihren Senf dazugeben würde), ich kann, zischte ich, wie Stanjic nur warten, bis sich die Gelegenheit bietet, wieder –

Von mir aus, sagte er, aber die Infos hier kann man hoffentlich noch brauchen.

Ja sicher, sagte ich sofort, ich fang hier nichts an, was ich nicht zu Ende bringe, das alles wird noch nützlich sein.

Er seufzte und betrachtete schwermütig den Blätterstapel. Dass du das nicht hinkriegst, sagte er, eine Geschichte schön auf knackigen 100 Seiten abzuwickeln.

Wohl kann ich das, behauptete ich, die abermalige Verwendung des Wortes knackig ließ ich unkommentiert, er liebt es, ich hasse es.

Wetten, sagte er hinterlistig.

Gilt, ich schlug ein. Wovon soll es handeln, fragte ich.

Wurscht, sagte er, Hauptsache knackig.

Also weiter:

Seine Großmutter schaute sich suchend um, sichtete Anna Snozzi irgendwo im Getümmel und gab ihr einen Wink. Sie setzte sich zu ihm an den Tresen. Ich muss jetzt mal was essen und die Beine ausruhen. Manchmal kommt es mir vor, als gäbe es in ganz Berlin kein anderes Café.

Frau Sydow schob die Zeitung beiseite und machte Platz, Anna Snozzi brachte von hinten aus der Küche einen Teller mit gebutterten Zopfscheiben und ein Glas Quittengelee, Kaffee in einer

Kanne und diese ungeheuer bauchigen Tassen und nahm das Tablett mit dem schmutzigen Geschirr mit.

Sydow nahm sich eine Scheibe Zopf und löffelte großzügig Gelee drauf. Er schob ihr das Einmachglas hin, und du, Omi? Frisch onduliert?

Frau Sydow schenkte Kaffee ein. Das nennt man glaube ich gar nicht mehr so, sie stellte die Kanne ab, aber wie man heutzutage dazu sagt, weiß ich auch wieder nicht.

Keine Ahnung, sagte er, aber sieht flott aus, er verteilte das Gelee akribisch bis an den äußersten Brotrand, adrett, piekfein, schnieke, Omi, du bist ein heißer Feger, sie schlug ihm leicht mit dem Handrücken an die Wange, er duckte sich, Lümmel, sagte er, Flegel, er fing ihre Hand ab, rück den Zucker rüber, kesse Mieze, schnurrte er, er zog die Kaffeetasse zu sich. Er warf vier Stück Zucker in seinen Kaffee, diese ungeheuer bauchigen Tassen, sie hatten epidemisch das gesamte Café in ihrem Griff, auf manchen stampften Mädchen mit geschürzten Röcken und strammen Waden in Zubern voller Trauben, dann wieder zog ein knochiger Ochs einen Karren mit Heu, immer im Tassenrund herum, es war für die Katz, aber was sollte er machen. Heute, Frederik hielt sich seine Tasse vors Gesicht, heute trug auf seiner Tasse ein gebückter Sämann einen verbeulten Schlapphut und säte irgendwas, dem Sonnenuntergang entgegen.

Seine Oma rührte sich Zucker und Milch in den Kaffee, er hob ihre Tasse hoch, derselbe Mann, er hatte seinen Hut abgelegt und sich umgezogen, er erkannte ihn aber trotzdem, senste ein wogendes Getreidefeld. Seine Oma sagte, es seien provencalische Motive, er stellte die Tasse zurück, biss von seinem Brot und sagte, die Hässlichkeit hat also einen Namen. Es waren ungeheuer bauchige und ungeheuer hässliche Tassen, und, sagte er zu seiner Oma, wenn die Hässlichkeit auch ein Gesicht hat, dann sicher ein provencalisches.

Jaja, sagte sie.

Und, sagte er, sie malt ihr Konterfei auf Tassen und Teller, wenn keiner hinguckt.

Ja, sagte sie, wenn man das so betrachten will, sie schnitt ihren Zopf in schmale Streifen, nahm sich einen davon. Hast du schlechte Laune, Frau Sydow schob ihm die Zopfstreifen zu, er steckte sich einen um den anderen davon in den Mund.

Nein, sagte er, das nennt man provencalische Motive.

Ich meine deine Laune, hast du schlechte Laune.

Eben, das nennt man provencalische Motive.

Ist dir eine Laus über die Leber gelaufen.

Keine Laus, sagte er, in meinem Inneren sieht es exakt so aus wie auf den bauchigen Tassen, sagte er, mir ist ein französisches Bauernmädel mit dicken Waden über die Leber gelaufen, trampelt dort herum.

Das französische Bauernmädel denkt, meine Leber sei ein Zuber voller Trauben, trampelt drauf herum. Sie denkt, wenn sie lange genug darauf herumtrampelt, wird was draus. Sie denkt, dann tröpfelt der junge Wein aus mir heraus, sie denkt, sie kann aus allem Wein herausholen, einfach weil sie jung und stramm ist. Sie denkt das einfach, ich weiß nicht, warum. In meinem Inneren karrt ein knochiger Ochse Heu herum, immer rundherum, das hat überhaupt keinen Sinn. In meinem Inneren zieht sich der Sämann zum Pflügen und Dreschen eine andere Hose an, aber ich erkenne trotzdem, dass es immer derselbe ist. Dieses zermürbte Gesicht vergisst man nicht. Es ist immer derselbe. Es ist ein Einmannbetrieb, mich kann man nicht täuschen, er kann sich nicht mal Angestellte leisten. Immerhin drei verschiedene Hosen, das ist schon was. In meinem Inneren ist das schon was.

Brauchst du Geld? Frau Sydow nestelte –

Nestle nicht, sagte er. Er hielt ihre Hand fest, steckte ihr das Portemonnaie wieder zurück in die Schürze, ich glaube, man nestelt nicht mehr. Keine Ahnung, wie man das heutzutage nennt, im Seminar für *Allerneueste Deutsche Literatur* haben wir das noch nicht gelernt. Wir kommen den Büchern einfach nicht mehr hinterher. Wir sind ein Verein mit lauter Hinkebeinen. Und lass gut sein, Omi, ich brauch kein Geld.

Wenn du aber doch ein Paar Hosen brauchst, sie kramte wieder in ihrer Schürze, holte das Portemonnaie –

Auch gekramt wird nicht mehr, er nahm ihre Hand in die seinen, tätschelte sie ein bisschen, ich weiß auch nicht, wie man das alles nennt, du und ich, Omi, wir nesteln und kramen, du bist flott und ich ein Flegel und wenn uns ein Zopfbrot mit Marmelade runterfällt, sagen wir – er schaute sie erwartungsvoll an.

Hoppala? Seine Oma verräumte den Geldbeutel wieder in der Schürzentasche.

Eben, Sydow schüttelte traurig den Kopf, sagt alles kein Mensch mehr. Ich studiere, was das Zeug hält, renne in die Seminare für die *Alleralllerneueste Neue Deutsche Literatur*, aber die neuesten Bücher sind einfach schneller. Ich brauch keine anderen Hosen. Ich und der Sämann teilen uns unsere Beinkleider, selbe Größe. Auch derselbe Geschmack, alles gleich. Der Sämann ist mein Freund, mein französischer Freund. Mal sehen, vielleicht helfe ich ihm gleich noch beim Ernteeinholen, mähen dreschen ackern, die ganze Chose. Vielleicht schaffen wir es mit vereinten Kräften, seinen Betrieb aus dem Würgegriff der Armut zu befreien. Vielleicht, er tätschelte die zusammengefaltete Zeitung, dann wieder ein bisschen ihre Hand, vielleicht kriegen wir irgendwann eine halbe Seite im Dossier *Deutsch-Französische Freundschaft.* Und ein Jobangebot. Das Bauern, es lohnt sich einfach nicht mehr. Viel zu anstrengend.

Frederik, mir scheint –

Auf dem halbseitigen Bild der *Deutsch-Französischen Freundschaft* stecken wir dann wie diese feisten Damen von dem Plakat bei *Mrs. Sporty* in *einer* riesigen Hose und freuen uns, dass wir jetzt zu zweit darin Platz haben. Bei den dicken Damen macht das überhaupt keinen Sinn, außer dass sie sich jetzt närrisch freuen, dass sie zu zweit Platz haben, wo vorher eine von ihnen schon alle Nähte schier gesprengt hat, sonst macht es aber absolut keinen Sinn, weil sie hätten genug Hosen zu Hause im Schrank, es sind die typischen Besserverdiener, die ihren Babyspeck nicht wieder loskriegen nach dem Kindersäen – ich frage mich übrigens, ob das *Mrs. Sporty* auch so leidet unter den Frauen, die zum einen weniger Babys bekommen und darum zum anderen nicht mehr ihren Babyspeck loswerden müssen – jedenfalls, sie bräuchten sich bei Gott nicht zu zweit in eine zu weite Hose bemühen, sie haben genug Hosen und müssen diese Hosen auch nicht schonen, bei dem Sämann und mir wiederum macht das aber absolut Sinn, weil die übrigen beiden Hosen leider beim Mähen und Dreschen verdroschen worden sind, wir –

Frederik –

Dabei sind diese beiden Damen in der riesigen Hose ja immer noch dick, sie waren nur vorher noch dicker, sie waren vorher furchtbar schlimm dick, jetzt sind sie immer noch schlimm dick, der Sämann und ich, wir waren beide weder vorher noch nachher dick, dick wird man nicht, wenn man unter der provencalischen Sonne darbt und sich von Brot und gepanschtem, er hielt inne, oder gepatschtem, wenn ich an die strammen Waden von dem Mädel denke, wie sie mit ihren nackigen Füßen darin herumpatscht, dann –

Frederik?

Die war sicher nie bei *Mrs. Sporty*, so was gibts dort überhaupt nicht, sie ist auch nicht furchtbar schlimm dick, mehr so propper, sie ist ein Mädel, das einfach gut im Saft steht, wenn man ihr auf den Hintern klopft, schnallts. Die steht einfach gut im Fleisch. Weil sie immer so Näschereien nascht, sie ist fürwahr genäschig, würden die Hinkebeine in meinem Seminar jetzt sagen, sonst sagt das kein Mensch mehr. Nascht die vielen Süßigkeiten, die ihr naive verliebte junge Bauernburschen zustecken, so ins Busentuch hineinstecken, schau mich nicht so an, das macht man dort so, ich habs auf einer deiner Tassen haargenau gesehen. In der Provence tragen junge Mädchen Busentücher und junge Burschen stecken ihnen ein *Calisson d'Aix* hinein, eine eiergelbe *Brioche.* Aber den Sämann und mich, uns verwöhnt kein Mensch. Nein, die Hosen sind nicht so enorm, weil vorher der Sämann dick war wie eine Dame vor dem Besuch bei *Mrs. Sporty*, das sind diese Hosen gemacht aus Sackleinen, oben exakt der Durchmesser von einem Mehlsack zum Beispiel und das ist ein ordentlicher Durchmesser, es sind Hosen gemacht aus Mehlsäcken. Da bindet man sich dann einfach ein Stück Schnur drumherum, fertig ist der Sack, passt.

Frederik.

Ja, Omi.

Du hast schlechte Laune.

Ja, Omi. Ich habe entsetzlich schlechte Laune.

Wenn es wegen der Finanzen ist, wenn du dir keine Klamotten mehr kaufen kannst, dann –

Nein, Omi, ist nicht wegen Geld. Ich geh zu Hause immer nackt, das schont die Kleider enorm.

Frederik, bitte, ich –

War ein Witz, Omi. Ich habe Geld wie Heu. Ich zieh zu Hause immer meinen teuren Daunenschneeanzug an, der ist mit Daunen aus purem Papiergeld. Es ist ein Managerschneeanzug, sicher fehlt er auf keiner ernsthaften Berechnung eines Managerlohnes, der Manager sagt: Ja, 30 Millionen Jahreseinkommen sind berechtigt, weil – und dann zählt er die vielen wichtigen und unerlässlichen Posten seiner Haushaltsausgaben auf, unter anderem der Schneeanzug, die Daunen aus druckfrischen Tausendernoten, sie müssen alle naselang erneuert werden, wegen der optimlen Luftzirkulation. Wer, wie der gemeine Manager und ich, Geld wie Heu hat, trägt den feinen Schneeanzug. Spart auch Heizung.

Frederik, das ist doch nicht lustig.

Siehst du. Nicht einmal lustig bin ich mehr. Ich habe einfach schlechte Laune.

Wenn es nicht wegen Geld ist, was ist es dann? Hast du Streit mit deinem Vater.

Ich?, rief er empört, Streit mit meinem Vater? Er machte ein beleidigtes Gesicht.

Ich dachte nur, weil du mitunter –

Ich habe *immer* Streit mit meinem Vater.

Das kanns also nicht sein.

Nein.

Also?

Vielleicht wegen deinem Schal, wie soll je eine Frau mich finden, wenn ich in deinem kilometerlangen Schal stecke, in deinem kolossalen Schal in deinem proppenvollen Café, nie wird mich hier eine Frau finden, ich könnte fröhlich Kinder machen mit alleinstehenden Frauen und stecke fest in Schal und Café, du bist an allem Schuld.

Der gibt schön warm, oder?

Ja, Omi. Ist ein prima Schal. Vergiss es. Ist ein prima Schal.

Also.

Meine Frau ist weg.

Frederik, du hast gar keine Frau, seine Oma bestrich zwei weitere Scheiben Zopf mit Quittengelee, schnitt sie in schmale Streifen und schob sie ihm hin.

Er räumte sie auf dem Teller hin und her, legte das Lavendelfeld frei, meinst du, das ist auch nur einen Deut besser, als wenn sie weg wäre? Er betrachtete düster die Landschaft, stopfte sich einen Zopfhappen nach dem anderen in den Mund, kaute, willst du mich fertigmachen? Willst du Salz in offene Wunden schütten? Denkst du, es ist besser, wenn keine Frau einen will, als wenn einem die Frau wegrennt? Ich weiß nicht.

Frederik, du bist so ein patenter Kerl –

Kein Mensch ist heutzutage mehr –

Meinetwegen, aber so ein netter junger Mann wie du –

Bitte versuch nicht, witzig zu sein.

Ich bin nicht witzig.

Hat sich eben so angehört.

Frau Sydow seufzte, sie schmierte noch ein paar Zopfscheiben, ach Frederik, du hast einen merkwürdigen Sinn für Humor.

Ich habe, er nahm eines der Brote, bevor sie es in Streifen schneiden konnte, und stopfte es in einem Aufwasch in den Mund, ich glaube fast, Omi, ich habe überhaupt keinen Humor, sagte er gedämpft.

Ich auch nicht, Frederik, das weißt du doch.

Witzig!

Sie schwiegen ein bisschen. Frederik strich die Zeitung glatt, das Bild der Werkzeugtasche, sie besuchte die Sternzeichen. Flog durchs Weltall, mausallein.

Er mochte das stete Rhabarbern der Gäste. Anna Snozzi kam und brachte frischen Kaffee.

Anna, sagte Sydow, er schob die Zeitung beiseite, betrachtete sie, jetzt, bebrillt und geputzt und scharfsichtig erspähte er die mutigen Hosen, Anna, sagte er erfreut, gut siehst du aus.

Danke, Frederik, sie schenkte ihm und seiner Oma Kaffee nach.

Anna, sagte er erfreut.

Ja, Frederik, sie nahm sich selbst eine Tasse Kaffee und setzte sich zu ihnen, Frederik drehte sich zu ihr und schlug die Beine übereinander, er betrachtete sie hocherfreut, er betrachtete sie wirklich eingehend, sicher, sie hatte übermütige Hosen, aber zum Beispiel auch schöne Haare.

Du hast so schöne Haare, sagte er.

Danke, Frederik, das ist nett, dass du das sagst.

Du hast, sagte er, er stützte den Kopf in die Hand und schaute sie verträumt an, du hast so schöne Beine.

Anna Snozzi lachte, was wird denn das, sagte sie, sie goss noch ein wenig Milch nach, trank einen Schluck und lehnte sich zurück, verschränkte die Arme vor der Brust.

Schöne Beine. Kurze Hosen. Wirklich kurze Hosen! So eine schöne Haut. Schöne Augen. Guter Hintern –

Frederik!

Omi, halt dich raus, wieso hörst du überhaupt so gut, du bist doch schon alt.

So alt auch wieder nicht.

Dann hör weg, im Alter hört man schlecht und falls nicht, muss man weghören, du regst dich sonst viel zu oft auf. Wieso musst du auch so eigensinnig gut hören? Vermutlich Altersstarrsinn. Sicher kriegst du mal noch einen Herzkasper. Hörst lauter Sachen, die alte Damen nicht hören sollten, und kriegst einen Herzkasper.

Hier, er schob ihr die Zeitung zu, lies was, mit deinen ungebührlich scharfen Adleraugen. Besser täte dir eine ungeputzte Brille, alles zöge verschwommen und schemenhaft an dir vorbei, ein Leben im Reich der puderigen Impressionen, das bekäme dir sicher besser, schont das Herz, ich spreche aus Erfahrung. Zum Beispiel Anna, sagte er, zum Beispiel habe ich Anna vorher eher in der Wischtechnik eines Gerhard Richters wahrgenommen und dabei, er wandte sich ihr wieder zu, stützte den Kopf in beide Hände und krabbelte mit den Augen gemächlich an ihr hoch, Beine Beine, von wegen Wischtechnik, jetzt und mit blitzeblanker Brille sah er gestochen scharf und konkret, was vorher als lose Träumerei an ihm vorüberzog, Beine waren schön, Beine waren herrlich, er verweilte an diesen kurzen, an diesen wahnsinnig kurzen, an diesen wirklich euphorisch kurzen Hos-, ach was, Hosen konnte man das schon gar nicht mehr nennen, an diesen Hös-, Anna, rief er, du siehst so wahnsinnig saftig aus.

Frederik!

Omi! Herrgott hast du mich erschreckt! Er drückte seiner Oma die Zeitung in die Hand und drehte sie auf dem Barhocker herum, bis sie ihm den Rücken zuwandte, ich frage dich nachher ab, sagte er, also lies gründlich.

Anna, er faltete die Hände zusammen und legte sie in den Schoß, er betrachtete sie aus halb geschlossenen Augen, Anna Anna, sagte er langsam, du siehst so bereit aus.

Eins zwei zack zack, Sekunden gingen spazieren, Rhabarber Rhabarber, das Wurlen der Menge, drei vier.

Was meinst du damit.

Zack, Rhabarber, fünf, er schaute sie an, die Beine die Schenkel die Hüften, sechs und zack.

Das weißt du ganz genau.

Anna Snozzi strich sich über die Haare, ließ die Hände auf ihrem Kopf liegen und flocht die Finger ineinander, sie schaute ihn nachdenklich an, Sekunden Sekunden, wohin gehen die Sekunden, wenn sie vorüberziehen, keiner weiß es, sie spazieren dahin und davon und zack und weg, okay, sagte sie. Neun und zehn!

Okay, Frederik.

Und elf und zwölf und so weiter.

Aber ich glaube, sagte sie, du irrst dich.

Ich irre mich nicht, alles an dir ist so saftig, alles scheint zu blühen oder aufzubrechen, du siehst aus wie eine reife schöne Frucht. Eine reife schöne Frucht. In einer äußerst knappen Hose. Es ist ungeheuer schwierig, dich nicht ständig anzufassen, da in diese Schenkel hineinzufassen, dir an den Hintern zu fassen, in die Hüften zu greifen, diesen Busen auszupacken, es –

Frederik, ich schmeiß dich gleich raus, seine Oma hatte den Stuhl herumgedreht, in meinem –

Omi! Sydow lachte, was ist denn mit deiner Frisur los, dir stehen ja die Haare zu Berge, eben noch frisch onduliert und jetzt sträubt sich alles kreuz und quer, direkt frisée, wie der Salat. Du siehst aus wie ein durchgeknalltes Stachelschwein, er gab dem Stuhl einen Schubs und drehte sie zurück, das ist der Aufstand der Frisuren, oder, er lachte, aber gleich, Omi, gleich kannst du uns erzählen, was in deinem Café zu tun und zu unterlassen ist, lies noch die Seite der *Deutsch-Französischen Freundschaft,* da gibt es einen interessanten Artikel über eine Schildkröte, ungefähr in deinem Alter, du magst doch die Tiere so gern.

Er lachte noch ein bisschen weiter, wandte sich dann wieder an Anna Snozzi, schaute sie gründlich an, quasi fachmännisch, er war ein Mann und er war vom Fach, schon klar und Sekunden hatte er massig, dreizehn vierzehn fünfzehn zum Beispiel.

Anna, sagte er also nach geraumer Zeit.

Ja, Frederik? Anna Snozzi zog die Augenbrauen hoch.

Anna, sag, wollen wir ein Kind machen.

Anna Snozzi ließ die Hände herabgleiten, verschränkte sie vor sich auf der Theke, betrachtete sie verwundert, lauschte den Sekunden, sie schlichen so leise als mööööglich, nein, Frederik.

Warum nicht? Es kommen, Sydow drehte seine Oma zu sich herum und nahm ihr die Zeitung ab, drehte die Oma weiter, er hielt die Zeitung hoch, schwenkte sie über seinem Kopf, es kommen viel zu wenig Kinder zur Welt.

Ja? Anna Snozzi hatte die Kaffeetasse zu sich herübergezogen und rührte müßig darin herum.

Ja. Er schlug die Zeitung auf, Sport: der vielgestalte Run auf den Ball, ein Riese stopfte ihn ins Netz, geschafft, Vermischtes: verbrannte Kinder und steinalte Tomaten in absurden Farben, weiter weiter, Wissen: krumme Gurken, hier wars, das ist einerseits, las er, weil Frauen zu wenig Babys bekommen.

Sie schaute ihn an. Und andererseits?

Ich weiß es nicht, Anna. Er klappte die Zeitung wieder zusammen und schob sie seiner Oma hin, ich weiß es nicht. Es ist eine seltsame Welt. Bälle werden verdroschen, nach Bällen wird gehascht, Bälle werden weggeworfen, zu viele fallen in Tore, Netze und in diverse Löcher und zu wenige stecken den Frauen unterm Kleid, es ist eine seltsame seltsame Welt. Aber man sollte versuchen, im Kleinen zu wirken, wenn jeder innerhalb seiner beschränkten Möglichkeiten einen beschränkten Schritt tut, verändert sich die Welt. Jedem seinen eigenen Ball! Das wäre mein Lösungsvorschlag. Damit hätte man das Problem Sport ein für alle Mal gelöst. Und alle anderen Probleme auch, mit dem Sport stehts und fällts, glaub mir. Kleine Schritte muss man machen. *A small step for a man, giant leap for menhoot.* Verstehst du?

Anna Snozzi trank einen Schluck Kaffee, dachte nach, schaute den Sekunden hinterher, hörte den Rhabarber wachsen und wie der Regen fiel auf seine großen Blätter, es hatte nämlich angefangen zu regnen, man hörte die ersten versoffenen Tropfen auf dem Asphalt, nein, sagte sie, das verstehe ich nicht.

Schau, wir müssen ja keine großen Sprünge machen. Dass jetzt eine Werkzeugtasche mausallein durch den Weltraum flieht, ist das Resultat einer Menge kleiner Schritte. Armstrong ist ja auch nicht auf den Mond gekommen, weil er so lange Beine hat, nein, dank vieler kleiner Schritte vieler vieler Menschen konnte er endlich auf den Mond fliegen. Er steigt aus und macht auch einen kleinen Schritt. Menschen machen einfach kleine Schritte. Verstehst du?

Es regnete, es redete, draußen und drinnen und vermischte sich zu einem wilden und zärtlichen Brausen, sie lauschten und schauten sich an, Frederik von Sydow lächelte und ihm wurde es ganz zärtlich und wild, eine kühne und saugute Mischung, verstehst du, Anna, sagte er zärtlich und dann sagte er es wild.

Anna Snozzi lächelte, ja, sagt sie, ich verstehe.

Anna, sagte Frau Sydow, sie hatte die Zeitung zur Seite gelegt und sich ihnen zugewandt, Sie müssen nicht –

Omi! Deine Haare rennen immer noch vor dir davon, so nimmt dich doch kein Mensch ernst!

Herrgott, Frederik, als ob das in meinem Alter noch eine Rolle – sie holte einen Taschenspiegel hervor und brachte die Frisur zur Vernunft.

Genau, Sydow rückte ein wenig näher an Anna Snozzi und versuchte, seine Oma mit seinem Körper vor ihr zu verdecken, genau, eben, es war ein kleiner Schritt von einem kleinen Menschen und doch muss man sagen: Für die Menschheit war es ein gewaltiger Sprung, ein Riesenschritt.

Und du möchtest mir sagen, das ist nicht nur auf dem Mond so.

Richtig. Es ist auf dem Mond so und hienieden auf Erden.

Das, sagte seine Oma hinter seinem Rücken, sagt man glaube ich heutzutage –

Ja, Omi, hienieden wird nichts mehr, hast völlig recht. Oben am Himmel, unten auf der Erde, Schritte sind Schritte und zu Fuß gehen muss der Mensch, wozu also zögern? Wir machen einen kleinen Schritt. Wie müssen nicht *alle* Babys machen. Ein kleines Baby. Es muss ja gar nicht groß sein. Ein winziges Kind. Ist das so schwer? Ist das zu viel verlangt?

Nein, eigentlich nicht.

Anna, sagte Frau Sydow, ich weiß nicht, ob Sie sich im Klaren sind, was –

Misch dich nicht ein, Omi, du hast deinen Beitrag schon längst geleistet. Lass du dir die Haare ondulieren und kümmere dich dann um die Urenkel. Anna, er wandte sich an Anna Snozzi, ergriff ihre Hände, ist es wirklich wahr?

Ja, Frederik.

Anna!

Omi, halt dich raus oder ich wickel dich in meinen Schal und lass dich erst im Frühjahr wieder raus. Anna, willst du wirklich ein Kind, ist es wahr?

Ja, Frederik.

Unglaublich, da suche ich seit Jahren eine Frau, durchkämme die Welt mit meiner verschmierten Brille, wandele durch öde Wälder, wundere mich über diese komischen Frauen, die komischen Geräusche, die diese komischen Frauen beim Kindermachen von sich geben, diese komischen Kinder, die sich in Kuchenvitrinen nicht weiterentwickeln, ich traf Rehe, das ja, und dabei bist du hier, hier im Café, eine Frau, meine Frau, Anna, du bist reif, du bist fruchtig und fruchtbar, ich sehe das, ich rieche das genau, du musst gepflückt werden, von mir geerntet, sag, Anna, wollen wir ein Kind machen, Anna.

Frederik, es ist schon gemacht.

Was, Anna, wie kann das sein? Denkst du nicht, das würde ich wissen? Hatte ich so lange keine Frau, dass sich das in der Zwischenzeit alles total verändert hat, Sex, Beischlaf, ehelicher Vollzug, ist das alles altmodisch und ich habs nicht gemerkt, weil es in meinen Seminaren brandaktuell ist, wird in der *Noch Neueren Literatur* noch munter gevögelt, dabei ist das längst überholt? Macht man das heutzutage anders? Lüsterne Blicke? Ich muss sagen, ich habe dich durchaus lüstern angeblickt, reicht das heutzutage schon? Müsste ich mich mal kundig machen in der *Enorm Neuen Literatur*, andere Seminare besuchen? Wie haben wir das gemacht, Anna, es ist mir ein wirkliches Rätsel.

Frederik, das Kind ist nicht von dir.

Was, Anna, er ließ ihre Hände los, nicht von mir? Ich versteh die Welt nicht mehr. Du gehst fremd?

Na ja, was heißt hier fremdgehen.

Du bist meine Frau, wieso machst du da Kinder mit wildfremden –

Frederik, du hast gar keine Frau.

Danke, Anna! Dass du mich daran erinnerst! Hatte ich fast vergessen. Aber wieso, wo du meine Frau sein könntest, gehst du her und machst mit wildfremden Männern ein Kind, das versteh ich beim besten Willen –

Frederik, erinnerst du dich an Wolfgang? Ihr kennt euch seit Jahren.

Wolfgang ist ein absolut unmöglicher Name.

Ihr kennt euch seit Jahren, Frederik, ihr seid Freunde.

Jetzt nicht mehr, er hat mich mit meiner Frau betrogen.

Du hast keine Frau.

Wenn Wolfgang nicht wäre, hätte ich eine.

Ach du meine Güte, Frau Sydow schüttelte den Kopf, sie wischte mit der flachen Hand um die Tassen herum.

Eine Frau und ein Kind, das Leben wäre schön. Ohne Wolfgang.

Wenn du meinst.

Ja, meine ich. Das Kind wäre auch glücklicher, weil es hätte einen Vater mit einem schöneren Namen. Wolfgang Snozzi, ich bitte dich!

Ich finde Wolfgang schön.

Das bildest du dir ein. Das sind die Hormone. Schwangerschaftshormone. Eine Art Weichzeichner und Drogencocktail. Da ist die Welt wie in ein irres Licht getaucht und du denkst, es wär normal, dabei ist es völlig verdreht, alles ist verkehrt, alles Hässliche wird schön. Wolfgang zum Beispiel, sein Name, aber auch er an sich.

Ich finde Wolfgang auch an sich schön.

Siehst du, sag ich doch, das ist ein weiterer Beweis für meine These, du bist schon völlig vernebelt. Wolfgang an sich schön, du meine Güte, demnächst sagst du mir, dass du seine Frisur gut findest.

Ich finde seine Frisur schön, ja.

Wahnsinn. Wolfgang hat eine Frisur wie meine Oma, wenn sie nicht frisch onduliert wär, Wolfgang sieht aus wie meine Oma vorher, wenn sich ihr die Haare sträuben, das ist dem Wolfgang sein Normalzustand, alles steht in alle nur erdenklichen Richtungen und du willst mir erzählen, das findest du schön?

Das stimmt nicht, Wolfgang hat wunderbare Haare.

Irrsinn. Na ja, ich sags ja, es sind die schrecklichen Auswirkungen dieser Hormone, dein Körper spielt verrückt, das ist völlig normal. Was denkst du übrigens über diese Tassen, die Teller, was hältst du von provencalischem Geschirr?

Von dem Geschirr?

Ja, hier im Café, der Sämann, der Ochse, die Mädchen, die im Wein herumgehen, die blühenden Lavendelfelder.

Ich weiß nicht, schön finde ich das, ich mag das.

Siehst du, er legte den Kopf in die Arme, lachte. Total unzurechnungsfähig. Er lachte laut, Wolfgang! Snozzi!

Das wusste ich gar nicht, sagte Frau Sydow, sie schubste ihren Enkel zur Seite und schenkte Anna Snozzi Kaffee nach, Anna, das freut mich aber für Sie.

So, Sydow hob den Kopf, er nahm Anna Snozzi die Tasse aus der Hand und stellte sie zur Seite, so, das wusstest du nicht und das freut dich, ja? Schön. Dass du hintergangen wurdest und ein Personalproblem hast, ist dir aber schon klar, oder?

Frederik, Anna Snozzi zog die Tasse wieder zu sich heran und goss sich Milch dazu, ich habe hier niemanden hintergangen, es ist doch noch ganz frisch, wir wissen das doch selbst erst seit –

Bist du schwanger oder bist du nicht schwanger, Sydow entriss ihr den Kaffee.

Ja, aber –

Also. Schwanger ist schwanger, was hat das denn mit frisch zu tun, oder bist du dann im siebten Monat oder so eine abgestandene Schwangere, vergoren oder angegangen –

Frederik!

Was denn, Omi, nicht mehr so frisch eben.

Wieso nimmst du mir meinen Kaffee weg.

Willst du dieses unschuldige Wesen jetzt schon zum Hysteriker machen, mit Koffein vollpumpen? Womöglich nachher noch eine rauchen und was zwitschern oder was, was Hochprozentiges. Du hast Nerven.

Siehst du, das wusste ich gar nicht.

Kein Kaffee mehr. Für die nächsten paar Jahre. Auch in der Stillzeit ist es für ein Baby höchst ungesund, wenn die Mutter Kaffee trinkt. Du wirst doch hoffentlich dein Kind stillen?

Frederik, keine Ahnung, glaub mir, das ist noch so frisch, ich habe mir noch überhaupt keine Gedanken –

Das merke ich. Und hör auf mit frisch, das regt mich auf. Keine Gedanken hast du dir gemacht, na ja, ist auch klar, wie wärst du sonst auch schwanger von Wolfgang. Kaffee ist fortan tabu. Kannst in drei Jahren wiederkommen. In der Zwischenzeit kannst du einen Früchtetee kriegen, Oma, er drückte Frau Sydow die Kaffeetasse in die Hand, bring bitte für die trächtige Anna eine schöne Tasse Früchtetee.

Du hättest das, wandte er sich wieder an Anna Snozzi, übrigens auch durchaus mit mir besprechen können.

Dass ich schwanger bin? Ich sagte doch gerade, es ist noch ganz –

Er hielt sich die Ohren zu, hör auf, rief er, man ist nicht frisch schwanger, das regt mich ungeheuer auf!

Ich meine, wir wissen das selbst erst seit –

Er nahm die Hände von den Ohren, *bevor* du schwanger bist natürlich, was soll man jetzt noch groß besprechen. Schön, kann man da nur noch sagen, oder: schlecht, oder: weiter so. *Vorher* hätten wir reden sollen.

Und was hättest du mir gesagt?

Was ich gesagt hätte? Er lächelte sie an, nimm mich, hätte ich gesagt. Vergiss Wolfgang. Lass uns poppen, Puppe.

Frederik, ich finde, es reicht, Frau Sydow stand auf, sie stellte die Teller und Tassen zusammen, das ist keine schlechte Laune mehr, das ist lästig.

Tut mir leid, Omi, Sydow haute auf die Zeitung, das sind meine provencalischen Motive, ja, ich bin lästig. Ich bin auch mir selbst so lästig. Ich geh dann mal lieber.

Frederik, kann ich dir irgendwie helfen.

Nein, Omi. Er ging zum Garderobenständer und begann, sich den Schal umzuwickeln.

In der Zwischenzeit verging in Böhmen ein Viertel, kämpfte Deutschland mit seiner Identität und hatte Europa die üblichen Probleme, alte Tomatensorten hatten keine Chance und die Türkei auch nicht, Bälle mussten irgendwas bedeuten, etwas Wichtiges. Sie wurden verfolgt und begehrt und hart erkämpft. Es fielen Fahrgäste aus den Schnellbahnen und es zog die Werkzeugtasche weiter in ihrer Bahn, verließ das Sternbild des Löwen und trat ein in die Jungfrau, es wurde Abend.

Anna Snozzi und Frau Sydow deckten fürs Abendbrot ein und trugen die Suppenterrinen zu den Tischen, Busse brannte aus, wieder ein paar Kinder weniger. Gurken waren hoffnungslos krumm und die Franzosen tranken mit den Deutschen auf ihre dicke Freundschaft, Jean-Jaques hatte keine Arbeit, Manager gingen noch einmal über die Bücher und schüttelten betrübt den Kopf, 30 Millionen, es waren einfach nicht genug. Sekunden backten sich zusammen und es wurden immer mehr, wo eine ist, kommt eine zweite dazu und immer so weiter. Es wurde Nacht. Ein böhmisches Viertel dauert lang und der Schal war auch lang. Die Suppenschüsseln wurden abgeräumt, die Teller zusammengestapelt. Das Lokal leerte sich allmählich. Ein paar Unverdrossene verharrten und bestellten Schokoladenkuchen, obwohl Frau Sydow sie darüber informierte, dass das so spät am Tag nicht gesund ist. Regen fiel auf den Rhabarber, das gemächliche und schwerfällige Geräusch fetter Tropfen auf große Blätter, das Rhabarbern, das Gemurmel, wurde es langsamer? Wurde langsamer gemurmelt und ruhiger, erschöpft und müde? Konnte schon sein und Anna Snozzi wurde – nein, natürlich nicht.

Natürlich nicht, sagte Sydow, er hängte sich den Rest des Schals über die Schulter und legte Anna Snozzi eine Hand auf den Arm, bis ich mir den Schal umgewickelt habe, vergeht in Böhmen ein Viertel, aber du bist in der Zwischenzeit nicht deutlich schwangerer geworden, ich schwöre. Frisch wie eh und je. Er begutachtete sie, man sieht übrigens gar nichts, er fasste mit beiden Händen an ihren Bauch, tastete ihn ab, ist das normal? Eher nicht, oder. Irgendwas stimmt nicht, vermutlich wegen Wolfgang, das sind seine mutierten Gene, das kann noch heiter werden. Du wirst einen Däumling gebären, aber die Frisur: sitzt.

Anna Snozzi lachte, nahm seine Hände weg und steckte ihm den Schal fest, das dauert noch, sagte sie.

Ach so, sagte er, na wenn du meinst.

Er war fertig angezogen, draußen war es dunkel geworden, eine nasse Nacht, ein überhaupt nasser Sommer. Herinnen schaltete man die Lichter an, Anna Snozzi ging in die Küche und brachte neuen Kuchen, und Wolfgang, sagte Sydow, er hängte sich seine Tasche um und schnitt sich ein dickes Stück vom Schokoladenkuchen, biss hinein, Wolfgang ist ein schöner Name. Tschüss, Anna. Nichts für ungut. Ich nehme an, du hattest mich gesucht und wegen dem Schal einfach nicht gefunden. Das kann dir niemand verübeln. Falls du mich gesehen hast, hast du es nicht einmal bemerkt, du hast mich mit einem Strickstrumpf verwechselt und an deine Oma gedacht. Hast du überhaupt eine Oma? Dann eben an meine, du hast an meine Oma gedacht. Von da ist der Weg zu Wolfgang nicht weit, ich sage nur: Er müsste sich mal ernsthaft mit seiner Frisur auseinandersetzen.

Er hatte den Kuchen aufgegessen und schnitt sich ein weiteres Stück ab. Du hast mich einfach nicht gefunden. Dann hast du Wolfgang genommen. Wolfgang hat keinen Schal und keine Oma, das ist von beidem zu wenig. Dafür hat er dich und ein Kind. Vielleicht ist das Gerechtigkeit. Ich weiß es nicht. Vielleicht ist es nur eine seltsame Welt.

Vielleicht, sagte Anna Snozzi. Vielleicht ist Gerechtigkeit aber auch einfach nicht dein Ding.

Stimmt, wenn das Gerechtigkeit sein soll, mach ich nicht mit. Wenn es nach mir ginge, hätte ich dich. Wir würden ein Kind machen. Meine Oma würde dann drauf aufpassen. Wir könnten weitere Kinder machen oder einen Kaffee trinken gehen oder ins Kino, bisschen Freizeit. Wolfgang könnte dann den Schal haben.

Interessant, ich werde drüber nachdenken. Anna Snozzi rückte die Kuchenstücke in der Vitrine zusammen und nahm die leeren Platten heraus, es ist ja nicht so, dass ich ein Gerechtigkeitsfanatiker wäre.

Ist auch klüger so, glaub es mir, Gerechtigkeit heißt, dass die mit den angemessenen Ansprüchen notorisch zu kurz kommen.

Schluss jetzt, Frederik, er hatte sich ein weiteres Stück vom Kuchen geschnitten, sie nahm ihm das Messer weg. Kommst du am Sonntag?

Glaub nicht, Sydow schob sich den Rest des einen Stücks in den Mund und nahm das andere in die Linke, er legte die rechte Hand auf ihren Bauch, Tschüss, kleines Kind, sagte er, halt die Ohren steif. Von dir gibts nicht mehr viele. Halte durch, dann darfst du später einmal mit den letzten paar anderen Kindern in einem Bus verbrennen.

Frederik, es reicht, Anna Snozzi nahm ihm das Stück Kuchen aus der Hand und legte es zurück auf die Tortenplatte, das ist nicht auch nur ansatzweise lustig.

Ich weiß, Frederik von Sydow nahm ihr Gesicht zwischen seine Hände und küsste sie auf die Wange, streichelte sie ein bisschen, dann holte er sich das Kuchenstück wieder von der Platte, ich weiß, Anna. Ich bin nicht lustig. Ich bin nicht einmal witzig.

Er ging zu seiner Großmutter und küsste sie ebenfalls auf die Wange, Tschüss, Omi. Schöne Frisur. Der Zopf war gut. Er biss vom Kuchen. Ich verstehe gar nicht, warum dein Laden nicht läuft.

Frederik?

Ja, Omi.

Ich merke das doch, mit dir stimmt irgendwas nicht, ich habe ein ganz mulmiges Gefühl.

Musst du nicht, Omi. Es ist alles in Ordnung. Ich bin einfach in einer Krise.

Frederik, sie öffnete ihre Börse und zückte –

Er nahm ihr die Geldtasche aus den Händen und verschloss sie, wenn du grade ein paar Moneten zücken wolltest, vergiss es, es wird nicht mehr gezückt und der Zaster nennt sich jetzt todsicher irgendwie, wie wirs uns gar nie träumen könnten. Ich habe auch gar keine finanzielle Krise, ich habe eine Krise als Mann.

Weißt du, Frederik, ich fürchte, das ist ganz normal.

Was heißt da normal, was soll denn daran normal sein. Willst du damit sagen, man habe als Mann per se eine Krise, einfach, weil man ein Mann ist?

Na ja, du bist Ende zwanzig, du hast kein Geld, du hast keinen Beruf, keine Frau –

Danke Omi! Da ist es mir eigentlich lieber, wenn Mann sein in der Krise sein bedeutet. Ich bin ein Mann, also habe ich eine Krise.

Ach du liebe Güte, leicht hast dus nicht.

Habens Männer nie, Omi, glaub mir, er hob sie hoch, wirbelte sie im Kreis herum und stellte sie wieder ab, bis dann.

Kommst du am Sonntag? Frau Sydow fasste sich an den Kopf und rückte –

Und rückt die Lockenpracht zurecht, sagte Sydow, sagt heute kein Schwanz mehr, aber es sitzt alles bestens, Omi, die Sturmfrisur ist weitergedampft, balgt sich jetzt auf Wolfgangs Kopf. Bei dir jedenfalls sitzt alles wieder tipptopp. Und wegen Sonntag, weiß ich noch nicht, eher nicht. Er ging zur Vitrine und öffnete sie, holte sich zwei dicke Stücke Kuchen heraus und packte sie in eine Serviette, Anna Snozzi tauchte in der Küchentür auf, whaa!, rief er, er raffte den Kuchen an sich, machte sich vom Acker, der Kugelblitz rollt an, rief er, der Rachebomber, das Wassermelonengeschwader dampft an, nichts wie weg hier!

Frederik!

Schon gut, Omi, Sydow wich Anna Snozzi aus, whaa!, rief er, die nudeldicke Dirn rumst alles nieder, er rannte um die Theke und bahnte sich den Weg durchs Café, schob ein paar leere Stühle zur Seite, weißt du, Omi, rief er, es ist wichtig, dass Anna sich frühzeitig damit abfindet, sonnenbadend am Wannsee bald als gestrandetes Walross von Greenpeace umzingelt zu werden. Die werfen sie dann immer wieder zurück ins Wasser, gerettet.

Meine Güte, Frederik, Gott sei Dank hast du keine Frau, du bist eine wirkliche Plage.

Danke, Omi! Hätt ich fast vergessen, wenn ich euch nicht hätte.

Sydow duckte sich, Anna Snozzi hatte ihm irgendwas hinterdreingeworfen, nicht getroffen, Schnaps gesoffen, sagte er vor sich hin, lass die Finger von den Spirituosen, Mädchen, hab ich doch gesagt. Dieses Kind hats doch schon schwer genug im Leben, mit Wolfgangs Frisur, mit Wolfgangs Größe und Wolfgang als Vater wird das kein Zuckerschlecken, das braucht keine alkoholbedingten Degenerationen, glaub mir. Er war an der Tür angelangt, machte sie auf und schaute hinaus. Es war dunkel und regnete wüst, die Stadt war ein offener Rachen, ein schlimmer Schlund, das gemeine Innere eines Balls. Er fand das so mittelgut, aber was halfs. Er wickelte ein Stück Schal vom Hals und drapierte es um seinen Kopf. Er schaute nach draußen, lauschte auf das Gurgeln und Trapsen, dieses zornige Zetern, Anna!, rief er, er drehte sich noch einmal um, zog die Tür hinter sich ein wenig zu, die paar letzten Gäste schauten auf, ließen die Gabeln, Tassen, Zeitungen sinken, wandten sich ab vom provencalischen Schuften, er wachelte ihnen mit der Hand zu, rührt euch, sagte er, weiteressen, sagte er, lesen trinken, alles wie bisher, weitermachen, Rhabarber Rhabarber.

Ja, Anna Snozzi lehnte sich über die Theke, das nächste Mal treff ich dich, also pass auf, was du sagst.

Ruhig Blut, Schwellfleisch. Er duckte sich, aber sie ließ die Hand wieder sinken, grüß Wolfgang. Sag ihm: Alles alles Gute. Sag ihm, gut gemacht. Auch wenn er vermutlich nicht die geringste Ahnung hat, wie er das hingekriegt hat. Ich übrigens auch nicht. Ich dachte eher, Wolfgang gehört zu denen, die immer noch darüber grübeln, was genau diese Sache mit den Bienen und Blumen mit ihm zu tun hat.

Raus jetzt, seine Oma war hinter ihm hergekommen, sie hatte drei provencalische Teller mit Kuchen in den Händen, servierfertig mit Schlagsahne und Schnickschnack, ein magerer Ochse zog den Karren, immer im Tellerrund herum. Er hatte keinen blassen Schimmer, warum. Es war einfach eine seltsame Welt.

Es regnet so wüst, sagte Sydow.

Du hast doch einen prima Schal.

Stimmt, Omi, ist ein prima Schal, er nahm sich einen von den Kuchen vom Teller.

Frederik, Herrgott!

Reg dich nicht auf, Omi, er tunkte das Stück in die Sahne und hielt es ihr hin, du darfst dich auf keinen Fall aufregen, du bist in einem Alter, wo dir hast du nicht gesehen ein Herzkasper entgegenkaspert, bloß kein Stress.

Der Einzige, der hier herumkaspert, bist du. Sonst ist es hier wunderbar ruhig. Wenn mein Herz irgendwann nicht mehr mittut, dann wegen dir.

Findest du das witzig?

Nein, wieso?

Hat sich eben so angehört, als wolltest du witzig sein.

Das ist nicht witzig, das ist tragisch.

Aha, siehst du, an diesen Feinheiten müssen wir noch feilen, jetzt dachte ich doch ernsthaft, du wolltest einen Witz machen. Wenn ich mal Zeit hab, bedaure ich dich.

Bedauern, was will ich denn von dir bedauert werden, zusammenreißen sollst du dich endlich einmal.

Ja, Omi.

Immerhin bist du fast dreißig.

Stimmt, Omi.

Und studierst noch.

Genau, Omi.

Ein Fach, mit dem du nie Geld verdienen wirst.

Echt jetzt? Wieso hat mir das nie jemand gesagt!

Schlaflose Nächte macht mir das.

Soll ich dich jetzt bedauern?

Zusammenreißen sollst du dich!

Ja, Omi.

Wieso hast du eigentlich keine Freundin, das verstehe ich auch nicht.

Genau, Omi, ich verstehs auch nicht, wieso bloß habe ich keine Frau?

Wahrscheinlich weil du immer so blöd tust, wieso tust du denn immer so blöd? Denkst du, Frauen finden das attraktiv?

Ja. Frauen finden das wahnsinnig attraktiv.

Papperlapapp.

Er hielt ihr immer noch den Kuchen hin, sie lachte, biss davon ab, Frederik, du bist wirklich ein Kasper.

Besser ich als das Herz, er löffelte sich die restliche Sahne auf den Kuchen, aß ihn auf. Er schaute hinaus. Das Wetter war immer noch wie vorher. Schlimm.

Bis dann, Frederik, komm doch am Sonntag auch.

Weiß noch nicht, Sydow wischte sich die Hände ab und fegte ihr die Kuchenkrümel vom Revers, weiß ich jetzt noch nicht. Womöglich bin ich tierisch beschäftigt.

Womit denn.

Weiß ich jetzt noch nicht. Könnte doch sein. Dann komme ich auf jeden Fall nicht.

Also dann, Frau Sydow stellte den leeren Teller weg, platzierte die anderen beiden auf ihrem rechten Handgelenk und ging zu den Tischen.

Tschüss, Omi, sagte Sydow, bis dann. Er warf sich ins Wasser, es regnete wüst und wild und fast müsste man sagen zornig, die Stadt, die Welt war ein riesiger dunkler Ball und da drinnen regnet es immer, er warf sich ins Wasser und schwamm durch die wütende Dunkelheit, kraulte auf dem schnellsten Weg nach Haus.

13. Dies ist auch ein Buch über Menschen in Lebenskrisen

Ist das realistisch?

Ist was realistisch.

Dass der Sydow so viel isst. Mein Lektor hielt seinen Packen Papier hoch, er hatte jeweils das Wort *Kuchen* rot eingekringelt, ich habe vier? fünf? Stück Kuchen gezählt, zwei nimmt er sich noch mit – nicht zu vergessen die zahlreichen Zopfbrote, die er vorher verdrückt hat, ich kann mir nicht vorstellen, dass Mathias –

Frederik, sagte ich eisig. Von Sydow.

Wir starrten uns an. Also gut, lenkte er ein, *dichterische Freiheit,* kritzelte er an den Rand und: *Mr Stoffwechsel persönlich.*

Das alles hatte Stanjic natürlich verpasst. Vielleicht hatte Sydow es seiner Oma erzählt, vielleicht war es einfach nur passiert und wir können sagen, wir sind dabei gewesen. Weiter als bis zur Werkzeugtasche, wir erinnern uns, die Astronautin? Die entfleuchte Werkzeugtasche? Flog durchs Weltall, durchquerte das Sternbild der Fische. Weiter war Stanjic nicht gekommen, er war ein paar Stationen vor der Endstation ausgestiegen. Er hatte sich auf seinem Sessel zurückgelehnt, die Augen geschlossen, er hielt sich die Hand über die Stirn, da, das mit den Astronauten, da war mir noch was unklar.

Ernsthaft? Soll ichs dir noch mal erzählen?

Danke. Irgendwo in meinem Unterbewussten wird es sich schon festgeklammert haben, wirkt.

Komm, Sydow faltete zufrieden die Hände über dem Bauch, gibs zu, so gut wie dein Apropos war das allemal.

Sicher. Ich habe mich auch nur verredet. Apropos Astronauten, Blödsinn, Filme wollte ich sagen. Apropos Filme und dann kommen erst die Astronauten. Filme. Mein erster Film. Von Simon.

Sag das doch gleich.

Ich muss ein bisschen ausholen.

Mit so was kann ich überhaupt nicht umgehen.

Im Café ebbte alles ab. Die Gäste trollten sich wieder in ihre Büros, der Mittag war vorüber und aus der Küche kam dieses beruhigende Klappern von Geschirr, es war wie das Plaudern der Eltern vorne im Auto, wenn man in den Urlaub fuhr, das sonntägliche Gurren von den Tauben unter der Dächern, Kirchenglocken, Teppichklopfen, das Rühren eines Löffels in einer Tasse Tee aus feinstem englischen Porzellan, ein Tag wurde biedermeierlich und mild davon, Sydow streifte die Schuhe ab und legte sich auf das Sofa, schloss die Augen.

Seine Oma wischte die Tafel mit dem Tagesmenü sauber, öffnete die Tür und begann mit einem Besen den Bürgersteig vor dem Café zu kehren. Dieser schläfrige Geruch nach Mittagessen, das Ticken der Uhr, seine Großmutter hatte hier ein Café, aber es war mehr wie ein Wohnzimmer und man sollte meinen, von einer Oma für andere Omas, aber das stimmte nicht. Omas kamen auch, aber auch ihre ganze Nachkommenschaft, das *Tante* fanden alle gut, es war eine Goldgrube, Feng-Shui-technisch vermutlich einfach perfekt eingerichtet, vermutete Stanjic, er interessierte sich neuerdings ausgesprochen für das Feng-Shui.

Für das Feng-Shui, für Bachblüten und Meditation, Leute in Lebenskrisen sind so.

Er hatte gelesen, eine hiesige Konditorei habe in ihren Filialen alles umgestellt. Sie hatten einen Feng-Shui-Techniker kommen lassen, einen wirklichen Meister, sie hatten in der Konditorei Feng-Shui-technisch alles umgestellt, alles top ein- und ausgerichtet, auf dass das Qi frei und ungezwungen umherfließen könne, auf dass das Geld in Scharen käme und es floss und es kam.

Dreißig Prozent, sagte Stanjic, dreißig Prozent Umsatzsteigerung, Wahnsinn, oder?

Ja, Wahnsinn, sagte Sydow, ich glaube aber nicht, dass meine Oma was davon versteht, meine Oma hats einfach gern hübsch.

Das sind die Glückspilze unter uns, sagte Stanjic, oder die wahren Meister. Bei denen ist alles, was andere sich mühsam aneigenen müssen, intuitiv, deine Oma gehört also zu denen, die sagen: Das ist hübsch, wenn der Feng-Shui-Techniker sagt: Hier fließt das Qi.

Es gab feine Tapeten, gestreift in Blau und Creme, man saß auf Sofas, Polsterstühlen oder Sesseln und erfreute sich an Kirschholztischen und einer dickbauchigen Standuhr aus Nussbaum.

Ich schlaf gleich ein, gleich schlaf ich ein, murmelte Sydow, es war alles so biedermeierlich und schläfrig, der verklungene Geruch nach Polenta, Rindfleisch und Gurkensalat, der Nachhall von Kaffee und heißer Milch, das gleichförmige Kehren seiner Oma draußen vor der Tür, das Klappern von, das Gurren der, Teppichklopfen, Kirchengl–

Also pass auf, sagte Stanjic. Ich hatte mir damals eines der Videobänder gegriffen, die da bei Simon im Regal stehen, sind es zweihundert, dreihundert? Ich weiß es nicht, viele.

Stanjic hatte anfangs in Glasers Wohnung gewohnt. Er war, ob seiner überstürzten und kopflosen Flucht aus seiner düsteren Heimat, natürlich gänzlich bar jeder Unterkunft oder auch nur Idee, hier in Berlin irgendwie unterzukommen, in den nächstbesten Zug gestiegen, hier am Hauptbahnhof wieder herausgefallen und hatte sich erst mal verirrt.

14. Die Sache mit der Auskunft

Dieses planlose Irren durch die Stadt, diese planlose Stadt. Hatte nicht jede normale Stadt ein Zentrum? Doch. Diese nicht. Berlin hatte kein Zentrum. Berlin hatte Mitte, aber war Mitte ein Zentrum? Nein. Stanjic fand Mitte kein Zentrum, es war eine ganz falsche Versprechung. Man fuhr nach Berlin, man hatte mit Müh und Not einen dieser komplizierten Stadtpläne entheddert und nach einem Zentrum gesucht. Wo sollte es sein? Am Fernsehturm? Wieso? Weil man, dörflich oder provinzstädtisch geprägt, vermutet, jeder Ort schare sich um eine Kirche. Aber diese Kirchen hier, waren das überhaupt Kirchen? Er bezweifelte das. Dörflich oder provinzstädtisch geprägt vermutet man, in Ermangelung einer solchen, eine Stadt schare sich zumindest um einen Turm? Genau. Genau so hatte er gedacht. Eine Stadt wie Berlin konnte sich natürlich nicht um eine kleine Dorfkapelle drängen, es müsste ein Dom sein. Er suchte nach dem Dom, aber da war keiner. Gewiss, da war ein Dom, die Leute hier sagten, dort steht der Dom, aber er sah gleich, das war keiner. Stanjic wusste, wie Kirchen aussehen, er wusste, was ein Dom ist. Da war keiner.

Dann nahm er den Turm. Er fuhr zum Alexanderplatz, aber er sah auch hier sofort, so sieht kein Zentrum aus. Wo ist die Altstadt, sagte er, aber es gab keine, schlecht fürs Zentrum. Und schon hatte er nicht weitergewusst, er wusste immer schnell nicht weiter, eine Charakterschwäche.

Jeder, der schon einmal planlos am Alexanderplatz herumgeirrt ist, weiß, dass das kein Spaß ist. Er versuchte es noch einmal mit dem Stadtplan, vergeblich. Stadtpläne, die man nicht vollständig ausbreiten konnte, Stadtpläne, die man nicht beispielsweise flach über eine Motorhaube breiten konnte, auf einen ausladenden Rücken, an eine allfällige Wand, um sich so einen Überblick zu verschaffen, waren völlig nutzlos und vor allen Dingen, und das fand er bedenklich, verfälschten sie die grausame Realität der Großstädte: dass sie nämlich groß waren.

Diese eingefältelten Stadtpläne, die bei dem geringsten Versuch, sie doch noch zu einem vollständigen Plan und Bild der Stadt auszubreiten, zerrissen, sie vermittelten den törichten Eindruck, es handele sich weniger um eine Großstadt als vielmehr um durchaus überschaubare kleine Dörfer. Ausschnitt für Ausschnitt klappte man sich durch die Stadt und gelangte so zu der völlig falschen Auffassung, es sei diese Stadt beispielsweise fußläufig durchaus bewältigbar. Seit er das gedacht hatte, ging er viel zu Fuß und kam nie an, seit er das gedacht hatte, verirrte er sich unablässig und fand kein Zentrum. Er hatte dann aufgehört, das zu denken, und fuhr nach Mitte, fuhr zum Alexanderplatz und suchte die Altstadt, aber da war keine.

Es war ein Stadtplan zum Verzweifeln oder eine Stadt zum Verzweifeln, so genau konnte er das noch nicht sagen.

Er warf den Plan in die Mülltonne und kaufte sich eine Wurst.

Er irrte noch ein bisschen um den Fernsehturm herum. Schön war es hier beileibe nicht. Er schaute nach oben, aber auch oben war es nicht schöner. Der Fernsehturm immerhin gewissermaßen pittoresk. Er erinnerte ihn an die Styroporattrappen futuristischer Städte in veralteten futuristischen Filmen.

Die Häuser rundherum: nicht schön, eines davon war, vermutlich, um seine ungeheure Hässlichkeit zu kaschieren, vollständig von einem riesigen Plakat verhüllt, darauf stand: *Sie wollen zum Alex und wissen aber nicht, wo der wohnt?*

Stanjic lachte, genau, sagte er. Er warf die Wurst weg, es war quasi die Wurst zum Stadtplan, weil – er winkte ab, egal, murmelte er, ist viel zu mühsam, das jetzt zu erklären.

Er holte sein Telefon hervor und tippte die Nummer ein. Das Plakat warb für die Auskunft und Auskunft war genau das, was er jetzt brauchte.

Hallo?, sagte er, er trat ein wenig von der Straße zurück, es war sagenhaft laut, dahinbrausende Autos, verstopfte Omnibusse und rumpelnde Straßenbahnen, hier gings zu wie in andrer Städte Zentrum.

Er lauschte. Bei der Auskunft waren gerade alle Leitungen besetzt, aber der nächste freie Mitarbeiter würde sich um ihn kümmern, zwischenzeitlich spielten sie Grieg. Natürlich Grieg, jede zweite Musik in einer Warteschlaufe war Grieg, die andere was aus den *Vier Jahreszeiten,* es war ein Naturgesetz. Natürlich Grieg, natürlich die *Morgensuite* aus dem *Peer Gynt,* er setzte sich wieder in Bewegung, wohin, war ja egal. Er glaubte nicht mehr daran, irgendwo anzukommen, wo sollte das sein. Er glaubte nicht mehr an ein Zentrum und auch nicht an ein Ziel, er dachte an *Peer Gynt* und an tragisches Enden. Sicher, die Suite, sie war zutiefst optimistisch, es war ein kluger Zug der Auskunft, ihre Kunden mit diesem frohen Trällern und Toben zu vertrösten, er jedenfalls fühlte sich sofort besser. Er war froh, sich des Planes und der Wurst entledigt zu haben, er fühlte sich frei und frisch, planloses Irren war herrlich, der Tag: fantastisch, alles war schön, der Fernsehturm: ein gelungenes Beispiel für zeitlose Architektur, das Straßenbaheu: typisch Zentrum eben, die Häuser, sie waren hässlich, sicher aber hatten sie einen guten Charakter. Das Stück ging zu Ende, aber es wurde noch besser. Diese Auskunft: toll, anstatt den gleichen Senf zu wiederholen, spielten sie einem nun *In der Halle des Bergkönigs* vor, er wollte küssen und rennen, er hätte jetzt, er spürte es, die ganze riesige Stadt problemlos durchmessen können, weil, seien wir ehrlich, es ist nur eine Reihung von Dörfern und ein Dorf ist wie ein kleiner Schritt und viele Schritte, sie ergeben ein Ganzes.

15. Meine Zwickmühle

Bei der Auskunft hatte nie jemand abgenommen. Dafür wurde regelmäßig die Umhüllung des hässlichen Hauses gewechselt, das letzte Mal, als er dort vorbeikam, stand da: *Sie wollen einen Stau umfahren und wissen aber nicht, wo einer ist?*

Er fühlte sich durchschaut. Er hatte das Gefühl, diese Aufschriften trafen bei ihm absolut ins Schwarze. Andere umfuhren einen Stau, waren immer mittendrin im Geschehen, sie kannten den Alex, klar, der Alex! Bei ihm war alles verkehrt, weder kannte er die richtigen Leute, noch war er da, wo die Musik spielte. Er wäre gerne einer, der einen Stau umfährt und mit dem Alex gut Freund ist.

Er hatte sich noch ein paarmal in die Warteschlaufe eingewählt und Grieg gehört, nie hatte jemand abgenommen. Es gab keine Auskunft. Im Geheimen war er aber immer schon dieser Meinung gewesen: Es gibt keine Auskunft.

Man kann sich nur mehr recht als schlecht durchs Leben hangeln und sich die Sache im besten Fall mit *Grieg* ein wenig versüßen, auch schon was.

Er würde im weiteren Verlauf dieser Geschichte noch des Öfteren mit der Auskunft telefonieren, wenn er eine Auskunft brauchte und wusste, es gab keine. Wenn er den Alex besuchen wollte oder ein wenig Musik hören. Er würde die Auskunft anrufen. Und der nächste freie Mitarbeiter würde sich umgehend um ihn kümmern.

Ich stehe nun vor einem Dilemma. Soll ich mit dem Zaunpfahl winken?

Nein, sagte mein Lektor kategorisch, im Leben winkt niemand mit dem Zaunpfahl. Niemand, argumentierte er, hat für David Stanjic gewunken. Es wäre auch, das nur am Rande, für die Katz gewesen. Einem David Stanjic kann man einen ganzen Gartenzaun hinterdreinwerfen und er wird nicht klüger davon.

Ich wollte irgendwas erwidern, aber mir fiel nichts ein. Einen ganzen Gartenzaun, wiederholte ich beeindruckt im Stillen für mich, hinterdreinwerfen.

Kurz und gut, wenn wir hier getreulich die Heldenwanderung (Sie lachen? Stanjic? Fragen Sie? Ein Held? Und was bitte soll ich machen? Glauben Sie mir, ich hätte auch lieber einen Holmes ins Rennen geschickt, einen Maigret, man kann sichs nicht immer aussuchen), wenn wir also die Heldenwanderung mitverfolgen wollen, von aller Anfang bis zum bitteren Schluss, so wird nicht gewunken. Ich winke hier also explizit nicht.

Nach seiner Ankunft in der Stadt hatte er ein bisschen öffentlicher Verkehr gespielt. Er hatte in einer Pension gewohnt, die hier unerwähnt bleiben soll, die Betten waren unterirdisch schlecht, das Frühstück ebenfalls und der Rest auch. Er war darum noch mehr mit dem öffentlichen Verkehr gefahren und wo er dann war?

Keine Ahnung, sagte er, er entstieg irgendwann einem U-Bahn-Schacht, erklomm Stufe um Stufe und erreichte die Oberwelt. Die Sonne ging gerade unter und er hatte tierischen Hunger, gegenüber war ein Café, es hieß *Visite-ma-tante,* er fand das originell, Stanjic findet so etwas lustig, er hat einen Humor wie eine Oma.

Er trat ein, es war proppenvoll. Das mit dem Selbstläufer wusste er damals noch nicht, er verhielt sich aber ganz wie der Rest der Herde, es war ein kleines Café und es war proppenvoll, es musste ein gutes kleines Kaffee sein.

Er hatte sich an einen Tisch mit dazugesetzt, er hatte sich umgeschaut, er wurde sofort glücklich. Es war wie nach Hause kommen, diese vielen hübschen Streifen, wenn das Feng-Shui stimmt und das Qi fließt, wird man einfach sofort glücklich, man fühlt sich zu Hause.

Er hatte eine dicke Tomatensuppe gegessen und wies der Teufel will und als hätten sie für so was einen inneren Kompass, hatten Glaser und Sydow in ihm sofort einen verwandten Geist erkannt, eine befreundete Seele, den Deckel zu ihren hutlosen Töpfen. Sie verlungerten hier des Öfteren ihre Abende, gingen Sydows Oma auf den Keks oder spielten Monopoly. An diesem Tag saßen sie am Tisch und er setzte sich dazu, sie checkten schnurstracks: Das ist unser Mann, und seither hatten sie alle miteinander das Reden nicht eingestellt.

Wie es wohl kommt, dass die Menschen sich finden unter den Massen, wie kann es sein, dass sie immer wieder mit bemerkenswerter Sicherheit sich die paar herauspicken, die an sie andocken, als gehörten sie immer schon mit dazu, ist es der Geruch? Der Ruf des Rudels?

Lass diese abseitigen Überlegungen, sagte mein Lektor, das

interessiert niemanden. Ich habe mir vor gefühlten hundert Seiten das Stichwort *Filme* notiert, Stanjic wollte was über Filme sagen.

Richtig, sagte ich, das hat mit seinen Erlebnissen in der Schweiz zu tun und die wiederum sind unabdingbar für das zukünftige Drama. Wenn sich, sagte ich pikiert, das alles hätte auf sechzig Seiten zusammenfassen lassen, hätte ich es getan.

Abwarten, murmelte er düster, abwarten. Unsere Wette gilt.

Umstandslos waren sie von jetzt an drei statt zwei, sie quatschten einem ein Ohr ab und gingen jedem ungeheuer auf den Zeiger, sie liebten schlechte Witze und gründeten ein Trio für gepflegtes Musizieren.

Für ein paar Wochen wohnte Stanjic bei Glaser, der war an den Stadtrand gezogen, als wärs schon ein Programm. Sicher, der Früchtetee war bedenkenswert, das Heizen mit Holz ein Irrtum, immerhin hatte er aber seither ein Gästezimmer, die Nähe zum Wald und einen Balkon, Stanjic fand das also ein gutes Programm.

16. Der erste Film

Die Filme also, Glaser machte so Filme, Neue Medien, Kunst, weiß der Himmel, viele jedenfalls, waren es zweihundert, dreihundert? Ich weiß es nicht, sagte Stanjic, es sind sehr viele, allesamt unbeschriftet, daher ein Akt schierer Willkür, seine Auswahl zu treffen, ich arbeitete mich, Pragmatiker, der ich bin, ganz einfach systematisch vor, schaute mir alle paar Tage einen davon an. Ich bin ein sortierter Mensch, also beschriftete ich sie. Mein erster Film: *Astronauten*.

Ach, sagte Sydow, handelte er von so einer Werkzeugtasche, die –

Nein, sagte Stanjic. Wie man sich denken kann, fuhr er fort, ich meine, hast du Simon je zugehört, wenn er dir was von Kunst erklärt, von Neuen Medien?

Nein, sagte Sydow, hab ich nicht.

Ich habe am Anfang ein bisschen reingehört, null verstanden. Insofern wunderts einen nicht, dass es sich bei dieser Sammlung filmischen Schaffens keineswegs um die handelsüblichen Versatzstücke des *American Dream* handelt, Hollywood ist woanders.

Dieser erste Film, den ich mir anschaute, stand in seltsamem Verhältnis zu einem Erlebnis, das ich danach hatte, als ich in der Schweiz war.

17. Die Schweiz ist ein kleines, aber wichtiges Land

Stanjic war für ein paar Tage in die Schweiz gefahren. Er hatte dort eine Freundin besucht, ach was, er kannte sie nicht mal persönlich, die Freundin von einer Freundin oder so, nein: eine ehemalige Studienkollegin von Simon, so wars. Hauptsächlich aber war er dorthin gereist, weil mit seinem Cello was nicht stimmte.

Ich möchte hier nicht genauer darauf eingehen. Die näheren Umstände dieser unerfreulichen Cellosache habe ich wie gesagt an anderer Stelle erschöpfend erläutert, nur so viel: Das Cello hatte kleine Löcher, wo keine sein sollten, Stanjic sagte, in der Schweiz gebe es dafür einen Spezialisten.

Einen Spezialisten für Löcher?, hatte Glaser gefragt, ist das ein Schweizer Spezialberuf?

Quatsch, sagte Stanjic, mit Käse hat der nichts zu tun. Glaube ich. Hoffe ich.

Stanjic erzählte was von Akupunktur und Schimmelkulturen, der Dichte von Geigenkörpern, Stanjic hatte in seiner düsteren österreichischen Vergangenheit Schindluder mit seinem Cello getrieben. Er hatte in der Zeitung eine Anzeige gelesen.

Dissonanzen im Gehäuse, hatte es da geheißen, *Klingt Ihr Instrument nicht, wie es soll?*

Er hatte das rundweg bejahen müssen. Er war sich sicher

gewesen, seines ganzen Lebens Unbill ergebe sich aus seinem verstimmten Cello. Er dachte sich, kein Wunder, läuft bei mir nichts rund und geht alles in die Binsen, klar ist die Harmonie dahin, wenn alles, was ich spiele, derart kreuz und schief klingt.

Akupunktur hilft!

Hatte es in der Anzeige geheißen und er hatte sich per Telefon die Sache erläutern lassen, die Dichte des Holzes, das Bohren von winzig kleinen Löchern und die damit verbundene neu erzeugte Ausgewogenheit des Klanges, er fand das alles ungeheuer einleuchtend.

Wie so oft in Lebenskrisen hatte er natürlich das Symptom für die Ursache genommen. Die ganze Sache fiel unter Feng-Shui, Bachblüten und seine Meditationsversuche.

Dabei, sagte Sydow, ist alles klar wie Kloßbrühe, Klara plante gerade ihren Abgang und du denkst noch, mit deinem Cello stimme was nicht, Klara packte schon ihre Koffer, hechtete elegant mit einem Köpper ins Wasser, auf zu neuen Ufern, und du vermutest, ein paar Löcher bohren und alles ist wieder paletti.

Nicht, dass er sein Cello in die fachmännischen Hände gelegt hätte. Stanjic fand, er hätte ihm das in dem Telefongespräch hinreichend erklärt und erledigte die Sache gleich selbst. In Ermangelung eines feineren Werkzeugs griff er zum Korkenzieher, bohrte kleine Löcher hinein, weil das wirkt.

Seither war sein Leben völlig aus den Fugen, deswegen, vermutete Stanjic, war sein Leben völlig aus den Fugen. Sein Cellospiel klang nach grässlichen Martern, nach den Schreien verlorener Seelen im Höllenfeuer, alles, so schien ihm, war löchrig geworden und porös. Er hatte noch eine gute Weile vor sich hin getingelt, der Mensch, er ist erstaunlich träge, wenn es darum geht, wieder in die Gänge zu kommen, er hatte den Tritt nicht mehr gefunden, den Rank nicht gekriegt und die Füße auf den Boden.

Er hatte ein Gartenfest besucht, eine furchtbare Festivität. Er hatte die Erinnerung daran gründlich aus seinem Gedächtnis getilgt und würde auch hier und heute nicht für viel Geld davon berichten – ich übrigens auch nicht. Ich bin generell kein Partylöwe, aber diese Feier lässt mich heute noch schaudern und um jede harmlose Einladung einen großen Bogen machen.

Diese Erfahrung hatte dem Unsinn die Krone aufgesetzt. Seither war er der Meinung, alles Private sei im Grunde politisch.

Wieder, sagte Sydow, eine fatale Umkehrung von Ursache und Wirkung. Dein Leben geht verschütt und es liegt am Cello, dein Leben ist immer noch verschütt und nun liegts am Land.

Diesmal bohrte er sich ein Loch direkt hinaus. Mit dem Kopf voraus und dann im Uhrzeigersinn immer um sich selber drehend, kroch er von dannen. Nicht, dass alles besser wurde, aber anders mit Sicherheit. Seither stromerte er durch Berlin, immerhin etwas.

Kurzum! Er fuhr in die Schweiz, wollte alles wieder ins Lot bringen, Cello, life und everything eben, und logierte bei einer Katharina.

18. Probleme mit dem Personal

Katharina, grübelte mein Lektor, er betrachtete düster die dürren Zweige seines begonnen Stammbaums, und wo häng ich die jetzt hin?

Das hat doch noch Zeit, sagte ich. Im Moment ist sie noch eine absolute Randfigur.

Im Moment, im Moment, muffelte er, man kann nicht erst auf Seite fünfhundert jemanden als richtig wichtig enttarnen, so was muss man zielgerichtet aufbauen. Und ich muss das dann in der Vertretersitzung wieder ausbaden, diese ganzen Leute, werden sie sagen, ist das wirklich nötig? Könnte man das nicht verdichten? Der liebe Leser, er möchte zumindest ein paar Anhaltspunkte, sie wohnt in Zürich, aha, und was macht sie so beruflich?

Ich überlegte. Kunst, sagte ich, Neue Medien.

Schon wieder ein Buch, in dem kein Mensch einer anständigen Arbeit nachgeht, stöhnte er.

So wie du, sagte ich.
Er hielt kurz inne, genau, sagte er dann zufrieden, so wie ich.

Damals in der Schweiz wohnte er in Zürich, fuhr aber dreimal nach St.Gallen, wo der Löcherspezialist zugange war, er hatte sich das aber alles einfacher vorgestellt. Der Spezialist war ein viel beschäftigter Mann, zu ihm kamen die ganz Großen, Jehudi –

Tot, sagte Sydow, er hatte die Beine über die Sofalehne gelegt, sprach aus dem Off, Jehudi ist tot.

Wär er nicht tot, wär er gekommen.

Ja, Konjunktiv ist eine prima Sache, Konjunktiv ist eine schönere Welt.

Da konnte Stanjic nur von ganzem Herzen zustimmen, im Konjunktiv wär Jehudi Menuhin quietschfidel und säße in St. Gallen am Rosenberg, fachsimpelte über Löcher, die Dichte des Holzes und ließe den Herrgott einen guten Mann sein, er äße mit Stanjic eine St. Galler Bratwurst und weihte ihn in die geheimsten Geheimnisse seines Geigenspiels ein, im Konjunktiv wäre Österreich ein schönes Land und glücklich wär, wer dorten hauste, im Konjunktiv wäre Klara da, wo sie hingehörte, nämlich bei ihm, und das Leben wäre schön, sagte Stanjic, das Leben wäre so schön.

Im Konjunktiv, sagte Sydow.

Genau.

Die Schweiz war ein Land des resoluten Indikativs und hatte löchermäßig nicht viel gebracht. Zweimal war er hingefahren und der Spezialist war viel zu beschäftigt. Das dritte Mal hatte er ihn aber abfangen können, hatte ihn mittags in der Trattoria *Geppetto* über einem Teller *Spaghetti vongole* gestellt und ihm seine Problematik erläutert, ihm sein verhunztes Cello gezeigt, er hatte zu dem Zeitpunkt die selbst fabrizierten Löcher schon mit Spachtelmasse schön zugespachtelt. Er wusste, der Spezialist arbeitet nicht mit feinen Bohrern, vielmehr mit spektakulären Schimmelkulturen, verpflanzte spezielle Pilze in den Hohlraum von Geigenkörpern, auf dass diese, vorsichtig fressend, die Dichte des Holzes minimierten. Es war quasi das Alternativprogramm zu der Geigenakupunktur und Stanjic schwenkte nun zum anderen Lager über. Er hatte das Land gewechselt, aber sein Cello pfiff immer noch aus dem letzten Loch, er wollte der Sache endlich ein Ende machen.

Der Spezialist lauschte, die Hand mit der Gabel voller aufgerollter Nudeln in der Luft erstarrt, seinem Bericht, der Spezialist legte die Gabel weg und schob den Nudelteller beiseite, ihm war der Appetit gründlich vergangen. Er begutachtete mit großen Augen das malträtierte Objekt, der Spezialist schaute ihn an, wischte sich mit der Serviette über den Mund, die Stirn, den gesamten Spezialistenkopf, und dann begann der Spezialist zu lachen, wie Schweizer eigentlich nie lachen sollten, weil sie sind ein seriöses Volk.

19. Alkohol, Teufelszeug

Ich glaube, sagte Stanjic, es ist ein Verrückter. Dem sind seine Schimmelpilze in den Kopf gekrabbelt, nagen an seinem Gehirn. Vermindern die Dichte, verstehst du? Der Spezialist hat gelacht, regelrecht monströs, infernalisch, er hat gelacht, scharlachrot im Gesicht, und hat überhaupt nicht mehr aufgehört. Ein Verrückter.

Stanjic war unverrichteter Dinge wieder nach Zürich gefahren und wusste nicht recht weiter. Da war er nun in der Schweiz und die Schweiz war nicht so, wie er sich das vorgestellt hatte. Österreich war ein Debakel, in Deutschland wars immerhin nicht so eng, die Schweiz aber, hatte er immer gedacht, die Schweiz und der Spezialist würden alles wieder ins Lot bringen, würden machen, dass das Qi wieder floss, im Cello und damit auch in ihm. Die Schweiz war, davon war er überzeugt, Feng-Shui-technisch top, es war ein reiches, ein glückliches Land, eine Insel der Seligen, irgendein Feng-Shui-Techniker hatte da einmal ganze Arbeit geleistet.

In Zürich hing er sinnlos in Katharinas Wohnung herum

und vertilgte unverschämte Mengen Kirschstengeli von *Lindt & Sprüngli*.

Er hatte noch zwei Tage bis zum Zeitpunkt seiner gebuchten Rückreise und Katharina nahm ihm, als sich ob des Kirschs in den Stengeli schon eine gewisse Rührseligkeit und Weinerlichkeit im Zuge fortgeschrittener Angetrunkenheit einstellte, die Schachtel weg und schlug ihm vor, am morgigen Sonntag mit ihr auf den Uetliberg zu fahren.

20. Jetzt aber: der erste Film!

Aber vorher noch der Film, sagte Stanjic, das ist wichtig. Ich schaute mir damals ein paar Wochen vorher bei Glaser einen Film an, der in eigenartigem Zusammenhang zu der Episode auf dem Uetliberg zu stehen scheint, als wäre es der Auftakt, die Ouvertüre zu dem eigentlichen Ereignis. Mit dem entscheidenden Nachteil, dass ich wieder einmal von nichts eine Ahnung hatte.

Stanjic hatte sich was von dem Schokoladenkuchen von der Theke geholt und eine Kanne Kaffee, Kaffee? Er hob die Kanne hoch, aber Sydow winkte ab, da kriege ich schlechte Laune davon.

Vom Kaffee? Das ist ja ganz was Neues, ich dachte, der muntert auf.

Vom Geschirr, diese Tassen, die Kanne, hättest du mir vorher zugehört, wüsstest du, dass das Auffahren dieser Teile die schlimmsten Regungen in mir wachruft. Provencalische Motive.

Kann ich daraus schließen, dass du im *Tante* also nie mehr einen Kaffee trinken wirst? Deine Oma wird kaum ihr gesamtes Geschirr aussortieren.

Tja, sag niemals nie, mal sehen, wer hier den längeren Atem hat, wer länger lebt, gewinnt. Ich denke, meine Karten stehen gut.

Wenn du meinst. Stanjic lehnte sich zurück, rührte in der Kaffeetasse und legte den Löffel weg. Ich jedenfalls setze auf Frau von Sydow, mir scheint, die hat noch verborgene Ressourcen. Er tunkte ein Stück Kuchen in den Kaffee.

Aber zurück, sagte er, ich lag also in dem ausladenden moosigen Samtsessel bei Simon im Wohnzimmer, hatte alle vorhandenen, ausklappbaren Vorzüge des Möbels ausgeklappt und schaute mir den Film – wie immer in Endlosschleife, sie sind immer in Endlosschleife und wiederholen und wiederholen sich, so keiner einschreitet, vermutlich bis in alle Ewigkeiten – ich schaute mir die Sache also drei Mal an.

21. Astronauten

Es begann in absoluter Dunkelheit, tiefe, dickflüssige Nacht. Eine dieser Nächte wie hoffnungsloser Sirup, Nächte wie eine fürchterliche Narretei, ein unausgegorener Gedanke. Eine verzerrte Stimme meldete sich zu Wort, eine Stimme, wie wir sie alle sofort mit der amerikanischen Raumfahrt in Verbindung bringen, eine Stimme, die wir sofort zum Beispiel der NASA zuordnen. Wir kennen sie von Raketenstarts, Filmen über etwaige Sichtung und Invasion von Aliens, von Raumschiff Enterprise. Die Stimme jedenfalls gab, soweit ich das als Laie beurteilen kann, Anordnung zu bevorstehender Landung und tatsächlich tauchte unter uns, im Scheinwerfer einer Raumkapsel, ein Planet auf, oder war es der Mond?

Keine Ahnung, sagte Sydow.

Wahrscheinlich, vermutete Stanjic, wahrscheinlich eher der Mond. Nach endlosen Manövern und Wechselreden – dieses ozeanische Gefunke vom blauen Planeten, das Murmeln beherzter Ingenieure vom anderen Ende der Nacht wie das organische Raunen in exorbitanten Brustkörben, so einer lauschend das Ohr daranpresst. Ich verstand kein Wort.

Schlussendlich setzte die Rakete auf, landete ganz behutsam und schier zärtlich mit den filigranen Beinen eines ungekannten Spinnentiers in losem Geröll. Im Inneren des Objekts wurde mit diesem wohltuend satten Geräusch – diese Art Schnappen oder Schlucken, irgendwie aufgeräumt, dieses heimelige Klicken, das besagt: Irgendwo im morastigen Sirup der Nacht geht was vor, ich sehe mal nach dem Rechten – es wurde mit diesem mich sofort erleichternden Klicken eine Art Nachttischlampe eingeschaltet. Man sah einen Astronauten in voller Montur, ein Gewand, ähnlich der Umhüllung einer Folienkartoffel, der Helm wie ein Fischglas. Er blickte hinaus, schaute sich die öde Gegend an.

Houston, sagte er, *Tranquility Base here.* Er räusperte sich, hielt kurz inne, er schaute hinaus, zögerte, *the*, sagte er langsam, mit dieser heiseren schleppenden Stimme der Heroen, viriles Gehölz, eine Stimme wie frisch geschabt, *the Eagle,* sagte er, *has landed.*

Von der Erde immer noch das NASA-Team, *Houston calling,* diese verzerrten Stimmen, ungereimtes Gegurgel aus den Untiefen finstersten Pflaumenkompotts, ein Hadern und Dehnen der Worte, als lauschte man an Atlas' Brust. Der Astronaut hörte sich das noch eine Zeit lang an, drückte ein paar Knöpfe, legte Hebel um. Plötzlich war es still, absolute, völlige Ruhe, eine umfassende, universale Stille, wenn du weißt, was ich meine.

Sydow hatte die Augen wieder geschlossen, nein, sagte er, weiß ich nicht. Universale Stille, völlige Ruhe? Paradiesische Gefilde! Aber solange man dich an der Backe hat.

Er schaute hinaus, fuhr Stanjic ungerührt fort, schaute aus diesem rührenden Kabäuschen wie aus einem fälschlich hier platzierten Baumhaus hinaus auf den Mond.

Irgendwann erhob er sich und öffnete die Tür, fuhr die Treppe aus und setzte sich auf die oberste Stufe, schaute. Es war so wahnsinnig still. Wehte Wind? Weißt du, wenn du denkst, du presst dein Ohr an diese große Gigantenbrust, wenn du denkst, du horchst, das Ohr eng geschmiegt an einen tätigen, einen hingebungsvoll wuchtenden und hievenden Atlas, lauschst aufmerksam auf dieses weit entfernte, gedämpfte Tosen, gründeltest in diesen wattigen Geräuschen aus der Tiefe des Leibes nach einer wichtigen Botschaft und plötzlich – ist es still. Auf einen Schlag wird es ruhig, weil die Welt aufhört sich zu drehen, weil der Atlas eine

Pause braucht, weil er nicht mehr kann, weil einer das Licht einschaltet in der zähen Nacht und sofort kehrt Ruhe ein. Die Ruhe, wenn der Atlas die Welt absetzt und die Zeit anhält, verstehst du?

Sydow schüttelte stumm den Kopf, vielleicht schlief er schon, träumte von einem Beamten am Schalter der Bahn, der ihm immer neue, aufregende Destinationen vorschlug, aber er wollte überall nicht hin, er wollte überhaupt nicht verreisen. Er stand hier am Bahnhof nur, weil ihn jemand verschleppt hatte, nach Wien, zum Stephansplatz, er hatte keinen Bäcker gefunden und vermisste die Schrippe, die Bulette und die Berliner Schnauze, er war mit lieber Not immerhin am Bahnhof gelandet und er wollte nur eins: wieder nach Hause.

Stanjic goss sich Kaffee nach. Der Astronaut, sagte er, lehnte den Kopf gegen den Türrahmen, es war: Ruhe im Karton.

Irgendwann schaltete er seine Kopfhörer wieder ein, bei der NASA herrschte eine gewisse Unruhe.

Houston, riefen sie hektisch, hysterisches Zahnputzgurgeln, *Houston calling.*

Yes, sagte der Astronaut. War es Armstrong? Schwer zu sagen, das Fischglas erschwerte erheblich die Sicht.

Yes, sagte er heiser, *it's me.*

Dann, Stanjic hob die Stimme, Sydow schreckte auf und schaute wild um sich, er hatte was Grässliches geträumt. Er sah Stanjic, sah den Nachmittag verduften und die Schatten länger werden, er sah, dass seine Oma die Abendsuppe auf die Tafel schrieb. Er wachelte müde mit der Hand, weitermachen, murmelte er, er ließ sich wieder aufs Sofa fallen, legte sich ein Stück von seinem Schal aufs Gesicht, Zeit umbringen, weitermachen, murmelte er.

Es gab plötzlich, sagte Stanjic munter, einen glatten Schnitt. Wir befanden uns in einer anderen Raumkapsel, sie flog zwischen Sternen, sichtete Planeten, innen drin schwebte, mit großen, klaren Augen staunend, Gagarin, Juri Gagarin, der russische Kosmonaut, unser Genosse von drüben. Er schaute aus dem Fenster, glotzte aus diesem kleinen Bullauge, unendliche Weiten, das Universum, das Driften der Sterne. Er schaute hinaus, staunte. Dann war es schwarz. Zähe Nacht, die Stimme der NASA, Vorbereitung zur Landung, Manöver, Armstrong, wie er den Mond anschaute.

Yes, sagte er leise, *yes, it's me.*

Es war wieder von vorne losgegangen, bemerkte Stanjic. In einem türkischen Vereinslokal wär so was niemandem aufgefallen.

Ich schaute es mir drei Mal an, sagte Stanjic, den stillen Trabanten, Gagarin mit diesen großen, wachen Augen, dann schaltete ich aus, betrachtete den dunklen Bildschirm und vermisste, dass einer den Knopf einer Nachttischlampe drückte, Ordnung hereinbrächte.

22. Der Osten ist immer gleich um die Ecke

Das war, so weit, der damalige Film. Stanjic schwieg. Oma Sydow hatte *Soljanka* auf die Tafel geschrieben, immerhin war der Osten gleich um die Ecke. Es gab abends immer eine Suppe. Brot, Butter, Käse. Das wars. Oma Sydow war der Meinung, man sollte am Abend nicht so schwer essen. Sie konnte sich solche Exzentrizitäten natürlich leisten, bei Selbstläufern ist das so. Die Leute, dessen war Stanjic sicher, die Leute würden auch kommen, wenn sie künftig abends nur noch Grießbrei austeilen würde oder Kartoffeln mit Salz, weil *das hat uns früher auch nicht geschadet.* Die Leute würden kommen, sie würden sehen, das Café ist proppenvoll, also muss das schon alles seine Richtigkeit haben und neuerdings macht die Kartoffel ja auch nicht mehr dick.

Stanjic persönlich fand das kein bisschen schlimm, er, entscheidungsschwerfällig, wie er war, aß gerne einfach, was auf den Tisch kam. Heute Abend also Soljanka, bis dahin müsste er die Sache aber, Endlosschleife hin oder her, im Kasten haben.

Ich sah mir, sagte er, zwischenzeitlich natürlich mehrere andere Filme an.

Stanjic schaute, wie Sydow immer tiefer in die Sofapolster einsank, er goss sich den Rest des Kaffees in seine provencalische

Tasse, er war kalt, aber kalter Kaffee macht schön, sagte Sydows Oma immer und das gab ihm Hoffnung.

Wie gesagt, sagte er, es liegt Wochen und mannigliche Filme zurück, auf dem Uetliberg damals, in Zürich, war mir jedoch, als gebe es eine Verbindung, als habe ich schon damals ein Verbindungsglied in Händen gehalten, ohne zu wissen, was damit anzufangen wäre.

23. Endlich geht es um Liebe

Jetzt kommt übrigens die Liebesszene, sagte ich aufmunternd zu Olaf.

Ah ja, er warf einen Blick auf die Seitenzahl, auf Seite 75. Das nennst du *knackig mit einer Liebesszene anfangen.*

Knackig hast du gesagt.

Etwaige Leser, sagte er, die gerne was mit Liebe lesen wollen, hast du aber schon längst vergrätzt.

Ich seufzte.

Liebe Leser. Die Liebe kommt. Manchmal tut sie das auf steinigen Wegen. Aber sie kommt.

Wir, fuhr Stanjic fort, Katharina und ich, fuhren mit der Zahnradbahn auf den Uetliberg, der Himmel frisch gewaschen, es war strahlend schön, Katharina trug einen hübschen Hut. Ein Licht, als zechten wo Engel.

Von der oberen Station aus führt ein sogenannter Planetenweg spiralförmig auf den Gipfel. Wir kamen an der Venus vorbei, an Neptun, Mars, Merkur, erwanderten die Sonne, überholten den Mond und so fort und wurden für diese Strapazen mit einem wirklich außerordentlichen Ausblick belohnt. Wir traten aus dem Waldweg heraus auf das Plateau. Ringsum die Berge, fluoreszierender Schnee auf den Gipfeln, tollende Dohlen, ein Bussard in nachdenklicher Schraube. Tief und grün die Wälder unter uns, die Farben wie Ohrfeigen oder was in die Magengrube.

Bussarde sind nicht nachdenklich, sagte mein Lektor streng, das ist Quatsch. Bussarde schrauben sich womöglich hartnäckig, womöglich eisern, aber ohne Nachdenken in den Himmel, spähen hinab, sichten eine kleine Mahlzeit in eifrigem Getrappel, zwecklosem Gehoppel, zögern nicht, denken keinen Fingerbreit nach und fallen wie Hallodris immer dem Schnabel nach wieder nach unten, den Kopf erwartungsfroh gereckt – so viel zu den Bussarden.

Okay, sagte ich erfreut, ich lerne immer gerne dazu.

Wir waren, fuhr Stanjic fort, keineswegs die Einzigen, vielmehr schien sich die halbe Stadt hier oben ein Stelldichein zu geben. Alle strebten nach den Planeten jetzt dem Restaurant zu, welches, so Katharina, für seine exquisite *Tarte aux pommes* berühmt war, oder seine *Öpfelwaihe*, wie die Leute sie dort so herzig nennen.

Bevor wir uns einen Platz auf der Terrasse suchten, wollten wir von einem etwa 15 Meter hohen Aussichtsturm einen Blick ins Tal und somit auf Zürich werfen.

Wir stiegen die Treppen hoch, das friedliche Schnappen der Stufen an Sonntagnachmittagen, der Bussard schrie, stürzte sich auf Gedeih und Verderb in die Tiefe.

Oben auf dem Turm war außer uns nur ein einzelner Herr, angetan mit einem langen, schwarzen Mantel und einem ebensolchen, auffällig unmodischen Hut, der versunken die uns zu Füßen liegende Stadt betrachtete.

Wir traten neben ihn und als ich mich anschickte, ebenfalls (versunken) die uns zu Füßen liegende Stadt zu betrachten, wandte er sich um und schaute mir ins Gesicht.

Er schaute mir ins Gesicht, und zwar – ich fühlte mich schlagartig unbehaglich – seltsam konkret und, wie soll ich sagen, isoliert. Immerhin hatten wir uns nie zuvor gesehen. Ich sah an seinen Schläfen die traditionelle Locke orthodoxer Juden und verstand jetzt erst den langen Mantel und den von Gott – von absolut jedem Gott – verlassenen Hut. Er betrachtete mich, die Augen in diesem Blau der Alten, das schon beinah sphärisch wird, er lächelte.

Mankind, sagte er, *do you know mankind?*

Ich wandte den Kopf, weit unten die Stadt, das Mäandern des

Flusses, Felder und Flure, Hasenwege, Mäusepfade, der See ein Smaragd, das Kupfergrün der Dächer im Licht, ich schüttelte den Kopf.

Nein, sagte ich, und es war nicht gelogen, *nein*.

Seine leise und melodische Stimme ist mir heute noch sehr gegenwärtig. Er stieg die Stufen des Turmes hinab, und ich schaute ihm hinterher, wie er den Planetenweg einschlug, unter die schattigen Bäume trat und hinter der nächsten Biegung Richtung Saturn oder was verschwand.

Ich drehte mich um zu Katharina, sie schaute durch das bewegliche Fernrohr, sie schien nichts bemerkt zu haben.

Wir aßen hinterher, dicht gedrängt mit der restlichen, bestens gelaunten Einwohnerschaft von Zürich, Öpfelwaihe und tranken süßen Traubenmost, schauten ins Land. Das gedankenlose Arbeiten der Bussarde, das kindische Tollen der Dohlen, der Sonntag neigte sich in einen blauen Abend, die Farben verblassten, es wurde kühl.

Als wir uns anschickten, wieder hinunter zur Station zu wandern, um dort die Bahn ins Tal zu besteigen, stand die Sonne schon tief. Die krakeelenden Massen rüsteten ebenso wie wir zum Aufbruch und Katharina schlug vor, einen anderen, ihr gut bekannten Weg hinunter zur Bergstation zu nehmen, abseits der vielen Leute.

Ich stimmte gerne zu, und wir gingen an den fidelen Bürgern vorbei und tauchten auf einem schmalen Pfad in den Wald ein, wo uns schlagartig eine zwar wohltuende, nach dem beständigen Getrappel des Tages jedoch auffällige Stille umfing.

Keiner war mehr zu sehen. Alles absolvierte im Eiltempo die verstreuten Planeten, fernab jedoch von unserem Sonnensystem stieß man in unendliche Weiten, galaktische Ruhe. Ich würde sagen, aus dieser ganz und gar privaten Beobachtung heraus: Es gibt keine fremden Wesen, irgendwo im Weltall. Dort ist es still, verstehst du?

Es gibt keine fremden Wesen, wiederholte er träumerisch, wir sind allein. Katharina und ich, wir waren gänzlich allein. Ich wunderte mich zwar, dass keiner der Ausflügler in Kenntnis dieses Nebenweges zu sein schien – der, je enthusiastischer Katharina ihn anpries, desto eher gar zu einer regelrechten, zahlreiche der uns bekannten Planeten einsparenden Abkürzung avancierte –, machte mir aber keine weiteren Gedanken, sondern folgte Katharina, die zielstrebig hangabwärts ging.

Wir liefen schon eine ganze Weile. Ich begann mich langsam zu wundern, dass die Bergstation nicht auftauchte. Meinem Ermessen nach hätten wir sie spätestens nach einer halben Stunde – so viele Planeten kennen wir nun auch wieder nicht – erreichen müssen, da drehte sich Katharina zu mir um und küsste mich.

Stanjic schwieg einen Moment. Sydow schlief Gott sei Dank, tief und fest. Küsste mich, erzählte Stanjic schnell, höchst unvermittelt! Sie küsste mich noch, als ich schon rücklings auf den weichen Nadeln zwischen den Tannen lag, den Fichten, wenn ich es genau betrachte, küsste mich, wie ein Überfall.

Und das Letzte, was ich sah, bevor ich völlig verdattert die Augen schloss, war ein Astronaut, der über mir zwischen den Zweigen einer kanadischen Fichte hing und sich langsam drehte, den Kopf in einem Helm wie einem runden Fischglas. Ich hätte nicht sagen können, war es Armstrong, Gagarin? Das poetische Aquarium um den Astronautenkopf ließ eine genaue Sichtung nicht zu.

Armstrong betätigte sich auf dem Mond und wo war Gagarin? Millionen Lichtjahre entfernt? Hatte er sich verirrt? Wollte er eine Abkürzung nehmen? Trieb er irgendwo im Orbit? Auf dem Mond wurde gerade ein Adler geparkt und Gagarin gaukelte in den unendlichen Weiten unserer Galaxis?

Ich auch. Im Orbit. Unendliche Weiten. Der Astronaut drehte sich leise, *Houston, Houston calling*, im Übrigen erlebte ich hier auf der Erde gerade meine ganz private Mondlandung, Astronauten, Kosmonauten, *le petit mort* der Franzosen eilte freudig auf mich zu, Amerikaner, Russen und Franzosen, Orbit, dachte ich noch und: Was. Bedeutet. Das. Ich öffnete kurz die Augen, der Astronaut war weitergeflogen, Franzosentod, Orbit, dachte ich, Orbit, implodierte.

Sie stand auf, genug geküsset! Strich ihren Rock glatt, es war dämmrig. Ich schaute in die Zweige, malerisches Mikado am Himmel, es war zu dunkel, etwas zu erkennen. Sie streifte die

Tannennadeln von meinem Hemd, Fichtennadeln, kanadische Fichtennadeln. In den dortigen Wäldern, sagte Stanjic mit erhobener Stimme, achte einmal darauf, solltest du einmal promenierend den alpinen Baumbestand in Augenschein nehmen – in den dortigen Wäldern wird in der Aufforstung neuerdings ein gewisses Schwergewicht auf die kanadische Fichte gelegt. Die kanadische Fichte ist der gemeinen Fichte und gar der profanen Tanne insofern haushoch überlegen, als sie Sturm und Wetter trotzt, nicht biegt, nicht bricht, sie ist hässlich, du hast recht, sie verschandelt schon Kanada, jetzt auch das schöne Land, das das Alpenland genannt wird, verhunzt mit ihrem gerupften Antlitz die Bergregion, aber: Hässlich lebt länger, die Hässlichen müssen sich, das ist beim Baum wie beim Menschen in etwa dasselbe, die Hässlichen müssen doppelt stark, halsstarrig und dickhäutig sein, eben weil sie so hässlich sind, da sind die Vorbehalte per se immens, die kanadische Fichte ist ihrer europäischen Cousine durch ihre Hässlichkeit überlegen.

Ich drehte mich noch einmal um, suchte hoch oben in den Verästelungen der Bäume, Gagarin? Armstrong? Es war zu dunkel.

Wir wanderten weiter. Bald weitete sich der Weg und man hätte gut und gern auch zu fünft nebeneinandergehen können, bloß, wer hätte das sein sollen. Tatsächlich hatte sich noch immer keine Menschenseele blicken lassen, alle jenen Städter, die sich oben im Restaurant noch den Chäs vom Teller fraßen, schienen vom Erdboden verschluckt.

Es wurde immer dunkler, ein fetter Mond ging langsam über dem Wald auf, mir wurde klar, dass hier keine Station mehr kommen würde. Keine Station. Dort war der Mond und hier keine Station.

Mitunter küsste und schnabulierte Katharina an mir, ich – Stanjic stockte.

Er blickte mit weit offenen Augen ins Lokal. Wenn er an dieses zärtliche Tandaradei dachte, wurde ihm immer noch ganz wuschig im Kopf, wenn er an seine eigenen Hände dachte, die sich um ihre Hüften spannten, diesen außerordentlich nackigen Rücken im fahlen Mondenschein, die launigen Gespinste ihrer feinen Haare, meinte er, auf der Stelle in Ohnmacht fallen zu müssen. Er warf einen raschen Blick auf Sydow, Gott sei Dank schlief er, fest in die dicken Kissen gesunken, schlief und kriegte nichts mit, aber erzählen musste er es, er wäre sonst erstickt und explodiert, und zwar gleichzeitig.

Manche, sagte mein Lektor, haben echt kein Glück, ersticken und explodieren, gleichzeitig.

Ja, sagte ich, toi, toi, toi, dass uns das Schicksal gnädiger ist.

Ich lag an ihrem Hals, ich roch und – schnelles Fallen, rasche Bilder, ein Duft wie ein Daumenkino, roch an diesem Hals, wie reife Birnen, ein Rosengarten in Samarkand, die Idee von: Zaumzeug, feste Lederriemen in der Hand, so – Blitze im Kopf, so ein Riechen war das. Mir schwanden so allmählich die Sinne. Ein Geruch wie ein Daumenkino, ich war geworfen in kunterbunte Untiefen, ich sah Samarkand, einen Garten mit Rosen, ich zäumte ein Pferd, strich über einen Sattel wie glatte Kiesel, roch das Leder. Ich saß auf einer Piazza an einem Tisch, die Sonne im Untergang, rot-weiße Karos und gestärkte Servietten, ich lag unter Birnbäumen, hörte das propere Fallen von Obst, blau blühte Jasmin. Ich glaubte nicht mehr an eine Station. Wo sollte es sein, dieses Houston, ich glaubte nicht mehr an die Existenz von Zürich, es war nur noch der Wald und die Nacht. Da war keine Stadt mehr, der Weg würde niemals aufhören. Ich würde herumirren zwischen gezäumten Pferden und seidenen Teppichen, gefangen zwischen Orient und Okzident, wäre irgendwo auf dem Weg ins Morgenland, immer der Nase nach, verirrt in den Karos einer italienischen Tischdecke.

Irgendwann die Lichter. Waren es Sterne? Vom Nachthimmel gefallene kleine Leuchtkörper? Sterne sind ja so sinnlos. Sterne sind, machen wir uns nichts vor, romantischer Schnickschnack, eine Verschwendung von Rohstoff. Hatte der Himmel endlich gehandelt, hatte man den Plunder aussortiert, auf die Erde gekippt, waren wir die Müllhalde der Galaxis?

Ich fühlte mich seltsam irr, spürte meine Füße nicht mehr, spürte nicht mehr, dass der Waldboden überging in Asphalt.

Kanadische Fichten sind schon auch wie Fichten, aber mit einer Art Nudelsuppe anstelle von ordentlichem Nadelwerk. Ich dachte an dampfende Nudelsuppen mit träge treibenden Fettaugen, dazwischen durchgelaufene Strümpfe wie fade Nockerln.

Wir gingen durch die menschenleeren Straßen, die Erde war evakuiert worden, alle weg. Das fahle Licht der Laternen, ich ging hinter Katharina, folgte ihr und der Bildspur, die sie hinter sich herzog, durch das nächtliche Zürich, ging ich Seidenstraßen, Gewürzstraßen, ging ich in einer Karawane, hüpfte ich von einem Karo zum nächsten, ich weiß nicht. Ich ging einfach diesem Geruch hinterher, welche Zeit es war? Zwei Uhr morgens, drei oder eins? Es fuhren keine Straßenbahnen, keine Autos, weg.

Wo war die Menschheit, wo war *mankind?* Wir hatten den Uetliberg und ich weiß nicht, welche sonstigen Berge und Wälder, womöglich die gesamten Alpen hinter uns gelassen und ich fühlte mich wie in einem psychedelischen Albtraum.

Wieso denn Albtraum, sagte mein Lektor, wieso psychedelisch, für Stanjic läufts doch eigentlich ganz spitzenmäßig.

Spitzenmäßig?, rief ich entrüstet, er hat keinen Schimmer, was ihm geschieht!

Männer, sagte mein Lektor weise, Männer mögen das.

Ich schnaubte, Männer mögen das, äffte ich, so was Dummes habe ich überhaupt noch nie –

Frag Mathias.

Frederik!

Er schwieg irritiert, wir schauten uns unsicher an, hast du auch manchmal das Gefühl, flüsterte er, dass dir die Sache über den Kopf wächst?

Absolut, sagte ich, absolut.

Ich folgte Katharina durch die verwinkelten, engen Gassen, ineinandergeschachtelt ohne Sinn und Verstand. Dieses vertrackte Zürich, ich folgte ihr kreuz und quer, Straßen hoch und wieder runter, folgte ihr zu einem mir unbekannten Haus, dessen Schlüssel sie aber ganz selbstverständlich hervorholte, folgte ihr durch eine Haustür, wankte die Treppen hoch und fand mich in einer akkurat quadratischen Küche wieder, wo Katharina quasi noch in derselben Minute dazu anhub, ein kompliziertes Menü zu kochen, ein Vorgang, den ich mit überwachem Blick und ohne jeden Ansatz von Verständnis betrachtete wie eine cinematografische Vorführung.

Die Wände der Küche waren schulterhoch mit bunten Mosaiksteinchen gefliest, wenn man sie zu lange anschaute, bewegten sie sich auf einen zu und fraßen einen auf. Ich versuchte, sie nicht zu lange anzuschauen. Schloss die Augen.

Der Jude, hatte der Jude etwas gewusst? Etwas Existenzielles? Was wusste er über *mankind*. Sollte ich konvertieren, war es das? Wiederum, die Juden legten überhaupt keinen Wert auf Konvertiten, die Konvertiten legten Wert auf die Juden, umgekehrt nicht. War das eine Parabel? Eine mysteriöse Metapher für das Menschsein an sich? Er war so freundlich gewesen, tat ich ihm leid?

Ich sank in einen lethargisch süßen Traum, der aber schlagartig vorbei war, als ich mit dem Kopf auf die Tischplatte knallte. In mir drehte sich alles, außer mir drehte sich alles, nur andersherum. Katharina wirbelte zwischen Töpfen, Schränken und Küchendunst, überdeutlich sah ich sie fettige Samen aus einer Vanilleschote schaben, sie goss Kellen von brodelnder Brühe in zischende Zwiebeln, putzte radioaktiv große Pilze, raspelte, hackte, walkte, die Küche versank in dickem Nebel, oder war es in meinem Kopf? Ich scheuchte die Schwaden von meinem Gesicht. Vergeblich, in meinem Kopf brannte etwas an, drückte der Föhn in den Kamin. Ein Schlagen, Hämmern, war es ein Klopfen, ich schrak auf, nur wenige Millimeter unter mir die Tischplatte, schon wieder die Tischplatte, ich rückte den Stuhl zurück, lehnte mich gegen die Wand, Katharina drosch in einer Schüssel das Dessert zur Raison, der Schneebesen sang gellend im stockenden Eiweiß, vor mir stand ein Glas mit gekühltem Pastis, ich trank es weg, dabei bin ich kein Säufer.

Als sie den ersten Gang servierte – irgendwelche Quadrate, gefüllte Quadrate, vermutlich als Allegorie auf die ebenfalls quadratische Küche. Bei den Quadraten begannen die Vögel zu singen, zu Steinpilz und Getrüffeltem roch es vom geöffneten Fenster nach dem schaukelnd anbrechenden Morgen, wir aßen Zabaglione und Kirschen, als wären wir nicht wahr, draußen die ersten einsamen Automobile kurvten verloren durch das zerknitterte Zürich und Katharina schälte eine Birne, aber mir war, als schälte sie mich.

Der Astronaut, sagte ich müde.

Ja, sagte sie, Astronaut, sie öffnete die Tür zum Flur, ich wankte hinter ihr her, noch eine Tür, noch ein Quadrat, war das eintönig hier, Zimmer wie Taschen aus aufgeplustertem Blätterteig.

Gagarin, machte ich noch einen Versuch.

Genau, sagte sie, Gagarin, du bist Gagarin und ich bin Armstrong.

Das war es. Das war mein Problem. Sie war Armstrong, dekorierte gerade den Erdtrabanten, zur richtigen Zeit am richtigen Ort, ich aber war Gagarin, Millionen Lichtjahre entfernt, irgendwo im Orbit.

Houston, flüsterte sie, sie biss sich an meinem Rücken hoch, als hätten wir nichts gegessen, biss engagiert in die Schultern, den Nacken, wühlte sich umständlich in mein Haar, *Houston calling*.

Yes, antwortete ich, *yes, it's me*, meine Stimme war frisch tranchiert, ein Gruß aus der Küche, ich war nicht Armstrong, *yes*, sagte ich.

Tranquility Base here, hatte sie das gesagt?

The Eagle, sie drehte mich herum wie eine feiste Speckseite, *the Eagle* – flüsterte sie, *the Eagle has finally landed*!

Was, dachte ich erschöpft, was bedeutet das. Ich mochte der Erste gewesen sein in unserem Universum, bloß, zu was war es mir nütze? Ich hatte den Trabanten verpasst, hatte mich heillos in den unendlichen Weiten verheddert, ging in Sternhaufen verschütt. Armstrong jedoch hatte gewusst, was Sache ist, *a small step for man, but a giant leap for mankind.* Verdammt guter Satz. Ganz spontan auch noch das Wort zum Sonntag, *giant leap for mankind,* eben, und ich, ich hatte keinen leap, hatte überhaupt keinen step gemacht, hatte mit eingeschlafenen Beinen in dieser fliegenden Kiste im Orbit geschwebt, sinnlos wie ein Stern, hatte hinausgeglotzt, hatte diese galaktische Verschwendung von Ressourcen angestaunt wie ein verdammter Idiot und Armstrong? Armstrong holte sich adlerschnell mit traditionell amerikanischem

Pioniergeist den Mond vom Himmel, quatschte stilsicher der jubelnden Einwohnerschaft vom blauen Planeten den Text zum Film.

Mein Körper verflüchtigte sich in ein schwarzes Loch, glitt zügig ab, aber Katharina holte ihn schwatzend und küssend zurück, wer war hier eigentlich der Mann, sie oder ich? War Genosse Juri etwa kein Mann? Meine Oma, meine Oma hatte immer gesagt, seither stimme etwas mit dem Wetter nicht mehr. Ich war's nicht, Omi, das war Neill! Ich bin dein Juri, irgendwo im Orbit, Tausende von Lichtjahren entfernt vom Unruheherd. Seit die Amis auf dem Mond waren, sagte meine Oma gern, stimmt etwas mit dem Wetter nicht mehr. Der Adler, weißt du, was ein Adler ist? Holt sich, was er will, das ist der Adler. Holt sich den Mond im Fall von Neill, in diesem Fall holt er sich mich. Er kreist hoch oben in den Lüften, der Adler, der Bussard, ist total egal, keinen Heller für ihre Gedanken, späht adlerscharf, zieht die Spiralen enger und enger, sichtet die Beute, checkt die Lage, taucht ab, Tiefflug, der Adler, ein gefährlicher Hallodri, ich hörte den Atem, er wird schneller, ich sehe den gewetzten Schnabel eilig auf mich zurasen, er weiß, wohin, kein Kompromiss, meine Chancen gleich null, schon meine ich, das Gefieder zu riechen, dieser scharfe Geruch nach gierigem Tier und Himmel, hier, jetzt, sie öffnete den Mund, Staub glimmt, fallender Stern, stürzendes Licht, der Adler schlug zu, Vogelgezwitscher, das Bimmeln der Tramway, so einsame Autos, *Houston calling*, *yes*, sagte ich, *the eagle has landed*, sagte ich, *finally*, dies war eine Supernova, *yes*, tosender Applaus bei der NASA, *finally yes*, dann wusste ich nichts mehr.

Wo dieses Haus stand, wessen Wohnung es war, weiß ich nicht. Ich weiß nur: Die Sonne geht im Osten auf. Sie tut das überall auf der Welt, sie tut das in Zürich und sie biss mir räudig ins Gesicht, nur wenige Zeit, nachdem ich in einen totenähnlichen Schlaf gestürzt war. Es ist eine Wohnung und die Fenster weisen nach China. Mehr weiß ich nicht.

Wer in dieser Wohnung wohnt, wieso Katharina einen Schlüssel dazu besitzt und wo der eigentliche Bewohner sich in dieser

Nacht aufhielt, ist mir schleierhaft. Ich habe Katharina nicht danach gefragt, wie ich überhaupt zu ihr nicht von dieser Nacht gesprochen habe, ich war viel zu verdattert und Katharina war am nächsten Tag einfach wieder nur eine Freundin, ach was, die Freundin einer Freundin. Ich wohnte nur in ihrer Wohnung.

Also bitte, sagte mein Lektor, das ist doch nicht glaubwürdig, dass er nichts weiß und nichts fragt!

David ist so, sagte ich, glaub mir.

Ja, weil er ein Trottel ist, aber unser lieber Leser gibt sich mit so was nicht zufrieden, er blätterte in seinem Notizbüchlein, Straße, Hausnummer?

Ich starrte ihn böse an, Josefstraße, sagte ich dann unwillig, 174.

Das wird unsere Leser interessieren, sagte er zufrieden.

Mit Sicherheit, sagte ich indigniert, brennend.

Ich fiel aus dem Schlaf wie ein Betrunkener aus dem Fenster, man kippte mich aus gleich einem Batzen Unrat, ein taumelnder Kosmonaut in voller Montur. Katharina hingegen sah fabelhaft erholt aus, kam aus dem Bad, frisch gepflückt, roch unfassbar gut. Ich schaute ratlos in den Spiegel, sah mein ratloses Gesicht. Ich betrachtete die Dinge auf der Konsole, eine Rasierseife, die nicht mir gehörte, ein Tigel mit Hautcreme, ein fetter Buddha, ein Flakon mit Parfum, ich nahm es in die Hand, roch daran und: tiefere Schichten der Luft. Es war der Geruch der Nacht und der an Katharinas Hals, Birnen und ein Bukett von Jasmin, der Duft von seidigen Teppichen und Lederzeug und ich fiel in die Bilder, aus dem Bad, aus der Nacht, war es einfach nur das Parfum gewesen? Hatte ich etwa geträumt, verführt von einem aphrodisierenden Duft? Anschließend gingen wir hinaus und frühstückten in einer Bar, die *Casablanca Bar* am Limmatplatz, Frühstück bis 16 Uhr. Hier in Berlin ist das völlig normal, hier sagen die Leute, was? Ab vier gibts schon kein Frühstück mehr? Das schaff ich doch nie!

In der Schweiz frühstückt man morgens und damit hat sich die Sache, die *Casablanca Bar* fällt da völlig aus der Rolle. Wir aßen Croissants und tranken heißen Milchkaffee.

Ich hob müde die Hand Richtung Theke, Kellner, Nachschub. Kaffee. Noch mehr Kaffee. Ich lag, hingeworfen in einen Stuhl von der Form einer Salatschüssel, betrachtete die vorbeistromernden Passanten mit erschreckendem Gleichmut. Das war *mankind*. Das also, *finally,* war *mankind*. Ich aber war ein Kosmonaut in voller Montur, *landed on the wrong planet.* Ich war matter Salat, die Herzen im Dressing ertränkt, hilflos in meiner Schüssel. Ich war die Adlerbeute, der Bussardimbiss, ein kleiner Snack, ein mausgleicher Appetithappen irgendwo in der Landschaft, ich war Juri Gagarin, der Genosse von drüben – von ganz weit drüben.

Mankind hastete in Riesenschritten am Fenster vorbei und ich war der erloschene Stern, ein Planet, den keiner kennt, ich war nur ein Mann. Ich war Gagarin, irgendwo im Orbit, in einer Art Endlosschlaufe, Warteschlaufe, schaute hinaus, endlose Weiten, Schlaufen um Schlaufen.

Ich bestellte noch einen Kaffee, Katharina las mit Interesse sämtliche Zeitungen, trank zwei riesige Gläser Karottensaft und begleitete mich anschließend zum Bahnhof, setzte mich in den Zug nach St. Gallen – dabei wollte ich da nie wieder hin! –, wo ich dann mit einem Kopf, als ruhte er in einem gut gefüllten, runden Fischglas, und absolut sinnlos vor meinem Laptop saß, das Driften der (nutzlosen) Sterne meines Bildschirmschoners betrachtete, ohne auch nur ansatzweise zu verstehen, was das zu bedeuten hatte, und eineinhalb Stunden später wieder den Zug retour nahm.

24. Schweizer Erinnerungen

Der Tag war alt geworden, die Nacht noch jung, kroch als Abend getarnt über die Dächer, um sie dann alle mit der Dunkelheit zu überrumpeln. Anna Snozzi und Frau von Sydow hatten die Tische eingedeckt, weiße Tischwäsche, tiefe Teller und Suppenlöffel, Anna Snozzi stand hinter der Theke und schnitt Scheiben von einem riesigen Brotlaib, verteilte sie auf kleine Silberkörbchen.

Stanjic hatte geendet und Sydow tauchte aus den Tiefen des Sofas, der Träume, er fuhr sich durch die Haare, aha, sagte er, interessante Geschichte. Das mit dem Astronauten, super, er schaute hinüber zur Tafel, Essen ist fertig, sagte er, Soljanka. Wo der Glaser bleibt, frag ich mich.

Der ist neuerdings immer so beschäftigt, sagte Stanjic.

Das stimmte allerdings.

Stanjic war aus der Schweiz zurückgekommen, zugegeben reichlich bedröppelt ob der helvetischen Erfahrungen, gleichermaßen aber auch regelrecht erfrischt und, ja, hoffnungsvoll. Er war seit den kritischen Ereignissen im Österreichischen drüben in der Liebe ein scheues Reh, ein krankes Tier, mitunter dachte er blumig und bar jedes gesunden Tatendrangs an Katharina, er dachte: Werden wir uns jemals wiedersehen?

So natürlich nicht! Junger Mann! Aber glauben Sie mir, zu diesem Zeitpunkt wäre jedwelche energische Intervention völlig umsonst und vergeblich gewesen, David hatte ein Herz wie ein Hase, nicht von Natur aus, da ging noch was, aber mangels entsprechendem Training.

Seis drum, sie hatten in bester Laune dem Frühling und ihrem Trio gefrönt, Stanjic hatte sich eine eigene Wohnung genommen und kam in der Regel Stunden zu spät, aber was solls. Doch plötzlich und von heute auf morgen war Simon Glaser auffällig beschäftigt und Sydow und Stanjic verbrachten die Treffen zu dritt meistens zu zweit.

25. Die Nachbarin

Anna Snozzi stellte auf jeden Tisch einen Teller mit Brot und Butter, eine silberne Menage, Sydow nahm eine Scheibe und schmierte sich Butter drauf, streute Salz darüber, beschäftigt?, fragte er, womit denn, Kunst, Neue Medien? Film?

Keine Ahnung. Immer wenn ich ihn festnageln will, bekomme

ich nebulöse Antworten. Ich glaube, er hat eine neue Nachbarin. Er ist neuerdings viel bei seiner neuen Nachbarin.

Eine neue Nachbarin? Ernsthaft? Wieso sagst du das nicht gleich? Hübsch?

Weiß ich doch nicht, ich sagte doch gerade, eine *neue* Nachbarin, die war noch nicht da, als ich bei Glaser wohnte.

Wie aufregend, die muss ich mir ansehen. Vermutlich entscheidet sich dort mein Schicksal, ich fühls, ich spürs, da ist eine Frau und sie muss die meine werden.

Im Grunde war das nicht so falsch. Gewiss, Frederik vermutete hinter jeder Frau sein höchstpersönliches Schicksal, zufällig traf es hier aber tatsächlich zu. Wenn auch anders, als er sich das vorgestellt hatte.

Glaser hatte eine neue Nachbarin und damit stellte das fatum ihnen eine Weiche, und für sie alle nahm der Zug nun gehörig an Fahrt auf. Ob er zu stoppen wäre? Ob sie hätten eine Notbremse ziehen können, aussteigen und über die Felder einem anderen Horizont, einem neuen Los hätten entgegengehen können?

Ach, wer wüsste die Fäden zu entwirren und die Fahrpläne zu durchschauen!

Ein solcher glitte, unbehelligt und in stetem Gleichmut, durch der Moiren Netze und es wäre das Sterben nur ein sanftes Verglimmen. So aber hatte Glaser eine neue Nachbarin und ihrer aller Lebensfäden verwoben und verflochten sich immer enger, der Zug gewann an Tempo und steuerte auf einen Mord hin und der war nicht sanft. Ganz im Gegenteil, erschossen werden ist eine knallharte Angelegenheit, hinterrücks macht es nicht besser und, als wäre des Unbills nicht genug, war es auch noch ernster Winter und bitterkalt. Aber das war dann andererseits auch egal.

Vermutlich, sagte Sydow also, vermutlich entscheidet sich dort mein Schicksal.

So viel Schicksal, wie du immer meinst, sagte Stanjic, hat kein Mensch.

Ich schon. Frauen sind mein Schicksal und Gott sei Dank gibt es der Frauen viele.

Das Café füllte sich ruckzuck. Frau von Sydow und Anna Snozzi trugen die Terrinen zu den Tischen und Stanjic begann die Suppe auszuschöpfen.

Das Telefon klingelte, seine Oma war gerade wieder auf dem Weg in die Küche.

Ich geh schon, Omi, sagte Frederik, er ging hinter die Theke, nahm den Hörer ab, ja bitte?, sagte er, *Visite-ma-tante*?, er lauschte.

Essen ist fertig, sagte er. Er lauschte, drehte sich zu Stanjic und wachelte in Richtung Suppe, führte einen Löffel zum Mund, David begann zu essen. Frederik schaute ihm zu, lauschte in den Hörer. Soljanka, sagte er. Wo bist du denn? –

Natürlich mit Kraut und Gurken, wie sonst. Und was machst du da? –

Klar gibts frisches Brot, heute ist Freitag. Und warum nicht? –

Und mit wem? –

Und warum nicht? –

Aber –

Er lauschte, hängte den Hörer wieder ein und ging zurück zum Tisch. Er nahm sich eine weitere Scheibe Brot, brockte sie in die Suppe und begann zu essen.

Das war Simon, sagte er.

David reichte ihm seine Serviette, Obacht, deine Oma kömmt. Kommt er nicht zum Essen? Wo ist er denn?

Frederik faltete die Serviette auseinander und legte sie sich auf den Schoß. Nein, kommt nicht, keine Zeit. Er ist im Grunewald.

Was? Und was macht er da?

Das heißt wie bitte, sagte Frau Sydow, sie kam zu ihnen herüber, begrüßte die anderen Gäste, die dicht gedrängt mit um den Tisch saßen.

Tut mir leid, Frau von Sydow, wird nicht mehr vorkommen.

Das will ich hoffen. Und sonst, Jungs, schmeckts?

Großartig, Omi.

Das Brot ist umwerfend gut, Frau von Sydow. Wie selbst gebacken.

Werden Sie nicht frech, David, auf mein Selbstgebackenes kommt mir nichts. Wo ist Simon?

Stanjic hob den Deckel von der Suppenterrine, Sie auch noch?

Die Dame neben ihm nickte und schob ihm den Teller hin, im Grunewald, sagte er.

Im Grunewald? Und was macht er da?

Stanjic zuckte die Achseln, er verteilte die restliche Suppe und rührte in seinem Teller herum, sie wandte sich an Frederik.

Kann er mir nicht sagen, sagte er.

Und warum nicht?

Ist irgendwas Wichtiges. Frederik hob den Deckel der Schüssel, schaute hinein, geh du noch welche holen, sagte er zu Stanjic.

Es wäre aber schöner, du würdest welche holen.

Ja, Konjunktiv.

Konjunktiv ist die schönere Welt.

Woher weißt du das.

Das weiß in Österreich jeder.

Ist es das Einzige, was ihr wisst.

Ja.

Okay. Sydow nahm die Suppenschüssel und stand auf, ging in die Küche, um sie auffüllen zu lassen.

Was Wichtiges, Frau Sydow schüttelte den Kopf und sah David streng an, im Grunewald!

Schauen Sie nicht so streng, sagte Stanjic, ich war noch nie im Grunewald, ich schwörs.

Das sollten Sie aber schleunigst ändern.

Ja, Frau von Sydow.

Der Grunewald ist schön.

Verstehe, Frau von Sydow.

Nur nicht, wenns Essen gibt!

Alles klar, Frau von Sydow.

Und brav bleiben.

Mach ich immer, Frau von Sydow.

Sie tätschelte ihm die Schulter und ging zum nächsten Tisch, Frederik kam zurück und stellte die volle Suppenschüssel auf den Tisch, schöpfte sich nach.

Im schönen Grunewald also, sagte David. Und mit wem ist er da?

Kann er mir nicht sagen.

Und warum nicht?

Was weiß denn ich? Sydow haute dem kleinen Jungen neben sich auf die Finger und nahm sich schnell die letzte Scheibe Brot, du hattest schon zwei, sagte er. Leute unter acht dürfen nicht mehr als zwei Scheiben Brot pro Nase und Abend.

Ich bin aber schon zehn, sagte der Junge, er griff nach dem Brot.

Nein.

Doch.

Sydow beugte sich zu ihm hinunter und sagte leise, wenn du frech wirst, sag ichs meiner Oma.

Der Junge zog seine Hand zurück.

Und, sagte Sydow aufgeräumt, wie alt sind wir denn.

Acht, flüsterte der Junge.

Acht, wiederholte Sydow, er zerteilte seine Brotscheibe und reichte ihm die Hälfte hinüber, in dem Alter muss man tüchtig essen, dann kannst du die neun überspringen.

Okay.

Sydow hielt ihm die Hand hin, komm Kumpel, schlag ein, ich hol uns noch ein Brot. Der Junge klatschte dagegen, lächelte, Frederik zauste ihm im Aufstehen durchs Haar. Er ging hinter die Theke und säbelte ein paar Brotscheiben ab, schob dem Jungen noch eine hin, vermutlich, wandte er sich dann wieder an David, weil er mir ins Schicksal pfuschen will, in die Suppe spucken, warum sonst. Hund, blöder.

Aber –

Ja, hab ich ihm auch gesagt. Hat er einfach aufgehängt. Hoffentlich erschlägt ihn der Blitz. Im Grunewald!

26. Das neue Konzept

Sydow fand, es war an der Zeit, Glaser mal wieder zu stellen, ihm die Würmer aus der Nase zu ziehen und bei der Gelegenheit seinem eigenen Schicksal auf die Sprünge zu helfen, die Nachbarin in Augenschein zu nehmen, sicher war sie sehr hübsch.

Die Nacht hatte sich verzupft, der Vormittag schlich noch total deshabillé durch die Gegend, gegen Mittag aber warf sich der Tag in Schale und es klarte merklich auf. Einer dieser herrlichen Tage im Herbst, an denen die Sonne schon tiefer gehängt wurde und alles weich ausleuchtet, die Farben werden pur und satt, die Haut, das Haar und Haus und Fluss, alles wird mild und schön im Herbst, erklärte Sydow, während er hinausschaute, den schönen Menschen, Männern, Frauen hinterherschaute, also den Frauen hinterherschaute und dem Klingelzeichen lauschte.

Er fand, an so Tagen wie heute sahen Frauen aus wie Bildern entsprungen von Vermeer, alles schien zu leuchten und zu glimmen und barg eine hinreißende Ruhe, als wären sie justament immer im Begriff, Milch aus einem Krug irgendwohin zu gießen, aus einem irdenen Krug, fügte Sydow der Vollständigkeit halber hinzu, weil das machte die Sache komplett. Krüge waren irden und Frauen sahen so milchgewaschen aus und beerenverschmiert.

Na ja, er wandte sich vom Fenster ab, so pseudopoetische Gedanken eben, wenn man irgendwo anklingelt und keiner hebt ab, aber –

Bist du auch mal wieder zu Hause, sagte er, er setzte sich auf die Theke, klemmte den Hörer ans Ohr und angelte sich ein Stück Kuchen aus der Vitrine. –

Jaja, sagte er, dieses Heizen, nicht wahr, die Nähe zur Natur, der Grunewald und so, du bist ungeheuer beschäftigt, ich weiß. Hör mal, wir müssen mehr proben, sonst sind wir bald auf dem Niveau Hausmusik –

Was? –

Witzig, Simon, wirklich witzig. Bevor ich in Hausmusik mache, bring ich meine Oma um die Ecke und übernehm das *Tante* und keiner merkt den Unterschied, verstehst du? –

Was für ein neues Konzept? –

Ein neues musikalisches Konzept? So was habe ich ja noch nie gehört. Ist auch egal, das kannst du uns dann alles erzählen, Termine, sagte er, er klopfte sich die Krümel vom Schoß, wir machen uns ein paar Termine aus.

Sie machten sich ein paar Termine aus.

Also gut, sagte Glaser am anderen Ende, bis dann.

Sydow hängte den Hörer ein, wir haben uns ein paar Termine ausgemacht, sagte er zu David, und wehe, du kommst zu spät.

Fein, sagte Stanjic.

Verlauf dich nicht, sagte Sydow.

Mach ich nie, sagte Stanjic.

Witzig, sagte Sydow.

27. Ein Wort zum Trabant

Glasers Filme waren eine Sache, aber, sagte Stanjic, er hielt an der Ampel, sie schauten zu, wie eine Behindertengruppe Hand in Hand in Hand die Straße überquerte, in einer langen Reihe wie beim Singspiel, noch viel komischer, sagte Stanjic, sind die Sachen, die er schreibt.

Sicher so Medientheorien, sagte Sydow, abwegige Überlegungen zur Kunst.

Ich weiß nicht. Stanjic blickte der Menschenkette hinterher, der Letzte in der Reihe schaute in die Luft, wurde hinterhergeschleift. Ihm war aufgefallen, dass bei promenierenden Behindertengruppen immer mindestens einer in die Luft schaute, hinterhergeschleift wurde. Dieser hier trug auffällig schöne Schuhe, echte *Waldviertler*, wie Stanjic mit dem geübten Blick des Ureinwohners sofort erkannte, und wenn er auch mit gutem Grund sonst alles Österreichische boykottierte, die *Waldviertler* waren einfach solides Schuhwerk, Krisengebiet hin oder her. Vielleicht aber auch gerade darum, vielleicht hatte ein pfiffiger Kopf angesichts des tiefen österreichischen Sumpfs einfach die idealen Schuhe erfunden fürs Land, *trittsicher: auch wenns bergab geht.*

Ich glaube eigentlich nicht, sagte er, dass das was Theoretisches sein soll.

Grüner wirds nicht.

Was?

Es ist grün, wenn dus schon nicht siehst, müsstest dus langsam hören, die in den Kilometern hinter dir sind kurz davor, aus ihren Gefährten zu steigen, dich aus dem deinen zu zerren und zu vermöbeln. Übrigens heißt das *wie Bitte.*

Stanjic gab Gas, der Motor soff ab, oje, sagte er.

Oje, sagt er, Sydow schaute hinaus, da kommt schon einer.

Er kurbelte das Fenster runter, streckte den Kopf hinaus, wir sind gleich so weit. Mein Freund besucht derzeit einen Meditationskurs, das sind so Hausaufgaben, sich nicht aus der Ruhe bringen lassen, Stresssituationen einfach veratmen, Gelassenheit und so, er braucht das für seine Entwicklung.

Wenn er nicht innert Sekunden die Fliege macht, der Automobilist –

Automobilist, monierte mein Lektor, wieso so etepetete, das ist doch der –

Olaf, sagte ich, ich beugte mich über den Teller mit seinem halb verzehrten Stück Apfelkuchen, ich dachte, wir hätten uns darauf geeinigt, nicht mit dem Zaunpfahl zu winken.

Wer redet von Winken, er schaufelte eine Gabel voll Schlagsahne auf den Kuchen und steckte sich einen Bissen in den Mund, unser lieber Leser ahnt doch sowieso schon, dass –

Meinst du?, sagte ich, ich meine, Stanjic und Sydow haben zu dem Zeitpunkt noch keinen blassen Schimmer.

Ja sicher, weil sie beschränkt sind, sagte er, er wischte sich mit der Serviette über den Mund, weil sie ein bisschen ballaballa sind.

Das sagt man heutzutage überhaupt nicht mehr, behauptete Sydow.

Hä? Stanjic warf ihm einen verdatterten Blick zu.

Der Automobilist klopfte ungeduldig aufs Autodach, er hatte sich hinuntergebückt, spähte ins Innere des Wagens, wenn er nicht innert Sekunden die Fliege macht, wiederholte er, ist seine Entwicklung hier gleich zu Ende. Jede Entwicklung.

Mein Lektor schaute mich anklagend an, du denkst wohl, du kannst dir alles erlauben, was?

Ich grinste, du hast Sahne im Bart.

Ich trage keinen Bart!
Glück gehabt.

Ich sags ihm, sagte Sydow. Ich hoffe, er nimmt es als Ermunterung, noch gelassener zu sein.

Er kurbelte das Fenster wieder hoch, lass dir ruhig Zeit, sagte er, ich glaube, die Meditation hat ein paar neue Anhänger gewonnen.

Stanjic kriegte endlich den Motor gestartet, ließ ihn aufheulen und das Auto machte einen Satz nach vorn, brauste über die Kreuzung, Sydow hielt sich am Handgriff über der Tür fest, bestens, er nickte, bei Rot über die Ampel.

Grün, rot, Stanjic bog quietschend um die Ecke, das sind einfach viel zu hektische Phasen hier.

Gewiss. Sydow nickte ein bisschen weiter, ganz sicher. Zu viele Farben auch, alles so schön bunt hier, das ging den Ossis nach der Maueröffnung auch so, hatten noch nie eine Ampel gesehen, standen in ihren kleinen Pappautos auf den Kreuzungen herum, staunten. Sie überlegten, dass hier sicher für was geworben wird, mit schönen bunten Lichtern, Kapitalismus halt, wo man geht und steht, wird für was geworben. Sie haben auf den Kreuzungen gestanden, das Spiel der Lichter betrachtet, sie haben gedacht, hier wird geworben und gegrübelt, wofür. Damals sind viele Westberliner in die Meditationskurse geflüchtet, Gelassenheit üben.

Ich möchte mich an dieser Stelle kurz einschalten, nur, falls Ihr empfindliches politisches Gewissen hier quasi aufjault: Diese skandalösen Äußerungen Sydows sind nicht auf meinem Mist gewachsen, ich habe den Jungen nicht aufgezogen, verstehen Sie? Er und auch alle anderen werden im Verlauf der Handlung noch viel Schwachsinn von sich geben, also gut, ich schreibe es nieder, es ist wichtig fürs Protokoll, aber ich möchte mich hier und für immer entschieden davon distanzieren! Ich würde mich niemals hinreißen lassen, von Pappautos zu reden, ganz im Gegenteil, ich sage hier und jetzt: Der Trabant, er war ein schönes Auto. Er hatte seine Schwächen, aber, Hand aufs Herz: Haben wir die nicht alle?

Er schaute auf die Liste, du bist übrigens falsch, links herum. Wir können froh sein, dass Lunch ein dehnbarer Begriff ist, ob die ihre Stullen um zwölf essen oder um drei, ist völlig einerlei.

Stanjic kurvte um einen Brunnen, ich muss mich einfach erst einarbeiten, irgendwann geht das ganz fix. Die Texte von Simon, ich weiß auch nicht. Anfangs habe ich nur so reingelesen, aus purer Neugier, aber da ist was Unheimliches daran.

Was heißt was Unheimliches.

Was Brutales. Was Aggressives und was Gefährliches.

Simon ist doch nicht gefährlich. Und nicht brutal. Ich meine – Simon! Schau ihn dir an! Eine Seele von einem Mann! Früchtetee! Der setzt noch eine Mücke auf ein Blatt und trägt sie zum Fenster, damit ihr nichts zustößt. Simon und brutal, ich bitte dich.

Sicher. So wie wir ihn kennen, nicht. Aber der in dem Text, der ist brutal.

Eine Seele von einem Mann! Und in einem Text ist alles möglich, es ist die eigentliche Welt des Konjunktivs, weil es Fiktion ist, darf man alles, ausgedacht kann man alles machen.

Mir kommt das nicht ausgedacht vor. Und wenn, dann von einem kranken Kopf. Wenn Simon das geschrieben hat, dann stimmt was mit ihm nicht.

Ich kann mir das nicht vorstellen, sagte Sydow, ich denke, du übertreibst.

Schaus dir mal an, liegt da hinten.

Das ist übrigens eine Einbahnstraße, in die du da gerade mit Geschwindigkeitsüberschreitung einrast. Einarbeiten ist wirklich gut, *ich muss mich einfach erst einarbeiten,* wenn du nicht den Exotenbonus hättest, hätten die dich nach einem Jahr einarbeiten schon längst zu einem Putensandwich verarbeitet.

Versteh ich nicht, wieso Pute.

Wieso nicht Pute, Grünzeug wie du passt doch zu allem. Sydow angelte sich ein paar Blätter von der Rückbank, begann zu lesen. Er schaute auf, links, du Trottel, Stanjic bremste ab, fuhr im Rückwärtsgang zurück, Sydow hielt sich am Handgriff, wenn ihr bei dir zu Hause alle so Auto fahrt, wunderts mich nicht, dass ihr mit den Nerven am Ende seid und als einzigem Ausweg dem

Konjunktiv frönt. *Wenn ich nicht ein so schlechter Autofahrer wäre, würde ich gut Auto fahren, wenn ich nicht so dumm wär, kämen mir die besten Ideen, wenn die Berge hier nicht so hoch wären, wär das Land schön flach, wenn –*

Jaja, Stanjic fuhr an den Rand und stellte den Blinker ein, er schaute auf die Liste und ging nach hinten zum Kofferraum und holte die Sandwichpakete raus, wenn du nicht gleich das Maul hältst, stopf ich's dir. Indikativ.

Auch der Indikativ hat seine Vorzüge, nicht wahr?

Korrekt. Bis gleich.

Sydow kurbelte das Fenster herunter, einparken? Macht man heutzutage nicht mehr oder was.

Das üb ich im nächsten Jahr, eins nach dem andern.

Prima, sagte Sydow, fein. Er stützte die Beine auf das Armaturenbrett und las weiter.

28. *Schlachten* – darum geht es

Stanjic stieg wieder ein, schnallte sich an, und?

Er geht gerade in eine Ausstellung, aber besonders brutal kann ich das nicht finden, sicher, der da herumgeht, spinnt, aber sonst? Woher hast du das eigentlich?

Stanjic versuchte zu starten, kam nicht weg, ich bin zufällig darauf gestoßen.

Zufällig, sagte Sydow.

Ganz ehrlich, ich wollte, als ich noch bei Simon wohnte, an seinem Computer was über die Bioresonanzmethode recherchieren – übrigens ein hochspannendes –

Vergiss es.

Dann eben nicht. Jedenfalls war an dem Tag so eine Seite von Simon offen und wie ich ein bisschen reingelesen habe, dachte ich, da ist was komisch dran.

Ja und dann?

Dann hab ich's mir ausgedruckt und wollte es in Ruhe

mal lesen. Im ganzen Umzugstrubel ist es aber in irgendeiner Kiste verschwunden und ich habs erst neulich wiedergefunden. Was ist denn schon wieder mit dem Auto los, das fährt nicht mehr.

Handbremse, sagte Sydow, Stanjic löste die Handbremse, fuhr los, also, wohin jetzt? Er warf einen Blick auf die Liste, bitte, sagte Sydow, er legte die Hände vor die Augen, hoffte, dass das entgegenkommende Auto noch ausweichen konnte, bitte bitte: einfach nur fahren. Dann schaffst dus auch, hübsch rechts zu bleiben.

Jedenfalls, sagte Stanjic, heißt der Text: *Schlachten, Ein Alphabet der Indizien.*

Hm, machte Sydow, er schaute aus dem Fenster, klingt nach Simon.

Ja, sagte Stanjic, fand ich auch. Der Text ist in Abschnitte unterteilt, es sieht fast so aus, als würde er ihn Stück für Stück auf einen Blog laden oder so.

Wie kommst du denn darauf?

Weil jeweils das aktuelle Datum darübersteht, immer zwei drei Seiten, dann kommt der nächste Teil.

Und worum geht es?

Also, diese Person – ich nehme wie gesagt an, es handelt sich um Simon – fährt mit der Straßenbahn durch die Gegend und erinnert sich. Wenn ich das recht verstehe, geht es dabei um ihn und seine Exfreundin. Angeregt wurde das durch den Besuch dieser Ausstellung, er schaute sich dort so religiöse Sachen an, Maria und Gabriel bei der Verkündigung, Maria und Josef mit dem Kind und so weiter. Er aber versteigt sich in die Idee, diese Bilder hätten etwas mit seiner eigenen Geschichte zu tun, und steigert sich da völlig hinein. Rückblickend vermutet er, seine Freundin habe ihn betrogen und das gemeinsame Kind sei von einem anderen Mann, er verliert die Kontrolle über sich, fängt an, sie zu beobachten und ihr aufzulauern. Tja. Und weiter bin ich noch nicht. Lies mal weiter.

Sydow schaute hoch, sie hatten schon längst wieder gehalten, standen vor dem Bürogebäude am Kanal. Stanjic war nicht da, verteilte die letzten Sandwichs. Sydow schaute auf die Uhr, fast drei, eigentlich könnte David gleich das Teegebäck mitliefern.

Er legte die Blätter weg und stieg aus dem Auto. Die Sonne schien, es war ein später und milder und schöner Herbst, Beeren, Milch und irden, das ganze Paket der alltäglichen naiven Poesie, goldenes Licht.

Er überquerte die Straße und setzte sich ans Wasser. Nachdenken konnte man das vielleicht nicht unbedingt nennen, aber er driftete zumindest zwischen den Gedanken. Worum es da ging? In diesem, tja, Erguss? Schwer zu sagen. Womöglich war es doch etwas Theoretisches, Kunst ist ein weites Feld, Maria und Josef, die Heilige Familie, vielleicht war es eine Art Erörterung, vielleicht was für einen Kunstkatalog, ach, keine Ahnung.

Was keine Ahnung, Stanjic hatte sich neben ihn ins Gras fallen lassen, streckte sich aus und schloss die Augen.

Sydow lehnte sich zurück, stützte sich auf die Ellbogen und schaute ins Wasser, das ist krudes Zeug, vermutlich für einen Kunstkatalog, mir ist das zu anstrengend.

Was soll das für ein Katalog sein, Stanjic hatte die Beine übereinandergeschlagen und legte sich den Arm über die Augen, nein nein, ich habe da ein ganz ungutes Gefühl. Es geht um eine geplante Vergewaltigung, das läuft doch nicht mehr unter Kunst.

Dann eben nicht Kunst, sondern ein Exposé, für einen seiner Filme. Die sind auch eine Art Vergewaltigung. Nicht, dass ich sie mir ansehen würde, aber du hast es am eigenen Leib erlebt, du bist ein wirkliches Opfer. Im Übrigen sind das nur Worte, don't panic.

Und das Wort ist Fleisch geworden und hat unter uns gewohnt, sagte Stanjic hartnäckig.

Meine Güte, bist du hartnäckig, was soll das bitte heißen.

Gesagt, getan, heißt das meiner Meinung nach, gedacht und gesagt und getan, dann sieht die Sache schon anders aus, oder? Wenn ich denke, dass solche Worte ganz fleischig werden und unter uns wohnen –

Glaub mir, im besten Fall werden sie zu Filmen und du musst sie dir niemals ansehen, außer du trittst irgendeinem Verein bei. Lass gut sein, David, du siehst Gespenster.

Ich habe übrigens diesen *Schlachten*text vorliegen – als ich David Stanjic von dem geplanten Buchprojekt erzählte, war er so freundlich, ihn mir zu überlassen. Genau genommen gehört er ihm ja nicht, aber auch Simon Glaser und Katharina hatten nichts gegen meine weitere Verwendung. Kurzzeitig hatte ich damit geliebäugelt, ihn dem Buch beizulegen, aber mein Lektor hat das kurzerhand abgelehnt. Erstens, zweitens und drittens, zählte er mir Finger für Finger auf, ist das Buch sowieso schon viel zu dick, wenn ich bei der Vertretersitzung noch mit zusätzlichen 120 Seiten antanze, machen die mich platt. Viertens, sagte er und zeigte mir seine zehn ausgestreckten Finger, ist das viel zu verquastes Zeug, das vergrätzt uns den lieben Leser und –

Schon klar, sagte ich, und räumte den *Schlachten*text wieder weg, dann fassen wir das halt zusammen.

Genau, sagte er zufrieden und warf den Packen zum Altpapier.

29. Simon, der Mörder

Dass jemand würde umgebracht werden, so was vermuteten sie nun wirklich nicht, nicht einmal David Stanjic, woher auch.

Was Stanjic allerdings stutzig machte, waren die augenscheinlichen Parallelen zwischen dem *Schlachten*text und gewissen Details in Simon Glasers Leben.

Und wie mach ich das jetzt?, fragte ich ratlos, wenn der liebe Leser den Text gar nicht vorliegen hat, wie soll er dann von den Parallelen wissen?

Reicht doch, dass du sagst, da sind Parallelen, sagte meine Lektor, so im Detail interessiert das niemanden, Stanjic macht es stutzig, dass Glaser dem Protagonisten in dem Text aufs Haar gleicht, dass er dieselben bekloppten Dinge tut, dass er immer unheimlicher wird und klar wird, das ist ein Psycho.

Okay, sagte ich, nicht ganz überzeugt, dann lasse ich das ab und zu so nebenbei einfließen.

Ganz genau, ganz nebenbei.

Stanjic und Sydow fanden einfach, Glaser mache gerade ein bisschen zu sehr auf *heimlifeiss* – Stanjic behauptete steif und fest, dies sei ein trefflicher Schweizer Ausdruck für sein Benehmen, er hatte ihn bei seinem Aufenthalt in Zürich gelernt, von Katharina. In dem Wort stecke sowohl heimlich als auch feiss, das heißt fett, sagte er leutselig zu Sydow, ich weiß, sagte der, ich meine, wer studiert hier *Neue Deutsche Literatur* und *Mittelalterliche Minne*, du oder ich.

Es bedeutet, behauptete David Stanjic, jemand hat heimlich für sein eigenes Wohl gesorgt.

Sieht ganz so aus, sagte Sydow. Vermutlich mit der hübschen Nachbarin, Simon hat mit *meinem* Schicksal für *sein* Wohl gesorgt, der heimlifeisse Hund.

Die musikalischen Termine sollten für eine gewisse Klarheit sorgen oder, wie Sydow das ausdrückte, der fetten Sau das Heimlichtun verleiden, Simon ist nicht fett, sagte Stanjic, aber feist im Geiste, sagte Sydow, kann schon sein, sagte Stanjic.

Das Betrübliche war: Sie hatten nun ein paar Termine, bloß war es dann Stanjic, der jeweils nicht auftauchte. Das erinnerte ungut an seine ersten paar Wochen in der Stadt, als er jeweils Stunden zu spät kam oder wahlweise auch gar nicht, er hatte sich schon mit Stadtplan dauernd verirrt, ohne wurde es nicht besser. Wie ein Besessener rannte er damals in der Stadt herum und wollte sich alles anschauen.

Jetzt schaute er sich nichts mehr an, entweder hatte er alles gesehen oder log sich über die wirkliche Größe der Stadt was in die Tasche. Sie hatten sich ein paar Termine ausgemacht zum Proben und Stanjic kam schon wieder nicht.

30. Astrologie ist besser als ihr Ruf

Beim Glaser zu Hause war alles wie gehabt, bloß staubiger. Das hätte Sydow schon misstrauisch machen müssen, aber war er vielleicht ein Detektiv?

Eben.

Er hielt sich damit also nicht so lange auf, wie er gesollt hätte, oder Glaser war einfach zu zugeknöpft und heimlifeiss. Während sie auf Stanjic warteten, kamen sie vom Hundertsten ins Tausendste und irgendwo noch unter der Hundert auch auf das Gutshaus zu sprechen, das Frau von Sydow irgendwo im Mecklenburgischen besaß. Hätten sie gewusst, dass sie damit ein Rad zum einrasten würden bringen und dem Schicksal einen Damm gruben, sodass es nicht mehr auskonnte, es hätte ihnen das Schwätzen verleidet.

Aber kann man die Sterne löschen, wenn sie einem die Zukunft weisen?

Nein. Man kann sie nur weiträumig umfliegen.

31. David, der Schussel

Ich hab dir schon gesagt, dass das überhaupt nicht in die Tüte kommt, sagte Frederik Sydow, Glaser hatte ihm sein neues Konzept erklären wollen, *Musik der Erde,* aber Sydow hatte das rigoros abgebrochen, mit so was musste man ihm nicht kommen.

Was heißt, du willst jetzt Klezmer spielen, bist du irre?

Wieso denn irre, Glaser horchte und drehte an dem Wirbel, irgendwie ist das einfach immer verstimmt, behauptete er. Er drehte noch ein bisschen, strich über die Seiten und schaute ihm freundlich ins Gesicht, das ist ein neues Konzept. Was hast du gegen Konzepte, wieso bitte irre, bist du jetzt auf einmal gegen die Juden oder was.

Wieso gegen die Juden, Sydow sortierte die Noten auf dem Ständer, schraubte das Mundstück auf die Klarinette und warf einen Blick auf die Uhr. Wieso kommt David schon wieder nicht. Langsam habe ich das satt, dass David immer nicht kommt oder wenn er doch kommt, zu spät kommt, wo, frag ich mich langsam, wo bleibt David eigentlich immer. Neuerdings trifft man dich nur noch, wenn man dich mit der Gabel feststicht und einrollt und jetzt sind wir schon wieder nur zu zweit. Die Juden, er raufte sich die Haare, fuchtelte mit der Klarinette herum, was soll denn das mit den Juden zu tun haben. Was soll denn dieser sentimentale Folkloremist bitte mit den Juden zu tun haben, das ist Volksmusik, Schimi, das ist einfach Volksmusik, verstehst du, niemals würdest du *hier* eine Volksmusik spielen. Niemals würde *ich* hier eine Volksmusik spielen. *Kein* vernünftiger Mensch *auf der ganzen Welt* würde je eine Volksmusik spielen. Wieso denn bitte, wo mir früher schon beim Musikantenstadlschauen bei meiner Oma immer schlecht geworden ist, wieso denn bitte soll ich jetzt hergehen und eine Volksmusik von den Juden spielen, das ist –

Die sind im Grunde ja kein Volk, Glaser spielte ein paar Takte, kein wirkliches. Das ist ja ihr Problem, von wo sollen die denn ein Volk sein, er brach ab, begann seinen Bogen einzureiben, er deutete mit dem Bogenharz auf Sydow, die haben gar kein Land, erklärte er, verstehst du, darum sind sie auch kein Volk. Kein Land, er schüttelte bekümmert den Kopf, nur ihre Musik haben sie. Als wär die Vertreibung aus Ägypten nicht schon genug gewesen. Nein, immer eins drauf. Als wäre das alles nicht immer schon genug gewesen. Pogrome im Mittelalter. Schikanen im Barock, der Holocaust. Und dann du. Man hat ihnen alles genommen und jetzt kommst du und nimmst ihnen auch noch die Mu–

Ah ja aha. Sydow starrte ihn an, auf dem Klavier spielen wir jetzt, ja? Und weißt du, dass du auf dem Klavier total falsch spielst? Du bringst alles durcheinander. Weil du die Klaviatur gar nicht beherrschst. Weil du überhaupt nicht Klavier spielen kannst. Bringst alles durcheinander und verwurstest es, wies dir passt. Die Juden, sie sind keine Rasse, sie sind keine Nation, aber sie sind ein Volk. Keines im nationalen Sinne, die Nationen, sie sterben sowieso aus, aber ein Volk. Der Große von oben hats gesagt. Und ein Volk hat eine Volksmusik. Leider. Und was soll das also bitte anderes sein wenn nicht eine Volksmusik?

Glaser legte das Kolophonium beiseite und zog den Pullover aus, hängte ihn über die Stuhllehne. Er strich sich ausführlich die Haare zurück, lächelte. Was das sein soll? Er fuhr mit dem Bogen über die Cellosaiten, spielte ein paar Takte, verzog das Gesicht, also das Cello, das David mir da angedreht hat, mit dem ist irgendwas ganz im Argen. Glaubst du, das ließe sich stimmen? Keine Chance, er spielte weiter, es ist ein unstimmbares Cello.

Stanjic hatte ihm nach dem erfolglosen Besuch der Schweiz und des Verrückten in St. Gallen erfolgreich sein Cello verkauft. Er hatte ihm angedeutet, der Spezialist in St. Gallen sei höchst angetan, nein, sprachlos gewesen ob der markanten und einzigartigen Stimme, die dieses Cello von sich gäbe, gerade in der Neuen Musik, sagte David Stanjic eindringlich, suche man nach Instrumenten, die innovative und überraschende Wege wiesen.

Er selbst spielte jetzt Ziehharmonika, da kam es auf die Holzdichte null drauf an.

Ist das überhaupt ein Cello?, fragte sich Glaser, ich meine, er hätte das gesagt. Ein Cello, das wohl, aber unstimmbar. Ist aber nicht so schlimm, diese Musik verträgt das, es ist eine flexible Musik, damit auch die ganz Armen aus den Gettos sie spielen können, auf Geigen aus Schuhkartons und Klarinetten aus Gartenschläuchen, es klingt immer noch schön. Diese Musik klingt auf einem unstimmbaren Cello womöglich am allerschönsten, begleitet von einer Klarinette, die man verkehrt herum bläst, er schaute Sydow in die Augen, *Tsu mir is gekumen a Kusine,* sang er herzhaft, was das sein soll? Lieber Frederik? Ein schönes Lied, oder? Das handelt von einer grünen Cousine. Sie kam nach Amerika, erbsengrün hinter den Ohren, ein kleines süßes Greenhorn. *Schejn wie gold is sie gewejn di Grine,* ein Grünohr und dabei: schön wie gold! *Bekelech,* er strahlte, das sind die Backen, ihre Backen nämlich, *wi rojte Pomerantsn*, da weiß ich nicht, sind das Blutorangen? Pink Grapefruits? Und dann: *Fiselech,* da singt er dann von ihren appetitlichen Füßen, den Füßelchen, zarte Fesseln – was das sein soll, fragst du mich? Weltmusik.

Sydow heulte auf, du bist völlig irre! Er biss das Mundstück wieder ab und schmiss die Klarinette zurück in den Kasten, warf die Noten in die Mappe und stopfte alles in seinen Rucksack. Er klappte kreuz und quer den Ständer zusammen, klemmte sich die Finger ein, au, rief er, so ein Geraffel!

Geraffel?

Sagt Stanjic immer, das ist so ein Austriazismus, behauptet er und ich kann ihm nicht das Gegenteil beweisen. Aber lenk nicht ab, Weltmusik, rief er, du denkst doch nicht im Ernst, dass ich mit dir eine Weltmusik mache, er tippte sich mit dem Notenständer an die Stirn, Backen wie Pomeranzen, so ein ausgemachter Schwachsinn, schick sie zurück nach Amerika, mit dem Gemüsetransporter von mir aus. Volksmusik, Weltmusik, er klappte noch ein bisschen an dem Ständer herum, für mich ist das alles eins und schlecht wird mir allemal, such dir einen anderen Deppen. Er schaute den Ständer an, kreuz und quer und verklappt, ein totales Geraffel, irgendeinen Deppen, sagte er, den Stanjic. Er warf den vermurksten Notenständer von sich, er schlitterte unters Sofa, Sydow nahm seine Jacke vom Stuhl und schlang sich den Schal um den Hals, kannst du ja – verflucht!, rief er, dieser elendslange Schal!

Er wickelte und wickelte, das hörte gar nicht mehr auf, das hört ja gar nicht mehr auf, rief er, kämpfte den Mund frei, kannst du ja David fragen, er warf einen Blick auf die Uhr, wenn er überhaupt je wieder auftaucht. Langsam hab ichs satt, man kann nicht jahrelang immer zu spät kommen und jedes Mal behaupten, man habe sich verlaufen, weil man sich noch nicht auskennt. Wohin, frage ich mich allmählich, wohin bitte verläuft der sich, ins Café *Noch Schöner*? Ins *Schlechtes Versteck*?

Schlechtes Versteck? Glaser hörte auf zu fiedeln, das kenne ich gar nicht.

32. Nein, David hat einfach eine gute Nase

Stanjic? Im *Schlechtes Versteck*? Keineswegs. Es war auch nicht so, dass er sich irgendwo einparkiert hatte und nun nicht mehr ausparkieren konnte, wiewohl das naheliegend wäre. Er hatte sich nicht einmal verirrt, er verirrte sich schon seit geraumer Zeit nicht mehr, er kannte die Stadt wie seine Westentasche, sagte er gern.

Also gar nicht, sagte dann Sydow, trägst du etwa je eine Weste?

Guter Witz, sagte Stanjic. Hätt ich eine Weste, kennte ich die Stadt wie meine –

Das ist kein Witz, sagte Sydow, das ist, wenn einer von Mode und Städten keine Ahnung hat. Das nennt man Drama. Da hilft einem der Konjunktiv auch nicht weiter.

Der Konjunktiv hilft einem immer weiter.

Da hast du auch wieder recht.

Hatte er damit recht? Wir werdens noch sehen. Stanjic behauptete, der Konjunktiv sei ein Naturgesetz, und Sydow konnte bei allem Grübeln nicht wirklich etwas dagegen einwenden. Aber Frederik war als Kind auch einmal auf den Kopf gefallen.

Hatte Glaser mal gesagt.

Ernsthaft? hatte Stanjic gefragt, er fand das nicht mal abwegig, bist du dabei gewesen?

Nein, hatte Glaser gesagt. Aber es könnte sein.

Stanjic hatte es einfach verbaselt, hatte den Termin vergessen, er hatte es vergeigt. Er saß im Grunewald, weil Sydows Oma hatte gesagt, dort seis schön, sie hatte gesagt, dort solle er hin, und er wollte ihr nicht das nächste Mal über den Weg laufen und ihr den Eindruck vermitteln, er sei nicht brav.

Aber das war nur die eine Seite. Stanjic verbaselte und vergeigte und vergaß derzeit, weil er das Gefühl hatte, da ist was im Busch. Er merkte, etwas ballt sich zusammen. Aber er wusste nicht was.

Es war nur so, dass er diese Sache mit Glaser nicht, auf die leichte Schulter nehmen konnte, nicht, dass er schon Genaueres hätte dazu sagen können, aber man könnte sagen: Sydow hatte noch nicht einmal Lunte gerochen und Stanjic hatte aber eine feinere Nase, hörte, aus einer noch fernen Zukunft, das Wetzen von Messern, er hörte einen atmen in einem zukünftigen Wald, er roch das Unheil und wusste einfach noch nicht, woher der Wind kam. Aber er merkte, es lag was verborgen in diesem *Schlachten*text von Glaser, und er las und versuchte zu verstehen.

33. Die Angst vor den Walküren

Schlechtes Versteck, sagte Sydow derweil, da in der – was weiß ich, hinter dem *Küken und Kater*. Weißt du übrigens, er schnallte den Rucksack auf den Rücken und ging hinüber zum Sofa, setzte sich und lehnte sich zurück, dass die da wirklich lustig sind? Neulich komm ich hin, will was kaufen, nicht nur so die übliche Milch, die unvermeidliche Butter oder das gesunde Vitalbrot –

Den apple a day –

Ja, nein, genau: Neulich komm ich hin, denn ich will Zimt kaufen.

Wofür willst du Zimt kaufen.

Für – ist doch total egal, Zimtsterne. Apfelmus. Einen Kinderpunsch.

Glaser schaute ihn mit großen Augen an, Kinderpunsch? Habe ich irgendwas verpasst? Lässt du jetzt Frau und Kinder nachkommen aus Anatolien?

Ich habe dir schon hunderttausend Mal gesagt, dass die Sydows aus Pommern kommen, altes pommersches Geschlecht. Sydow, klingt das etwa türkisch? Pommern. Das ist jetzt Mecklenburg, oder Brandenburg. Wenn ich da mit hochfahre, mache ich bis zur Ankunft immer fest die Augen zu und verlasse das Haus nur bei Dämmerung, den Osten vertrage ich einfach nicht. In Anatolien habe ich meines Wissens keine Verwandten.

Wollen wir da nicht mal hinfahren?

Ich sagte doch gerade, ich habe da keine Verwan–

Nach Pommern natürlich. Ich denke, ihr habt da ein Haus, ein Gutshaus.

Meine Oma. Das heißt auch nicht mehr Pommern. Wie es übrigens, das nur am Rande, auch nicht mehr Nervenfieber heißt. Ich rede immer ganz selbstverständlich von Nervenfieber, *er hat ein Nervenfieber, sie litt an einem schlimmen Nervenfieber, beklommen fühlte ich das schlimme Nervenfieber in mir aufkeimen, wieder hatte ihn das alte Nervenfieber überfallen.* Ich sage das, weil in der *Brandneuen Neuesten Literatur*, die ich studiere, gerne und oft an Nervenfieber gelitten wird, eine Krankheit, die heutzutage anscheinend ausgestorben ist. Als ich neulich ganz vertraulich meinem Arzt davon berichtete, von meiner schlimmen Befürchtung nämlich, selbst womöglich an einem Nervenfieber zu leiden, sagte er, ich läse die falschen Bücher.

Falsche Bücher?, fragte ich erstaunt, wobei es mir aber sofort einleuchtete, falsche Bücher? Kann man davon ein Nervenfieber bekommen?

Typhus, sagte er, bei Nervenfieber handele es sich in der Regel um Typhus. Käme bei uns praktisch nicht mehr vor. Es sei eine Krankheit mit ihren Wurzeln in mangelnder Hygiene. Ob meine Hygiene mangelhaft sei. Ich wies das von mir. Nun sei aber, sagte er, keineswegs jedes Nervenfieber in einem veralteten Buch eine Typhuserkrankung. Es wäre sonst, sagte er, der Zusammenhang mit der mangelnden Hygiene unzureichend. Die Hygiene sei schon längst nicht mehr derart mangelhaft gewesen, das Nervenfieber aber blieb. Was also sonst alles, sagte er, abseits der mangelnden Hygiene und daraus resultierenden Typhuserkrankung gerne und oft in den veralteten Büchern als Nervenfieber bezeichnet würde, sei allesamt ein Fall für die Psychiatrie. Alles in allem, fasste er die Sache zusammen, gäbe es zu der Befürchtung Anlass, es handele sich bei den literaturrelevanten Nervenfiebern praktisch nie um tatsächliche Typhuserkrankungen, hingegen praktisch immer um seelische Kalamitäten: ein Fall für die Psychiatrie. Es sei offensichtlich, so der Arzt bekümmert, der Typhus und damit auch das prekäre Problem der mangelnden Hygiene literarisch irrelevant, Fälle für die Psychiatrie hingegen literarisch sehr relevant.

Solche Bücher lese ich also, sagte ich.

So oder so, sagte er, sind es die falschen.

Haben wir hier alle gut aufgepasst, ja? Ich winke nicht, aber ich möchte doch zu Sydows und auch zu meiner eigenen Rechtfertigung sagen, dass das hochinteressant ist. Sie denken womöglich, was redet die Lusche für einen Senf daher (O-Ton mein Lektor), aber das Nervenfieber wird uns hier alle mal noch schwer beschäftigen, also fix die Lauscheohren aufgestellt und aufgepasst.

So viel zu meinem Arzt, sagte Sydow. Ein schwatzhafter Mensch. Heißt Dr. Blume, Otto, glaube ich, vorne an der Klingel ist ein Schild mit einer durchgestrichenen Blume und darunter steht: *Hier nicht Praxis Dr. Blume. Eingang um die Ecke.* Man muss zum Eingang um die Ecke gehen. Dr. Blume. Sehr schwatzhaft. Und kräftig. Einmal, als ich diese Ischiasschmerzen hatte, ging ich erstmals zu Dr. Blume.

Ich konnte nur mehr krumm gehen, es waren sehr schlimme Ischiasschmerzen. Ich war schon viele Jahre des Öfteren krumm gegangen, ich hatte gedacht und befürchtet, das krumme Gehen gehöre einfach zu meinem vermurksten Leben. Ich hatte mich mit dieser Perspektive fast schon abgefunden, dann jedoch wurde mir Dr. Blume empfohlen. Dr. Blume ist ein patenter Mensch und Chiropraktiker. Ich hatte mir darunter nichts vorstellen können, weder unter dem einen noch dem anderen, ich verkehre nicht in solchen Kreisen. Weder in den einen, hörst du? Noch in den anderen.

Okay, sagte Simon erschöpft, Time out. *Bitte.*

34. Ein Wort zum Klopapier

Glaser kramte zur Enspannung in seinen Regalen nach weiteren schönen Liedern und Sydow stand auf und ging zur Toilette.

Dort verweilend las er auf dem Toilettenpapier die spannenden Erkenntnisse aus der Wissenschaft. Glaser bestellte sich immer von einem Spezialversand Toilettenpapier mit Aufschriften, spannenden neuen Informationen aus der Welt der Wissenschaft. Die aktuellen Blättchen: Wissenswertes über den Feuchtnasenaffen, den Plumplori.

Plumploris können mit dem Daumen opponieren, also mit seiner Spitze die Kuppen aller anderen Finger berühren. Das ist eine der Schlüsselfunktionen in der Entwicklung vom Affen zum Menschen. Mit so einem Daumen können allerlei Werkzeuge sowohl gebastelt wie auch gehalten werden. Plumploris sind Allesfresser, gerne beißen sie lebenden Heuschrecken den Kopf ab: Sie sind dabei erstaunlich langsam. Lokomotion heißt die den Beobachter einschläfernde Art der Fortbewegung.

Spannend, dachte Sydow, er wusch sich die Hände und kehrte zu Glaser zurück ins Wohnzimmer.

Und? Glaser schaute zu ihm hoch.

Plumploris.

Ah ja, die Lokomotion, Simon Glaser nickte, bedenkenswerte Technik.

Es gab bei den informativen Toilettenpapierrollen verschiedene thematische Kategorien, die alle einer ständigen Erweiterung unterlagen. Da Glaser jedoch aus spartechnischen Gründen zumeist die im Preis deutlich reduzierte Charge *Vermischtes* bestellte, mit den assortierten Rollen, in der viele ältere Klopapiermodelle enthalten waren, kannte er viele spannende Informationen schon.

Die Lokomotion also, haben Sie schon mal davon gehört? Mir war das völlig neu. Nicht, dass uns in dieser Geschichte noch viele Plumploris über den Weg laufen würden, diesbezüglich muss ich Sie enttäuschen. Man könnte allerdings sagen, dass ihre perfide Technik sozusagen meinem Bericht inhärent ist. Verstehen Sie? Der Gegner ist ein Plumplori, ohne einer zu sein, er bewegt sich, das ja, aber derart langsam, dass wir es kaum merken. Es ist eine List. Er will uns bei lebendigem Leib den Kopf abbeißen, er will, dass wir sehenden Auges ins Verderben rennen. Der Plumplori ist ein Sadist.

Aber züruck zu Dr. Blume. Ich stand also, sagte Sydow, krumm vor der Haustür und suchte vergeblich nach dem Klingelknopf. Es ist schwer, in einer derart verdrehten Haltung alle Klingelknöpfe ins Gesichtsfeld zu bekommen, und ich grämte mich sehr. Ich kam ins Sinnieren, wegen der verbotenen Blume, ob man hier keine Blumen abgeben dürfe, wegen allfälliger Allergiker in den Warteräumen.

Schon wieder dieses Schwadronieren, sagte Glaser, er warf einen Blick hinaus, es wurde schon dunkel. Wir wollten doch proben.

Ich schwadroniere nicht. Dieses Schild mit der verbotenen Tulpe ist der Praxis Dr. Blume keinesfalls zuträglich. Alle suchen verzweifelt nach dem Klingelknopf, aber da ist keiner. Wie kann das sein, denken die Leute, krumm lehnen sie an der Regenrinne und starren das Klingelschild an, hangeln sich wieder und wieder durch die einzelnen Namen, Blume, denken sie, da muss doch, wie kann denn das, sie werden immer hektischer und klingeln dann, vor lauter Verzweiflung, irgendwo bei den Nachbarn. Sie fragen, wo ist bitte Praxis Dr. Blume? Ich bin schwer krank. Die Nachbarn aber haben es satt, sicher, die Leute sind schon krumm, so krank, aber irgendwann wird alles Routine, und man stumpft ab. Da kann dann einer kommen, krumm und schief oder aus allen Ecken und Enden bluten, weil er zum Beispiel von einem Krähenschwarm überfallen –

Angefallen –

Angefallen wurde und –

Krähen fallen keine Menschen an.

Ich sah vor der Praxis Dr. Blume, als ich nach meiner verdatterten Konsultation von dannen zog, einen Krähenschwarm, wie mir nie zuvor einer begegnet ist. Es war dämmrig, ein unguter November. Das alles hätte ich natürlich nicht mitgekriegt, wenn ich nicht plötzlich kerzengerade und wundergeheilt aus der Tür getreten wäre. Mir schien, als hätte ich nie einen solchen Abend erlebt, eine solche Menge Krähen, es war zum Fürchten. Sie flogen über das Viertel, sie flogen so niedrig, man konnte ihnen in die Gesichter schauen, direkt in die Augen hinein. Hast du einmal den Krähen in die Augen geschaut? Es ist, dass einem kalt werden muss davon, es ist, dass das Schreien und Rufen einem den Reißverschluss aufmacht von der Brust und einem was ins Herz hineinfasst und ins Eingeweidliche und –

Hör auf. Hör damit auf.

Sydow blickte auf und warf Glaser einen raschen Blick zu, okay, sagte er, okay.

Was war denn mit Simon los, dachte er. Er wirkte so – tja. Vielleicht täuschte er sich ja auch.

Ich könnte mir in den Hintern beißen! Da hat er kurz aufgemerkt, nanu, hat Sydow gedacht, Simon wirkt ja so – und schon wars wieder vorbei, vielleicht täusche ich mich ja auch, denkt er. Weit gefehlt! Aufgewühlt, Glaser wirkte regelrecht aufgewühlt, fast schon wütend, er hat mir das später übrigens bestätigt, es hing mit dem praktisch identischen Wortlaut zusammen, dem Wortlaut von Frederik mit dem aus dem *Schlachten*text, ich habe es schwarz auf weiß vor mir. Die Krähen, Tausende und Abertausende von Krähen, wie sie tief über dem Musikviertel in Leipzig kreisen, über der Mozartstraße, der Beethovenstraße, es ist schon dämmrig. Und dort an der Ecke trifft er auf die Frau und –

Dieses Schild, sagte Sydow aufgeräumt, bringt einen ins Nachdenken. Man ist so gefesselt von dem ungewohnten Emblem, dass man ganz übersieht, was daruntersteht. Man sieht die durchgestrichene Blume. Erst wenn man dann einen zornigen Nachbarn herausgeklingelt hat und der auf die Blume zeigt und lauernd sagt: Was bitte ist das hier.

Und man antwortet: Ein Heideröschen?

Nein, sagt der Nachbar, nein.

Eine Tulpe, eine Narzisse gar?

Wollen Sie mich verarschen, fragt der Nachbar, er war vorher schon wütend, jetzt wird er gefährlich, das ist eine Blume.

Ist denn ein Heideröschen keine –, will man gerne fragen, aber man verkneift sich das. Der Mann scheint kein Botaniker zu sein und er fragt nicht, um was von einem zu lernen. Ja, sagt man also, eine Blume. Es ist aber, sagt der Nachbar mit liebenswürdiger Stimme, keine gewöhnliche Blume. Nein?, fragt man hoffnungsvoll, ein Heiderös–

Nein, sagt der Nachbar, es ist überhaupt keine Blume.

Keine Blume, wiederholt man ernsthaft verwirrt, ist der Nachbar recht bei Trost? Ist es ein verrückter Patient, den schirmenden Praxisräumen entwichen und dabei, weitere Patienten in die Flucht zu schlagen? Ist er –

Und so weiter, sagte Glaser, und so weiter und immer weiter. Vielleicht warst du krumm demütiger, ich weiß es nicht. Heutzutage bist du mit Abstand der geschwätzigste Mensch, der mir je untergekommen ist.

Ich bin nur nicht so verklemmt. Vielleicht brauchst du auch einmal einen Chiropraktiker, vielleicht hast du dir was eingezwickt.

Eingezwickt! Willst du noch zur Sache kommen, bevor es einnachtet?

Du bist ein langweiliger Mensch, sagte Sydow vergrämt. Was willst du denn?

Einfach nur Fakten, schnöde, nackige Fakten.

Sie haben sich in der Tür geirrt, sagt der Nachbar, er deutet auf das Schild mit der durchgestrichenen Blume. *Hier,* liest er vor, *hier nicht Praxis Dr. Blume, Eingang um die Ecke.* Er schickt die Krummen und Dummen um die Ecke. Praxis Dr. Blume. Ein spektakulärer Arzt. Warf sich ohne Vorwarnung auf mich und griff mir tief ins Eingeweidliche, hätte ich meine Pistolen dabeigehabt, ich hätte ihn erschossen.

Du hast keine Pistolen.

Hätte ich Pistolen, hätt ich sie dabeigehabt, hätt ich ihn erschossen.

Okay.

Der Konjunktiv hat mich vor einem kapitalen Fehler gerettet, verstehst du? Dr. Blume hat mich geheilt, was aber wäre es mir nütze, wenn ich dann, nicht mehr krumm, aber eingesperrt, in einem Kerker säße.

Das heißt nicht mehr Kerker.
In Sing-Sing.
Du bist furchtbar.
Geheilt zog ich von dannen, sah das erste Mal in meinem Leben Krähen fliegen und einen arglosen Mann überfallen –
Anfallen.
Anfallen, ich glaube, es war ein armer Allergiker, er ging hinab zum Fluss und wollte weinen und dann so was, Hunderte, was sage ich, Tausende von hungrigen Krähen, die sich auf ihn stürzten und –
Na gut.
Sie schwiegen eine Weile, der Tag suppte so dahin, eine Art Erschöpfung, der Mensch, der Tag, das Tier in seinem Bau, alles war erschöpft und ging schon krumm.

35. Familientreffen sind schön

Ja, sagte Sydow verträumt. Das Nervenfieber. Pommern. So heißt das in den Büchern, in denen an Nervenfieber gelitten wird. Das eine ist ein Fall für die Psychiatrie, das andere heißt jetzt nicht mehr so. Brandenburg. Oder Mecklenburg.
Und ist sie da manchmal?
Die Oma? Ja.
Ja und?
Ja! Sie ist da manchmal! Und ein Haufen anderer Leute, die, wenn du sie siehst, den Gedanken an die anatolische Großfamilie gar nicht so verkehrt aussehen lassen. Meine Oma organisiert dort immer Familientreffen zum Fürchten. Aber was heißt Familientreffen, wo fängt eine Familie an, wo hört sie auf? Sydows aus dem hintersten Winkel der Welt treffen sich dort winters unterm Weihnachtsbaum, verbraten ganze Schweinesippen, verheizen den Hausforst im Kamin und suchen im Weinkeller nach dem Wein, den sie vor Jahren schon ausgetrunken haben. Ist man, nur

weil man zufällig denselben Namen trägt, gleich eine Familie? Ich bezweifle das. Sie essen einfach gerne Schweinebraten. Sie finden den Osten irgendwie originell. Sie fahren einfach gerne nach Pommern. Sie mögen meine Oma. Alle mögen meine Oma. Das alles hat doch mit Familie nichts zu tun. Wie die meisten Leute sind sie verkappte Trinker. Ist das Familie? Kann schon sein. Sie kommen und verheizen den Ostwald, aber der hatte es immer schon schwer. Früher der Tagebau, man holzt ihn ab, heute meine Familie, holzt ihn ab. Für den Ostwald hat sich seit der Wende überhaupt nichts verändert, das ist bei dem Wald dort oben in etwa so wie bei den Russen in der russischen Provinz. Bei den russischen Bauern, wenn man ihnen was vom Kreml erzählt, von der Landkarte auf dem Kopf von Gorbatschow, dem trinkfesten Jelzin, der gefährlichen Blässe eines Putin, fragen sie verständnislos nach dem Zaren und seiner Gesundheit.

Ich halte das für ein Gerücht, sagte Glaser.

Ich halte das für hundertprozentig wahr. Wir können es aber ausprobieren. Ich wette, dass die von uns befragten Bauern ganz erleichtert sind, wenn endlich ein vernünftiger Mensch kommt und mit ihnen über den Zaren spricht und seine Gesundheit. Um die steht es nämlich schlecht, sagen wir zu den russischen Bauern, und sie werden in dieses traditionelle russische Wehklagen ausbrechen und sagen, dass sie das schon befürchtet hätten, weil sie so lange nichts von ihm gehört haben. Vielleicht treffen wir noch auf ein zwei Fälle von Nervenfieber. Wundern würds mich nicht. Meine Verwandtschaft aus der großen, weiten, westlichen Welt ist da ähnlich. Die Wende, die Mauer, sie verbinden damit nichts. Glasnost und Perestroika, das können russische Raumfähren sein oder beliebte Nationalgerichte. Was da eigentlich los war, davon haben sie keine Ahnung, sie finden den Osten einfach originell. Sie mögen meine Oma. Sie singen *Alle Jahre wieder* das Klavier hinauf und wieder runter und lassen den Herrgott einen guten Mann sein.

Das klingt ja großartig!

Du fällst auch auf alles herein. Das war nur die Version, die auf große glückliche Familie macht.

Gibts in großen glücklichen Familien eine andere?

Nein, natürlich nicht.

Und dafür übst du den Kinderpunsch? Ich dachte immer, du kannst nur Butterbrot und dazu maximal ein Sirupwasser.

Kann ich auch. Bisher. Ich steigere meine Attraktivität.

Alles wegen der Familie in Pommern?

Für meine Frau.

36. Die Natur hupft nicht

Frau?, sagte Glaser, was für eine Frau? Du hast gar keine Frau.

Danke, dass ihr mich alle immer wieder daran erinnert! Ich steigere meine Attraktivität. Dann finde ich meine Frau. Wenn meine Frau mir Zimtsterne backen würde, fände ich das attraktiv. Ich finde Zimtsterne backen attraktiv. Nur Butterbrot ist nicht so attraktiv.

Und wie machst du das?

Ich besuche einen Kochkurs.

Glaser zupfte nachdenklich die Saiten, schaute ihn an, sieh an, sagte er, er lächelte. Der Frederik. Und jetzt lernst du Zimtsterne backen.

Zimtsterne. Früchtebrot. Die ganze attraktive Weihnachtsbäckerei. Kinderpunsch. Man weiß nie, was die Zukunft bringen wird, es ist klug und auch attraktiv, vorausschauend zu planen. Wenns hart auf hart kommt, kann ich auch Kinderpunsch.

Hast du Zimt dafür gekauft.

Zimtstangen, Sydow lehnte sich weiter nach hinten, bis er auf dem Rucksack auflag, schob sich ein paar Kissen unter die Arme und schlug die Beine übereinander und schoppte den Schal unter dem Kinn zusammen, betrachtete Glaser. Kennst du dich aus in der Weihnachtsbäckerei?

Nein.

Es lohnt sich, bei Gewürzen selbst zu mörsern, die Qualität macht einen aromatischen Quantensprung.

Natura non facit saltus.

Ja klar, sagte Sydow, wenn man wie du noch in der Antike in die Schule gegangen ist. Vermutlich kannst du nicht einmal Latein.

Wohl kann ich Latein. Sag mir was und ich übersetze es flugs.

Beati pauperes spiritu.

Sehr witzig. Das, was *du* tust, ist nicht Latein können, sondern zu viel *Asterix* lesen. Ich bleibe dabei, die Natur macht keine Sprünge.

Doch, quasi subatomar, für einen feinen Gaumen ist das gigantisch, ein Quantensprung.

Ist Physik dein neues Steckenpferd.

Nein. Kochen ist mein neues Steckenpferd, ich ringe nur nach Worten.

Sag das doch gleich. Wir müssen nicht so tun, als verstünden wir was von Physik oder Latein. Du magst gerne kochen, du musst nicht mit Worten ringen, du kaufst Zimt im *Küken und Kater* und da wären wir wieder.

37. Kaffee ist alle

Links an der Wand, sagte Sydow, haben sie doch diese handverpackten kleinen Zellophanbeutel für Gewürze. So Inderzeug, die sind sehr gut, aber billiger als die industriell verpackten. Dachte ich zumindest. Doch ich musste sehen, die vier mickrigen Zimtstangen kosten drei Mal so viel wie die in der richtigen Verpackung, mindestens. Gehe ich also mit den beiden Packungen nach vorn und frage, was es damit auf sich hat. Die beiden schauen sich streng die Packungen an und – die schauen so streng im *Küken und Kater*, ich habe immer Angst, wenn ich da einkaufe, dass eine mich ausschimpft. Weil ich die Schuhe nicht ordentlich abgestreift habe oder alles anfasse oder es liegt ein angebissener Apfel in der Obstauslage und sie denken, ich wars oder –

Kommst du noch zum Punkt?

Hast du eigentlich nichts zu essen?

Glaser zupfte einen letzten Akkord, oder, murmelte er und hielt das Cello auf Armlänge von sich entfernt, was man unter normalen Instrumenten einen Akkord nennen würde. Bei dir tappe ich noch völlig im Dunkeln, ist es ein Schmerzensschrei? Ein Hilferuf? Das Brausen der ganzen Welt? Man weiß es nicht. Er legte das Cello weg und ging in die Küche, legte das Cello weg, murmelte er, oder, was man unter normalen Instrumenten ein Cello nennen würde. Sydow stemmte sich aus den Kissen und ging ihm nach.

Brot? Glaser öffnete die Brotschublade.

Ja, sagte Sydow.

Kuchen ist auch noch da, Apfelkuchen.

Sydow ging in der Küche herum, nahm eine blaue Dose vom Regal, schaute hinein, alles, sagte er, und Kekse, sagte er. Er nahm sich einen Keks heraus, lehnte sich gegen die Spüle.

Glaser holte das Brot aus dem Kasten, schnitt zwei Scheiben ab und legte die Brotstücke auf den heißen Herd, willst du Tee?

Lass die Witze. Ob ich Kaffee will? Ja klar.

Glaser klappte den Deckel der Espressokanne hoch, ist noch ein wenig von dem kalten da, von heute früh, magst du?

Hör doch auf, das ist einfach nicht lustig.

Kalter Kaffee macht schön. Sagt deine Oma immer.

Zu viel macht kitschig, das sagt meine Oma auch immer. Das sagt sie nur zu dir nicht. Meine Oma ist eine rücksichtsvolle Frau. Zu viel macht kitschig. Bei dir, da besteht keine Gefahr. Bei mir schon. Kalter Kaffee ist eine Frechheit.

Glaser goss sich den kalten Kaffee in eine Tasse und trank ihn in kleinen Schlucken, ich hatte selbst immer Angst im *Küken und Kater*.

Er schraubte die Kanne auseinander und klopfte das Sieb über dem Komposteimer aus, wusch es sauber. Genau genommen, sagte er, bin ich nur darum so weit aus der Stadt herausgezogen, damit ich nicht mehr im *Küken und Kater* einkaufen muss. Oder, wenn ich nicht im *Küken und Kater* einkaufe, befürchten muss, dass eine aus dem *Küken und Kater* sieht, wie ich nicht im *Küken und Kater* einkaufe, sondern bei Bolle gegenüber. Wenn ich doch wieder einmal im *Küken und Kater* einkaufe – weil ich schwermütig wurde vom Einkauf bei Bolle, was ich immer sofort werde, weil beim Einkaufen bei Bolle ist das billige Essen teuer mit Schwermut bezahlt –, wenn ich dann am Zenit der Schwermut zerknirscht wieder ankomme und die mich dann nicht bedienen oder sagen, haben wir nicht. Obwohl ich genau sehe, dass sies haben, Brot oder Milch oder Butter und sie sagen aber: haben wir nicht, um mich zu schikanieren und bestrafen für meinen Bollekauf. Der Einkauf im *Küken und Kater* war immer schon unter dem Zeichen der Furcht. Im *Küken und Kater* sollen die was Lustiges gesagt haben? Das kann einem auch wieder Angst machen. Wie die Clowns im Zirkus, vor denen hab ich mich immer am meisten gefürchtet.

Er hatte den Schrank aufgemacht und schaute ausführlich hinein, suchte nach der Kaffeedose, ich weiß übrigens gar nicht, ob noch Kaffee da ist.

Hör auf mit diesen Provokationen, Sydow hatte die Kekse aufgegessen und klopfte die Krümel aus dem Schal, er stellte den leeren Behälter zurück ins Regal. Das ist kein bisschen witzig, sagte er. Er ging zum Herd und drehte die Brotscheiben um, verbrannte sich die Finger, so ein verfluchter Sauofen, sagte er, er kickte mit dem Fuß gegen die Ofenwand. Er nahm ein Buttermesser und kratzte ein paar verkohlte Rindenstücke von den Broten, kein Kaffee, sagte er, lächerlich. Dann leihst du dir eben welchen von der Nachbarin.

Nein. Es kann auch gar nicht sein, heute Morgen war noch genug Kaffee da.

Sydow legte das Messer weg, du hast doch eine neue, nette Nachbarin, oder?

Glaser schwieg, schaute in den Schrank.

Oder?, sagte Sydow, eine neue, nette, hübsche Nachbarin.

Lass das, sagte Glaser, er sagte warnend: Lass. Das.

Frederik Sydow warf ihm einen Blick zu. Hm, machte er. Wo ist denn dieser Apfelkuchen.

Glaser hatte seinen Arm tief im Schrank, kramte. Auf der Anrichte, er zeigte hinüber zur Anrichte oder was er halt so nannte, aber iss nicht alles auf. Er zog ein Vorratsglas hervor, schraubte den Deckel ab und schaute hinein, stellte es weg. Er kramte noch ein bisschen tiefer, schaute mit konzentriertem Gesicht auf Sydow, willst du nicht einmal den Rucksack ausziehen? Den Schal? Jacke? Er wandte sich wieder ab, holte allerlei Gläser hervor, schraubte die Deckel ab und schaute hinein, stellte sie weg.

Sydow nahm den Rucksack ab und brachte ihn in den Flur. Und was ist die Anrichte? Er schaute sich um, sah den Kuchen auf dem Küchenschrank, das ist die Anrichte. Er zog die Schublade auf und holte eine Kuchengabel heraus und setzte sich auf die Anrichte, Anrichte, sagte er, wie gehts, Anrichte.

Probleme?, fragte Glaser.

Aber nein, schön ist es, auf der Anrichte zu sitzen, sagte Sydow, er aß den Kuchen auf. Sag nicht, sagte er nach einer Weile, er deutete mit der Gabel auf die vielen Vorratsbehälter, dass da überall Tee drin ist.

Vielleicht, sagte Glaser, vielleicht auch nicht. Vielleicht war das alles mal was ganz anderes, ist aber über die Jahrhunderte zu Tee geworden. Jeder Teefreund würde sich vor Freude über diese ungekannten Raritäten die Hände reiben und aus dem Staunen nicht mehr herauskommen.

38. Ein kleiner Exkurs zum Christentum

Ich komme auch aus dem Staunen nicht mehr heraus, Sydow stellte den Teller weg und sprang von der Anrichte, aber nicht aus Freundschaft zum Tee. Er ging zum Herd zurück, legte sich das geröstete Brot auf den Teller, verflucht, murmelte er, kickte mit dem Fuß gegen den Ofen und steckte den Finger in den Mund. Er warf einen Blick in den Schrank, schaute sich die ganzen Gläser an, solche Mengen lassen sich mit Freundschaft auch gar nicht mehr erklären. Das ist schon eher eine Mission, missionarisches Eifern. Er klaubte den Honig heraus und öffnete den Kühlschrank. Wo ist die Butter.

Mission, so weit würde ich nun nicht gehen, Passion vielleicht, Glaser schob ihn beiseite und reichte die Butter heraus.

Eine Passion? Meinst du damit, der liebe Herr Jesus, seine ganze Leidensgeschichte, es ist eine Geschichte von mangelndem Kaffee? Interessante These. Aber sehr gewagt. Er hat keinen Kaffee bekommen und man bot ihm Tee, er fand das eine Frechheit. Er sagte: Lasst die Witze. Sie sagten, es ist noch kalter da, er sagte, lieber lass ich mich ans Kreuz nageln, sie sagten, kalter Kaffee macht schön, er sagte, zu viel macht kitschig. Hat meine Oma schon gesagt. Sie haben kurz überlegt, du hast gar keine Oma, haben sie dann gesagt. Jeder hat eine Oma, hat er gesagt. Wie heißt denn deine Oma, haben sie gefragt. Na, Oma eben, hat er gesagt. Lass die Witze, haben sie gesagt, kalter Kaffee oder gar kein Kaffee, haben sie gesagt. Lieber lass ich mich ans Kreuz nageln, hat er gesagt. Das kannst du haben, haben sie gesagt und so war das dann auch. Die Passion Christi. Eine der dunkelsten Phasen in der Geschichte des Kaffees. Daraus ist später der Gedanke der Mission entstanden, missionarisches Eifern, es dient der Verbreitung des Kaffees zur Ausrottung des Tees, Teufelszeug.

Passion, sagte Glaser, hat durchaus noch andere Bedeutungen. *Leidenschaft, Liebhaberei, Steckenpferd. Ein Hobby*. Ich mag einfach Tee. Willst du Käse essen? Avocado? Marmelade?

Ja. Sydow ging in den Flur und räumte den Rucksack aus, räumte ihn wieder ein. Er kam mit dem Lexikon zurück, blätterte bis zum P wie Passion, las: *Überzeugung, Idealismus, Seligkeit, Aufopferung.*

Was ja, Käse oder Avocado oder Marmelade?

Ja, alles. *Inbrunst. Nächstenliebe. Einsatzbereitschaft*. Das passt doch wie die Faust aufs Auge, *Demut, Höllenqualen,* der liebe Herr Jesus, er ist für seinen Kaffee durchs Feuer gegangen. *Feuer*, hier stehts doch, *Aufwand, Entsagung*, ganz genau, allein anhand der Synonyme der Passion lässt sich die ganze Geschichte Jesu und seinem Beharren auf Kaffee nacherzählen. Er hat *Einsatzbereitschaft* bewiesen, auf der ganzen Linie. Er hat *Nächstenliebe* gepredigt – gib vom Kaffee auch deinem Nächsten, er hat einen mächtigen *Aufwand* betrieben – die vielen Wunder, ein immenser Werbefeldzug, *Entsagung*? Das kann man wohl sagen, er –

Glaser reichte ihm die Sachen heraus, schloss den Kühlschrank.

Er nahm ihm das Buch aus der Hand, *Privatvergnügen,* las er, *Sport, Freizeitbeschäftigung.*

Das ist Blasphemie.

Und du, sagte Glaser, er klappte das Buch zusammen und drückte es Sydow in die Hand, du bist ein Quatschkopf.

Aber ein liebenswerter Quatschkopf.

Das sind sie alle. Er verräumte die Vorratsbehälter wieder im Schrank, ah, siehst du. Ich falle immer wieder darauf herein. Er holte die Zuckerdose hervor, hielt sie hoch und schüttelte sie ein bisschen, ich hatte versehentlich den neuen Kaffee in die Zuckerdose gefüllt, sie war zufälligerweise auch gerade leer und jedes Mal denke ich wieder, der Kaffee ist alle. Weißt du, warum das so lange dauert? Weil umlernen viel anstrengender ist als neu lernen. Eine schon vorhandene Ordnung zugunsten einer anderen aufzugeben ist für ein Gehirn viel schwieriger, als eine neu zu begründen. Darum geht zum Beispiel dieser Versuch, der an Schulen gemacht wird, völlig nach hinten los. Die Schüler lernen schreiben.

Früher lernte man es folgendermaßen, man sollte meinetwegen schreiben: Kaffee. Man schrieb: Kafe. Die Lehrerin sagte, nein, du Dummkopf, es heißt Kaffee. Man hat es ausradiert und richtig hingeschrieben. Man hat es womöglich noch einmal falsch geschrieben, zum Besipiel: Kafee. Ich fass es nicht, hat die Lehrerin gesagt, hab ich so was Dummes schon einmal erlebt, bis morgen schreibst du mir hundert Mal Kaffee. Das war mühsam. Für die Schüler, die den Schwachsinn schreiben mussten, für die arme Lehrerin, die das Gekrakel lesen musste. Darum dachten sie irgendwann: Sollen die Schüler schreiben, wies ihnen in den Sinn kommt, wir loben alles ab. Wenn sie das mit dem Schreiben prinzipiell begriffen haben, dachten die Lehrer, und die Wörter schreiben, wie sies verstehen, können wir ihnen immer noch sagen, dass sie Dummköpfe sind und alles falsch ist. Die Schüler konnten viel schneller erst mal schreiben, aber sie haben falsch geschrieben. Sie haben Kafe geschrieben und Sone und Grass und Himel und so weiter, alles immer in dem heiteren Glauben, das begriffen zu haben mit dem Schreiben. Nur um hinterher gesagt zu kriegen, sie könnten wohl schreiben, bloß in einer Sprache, die keiner kennt, du Dummkopf. Dann mussten sie mühselig umlernen. Ist gehirnphysiologisch kompletter Unfug und dauert unterm Strich viel länger, bis sie Kaffee richtig hinkriegen.

Hast du so Kaffee schreiben gelernt? Wundert mich nicht, dass du dann Kaffee in eine Dose füllst, auf der groß und deutlich *Zucker* steht. Seid ihr aus deiner Schule alle so? Lebt ihr mitten unter uns?

Genau. Aber wo die Kaffeedose ist, weiß ich immer noch nicht. Glaser füllte die Kanne mit Wasser und löffelte Kaffeepulver hinein, schraubte alles zusammen und setzte sie auf den Herd. Egal. Zurück zum *Küken und Kater*. Ich erinnere mich übrigens, einmal im Zirkus habe ich mich derart vor dem Clown gefürchtet, dass ich schreiend davongerannt bin. Nichts ist unheimlicher als ein Clown, der diese fürchterlichen Späße reißt.

Am allerschlimmsten, sagte Sydow, er hatte sein Honigbrot aufgegessen, wischte das Messer an der zweiten Brotscheibe sauber und betrachtete Käse und Marmelade, am allerschlimmsten sind die Pantomimen. Diese verzweifelten Gestalten. Wie sie sinnlos mit ihren Händen das Nichts abtasten und so tun, als stießen sie überall auf Mauern. Ich habe diese Vorstellungen immer schon mit dem größten Unverständnis verfolgt. Es sind ja eigentlich diese angemalten Mimen Menschen mit schweren Störungen, depressive Wahnbilder, arme Irre, die ihre inneren Gefängnisse allen andern als äußere verkaufen wollen. Grässlich, diese immer zu kleinen spitzen Hüte. Die schlotternden Pyjamas. Die gemalten schwarzen Tränen.

Willst du nicht einmal den Schal ausziehen?

Nein. Ich bin froh, dass ich ihn glücklich angekriegt habe, das lass ich mir so schnell nicht wieder nehmen.

Genau genommen, sagte Glaser, rede ich daher von Ruhe und Nähe zum Wald, dabei ist das Unsinn. Wenn man Ruhe und Nähe zum Wald will, wohnt man überhaupt nicht in der Stadt, dann zieht man aufs Land. Auf dem Land ist es ruhig und der Wald ist nah. Sicher war es wegen *Küken und Kater* und dem Dilemma mit dem deprimierenden Bolle. Es soll Leute geben, die sich vorher Mut antrinken, bevor sie im *Küken und Kater* das gesunde Vitalbrot holen.

Sydow platzierte ein paar Stücke Avocado auf seiner Brotscheibe und zerdrückte sie mit dem Messerrücken, er salzte und schraubte ein paarmal mit der Pfeffermühle darüber, vermutlich bei Bolle, sagte er.

Er zerquetschte den Knoblauch auf seinem Teller, dass es spritzte, schmierte ihn aufs Brot, ich kann das ja verstehen, sagte er verständnisvoll, Bolle, das Betrinken. Auch das mit der Ruhe und der Nähe zum Wald, ein zwei weitere solche Besuche im *Küken und Kater* und ich ziehe bei dir ein.

So war das nicht gemeint.

Wir sind ja noch nicht so weit, ein zwei Mal muss ich mich schon noch fürchten gehen bei ihnen. Dann zieh ich zu dir, wegen der Ruhe, der Nähe zum Wald. Ist das übrigens das gesunde Vitalbrot? Das schmeckt gut.

Na ja, so ähnlich.

Was ist das für eine Antwort, entweder es ist das gesunde Vitalbrot oder es ist nicht das gesunde Vitalbrot. Fährst du jetzt immer quer durch die Stadt, zu Sigrid und Brunhilde? Der Umzug, die Ruhe, Nähe zum Wald, alles umsonst, traust du dich immer noch nicht, woanders einzukaufen, weil du denkst, einer von ihren alten Stasikollegen steckt ihnen das und sie kommen dich holen?

Also gut, das ist nicht das gesunde Vitalbrot aus dem *Küken und Kater.*

Schmeckt aber so.

Ja.

Womöglich noch besser.

Ja.

Ja, ja! Lass dir doch nicht alles aus der Nase ziehen, denkst du, das macht dich interessanter? Mitnichten.

Das hat die Frau von gegenüber gebacken.

39. Manchmal ist das Schicksal zum Greifen nah

Deine neue Nachbarin? Nett, hübsch und bäckt? Hat man solche Nachbarn, wenn man herauszieht aus der Stadt und in die Nähe und Ruhe vom Wald? Sydow steckte sich den Stullenrest in den Mund, wischte sich die Hände an den Hosen ab und ging zum Brotkasten. Er holte das Brot heraus, das sieht auch schön aus. So rustikal und vital. Schmeckt großartig. Kann ich die einmal kennenlernen.

Nein.

Kennt sie schon zu viele Leute.

Ja.

Sydow säbelte sich noch ein paar Scheiben Brot ab, ließ sie auf den heißen Herd fallen, rückte sie mit dem Brotmesser zurecht, aber vielleicht passt sie gut zu mir, sagte er.

Nein.

Wir könnten Rezepte austauschen.

Der Kaffee kochte hoch, Spucken, Zischen, das ganze Tamtam, Glaser holte eine saubere Tasse vom Abtropfgestell, schenkte was von dem Kaffee ein, schüttete einen Schluck Milch dazu und schob sie ihm rüber, willst du Zucker haben, fragte er, er gab ihm die Zuckerpackung. Der Zucker müsste jetzt in die Kaffeedose, die habe ich auch neulich noch gesehen.

Wir hätten ein gemeinsames Hobby, sagte Sydow. Er schaute zu, wie Glaser sich Milch und zu viel Zucker aus der Packung in seinen Kaffee schüttete, ist das nicht ein bisschen viel, sagte er.

Ja, sagte Glaser, er schlürfte was ab, steckte sich einen Löffel in die hintere Hosentasche und hob behutsam die Tasse hoch.

Wir könnten zusammen backen, sagte Sydow, er ging mit seinem leeren Teller und dem Kaffee hinter Glaser her zurück zum Tisch. Wir könnten zusammen Brot und Zimtsterne backen und Kinder machen für den Kinderpunsch.

Nein.

Magst du keine Kinder.

Doch, Glaser stellte vorsichtig den Kaffee ab, keine Ahnung, er schüttelte den Kaffee von der Hand.

Du hast da Kaffee verschüttet, Sydow zeigte auf die Lache.

Du nervst! Glaser beugte sich über die Tasse, trank einen Schluck ab, er zog den Löffel aus der Hosentasche, rührte im Kaffee herum, wischte den verschütteten Kaffee auf und warf den Lappen zurück, und keine Ahnung! Er rührte noch ein bisschen, warf den Löffel hinterher, ob ich Kinder mag? Woher soll ich das wissen, woher soll man denn das wissen, Frederik du nervst!

Ich könnte hinübergehen, sagte Sydow, und sagen, der Kaffee ist alle. Könnten wir, könnte ich sagen, ein Tässchen Kaffeepulver haben. Er ging wieder zum Herd, drehte die Brotscheiben um, verflucht, sagte er, Sauofen, sagte er. Er schaltete den Wasserhahn ein, hielt seinen Finger unter das kalte Wasser, drehte sich zu Glaser um, sie müsste ihren Kaffee dann erst suchen, weil sie auch wie du das Opfer von so einem ungünstigen Schulversuch ist. Kaffee in Nudelgläser füllt, Kakao in die Haferflockendose und so weiter, ich würde ihr bei der Suche nach dem Kaffee behilflich sein und auch bei der Suche nach weiteren Dingen. Diese Schule, auf der sie war, hat dem Unsinn noch die Krone aufgesetzt. Nicht nur, dass jeder den Kaffee schreiben konnte, wies ihm gefiel, nein, es hieß auch: Verräumt alles dahin, wos euch gerade in den Sinn kommt. Einmal steckte das Pausenbrot im Turnbeutel, dann wieder in der Federmappe und so weiter und so ging das dann ein Leben lang, die Staubsaugerbeutel sind im Brotkasten, das Brot bei den Pullovern, sie bringt alles durcheinander. Sie musste, wie ihre armen Mitschüler auch, später mühsam umlernen und das ist viel anstrengender, als wenn sies von Anfang an richtig gelernt hätten. Ich würde ihr aber bei der Suche helfen. Sie kennt schon genug Leute? Also gut, aber sie würde merken, dass sie schon genug Leute kennt, aber eben die falschen.

Vergiss es.

Hm. Holst du mir das Brot vom Herd? Ich verbrenne mir immer die Finger.

Nein.

Sydow trocknete sich die Hand ab und zog den Pullover darüber, holte sich die Brote vom Herd. Warts nur ab, sagte er zu ihm, wenn wir mal unter uns sind, stopf ich dich mit Holz voll, dass du nicht mehr piep sagen kannst, und du wirst an deinem eigenen

Temperament zugrunde gehen. Ich könnte zu ihr sagen, sagte er, als er zum Tisch zurückging, ich bins, Mr Right.

Frederik.

Ich könnte sagen, ich habe einige Attraktionen zu bieten.

Frederik.

Ich könnte sagen, ich bin ganz schön attraktiv, ich back dir was back du mir was.

Frederik.

Ich könnte sagen, willst du dir meine Plätzchensamlung ansehen?

Frederik?

Ich könnte sagen, dass ich Kinder mag, ich könnte sagen, dass ich das Kindermachen mag.

Frederik?

Ich könnte sagen, ich bin eher ein Machertyp, Plätzchen, Kinder, ganz egal, ich bin einfach ein Macher. Frauen finden Männer attraktiv, die was machen.

Frederik!

Nicht so diese Luschen, die denken, bei der ersten Bewegung ist ihre Frisur im Eimer, und nichts auf die Reihe kriegen, sich die Finger brechen beim Kekseausstechen. Frauen wollen Männer, die was reißen.

Fre-de-rik.

Mehlpackungen aufreißen, Kleider zerreißen, das Herz aus dem Leib herausreißen und ihnen schenken.

Vergiss es einfach, okay?

Hm. Hat sie schon einen Macher?

Ja.

Ernsthaft? Zeig ihn mir und ich zerreiß ihn in der Luft, Mehlpackungen oder wen von der Konkurrenz, ganz egal, um meine Frisur ist mir nicht bange.

Frisur? Haare auf dem Kopf ist noch keine Frisur.

Du bist sicher bloß neidisch. Wir reden später über die Nachbarin. Wenn du dich beruhigt hast. Er schmierte Butter auf seine Brote, belegte eines mit Käse, bestrich das andere mit Marmelade –

40. Üble Folgen der Laktoseintoleranz

An dieser Stelle, lieber Leser, hat mein Lektor mir auf die Finger geklopft. Ich solle, raunzte er, derart sinnlose Details weglassen, das interessiere niemanden.

Außer, wandte ich nach kurzem Überlegen ein, einer hat beispielsweise eine Laktoseunverträglichkeit, deren grässliche Folgen uns als grauenhaftes Bauchgrimmen anschließend noch nachhaltig beschäftigen werden, weil sie beispielsweise in ein schlimmes Nervenfieber münden, das ihn einen unüberlegten Mord begehen lässt, an den er sich hinterher nicht erinnert. Dies nur als Beispiel.

Wenn wir schon dabei sind, sagte mein Lektor (er heißt übrigens Olaf, falls Sie ihm einen Brief schreiben und sich über irgendwas beschweren wollen; Sie können auch im Verlag anrufen und einfach nach Olaf verlangen, er ist dort bekannt wie ein bunter Hund), was sollte es, dozierte er, andereseits wen interessieren, ob Glaser derweil die Kaffeekanne aufschraubt oder zusammenschraubt oder schon längst zusammengeschraubt hat und gerade den Kaffee verschüttet. Dass so eine Espressomaschine spuckt und zischt, das ganze Tamtam, wir, die wir tagtäglich uns mit Espressokannen herumschlagen, wissen es ja alle selbst, wenn einer einmal nicht weiß, wie er sie bedienen muss, liest er eine Bedienungsanleitung.

Wenn er Mitte dreißig ist, fügte ich hilfreich hinzu, und immer noch nicht damit klarkommt, am besten eine fürs Leben und lässt sich einweisen (Nervenfieber).

Er seufzte. Lektor sein ist schwer.

Wir sollten, lenkte ich ein, generell Büchern misstrauen, die sich allzu ausführlich mit detaillierten Beschreibungen harmloser Handgriffe abgeben, in der Regel mündet so was ins Nichts. Außer, ich hob die Stimme, ich zitiere:

Warum erzähle ich das alles so ausführlich? Weil die geladene Atmosphäre jeder winzigen Kleinigkeit das Gewicht der Verrichtung gab, der ganz bestimmten und tief bedeutsamen Leistung. Es war einer jener überempfindlichen Augenblicke, wo jede automatische Bewegung, wie oft sie auch schon ausgeführt, wie lange zur Gewohnheit gewor-

den, zum eigenständigen Willensakt wird. (Raymond Chandler) Zitat Ende.

Olaf gähnte, du liest zu viel, sagte er abschließend.

Sydow sagte beiläufig: Es ist immer auffällig, wenn Leute sich dermaßen echauffieren. Wie eine allergische Reaktion. Meistens echauffieren sich die Leute beim Kinderthema, Kinder haben, keine Kinder haben, warum Kinder, warum keine Kinder, keine Kinder kriegen können, Kinder haben wollen, wenn sich die Leute nicht über das eine echauffieren, echauffieren sie sich über das andere, die einen haben eine Frau und wollen keine Kinder, die anderen wollen Kinder und haben keine Frau, wieder andere haben beides und wollen nichts davon, dann wieder die –

Und du hast keine Frau. Keine Frau.

Ja danke. Wirke ich nicht angemessen echauffiert? Findest du das aufreizend? Was soll ich tun, weinen? Da hilft kein Heulen und Zähneklappern, *hat man Läuse im Pelz, dann hilft es nichts, zu winseln und zu wimmern.*

Rede doch nicht so einen Blödsinn, sagte Glaser genervt, du hast keine Läuse im Pelz, du trägst einfach nur einen zu dicken Schal, der dich zwickt und juckt, und hast keine Frau.

Ja danke. Sydow hatte die Brote aufgegessen und schob den leeren Teller weg, das ist übrigens nicht von mir, sondern von der Frau von einem Räuberhauptmann. Wenn eine die Männer kennt, dann wohl sie. Ich möchte lieber so eine Frau.

Woher kennst du Räuber und ihre Frauen, flüchtest du jetzt mangels Frau in mediale Welten, schaust du jetzt immer Fernsehen. Das ist sehr gefährlich. Experten warnen dringend vor der Flucht der Männer in mediale Welten, neulich las ich in der Zeitung, dass über zwei Drittel aller Zwanzigjährigen noch nie eine Freundin –

Unsinn. Habe ich vielleicht einen Fernseher? Ich bin schlimmer als meine Oma, wenn ich wo einen Fernseher einschalten soll, geh ich hin und drück dort den Knopf am Gerät, weil ich die Fernbedienung immer verkehrt herum halte. Darum schaue ich auch immer nur einen Sender, bis wer sich erbarmt und mir umschalten kommt. Ich kenne Räuber nicht aus der medialen

Welt, ich kenne sie noch von Ronja Räubertochter. Wolltest du als Kind auch immer Ronja Räubertochter heiraten?

Nein. Ich wollte Pippi Langstrumpf heiraten.

Weil du ein Masochist bist.

Ich wusste, dass du das sagen würdest. Wollte ich aber gar nicht. Ich wollte, wie alle vernünftigen Jungs, das Aschenbrödel heiraten, die aus dem Film.

Frühe Flucht in mediale Welten?

Ja. Ich bin betroffenes Zweidrittel, vor mir warnt die Expertenwelt. Ich war zwanzig, hatte noch nie eine Freundin gehabt und mich in der medialen Welt verirrt und Aschenbrödel war schon vergeben. Das macht gefährlich, wegen generellem Triebstau sowieso und nicht ausgetragenen Konkurrenzkämpfen mangels realem Konkurrenten noch dazu. Der jeweilige Konkurrent, er ist in seinem Film immer der Sieger, verstehst du? Das ist die Krux, man ist in medialen Welten immer der Besucher und darum ein konsequenter Verlierer. Man hat keinen eigenen Film und läuft im richtigen Leben irgendwann Amok, weil sich so viel Trieb und unbewältigte Konkurrenz in einem angestaut haben. Dieses triebgestörte Zweidrittel ist ungeheuer gefährlich, ein latenter Sprengstoff. Verstehst du, man denkt an Aschenbrödel und wie verliebt man ist. Sie reitet und jagt, sie schießt und tanzt, sie ist nett zum dicken Koch und füttert die Katze, sie ist wundervoll. Man ist sehr verliebt. Dann ist da aber der Prinz. Auch er jagt und reitet und schießt. Er tanzt in albernen Strumpfhosen mit seinen Freunden im Schnee. Er und das Aschenbrödel haben viele gemeinsame Hobbys. Okay, denkt man sich, du sollst sie haben, du bist einfach smarter und ihr reitet durch denselben Schnee. Ich würde auf dem Sattel und am Schießgewehr keine gute Figur machen, ich würde vom Pferd fallen und im Tanzkostüm aussehen wie ein Pantomime im Pyjama, ich würde versehentlich dem Aschenbrödel in den Po schießen anstatt den Vogel vom Himmel. Du trägst, würde man zum Prinzen sagen, einfach die richtigen Strumpfhosen. Das eine Bein rot, das andere gestreift, ich finde so was albern, das Aschenbrödel findet das schön. Da kann man nichts machen, es ist eindeutig sein Film. Er ist dort der Held, ich wäre dort ein Clown, ein depressiver Mime mit zu kleinem Hut, er sieht blendend aus, ich neben ihm als hätte ich eine Laktoseunverträglichkeit.

Frauen mögen lachen, wenn einer ihnen den Kasperle macht, lieber wollen sie aber, dass einer ihnen gut gelaunt auf den Hintern klopft anstatt sich vertut beim Schießen.

Das macht man ein paarmal und ist fertig mit den Nerven. Keine ist so schön wie Aschenbrödel und man ist, mangels Kampferfahrung im realen Raum, beim leisesten Auftreten eines potenziellen Konkurrenten sofort bereit, das Feld zu räumen.

Man denkt, wo bleibt nur der, der immer gewinnt? Wo ist der, der mich aus dem Weg räumt und dem der Schnee, der Sonnenuntergang und das ganze Set gehört? Wo ist der, der die Strumpfhosen anhat?

Man schaut so lange hartnäckig wie ein Dackel bei Regen in die falsche Richtung, bis die, die unter Umständen kein schlechtes Aschenbrödel abgegeben hätte, das Handtuch wirft und sich von den Socken macht. Und recht hat sie. Die wäre im Film, wenn man einem wie mir aus dem Zweidrittel plötzlich die Hauptrolle zuteilen würde, schon längst eingeschneit oder erfroren, mit der Sonne untergegangen.

Ja und? Sydow ging zum Herd, kickte einmal mit dem Fuß dagegen und schenkte den restlichen Kaffee in die Tasse, suchte den Tisch nach der Milch ab. Was willst du mir damit sagen? Und wo ist die Milch?

Glaser stand auf und holte die Milch aus dem Kühlschrank, er schaute in den Kühlschrank, keine Milch, er holte die Milch vom Fensterbrett, stellte sie vor ihn hin.

Du willst mir sagen, dass ich nicht fernsehen soll. Gut. Du redest von tickenden Zeitbomben, die wie harmlose Männer aussehen. Ist das ein ungehörter Hilferuf? Sagst du zu deinem besten Freund, bitte hilf mir, und ich denke immer noch, du bluffst? Reden wir von all dem?

Müssen wir nicht, wenn es dich nicht interessiert. Reden wir meinetwegen von dir. Du willst nicht heulen und zähneklappern, weder winseln noch wimmern, so wars doch, oder?

Ja. Die Räuberfrau sagt zu ihrem Räuberhauptmann: Rapple

dich auf! Sei ein Mann! Sie will nicht, dass er winselt und wimmert, wenn er Läuse im Pelz hat.

Du hast keine Läuse im Pelz. Dich zwickt dein Schal. Du hast keine Frau. Das ist viel schlimmer.

Ja danke.

Im Übrigen: Wer weiß das schon. Frauen sind doch so emotional, ich würde meine Hand ins Feuer legen, dass sich eine deiner erbarmt, wenn du tust, als hättest du nur eine Laus im Pelz, dabei ist es viel schlimmer. Du hast keine –

Ja danke! Kann gut sein, aber ich will kein Erbarmen. So eine Frau will ich nicht. Eine mit Erbarmen. Das wäre dann mit Sicherheit eine, die andauernd Käfer rettet, damit man nicht auf sie tritt, bei politisch inkorrekten Witzen anfängt zu weinen und Yogakurse besucht.

Es ist nicht verwerflich, einen Yogakurs zu besuchen.

In Kombination mit den Käfern und dem Weinen bei Witzen schon. Sie besuchen die Yogakurse. Das sind die, die sich, wenn sie sich auf einen Stuhl setzen, nicht einfach auf einen Stuhl setzen, nein, sie zentrieren sich. Suchen mit den Gesäßbacken die richtige Position, schaukeln und graben sich mit dem Hintern wohlig zurecht, immer mit diesem ekelhaft verklärten Gesicht der Yogapraktizierer, sie sagen Sachen wie: Wenn die Traurigkeit kommt wie eine Woge, betrachte ich sie und gehe mit ihr mit, bis sie –

Schon gut. Dass du dich immer derart hineinsteigern musst in solche Szenarien.

Sie treffen sich gerne in den Yogakursen, sagte Sydow. Da kann das arme Yoga nichts dafür, sie treffen sich einfach gerne dort.

Gut, sagte Glaser, er schraubte den Deckel wieder auf die Milch, versorgte sie im Kühlschrank, die Butter, die Marmelade, Sydow reichte ihm den Käse hinunter. Haben wir das auch geklärt. Die Räuberfrau, die aber hat Humor?

So eine will ich. Wenn ihr Räuberhauptmann wütend ist und den Braten an die Wand wirft, bringt sie ihm eine Ladung Eier, zum Hinterdreinwerfen. Sie nimmt den Braten auf und sagt, er sei sicher nur mürber geworden.

Sicher ist er nur mürber geworden. Ihre Tochter wird auch so, darum wollte ich sie immer heiraten. Sicher ist die Nachbarin auch von gutem Humor. Mit der kann man Pferde stehlen. Solche Brote packt man ein, wenn man Pferde stehlen geht, die werden auch bei allem nur mürber. Die könnte man nach einem Pferd werfen, sie würden nur mürber werden davon. Sie würde das Brot aufheben, sich das ohnmächtige Pferd auf den Rücken laden und sagen: Es ist sicher alles nur mürber geworden. Ich wäre durch alles auch nur mürber geworden, so eine Frau würde mich absolut mürbe machen, aber im besten Sinn. So viel zur Nachbarin.

Lass es einfach, sagte Glaser, okay?

41. Es gibt auch so was wie moralische Integrität

Du wirkst heute irgendwie verdrossen, sagte Sydow gefühlvoll. Ist es wegen dem kalten Kaffee, habe ich dich verletzt? Es kann nicht jeder so gut aussehend sein wie ich. Du hast sicher innere Werte. War es wegen der Volksmusik? Das ist einfach nicht mein Ding, das hat mit dir persönlich nichts zu tun. Außer, dass du persönlich einen schlechten Geschmack hast. Hast du vielleicht eine Laktoseunverträglichkeit? Du hättest nicht so viel Milch in deinen Kaffee schütten sollen, sicher hast du grässliches Bauchgrimmen wegen einer unerkannten Laktoseunverträglichkeit. Oder Nervenfieber. Das gibt es überhaupt nicht mehr. Außer du wäschst dich zu wenig, das nennt man heute Typhus. Alles andere ist ein Fall für die Psychiatrie, da überlegt man sich das mit dem Nervenfieber noch einmal, was? Oder war es das Kinderthema?

Halt jetzt einfach die Klappe und rede weiter, okay?

Dass das die Leute immer dermaßen echauffiert, interessant. Aber gut. Kopf hoch, noch ist Polen nicht verloren, du bist ja noch jung, du kannst ja noch einen Haufen Kinder –

Frederik.

Okay.

Genug jetzt mit dem Seelenstriptease, sagte Glaser, du redest kreuz und quer, ein Gespräch, verbogen wie dein verhunzter Notenständer, heute ist es besonders schlimm. Ein paar Nüsse? Er schob ihm ein paar Nüsse hin, vielleicht einen Tee?

Sydow schnippte und deutete mit beiden Zeigefingern auf Glaser, der war gut. Er zog die Schale mit den Nüssen zu sich herüber und warf sich eine Handvoll in den Mund, Nüsse sind ja wahre Nervennahrung, das sagt die Dicke im *Küken und Kater* auch immer. Ich kaufe Nüsse und immer sagt sie, als wäre das ganz was Neues: Nüsse sind ja wahre Nervennahrung.

Okay, der Notenständer ist jetzt zwar völlig vermurkst, immerhin aber haben wir jetzt alles wieder dahin gebogen, wo wirs haben müssen. Du wolltest mir vom *Küken und Kater* erzählen. Du wolltest mir erzählen, dass du Zimt gekauft hast, wegen dem Apfelmus, wegen der Zimtsterne.

Wegen dem Kinderpunsch wegen der Kinder – ich hör schon auf, reg dich ab. Sydow schob ihm die Nüsse hinüber, iss ein paar Nüsse, soll gut sein für die Nerven. Ich wollte Zimt kaufen im *Küken und Kater*, wir schauen uns also ratlos die Packungen an, hier der inderhandverpackte Beutel, er kostete, sagen wir: acht Euro.

Acht Euro?

Genau, das habe ich auch gesagt: acht Euro? Und der andere kostete, sagen wir: zwei.

Zwei?

Habe ich auch gesagt, immer alles genau in dem Ton. Und die beiden, sie heißen Sigrid und Brunhilde –

Das hättest du wohl gern.

Ja, hätte ich gern. Sigrid jedenfalls sagt zu Brunhilde: Das ist mir auch schon merkwürdig vorgekommen. Brunhilde schaut nachdenklich den teuren Zimt an und dann den billigen und dann mich und sagt langsam: Das ist wahrscheinlich, weil der, sie deutete auf den Zweieurozimt, von klitzekleinen flinken Kinderchen geerntet wurde.

Das hat sie gesagt? Die ist ja wirklich lustig.

Fand ich auch, ich war ganz betroffen. Wir waren alle drei ganz betroffen. Warum, habe ich sie nach einer allgemeinen Pause der Betroffenheit gefragt, warum habt ihr den dann überhaupt im Sortiment, ich meine – ich wollte ihr einen einmaligen Stoß versetzen, sie zu Fall bringen und meinen Fuß auf ihre dominante, haha! imposante natürlich, imposante Brust stellen und mir damit einen, *einen* einzigen Punktesieg verschaffen. Sie hätten mich fortan im *Küken und Kater* äußerst zuvorkommend bedient, hätten mir fremdländische Wurstsorten zur Verkostung angeboten und mich vorgezogen, *Herr von Sydow hat es sicher eilig*, sie hätten mich, nach diesem Sieg, auf die günstigen Preisangebote bei Bolle hingewiesen. Was ich aber mit einer lässigen Gebärde abgetan hätte mit dem Hinweis, hier kaufte ich unter Menschen –

Menschen?, gab Glaser zu bedenken, Titanen vielleicht, Titaniden, Furien, aber doch keine Menschen, zwei wie Charybdis und Skylla, gerät man in ihren Sog, ist man verloren, als Schiff, als Mann, egal. Verloren.

Da hast du recht, ich war auch schnell wieder auf Sendung. Brunhilde nämlich nimmt die ganze mögliche und so schöne Welt des Konjunktivs mit zwei spitzen Fingern, frisst sie auf. Charybdis. Saugt es auf, speit es aus. Im Meer unter Gebrüll, das hat Brunhilde gar nicht nötig. Frisst es auf, spuckt die Kerne aus *und das wars wieder einmal mit Tricks und Gags, ciao alle miteinander.* Eins zwei und die Sache war gegessen, Schwamm drüber. Ich sage also: Warum habt ihr den dann überhaupt im Sortiment, ich meine – und sie sagt kühl: Damit du deine moralische Integrität unter Beweis stellen kannst.

Glaser schaute ihn betroffen an.

42. Wo sind eigentlich die ganzen Kugelstoßerinnen aus der DDR?

Ja, sagte Sydow, ich habe sie auch angeschaut wie die Kuh, wenns donnert.

Und hast acht Euro für drei Zimtstangen gezahlt?

Was hätte ich denn machen sollen? Vor mir diese germanischen

Walküren, die nur auf eine günstige Gelegenheit warten, mit mir Diskus zu werfen, und dazu noch Schuld dran sein, dass der kleine indische Amal aus Ceylon nie lesen und schreiben lernt?

Du hättest ihr sagen können, dass Bildung total überbewertet wird, und hättest den billigen Zimt gekauft. Du hättest sagen können, dass du dieses ausländische Wort nicht verstehst und zur Sicherheit den billigen kaufst –

Welches ausländische Wort? Integrität?

Genau so hättest du gefragt, Integrität? Ist das eine medizinsche Einlegesohle? Und den billigen gekauft, du hättest –

Hätte hätte! In hundert Jahren vielleicht, wenn der Laden von lächelnden Indern übernommen wurde, dies durch Bildung zu was gebracht haben. Bei Sigrid und Brunhilde hätte ich viel zu viel Angst, dass sie mir den Kopf abreißen, damit Diskus werfen und meinen Nacken zu Kammspeck verarbeiten. Immer wenn ich dort den guten Tiroler Speck kaufen will, weist Sigrid – sie macht dort in Fleisch, während Brunhilde die Käseräder wuchtet – weist also Sigrid mich darauf hin, dass das Kamm- und also Nackenspeck sei, und reibt sich mit der Linken bedeutungsvoll den Nacken.

Würde mich interessieren, sagte Glaser, ob sie das auch macht, wenn du zum Beispiel Schinken kaufen kommst.

Sich den Nacken reiben?

Den Hintern, ob sie sich dann den Hintern reibt, sich bedeutungsvoll auf den germanischen Schinken klopft.

Interessieren würde mich das auch. Ich würde Frauen, die aussehen wie die Kugelstoßerinnen aus der DDR, aber niemals provozieren wollen.

Das *sind* Kugelstoßerinnen aus der DDR. Irgendwohin mussten die ja nach der DDR, was sollte das vereinte Deutschland mit den ganzen Kugelstoßerinnen, die wie Kerle aussehen und die Kugeln bloß so weit werfen, weil sie einfach die bessere Ernährung haben. Mit den Schnäuzen waren natürlich viele andere Karrieren per se unmöglich, was hätten die denn machen sollen, Friseuse? Herrenfriseur vielleicht. Aber der Schnauz war im vereinten Deutschland auch schon lange als totaler Irrtum enttarnt, das wäre keine schöne Visitenkarte gewesen für einen Herrenfriseur. Abgehalfterte Sportler, was machen die so, Masseur vielleicht, Physiotherapeut, aber wenn mir da schon beim Empfang eine Sigrid die Hand zerquetscht und mich aus dem linken Handgelenk heraus auf den Schragen wirft und sich, *dann wollen wir mal*, die Ärmel hochkrempelt, bin ich lieber sofort wieder gesund, alles paletti, bevor die richtig Hand anlegt. Die sind alle im Einzelhandel gelandet. Interessant wäre es schon, sie nach dem Schinken zu fragen. Vielleicht überreden wir David einmal dazu, der kennt sie noch nicht.

43. Auch die Telekommunikation wird erörtert

Apropos. Sydow schaute auf die Uhr, wo steckt der bloß. So was läuft nicht mehr unter Verspätung. Stanjic kommt einfach nicht.

Genau, apropos. *Schlechtes Versteck*, wo soll das sein? Hinterm *Küken und Kater*? Da ist doch nichts.

Doch, diese drei Stufen hoch, wo die ehemalige Molkerei ewig leer stand. *Schlechtes Versteck*. Ein netter Laden. Im Schaufenster haben sie ein Bild von einer dieser Stehlampen aus den Fünfzigern, mit diesen riesigen, hässlichen Stoffschirmen. So eine Stehlampe ist auf dem Bild und unten guckt der Rest von einem Mann raus, Beine, Rumpf, nur mit einer Unterhose bekleidet, den Kopf im Lampenschirm versteckt, vermutlich, weil er der Liebhaber von der Frau ist, deren Mann zu früh nach Hause kommt. *Schlechtes Versteck.* So heißt das Café.

Glaser lachte, und du meinst, Stanjic steckt dort unterm Lampenschirm? Zuzutrauen wärs ihm.

Oder, überlegte Sydow, nimmt er die Abkürzung über Polen? Möglich wärs. Aber vielleicht hast du ihm so in Andeutungen schon was von deiner dicken Cousine –

Sie ist nicht dick.

Von der mordsdicken Cousine mit den Backen wie Wassermelonen, vielleicht hast du ihm von der schon was erzählt, sodass er nur noch mit Schnauz aus dem Haus geht, als ehemalige Kugelstoßerin verkleidet, nur noch über Polen den Weg zum Bäcker nimmt und im *Noch Schöner* die Tage umbringt, rumbringt natürlich. Schnauz, sagte er vor sich hin. Trägt eigentlich kein Mensch mehr, aber in Polen haben sie ihm eingeredet, das sei todschick. Stanjic kann man jeden Blödsinn einreden und er denkt, es ist todschick. Er wird deine Weltmusik mögen, du musst sie ihm nur angemessen schmackhaft machen.

Sydow ging in den Flur, stopfte das Lexikon in den Rucksack und warf ihn über seine Schulter Er ging zum Sofa, ließ sich auf die Knie hinab und äugte darunter. Kein Notenständer, sagte er, verstehe ich nicht. Er legte sich auf den Bauch, rutschte mit dem Kopf nach vorn bis zur Sofakante und tappte mit der rechten Hand unter die Polster, zog das Telefon hervor. Was macht denn das Telefon unter deinem Sofa?

Einen Ausflug.

Sydow betrachtete das Telefon, einen Seniorenausflug nehme ich an. Dieses Telefon stammt meiner Meinung nach aus der Zeit vor der Erfindung der Telekommunikation. Es war damals in einer Identitätskrise, wer bin ich?, hat es sich ängstlich gefragt, woher komme ich? Wohin gehe ich? Es hat auf alles keine Antwort gewusst und hat sich zur Selbstfindung unters Sofa zurückgezogen. Es hat die winzig kurze Zeit, in der es mal modern gewesen wäre, verpasst, ist einfach dageblieben. Wenn es nach draußen gelinst hat, hat es Telefone gesehen, die hätte es sich in seinen kühnsten Träumen nicht ausgemalt. Telefone, die es beim besten Willen nicht mit sich in Verbindung gebracht hätte. Es hat Telefone kommen und gehen sehen und ist darob alt geworden und bleibt jetzt auch zum Sterben unter dem Sofa verborgen. Vielleicht ist unter deinem Sofa der Telefonfriedhof und alle Telefone aus der ganzen Welt –

Ja. Genauso ist es. Glaser hatte sich wieder auf den Stuhl gesetzt, blätterte in den Noten und nahm das Cello zwischen die Beine. Er strich über die Saiten, es klang grässlich.

Ein Telefonfriedhof, wiederholte Sydow. Sie kommen aus der ganzen Welt. Aber vielleicht telefoniert es doch einmal mit mir zusammen? Damit es das auch mal ausprobiert hat im Leben. Er klemmte sich mühsam den Hörer an dem Schal vorbei ans Ohr und drehte eine Nummer in die Scheibe. Er wälzte sich auf den Rücken, lag ungemütlich auf dem Rucksack und schaute an die Decke, lauschte.

Durch dein Telefon klingt ein innerstädtischer Anruf, als würde man mit dem Mars verbunden werden. So klingt es, wenn mich meine Tante aus Afrika anruft.

Du hast gar keine Tante in Afrika.

Doch.

Du hast keine Frau und keine Tante.

Mein Gott, bist du gemein. Er lauschte in den Hörer.

Irgendwer wird schon eine Tante haben in Afrika, sagte er. Und die ruft mich manchmal an. Aber so klingt es dann definitiv nicht. Es klingt innerstädtischer.

Er lauschte noch ein bisschen.

Es klingt dann wie ein innerstädtischer Anruf, sodass ich die Tante immer frage: Tante, bist du in der Stadt? Neee, sagt sie, was denkst du denn, ich bin in Afrika. Ach so, sage ich, dann sind Sie falsch verbunden, ich habe gar keine Tante in Afrika. Ich lege auf. Sie ruft aber immer wieder an, wahrscheinlich hat sie außer mir keine Verwandten.

Er schaute weiter zur Decke. Wenn man, sagte er, auf einem Rucksack liegt und einen Schal um den Hals hat, kann man erst richtig nachvollziehen, wie es Leuten geht, denen es nicht so gut geht. Leuten mit Buckel zum Beispiel. Wenn die sich mal gemütlich auf den Rücken legen wollen und an die Decke schauen, stört immer dieser vollgepackte Rucksack und es ist überhaupt nicht gemütlich. Darum erfahren sie auch nie, dass sie überhaupt nichts verpassen, weil an der Decke absolut nichts los ist.

Er lauschte und an der Decke passierte auch nichts Nennenswertes.

Ich werde die Liga der *Traurigen Buckligen* anschreiben, die nie die Decke gesehen haben. Da oben ist nichts, werde ich schreiben, nix, nüschte, glaubt mir. Seid nicht traurig.

Er lauschte.

Niemand da, sagte er, der Mars ist unbewohnt, hätten wir eigentlich wissen müssen. Die Millionen Steuergelder, die für die Erforschung des Mars verbraten werden, alles für die Katz. Der Mars ist unbewohnt. Er drehte sich zur Seite, schaute Glaser an, Anrufbeantworter, sagte er. Nach drei Jahren klingeln kommt endlich einmal der Anrufbeantworter, das ist wegen der ungeheuren Dimensionen, die sie da auf dem Mars zurücklegen müssen, wenn das Telefon mal klingelt –

Ja, sagte er, David, ich bins. Wir waren hier verabredet. Vielleicht erinnerst du dich. Wir sinds. Die Jungs, die ihre Zeit bei der Lotterie gewonnen haben. Wenn du heute Abend nach einem weiteren fruchtlosen Versuch, zu uns durchzudringen, müde nach Hause zurückkommst, ruf mal durch. Ich habe eine neue aufregende Abkürzung für dich. Über Russland, geht ganz fix. Oder wir organisieren einen Abholservice, eine Marsexpedition, Geld dafür gibts genug. Halt die Ohren steif. Roger.

Er legte den Hörer auf, schob das Telefon wieder weit unter das Sofa, schaute nach dem Notenständer, weg, sagte er. Rätselhaft. Vielleicht haben ihm die siechen Telefone vom Telefonfriedhof eingeredet, er sei ein neumodisches mobiles Telekommunikationsgerät, und ihn zum Anschaffen wieder auf die Piste geschickt. Wenn du hier die Tage einmal einen Notenständer herumgehen siehst, der sich als Telefon prostituieren will, gib mir Bescheid. Der Notenständer und ich, wir haben noch eine Rechnung offen, alle Einkünfte aus Hurerei und Dirnenspiel gehen somit an mich. Danach wird er vielleicht befördert. Vielleicht zur Wäschespinne. Vielleicht zum Umspannwerk.

Glaser lächelte, zupfte auf dem Cello, *tsu mir is gekumen*, summte er, ja, sagte er in das Zupfen hinein, ich werds ihm sagen.

Sydow rappelte sich hoch, klopfte den Staub von den Hosen, staubig hier, sagte er, er begutachtete den Boden, bei dir ist es doch nie staubig. Findest du Staub wischen auf einmal zu viel verlangt.

44. Das ist schwer verdächtig

Glaser winkte ab, blätterte in seinen Noten, nahm das Heft und schüttelte es aus, aber nichts fiel heraus. Er lehnte das Cello an seinen Stuhl und ging hinüber zum Rollschrank und zog den Rollladen herunter, ging die Partituren durch.

Er drückte Sydow die Noten in die Hand, Staub wischen ist nicht zu viel verlangt, sagte er, und das ist für die Begleitung. Er warf einen Blick auf Sydows Gesicht, das wird dir gefallen, glaub mir, das macht irrsinnigen Spaß. Ich habe so eine Idee, das wird richtig gut. Er setzte sich wieder hin, nahm das Cello, zupfte an den Saiten und drehte an den Schrauben. Du schaust ja immer noch so entsetzt, sagte Glaser, er warf ihm einen Blick zu.

Bei dir ist es aber nie staubig gewesen!, rief Sydow.

Du bist entsetzt, sagte Glaser, wegen dem Wischen. Ist eigentlich nicht meine Art. Ich war nicht häufig da in letzter Zeit.

Sydow ließ sich wieder in die Sofapolster sinken, starrte ihn an, was soll denn das heißen, nicht häufig da, wo warst du immer in letzter Zeit?

Erzähl ich dir ein andermal.

Wieso ein andermal, erzähls mir jetzt!

Nein. Jetzt nicht. Ein andermal.

Das regt mich auf, sagte mein Lektor, er löffelte sich obszön viel Zucker in seinen Kaffee, wieso erfahren wir das nicht jetzt? Das ist doch albern.

Die Literatur, sagte ich gewichtig, ist voll von Kommunikationsschwierigkeiten. Die Leute in den Büchern hätten nicht die vielen Probleme, wenn sie zu Zeiten anständig miteinander reden würden.

Ja, in den Büchern.

Wie auch im Leben.

Er rührte seinen Kaffee um und schaute unzufrieden, er wollte mir widersprechen, das sah ich ihm an. Dann dachte er mit Sicherheit an all die Gelegenheiten, in denen er nicht anständig mit den Leuten geredet hatte, er dachte an die vielen Kommunikationsschwierigkeiten.

Na?, sagte ich.

Reden wir ein andermal darüber, sagte er.

Wieso häufig nicht da, wiederholte Sydow schockiert, du bist doch immer da, du hast –

Frederik, pass auf. Ich erzähls dir, versprochen, aber ein andermal. Ist eine komische Geschichte. Erzähl ich dir mal. Heute mag ich nicht.

Sydow lehnte sich an den Rucksack, schaute zu, wie Glaser zupfte und die Schrauben drehte. Also gut. Aber es ist nichts Schlimmes?

Ich hoffe nicht, Glaser drehte den Kopf ein wenig, lächelte ihn an, ich weiß es nicht.

Das ist nicht dein Ernst, oder? Du weißt nicht, ob es was Schlimmes ist, und erzählst mir ein andermal davon? Sei besorgt, sagst du mir, der Rest folgt? Ich werde den ganzen Tag kein Auge mehr zumachen!

Ja, Glaser lachte, maximal.

Ich meine das überhaupt nicht lustig, ich mache mir jetzt unheimliche Sorgen, grüble und bange und kann nicht mehr schlafen und –

Das musst du nicht. Glaser tätschelte ihm die Schulter, ganz sicher. Ich muss erst noch was rausfinden. Ist einfach eine komische Geschichte.

Von wem handelt sie denn, hat sie –

Ich erzähls dir. Versprochen, Freddy. Und jetzt reden wir von was anderem. Ich werde Staub wischen. Soll ich es jetzt gleich machen?

Nein.

Fein. Ich werde Staub wischen, du übst die Begleitung. Und ein andermal erzähle ich dir mehr.

Ist das jetzt Erpressung. Weil du weißt, dass ich eine Stauballergie habe.

Weil ich weiß, dass du irre Spaß daran haben wirst. Das ist eine Musik, die macht wahnsinnigen Spaß. Und jetzt reden wir von was anderem oder ich wische Staub.

Was soll denn das mit dem Staubwischen, mein Lektor hatte sich große, runde Fragezeichen an den Seitenrand gemalt, was ist los mit Simon?

Sag mal, ich betrachtete ihn aus zusammengekniffenen Augen, hast du den Text überhaupt gelesen?

Er verschränkte die Arme vor der Brust und schaute mich streng an, auf so ein Niveau, sagte er, lass ich mich überhaupt nicht ein.

Diese Sache mit Michael beschäftigt ihn, ist doch klar, sagte ich. Mit Michael und Katharina. Es spitzt sich zu.

Und darum wischt er seine Wohnung nicht mehr.

Genau.

Weil er nicht zwei Sachen gleichzeitig machen kann, präzisierte er in seiner typisch pedantischen Art, sich Sorgen machen und Wohnung putzen.

Das ist jetzt etwas zugespitzt formuliert.

Olaf schrieb mit rotem Filzer *Multitasking* quer über die Seite. Das solltest du textintern mal problematisieren, sagte er jovial.

Ich verschränkte die Arme vor der Brust und schaute ihn streng an. Auf so ein Niveau, dachte ich bei mir, lass ich mich üb-er-haupt-nicht-ein.

Sie schwiegen eine Weile und dachten nach oder dachten nicht nach, so genau lässt sich das immer nicht sagen.

Es wurde dämmrig und Glaser schaltete die Lampe an seinem Pult ein. Er begann wieder zu zupfen und zu summen, es klang alles grässlich.

Sydow ging zur Toilette, vielleicht gab es da Berichtenswertes. Er rollte ein paar Blätter ab und las:

> *In fruchtbarer Phase herrscht Funkstille:*
> *Frauen vermeiden während ihrer fruchtbaren Tage den Kontakt mit ihren Vätern. Dies entdeckten US-amerikanische Wissenschaftler, als sie beobachteten, wie oft und wie lange Frauen während ihrer verschiedenen Zyklusphasen mit ihren Vätern und ihren Müttern telefonieren.*

Ergebnis: Um die Zeit des Eisprungs herum versuchen Frauen, sich um die Telefongespräche mit ihren Vätern zu drücken. Die Forscher vermuten, sie könnten damit instinktiv versuchen, Inzucht zu vermeiden.

Das ist äußerst verblüffend, dachte Sydow. Eigentlich ließe sich mit ein wenig Engagement und unter der eventuellen Mitwirkung der Telefonanbieter damit ein hieb- und stichfester Verhütungskalender erstellen. Oder ein Befruchtungskalender, je nach Bedarf.

Damit könnte man unter Umständen noch das *Amt für Statistik* mit ins Boot holen, wenn jeder Haushalt einen Telefon- und ergo Befruchtungskalender zu Hause am Kühlschrank hängen hat, kann es einerseits mit der Geburtenrate nur bergauf gehen. Andererseits könnten ein paar neue Telefonläden Eröffnung feiern, mit der Wirtschaft ginge es kräftig bergauf und der Euro erstarkte, jeder Bürger erbrächte mit Freuden seinen Obulus zur Rettung getüpfelter Tomaten und der Krümmungsgrad der Gurken würde dann überhaupt niemanden mehr interessieren. Manager könnten ohne schlechtes Gewissen ihr persönliches Budget erhöhen, im Sport träte in absehbarer Zeit eine spürbare Entspannung ein, jeder hätte dann einen eigenen Ball zu Hause, diese enervierenden Streitereien auf dem Spielfeld hätten endlich ein Ende. Vielleicht träfe man sich dann und wann noch auf ein Freundschaftsspiel, aus purer Freundschaft. Die Verhandlungen mit der Türkei kämen endlich zu einem guten Ende, weil den Deutschen nun die Augen aufgingen, warum die Geburtenrate am Bosporus noch nie derart im Keller war wie in Deutschland, weil die Frauen einerseits zu wenig Kinder bekamen: Sie hatten andererseits die kalendarische Verwertung der Vätertelefonate schon längst in fester, staatlicher Hand.

Eigentlich würde er das alles gerne anhand seiner eigenen Frau einmal gegentesten.

Mit versonnenem Gesicht kehrte er ins Wohnzimmer zurück, man könnte, begann er, Glaser warf ihm einen Blick zu, ich weiß schon, sagte er, die Telefonsache mit den Vätern. Sicher, das ist verblüffend, aber vergiss es, Frederik. Du hast gar keine Frau.

Danke, Simon.

Gerne.

45. Wo fängt der Balkan an?

Sie, liebe Leser, suchen nach einem Anker? Nach einer windgeschützten Stelle, einem Fels in der Brandung? Hier bin ich! Ich bin voll und ganz Ihrer Meinung, uns wird gerade viel zugemutet, und wozu?

Lassen Sie uns kurz resümieren, nicht, dass wir ob der Fülle an Information noch ein Nervenfieber kriegen und auf halber Strecke den Büttel hinschmeißen – mit der kathartischen Wirkung der Heldenwanderung wärs dann Essig und ich hätte mir ganz umsonst eine derartige Mühe gemacht, die Angelegenheit zu rekonstruieren, ich hätte mir, wie mein Lektor so schön sagt, die Puste sparen können für die Suppe.

Wir wissen nun, sagte mein Lektor, Folgendes: Simon Glaser, ein ordentlicher Mensch bis hin zur Zwangsneurose, hat neuerdings keine Zeit mehr für die einfachsten Übungen im Haushalt. Was macht er die ganze Zeit? Damit rückt er nicht heraus. Schlecht, so weit. Weiter, fasste er in seiner typisch bürokratischen Art zusammen, weiters triggerte Sydow den ein oder anderen neuralgischen Punkt an, der Überfall der Krähen, das Kinderthema, das Nervenfieber, mit der Nachbarin darf man auch nicht spaßen, was ist los im Hause Glaser? Hält er mit was hinterm Berg?

Ja sicher.

Und mit was?

Meinst du ernsthaft, ich lehnte mich etwas zurück, die Kellnerin stellte einen Teller mit glasiertem Karottenkuchen vor mich hin, ich würde hier Hunderte von Seiten füllen, wenn sich alles kurz und –

Knackig, soufflierte er mir –

– kurz und knackig eben in fünf unverblümten Sätzen sagen ließe?

Olaf schaute meinen Kuchen an und suchte die Kellnerin, er deutete auf meinen Teller und dann auf sich. Er drehte sich wieder zu mir, ja, sagte er freundlich, genau das meine ich. Das befürchte ich.

Wenn du mich fragst, begann Sydow irgendwann, hat der Stanjic jetzt einen Schnauz und baut sich in Polen gerade eine neue Existenz auf. Am Baikalsee.

Am Baikalsee? Glaser verzog gequält das Gesicht, zupfte ein paarmal die a-Saite, sag mal, meinst du, das ist überhaupt ein Cello? Vielleicht ist es da, wo David herkommt, ein bewährtes Gerät für die Heuernte. Da diese Gerüste zum Heu-Aufhängen. Oder so ein Teil aus einem alten Sägewerk.

Für dich fängt in Österreich der Balkan an, oder?

Ich glaube eher, Glaser nahm den Bogen, deutete damit auf Sydow, ich glaube eher, für *dich* fängt in Österreich der Balkan an. Für Leute, die sich in Polen am Baikalsee ein Häuschen bauen, fängt vermutlich kurz nach der Stadtgrenze der Balkan an.

Nach Osten hin schon, sicher. Was denn sonst.

Vergessen wir bei alledem nicht: Deine Familie kommt aus dem Osten. Richtig?

Das ist gar kein Gerüst zum Heuaufhängen, sagte Sydow. Die heißen übrigens Heumanderl. Solche und andere wichtige Dinge lerne ich im Seminar *Alpenprosa*. Dieses Cello ist womöglich eine der raren Nachbauten, Exemplar einer österreichischen Studie zur Entwicklung volkstümlicher Musikgeräte. Jiddisches Liedgut im Wandel der Zeit, Stichwort: *alte Instrumente*, jiddische Volksmusik auf alten Instrumenten. Vielleicht ist die Forschung nach den verlorenen Klängen des Schtetls eine Art Wiedergutmachung. Die Österreicher haben in Sachen Wiedergutmachung ein bisschen was aufzuholen.

Weißt du, fuhr er fort, die Österreicher sehen bis heute eigentlich nicht recht ein, was es da für sie wiedergutzumachen gilt.

Erstens, weil sie sowieso die ersten Opfer waren und wer macht bitte bei ihnen was wieder gut?

Und dann: Restitution, Entschädigung? Ob Fremdwort oder nicht, beides sind für die Österreicher Fremdwörter. Da kommen die Ausgewanderten aus Chicago und New York und fragen nach ihren Bildern in den Museen.

Die Bilder in den Museen?, sagen die Österreicher entrüstet, zurückgeben? Das ist doch schon so lange her! Dafür bezahlen? Was wollen Sie denn mit dem vielen Geld!

Zum Beispiel das Bild mit den Bergmähern – Kunstgeschichte, Seminar *Alpenmalerei,* egal, was ich studiere, ich lande immer in den Alpen, komisch, oder? – *Die Bergmäher*, sagen die Österreicher. Sydow deutete auf das Cello, von wegen Heuernte. Von wegen Heuernte, sagen die Österreicher, *Die Bergmäher*, ein typisch österreichisches Bild. Mähen, heuen, die Berge, die Heumanderln, was wollen Sie denn mit so einem Bild in Amerika, sagen sie zu den Exiljuden, die aus Chicago angeflogen kommen, um sich ihre Bilder zurückzuholen. Die Amerikaner dort, wenn sie dieses Bild sehen, sie werden sagen:

Was for heaven's sake machen die da? Eine Art Ertüchtigung? Die sehen nicht gerade gesund aus auf dem Bild, die sehen nicht aus, wie wir hier in Amerika aussehen. Diese hageren Gesichter, die formlosen Hüte, das sieht uns ganz schön entartet aus auf dem Bild, kann sein, dass es am Balkan, wo das spielt, so aussieht. Hier bei uns in Chicago nicht, hier können wir mit so was nichts anfangen.

Verstehen Sie?, sagen die Österreicher leutselig zu denen, die ihnen die Bilder aus den Museen wegnehmen wollen, lassen Sie die Bilder hier bei uns. In Chicago denken sie, wenn sie ein Heumanderl sehen auf einem alpenländischen Genrebild, es handele sich dabei um eine balkanesische Frühform des Cellos, alte Instrumente aus der alten Welt. Für die Amerikaner ist das alles alt und die Amerikaner, sie mögen das Neue.

Schauen Sie, sagen die Österreicher zu den raffgierigen Auswanderern, die sich einbilden, sie könnten jetzt einfach so wieder kurz zurückwandern, hier durch die Museen wandern und behaupten, dass ihnen gehört, was so lange schon so schön da hängt, die denken, sie hätten einen Anspruch, und dabei haben sie nicht einmal rechte Unterlagen, die das belegen. Das finden die Österreicher merkwürdig und auch auffällig, und auch, dass die Auswanderer, wenn ihnen das Bild so wichtig ist, es nicht schon damals mitgenommen haben beim Auswandern, das wundert die Österreicher schon auch. Schauen Sie, sagen die Österreicher, und reichen großmütig die Hand, schließen wir ab mit den alten Geschichten. Wir laden Sie ein auf einen Kaffee, wir gehen hier in Österreich in solchen Situationen gerne auf einen Kaffee, man muss auch einmal einen Schlussstrich ziehen, man muss auch einmal fünfe gerade sein lassen, kommen Sie, unser Kaffee, er ist der beste der Welt –

Sie kennen den Kaffee? Noch von früher? Sie kommen von hier? Aber das ist ja schon so lange her! Und *richtiger* Österreicher waren Sie aber nicht, oder? Sie sehen irgendwie gar nicht so – Und zurückkommen wollten Sie nicht? Gefällt es Ihnen nicht bei uns. Und wie gehts den Kindern, den Enkeln? Keine Nachkommen, wie schad! Hier in Österreich gilt uns die Familie alles, müssen Sie wissen, wir in Österreich sind eigentlich eine einzige, große Familie, wenn man so ein kleines Land ist, muss man fest zusammenhalten. Darum liegt uns auch so sehr an den Bergmähern, es sind ja eigentlich Familienporträts, für Fremde wie Sie total uninteressant, hat quasi nur privaten Wert – und so weiter und so weiter.

Dann gehen sie Kaffee trinken, deuten mit großartigen Gesten auf Prunk und alten Glanz, das alte Europa, und, fragen die Österreicher liebenswürdig, fanden Sie es in Chicago schöner als bei uns oder was. Und der lästige Mensch wird zurück ins Flugzeug verfrachtet, kriegt eine Sachertorte in der Spanschachtel, *für die Gemeindemitglieder,* sagen die Österreicher vage, und das wars mit der Wiedergutmachung.

Danke für die kleine Ausführung, sagte Glaser. Ich dachte immer, das Österreich-bashing wäre Davids Domäne.

David war dem Land einfach nicht gewachsen. Ich hingegen sehr wohl, ich habe es durchschaut. Und wenn man sich mit Raubkunst beschäftigt, muss man sich mit den Österreichern beschäftigen, und wenn man sich mit Kunst beschäftigt, muss man sich mit Raubkunst beschäftigen.

Seit wann interessierst du dich für Kunst, sagte Glaser.

Früher, da habe ich einmal Kunstgeschichte studiert, aber erzähl es niemandem weiter, vor allem nicht David, der nimmt mich sonst nicht mehr ernst. Und wie gesagt, ob in der Literatur, ob in der Kunst, ich lande immer in den Alpen. Die Österreicher haben gedacht, wenn sie da was verschludern und dort was verschleppen, sind die, die ihnen was wegnehmen wollen aus den Museen, längst tot und hinüber oder kriegen vom ungewohnt starken Kaffee einen Herzschlag und fallen vom Kaffeehausstuhl, noch bevor sie *Meins!* sagen können.

Wenn du in Österreich einen Vortrag halten würdest – so als: Kunsthistoriker –, käme das sicher gut an.

Ich werde mich hüten. Am Balkan ist es gefährlich. Ich fahre nie nach Österreich, nach alle dem, was David von dem dortigen Krisengebiet berichtet, schon gar nicht. Ich gehe nicht mal freiwillig in die Gebiete, vor denen die Mauer uns geschützt hat. Ich war da nur einmal, um zu schauen, ob sie auch alles sauber abgetragen haben.

Allmählich kriege ich eine Ahnung, wie gut das ankommen würde, wenn du *hier* einen Vortrag halten würdest – egal als was.

Ich werde mich hüten, Balkanblut ist heiß.

Dabei bist du eigentlich selbst Ossi, ich denke, deine Familie kommt von da oben.

Seit mir nicht.

Glaser betrachtete ihn, spielte leise, leise das Cousinenlied.

Du meinst es wirklich ernst, oder?, sagte Sydow, du gehst jetzt in die Volksmusik.

Weltmusik.

Sydow pfauchte, rappelte sich hoch und ging Richtung Tür, stolperte über das Knäuel vom Telefonkabel, meinetwegen, rief er, er schüttelte das Kabel ab, verhedderte sich noch mehr, mein Gott, seufzte er, er bückte sich, löste das Kabel vom Klettverschluss seiner Schuhe, was ist das, die Kathedervereinigung der Telefonopis? Er steckte den herunterbaumelnden Schal wieder fest.

Sag deiner Oma, dass wir kommen, sagte Glaser, er spielte ein wenig leiser, sag ihr, dass wir alle kommen. Wir spielen das *Alle Jahre wieder* in der Klezmerversion. Und auch alle anderen

Weihnachtshits. Das *Weihnachtsoratorium*. Die *Zeller Weihnacht*, alles in der Klezmerversion. Das macht Stimmung. Sag ihr, dass wir alle kommen. David findet Weihnachten in Pommern sicher großartig, das wird für ihn eine völlig neue Erfahrung.

Du hast ja keine Ahnung, Sydow bückte sich, hob ein Kissen von den Dielen, klopfte den Staub ab und warf es aufs Sofa, du hast überhaupt keine Ahnung. Ihr habt alle einen an der Waffel. Du willst nach Pommern hinauf? Die Wende hat da nie stattgefunden, frag den Wald. Für den Wald hat sich nichts verändert, für den Wald regiert immer noch der Zar und wütet meine Familie wie der Tagebau. Ihr alle habt einen an der Waffel. Ich such mir jedenfalls andere Freunde. Die Welt, rief er gestikulierend, stampfte aus dem Zimmer, die Welt ist Gott sei Dank groß genug! Arrivederci!

Aha, murmelte Glaser, Arrivederci. Ein Weltbürger. Shalom, rief er ihm hinterdrein, er fiedelte ein bisschen, *Zu mir, ja zu mir hin, da ist gekommen meine feine Kusine, schön wie gold und erbensgrün, eine grasig grüne Kusine, eine scharfe Biene,* Shalömchen, sagte er nachdenklich, Shalömchen, Friede, Friede, Friede. Liebe Freunde!

46. Was die Welt dringend braucht: den Lektorenroman

Stanjic fände Weihnachten in Pommern großartig? Vielleicht. Die Idee einer großen, glücklichen Familie? Mit Sicherheit.

Stanjic kam, wie auch nicht, naturgemäß aus einer Familie, sie war weder groß, geschweige denn glücklich, der bloße Gedanke, es gebe seine eigene Katastrophe, die man gemeinhin einen *schwierigen familiären Hintergrund* nennt, auch in groß und glücklich, machte ihn butterzart und weich wie Nugat.

Sie würden also Stanjics Auto vollpacken. Sie würden schon jetzt im Herbst für ein paar Tage im Voraus hinfahren, bevor es familiär und glücklich würde, um die Lage zu sondieren und Vorbereitungen zu treffen, die Oma Sydow ihnen aufgetragen hatte. Putzereien und Geräume, Holz hacken, eine lange Liste. Sydow wird Gefallen finden an etwas, was er renovieren nennt, und die anderen mit stummem Grausen beobachten. Übrigens war die neue Nachbarin mit von der Partie, sie war nett. Nett? Nein, sie war nicht nett, sie war umwerfend, sie war nicht hübsch, sondern schön wie der Morgen, wenn die liebe Frau Sonne über die Dächer kraxelt, und gescheit bis zum Abwinken. Und sie war ihrer aller Schicksal.

Aber ich greife vor. Du bringst alles durcheinander, jammerte mein Lektor, er wühlte haltlos durch die Manuskriptseiten, das ist das Letzte, was wir jetzt brauchen können, alles hängt von einer astreinen Ordnung, von makelloser Stringenz ab!

Also hübsch der Reihe nach.

Noch waren sie nicht so weit, noch mussten sie einige Dinge erledigen, noch musste sich was vorbereiten und was zusammenbacken und die Sache durchs Nadelöhr, noch las Stanjic Glasers Seiten zu Ende, aber es brach ab, mittendrin.

So etwas ist generell ein Ärgernis und hier aber im Speziellen, weil er hatte das dringende Gefühl, dies war ein Text über etwas, was noch passieren würde.

David Stanjic hatte damit absolut recht. Dieser Text ist so gefährlich, wie er klingt, weil er etwas voraussagt, weil er akut ist und aktuell.

Stanjic war überzeugt: Glaser hat diesen Text geschrieben. Und: Er ist verrückt geworden. Und weiter: Er wird wen umbringen. Ergo: Er musste in Simons Wohnung.

Wieso eigentlich, fragte Olaf nach kurzem Schweigen, ich meine, wie kommt er eigentlich dazu zu denken, Simon sei ein potenzieller Mörder?

Na, du hast doch den *Schlachten*text gelesen, sagte ich.

Olaf kramte in seiner Umhängetasche.

Olaf? Du hast doch den *Schlachten*text gelesen?

Er hatte irgendeine Verlagsvorschau hervorgezerrt und wedelte sich damit Luft zu, heiß heute, ächzte er.

Ich schaute nach draußen, es goss aus Eimern und hatte 15 Grad, Berliner Sommer halt. Du hast den *Schlachten*text also nicht gelesen, stellte ich fest, ich nickte ein bisschen.

Er warf die Vorschau von sich, du hast ja keine Ahnung, rief er, was ich für einen vollen Terminplan habe, du weißt ja nicht, rief er, was ein Lektor heutzutage alles leisten muss, ahnst du, rief er, zu wie vielen Sitzungen ich alleine verpflichtet bin, die Vertreter, rief er enthusiastisch, sie machen mir das Leben zu Hölle!

Ich betrachtete ihn interessiert, vielleicht sollte mal jemand endlich einen Lektorenroman schreiben, schlug ich vor, ein ungeschöntes Buch über das harte Los dieser vernachlässigten Spezies.

Das ist eine ganz ganz super Idee, sagte Olaf angetan, das wird ein ganz wichtiges Buch, eine Revolution.

Bestimmt, sagte ich.

Also nur in aller Kürze, sagte er geschmeidig, in dem *Schlachten*text bereitet der Protagonist also einen Mord vor und Simon gleicht dem Protagonisten.

Ich seufzte. Wozu umständlich Bücher schreiben, wenn man die Fakten auch in zwei lapidare Sätze packen könnte?

Mein Lektor tätschelte mir die Schulter, weil Autoren immer nach der Devise handeln: warum einfach, wenns auch kompliziert geht, sagte er.

Er, Stanjic, musste also in Simons Wohnung, wohlgemerkt ohne, dass Simon ihn förmlich dazu einlud. Er musste in Abwesenheit Simons in dessen Wohnung, um sich den Rest des Textes zu beschaffen und im besten Fall noch andere Indizien und Hinweise zu erschnüffeln.

47. Reizthema Sexismus

Glaser war nicht recht da. Einerseits ganz offensichtlich, weil man ihn nie zu Gesicht bekam, andererseits aber war er auch, wenn er doch einmal da war, eher nicht da. Er war abwesend, innerlich, und Stanjic kannte diesen Zustand selbst zu gut, um ihn nicht sofort zu antizipieren.

Ich habe mich, erklärte er Frederik von Sydow bei einer ihrer Autofahrten, damals in diesem Österreich nach Klaras Verlust genauso gefühlt.

Nach der dicken Klara, präzisierte Sydow.

David Stanjic ignorierte ihn, er stand über so was. Ich lief in Österreich herum, ich machte meine Arbeit, ich aß, stand auf, ging zu Bett, ich ging zum Bäcker Fuschl, um ein paar – Schrippen!, rief er grimmig, das Wort Semmeln würde ihm, das schwörte er sich hier und jetzt, nie mehr über die Lippen kommen – ich ging zum Fuschl, um ein paar Schrippen, und zum Metzger, um einen Aufschnitt, aber im Grunde war ich – anderswo. Wo?

Ja, wo? Sydow gähnte, er wollte Kaffee und Schokolade und er war für solch ausführliche Introspektionen nicht zu haben. Ihm hätte es absolut gereicht, wenn Stanjic gesagt hätte, Klara sei ihm zu dick geworden und das Land daher für ihn zu klein. Er, Frederik, hätte das verständlich gefunden, er hätte es regelrecht originell gefunden.

Originell, moserte Olaf, sexistisch ist das, du solltest Mathias mal sagen, dass man sich mit solchen Sprüchen heutzutage keine Freunde mehr macht.

Ich holte tief Luft und zählte bis zehn. Ich dachte an mein Karma und dass Unheil bringende Reden nicht günstig sind. Ich sags ihm, sagte ich.

Wo, wiederholte Stanjic, ich hatte keine Ahnung. Es war ein Driften, ein Gleiten und Schlittern durch die Tage, Nächte und Wochen. Ich habe nun nicht gerade gewalttätige Fantasien entwickelt, sagte David Stanjic vertraulich, während er in eine kleine Straße einbog, dafür bin ich nicht der Typ.

Stanjic vermutete – nach dem Studium diverser Bücher, die sich mit der Psyche und ihren ausgekochten Raffinessen beschäftigten – er vermutete, sein nicht auch nur ansatzweise vorhandenes Gewaltpotenzial lag an seinen mangelhaft ausgeprägten, positiven männlich-aggressiven Anteilen. Sein *schwieriger familiärer Hintergrund* mitsamt generell abwesendem und, ob nun da oder nicht, vor allem trunksüchtigem Vater als auch fleißig doublebindender Mutter war natürlich in dieser Hinsicht ein Griff ins Klo.

Ich schaffe es, sagte er, maximal bis zur Autoaggression.

Obwohl die so ungesund sein soll, murmelte Sydow.

Aber, fuhr Stanjic unbeirrt fort, und das ist das Gute daran, bis zum Mord langt es auch dort nicht.

Stanjic hätte, Verzweiflung hin oder her, niemandem auch nur eins über die Rübe gezogen und hätte sich aber auch nicht an seiner eigenen erdrosselt.

Und Glaser? Er war sich nicht sicher. Gewiss, er hatte bei ihm gewohnt, sie machten miteinander Musik und hingen auch sonst viel zusammen herum, aber er hatte recht eigentlich nicht das Gefühl, ihn zu kennen.

Warum?

Schwer zu sagen. Bei manchen Menschen ist das so, bei anderen nicht. Frederik zum Beispiel, er warf ihm einen raschen Blick zu und hoffte, er würde nicht merken, dass er schon zum dritten Mal ums Karree kurvte in der Hoffnung auf einen lastwagengroßen Parkplatz, Frederik war für ihn ein offenes Buch.

Aber geht es uns nicht genauso?

Ihnen und mir? Kennen wir Simon Glaser?

Nee, natürlich nicht! Wie mein Lektor oberschlau anmerkte, wie auch, wenn du uns nichts erzählst!

So einfach ist das nicht, verteidigte ich mich. Sicher, hinterher hat sich für mich so allerhand entschlüsselt, hinterher konnte ich doch einiges über Glaser enträtseln und fügt sich eins zum anderen – aber, ganz ehrlich: Er bleibt mir fremd. Ich verstand hinterher, was er tat, aber ich verstand nie bis ins Letzte, warum.

48. Von Männern und Plauzen

Stanjic war im Grunewald gewesen und der ist schön. Er saß auf einer Bank an der Kiesgrube, schaute ins bizarre Tal und dachte nach. In dem Text war es nicht schön. Er fand den, der da dachte und in dem was dachte, ungut und unkalkulierbar. Er schien unter einer enormen Spannung zu stehen und er mochte sich nicht vorstellen, was der anstellte, wenn ihm das Fass überlief. Und er hatte das Gefühl: Das Fass würde zwangsläufig einmal überlaufen. All das passte, wie er fand, wie die Faust aufs Auge, auf Glasers Auge nämlich.

Stanjic fuhr vom Grunewald aus ins *Tante*, um sich mit Frederik zu beraten. Dass Glaser dort auftauchen würde, war unwahrscheinlich. Er war abwesend und abwesend, was sich aber, anders als etwa in der Mathematik, nicht gegenseitig aufhob.

Er saß dann dort alleine an der Theke herum und schaute Anna Snozzi zu, sie befüllte Zuckerdosen mit Würfelzucker, Milchkännchen mit Milch, Kaffeekannen mit – kurzum, sie führte eine jede Materie in das für sie vorgesehene Behältnis, eine beruhigende, sinnhafte und auch schöne Tätigkeit. Stanjic schaute ihr zu und aß ein Stück warmen Zwetschgenkuchen mit Schlagsahne, wunderte sich, dass Sydow nicht auftauchte.

Frau Sydow kam und machte eine Pause vom Kuchenbacken. Sie roch so, wie Omas riechen sollten, nach Hefe, Zimt und Butter, sie roch so, wie – aber das dachte Stanjic nur ganz heimlich und extrem leise, er wusste haargenau, mit so was durfte man sich nicht zu weit aus dem Fenster lehnen – sie roch so, dachte er flüsternd, wie alle Frauen riechen sollten. Er fand das einen umwerfend wohnlichen und begrüßenden Geruch, er fand das ungemein fraulich.

Sie setzte sich dazu und sprach mit ihm, er hörte nicht recht hin, dazu roch sie einfach zu gut und das Multitasken ist für einen Mann eine ungeheuer schwierige Tätigkeit (ja, Olaf, dazu ist noch nicht das letzte Wort gesagt), aber er sagte brav ja, Frau von Sydow und nein, Frau von Sydow und ganz bestimmt, Frau von Sydow. Dann aß er noch ein Stück Zwetschgenkuchen.

Im Grunde hatte sie nicht unrecht. Ob er nun hinhörte oder nicht, es war alles ordentlich bei ihm angekommen, vermutlich wegen der Verbindung mit dem herrlichen Duft nach Gebackenem, das öffnete bei ihm irgendwelche Gehirnschranken und sein Aufnahmevermögen verbesserte sich enorm. Das mit dem unterentwickelten maskulinen Multitasken war vielleicht nur ein cleveres Gerücht, *on the long* umging man damit jede Form von Überarbeitung.

Er roch die gute Butter, hörte: wie lange er denn noch auf Jungspund machen wolle. Den aufheiternden Zimt: Stullen ausfahren und so tun, als läge das Leben noch vor ihm; Hefe und braunen Zucker: er müsse doch irgendwann erwachsen werden.

Ja, dachte er träge, vielleicht nächstes Jahr? Einparken und erwachsen werden?

Faulheit, Feigheit und fadenscheinige Ausreden wolle sie nicht noch einmal hören, sonst würde er sie kennenlernen. Vanille! Wolle er das.

Nein.

Alles in allem solle er sich bessern. Ob er da gut dabei sei.

Ganz bestimmt.

Und essen Sie nicht so viel Schlachsahne, das macht dick, wollen Sie sich mit einer fetten Plauze belasten.

Nein, Frau von Sydow.

Jetzt sehen Sie mal, David. Sie drehte sich auf ihrem Barhocker noch weiter herum und sah ihn direkt an. Anna Snozzi bestückte die Tische mit den Zuckerschälchen, teilte die Milch aus, und will noch jemand Kaffee.

Frau Sydow ließ sich von Onkel Dagobert auch einen Kaffee einschenken.

Onkel Dagobert half mitunter aus. Er hatte eine Aushilfsstelle, wobei Stanjic noch nie eine derart ausfüllende Aushilfsstelle untergekommen war, Onkel Dagobert war Frau Sydows Bruder und nannte sie Mimi. David wusste nicht, woher er das ableitete, sie hieß Auguste.

Handkehrum rief sie ihn nicht etwa Herbert oder Jupp, sie sprach von ihm ganz folgerichtig als Quack.

Arbeitstechnisch gesehen war er langsam, aber hartnäckig.

Manchmal gehts hinauf, manchmal hinunter, sagte Frau Sydow. Dass einem das manchmal zu viel werden kann, kann ich schon verstehen. Aber man kann nicht nur pausieren.

Ich pausiere doch aber nicht, Frau von Sydow, ich mache Musik, ich arbeite, ich fahre die Sandwichs –

Wer redet von Ihren Stullen, Frau Sydow rührte sich Zucker und Milch in ihren Kaffee, wer spricht von Hausmusik. Dieses fiedeln und tröten.

Ich tröte nicht!

Dieses Fiedeln und Tröten. Sie sind doch ein gut aussehender Mann.

Danke, Frau von Sydow.

Sie lassen sich in der Gegend herumschieben, sind Sie vielleicht ein Einkaufswagen?

Nein, Frau von Sydow.

Wie ein Einkaufswagen. Sie überlegte, und zwar, fügte sie dann gemein hinzu, einer von denen, in die man keine Münze reinschmeißen muss.

Das gab ihm natürlich den Rest. Hatte jemand nach Details verlangt?

Stanjic schaute hinter die Theke. Er schaute zu, wie Onkel Dagobert ein Blech frischen Kuchens in Stücke zerteilte und auf Teller lud. Er dachte, dass er dabei interessanterweise keineswegs unmännlich aussah. Onkel Dagobert konnte sich ein Geschirrtuch um die Hüften binden und sah keinen Deut albern aus dabei, eher sah er so aus, als würde er im nächsten Moment lossteppen oder sich einem Segeltörn anschließen. Er konnte eine Jagdgesellschaft anführen zum vielfältigen Tieretöten oder auch den Tee aufgießen, wenn die Jagdgesellschaft ohne ihn lustig gewesen war, seine Autorität hätte kein Mensch je infrage gestellt, weder als Jäger noch als Mann. Er sah aus, als würde er gleich lossteppen, dabei war durchaus möglich, dass dieser Umstand niemals eintreten würde. Er war ein Stepper und musste das nicht durch unablässiges lästiges Steppen unter Beweis stellen, er war ein Jäger und ein Mann, bis hinein in die eleganten Fingerspitzen, so einer muss nicht andauernd einem Schwein hinterherhechten oder sich per Liane von einem Baum zum nächsten schwingen. Frau von

Sydow konnte ihn Quack rufen, Quack hier, Quack da, Quack mach dieses, Quack mach jenes, das kratzte ihn nicht die Bohne, mitunter sagte er, Mimi, lass stecken, und sie klappte den Mund zu und hörte augenblicklich auf, ihn im Kakao herumzuschicken.

An all das dachte Stanjic. Denken ist ja wie das Träumen ein ungeheuer rasanter Vorgang. Es passt in ein paar wenige Sekunden allerhand, ohne dass man bei seinem Gesprächspartner etwa den Eindruck von Begriffsstutzigkeit oder gar intellektueller Schwerfälligkeit erweckte und um diesen glücklichen Umstand zur Gänze auszuschöpfen, dachte er hurtig noch ein bisschen weiter. Er dachte, dass er Angst hatte. Er dachte, dass männlich sein schwierig ist, wenn man nicht weiß, wies geht, er dachte, dass Wollen etwas ist, das man können sollte, er dachte daran, dass es konträr stand zu seinem Gefühl der Passivität. Er dachte kreuz und quer herum.

Mein Enkel ist Ihnen darin ja nicht unähnlich, sagte Frau Sydow.

Stanjic überlegte, aber es gab nicht viel zu überlegen. Vermutlich war es eine Legitimationsgemeinschaft, Sydow legitimierte sich über Stanjic und vice versa.

Die Heldenwanderung, sagte Onkel Dagobert, während er mit der Sahnespritze Kringel um die Kuchenstücke kringelte, ist schwieriger geworden, Mimi.

Natürlich ist sie schwierig, wäre ja sonst keine Wanderung, sondern ein Spaziergang. Ob schwierig oder nicht, man kommt nicht darum herum. Gewandert werden muss. Immer rauf und runter. Das ist das Wandern.

Und wenn es, fragte Stanjic, keine Berge gibt?

Dummkopf, Berge gibt es immer, und wenn der Prophet nicht zum Berg kommt, nicht wahr. Wenn Sie denken, Sie können immer schön flach wandeln, haben Sie sich geirrt. Das Leben ist keine Warteschlaufe.

Stanjic sah sie erschrocken an, sprach sie von seinen Telefonaten mit der Auskunft?

Raus aus der Warteschlaufe, sagte Frau Sydow, und rauf auf einen Berg. Oder aber, der Berg kommt zu Ihnen. Je älter Sie werden, desto schwieriger. Dieses Auf und Ab, am besten, man gewöhnt sich frühzeitig daran. Mut kann man lernen.

Was kann man noch alles lernen, fragte Stanjic.

Alles kann man lernen.

Wie kann denn so ein Berg aussehen? Nur, damit ich ihn erkenne, wenn er kommt.

Sie erkennen ihn schon. Im Idealfall kommt er als Frau zu Ihnen.

Zu mir ist schon einmal eine Frau gekommen. Für einen Berg war sie aber ganz schön schnell wieder weg.

Dann sind Sie nicht gut miteinander gewandert. Dafür braucht es Mut, Ausdauer und Hoffnung. Aber das Gute ist: Die Liebe hält all das bereit, sie beißt sich in den Schwanz. Sie ist die Anstrengung und die Belohnung zugleich, sie ist der Berg und die Bergfreude, der Aufstieg und das Glück auf dem Gipfel, das Runtersteigen und das erneute Erklimmen, und immer so weiter.

Komm, Mimi, lass stecken. Lass den armen jungen Mann, er wird das schon hinkriegen.

Sind Sie sicher, Onkel Dagobert.

Ganz sicher.

Warum sind Sie sicher.

Weil du Humor hast, darum.

Was hat das denn damit zu tun.

Erzähle ich dir ein andermal. Komm, Mimi, Kundschaft.

Die beiden gingen und versorgten die Massen mit Zwetschgenkuchen. Stanjic blieb sitzen, schaute ihnen zu, Anna Snozzi streunte mit den Kaffeekannen herum und schenkte nach.

Er dachte an die Berge in seiner Heimat, in seinem Land, das das Alpenland genannt wird. Man sollte meinen, der Berg vor der Haustür ziehe quasi selbstverständlich nach sich, dass der, der die Haustür aufmacht, ein guter Wanderer ist, aber das war natürlich grober Unfug. Wer am Meer wohnt, ist nicht per Gesetz ein guter Schwimmer, im Gegenteil. Stanjic hatte einmal gelesen, Küstenbewohner fänden es traditionell absolut abartig, in Mußestunden ins Meer zu hüpfen, sozusagen in ihren Vorratsschrank. Das Meer war ein Arbeitsort, im besten Fall brachte man darauf nine to five seine Stunden rum, das wars.

Mit den Bergen verhielt es sich nicht anders, man konnte die

Kühe im Frühjahr hinaufscheuchen, sie auf den Wiesen verteilen, sie melken und was käsen und im Herbst wieder hinunterscheuchen, man konnte die Hänge sensen und Heu einholen. Nichts davon war auch nur ansatzweise erholsam, wieso sollte man in der kargen Freizeit noch freiwillig da hinaufrennen? Um wieder hinunterzurennen? Wieso?

Kurzum, nur weil er aus dem Alpenland kam, war er nicht zwangsläufig ein guter Wanderer und ergo Mann.

Er dachte, dass er und Klara keine guten Wanderfreunde gewesen waren. Er dachte, dass er einfach mitgewandert war, er dachte, dass das eine schlechte Voraussetzung war, wenn auch seine Wandergenossin keinen Mut hatte und keine Ausdauer, keinen Plan und vielleicht auch: keine Hoffnung.

Solche Wanderungen waren recht eigentlich auch eher Spaziergänge, er gestand sich das nicht gerne ein, weil er dachte: Es war aber anstrengend wie eine Wanderung.

Er war nach dem Spaziergang mit Klara erschöpft gewesen. Ohne die Gipfelfreuden, ohne alle Wanderfreude. Er war ein Einkaufswagen, den einer voller Einkäufe für den Grillabend in den Park geschoben und geleert und nutzlos zurückgelassen hatte. Er war ein Einkaufswagen ohne Münzfach. Es hätte das Münzfach noch eine klitzekleine Chance geborgen, dass ihn schließlich doch noch einer zurückfährt in den Stall, er hätte dann einen gewissen Wert (ein Euro). So aber stand er in der Landschaft, in einem müden Park, er fühlte sich leer und ausgehöhlt und hatte jedes Gefühl für Verwurzelung und Heimat verloren, für ein Zuhause.

Was ist ein Einkaufswagen im Park? Ein traurig Ding.

Ab und an kam einer, packte was in ihn hinein und schob ihn vor sich her, räumte ihn wieder aus und ließ ihn stehen. Leute beispielsweise, die es bequem finden, ihr Gepäck – Picknick-Utensilien oder Obdachlosenhabe – für eine geraume Zeit schieben zu können und nicht tragen zu müssen. Mit ihm konnte man es machen. Frau von Sydow hatte die Sache, also den Nagel, auf den Kopf getroffen. Irgendwann würde er damit aufhören.

In der Zwischenzeit las er die Zeitung. Im Ressort der *Deutsch-Französischen Freundschaft* gab es einen längeren Artikel über einen elsässischen Meisterdieb, der, seinen eigenen Worten nach, *leider an einem Sammelzwang litt.*

Ein Kunstsammler, so wurde er zitiert, *ist nur glücklich, wenn er das begehrte Objekt endlich besitzt. Aber dann braucht er etwas Neues, verstehen Sie? Wieder und wieder, er kann einfach nicht aufhören, es ist schrecklich.*

Bei seiner Verurteilung brach er vor Verzweiflung in Tränen aus, als er vom Staatsanwalt erfuhr, dass seine Mutter (eine pensionierte Damenkonfektionistin) die von ihm entwendeten Kunstgegenstände, wertvolle Teppiche und Bilder, mit ihrer Schneiderschere zerschnitten und im Rhein-Rhone-Kanal bei Mulhouse versenkt hatte.

Neben dem Bericht war ein Kartenausschnitt mit dem Rhein-Rhone-Kanal und dem Städtchen Mulhouse, im Fluss neben dem Städtenamen war ein Kreuzchen und darüber eine kleine rote Schere eingezeichnet.

Der Meisterdieb plauderte sodann noch ein bisschen aus dem Nähkästchen. Es sei, erklärte er dem Staatsanwalt vertraulich, im Grunde gar nicht so schwierig. Beispielsweise der Diebstahl eines begehrten Gutes aus einer Burg oder einem Schloss: Man nehme das entsprechende Bild von der Wand, die Skulptur vom Sockel und rolle sie in den gewünschten Teppich ein, werfe das besagte Stück beherzt aus einem günstig gelegenen Fenster und nehme das Objekt anschließend gemütlich auf dem Weg nach Hause mit.

Die restlichen Artikel der *Deutsch-Französischen Freundschaft* befassten sich weiträumig mit dem Elsässischen an sich, der ein oder andere beschäftigte sich dementsprechend mit der Frage, ob die Zugehörigkeit von Elsass-Lothringen zu wahlweise Frankreich oder Deutschland nicht noch einmal ganz neu aufgerollt werden müsse.

Statistiken aus der Zeit der Zugehörigkeit Elsass-Lothringens zum Deutschen Reich wurden herbeigezogen, in denen durch Umfragen das Glück und die Zufriedenheit der elsässischen Bevölkerung erfasst wurden.

Dank spezieller Methoden konnte damals das Alltagsleben besonders gut eruiert werden. Fragestellungen waren in etwa, ob ein Schnauz den Elsässer attraktiver mache, wie schnell ein Elsässer eine Maß Bier austrinke und wie viele elsässische Pärchen dem Geschlechtsverkehr in der freien Natur frönten. Die Forscher befragten nicht nur Personen, sondern notierten auch eigene Beobachtungen, die sie nachts in den Wäldern machten.

Im Vergleich mit späteren Daten waren die Elsässer nie wieder derart glücklich und zufrieden gewesen, der Schnauz ist aus dem elsässischen Straßenbild praktisch gänzlich verschwunden und Geschlechtsverkehr kommt außerhalb der eigenen vier Wände, laut neuesten Erhebungen, fast nicht mehr vor.

Historiker äußerten die Sorge, dass er womöglich gar nicht mehr vorkomme, und prognostizieren eine dramatische Entsiedelung der elsässischen Landschaft.

Ducasse verriet sein Spezialrezept für Flammkuchen, typisch französisch, wie er hinzufügte, Siebeck kochte Sauerkraut, natürlich mit Würsten, und schloss sich damit der Auffassung an, Elsass gehöre eindeutig zu Deutschland, der Elsässer äße genauso schlecht wie jeder dahergelaufene Deutsche.

Stanjic legte die Zeitung weg, schaute müßig hinter die Theke. Es war ihm völlig klar, wozu diese an den Haaren herbeigezogene Elsassdebatte dienen sollte. Die Deutschen und Franzosen suchten in regelmäßigen Abständen Streit, um sich dann umso herzlicher wieder zu versöhnen und ihre gegenseitige Freundschaft hervorzuheben. Spätestens in der übernächsten Ausgabe würde beispielsweise über die Titanwurz berichtet, eine Pflanze aus dem Regenwald, die als die größte Blume der Welt galt, und über den Botanischen Garten in Berlin, der sich glücklich schätzte, ein solches Exemplar bei sich zu beherbergen.

Die Titanwurz, würde es in einem Artikel heißen, *blühte das letzte Mal vor 75 Jahren, doch jetzt, nachdem sie 17 Jahre lang die Kraft zum Blühen gesammelt hat, steht dieses ungewöhnliche Ereignis kurz bevor und die Öffnung des etwa zwei Meter hohen Blütenständers dürfte in etwa drei Wochen beginnen.*

Als Zeichen der Freundschaft, würde die Kanzlerin in einem Brief an ihren französischen Kollegen zu Protokoll geben, *möchte ich Ihnen, lieber Freund, und Ihrem Land einen ganz besonderen Blumenstrauß überreichen.*

Zu dieser festlichen Übergabe würde ein Ton aus dem 639 Jahre dauernden Stück *As slow as possible* von John Cage ertönen, der eigentlich erst für den 5. Oktober 2013 vorgesehen war und zu Ehren Frankreichs nun vorgezogen wurde.

Stanjic dachte noch ein bisschen an den Meisterdieb und seine Vorliebe für die niederländischen Maler, er dachte an die Titanwurz und die Relativität von Zeit, an John Cage und an, nun ja, die Relativität von Zeit.

Es würde nicht mehr lange dauern, das spürte er. Er würde ein Wanderfreund werden, ein Mann, ein Held. Er würde einen Berg besteigen und sich der Aussicht erfreuen, er würde wieder hinuntermüssen und vom Tal aus hinaufschauen, kurz verschnaufen, er würde wieder losgehen. Er würde sich eine Frau nehmen, die ein Berg war und zugleich seine Wanderfreundin, Frauen können so was, Multitasking. Er würde das auch können, *on the long* und unterm Strich hatte er nichts davon, diese Qualitäten als unmännlich von sich zu weisen, sicher, es ersparte einem die Überarbeitung, bloß brachte er sich ums Lebendige, um Berg und Tal, er brachte sich damit um die Wunder der Natur, um die Wunder und um die Natur.

Wollte er alt werden und sich irgendwann eingestehen, dass es die Feigheit war und die Angst, die ihn dirigiert hatten?

Nö, dachte er, und nö denkt kein Österreicher.

Dabei, resümierte Stanjic, sollte er das vielleicht öfter mal tun. Nö ist ein heiteres, ein zuversichtliches Nein, es ist, so verwunderlich das scheinen mag, ein positives Nein. Wollte er die Liebe verpassen und das Leben, *live* und *everything* eben, wollte er all die schwierigen und schönen Kalamitäten auslassen, die Überarbeitung und die Turbulenzen, das Multitasken und das Ganz-unten-Sein im Tal und eben auch das Hoch-oben-Sein am Berg? Nö.

Er bestellte sich bei Anna Snozzi noch mehr Zwetschgenkuchen, mit Schlach!, rief er ausgelassen, sollten die Österreich sich doch ihren Obers in den Hintern schieben, in den Arsch schieben, murmelte er zufrieden vor sich hin, und dann noch einmal zum Mitschreiben: in – den – Arsch. Er las Zeitung und ließ Plauze Plauze sein, er ließ den Herrgott einen guten Mann sein.

Frau Sydow kam, runzelte und stemmte, wollen Sie dick und

fett werden, fragte sie, ließ das Fragezeichen weg, wollen Sie dick und fett werden, stellte sie fest.

Er betrachtete sie, die gerunzelte Stirn, die Hände in die Hüften gestemmt, nö, sagte er guter Dinge, das Nö ist das Nein der guten Dinge. Und, seien wir ehrlich: Plauze sagt heute kein Mensch mehr, er würde Frederik fragen. Die Plauze starb aus.

Wenn Sie weiterhin so viel Kuchen und Schlachsahne –

Stanjic wusste, jetzt gings um die Wurst. Wollte er es in Sachen Autonomie und Unabhängigkeit je auf einen grünen Zweig bringen, musste er jetzt wacker seinen Mann stehen, er musste üben! Er fing am besten sofort damit an.

– ist ein Irrtum, sagte Frau Sydow gerade, dass Frauen dicke Männer mögen. Es ist ein Gerücht, vermutlich in die Welt gesetzt von dicken Männern oder –

Er verteilte die Sahne auf seinem Kuchenstück, steckte sich eine Gabel voll in den Mund, es war ein köstlicher Kuchen, mit Zwetschgen, und las in der *Deutsch-Französischen Freundschaft* interessiert einen Artikel über einen Ulmer Anwalt, verheiratet mit einer gebürtigen Elsässerin (siehe oben; sie hatte bestätigt, im Elsass *nicht mehr so glücklich* gewesen zu sein), einen Ulmer Anwalt also, ansässig in Paris (*Stadt der Liebe*), der, während er in der Warteschlaufe einer französischen Airline wartete, ein Buch las (*200 Seiten*), einen Flammkuchen backte (*siehe Rezept*) und seinem Kind einen *delikaten Schüttelvers* beibrachte.

Der Ulmer hatte *insgesamt 15 Stunden gewartet, dann wurde er müde und ging schlafen.* Der Schüttelvers, vermutlich zu delikat, blieb unerwähnt, ebenso wie der Titel des Buches und das musikalische Repertoire der Warteschlaufe, Stanjic tippte auf die Vier Jahreszeiten. Neben dem Artikel prangte – wie sollte es in dieser Zeitung anders sein – die Annonce der Fluggesellschaft: *Laissez-vous aller la vache en avion!* Was er sich Pi mal Daumen mit: Nur fliegen ist schöner! übersetzte. Stimmt.

– werden Sie doch nie wieder, psalmodierte Frau Sydow, als junger Hüpfer kann man so was machen, man rennt und springt, taucht und flitzt, so ein paar Kuchenstücke arbeitet man da locker wieder runter. Aber einmal über dreißig und alles setzt an und, voilá, dann haben wir die Plauze, wollen Sie das.

Stanjic schaute sich nach Onkel Dagobert um, er werkelte am Ende des Tresens, tauschte, auf einer Stehleiter elegisch wankend, eine kaputte Birne aus. Keiner da also, um ihm den Quack zu machen, er blätterte um, nahm alles zusammen, was er finden konnte, Mut, Chuzpe, und ließ die Kuh fliegen und sagte gemächlich: Lass stecken, Mimi.

Das sagte er, er, David Stanjic, und es mag Männer geben, für die ist das ein Pappenstiel, für ihn aber war es ein Meilenstein in seiner Entwicklung, es war immerhin eine Meile und es war Entwicklung.

Frau Sydow ließ stecken, machte den Mund zu und warf den Entrunzler an, es hat ein alter Mensch sowieso schon Falten genug und die Hände in den Hüften ist keine Yogaübung. Keine Yogaübung und für das Qi gänzlich irrelevant, das wusste sie natürlich nicht, was interessierte sich eine Auguste von Sydow für indische Heilslehren, war sie vielleicht in der Krise? Nein, es sah aber einfach nicht gut aus, es sah das Hände-in-die-Hüften-Stemmen aus nach dem miesepetrigen Betrachten eines verhagelten Ackers und wo sollte das hier sein, es sah aus nach Gardinenpredigt und Standpauke und das waren beides Worte, würde Frederik hilfsbereit anmerken, die sagt heute kein Mensch mehr.

Frau Sydow hatte stecken gelassen, sie marschierte ab und machte irgendwas, was putzen oder was verräumen, und eine Meile ist eben andererseits auch nur eine Meile und Stanjic hatte natürlich ein schlechtes Gewissen, da musste er jetzt durch. Leute wie er hatten ständig ein schlechtes Gewissen und zumeist ist das ja völlig für die Katz.

Irgendwann, dessen war er sich jetzt sicher, irgendwann würde er einen Meilenstein machen und das schlechte Gewissen wäre weg. Irgendwann würde er es sogar schaffen, nicht zu viel Kuchen mit Schlagobers dafür essen zu müssen. Derzeit schaffte er seine autonomen Kinderschritte eben nur so: kindisch, das ist, wenn man dringend allerlei Phasen des Aufwachsens aufzuholen hat, leider nicht zu vermeiden. Er würde womöglich gehörig vorwärtskommen in seiner psychischen Entwicklung und das für eine gewisse Zeit mit einer Plauze bezahlen, so what. Er würde sie auch wieder wegentwickeln.

Später holte Stanjic noch einmal Glasers Text hervor, las hie und da ein paar Absätze und versuchte, sich das alles sozusagen zu übersetzen.

Wie dick ist Glasers Text eigentlich zu dem Zeitpunkt, fragte mein Lektor, verstehe ich das richtig: Er hat das Zeug bei Simon auf dem Rechner gefunden, jeden Tag kam ein Stück dazu, aber wie viel hatte sich denn bis dahin angesammelt.

Etwa 60 Seiten, sagte ich. Das ist das, was er bisher davon hat. Wenn es ihm gelingt, des Restes davon habhaft zu werden, sind es insgesamt etwa 110 Seiten. Wie du wüsstest, wenn du es gelesen –

Olaf schaute mich unerschütterlich an, eine ganz wichtige Kompetenz meines Berufes ist es, sagte er, die Spreu vom Weizen zu trennen. Er deutete auf mein Notizbuch, vielleicht notierst du dir das, für den geplanten Lektorenroman. Spreu, wiederholte er eindringlich, vom Weizen. Ganz wichtig.

David Stanjic dachte sich: wenn ein Wort ausstirbt. Gibt es dann auch das nicht mehr, was es einst bezeichnete? Werden keine Gardinenpredigten mehr gehalten und drum muss auch keiner mehr es so nennen? Und umgekehrt: was einer sagt. Macht er es dadurch wahr und wird es wirklich? Er dachte an das Wort, mit dem alles begann. Er dachte an die ersten Tage der Welt, des Himmels und der Erde, die ersten Tage der Menschheit. Er dachte an Gott. Er dachte: Wer ist wie Gott?

Das musste er sofort herausfinden.

Sag, sagte er zu Onkel Dagobert, der kalkulierend an ihm vorbeiging, sag, Onkel Dagobert, wer ist wie Gott?

Onkel Dagobert schaute von seinem Rechenblock auf, Michael, sagte er. Dann rechnete er weiter.

Michael? Stanjic schaute verdattert in die Binsen, Michael?

Er hatte, als ich ihn später dazu befragte, angegeben, dass er zu dem Zeitpunkt nicht das Geringste damit anzufangen wusste. Er kannte keinen Michael. Er dachte nicht im Entferntesten daran, dass es um einen Michael gehen könnte. So verdreht, sagte er zu mir, denkt kein Mensch.

Stimmt. So verdreht denkt nur einer, der ist wie Gott.

49. Müssen wir wirklich so viel Auto fahren?

Es sah nicht so aus, als würde Sydow hier heute noch aufkreuzen, und so verabschiedete er sich von Frau Sydow, nickte brav zu ihren ausführlichen Ratschlägen und versprach, sich zu bessern, in allem.

Beim Hinausgehen warf er einen Blick auf sein Mobiltelefon und prompt fiel ihm der verbaselte Probentermin ein. Er lehnte sich an sein Auto, und während er sich die Nachricht von Sydow anhörte, betrachtete er das völlig verbeulte und zerdellte blaue Auto auf dem Parkplatz neben sich, ganz offensichtlich Opfer von zahlreichen Unfällen. Er ließ seinen Blick über die Karosserie wandern und las, was auf der Autotür stand: *Dr. Alexander Schicketanz. Rechtsanwalt. Beratung bei Verkehrsunfällen.*

Na bravo, murmelte er. Er klappte das Telefon zusammen und schloss sein Auto wieder zu. Er würde lieber den öffentlichen Verkehr nehmen. Jemanden wie Dr. Schicketanz wollte er im Zweifelsfall nicht zu Beratungszwecken heranziehen müssen und ihm schien so, als könnte er heute noch in einen solchen Zweifelsfall verwickelt werden, er fühlte sich eindeutig unfallgefährdet. Die Unfallgefährdung begänne wahrscheinlich schon beim Ausparken. Dr. Schicketanz forderte es ja geradezu heraus, dass ihm jemand weitere Beulen und Kratzer zufügte, eng hatte er sich mit seiner blauen Autoschnauze an Stanjics Heck gekuschelt, nie im Leben würde er da wieder herauskommen. Er würde sein Auto ein andermal mitnehmen, wenn Dr. Schicketanz unterwegs war in Beratungsdingen bei Verkehrsunfällen, in die er vermutlich alle verwickelt war.

Er stieg hinab in die Maulwurfgänge der Stadt und fuhr erst mal zum Alexanderplatz. Von da aus fand er überallhin, es war, er wunderte sich selbst darüber, es war der Fernsehturm zu seiner Dorfkirche geworden, zu seinem Dom im Stadtzentrum, von hier aus traute er sich zu, diesen restlichen Riesenleib zu bezwingen. Er rief bei der Auskunft an, hörte Grieg und fuhr, zufrieden durch den Abend schaukelnd, nach Hause.

50. Ein heimlicher Besuch

Er hatte nach seinem Umzug im vergangenen Sommer noch immer Simons Schlüssel, einfach vergessen, ihn zurückzugeben, und kam in den folgenden Tagen einmal vorbei, um die restlichen Sachen zu holen.

Was denn für Sachen holen, fragte mein Lektor ratlos.

Fall doch nicht auf alles herein, sagte ich, er wollte sich natürlich umschauen, sehen, ob er nicht in Simons Computer kommt, ob er unter Simons Papieren das ein oder andere finden würde, oder auch sonst, er dachte, er sollte sich mal ein bisschen umschauen.

Simon war zufälligerweise nicht da. Nein, er wusste zufälligerweise, dass Simon nicht da sein würde, er hatte ihn zufällig beobachtet, wie er aus dem Haus ging, er hatte zufällig auf der anderen Seite im Blumenladen ausführlich mit Frau Heese geplaudert und hatte dann zufällig gesehen, wie Glaser das Haus verließ.

Er war dann wie zufällig hinübergeschlendert und da war er nun, er zog die Tür hinter sich ins Schloss und tat sich ein wenig um.

Als er eben dabei war, diese Apparatur in Gang zu bringen, klingelte das Telefon. Er zögerte einen Moment. Sollte er abnehmen? Wieso auch nicht, jedes Steinchen konnte wichtig sein für dieses Puzzle. Er hatte das Gefühl, das hier war ein Puzzle und er war kein besonders guter Puzzler, er hatte nicht einmal eine Verpackung, wo das vollständige Bild zu sehen war, damit man es nachpuzzeln konnte, er hatte rein gar nichts, nur einen Haufen Puzzlestückchen und vielleicht klingelte hier einer durch, der von irgendwas eine Ahnung hatte, vielleicht klingelte gerade ein Puzzlestück an, das er dringend brauchte. Er ging ins Wohnzimmer und suchte das Telefon, zog es an der langen Schnur unter dem Sofa hervor.

51. Noch kurz zum Multitasking

Ja hallo?, sagte er in die Sprechmuschel, wer spricht bitte?

Hallo? Bist dus?

Hallo?

Hallo hallo? Sydow schüttelte am anderen Ende den Hörer, klemmte ihn wieder an die Schulter, hallohallo?

Ja, sagte Stanjic entnervt, hallo.

Simon? Du klingst so komisch. Telefonierst du mit einem Telefon?

Was denkst du denn.

Simon? Sydow klemmte das Telefon zwischen Ohr und Schulter und stellte die Gießkanne unter den Wasserhahn, ließ sie volllaufen. Du klingst ganz komisch, rief er, ich weiß nicht, ob das –

Schrei doch nicht so, sagte Stanjic.

Ich muss!, rief Sydow über den Krawall in der Gießkanne, hier ist es tierisch laut, aber du klingst derart komisch, ich weiß nicht, ob das der verfremdende Effekt von dem gebrechlichen Telefonmimen ist, mit dem du hantierst, ich habe dir gesagt, das ist kein Telefon. Was es ist, weiß ich nicht, aber mit Sicherheit kein Telefon, er drehte den Wasserhahn zu, es ist –

Frederik?

Ja, hier ist Frederik, wer denn sonst, Sydow schleppte die Gießkanne auf den Balkon, begann die Pflanzen zu gießen. Die Gießkanne hatte die Form eines Schweins, ein kleines Ferkel mit fünf Liter Platz im Bauch, es trug eine karierte Latzhose und einen Humphrey-Bogart-Hut und man goss durch die kleine Schweineschnauze.

Sydow duschte die Kapuzinerkresse, alles voller Blattläuse, es war ein Jammer. Hast du das Telefon unter dem Sofa hervorgelockt?, fragte er. Bist du dabei meinem Notenständer begegnet? Wie gehts ihm so. Will er wieder nach Hause kommen? Man munkelt, er habe sich als Wäschespinne zum Affen gemacht. Ich hörte, man nennt ihn nur mehr den Felix Krull der Energieversorgung, wurde vom Umspannwerksverband als Hochstapler entlarvt, gefälschte Papiere, gekämmte, nein, wie sagt man, geschnäuzte, ach Quatsch, frisierte Lebensläufe, getürkte Ausbildungszertifikate. Irgendwann ist die Sache aufgeflogen, auch ich wurde als potenzieller Strippenzieher in die Mangel genommen, konnte nur mit Mühe meinen Arsch retten. Sicher hält er sich nun verborgen, im Untergrund, unter deinem Sofa. Sicher ist es aufreibend, so allein unterwegs, sicher ist er einsam und sehnt sich nach meinen liebevollen Händen, nach einem Zuhause, sicher –

Frederik.

Simon? Sydow stellte das Schwein weg, schüttelte den Hörer, Gott, klingst du komisch, ich glaube, die Verbindung ist manipuliert, du klingst ungefähr wie meine Tante, wenn sie aus Afrika anruft.

Du hast eine Tante in Afrika?

Unsinn, was redest du denn, du müsstest jetzt sagen: Frederik. Du hast gar keine Tante in Afrika. Schon vergessen? Keine Tante in Afrika, Frederik, und du hast auch keine Frau. Das müsstest du sagen.

Sydow setzte sich an den Balkontisch, legte die Beine hoch und schaute über die Brüstung, es war ein zauses Wetter, ein holländischer Himmel wie eine schlimme Frisur, auf Drama und Sturm gebürstet, am Himmel war scheints alles aufeinandergetürmt, was man am Himmel aufeinandertürmen konnte, viel wars nicht, Wolken, die aber: alle aufeinandergetürmt. Heute gibts sicher noch Sturm, sagte er, der Himmel sieht aus, als hätte wer alles in Fetzen gerupft und wühlte alles um und um.

Wer denn?

Der große Wettermacher wahrscheinlich.

Der große Uhrmacher.

Der große Vater.

Der große Töpfer.

Also gut: der Große oben. Aber lenk nicht ab. Der Große hat dir einen Fachbereich zugeteilt, eine eindeutig definierte Aufgabe. Wenn du, sagte Sydow, auf einmal anfängst, deine Rolle nach Belieben zu variieren, kriege ich Identitätskrisen, Wallungen und leide an Mulmigkeit.

Das geht nicht, sagte Stanjic, Mulmigkeit ist ein typisches Frauenleiden, das geht nur in Kombination mit Menstruationsbeschwerden. Ich weiß das, weil einmal mein Klassenlehrer mich diesbezüglich belehrte, als ich mit Mulmigkeit meine Absenzen begründete. Mulmigkeit, sagte mein Klassenlehrer, geht gar nicht. Mein Klassenlehrer war Biologe, ein Biologe muss das wissen, nicht wahr? Mulmigkeit ist eine Nebenerscheinung von Menstruationsbeschwerden, sagte mein Klassenlehrer. Haben Sie Menstruationsbeschwerden?

Sydow zog die Obstschale zu sich heran und begann, Johannisbeeren einzuwerfen, das hat er dich ernsthaft gefragt?

Ernsthaft. Um mich herum meine gesamte Klasse, alles schwieg, ich vermute: aus Betroffenheit. Ich schwieg auch, ich war nicht sicher: Hatte ich, da mir mulmig war, Menstruationsbeschwerden und hatte es nicht bemerkt?

Eher nicht, oder, sagte der Klassenlehrer in meine Überlegungen hinein, sie haben eher keine Menstruationsbeschwerden, nicht wahr? Außer, gab er zu Bedenken, außer, Sie sind eine Frau. Sind Sie eine Frau?

Ich hatte kurz überlegt. Ob sich die Sache lohnt. Nein, habe ich dann eingeräumt, ich dachte an die Menstruationsbeschwerden, lästige Laufmaschen in Strümpfen, ich dachte an die Unvereinbarkeit von Kind und Beruf, ich dachte, Frau sein ist schwer, nein, habe ich feststellen müssen, ich denke nein.

Dachte ichs mir doch, sagte mein Klassenlehrer, er schien erleichtert. Wir haben hier also eine unentschuldigte Absenz und eine Identitätskrise als Mann.

Ich hatte damals schon Identitätskrisen, Mulmigkeiten und Identitätskrisen. Wallungen. Wegen der unentschuldigten Absenz, sagte mein Klassenlehrer, und der Identitätskrise erwarte ich bis nächste Woche eine fünfseitige Erörterung zum Thema *Frau, rätselhaftes Wesen*.

Ich hatte mich dann vertieft mit den Mysterien der Frau auseinandergesetzt, Menstruationsbeschwerden, Laufmaschen, Kind und Beruf, dieses ganze Mysterium und wie Frauen es eigentlich schaffen, trotz dieser schier unüberwindlichen Schwierigkeiten, das Leben so bravourös zu meistern, wie sies geschafft haben, trotz alledem von den evolutionären Wogen nicht untergenudelt zu werden und abgeschafft zu werden. Wären sie nicht so robust, wären sie im evolutionären Gerangel längst untergegangen. Ich meine, die Evolutionstheorie, Charles Darwin, die Selektion, *survival of the fittest*, man muss ja schon sehr fit sein, nicht wahr, wenn man da als Gattung nicht aussterben will, die Säbelzahntiger, das Wollhaarmammut, ihre Fitness hat ganz einfach nicht ausgereicht. Man muss ungeheuere Kräfte lockermachen, diese ganzen Hürden im weiblichen Lebenskosmos zu überwinden, wären die Frauen zu schwach, wären sie schon längst ausgestorben.

Immerhin, gab Sydow zu bedenken, sind bei den Mammuts und den Säbelzahntigern immer alle ausgestorben, Männer, Frauen, alle ausgestorben.

Kann schon sein, bei den Menschen bin ich mir aber absolut nicht sicher, ob Männer und Frauen überhaupt der gleichen Art angehören. Ich bin einfach nicht sicher. Nach meinen umfassenden Studien zu Schulzeiten hat sich mein Verdacht, dass es sich bei Frauen und Männern einfach um zwei völlig verschiedene, miteinander im Grunde überhaupt nicht verwandte Arten zu tun hat, eher erhärtet.

Erstaunlich. Und die Fortpflanzung?

Keine Ahnung. Ein Mysterium wie Laufmaschen und Socken, die in der Wäschetrommel verschwinden, das Rätsel, wie man ein Spannbettlaken sinnvoll zusammenlegt, ohne dass es aussieht wie eine Allegorie der Hoffnungslosigkeit. Das alles sind Dinge, die sich vermutlich nie zufriedenstellend aufklären lassen. Vielleicht Selbstbestäubung. Oder wie bei den Schnecken. Schnecken schicken sich selbst kleine Liebespfeile voller Sämereien, rasen voraus und lassen sich davon treffen, fertig ist die Befruchtung.

Bist du sicher? Das habe ich noch nie gehört, dass Schnecken so schnell sein sollten, oder sind die Pfeile so langsam?

Man sollte sich damit abfinden, dass das Leben einfach geheimnisvoll ist. Und schwer. Das Leben, es ist eines der schwersten.

Mein Leben ist eines der schwersten, sagte Sydow.

Das Frauenleben ist eines der schwersten. Sie haben aber, so viel war mir nach der Erörterung klar, in der Evolution einfach immer den Kopf über Wasser. Ich muss sagen, es hat mich diese interessante Arbeit auch in meiner Identitätsfindung als Mann wirklich weitergebracht. Ich war danach ganz sicher, dass meine Schwierigkeiten keinesfalls von allfälligen Menstruationsbeschwerden herkommen, es waren typisch männliche Schwierigkeiten. Ich begründete meine schulischen Absenzen, mein notwendiges Fortbleiben vom Unterricht fortan beispielsweise mit dem männlichen Unvermögen des Multitasking.

Früh aufstehen, anziehen, frühstücken, mit der Familie streiten, Pausenbrote schmieren, hastiges Schularbeitenerledigen, auf den Zug eilen, Small Talk, alten Leuten den Platz anbieten etc., das ist einfach zu viel für einen Mann. Ein Mann bleibt da besser im Bett, geht die Sache schön langsam an, erst Mal frühstücken. Mein Klassenlehrer hat das unkommentiert gelassen, mein Klassenlehrer war ein Biologe und er war ein Mann, er kannte das Leben der Männer, das harte Los der Biologie. Jaja, Mulmigkeit. Ein Frauenleiden. Hast du Menstruationsbeschwerden?

Kann schon sein, Sydow nahm eine Johannisbeerrispe, hielt sie sich über den Kopf und pflückte sich mit den Lippen Beere für Beere herunter, es ist jedenfalls nicht auszuschließen.

Was isst du denn da.

Johannisbeeren, aber sind sauer.

Iss doch Himbeeren.

Ich habe keine Himbeeren.

Schlimm.

Ja, geht so, ich denke, ich komm drüber weg. Jedenfalls ist es nicht auszuschließen. Das mit den Menstruationsbeschwerden. Das ist, weil ich meine Frau so vermisse, da fängt man automatisch an, das ersehnte Subjekt zu internalisieren, er warf den abgegessenen Stängel weg und schob die Schüssel von sich, Gott, sind die sauer, kauf dir bloß keine Johannisbeeren.

Sauer macht lustig.

Noch lustiger? Ich komm doch aus dem Lachen gar nicht mehr heraus.

So klingst du gar nicht, hast du schlechte Laune?

Laune kann man das nicht mehr nennen, ich habe ein schlechtes Leben.

Da fallen, sagte Stanjic, so ein paar mangelnde Himbeeren nicht mehr ins Gewicht.

Nein, ernsthaft nicht, sagte Sydow, er nahm das kleine Schwein wieder zur Hand und begoss seine Füße. Können wir nicht mal bei der Sache bleiben? Ich glaube, dieses ständige Verzetteln und Vom-Weg-Abkommen, das geht von dir aus, von mir kenne ich so was jedenfalls nicht.

Machst du Witze?

Sicher nicht, ich kenne überhaupt keine Witze. Das Schwein war leer, er stand auf und ging zurück in die Küche. Er suchte nach Keksen, aber da waren keine. Ich habe, sagte er in den Hörer, ein schlechtes Leben. Kekse würden es verschönern, aber da sind keine.

Keine Himbeeren, keine Kekse, resümierte Stanjic, was hast du eigentlich.

Nichts eben. Saure Johannisbeeren und trocken Brot.

Sydow hatte die Kanne wieder in die Spüle gestellt, drehte den Wasserhahn auf, du lenkst immer ab, rief er. Ist es das Thema? Die Internalisierung? Fühlst du dich persönlich betroffen? Es würde mich allerdings wundern. Oder bist du eine sensible Natur? Es ist ein ganz typischer Vorgang bei sensiblen Naturen. Ich bin eine sehr sensible Natur, die Internalisierung meiner Frau also kaum zu vermeiden, ich erleide ihre Mulmigkeiten, ich geh zu ihrem Friseur, ich telefoniere ständig mit ihrer Freundin.

Schrei doch nicht so. Deine Frau hat gar keine Freundin.

Was? Sydow schaltete das Wasser aus, was?

Keine Freundin, deine Frau.

Was?

Oder geht das nicht? Du sagtest doch vorhin, wegen meiner Rolle, du sagtest doch, ich müsse sagen –

Was? Simon, was redest du denn da, du machst mich fertig, natürlich hat meine Frau eine Freundin, wieso denn nicht, hat sie Aussatz oder was. Sicher hat meine Frau ganz viele Freundinnen, meine Frau ist sehr nett.

Du hast gar keine Frau, Frederik.

Siehst du, es geht doch, Sydow nahm die Kanne aus dem Spülbecken und ging hinaus auf den Balkon. Er ließ sich wieder in den Sessel fallen, legte die Beine auf den Tisch und begoss seine Füße, warum nicht gleich, danke, dass du mich darauf hinweist, danke, dass ihr mich alle immer wieder darauf hinweist! Keine Frau, na toll, denkst du, das ist schön? Denkst du, ich freu mich darüber? Denkst du, ich habe keine Gefühle? Keine Frau, sicher, sags mir immer wieder, das macht mich nur härter, das ist der Glaser, den ich kenne, trampel auf mir herum, trampelt doch alle auf mir herum, ich bin der Trampelpfad, den ihr braucht, um euch gut zu fühlen, so eine getrampelte Abkürzung zum Glück. Fein, schön, danke, Simon, weiter so, Simon.

Frederik?

Ja, Simon? Fällt dir noch was ein? Er hatte die Kanne zur Seite gestellt und zupfte Johannisbeeren von den Rispen, warf sie über die Brüstung. Leg ruhig noch eins nach, immer eins druff, Frauen und ich, wir haben Laufmaschen und vereinbaren Kind und Beruf, diese Doppel- und Trippelbelastungen, wir sind das gewohnt, wir können einiges vertragen, wir –

Frederik.

Ja, Simon, weißt du, ich verstehe es sogar. Männer wie du brauchen so was für ihre Identität als Mann, dieses gezielte Unterbuttern der Frau, das Gefühl von Überlegenheit. So seid ihr, ihr definiert eure Stärke an der Schwäche der anderen, das stärkt dann euer Mannsein, ihr könnt dann –

Frederik.

Ja, Simon, ihr könnt dann, wenn die Frau unter der Last ihres Frauseins zusammenbricht, weinend die erneuten Laufmaschen betrachtet, die schier unüberwindliche Hürde von Beruf und Kind, ihr könnt dann männlich helfend herbeieilen, ihr die Strümpfe ausziehen und sie mit Küssen beschwichtigen, ihr die Strümpfe und alles weitere an weiblichen komplizierten Kleidungsstücken ausziehen und sie mit typisch männlichen Kunstfertigkeiten diese Kalamitäten vergessen lassen, eure maskuline, phallische Art beruhigt Frauen enorm, ihr könnt ihr hernach versichern, dass sie nackt am allerschönsten aussieht, macht auch keine Laufmaschen, und ihr das Kind abnehmen, weil das schafft ihr mit links, für so was braucht man bei Gott kein Multitasking. Wieso muss denn bitte, denkt ihr, alles gleichzeitig passieren, diese typisch weiblichen Schwierigkeiten, denkt ihr, entstehen nur durch die völlig verkehrte, weibliche Herangehensweise, beispielsweise das Multitasking, natürlich verliert man beim ständigen Multitasken irgendwann die Nerven, das ist doch kein Wunder, das Multitasking braucht nur, wer denkt, alles müsse immer sofort und gleichzeitig sein, das Kind paletti, die Wohnung tipptopp, der Beruf eins a, das Geschenk für die Oma zum Geburtstag, keine Laufmasche in den Strümpfen. Diese hochkomplexe Kleidung, es sind, denkt ihr männlich, im Grunde alles hausgemachte Probleme. Frauen machen gerne alles selbst, kochen Marmelade, legen Gurken ein und stampfen Sauerkraut, alles muss immer hausgemacht sein, Frauen finden das schön und eben auch diese typisch weiblichen Schwierigkeiten, hausgemacht, es sind hausgemachte Schwierigkeiten. Diese unnötige weibliche Verkomplizierung des Lebens, ein männlicher Zugang wäre da bei Weitem hilfreicher, erst mal ausschlafen zum Beispiel, das bekommt auch dem Kind. Es ist ja das Anstrengende an Kindern so gesehen immer nur ihre permanente Unausgeschlafenheit. Und, das wisst ihr noch von eurem Klassenlehrer – sowohl in der Biologie als auch als Mann ein As –, von ihm habt ihr gelernt, euch einerseits dem typisch weiblichen Multitasking aus gesunden, männlichen Impulsen heraus zu verweigern, und auch, dass bei Kindern das ausgiebige Schlafen ungeheuer wichtig ist, für die Organisation der Gehirnzellen, das Ausschütten der Wachstumshormone, Männer müssen das früh üben, damit sie später für die Kinder die perfekten Sparringspartner sind. Erst mal ausschlafen. Dann frühstücken. Bisschen spielen, bisschen spazieren gehen, alles mit der Ruhe, wozu die Hektik, so eine Wohnung überlebt das, mal nicht aufgeräumt zu sein, es sind nur Dinge, die nehmen das nicht übel. Die unkomplizierte, männliche Kleidung vereinfacht den Alltag schon wieder, hier muss nichts gebügelt werden, und – ihr kennt die diesbezüglichen Studien – Jeanshosen können problemlos 15 Monate getragen werden, ohne dass sich der Mikrobenanteil darauf wesentlich vermehren würde, damit hat sich auch das von Frauen so viel beklagte umständliche und zeitraubende Wäschewaschen auf einen Schlag geklärt. Laufmaschen, man sollte das buddhistisch sehen, Laufmaschen sind nun wirklich nicht das Ende der

Welt, alles eine Frage der Relation. Oder Religion, haha! Und die Oma?, fragst du, das Geschenk? Die Oma ist schon so alt, die Oma will nichts und braucht nichts. Die Frauen aber, sie zerbrechen sich auf Frauenart den Kopf: Die Oma, sie hat Geburtstag. Was schenkt man bloß jemandem, der nichts will?, fragen die Frauen verzweifelt.

Vielleicht ein Hörgerät?, schlagen die Männer vor.

Was, sagen händeringend die Frauen, was, wenn sie auch nichts hören will.

Die Männer seufzen, Frauen sind so verworren, Frauen zerbrechen sich so unnötig den Kopf, Frauen machen sich das Leben so unfassbar schwer, die Oma will nichts, die Oma braucht nichts, die Oma hat schon alles, die freut sich, wenn ihr mit dem Kind vorbeispaziert. Recht hat die Oma, wenn sie auch das Hörgerät verweigert, dann erträgt sie die Unausgeschlafenheit der Kinder viel besser, die flickt euch meinetwegen die Laufmasche von den Strumpfhosen, die ihr dickköpfig und eigensinnigerweise statt der praktischen Jeanshosen angezogen habt, die Oma flickt das, so was machen Omas gern. Verstehst du? Die Schwierigkeiten der Frauen, sie entspringen diesem typisch weiblichen Perfektionswahn.

Frederik?

Ja, Simon.

Frederik, ich muss dir was sagen.

Ja sag halt, hält dich irgendwer auf? Wirst du bedroht? Brauchst du eine extra Einladung? Kriegst du ein Kind von mir und weißt nicht, wie dus mir beibringen sollst?

Frederik!

Ja! Simon!

Frederik, hier spricht David.

Was?

Hier spricht David.

David? Frederik war aufgestanden, hielt den Hörer ein Stück weit weg, schüttelte ihn, David? Bist du übergeschnappt? Ist Simon übergeschnappt und denkt, er sei David? Ist David übergeschnappt und denkt, er sei Simon, wohnt jetzt in seiner Wohnung? Bin ich übergeschnappt und denke, ich ruf den Glaser an, und verwähl und vertelefonier mich und lande beim Stanjic? Ist mein Telefon übergeschnappt und telefoniert einfach, wie und wohin es will? Was ist denn los?

Frederik, es –

Ein Komplott?

Frederik.

David?

Ja.

Bist dus wirklich? Sydow setzte sich wieder an den Tisch, starrte die Topfpflanze an, sie war nicht gut beieinander, kränkelte, aber er wusste nicht, woran, sie hatte drinnen in der Wohnung gekränkelt und kränkelte heraußen auf dem Balkon, er hatte sie gefragt, Topfpflanze, hatte er gesagt, an was kränkelst du? Sie hatte es ihm aber nicht sagen können, entweder weil sie zu kränklich war oder zu verschwiegen, es war sowieso eine eher schweigsame Topfpflanze. David, sagte er.

Ja.

Ich fass es nicht.

Kann ich verstehen.

Ich war nicht sicher, dass du es bist.

Kann ich absolut verstehen.

Wir telefonieren jetzt zusammen.

Ja.

Ich habe Glaser angerufen.

Ja.

Ich wollte Simon sprechen.

Kann ich verstehen.

Nicht, dass ich dich nicht sprechen wollte.

Ja.

Wir haben uns lange nicht gesprochen.

Ja.

Ich hätte dich des Öfteren gerne mal gesprochen.

Ich weiß.

Ich habe des Öfteren auf deinen Anrufbeantworter gesprochen.

Ich weiß.

Glaser hat des Öfteren auf deinen –

Ich weiß, Frederik, weiß ich, hör zu, es ist –

Wir waren ziemlich angepisst, dann und wann, weißt du? David? Wir hatten ein paar Verabredungen, du und wir.

Weiß ich doch alles, Frederik, hör zu, es ist so –

David. Gut, dass ich dich am Apparat habe. Simon und ich haben manchmal auf dich gewartet. Du bist nie gekommen. Wir haben überlegt: Hat er sich womöglich verirrt? Manchmal hattest du dich verirrt, erinnerst du dich?

Stimmt, Frederik, das stimmt, ich hatte mich anfangs ab und zu verirrt, ich war neu in der Stadt, kann doch vorkommen, oder, ich war zu spät gekommen, es tut mir leid, ich –

Du hattest dich mitunter verirrt, du warst zu spät gekommen, nun gut. Immerhin. Du bist zu spät gekommen, aber du bist gekommen. Neue Stadt, sicher, neue Wege neue Sorgen. Bloß, du bist dann gar nicht mehr gekommen.

Ich weiß, es tut mir leid, ich habe –

Hattest du dich so schlimm verirrt?

Natürlich nicht, ich –

Natürlich nicht, oder, ich meine, so groß ist die Stadt nun auch wieder nicht.

Nein, wirklich nicht, es war ganz anders, es –

Dann dachten wir, du machst sinnlose Umwege.

Umwege?

Ja, über Polen zum Beispiel, da muss nur einmal einer, den du um den Weg fragst, sich einen blöden Jux machen und dir einreden, über Polen gehts am schnellsten und du fällst auch auf alles herein.

Also wirklich, für was haltet ihr mich, Polen, ich war noch nie –

Für was wir dich halten? Wir wissen es auch nicht. Lieber David. Wir wissen es einfach auch nicht. Du kommst aus einem ungenauen Land. Wir schauen eure Kunst an und verstehen sie nicht, diese Kleiderständer fürs Heu, die mutlosen Bauern mit Hut, dann dieses schauerliche Instrument, du sagst, es ist ein Cello, kann schon sein, kann gut sein, dass ihr so was ein Cello nennt, wenn Glaser aber darauf spielt, klingt es wie ein Kleiderständer fürs Heu, der zurück in seine Heimat will. Wir verstehen von all dem wenig und wissen gar nichts. Wir wissen genau genommen nur, dass wir verabredet waren, dass du nicht gekommen bist.

Ich will mich ja auch entschuldigen, bloß –

Ich will keine Entschuldigungen hören, weil ich gar nichts entschuldigen will. Ich habe nicht das geringste Bedürfnis, irgendwas zu entschuldigen. Du bist einfach nicht gekommen. Die letzten zwanzig Mal.

So oft nicht, ganz sicher und es tut mir aufrichtig –

Hör deinen Anrufbeantworter ab, sicher sind da mindestens zwanzig Nachrichten von zwanzig geplatzten Verabredungen.

Ja, aber nur, weil du jedes Mal fünf Mal anrufst und Simon auch immer noch einmal anruft.

Weil ich, sagte Sydow, er begann, die welken Blätter von der Topfpflanze zu zupfen, weil ich nicht begreifen kann, dass man dich nie erreicht. Dass du nie kommst und man dich nie erreicht. Du hast ein Telefon zum Herumtragen, nicht wahr? Ein mobiles Telefon für maximale Mobilität und zugleich maximale Erreichbarkeit.

Sicher, ich –

Du bist nie gekommen und hast immer dein Telefon zum Herumtragen mit dir herumgetragen, warst maximal mobil und maximal erreichbar und bist nie drangegangen und hast nie zurückgerufen, richtig?

Das stimmt schon alles, aber Frederik, hör zu, ich wills dir doch eben erklären –

Erklären? Sydow hatte die letzten welken Blätter von der Topfpflanze gerupft, es war eine nicht so gute Idee gewesen, die welken Blätter von der Topfpflanze zu rupfen, sie hatte jetzt gar keine mehr, sie hatte kränklich ausgesehen, sicher, jetzt sah man, dass sie schon längst gestorben war.

Ich will, sagte Sydow, er duschte die Pflanze trotzdem ein bisschen, man weiß ja nie, ich will, sagte er, nichts erklärt kriegen, ich will nichts entschuldigen, ich will dich zusammenscheißen. Verstehst du?

Er stellte die Gießkanne weg, wir haben lange auf Erklärungen gewartet, Erklärungen wären schön gewesen. Es war viel Zeit, für Erklärungen, wir haben uns, in Ermangelung deiner erklärenden Person, selbst viele schöne Erklärungen überlegt, es wäre massenhaft Platz gewesen für viele weitere mögliche Erklärungen deinerseits. Trotz des Zuspätkommens wäre immer noch massenhaft Zeit für Erklärungen gewesen. Du hättest zu spät kommen können, wir hätten dich ein bisschen geschimpft, du hättest dich erklärt, wir hätten geprobt. Alles wäre in bester Ordnung gewesen. Es wäre Zeit für alles gewesen, sogar für schlechte Ausreden. Jetzt nicht. Jetzt sehe ich für Erklärungen keine Zeit mehr, weit und breit, sie ist abgelaufen.

Frederik, ich verstehe das alles absolut, glaub mir, es ist jetzt aber dringend, es geht um was Wichtiges, ich habe da was –

Ist mir alles ganz egal, alles schön der Reihe nach, Multitasking ist wirklich nicht meine Stärke. Bin ich ein Mann? Ja, ich bin ein Mann, du kannst von mir keinesfalls erwarten, dass ich innerhalb *eines* Telefongesprächs meiner ungeheuren Irritation Herr werde, Simon zu Hause anzurufen und dann dich am Apparat zu haben, deine Erklärungen anzuhören, deine Entschuldigungen anzunehmen und dich zusammenzuscheißen. Es hieße ganz klar, mich als Mann nicht ernst zu nehmen, und ich meine, wir haben eine Männerfreundschaft, täusch ich mich? Oder sind wir beste Freundinnen. Bist du die Freundin meiner Frau?

Deine Frau hat gar keine Freundin.

Willst du mich provozieren?

Nein, war ein Scherz, du hast gar keine Frau.

Danke, Simon.

David.

David. Danke, David, gut, dass du mich daran erinnerst. Ich habe keine Frau. Das ist schlecht. Das ist aber auch gut. Es gibt mir eine gewisse Sicherheit, bezüglich meiner Identität, weißt du, es bestätigt mich indirekt in meiner Männlichkeit. Ein Mann mit Frau ist, auch wenn er keine Frau hat, immer noch ein Mann. Es ist, wie auch das Haben einer Frau, somit ein Zeichen von Männlichkeit. Zugleich bin ich mir dadurch, dass du immer der gleiche blöde Hund bist, der mich immer wieder darauf hinweist, sicher, dass ich auch immer der Gleiche bin.

Ich verstehe, bloß –

Bloß ist das Dumme nun, dass du zwar ein blöder Hund bist. Ich weiß nicht, ob mich nicht mehr erschüttert, dass, egal, mit wem ich mich unterhalte, ob das nun Simon ist oder du, alle so blöd sind. Alle machen mich fertig. Alle trampeln auf mir herum. Anna. Aus dem *Tante.* Meine Oma. Sogar meine Oma trampelt auf mir herum. Anna, weißt du übrigens, dass Anna Snozzi schwanger ist? Ich habs dir schon mal erzählt, aber ich bin nicht sicher, ob das bei dir angekommen ist, das war, als wir uns noch des Öfteren trafen, du und ich.

Anna?, sagte David erstaunt, kann nicht sein, ich habe Anna erst gestern gesehen, da war sie noch nicht schwanger.

Du bist dumm, natürlich war sie gestern schwanger, vorgestern auch schon. Man hat nicht von heut auf morgen eine Wassermelone unterm Kleid. Oder einen Fußball.

Aber doch zumindest einen Tennisball.

Vielleicht einen Tischtennisball.

Eben. Ich habe gestern nicht einmal einen Tischtennisball gesehen.

Du hast recht, das ist merkwürdig. Ich ruf sie nachher an und klär das ab. Sie kriegt ein Kind, aber nicht von mir.

Wär auch komisch.

Wieso komisch, ich fände das normal.

Wieso normal, sie ist ja nicht deine Frau.

Und warum nicht?

Du hast gar keine Frau, Frederik.

Danke, David.

Gerne.

Kurzum, Anna Snozzi kriegt kein Kind von mir. Mit mir kann mans ja machen. Anna kriegt ein Kind von Wolfgang Snozzi, stell dir vor, mit Wolfgang Snozzi. Man hat sich ja immer schon gefragt, wie jemand wie Wolfgang Snozzi zu Anna kommt, und jetzt kommt er auch noch zu einem Kind.

Ich fand Wolfgang Snozzi immer nett.

Ich auch, bevor er ein Kind bekam, so was verändert die Leute total, man würde es nicht für möglich halten, ist nicht mehr derselbe Mensch.

Wann hast du denn Wolfgang Snozzi getroffen.

Ich habe ihn nicht getroffen, mit solchen Menschen verkehre ich nicht mehr.

Hm.

Anna hat einen Wolfgang Snozzi und bald auch ein Kind und weiß nichts Besseres zu tun, als bei jeder sich bietenden Gelegenheit zu betonen, dass ich keine Frau habe. Wolfgang Snozzi. Früher mochte ich ihn. Jetzt nicht mehr. Warum haben die einen alles und die anderen nichts? Ich verstehe das nicht. Ich habe keine Frau, kein Kind, niemanden, der für mich mit einem Ball unterm Kleid herumläuft und ich närrisch stolz drauf sein kann. Bälle sind so wichtig, man sieht es ja im Sport. Würde meine Frau mit meinem Kind im Bauch herumgehen, hätte ich irgendwie das Gefühl, ihn endlich im Netz zu haben, Treffer.

Frederik, ich weiß nicht, diese Ballmetapher, sicher läuft das unter Diskriminierung.

Diskriminierung von wem, vom Ball? Kann sich ja beschweren, wenn's ihm nicht passt.

Wo denn, im Mütterzentrum?

Genau. Ich fühle mich, als dribbelte alle Welt um mich herum, nur ich kann nicht mittun. Entweder sie kriegen ein Kind oder sie sind auf dem Weg zum Fußballspielen im Park.

Ja und? Dann spiel eben Fußball im Park.

Mit wem denn, denkst du, irgendjemand ließe mich mittun? Ich bin der, der die Bälle im Eigentor versenkt, bei dem man immer *Hände! Hände!* schreit und der einzige Mann auf diesem Planeten, der mit den gesamten Frauen zusammen die Abseitsregel nicht begreift.

Was sind denn das für sexistische, prähistorische Ideen! Alle Frauen verstehen die Abseits–

Himmel, ja! Ich hatte einfach gehofft, ich wäre damit nicht der Einzige. Aber nein: Ich bin der einzige Mensch auf diesem Planeten, der die Abseitsregel nicht versteht. Wenn ich in den Park komme, sagen sie, wir wollten sowieso gerade gehen.

Dann kommst du das nächste Mal eben eine Stunde eher.

Dann wollten sie auch sowieso gerade gehen.

Verstehe. Vielleicht ist die Sache mit dem Kind dann doch einfacher.

Sicher. Es wäre viel einfacher, zumal ich Fußball spielen albern finde.

Bloß hast du keine Frau.

Danke, David. Und so, genau so geht es eben immer. Ich habe nichts, darauf trampeln alle herum. Das Schöne daran ist, dass, wenn alle bis zur Verwechslung gleich reagieren, mit mir vielleicht alles in bester Ordnung ist, immerhin bleibe ich mir selbst anscheinend treu. Ich bin ein Fels in der Brandung. Männer sollten Felsen sein in der Brandung. Ich bin ein Mann. Du eher weniger. Ein Blatt im Wind und eine Nadel im Heuhaufen, eine Murmel in der Spielkonsole. Du bist das welke Blatt an einer kränkelnden Pflanze, wenn du weißt, was ich meine. Ich finde, das spricht eher nicht für dich, oder was denkst du?

Ich weiß nicht genau, Frederik. Ist auch egal, hör zu, ich würde gerne noch ein wenig mit dir weiterplaudern, ich habe nur –

Weiterplaudern? Du bist gut, denkst du ernsthaft, ich will mit dir plaudern? Du bringst mich ins Schwätzen, dabei will ich dich nur zusammenscheißen, wo warst du die ganze Zeit verdammt noch mal, wieso –

Ich war –

Ich wills gar nicht hören, jetzt –

Frederik, ich muss los, ich wollte –

Los? Wieso denn, wohin? Du kannst jetzt nicht los, ich habe mit dir noch ein Wörtchen zu reden.

Simon kommt gleich, er kann jeden Moment da sein.

Ja und?

Ich bin in seiner Wohnung.

Wenn Simon kommt, kannst du ihn mir kurz geben, ich wollte mit ihm sowieso über dich reden.

Ich bin in seiner Wohnung. Ich habe was entdeckt. Er darf mich hier nicht sehen. Verstehst du.

Nein, verstehe ich nicht. Geht es schon wieder um dieses Zeug, diesen Essay für den Kunstkatalog?

Ja, aber das ist nichts mit Kunst, glaub mir, ich muss –

Wieso darf Simon dich nicht sehen, hast du Aussatz? Hast du dich bei meiner Frau angesteckt?

Du hast gar keine Frau, Frederik, und ich –

Danke, David.

Ich habe für diese Späße keine Zeit, ich –

Das sind keine Späße, es ist zum Weinen.

Ja, ich weiß, ich habe, oh Gott, sicher kommt er gleich, ich –

Irgendwas fiel um. Frederik drückte den Hörer eng ans Ohr, David, ist da irgendwas umgefallen?

Ja, umgefallen, dieser, na, dieses Gerät, verdammt, hoffentlich ist das jetzt nicht kaputt. Ich weiß nicht, was da läuft, aber irgendwas läuft und ich habe Angst.

Gerät? Was soll das für ein Gerät sein? Und Angst wovor. David, das ist lächerlich und das weißt du. Denkst du immer noch an diesen Katalogtext? Das sind bloß Worte. Und ziemlich durchgeknallte, wenn du mich fragst, dieser Quatsch mit den Engeln wie Rosinen und so, Maria und Josef, oder? So was kann man nicht ernst nehmen. Du bist hysterisch. Du stammst aus einem Volk von Hysterikern, kein Wunder bei dem Zustand eurer Instrumente, du redest dich in Rage –

Ich bin nicht in Rage, Frederik, ich bin ganz ruhig und ich habe keine Zeit mehr –

Schon wieder fiel was um, David, rief Frederik, er ging vom Balkon in die Küche, draußen mähte irgendwas, es war unverschämt laut, David, was fällt denn da immer um?

Nichts, nur diese, ich bringe das wieder in Ordnung, das Gerät, ich räume das wieder zusammen, ich, ach herrje –

Das ist sehr typisch für euch, sagte Sydow, er öffnete den Schrank, in dem keine Kekse waren, schaute hinein, die Rage, dieser Furor, die Hysterie, du musst dich jetzt beruhigen. Bist du in der Küche?

Nein, im Wohnzimmer, Frederik, es ist eilig, ich –

Geh in die Küche und koch dir einen Tee. Einen Früchtetee.

Ich kann nicht in die Küche gehen, das ist so ein Telefon mit Schnur, es ist hier im Wohnzimmer festgebunden.

Richtig, der Veteran. Dann setz dich aufs Sofa. Kissen in den Nacken, schön Schuhe ausziehen und die Füße hoch –

Mist, verdammter, ich glaube, das Ding ist hinüber, was mach ich bloß.

So schnell gehen die Dinge nicht kaputt, ein bisschen Hinunterfallen, das kann nicht schaden. Was ist denn das für ein Gerät? Setz dich doch endlich mal in Ruhe hin, kein Wunder fallen die Sachen um, wenn du wie irre im Wohnzimmer herumrennst.

Ich kann nicht die Füße hoch und aufs Sofa, ich glaube, das ist so ein Projektor, für – ist ja auch egal, ich wollte mit dir darüber – oh, da! Verdammt, ich muss – ich melde mich, ja?

David?, rief Frederik, David? Bist du noch dran? Was zum Teufel – hallo? Er schüttelte den Hörer, lauschte, es war kein Freizeichen. Sydow drückte sein Ohr ganz eng an den Hörer. David hatte gar nicht aufgelegt. Es hatte ein gehöriges Gerumpel gegeben, ein Gerumpel wie von einem, der über das ein oder andere Gerät stolpert, irgendwas herunterwirft. Was denn für einen Projektor?

Jetzt hörte er es rauschen, von einer Straße am anderen Ende der Stadt das Zwitschern von Vögeln, sie sammelten sich schon für ihren Weg in den Süden. Ein Flugzeug flog über einen Himmel, vor einem Fenster, in einer fernen Wohnung. Sydow ging mit Telefon auf den Balkon, schaute nach dem Flugzeug. Keins zu sehen, es war das andere Ende der Stadt, hier war nur ein unablässiges Mähen, noch dazu im Herbst, wozu wohnte man eigentlich in der Stadt? Er fand das unverschämt.

Er ging wieder hinein und schloss die Balkontür, drückte die linke Hand aufs freie Ohr, konzentrierte sich. Er betrachtete die Abdrücke seiner nassen Füße auf dem Küchenboden, lauschte in den Hörer, hörte undefinierte Geräusche, Schritte. Waren es Schritte? Jemand ging in der fernen Wohnung herum, am anderen Ende der Stadt. David? Simon? Wo war David? Hatte er den Hörer einfach von sich geworfen? Er war ein Hysteriker. Da unten waren alle Hysteriker, ein Volk im Zustand permanenter Aufgewühltheit. Waren es nicht hastige Schritte gewesen, sich entfernendes Getrappel? Wo war David hingetrappelt? Und jetzt? Er lauschte, ja, einer ging herum, einer ging in Glasers Wohnung herum.

Sydow setzte sich an den Küchentisch und lehnte sich zurück, er horchte auf dieses Schwappen und Plätschern einer anderen Wohnung, er versuchte zu überlegen.

Draußen wurde es dunkler, schlagartig und bedrohlich schnell. Holland ging unter und der Große schickte sich an, sein Hemd aufzureißen und eine gewaltige Brust aufzutun, er legte den Kopf in den Nacken und das Brüllen machte, dass die Wolken flogen und rasten und sich düster krümmten in einem schnellen Flug über die Himmel, der Große hatte die Stirn in Falten, dass sein Gesicht sich verdüsterte, ein Grollen in der Ferne, aber es nahm Fahrt auf. Sydow schaute hinaus und hörte erste fette Tropfen, die auf die Brüstung klopften, es war ein kalter Sommer voller Regen gewesen, jetzt war es ein verregneter Herbst, er hatte im August angefangen, den Schal zu tragen von seiner Oma, und würde vermutlich bis in den nächsten Juni hinein nicht damit aufhören. Er sah den Wind in den Pflanzen wühlen und suchen und zwischen den Blättern grübeln. Der Große hob die Hand, dass ein Blitz niederging –

Welcher Große eigentlich, fragte mein Lektor.

Ich schlug die Beine übereinander und betrachtete angelegentlich meine Fingernägel, tja, sagte ich. Hättest du den *Schlachten*text gelesen, wüsstest du, dass es dort eine von mehreren Umschreibungen für Gott ist. Der Große, der Mann im weißen Labormantel, der Wettermacher, der –

Olaf winkte ab, schon gut, sagte er, wenn ich noch mehr Argumente brauche, warum ich diesen Krempel nicht lesen will, meld ich mich.

Ah ja.

– ein Blitz niederging und einen Spalt machte, einen großen Riss, der Regen zog an und ging immer schneller, gleich würde er rennen, das Grollen, schon näher, das Gewitter war ein Bäumen und ein Hemdaufreißen und dass einer brüllen musste und Blitze schleudern, es war, dass der Große sich aufrichtete und mächtig wurde und schwer und ein Gesicht wie Ingrimm, es war, dass er mit gekrümmtem Finger das Grollen herbeilockte und mit der anderen Hand den Himmel zerteilte, es war ein Gewitter wie eine böse Prophezeiung, es kam näher.

52. Die beiliegende Fahrradkarte

Zufrieden?, fragte ich, ich kam gerade von der Toilette zurück und setzte mich wieder meinem Lektor gegenüber an den Tisch.

Ich weiß nicht recht, er schüttelte den Kopf und starrte auf die Szene über das Multitasking, irgendwie werde ich den Verdacht nicht los, dass du mit unsauberen Mittel arbeitest, mit ganz unsauberen Mitteln.

Ach was, sagte ich, ich schob ihm den Stift zu, und jetzt streich es von der Liste.

Er faltete geziert seine Mäkelliste auseinander und begutachtete düster die vielen Punkte ohne seinen kleinen *Erledigt*-Haken dahinter. Aber mal was ganz anderes, sagte er, jetzt in geschäftlichem Ton, er tippte auf eine rot eingekreiste Frage mit drei Fragezeichen dahinter, wo genau wohnen die denn alle? Wo wohnt Frederik, wo David und wo genau wohnt Simon? *In der Nähe vom Wald,* was soll denn das heißen? Wo befindet sich das *Tante*?

Ich rutschte unbehaglich auf dem Stuhl herum, können wir ein andermal darüber reden?

Hör mal, sagte er, er lehnte sich zurück, wie soll ich das hier als Berlin-Roman verkaufen, wenn kein Mensch nachvollziehen kann, wo was ist? Ein lieber Leser möchte vielleicht zum besseren Verständnis die Wege mit seinem Fahrrad abfahren, aber so wird das natürlich nichts, er kann maximal zum Alex radeln, das wars dann aber auch schon, das ist doch kein Ausflug.

Ich starrte aus dem Fenster, vor dem Café ging eine toupierte Dame mit zwei toupierten Pudeln spazieren, es war eine Allegorie, aber ich wusste nicht, auf was. Also von mir aus, sagte ich.

Er nahm seinen Stadtplan zur Hand und faltete ihn gekonnt auf, ich war beeindruckt.

Frederik, sagte ich, wohnt in der Chodowieckistraße –

Er suchte die Straße im Verzeichnis und beugte sich dann über den Plan, kreuzelte sie an. Er betrachtete die Karte. Warte mal, sagte er langsam, das kann ja wohl nicht sein.

Doch, sagte ich.

Aber das ist ja im Osten, sagte er verblüfft, der wohnt ja im ehemaligen Osten!

Ja, sagte ich.

Aber wieso wohnt denn Mathias –

Frederik.

– Federik im Osten! Da macht er ständig blöde Witze und dass er Ostberlin nur vom Hörensagen kennt und dann –

Ja! Kann ichs ändern?, rief ich, nenn es von mir aus Diskrepanz oder Inkohärenz oder – keine Ahnung! *Ich* wäre damit ja nicht hausieren gegangen, *du* wolltest eine Fahrradkarte beilegen, bitte schön!

Er schaute mich einen Moment lang nachdenklich an, dann notierte er sich was in sein Notizbuch, vermutlich: *Fahrradkarte beilegen, gute Idee! Auf Vertretersitzung einbringen.*

Den Rest, sagte er, plötzlich fabelhafter Laune, er klappte den Stadtplan zusammen, machen wir dann später mal, so eine kleine Diskrepanz, er rieb sich zufrieden die Hände, macht doch die Figuren gleich viel plastischer, oder nicht?

Gewiss, sagte ich kühl, gewiss. Zurück zu Frederik von Sydow –

Den Mann mit den vielen Facetten!, sagte mein Lektor, er lachte laut. Zähneknirschend wartete ich, bis er damit fertig war, ich hätte ihm nicht auf den Leim gehen dürfen.

Zurück zu Frederik von Sydow. Er fragte sich: was nun? Sicher, Stanjic neigte zu Hysterie und Übermut, aber vielleicht sollte er doch einmal nachschauen gehen. Er packte seine Klarinette ein, er würde einfach zum Proben hinfahren, lang abgemachter Termin. Er nahm seinen Kalender, blätterte zum heutigen Datum und schrieb: *15 Uhr, Probe.* Schon lange abgemacht, er hatte sich alles notiert, und, klar, die beiden hatten sich wieder einmal nichts aufgeschrieben.

Er warf einen Blick durchs Fenster, er konnte sich allerdings eine Menge nettere Dinge vorstellen, als durch dieses Wetter zu fahren. Mit dem Fahrrad würde er klatschnass. U und S und Bus, damit war es wiederum viel zu gefährlich, er kannte die entsprechenden Artikel in der Zeitung. Tausend nettere Dinge konnte er sich vorstellen, was musste dieser Idiot auch an den Stadtrand ziehen, ein völlig idiotisches Programm. Viel nettere und trockenere Dinge, Kekse essen, konnte er sich vorstellen zum Beispiel, wobei, er hatte ja keine. Er würde auf dem Weg beim *Küken und Kater* Kekse kaufen, das würde die Stimmung heben. Er hatte so das ungute Gefühl, es würde womöglich einer Hebung der Stimmung bedürfen.

53. Das gefährliche *Paris-Syndrom*

Stanjic jedenfalls bedurfte dringlich einer Hebung, ganz egal von was. Er klemmte unter Glasers Sofa und hoffte, Simon würde sich nicht etwa draufsetzen. Er hoffte des Weiteren, Simon würde überhaupt nicht bis ins Wohnzimmer vordringen, er hatte vorhin in der Eile diesen Dings umgeworfen, was war das, Projektor. Es war staubig hier unten, putzte der nicht mehr? Sonst so ein Reinlichkeitsfanatiker. Die Wohnung, hatte Glaser gern gesagt, als Stanjic bei ihm wohnte und er ihm die bekleckerten Geschirrteile hinterhertrug, die von ihm abgefallenen Kleidungsstücke, die zerlesenen Zeitungen, die Wohnung ist der Spiegel der Seele.

Mein Spiegel ist blind, behauptete Stanjic.

Er ist nicht blind, dafür bist du noch zu jung. Er ist dreckig.

Dafür bin ich alt genug?

Dafür bist du zu alt. Darum putz ihn, erwiderte Glaser unerschütterlich.

Wie soll ich das anstellen, fragte Stanjic mit stoischer Regelmäßigkeit, aber auch Glaser war sowohl Stoiker als auch ein Freund aller rhythmischen Wiederkehr.

Fang mit dem im Bad an, schloss Glaser darum jeweils die Debatte ab.

Stanjic hatte damals gehäuft den Badezimmerspiegel gereinigt, sich wöchentlich dem samstäglichen Wohnungsputzen unterworfen und jede zweite Socke selbst aufgehoben und Glaser behauptete, seine Seele bekomme so allmählich sichtbare Züge.

Und jetzt diese Staubmäuse in Glasers Wohnung, die lebten hier schon länger. Er mochte sich gar nicht ausmalen, was das zu bedeuten hatte, sicher war es etwas Grausiges, womöglich schon psychische Deformation. Es passte natürlich, schlimm genug, zu seinen Befürchtungen, es passte zu dem *Schlachten*text.

Er lauschte, Simon ging in der Küche herum. Er hörte ihn am Ofen hantieren, er ging ins Bad, Stanjic versuchte sich mit der Erinnerung an die letzte spannende Klopapierinformation von seiner beklemmenden Lage abzulenken, es war um das sogenannte *Paris-Syndrom* gegangen, das vor allem Japaner befalle, die sich längere Zeit in Paris aufhielten.

> *Auslöser,* hatte es auf dem Toilettenpapier geheißen, *Auslöser ist die brutale Konfrontation zwischen der japanischen Harmonie und dem offensichtlichen Chaos in Frankreich. Offene Rede und rüde Witze können instabile Menschen hart treffen, das kann von kleineren Neurosen über Angstzustände bis hin zu halluzinatorischem Delirium oder Paranoia führen. Vor allem junge Frauen sind betroffen, meist Studentinnen. Es wird von den Ärzten der* Organisation International SOS *in solchen Fällen für eine Überführung der Paris-Verstörten in ihre Heimat gesorgt.*

Es lenkte ihn die Überlegung, vielleicht als ehrenamtliches Mitglied der *Organisation International SOS* beizutreten, hinreichend ab.

Er stellte es sich betörend vor, junge verstörte Japanerinnen mit zärtlich gemurmelten Worten zu beruhigen … *ja,* würde er murmeln, *alles Barbaren, diese infame offene Rede, der perfide rüde Witz, dieses französische Chaos hier, schlimm. Aber bald sind Sie wieder in Sicherheit, Harmonie,* würde er murmeln, *Japan, Zen, Feng-Shui und Räucherwerk und alles kommt wieder ins Lot.*

Er dachte an dankbare Studentinnenaugen, schwarz wie japanische Lackschalen, er dachte an das typische und offensichtliche französische Chaos, beispielsweise in den Betten. Man kannte das aus Film und Fernsehen. In jedem französischen Film sah man mindestens ein hochgradig zerwühltes *Grand-lit,* Leintücher, Kissen und Decken in wildem Durcheinander von vorangegangen ominösen amourösen Machenschaften, womöglich voller Krümel und Milchkaffeeflecken vom anschließenden, also an die ominösen amourösen Machenschaften anschließenden, Croissant und *Café au lait* im Bett. Er dachte an die darob verängstigten und syndromhaft verstörten Augen der Studentin, aber bald schon ertönte aus dem Badezimmer ein ernüchterndes Dreschen und Hauen, eindeutig die Produktion von entweder Schlagsahne oder Rasierseife. Vielleicht ging er ja gleich wieder. Simon schien sich derzeit nicht allzu oft in der Wohnung aufzuhalten, immerhin kam er zum Heizen, der Kachelofen im Wohnzimmer war noch warm gewesen, als er ihn vorher angefasst hatte.

Kurz darauf hörte er ihn wieder im Flur, hörte den Schlüssel, den er in die Tasche steckte, die kurze Stille beim Blick in den Spiegel, er hörte Schritte, die Tür, die ins Schloss fiel, er schloss die Augen. Das war knapp. Er zog sich unter dem Sofa hervor und stand auf, klopfte sich den Staub von den Kleidern.

54. Die Probe

Es klingelte, Stanjic hätte beinah den Projektor wieder umgeschmissen vor Schreck. Er stand ganz still, horchte. Es klingelte noch einmal, anhaltend. Stanjic schlich sich leise in den Flur, vor bis zur Tür und linste durch den Spion. In dieser albernen Verzerrung mit den verkürzten Beinen und der riesigen Nase stand da draußen Frederik Sydow, er sah aus, als sei er hierhergeschwommen. Es sah aus, als hätte er ungeheuer schlechte Laune. Wegen der Nase? Kann schon sein.

Stanjic öffnete die Tür, was machst denn du hier. Kommst du vom Schwimmen?

Sydow schaute ihn böse an, er trug keinerlei Regenkleidung, aber seinen Schal, war ein prima Schal.

Was machst du denn hier, sagte er affig, er drängelte sich an David vorbei, proben natürlich, wir haben abgemacht.

Proben? Jetzt?

Hast dir wieder nichts aufgeschrieben, wie? Sydow warf seinen Rucksack auf einen Stuhl, pulte sich aus dem triefenden Mantel und begann, sich den Schal vom Hals zu wickeln. Immerhin bist du aber pünktlich, auch schon was.

Wir haben keine Probe abgemacht.

Soll ichs dir beweisen?

Nein. Simon ist auch gar nicht da.

Wo ist er denn.

Weiß ich nicht.

Ich dachte, er wäre vorher nach Hause gekommen.

Er ist wieder weggegangen.

Wo ist er denn hingegangen.

Herrgott, woher soll ich das wissen!

Reg dich nicht auf, es dauert immer so seine Zeit, bis ich diesen Schal vom Hals habe, das war nur eine Übersprungshandlung.

Ach so. Jedenfalls bin ich ganz froh, keine Ahnung, wie ich ihm erklären sollte, warum ich hier bin.

Warum bist du hier.

Ich habe dir doch gesagt, irgendwas stimmt nicht.

Vergiss doch diesen Quatsch endlich.

Das ist kein Quatsch. Ich muss die restlichen Teile finden.

Die wolltest du hier suchen.

Ich hatte gehofft, sein Computer wäre an, ist er aber nicht und der hat ein Passwort. Dann hatte ich gehofft, er hätte die weiteren Textteile womöglich ausgedruckt.

Wieso sollte er.

Keine Ahnung, ich habe es halt gehofft. Aber überhaupt wollte ich mich umschauen, ich suche ganz allgemein nach Indizien.

Was für Worte du kennst, direkt unheimlich.

Aber das kann ich Simon nicht gut sagen. Ich kann nicht sagen, Simon, das ist verdächtig mit dir, dieser *Schlachten*text, da stimmt was nicht, dann bist du ständig weg und keiner weiß, wo, das sieht mir alles verdächtig nach Indizien aus, bloß weiß ich nicht, wofür. Findest du nicht, Simon wirkt seltsam fahrig in letzter Zeit, wie nicht ganz da?

Kann schon sein, Sydow war in die Küche gegangen, öffnete den Küchenschrank und suchte was. Wobei, wie nicht ganz da trifft die Sache nur ansatzweise, er ist immerhin überhaupt nicht da und das immer öfter.

Wie auch immer, sagte Stanjic, was aber soll ich ihm sagen, was ich hier tue, warum bin ich hergekommen?

Zum Proben natürlich, Sydow holte die Kaffeedose aus dem Schrank, schraubte die Espressokanne auseinander.

Wir haben keine Probe abgemacht.

Kann ers beweisen?

Und wie bin ich reingekommen?

Tür war offen. Sydow wusch die Kanne aus und löffelte den Kaffee – nein, löffelte er nicht. Er stellte die Kaffeedose mit dem Zucker zurück in den Schrank und suchte den Kaffee.

Tür war offen, Tür war offen, und warum?

Hat vergessen abzuschließen.

Und was hätt ich ihm gesagt, ist mit dem Projektor passiert?

Was ist denn mit dem Projektor passiert.

Umgefallen ist er.

Dann hättest du gesagt, Sydow drehte sich zu ihm herum, hob die Zuckerdose hoch, umgefallen ist er.

Und warum?

Wenn er den Projektor mitten im Weg herumstehen hat, muss er ja quasi damit rechnen, dass die Leute drüberfallen.

Und wie hätt ich ihm erklärt, dass ich unter seinem Sofa versteckt bin?

Sydow hatte die Kanne gefüllt, stellte sie auf den Küchenherd und schaute in den Ofen, hast du den Sauofen eingeheizt?

Nein, Simon. Vermutlich, damit die Wohnung nicht völlig auskühlt, letztes Jahr ist ihm ein Wasserrohr geplatzt, Riesensauerei, feuchte Wände und Muff.

Sydow legte noch ein paar Holzscheite nach, du warst unter seinem Sofa versteckt?

Wo denn sonst.

Du hättest dir einen Lampenschirm über den Kopf stülpen können.

Das wäre ein schlechtes Versteck.

Unterm Sofa ist auch ein schlechtes Versteck, unterm Sofa ist der Klassiker. Alle heimlichen Liebhaber zum Beispiel verstecken sich unter dem Sofa, unterm Sofa schaut garantiert jeder als Erstes nach, wenn er wen sucht.

Alle heimlichen Liebhaber verstecken sich im Schrank.

In welchem Schrank.

Er hat keinen.

Eben.

Das hätt ich ihm sagen sollen?

Natürlich nicht, du hättest ihm gesagt, du wolltest telefonieren, sein Telefon verkriecht sich immer unter dem Sofa.

Okay.

Sydow hatte den restlichen Schal abgewickelt und ging zurück in den Flur, hängte ihn zum Trocknen über die Garderobe. Was überhaupt für ein Projektor.

Stanjic ging voran ins Wohnzimmer und steckte das Kabel wieder ein, ein Diaprojektor.

Aha. Sydow betrachtete das Gerät. Das ist also ein Diaprojektor.

Bloß sind hier keine Dias, die man mit dem Projektor projizieren könnte.

Sydow war in der Mitte des Wohnzimmers stehen geblieben, schaute sich suchend um. Keine Dias?, sagte er, Moment mal.

55. Was vorher geschah

Er ging hinüber zum Sessel, er wusste, wo Dias waren. Es war nämlich folgendermaßen gewesen.

Er war zu Glaser gekommen, wann? Nicht lange her, aber es hatte abartigerweise geschneit, dicke und träge Flocken und wie von Kinderhand gemalt.

Es war, sagte Sydow, dieser exzentrische Abend im September, an dem es geschneit hat, absurd.

Ich erinnere mich, sagte David, ich war mit dem Auto unterwegs, ich wollte zur Probe kommen, ernsthaft, und steckte in einer Schneeverwehung fest, keine Chance.

Unfug. Wir hatten gar keine Probe abgemacht.

Ach so.

Mir war, fuhr Sydow fort, als wäre Winter, dabei ging schon am nächsten Tag der Herbst ganz normal weiter, mit Altweibersommer, Frauen mit Lippen wie Beerenallerlei, irdenen Krügen, das volle Programm. Zwetschgenkuchen bei Omi.

Aber an dem Tag war es folgendermaßen gewesen:

56. Lassen Sie die Finger von Büchern, in denen geträumt wird

Heute Nacht, sagte Sydow, er stampfte sich mehr schlecht als recht den Schnee von den Schuhen, ging durch die geöffnete Tür an Glaser vorbei in die Wohnung, heute Nacht habe ich was Hochinteressantes geträumt. Was Globales. Es fing damit an, dass ich in einer kleinen Gesprächsrunde stand.

Er knöpfte den Mantel auf und ging hinter Glaser her in die Küche, setzte sich an den Tisch, legte die Hände flach vor sich hin, betrachtete sie. Eine kleine Gesprächsrunde, lauter Männer mit distinguierten Krawatten und ich mittendrin. Ich war übrigens ebenfalls piekfein im Anzug, trug aber zu meinem großen Bedauern eine Snoopykrawatte. Snoopy lag darauf schlafend auf seiner Hundehütte und diese kleinen Zs seiner Schnarchgeräusche schwebten in einen babyblauen Sommerhimmel. Womöglich symbolisiert der schlafende Snoopy auf der Krawatte als phallisches Symbol im Kreise dieser smarten Typen die Angst vor der möglichen Impotenz. Würde Psycho-David sagen. Wir unterhalten uns über das Waldsterben oder Erderwärmung, irgendwas Weltweites, irgendwas global Wichtiges, Ozonloch oder Eisbären, die auf wegschmelzenden Eisschollen durchs Polarmeer driften und verhungern, so was in der Art, und –

Kaffee? Glaser öffnete den Küchenschrank, schaute ausführlich hinein.

Ja, ich werde auf einmal –

Ach nein. Glaser schaute weiter in den Schrank, ist gar kein Kaffee mehr da. Tee. Früchtetee.

Ja gern, nachdem der letzte Baum gestorben ist vielleicht. Geh rüber zu den Nachbarn. Ich werde auf einmal furchtbar müde, in meinem Traum meine ich, aber jetzt auf einmal auch gleich, wenn ich keinen Kaffee kriege, im Traum werde ich auf einmal derart müde, dass ich versuche –

Glaser schaute noch ein bisschen in den Schrank, was aber nichts nützte.

Vielleicht in der Zuckerdose, sagte Sydow, oder bei den Haferflocken.

Nein, sagte Glaser, er schaute bei den Haferflocken vorbei, sie sind es wirklich. Er stellte die Haferflocken zurück, diesmal ist keiner mehr da. Im Übrigen ist der Zucker *immer* noch in der Kaffeedose, weil ich viel weniger Zucker als Kaffee verbrauche.

Das heißt, sagte Sydow, du wirst jetzt vermutlich bis in alle Ewigkeiten den Kaffee in die Zuckerdose füllen müssen.

Sieht ganz so aus.

Soll ich zur Nachbarin gehen, Sydow stand auf. Ich könnte ihr sagen, ich bräuchte Kaffee. Ich bin ein leidenschaftlicher Kaffeetrinker, könnte ich sagen, ich bin ein leidenschaftlicher Mann. *Passion*, könnte ich sagen, ich habe eine *Passion* als Kaffeetrinker und ich habe eine als Mann, *Leid* und *Leidenschaft*, ich –

Vergiss es einfach, sagte Glaser, er klappte die Schranktür wieder zu, ging in den Flur und zog sich eine Strickjacke über. Er kam zurück und nahm eine Tasse vom Abtropfgestell, trocknete sie ab, willst du nicht mal den Mantel ausziehen?

Sydow zog den Mantel aus, sag ihr, ich bin voller *Vorfreude*, sie endlich kennenzulernen. *Passion* in jeder Variante, *Vorfreude, Gier*, aber erschreck sie nicht. Sag ihr noch nichts von den *Höllenqualen*, sie denkt sonst, ich wäre ein religiöser Eiferer. Sprich meinetwegen von *Schwärmerei* und *Zärtlichkeit.*

Hast du das Fremdwörterbuch auswendig gelernt?

Wie ich also, fuhr Sydow ungerührt fort, so müde bin und das

Gespräch wiederum derart global und also wichtig ist, versuche ich, alle anderen davon zu überzeugen, doch einfach im Liegen weiterzusprechen und noch währenddessen –

Glaser nahm ihm den Mantel ab, ich gehe mal wegen dem Kaffee, sagte er.

Ja, sagte Sydow, während des Redens über diesen hungrigen Eisbären oder Waschbären, die Tür fiel ins Schloss, vielleicht waren es auch Waschbären, rief er ihm hinterher. Waschbären, sagte er, leise jetzt, die sich durch Inzest selbst ausrotten, irgend so was. Das hätte dann über sieben verwinkelte Ecken eine für uns alle und globale Bedeutung, das hat mir im Traum absolut eingeleuchtet, jetzt komm ich beim besten Willen nicht drauf. Egal. Währenddessen gehe ich so in die Knie und lege mich schon hin, nur zum Probieren, erkläre ich denen aus der Gesprächsrunde, ich rede so von unten, vom Teppich her hinauf zu den Männern mit den seriösen Krawatten, nur probeweise, sage ich zu ihnen hinauf. Habe ich geträumt. Hier die schnieken Krawatten, da Snoopy, lethargisch auf dem Hundehüttendach. Die kleinen Zs. Nein, war ein Witz. Nicht die Sache mit Snoopy zwar, das ist todernst und todtraurig, diese Krawatte gibt es wirklich. Snoopy auf der Krawatte und auf dem Hundedach ist wahr und traurig und wenn er nicht auf dem Hundedach liegt, spaziert er ums Hundehaus herum. Spaziert in einer Blumenwiese oder liegt schon wieder auf dem Dach seiner Hundehütte, er liegt einfach meistens auf dem Dach seiner Hundehütte, drum auch auf den Krawatten.

Er zog sich den Nikolausteller herü–

57. Noch ist nicht Weihnachten

Ich denke, sagte Stanjic, es war September.

Dann eben nicht den Nikolausteller, ich dachte, es hatte so Anklänge an Nikolaus, immerhin flog der Schnee vom Himmel, wie passend wären da Nüsse und Rosinen und Lebkuchen –

Aber –

Dann eben keine Lebkuchen.

Aus der Küche hörten sie den Kaffee hochkochen, Sydow ging und nahm ihn vom Herd. Dann eben ein schöner Erntedankteller, mit Pflaumen, Walnüssen und Weintrauben und irgendwas Selbstgebackenes, rief er ins Wohnzimmer herüber, Hildegardkekse meinetwegen. Nervenkekse nach Hildegard, schmeckten aber wie Lebkuchen.

Hildegard, fragte Stanjic, ist das eine Tante von ihm?

Genau. Sydow kam mit zwei Tassen voller Milchkaffee, stellte sie auf dem Sofatisch ab und holte seinen Rucksack aus der Garderobe. Tante Hildegard, sie schreibt auch zeitlose liturgische Gesänge, die sind so zeitlos, dass man sie vor tausend Jahren schon gesungen hat. Singen und backen, das kann sie. Ich habe übrigens auch Kekse mitgebracht.

Ich denke, du hattest keine.

Extra gekauft, im *Küken und Kater.* Unter Einsatz meines Lebens, Brunhilde hatte heute wieder eine Laune, dass ich vermuten muss, der Nächste, der ihr blöd kommt, wird von ihr einfach angebissen, wozu braucht der Mensch zwei Backen. Schokoladenkekse. Ich dachte, zur Hebung der Stimmung. Er öffnete die Packung und schob Stanjic ein paar Kekse hin und tauchte selbst einen in seinen Kaffee.

Können wir im Weiteren nicht trotzdem von Nikolausteller sprechen? Ich finde Nikolausteller eine prima Sache.

Von mir aus.

58. Olaf ist Pragmatiker

Er zog sich den Nikolausteller herüber, wühlte darin herum und klaubte sich die Lebkuchen heraus. Die Nervenkekse von Tante Hildegard.

Snoopy nicht, sagte er. Diese Krawatten sind kein Witz. Aber der ganze andere Kram. Kein Mensch träumt solche Sachen, er schob den Stuhl an die Wand und schlug die Beine übereinander, aß die Lebkuchen auf, es war nur ein Beispiel, sagte er. Er betrachtete den schmelzenden Schnee an seinen Stiefeln. Glaser war zur Nachbarin gegangen und kam überhaupt nicht wieder, wollte er dort einziehen? Zählte er seine *Hobbys* auf? Sprach er von seinen *Passionen*? Der Hund.

Er stand auf und streckte sich, langte nach der blauen Keksdose auf dem Regal und schaute hinein, noch mehr Nervenkekse. Er setzte sich auf die Anrichte, aß Kekse, was gibts Neues, Anrichte, sagte er. Es gab nichts Neues. Es war warm, er hörte das Knacken im Ofen, Anrichte, sagte er, er nahm sich die restlichen Kekse heraus, aß sie auf, nichts für ungut Anrichte, sagte er, er klopfte die Krümel vom Schal und ließ sich nach unten gleiten, stellte die Dose weg.

Er ging ein wenig in der Wohnung herum, schaltete die Lichter ein. Er setzte sich im Wohnzimmer in den Lehnstuhl, griff sich eines der Bücher, die auf dem Tisch lagen, schaute sich die Bilder an.

Simon hatte gelbe kleine Zettel an verschiedene Stellen geklebt. Er schlug die jeweiligen Seiten auf, schaute sich die Bilder an, las die Notizen am Rand, las die Unterstreichungen. Er legte sich das Buch aufgeklappt auf den Bauch, lehnte den Kopf zurück und überlegte. Es war ein sehr bequemer Lehnstuhl, sehr bequem. Er schloss die Augen, hörte Schritte in der Wohnung über sich, das Öffnen und Schließen von Schubladen, die Schritte entfernten sich, ein Wasserhahn wurde aufgedreht, es polterte und rumpelte dumpf über seinem Kopf, jemand ließ sich ein Bad ein, dumpf rumpelte Wasser in eine Wanne. Es war interessant und schwierig, anderer Leute Notizen und gelbe Zettelspuren zu verfolgen, es war schwer zu verstehen.

Du hast hier, mein Lektor deutete auf das rote Fragezeichen, das er quer über den Absatz gemalt hatte, du hast vergessen anzuführen, was für Bücher das sind, die Glaser hier herumliegen hat.

Nicht vergessen, erwiderte ich gekränkt, wo denkst du hin, es wird ja später, auf Seite 375, wenn sie alle das erste Mal auf dem Sydow'schen Gutshof sind, näher erläutert. Es sind lauter Bildbände, zur Stilllebenmalerei und zu verschiedenen religiösen Themen, du weißt schon, all die Bilder, auf die er sich in dem *Schlachten*text bezieht – ich hielt theatralisch inne, griff mir an die Stirn, entschuldige! Du weißt es ja nicht! Nie gelesen!

Mein Lektor lächelte unverbindlich.

Verschiedene Darstellungen, fuhr ich fort, von Mariä Verkündigung und dieses Bild, wo die Engel wie Rosinen ins Bild fallen und Maria und Josef mit dem Jesukindlein –

Jaja, sagte er, schreib genau das hin.

Jetzt noch nicht, das wirkt geheimnisvoller.

Blödsinn, sagte er, jetzt sofort schreibst dus hin.

Du bist, behauptete ich, für diesen Beruf viel zu pragmatisch.

Kann schon sein, sagte er ungerührt, und jetzt schreib auf.

Er wusste nicht recht, was er denken sollte, von Glaser. Las er hier so kreuz und quer, schaute sich die Bilder an und fand es interessant? Und warum? Suchte er etwas? Was ganz Bestimmtes? Und was? Er hatte nicht einmal gewusst, dass Glaser sich mit diesen Dingen beschäftigte, er drehte das Buch herum und las auf dem Cover. Er nahm die anderen Bücher vom Tisch, es waren lauter Bildbände, viele kleine gelbe Zettel, er nahm das ein oder andere zur Hand, las noch ein paar Anstreichungen, ein paar Notizen, es sah ihm nicht nach Zufall aus, aber verstehen konnte er es trotzdem nicht. Er schichtete die Bücher wieder aufeinander, schob sie gerade und richtete die Kanten aus, bloß tanzte was aus der Reihe, das Buch machte keinen schönen Schnitt, große Ausbuchtung, das störte ihn.

Er zog es unter dem Stapel hervor, es schlug von selbst an der Stelle auf, er nahm das Kuvert heraus. Er öffnete die Lasche, sie war nur hineingesteckt, und schüttete sich die Diabildstreifen heraus in die Hand. Er ging zum Sofa und hielt die Dias gegen das Licht. Man konnte nicht gut erkennen, was darauf los war, viele Leute, andere Landschaften, hier jedenfalls in der Gegend war das nicht. Geröll, ein Strand, eher Palmen als Bäume, ein heißes Land. Er bräuchte einen Diaprojektor. Gab es so was überhaupt noch? Er hatte gar nicht gewusst, dass man noch Dias machen konnte. Er steckte die Bilder zurück ins Kuvert und legte sie ins Buch, schob es wieder unter die anderen im Stapel. Würde er, so hier ein Diaprojektor stünde, ihn überhaupt als solchen erkennen? Vermutlich nicht. Er war nicht sicher, überhaupt je einen Diaprojektor gesehen zu haben. Kann sein, dachte er, als ich ein kleiner Junge war.

Als ich ein kleiner Junge war, dachte er, saß ich und lauschte Vorträgen mit diaprojziertem Anschauungsmaterial, zum Besipiel über die Serengeti.

Die Serengeti war lange ein beliebtes Diavortragsthema, plötzlich sprachen alle von der Schönheit, der Wildheit der Serengeti, kaum ein Buch, welches man aufschlug, kam ohne die Erwähnung der Serengeti aus, Fototapeten der Serengeti, BBC-Dokumentationsfilme über die Serengeti, die Serengeti lebt, die Serengeti stirbt, die Serengeti darf nicht sterben, die Sonne geht auf in der Serengeti, die Nächte sind kalt in der Serengeti, der Serengetilöwe, Mensch sein in der Serengeti, und so weiter, es war, als er ein kleiner Junge war, die Serengeti quasi allgegenwärtig und das vermutlich unter anderem Dank der Diaprojektoren, bloß wie sahen sie aus? Wie Radarkontrollgeräte? Er wusste alles über die ferne, wilde und schöne Serengeti und nichts über die naheliegendsten technischen Meisterwerke menschlichen Schaffens.

Er öffnete ein paar Schränke, es gab interessante Dinge, aber kein Radarkontrollgerät. Aber was heißt schon interessant. Es waren einfach Dinge, was so herumliegt in Schränken und Schubladen, was sich so verbirgt in fremden Kästen, auf den ersten Blick sah es immer Wunder weiß wie interessant aus, aber es waren einfach nur Dinge.

Er nahm eines davon heraus, ein zusammengerolltes Plakat, er knebelte das Gummiband herunter und streckte es, legte es auf den Fußboden, beschwerte die Ecken mit vier von den Bildbänden.

Schwer zu sagen.

Er ging einmal darum herum, entschied sich für die Waagrechte und kniete sich darüber. Ein Geleise mit leichter Steigung führte quer übers Blatt und endete an einem Fernrohr, man konnte hindurchschauen. Es war ein Kunstplakat. Die Kunst war, dass man durch das irgendwie applizierte Fernrohr sozusagen ins Innere des Plakats schauen konnte, man konnte, wenn man nah genug dran heranging, einen Blick durch das kleine Fernrohr tun. Sydow stand auf und schaltete das Deckenlicht ein, kniete sich wieder hin und beugte sich nah über das Plakat, kniff das rechte Auge zu und schaute durch das Fernrohr.

Er schaute eine ganze Weile hindurch, als würde die Erklärung gleich hinterhergeliefert. Er hatte sich wieder aufgerichtet und saß auf dem Boden, die Beine ausgestreckt. Oben hatte das Gepolter aufgehört, der Friede nach dem Eintauchen in eine gefüllte Wanne, ab und zu dieses merkwürdig ziehende Geräusch des Herumrutschens auf dem Wannengrund, dann war es wieder still.

Und was, Olaf wurde jetzt zickig, was genau steht da?

Das kommt auf Seite –

Jetzt sollst du es hinschreiben!

Nein!

Ein lieber Leser, fing er klagend an, muss doch –

Ein lieber Leser, fiel ich ihm erbost ins Wort, kann meinethalber vorblättern auf Seite 595, da steht es.

Steht was.

Oha, steht da, man kann, wenn man durch das Fernrohr schaut – erschrocken hielt ich mir die Hand vor den Mund, wieder reingefallen, dieser Lektor ist ein ganz ausgekochter Hund, ein ganz ausgekochter.

Oha, schrieb er an den Seitenrand, so ein Schwachsinn, sagte er zufrieden vor sich hin.

Es ist ein Kunstplakat, sagte ich zur Verteidigung.

Das ist nun also diese berühmte Kunst, murmelte er.

Er sammelte die Bildbände ein und das Plakat rollte sich zusammen, er ließ den Gummiring drum herumschnappen und verräumte es in der Schublade, stöberte noch ein bisschen, nahm dies und das in die Hand, legte es wieder weg. Er hätte sich gerne die Dias angeschaut, aber da war kein Projektor. Dias mussten auch, soweit er sich erinnerte, um mit einem Projektor angeschaut zu werden, in kleinen Platikhülsen stecken, in einer Art Schablone. Dies hier waren nur diese Streifen, wie man sie früher zu den entwickelten Fotos dazubekommen hatte.

Er ging wieder in die Küche, draußen dämmerte es und der Schnee fiel ohne Unterlass.

Er öffnete den Küchenschrank und schaute sich den Früchtetee an, nichts für ungut, sagte er, deine Zeit wird kommen. Das Waldsterben schreitet eilig voran, die Bäume rennen schon um ihr Leben. Erst wenn der letzte Schnee geschmolzen, der letzte Lebkuchen gefressen und der letzte Waschbär sich selbst gevögelt hat, werden wir wissen, dass man Kaffee nicht trinken kann. Bis dahin sind deine Chancen gleich null. Zumindest in der Getränkebranche. Versuchs doch als Konfetti.

Er hörte den Schlüssel im Schloss und stellte den Tee zurück, alles alles Gute noch, sagte er, war ein netter Versuch, aber so lange ich noch alle Tassen im Schrank habe, bist du für mich ein Faschingsspaß. Oder ein Badezusatz. Glaser kam mit der Tasse voll Kaffeepulver wieder zurück.

Es war einfach nur ein Beispiel, sagte Sydow, er setzte sich wieder hin, verschränkte die Arme, verstehst du? Und wo warst du überhaupt so lange, musstet ihr bei der Nachbarin auch den Früchtetee beruhigen?

Nein. Glaser stellte die Tasse auf den Tisch und zog die Jacke aus, warf sie über den Stuhl. Er füllte die Kanne mit Wasser, stopfte was von dem Pulver ins Sieb und schraubte das Oberteil drauf, stellte sie auf den heißen Küchenherd. Er öffnete die Ofentür, schaute hinein, legte zwei Holzscheite nach und pustete vorsichtig in die Glut, wartete, bis sie sich um das Holz herum festgefressen hatte und anfing zu knuspern, und schloss die Tür wieder, klappte das Belüftungsscharnier auf.

Nicht, sagte Sydow. Hast du ihr gesagt, dass ich sie dringend kennenlernen muss.

Nein.

Nicht. Hast du ihr gesagt, sie ist mein Leben, mein Traum, mein everything.

Nein.

Nicht. Hast du mit ihr über das Pferdestehlen geredet, das Kindermachen, meine Frisur? Hast du meine Frisur erwähnt.

Deine Frisur ist ein Albtraum, da fehlen einem die Worte. Reden wir weiter über deinen Traum, das klang interessant.

Das war gar kein Traum.

Nicht.

Es war ein Beispiel, sagte Sydow, wie es in einem Buch stehen könnte. Immer wenn dir wer in Büchern was von seinen Träumen erzählt, kannst du getrost weiterblättern, kein Mensch auf der ganzen Welt träumt so was, was dann in den Büchern steht. Es ist auch für den Fortgang in den Büchern total egal. Ich sage, ich träume so was, aber niemand träumt so was. Blätter mich einfach weiter. Ich glaube eher, Menschen träumen Dinge, für die sie gar keine Worte haben. Es ist einfach nur ein dilettantischer Versuch, was in Worte zu fassen, was man nicht in Worte fassen kann. Weil sie eben auch sonst immer alles in Worte fassen. Weil Menschen ständig schwätzen müssen. Ich glaube, Menschen müssen ständig schwätzen und träumen Unaussprechliches.

Gut, ich werde es mir merken. Glaser räumte den Tisch auf, stapelte die Bücher auf einen Stuhl und warf die Zeitungen in die Kiste mit dem Feuerholz. Er nahm einen alten Brief von der Versicherungsgesellschaft, betrachtete ihn lange.

Sieh an, sagte Sydow, was könnte das bloß sein.

Hm, machte Glaser. Ein Brief.

Ein Brief? Was könnte wohl darin stehen?

Gute Frage, sagte Glaser.

Sydow beugte sich hinüber, aha, die Versicherungsgesellschaft. Ob sie dir schon mal zu Weihnachten gratulieren?

Im September? Schön wärs. Der ist eher noch von Ostern. Glaser steckte einen Löffelstiel ins Kuvert und riss ihn auf, las ihn durch.

Traust du dich auch immer nicht, Briefe von der Versicherungsgesellschaft aufzumachen und durchzulesen?

Hm.

Du hast, Sydow griff sich das Kuvert vom Tisch, schaute auf das Datum, du hast seit fünf Wochen einen Brief von der Versicherungsgesellschaft, machst ihn nicht auf. Das Komische ist, dass du ihn aufmachst, jetzt, wo du nicht alleine damit sein musst, wo hier in deiner Küche alles normal und harmlos ist, da denkst du dir dann, es müsse der Brief von der Versicherungsgesellschaft auch normal und harmlos sein, jetzt, wo ein ganz normaler Besuch da ist und von ganz normalen Sachen redet –

Hm!

– von ganz normalen Sachen redet und dir damit vorgaukelt, es gäbe noch wen anderen auf der Welt als dich, und dir somit das Gefühl vermittelt, du wärest nicht allein mit den schrecklichen Nachrichten von der Versicherungsgesellschaft, ist doch so, oder? Wenn so ein normaler Typ wie ich ganz normal herumsitzt und vernünftig über ganz normale Sachen redet, denkst du, es könne nichts Schlimmes darinnen stehen, nicht wahr?

Irgendwas hinkt an deiner Schilderung. Ich weiß nur nicht, was.

Ich denke das auch. Ich nehme darum meine Post immer mit zu ganz profanen Orten, ich denke, bedeutende Schicksale treffen einen nicht an so unbedeutenden Orten. Die Bank oder mein Stromanbieter werden mir nicht vor einer Käsetheke mitteilen, dass sie mein Konto gesperrt haben und mich pfänden kommen oder mir endgültig und für immer den Strom abstellen.

Hm.

Und, steht was Schlimmes drin?

Ja. Glaser knüllte den Brief zusammen, warf ihn in die Holzkiste. Darin steht, in meinem Alter sei Vorsorge die halbe Miete. Das ist schon schlimm. Vorsorge klingt schlimm und dass mein Alter plötzlich *mein Alter* sein soll, gefällt mir auch nicht. Darin steht weiter, ich solle Wassergymnastik machen. Das ist noch schlimmer. Und noch weiter: *Holen Sie sich Filine die Schwimmnudel gratis in unserer Filiale ab*. Das finde ich das Allerschlimmste.

Sydow nickte, stimmt, sagte er. Da fühlt man sich mit uneingelösten Geldforderungen irgendwie noch in seiner Potenz getroffen. Aber so. Die Schwimmnudel. Schlimm. In deinem Alter.

Glaser räumte die Kaffeedose mit dem Zucker auf den Tisch und trocknete zwei Löffel ab. Er zog seinen Pullover aus. Willst du nicht mal diesen Schal ausziehen?

Nein. Sydow lehnte sich wieder zurück und knackte Nüsse. Die dümmsten Träume in Büchern sind ja die, die die Handlung weiterbringen wollen.

Wir müssen nicht so viel über Bücher reden, wenn dich das so aufregt.

Ich rege mich nicht auf, ich rede ganz besonnen über dumme

Bücher. Handlung wird durch Träume kein bisschen weitergebracht, ich möchte sagen: im Gegenteil. Träume halten Handlung nur auf. Hat uns mein Traum vielleicht irgendwie weitergebracht? Nein.

Ich habe deinen Traum verpasst, sagte Glaser bedauernd.

Das macht gar nichts, er hätte dich auf keinen Fall weitergebracht. Weil man an diesen sinnlosen Träumen herumgrübeln muss, was einen sofort in eine völlig ausweglose Situation bringt, weil der Traum ist natürlich ein ausgedachter und kein geträumter Traum, insofern ist ihm auch durch Nachdenken nicht beizukommen. Wäre es etwas, was sich durch Nachdenken bewältigen ließe, müsste es sich nicht als Traum ausgeben. Es könnte einfach so als nachvollziehbare Handlung dastehen. Nein, es ist ein ausgedachter Traum, der sich scheinbar traumartiger Mittel und Logiken bedient, was nicht geht, weil man sie nicht denken kann. Verstehst du?

Nein. Eigentlich nein. Ich verstehe so manches nicht. Warum du über Bücher reden musst, wenn Bücher dich so aufregen. Warum du deinen Schal nicht ausziehst. Ich verstehe Träume auch nicht. Ich verstehe sowieso nichts, was man nicht denken kann. Ich verstehe nicht, wieso du *Neue Deutsche Literatur* studierst, wo dich doch Bücher so aufregen. Ich verstehe eine Reihe von Dingen überhaupt nicht. Wieso riesige Wasserlachen auf meinem Küchenfußboden sind. Hat es irgendwie mit der zukünftigen Wassergymnastik zu tun? Wieso die Erde sich erwärmt. Wohin ein hungriger Eisbär fährt auf seiner kleinen Eisscholle. Wassergymnastik. Wann ich eigentlich auf einmal in das Alter gekommen bin, in dem Vorsorge plötzlich die halbe Miete sein soll. Träume, ich verstehe sie auch nicht.

Träume, erklärte Sydow weiter, fallen einem nicht ein. Sie fallen einem zu, oder man fällt in sie hinein oder auf sie herein, ich weiß es nicht, aber einfallen tun sie einem mit Sicherheit nicht. Es ist die Dummheit unbegabter Autoren mit unbegabten Figuren in dummen Büchern, die mit Träumen sich irgendwohin manövrieren wollen, wohin sie mit sauberen Mitteln nie kommen würden. Man sollte Bücher, in denen geträumt wird, immer sofort wieder zuklappen, weiterblättern allein reicht nicht, einem, der es in seinen Büchern träumen lässt, sollte man generell aus dem Weg gehen.

Ja.

Ist es nicht so?

Doch.

Ich vermute mal, das soll ein Seitenhieb auf mich sein, immerhin erwähne ich später seinen düsteren Traum, in dem er mit Sigmund Freud und Gustav Jung –

Weißt du, sagte mein Lektor, wenn du hier schon alles verraten willst, kannst du auch gleich die Schlusspointe hinschreiben. Er nahm seine Tasche und war schon wieder auf dem Weg zum wartenden Taxi. Manchmal, sagte er im Abgang, manchmal befürchte ich, dir mangelt es an jedem Gefühl für Spannungsaufbau.

Ich schaute ihm nach. Er war auf dem Weg zu wichtigen Autoren. Autoren mit mehr Gefühl.

Der Kaffee kochte hoch, sie lauschten auf das Brodeln. Glaser stand auf, ging um die Wasserlache herum und schob die Kanne an den Rand des Herdes, sie spuckte noch ein bisschen und beruhigte sich dann. Er trocknete weitere Tassen ab, holte Milch aus dem Kühlschrank.

Du warst so lange weg, Sydow wühlte noch ein bisschen im Nikolausteller, war was mit der Nachbarin?

Keine Ahnung.

Ach so. Er wühlte die Nüsse zur Seite, sortierte Äpfel und Pflaumen aus, wo sind die anderen Lebkuchen.

Welche anderen Lebkuchen.

Die der Nikolaus sonst noch gebracht hat.

Da waren nicht noch andere Lebkuchen, sagte Glaser, der Nikolaus hat nicht sonst noch welche gebracht. Was überhaupt für ein Nikolaus, es ist September. Nervenkekse waren da, in der Dose sind noch welche, nach Hildegard.

Der Nikolaus hat dir nur so wenige Lebkuchen gebracht? Warst du nicht brav.

Da waren doch ganz viele Lebkuchen – ach was, Nervenkekse.

Glaser stellte die Kaffeetassen hin, schüttete den Tellerinhalt auf den Tisch, breitete die Nüsse aus, wo sind die denn alle.

Kein einziger war da, Sydow strich mit den Händen über die ganzen Nüsse. Das ist ganz schlecht, dass dir der Nikolaus gar keine Lebkuchen gebracht hat, ganz schlechtes Zeichen.

Okay.

Du solltest das als Aufforderung sehen, im nächsten Jahr ein wenig braver zu sein.

Ist gut.

Vielleicht ein bisschen Wassergymnastik. Sydow hielt den leeren Teller unter den Tisch und schaufelte die Nüsse und so weiter über den Rand. Vielleicht dachte der Nikolaus, solange du in deinem Alter nicht langsam anfängst, ein bisschen was für deine Figur zu tun, gibts keine Lebkuchen mehr. Filine, überlegte er, eigentlich ein schöner Name für eine Schwimmnudel. Ich würde mir in der Filiale die Filine holen gehen. Bisschen Wassergymnasik. Dann klappts auch wieder mit den Lebkuchen, da bin ich ganz sicher. Der Nikolaus sieht alles, schreibt alles auf. In sein großes goldenes Nikolausbuch.

Er zerteilte fünf Pflaumen, schob die Kerne zusammen und ging zum Mülleimer

Schmeiß sie ins Feuer, Glaser schenkte Kaffee in die Tassen und öffnete die Ofentür, Sydow warf die Kerne hinein. Glaser legte noch zwei Scheite Holz nach und schloss die Klappe, also ich finds hier herinnen nicht zu kalt, du müsstest ja schon kochen unter dem ganzen Schal, oder sind das mehrere? Vielleicht wirst du krank? Er ging in den Flur und kam mit einem Scheuertuch zurück, wischte die Lache auf dem Boden auf, wischte um Sydows Stiefel herum und hängte das Tuch an die Herdstange. Womöglich brütest du irgendwas aus. Grippe. Angina. Er setzte sich zu ihm an den Tisch, du siehst wirklich nicht gesund aus. Dieser hochrote Kopf, er langte über den Tisch und befühlte Sydows Stirn, wenn das mal keine Grippe –

Lass mal, Sydow schüttelte seine Hand ab, das ist keine Grippe, das ist nur wegen dem Schal. Du hast keinen Schimmer, was da drunter los ist.

Unter dem Schal bereitet sich eine Explosion vor, das ist los, was anderes kann ich mir gar nicht vorstellen. Wenn ein Dampfkochtopf wie irgendwas anderes aussehen würde als ein Dampfkochtopf, dann sicher so wie du. Oder meine Küchenhexe, wenn ich ununterbrochen Holz nachlegen würde und meine Küchenhexe würde wie was anderes aussehen als meine Küchenhexe. Oder eine –

Ich glaube, ich habe das Prinzip verstanden.

Zieh doch den Schal aus.

Nein. Liegt auch nicht am Schal. Wär ja Quatsch. Der Schal kann da überhaupt nichts dafür.

Na ja. Sieht aber auch nicht so aus, als könne er was dagegen.

Kann schon sein. Ist einfach nur ein Schal.

Oder drei oder vier.

Das ist das einzige Problem mit diesem Schal. Sonst ists ein prima Schal.

Wie gehts eigentlich deiner Oma.

Gut gehts meiner Oma.

Wie läuft der Laden?

Gut läuft der Laden.

Strickt sie noch ab und an?

Ja. Gerade an einer Mütze. Kannst dann auch mit drunterkommen.

Aha.

Im Übrigen könntest du meine Oma auch mal wieder persönlich inspizieren.

Ja.

Wo steckst du denn die ganze Zeit.

Hab viel zu tun.

Im Grunewald?

Wieso im Grunewald. Ich muss ein paar Filme fertigkriegen, und auch sonst.

Was auch sonst.

Einfach viel zu tun.

Im Grunewald.

Meinetwegen im Grunewald, wenns dich freut.

Nein, es freut mich kein bisschen, ich frage mich, was du im Grunewald immer so Interessantes zu tun hast.

Blumen pflücken vielleicht.

Bist du verliebt.

Kann gut sein.

In wen denn, wieso weiß ich das nicht, in deine neue Nachbarin?

War ein Witz.

Ach so.

Sie tranken Kaffee, schauten aus dem Fenster, es schneite und schneite, es schneit und schneit, sagte Sydow, es schneit einfach immer weiter. So einen Herbst habe ich überhaupt noch nie erlebt. Vermutlich wird der Winter ein Desaster, war ja letztes Jahr schon schlimm. Ungeheuerliche Verspätungen bei den Zügen, ungeheuerlicher Verbrauch an Enteisern für den Flugverkehr, ungeheurer Schwund kostbarsten Salinenguts. Seit letzten Winter sammle ich die Bilder aus den Zeitungen, wo immer ein bedrückter Experte mit schlimmen Vorahnungen neben bedenklich kleinen Streusalzbergen steht, die Wählerschaft warnt, wovor genau, weiß ich nicht. Ich hab schon eine ganze Menge, ich hoffe, dieser Winter wird wieder so ein Erfolg, schnee- und expertentechnisch. Das sind sozusagen die Paninibildchen für Große.

Du hast Hobbys.

Na ja, Hobby. Er stellte sich ans Fenster, langsam kam die Dämmerung, ein zärtliches Zwielicht und unablässiger Schnee. Hier heraußen denkt man, dass die Erde sich nicht erwärmt und das Ozonloch nicht größer wird, dass kein Wald sterben und kein Eisbär verhungern muss.

Das täuscht. Hier heraußen gehts dem Wald sogar besonders schlecht. Der Wald verfault von innen, und weißt du, warum?

Nein.

Weil es Eichen sind. Hier wachsen viele Eichen. Eichen mögen keine feuchten Böden. Hier waren ganz früher mal feuchte Böden. Dann sind die Böden nicht mehr feucht gewesen. Die Eichen sind gekommen, haben sich gedacht, hier ist es schön, hier will ich stehn. Ist schon lange her. Die mochten die schön trockenen Böden. Dann hat sich irgendwer gedacht, hier war doch mal ein Auwald, also muss hier wieder ein Auwald hin. Seither wird jedes Jahr geflutet. Daher faulen die Eichen, die fällen sie hier reihenweise.

Na ja. Der eine kommt, der andere geht, Eichen müssen weichen, Buchen sollst du suchen, Fichten werdens richten, Birken sollen wirken, in die Pfanne hau die Tanne.

Lernst du so was im Studium *Neue Deutsche Literatur?*

Das ist aus dem Seminar mittelalterliche Minne, sags durch die Blume, versteck's im Baum, seufz in den Wald, jedes Pflänzchen eine duftige Verheißung.

Gibts sonst noch irgendeinen Grund, dass du mich besuchst? Ich meine, außer dass du mich vor Träumen warnst, mich mit Stabreimen beruhigst und mit dem Nikolaus drohst?

Nö, sagte Sydow. Das wärs eigentlich.

59. Israel ist ein heißes Land

So viel zum damaligen Abend, sagte Sydow.

Er holte das Kuvert mit den Dias aus dem Bildband, da fehlen aber diese kleinen Plastikschaufenster, sagte er, zum hineinstecken.

Die sind hier, waren im Koffer von dem Projektor, Stanjic holte ein paar kleine Häuslein aus einer Tüte.

Und nun? Frederik Sydow hatte die leere Kaffeetasse weggestellt und setzte sich aufs Sofa, was, wenn Simon gleich nach Hause kommt?

Glaub ich nicht, er hat sich fein gemacht, mit rasieren und Aftershave, der kommt so schnell nicht wieder. Wir schneiden uns jetzt die Dias zurecht und stecken sie in die kleinen Häuslein und schauen uns die Sache an.

Und dann?

Dann wissen wir mehr.

Bist du sicher?

Nein. Aber irgendwas werden wir dann schon wissen.

Sie steckten die Dias in die Rahmen und warfen den Projektor an. Sydow zog die Vorhänge zu, hängte ein gerahmtes Bild mit drei nackten, tanzenden Grazien ab und richtete den Lichtkegel auf die leere Wand. Sie schauten sich die Sache an.

Das, sagte David Stanjic, er starrte auf die Bilder, das ist –

In Israel, wenn du mich fragst, Sydow schaltete weiter, meine Oma hat da mal eine Pilgerfahrt mitgemacht und mir hinterher hunderttausend Fotos gezeigt. Überall war das Heilige Land und dazwischen winkende Senioren, Frauen mit Frisuren wie Tropenhelme, die Männer krebsrot, der Pfarrer in verschiedenen Stadien der Trunkenheit. Er ist ein Trunkenbold. Meine Oma sah ihn einmal volltrunken mit seinem kleinen Auto wendend einen Gartenzaun umfahren. Daraufhin zur Rede gestellt, behauptete er, der war schon immer so. Ich meine, er ist ein Pfarrer, eine Zaunlatte liegt noch auf dem Kofferraum und er sagt, das war hier schon immer so. So viel zum Pfarrer meiner Oma.

Das, sagte er mit fachmännischem Blick auf die Dias, ist der See Genezareth, da wette ich drauf, das ist ein absolutes *must,* wenn man ins Heilige Land reist, und da, Jerusalem, die Via Dolorosa, die Grabeskirche. Bloß die Leute kenne ich alle nicht, irgendeine Reisegruppe, nehme ich an, eindeutig keine Senioren.

Aber ich, sagte Stanjic.

Sydow schaltete weiter, du kennst die? Woher denn.

Stopp!, rief Stanjic, er ging vor zur Wand, das da, sagte er, er deutete auf eine Frau, sie trug ein blaues Kleid, trat gerade aus einem Zelt und strich sich die Haare aus dem Gesicht. Das da, sagte David Stanjic, er drehte sich zu Sydow herum, ist Katharina.

60. Der Auftritt des Schnösels

Was für eine Katharina.

Aus Zürich. Bei der ich gewohnt habe.

Die Freundin von einer Freundin?

Eine ehemalige Studienkollegin von Simon. Sie haben zusammen studiert, Kunst, Neue Medien, irgend so was.

Sydow hatte weitergeschaltet, komisch, dass Simon die Dias von ihr hierhat, das hätte er auch von meiner Oma haben können, mit dem Bonusmaterial Pfarrer. Ah ja: der Ölberg, mit dem Garten Getse–

Stopp, rief Stanjic, er zeigte auf die Wand, siehst du?

Ja, sagte Sydow, das ist so eine Aussichtsplattform, oberhalb vom jüdischen Friedhof, da hat man eine prima Aussicht, hat meine Oma gesagt.

Das meine ich doch nicht, Stanjic zeigte auf Katharina, hier ist Katharina, sagte er, und hier, der Mann neben ihr, was macht er?

Er umarmt sie, das ist vermutlich ihr Freund.

Er umarmt sie von hinten und hat eine Hand auf ihrem Bauch.

Darf er doch, wenn er ihr Freund ist.

Die Sache ist: Das ist haargenau wie in dem *Schlachten*text.

Fängst du schon wieder damit an.

Frederik, ganz genau so. In dem Text sitzt Josef – also der Josef von Maria und Josef – bei den Nachbarn, schaut sich einen Diavortrag an, langweilt sich.

Das kenne ich, bei mir war es immer die Serengeti.

Dann langweilt er sich plötzlich nicht mehr, und warum? Weil er inmitten der Leute, mit denen er nichts zu schaffen hat, eine erkennt. Und wen?

Katharina?

Maria erkennt er. Sie ist auf den Bildern, aber mit einem anderen Mann. Da der Große mit den rötlichen Haaren, er umarmt sie und dir ist sofort klar, das ist ihr Freund, der darf das. Dass das ihr Freund ist, das kapiert Josef auch. Dass er eine Hand auf ihrem Bauch hat, die klassische und unumgängliche Geste, wenn eine Frau schwanger ist und der Mann sagt: meins! Und das ist für Josef naturgemäß doppelt tragisch, weil sie a) mit einem anderen Mann zusammen ist und b) von einem anderen Mann ein Kind bekommt, den späteren Jesus nämlich, den er dann im Glauben an eine jungfräuliche Empfängnis großzieht. Und dann, das ist der eigentliche Gipfel der Sache, das Foto, als sie aus dem Zelt kommt. Schalt noch einmal zurück.

Sydow schaltete ein paar Bilder zurück, ein kleines Zelt, die Sonne ging gerade unter, goldenes Licht, sie hatte das Kleid zusammengerafft und strich sich die Haare aus der Stirn, schaute lächelnd in die Kamera.

Wie sieht sie aus, fragte Stanjic, er wandte sich zu Sydow.

Keine Ahnung, Sydow betrachtete das Bild, gut sieht sie aus.

Das meine ich doch nicht, ihr Ausdruck, das Gesicht, was denkst du, hat sie gerade gemacht im Zelt.

Geschlafen, denke ich mal, ist doch ein Zelt.

Aha. Und was, das wissen wir spätestens seit der französischen Besatzung, was macht man, so man eine Frau glücklich im Zelt hat? Wohl kaum schlafen, frag deinen Opa, hätten sie geschlafen, wärst du heut nicht hier und würdest noch mit den Mücken fliegen. Im Übrigen: Es wird gerade erst Abend, David zeigte auf die Sonne, die tief unten am Horizont hing.

Vielleicht geht sie gerade auf, sagte Frederik.

Nein, tut sie nicht, es ist Abend, die Sonne geht unter, Katharina kommt aus dem Zelt. Natürlich hat sie darin nicht geschlafen. Wieso auch, am helllichten Tag. Sie sieht gut aus, sicher, aber nicht unbedingt ausgeschlafen. Vor allem sieht sie glücklich aus, sie sieht unverschämt glücklich aus und schau genau hin! Er zeigte auf den unteren Bildrand.

Ein Fuß! Sydow kam nun auch näher, begutachtete den nackten Fuß, der aus dem Zelt herausragte. Vermutlich von dem Schönling, ihrem Freund, das ist ein langes Elend, das sieht man auf dem Bild vom Ölberg, der passt, wenn er sich ausstreckt, nicht einmal ganz ins Zelt hinein.

Exakt. Gabriel.

Gabriel heißt der? Affiger Name.

Findet Josef auch. Jedenfalls ist das ein postkoitales Gesicht, das sie hat, die Wangen rosig, die Augen glänzend, kurzum, glücklich. Gabriel hat gesagt, visitez ma tente, und sie hat gesagt, ja, ich zelte für mein Leben gern. Hätte sie beispielsweise gesagt, papperlapapp, würde Jesus noch auf alle Zeiten wie du mit den Mücken fliegen, vielleicht wärt ihr dann Freunde.

Vielleicht läuft so was auch schon unter Blasphemie, Sydow klickte weiter, immer die gleichen Leute, immer dazwischen Katharina und der mit dem affigen Namen, dann schaltete er den Projektor aus, wie ist das in der Geschichte aus dem *Schlachten*text?

Na ja, Stanjic hängte die Grazien wieder an die Wand, schaute für einen Moment nachdenklich auf ihre ausladenden, tänzerisch gereckten Hinterteile und nahm die Dias aus der Lade, räumte sie ins Kuvert und verpackte den Projektor in seinem Sarg, Josef und Maria sind verliebt. Dann ist sie schwanger von einem anderen.

Also sooo kann man das auch wieder nicht sagen! Sydow nahm sich noch einen Keks und hob den Deckel ab, tauchte ihn in Davids kalten Kaffeerest, der Engel des Herrn brachte Maria –

Ja sicher, das sagt sie zu Josef auch. Aber bitte, was würdest du denn glauben, wenn dir deine Freundin so was erzählt.

Meine Freundin? Das ist übrigens nett, dass du mit mir über meine Freundin reden möchtest, merkwürdigerweise weichen die meisten Leute dem Thema irgendwie aus.

Versteh ich auch nicht, sagte Stanjic, vielleicht, weil Simon das Gerücht streut, sie habe die Krätze.

Der Hund.

Neid, denk ich mal, ganz niedere Instinkte. Aber zurück zum Thema. Stell dir vor, du und deine Freundin, ihr seid glücklich und verliebt. Dann erklärt sie dir die Sache mit dem Engel und dem Herrn und dass sie ein Kind kriegt, aber nicht von dir.

Da ich gerade glücklich und verliebt bin mit meiner Freundin, möchte ich mir über so schwierige Sachen gar keine Gedanken machen.

Frederik, du hast gar keine Freundin.

Danke, David. Aber trotzdem, was hat das mit Glaser zu tun.

Soll ich dir sagen, was ich denke?

Ja, mach mal, aber lass uns hier verschwinden, bevor Simon zurückkommt. Sydow ging mit den leeren Tassen in die Küche, Stanjic kam mit dem Koffer hinterher, ich denke, wir haben Probe, sagte er.

Haben wir eben vergessen, kann doch mal vorkommen. Sydow wusch das Geschirr ab und räumte es in den Schrank zurück. Er warf noch einen kontrollierenden Blick auf die Küche und löschte das Licht.

Und die Dias? Die stecken jetzt in diesen Hülsen.

Räumen wir zurück ins Buch und hoffen, dass er nichts merkt.

Sydow begann, sich den Schal um den Hals zu wickeln. Wo war denn der Diaprojektor.

Im Schrank, Stanjic ging voraus, im Schlafzimmer.

Ich denke, du bist im Wohnzimmer darüber gestolpert.

Ja sicher, nachdem ich ihn aufgebaut habe, nachdem ich ihn entdeckt und aus dem Schrank geholt habe.

Simon hat gar keinen Schrank.

In diesem Kleidergestell, hinter dem Vorhang.

Meinst du, er hat ihn da versteckt? Damit wir ihn nicht finden?

Siehst du? Jetzt hast du auch Verdacht geschöpft.

Was für einen Verdacht.

61. Der Detektive Mühen

Was sollen wir machen? Sydow war mitten auf dem Bürgersteig stehen geblieben, die Passanten kraulten um ihn herum, er war eine Insel der Ruhe im Feierabendverkehr, er starrte Stanjic an.

Hin-ter-her-fahr-en! David Stanjic steckte das Telefon ein, er hatte, während er auf Frederik Sydow wartete, zur Entspannung bei der Auskunft angerufen. Jetzt drehte er sich zu ihm herum, klingelte bedeutungsvoll mit seinem Schlüsselbund und wartete, bis Sydow sich langsam wieder in Bewegung setzte, mit meinem Au-to!

Du meinst verfolgen?

Du übertreibst, Stanjic ließ den Schlüsselbund sinken und sperrte das Auto auf, er warf seine Tasche auf den Rücksitz. Wer redet von verfolgen, wir fahren einfach ein bisschen in der Gegend herum.

Sydow ging ums Auto, drückte sich eng an die Karosserie und wartete, dass mit der nächsten Phase der Verkehr nachließ. Du willst nicht ein bisschen in der Gegend herumfahren. Du willst ein bisschen dem Glaser hinterherfahren, während er in der Gegend herumgeht.

Das ist doch praktisch dasselbe, Stanjic setzte sich hinters Steuer, die Hände erwartungsfroh am Lenkrad, Sydow schüttelte den Kopf und stieg ebenfalls ein, schnallte sich an, du willst ihn beschatten, sagte er anklagend.

Du liest die falschen Bücher, Stanjic startete das Auto und versuchte, aus der Parklücke zu manövrieren, Sydow verschränkte die Arme vor der Brust, schaute sich dieses Gewerke an, heutzutage, sagte er, kann man schon froh sein, wenn man überhaupt liest, habe ich neulich gelesen, das Lesen, es gehört zu den bedrohten Tierarten.

Wie die Frauen, sagte Stanjic, er hatte sich gereckt und spähte über die Motorhaube, fuhr vorsichtig nah an das vor ihm stehende Auto heran und schob es, mit seiner Stoßstange zärtlich in den Po stupsend, ruckelnd nach vorn.

Genau, sagte Sydow, jedenfalls finde ich das gemein.

Stanjic legte den Rückwärtsgang ein und legte den Arm um die Lehne des Beifahrersitzes, drehte sich nach hinten und stoßstängelte sich auch nach hinten eine gewisse Ellbogenfreiheit. Er wartete ein paar Autos ab und kurvte elegant aus der Parklücke, fädelte sich geschmeidig in den Verkehr ein, na, sagte er, da staunt der Laie, oder was! Das ist Ausparken, oder nicht!

Wie stellst du dir das überhaupt vor. Dass Simon zum Beispiel zum Grunewald spaziert und du immer im Schneckentempo hinterdrein? Mit einem Farn auf dem Autodach, zur Tarnung? Dass er zu Bolle geht und du versteckst dich mit dem Auto hinter den Keksregalen? Überhaupt, was, denkst du, könntest du denn herausfinden? Welchen Fruchtjoghurt er isst? Das ist doch lächerlich. Bei Bolle, beispielsweise als Milkakuh verkleidet.

Jetzt fahren wir erst einmal zu Simon, sagte Stanjic, er ließ das Auto aufjaulen, pardon, sagte er, er schaltete einen Gang herauf, dann stellen wir den Wagen –

Den Wagen, jammerte Sydow, siehst du, du redest haargenau wie die Leute in den schlechten Büchern, wir in der Seminargruppe für *Ultraneue Deutsche Literatur* können da nur mehr weinen.

Ach was, sagte Stanjic, dann also stellen wir den Wagen an die Ecke, in der Seitenstraße, da haben wir den Hauseingang gut im Blick.

Und dann?

Dann warten wir.

Wieso?

Weil man das so macht.

Wer macht das wo so.

Die in den falschen Büchern.

Ach. Und warum wissen wir das?

Du hast doch selbst gerade gesagt, das Lesen stirbt aus. Ich bin in einer Rettungsmannschaft, so was wie Greenpeace, was können denn die armen Bücher dafür, dass sie so schlecht sind, soll man sie deswegen verrecken lassen? Einer muss sich doch der Sache annehmen.

Langsam kann ich meine Oma verstehen, Sydow blickte düster nach draußen, *Frederik*, sagte er in diesem erschöpften Tonfall, in den Frau von Sydow zu verfallen pflegte, wenn der Tag lang und ihr Enkel lästig gewesen war, *du bringst mich noch,* fiel David Stanjic ein, *ins Grab,* sie lachten.

Aber jetzt mal was anderes, Sydow machte das Handschuhfach auf, wühlte darin herum und holte eine angebrochene Packung Ritter Sport heraus, aß einen Riegel Schokolade, gestern habe ich in der Zeitung mein Horoskop für das nächste Jahr gelesen. Abgesehen davon, dass es mit meiner Gesundheit bergauf geht und ich im Job ein paar Touren runterschalten soll, weil Arbeit ist nicht alles, werde ich nämlich der Frau meines Lebens begegnen.

Ernsthaft?

Ja.

Und wie darf man sich das vorstellen?

Sydow schob sich einen weiteren Riegel Schokolade in den Mund und sagte kauend, ich stelle mir das folgendermaßen vor: Ich werde auf dem Weg zur Uni sein, im nächsten Semester studiere ich *Allerneueste Neue Literatur,* und im Innenhof des Germanistischen Seminars wandelnd werde ich, tief in Gedanken versunken und über einem allerneuesten literarischen Problem brütend, in jemanden hineinwandeln.

Wie originell.

Ja, aber es wird noch besser, er schluckte die Schokolade hinunter, sie – du hast es vielleicht erraten, sie ist die Frau meines

Lebens – sie wird also sagen, nachdem ihre und meine gesamten Skripten sich miteinander befreundend um den Springbrunnen verteilt haben, sie wird sagen: Hoppala.

Das, sagte Stanjic, er hielt vor einer roten Ampel, lehnte sich zurück und schaute Sydow von der Seite an, sagt heute –

Kein Mensch mehr, Sydow nickte, genau, er kurbelte das Fenster runter und stützte den Ellbogen auf, er betrachtete die restliche Schokolade und aß sie auf, das hat schon seine Richtigkeit, aber sie ist die Frau meines Lebens, verstehst du? Sie sagt also Hoppala, dann sage ich: Das – und das ist der Clou der ganzen Geschichte, weil da fällt sie mir ins Wort und sagt: Sagt heute kein Mensch mehr.

Er schaute Stanjic triumphierend an, es war ein Mordskrach, hinter ihnen war der Chor der Hupen, sie fuhren zu einem Auftritt, es war ein internationales Treffen und sie wollten auf keinen Fall zu spät kommen. Stanjic startete hastig, der Motor soff ab, oje, sagte er.

Oje, sagt er, Sydow knüllte das Einwickelpapier zusammen und stopfte es ins Handschuhfach zurück, und dabei werden wir uns anlächeln, sagte er begeistert, dann werden wir, während wir völlig wahllos unsere Blätter einsammeln, lachen und uns die windzerzausten Haare aus den Gesichtern streichen, und ich werde sagen: Willst du mich – und sie wird sagen: heiraten, und ich werde sagen: Ja! Und sie wird sagen: Willst du dir – und ich werde sagen: meine Plätzchensammlung anschauen, und sie wird sagen –

Hört mal, ihr Schnarchnasen, auf Sydows Seite beugte sich ein Mann zum Fenster herein, ich will ja nur ungern stören. Aber wenn ihr euch nicht innert Sekunden hier von der Piste macht, kenn ich einen, der ein bisschen ungemütlich wird.

Alles klar, sagte Sydow. Ich glaube nicht, dass wir auf Ihren Bekannten noch warten können. Stanjic ließ den Motor aufheulen, Sydow salutierte und während sie davonbrausten, streckte er den Kopf aus dem Fenster und rief, komische Freunde haben Sie! Sie preschten über die Kreuzung, *immmmer* bei Rot, Sydow hatte den Kopf wieder hereingezogen und schloss das Fenster, du denkst, glaube ich wirklich, das gehört sich so, oder?

Jep, sagte Stanjic.

Jep, murmelte Sydow, jep. Harter Job mit diesen schlechten Büchern, was?

Verdammt harter Job, sagte David Stanjic, er kurvte mit quietschenden Reifen eine Runde, Sydow hielt sich am Handgriff fest und, nach vorn und hinten lässig die Autos aus dem Weg räumend, parkierte Stanjic sich eins a in eine Parklücke, bei Simon Glaser um die Ecke, die Haustür perfekt im Blickfeld.

62. Was hat eigentlich Siebeck damit zu tun?

Nicht, dass sich an dem Tag irgendwas ergeben hätte. Glaser kam nicht aus dem Haus, wie auch, er war gar nicht da. Glaser war unterwegs, er hatte gerade viel zu tun, er kam auch nicht in geraumer Zeit nach Hause, er hatte gerade viel zu viel zu tun, es wurde Abend und es wurde Nacht und Stanjic sagte, mich plagt ein kleiner Hunger und das wars dann mit dem wilden und ungestümen Leben der Detektive, sie fuhren ins *Tante*, Bohnensuppe essen.

Mein Lektor suchte schon wieder Streit.

Ich möchte an dieser Stelle aber anmerken, dass auch ein professioneller Detektiv nicht immer vom Glück verfolgt ist. Man sitzt in diesem Job viel herum, Ganoven gehen einem ganz knapp durch die Lappen, benutzen den Hintereingang oder schießen sich den Weg frei, mitunter ist man verkatert oder schöne Frauen verdrehen einem den Kopf und ab und an kriegt man eins auf die Fresse. Es ist das harte Los der harten Jungs. Es gibt also für uns noch keinen Grund, alle Hoffnung fahren zu lassen. Und dennoch, die, wie soll ich sagen, Willkür und Wahllosigkeit meiner beiden Helden ist natürlich ein Debakel und ich schwöre, wäre ich live mit dabei gewesen, ich hätte mir vor Verzweiflung in den Hintern gebissen. Da ging was ab, da gabs ungeklärte *troubles in town* und die zwei Waschlappen gingen schön Suppe essen. Glauben Sie mir, es ist schwierig, sich in solchen Zeiten nicht einzumischen und die Geschichte ein bisschen zurechtzubiegen. Aber keine Sorge! Jedes Wort stimmt, alles ist haargenau so passiert, mir käme sonst sofort die Moral. Wir werden also gemeinsam tapfer diese trüben Fahrwasser hinter uns bringen und auf besseres Wetter hoffen. Ob es kommt? Sicher! Das Gute an schlechtem Wetter ist bekanntlich, dass es nur besser werden kann, also: nur Mut!

Das gilt im Übrigen auch für meinen Lektor. Nur Mut, Olaf!

Frau von Sydow schimpfte ein bisschen mit ihnen, sie fand im Allgemeinen, sie seien zu wenig brav.

Stanjic löffelte seine Suppe und hörte sich alles an. Er hörte sich noch alles brav an, er hatte heute einen geduldigen oder einen regressiven Tag, er war zu faul, um sich das zu beantworten. Er dachte: zu faul, aber wir gehen ihm nicht auf den Leim, zu feig natürlich und in Bezug auf den geduldigen oder eben regressiven Tag spricht das dann eher für Zweiteres.

Er sagte darum nicht, lass stecken, Mimi. Er war zu müde für den Mut dazu und für das damit einhergehende schlechte Gewissen, er war heute zu müde für Erwachsenwerden. Dann lieber ein bisschen so weitermachen, wie er das jahrzehntelang betrieben hatte und, mein Gott, groß geworden war er auch, also: sich alles brav anhören, aufs Maul sitzen.

Er hörte sich noch alles brav an und saß auf dem Maul, als Sydow schon den leeren Teller von sich schob, sich die Zeitung herüberholte und nachschaute, ob zwischen den Deutschen und den Franzosen alles in Butter sei.

Die hiesige Polizei, hieß es da in einem Artikel, *hat am Mittwochnachmittag in der Ostseestraße einen 45-jährigen französischen Versicherungsvertreter und guten Freund der Deutschen gestoppt, weil an dessen BMW die Windschutzscheibe stark gesprungen war. Der vierfache Familienvater hatte keinen Führerschein, die Kennzeichen waren gefälscht, das Auto war nicht zugelassen. Die Handbremse funktionierte nicht, die Stoßdämpfer waren defekt, die Batterie war locker. Zudem stand der Fahrer unter Drogeneinfluss und war obendrein gar kein Franzose.*

Und, murmelte Sydow, während er nach weiteren erschütternden Nachrichten Ausschau hielt, die Kinder waren nicht von ihm. Alles falsch gemacht, Kumpel, aber hallo.

Die Boa Constrictor, las er angelegentlich unter der Rubrik ***Lost and Found,*** die Boa Constrictor, *die in Aix-en-Provence ein siebenjähriges Mädchen beim Anheben des Deckels auf der Toilette erschreckte, wurde Augenzeugen zufolge nun auch in Berlin gesichtet. Wie zwei Wochen zuvor schon in der historischen Hauptstadt der Provence ließ das Tier sich fotografieren und verschwand dann wieder im Abflussrohr. Um Hinweise wird gebeten.*

Und hier noch in eigener Sache: Das Tourismusbüro von Aix möchte hinzufügen, dass ein Besuch in Aix nicht vorstellbar ist ohne einen Bummel über den Cours Mirabeau. Diese geschichtsträchtige Flanierstraße ist immer noch einer der beliebtesten Punkte der Stadt.

Daneben sah man auf der einen Fotografie eine Würgeschlange in der Toilette sitzen, sie machte einen unzufriedenen Mund und schaute direkt in die Kamera, sie war das so gewohnt. Auf der anderen Fotografie sah man einen Brunnen und Häuser in goldenem Abendlicht, aller Wahrscheinlichkeit nach der *Cours Mirabeau.*

Himmel hilf, dachte Sydow schaudernd, wenn von den Franzosen noch mehr solche Extravaganzen zu uns herüberschwappen, ist es bald aus mit der Freundschaft, noch so ein windiger Versicherungsvertreter und ein weiterer Porträttermin von der Boa und unsere Kanzlerin sorgt dafür, dass die Franzosen aus der EU fliegen. Zudem streicht sie ihnen dann das Ressort *Deutsch-Französische Freundschaft,* das träfe sie ungleich härter.

Was gibts denn heute Schönes von Siebeck und seinem dicken französischen Freund. Ah ja, Wurstgulasch, sicher, wir Deutschen habens nicht anders verdient, und die Franzosen? Eine *Tarte aux Pommes*, sehr gut!

Die aß er für sein Leben gern. Er holte sein Notizbüchlein hervor und schrieb sich das Rezept ab, er würde seine Frau mit einer köstlichen *Tarte aux Pommes* überraschen.

Du hast gar keine Frau, sagte Stanjic, er hatte gerade Pause, Frau Sydow ging und schalt einen sonoren Herrn mit einem unflätigen Schnauz. Im Übrigen ist diese Handschrift absolut unleserlich, auch für dich.

Was? Wie kommst du –

Wie bitte heißt das, aber zackig, deine Oma ist heute gut in Form, schau, wie sie den sonoren Herrn, ach Quatsch, sonoren, was soll das bitte heißen, den honorigen Herrn mit dem unflätigen Schnauz zur Schnecke macht.

Jaja, aber wie kommst du drauf, dass ich –

Wie? Wieso sonst solltest du dir Rezepte notieren, macht doch kein Mensch, nur du, seit du einen Kochkurs besuchst und den besuchst du zur Steigerung deiner Attraktivität.

Woher weißt du das.

Hat mir Simon geflüstert. Was ist es denn?

Tarte aux Pommes.

Exzellent! Das wird sie mögen.

Ich denke, ich habe keine Frau.

Na, wenn du dir extra ein Rezept notierst, um sie zu bekochen, musst du doch eine Frau haben, wär ja bekloppt sonst. Sie wird es mögen, ganz bestimmt. Ich würde Vanilleeis dazu reichen, ein *Grand lit* kaufen und die Decken zerwühlen und alles dort servieren, die süße *Tarte*, die nackte Frau und einen schön heißen *Café au lait,* fertig ist dieses hinreißende französische Ehechaos.

Danke, David. Du bist ein Freund.

Wenn dann zufällig eine japanische Studentin vorbeikommen sollte und einen irgendwie verstörten Eindruck erweckt, ruf uns an, unsere Organisation geleitet sie sicher zurück in die Heimat. Es ist ein Syndrom, nichts Schlimmes.

Okay, David. Danke noch einmal.

Frau Sydow kam zurück, um noch ein bisschen weiterzuschimpfen. Stanjic machte ein braves Gesicht und lauschte hingebungsvoll, auf dem Maul saß es sich auch einfach zu weich, das war die Krux an der Sache, es war ungesund, ungeheuer schlecht für die seelische Reifung, aber so herrlich bequem.

Sydow legte die Zeitung weg, komm schon, Omi, David wirds nie wieder tun, was auch immer es ist.

Ja, David vielleicht, schnauzte Frau Sydow, bei ihm habe ich noch Hoffnung, aber du?

Ich auch nicht, versprochen. Schau, er hob die Zeitung, deutete auf das Foto, wir können bei jedem Klogang von einer Würgeschlange in den Hintern gebissen werden, sollen wir uns unter solch prekären Umständen streiten?

Stanjic schmierte sich noch ein Butterbrot, ich denke, es ist eine Würgeschlange.

Am Hintern erwürgt werden ist auch nicht ein Tod, dessen ich mich rühmen würde, erwiderte Sydow.

Hört mal, sagte Frau Sydow, sie hatte nun eindeutig die Tonlage: *Frederik, du raubst mir den letzten Nerv.* Ihr solltet, sagte sie, jetzt bevors kalt wird wirklich einmal rausfahren ins Haus, Großreinemachen. Ich habe dir das jetzt schon –

Hundertmal gesagt, ich weiß. Es ist schlimm, wenn alte Leute immer vergessen, dass sie einem was schon mal erzählt haben und es wieder und wieder tun, Alzheimer, Geißel der Menschheit! Aber ich bin ein geduldiger Mensch. Omi, du kannst es mir hundert Mal erzählen und ich werde immer freundlich nicken und sagen, ja, Omi, machen wir.

Alzheimer! Du bist ein Pappenheimer, so ist es. Und wann?

Sobald ich hier wegkann, ich bin noch entsetzlich eingespannt in Job und Familie.

Job, sagt er, Familie, wenn ich entweder das eine oder das andere an dir noch erlebe, gehe ich höchstpersönlich und rede mit dem Siebeck wegen dieser unleidigen Sache mit der Wurst. Der Siebeck wird dann in eigener Person bei mir in der Küche stehen und an der Deutschen Hausmannskost feilen.

Die Wette gilt, Sydow hielt ihr die Hand hin, seine Oma schlug ein.

Also, schreibt auf. Sie wartete, bis Stanjic sein Notizbüchlein herausgeholt hatte, Sydow schaute ihm über die Schulter, dort standen Davids gesammelte Indizien, er beugte sich etwas näher darüber und las: Kartoffeln, Eier, Cornflakes, Zündhölzer. Seine gesammelten Indizien und dazwischen offensichtlich Einkaufslisten.

Staub wischen, sagte Frau Sydow, sie setzte sich auf einen Stuhl neben David Stanjic, und saugen. Betten beziehen. Sie überlegte, wenn ihr kommt, müsst ihr euch zuerst das Gas andrehen, Frederik weiß, wie das geht.

Ich habe aber immer Angst, dass mir alles um die Ohren fliegt, sagte Sydow, er blätterte wieder durch die Zeitung und las einen Artikel über einen –

Tu nicht so dumm, seine Oma nahm ihm die Zeitung weg. Um die Ohren fliegt, du fliegst gleich hier raus, dass dir nur so die Ohren schlackern, Holz hacken solltet ihr auch. Hast du gehört? Holz hacken, wenn ihr draußen seid, es soll ein strenger Winter werden und es haben sich jetzt schon so viele Sydows für Weihnachten angemeldet, wie ich gar nicht wusste, dass ich Verwandte habe.

Hast du auch nicht, das sind alles Betrüger, glaub mir. Und woher willst du wissen, dass es ein strenger Winter wird.

Das haben sie in der Zeitung gesagt.

Hat wer gesagt. In dieser Zeitung? Mach dich nicht lächerlich. Das sind doch nur französische Falschmeldungen, um das freundschaftliche Klima wieder ein bisschen in Wallung zu bringen. Das machen sie, um in der nächsten Ausgabe großherzig anzukündigen, dass das französische Volk geschlossen Socken strickt, Carepakete für den deutschen Winter, das ist *fake*, Omi, glaub mir.

Keine Franzosen, die Franzosen haben sich zum kommenden Winter noch nicht geäußert. Dieser Schweizer Wetterschmöcker hat das gesagt, sagte Frau Sydow, während sie das Geschirr einsammelte und Stanjic das Butterbrot wegnahm. Plauze!, sag ich nur, rief sie, Plauze!

Das sagt heute kein Mensch mehr, sagte Sydow.

Sag ich doch, sagte Stanjic.

Wenn Sie erst die Plauze haben, reden Sie von nichts anderem mehr, sagte Frau Sydow, das wollen wir uns doch ersparen. Dieses Gejaule schmerbäuchiger Männer ist entsetzlich, gerade eben, auch so ein Kandidat. Das war einmal ein ranker, gut aussehender Dichter, sicher, die Gedichte waren grässlich –

Wie auch nicht, sagte Frederik, sind ja Gedichte.

– aber man konnte sich immerhin seiner Rankheit erfreuen, an seinem guten Aussehen. Jetzt sitzt er da, in hängendem Schnauz und platzendem Schnürlsamt und sagt: Ich weiß nicht, Auguste, woher diese Plauze kommt, ich esse kaum, ich trinke nicht, es ist mir ein Rätsel. Dabei hängen ihm die Kuchenkrümel noch im Schnauz, die Nudeln vom Mittag.

Er hat nicht gesagt Plauze, das sagt heute niemand mehr, sagte Frederik.

Gemeint hat er es. Er hat gesagt, woher dieser Bauch kommt, und ich habe gesagt, das sei kein Bauch mehr, das ist eine Plauze.

Also gut. Und was hast du ihm geraten?

Er soll den Schnauz abnehmen.

Aha. Und das hilft.

Sicher. Mit Schnauz und Plauze sieht er aus wie ein Walross, er hat von sich das innere Bild von einem Walross, kein Wunder nimmt er nicht ab.

Das innere Bild, seit wann redest du so, bist du in der Krise? Hast du mit David einen Literaturzirkel?

Unsinn. Das innere Bild ist ein Fakt, kein esoterisches Tandaradei.

In meinem Literaturzirkel lesen wir kein esoterisches Tandaradei, sagte Stanjic beleidigt.

Du hast gar keinen Literaturzirkel, sagte Sydow.

Wenn ich einen hätte.

Ja, Konjunktiv.

Gibt einem immer wieder einen Hinweis auf eine schönere Welt, vielleicht sollte ich einen Literaturzirkel gründen.

Nein, sagte Sydow. Solltest du nicht.

Dann eben nicht.

Herrgott!, rief Frau Sydow entnervt, man sagt ja gern, das sei heutzutage so eine diskursive Generation, wenn ich das schon höre, diskursiv, danke schön, ihr kabbelt euch einfach ständig, wie die kleinen Kinder. Diskursiv! Schwachsinn! Ihr würdets alle zu was bringen in Job und Familie, wenn ihr euch den Diskurs einmal an den Hut stecken würdet.

Ja, Omi, sagte ihr Enkel. Du hast recht. Wir werden uns mal darüber unterhalten.

Ihr seid furchtbar, eine Plage. Wo war ich.

Du hast gerade erzählt, dass deine französischen Freundinnen schon Socken stricken, gegen den deutschen Winter.

Genau, die Schweizer Wetterschmöcker, sagte Frau von Sydow. Sie beobachten die Zeichen der Natur und sagen dann mit 80-prozentiger Sicherheit das Wetter voraus. Gestern hat er gesagt – er heißt übrigens Hans-Ueli Hänggi-Spörri, lustig, oder, diese Schweizer?

Geht so, sagte Sydow.

Ich finde das sehr lustig, sagte Stanjic.

Ja eben.

Herr Hänggi-Spörri sagt, es gibt einen schneereichen und bitterkalten Winter, weil der Specht schon zu Mittag welk ist und die Pestwurz unregelmäßig klopft.

Bringst du da nicht was durcheinander, Omi?

Nein. Zudem haben die Kühe am Dienstag bei schönem Wetter gehustet, das bedeutet, dass es am 20. November schneit, und das ist schon bald.

Wie klingt denn das, wenn Kühe bei schönem Wetter husten, Sydow holte sich das Butterbrot von ihrem Tellerstapel zurück und aß es auf.

Chrmuh!, sagte Stanjic.

Frau von Sydow warf ihm einen missbilligenden Blick zu, natürlich nicht, sagte sie tadelnd, er hat ja gesagt, bei *schönem* Wetter.

63. Manchmal möchte man weit weg sein

Sag mal, er hielt inne, er hatte Stanjic gerade ausführlich was erläutert, es ging vorerst um die *Brandneue Deutsche Literatur*, die von ihm fortan engagiert betriebene Wiedereinführung des Wortes *dufte* und von da aus war er auf der Zielgeraden zu seinem Leib- und Magenthema weitergaloppiert, bei Frauen, sagte er gerade, ist das Problem – sag mal, er beugte sich ganz nah an die Windschutzscheibe vor, er hielt inne, ist das da vorne Simon?

Stanjic legte die Lunchliste weg und schaltete den Grieg aus, wo ist Simon.

Da vorne, Sydow deutete auf den Bürgersteig, sie standen in der Schlange vor der Kreuzung und etwa zwanzig Meter weiter vorne, auf dem Bürgersteig –

Sag mir, dass meine Augen mich täuschen, er legte sich die Hände über die Augen, sag mir, dass das ein Irrtum ist.

Stanjic reckte sich und versuchte, über die Autos hinüber auf den Bürgersteig zu schauen, also ich sehe nichts, sagte er, da vorne ist Simon? Was macht er denn.

Hinter ihnen hupte es, Stanjic startete hastig und fuhr langsam in der Autoschlange vor der Ampel ein Stück nach vorne, er beugte sich über Frederik und schaute aus dem Fenster, Tatsache, sagte er. Simon. Aber, sie rollten weiter, bis sie auf gleicher Höhe waren mit Glaser draußen auf dem Bürgersteig, Stanjic hielt an und starrte hinaus, aber was zum Teufel macht er da?

Frag nicht, sagte Sydow dumpf hinter den Händen hervor, sag mir, dass es ein Trugbild ist, sag mir, dass da draußen nicht Simon steht, sag mir, dass es nicht dein marodes Cello ist, das er da in Händen hält, und sag mir weiter, wer in aller Welt diese beiden Wichte sind, die da ihre Instrumente malträtieren.

Keine Ahnung, aber mach mal das Fenster auf.

Sydow nahm die Hände vom Gesicht und kurbelte das Fenster herunter, lieber lieber Gott, murmelte er, lass es dunkel werden, tu auf der Erde Angesicht und nimm hinweg die Sünden der Welt, der Hölle Schlund möge sich auftun und –

Was spielen die denn da, sagte Stanjic, er hob lauschend die Hand ans Ohr.

Die grüene Kusine, sagte Sydow.

Ach. Stanjic wirkte betroffen, machen wir jetzt Klezmer? Wieso hat mir keiner was davon gesagt?

Wir machen nicht Klezmer, wie du siehst, hat Herr Glaser andere Freunde gefunden. Und mir scheint, sie sind wirklich mit Freude an der Sache, schau, wie sie sich wiegen und beugen, die –

Was ist denn nun los? Stanjic nahm die Hand vom Ohr und sah verdattert zu, wie die drei draußen ihre Musikinstrumente unter den Arm klemmten und davonrannten.

Keine Ahnung, Sydow beugte sich aus dem Fenster, nichts zu sehen, er öffnete die Tür und stieg aus, blickte den Rennenden hinterher.

Und? Stanjic hatte sich über den Beifahrersitz herübergebeugt, schaute zu ihm hoch.

Weißt du was, Sydow hatte die Hand an die Stirn gelegt, schirmte die Sonne ab und sah die drei um die nächste Ecke biegen. Mir scheint, rief er ins Innere des Autos, die verfolgen jemanden.

Was?

Das heißt wie bitte.

Wie bitte?

Ja, die rennen jemandem hinterher, der fährt auf einem Fahrrad, einer mit Hut.

Hör mal, Kumpel, jemand tippte ihm von hinten auf die Schulter, Sydow nahm die Hand von der Stirn und wandte sich um. Der Mann begutachtete ihn von oben bis unten, ich und die anderen hundert Autofahrer hinter euch würden ganz gerne weiterfahren.

Ach was.

Genau. Und entweder, wir tun es nach euch oder über euch.

In so Entscheidungen bin ich ganz schlecht, sagte Sydow, ich werde mich kurz mit meinem Kompagnon beraten.

Tu das. Ihr habt genau fünf Sekunden. Dann entscheiden wir.

Alles klar. Sie sind ein Mann von raschen Entschlüssen.

Exakt.

Sydow zog die Tür hinter sich zu, schnallte sich wieder an, anfahren, sagte er, und jetzt bitte ohne Zipperlein, ja?

Sag mal, Stanjic startete, das Auto soff ab, oje, sagte er, Sydow legte den Kopf auf die Armatur, hinter ihnen röhrte ein wilder Motor, habs schon, sagte Stanjic. Er brauste über die Kreuzung, Sydow hielt sich am Griff über der Tür, aber sag mal, Stanjic blinkte und riss das Lenkrad herum, bog mit quietschenden Reifen um die Ecke, ist das eigentlich immer derselbe?

Unsinn. Sydow beugte sich wieder aus dem Fenster, da vorne sind sie, sagte er, fahr mal an den Rand, ganz unauffällig.

Beschatten wir ihn, ja? Soll ich hier einparken? Ich hätte hinten ein paar Zeitungen mit Löchern drin, wir könnten total unauffällig –

Wenn du vorher einparkst, kannst du dir aus den Zeitungen auch einen Hut basteln und rufen, *hier bin ich*, wenn du einparkst, hat sich das mit dem Beschatten. Du lässt den Wagen jetzt einfach in der zweiten Spur stehen und wir gehen zu Fuß –

Den Wagen, aha, wir haben also neuerdings –

Jaja.

64. Der längste freie Fall eines Österreichers

David, bist du das?

Ja, am Apparat, David Stanjic klemmte sein Mobiltelefon ans Ohr und band seine Schnürsenkel neu zusammen, sie gingen ständig auf.

Hör mal, du musst unbedingt kommen, flüsterte Sydow.

Warum flüsterst du denn.

Ich flüstere doch gar nicht, flüsterte Sydow, ich versuche nur, hier nicht weiter aufzufallen.

Wo bist du denn.

In Glasers Wohnung, du musst sofort –

Was? Wo bist du?

Das heißt wie bitte, sagte Frederik, jetzt in normaler Lautstärke, und ich bin in Simons Wohnung, wo denn sonst, ich denke, wir sind ihm auf der Spur.

Du kannst nicht in Simons Wohnung sein, rief Stanjic, er war aufgestanden und sammelte seine Siebensachen ein, Zeitungen, Butterbrotpaket und Thermoskanne, er war super ausgerüstet.

Natürlich kann ich das, ich bin hier schon seit um zehn.

Das ist doch nicht möglich, rief Stanjic, er kroch unter die Bank und tastete nach dem Ressort mit der *Deutsch-Französischen Freundschaft*, da war ein interessanter Artikel über – ach egal jetzt, er krabbelte wieder hervor, ich sitze hier seit dem frühen Morgen, rief er, niemand kann hier ein und aus gehen, ohne dass ich ihn beobachte.

Wo sitzt du?

Na vor Simons Haus!, rief David Stanjic, auf der Bank! Seit heute früh!

Stanjic hatte heute einen astreinen Beschattungsjob geleistet, die Haustür keine Sekunde aus den Augen gelassen. Postboten, Nachbarn, Paketdienste, wer auch immer Glasers Haus betrat oder verließ, wurde von ihm erfasst und nebst der genauen Uhrzeit seines Auftritts in seinem Notizbuch protokolliert. Er las eine Zeitung mit ausgestanzten Löchern, damit ihm nichts entging, er konnte sich Tee einschenken, ohne hinzusehen, mitunter rief er bei der Auskunft an und hörte Grieg, verfolgte das bedauerliche Schicksal des Peer Gynt, den Blick immer fest auf seinem Objekt.

Gegen zwölf hatte sich jemand zu ihm auf die Bank gesetzt und versucht, ihn in ein krudes Gespräch zu verwickeln, aber so leicht brachte man ihn nicht zu Fall, er hatte ihn kaltblütig abgewimmelt.

Der Mann hatte sich hingesetzt, Stanjic warf ihm einen flüchtigen Blick zu, er trug eine Sonnenbrille und schaute ihn an.

Als Mensch, sagte er zu David Stanjic, und als Österreicher hat Felix Baumgartner der Wissenschaft einen großen Dienst erwiesen.

Wer ist Felix Baumgartner, sagte Stanjic unwillig, den Blick unverdrossen auf sein Haus gerichtet.

Er sprang aus 39 Kilometer Höhe auf die Erde. Jetzt weiß man, sagte der Fremde, dass Österreicher einen Sturz aus 39 Kilometer Höhe überleben können. Der Hersteller eines grotesk teuren Zuckerwassers hat alles finanziert, sonst wäre es nicht durchführbar gewesen. Auch das ist eine wichtige Erkenntnis für die Wissenschaft. Der Sprung dauerte knapp neun Minuten und hat mehr Daten hervorgebracht als die Mondlandung.

Ach so, sagte Stanjic, ohne den Kopf zu wenden, bei dem Wort Mondlandung ploppte sofort die Uetliberg-Episode in seinem Gehirn auf, ihm war unbehaglich. Was sollte das?

Die Sprünge dort, informierte ihn der Mann, waren auch verhältnismäßig kurz und sahen nicht so gut aus. Darüber hinaus ist es den Astronauten leider nicht gelungen, vom Mond auf die Erde zu hüpfen. Kurzum, es war dieser Sprung von Felix Baumgartner der längste freie Fall eines Österreichers.

David Stanjic warf ihm einen weiteren raschen Blick zu, der Mann schaute ihn durch seine getönten Gläser unverwandt an. Er war groß, schlank und dunkelhaarig und flüchtig hatte er den Eindruck, er sei ihm schon mal irgendwo begegnet. Stanjic fand jedenfalls, diese Geschichte klang wie eine der spannenden Informationen auf Simons Toilettenpapier.

Klingt, sagte er, um einen leichten Tonfall bemüht, während er den Blick wieder stur geradeaus richtete, als hätten Sie das auf einem Klopapier gelesen.

Der Mann schwieg kurz, dann beugte er sich zu Stanjic hinüber und sagte leise, kann sein. Aber vergiss es nicht. Der längste freie Fall. Eines Österreichers.

Immerhin, sagte Stanjic laut, hat er überlebt. Österreicher fallen immer auf die Füße.

Wegen dem Zuckerwasserhersteller, erwiderte der Mann. Es war der längste freie Fall eines Österreichers auf Kosten eines Zuckerwasserherstellers. Sonst wäre der Österreicher tot.

Gewiss, sagte Stanjic abschließend, er wollte den Typen jetzt möglichst schnell von der Backe haben, es war sicher ein Verrückter, weiß Gott, was ihm als Nächstes einfiel. Berlin war voller Irrer, die einen mit ihren Wahnideen drangsalierten.

Der Mann war aufgestanden und schaute auf ihn hinab. Ohne Zuckerwasserhersteller stirbt man leicht. Als Österreicher. Im freien Fall, wiederholte er.

Dann ging er die Straße entlang davon.

Stanjic wandte den Kopf vom Haus und schaute ihm nach, er ging ganz gemächlich, die Hände in den Hosentaschen schlenderte er davon, bog in die nächste Seitenstraße und war verschwunden.

Er lehnte sich erleichtert zurück, checkte kurz die Lage, alles war ruhig, Glasers Haus hatte sich nicht von der Stelle bewegt. Den Berlinern schlug die Großstadt aufs Gehirn und aufs Gemüt, dann quälten sie sich mit solchen schwermütigen Vorstellungen und fühlten sich noch dazu berufen, harmlose Bürger damit zu belasten, Stanjic war froh, ihn derart nonchalant abgewimmelt zu haben.

Ich finde, mein Lektor hatte sich mir gegenüber auf den Caféstuhl fallen lassen, packte seine Unterlagen aus und orderte ein alkoholfreies Bier, ich finde, du solltest hier einen Hinweis geben.

Und was ist mit dem Spannungsbogen?

Ach was, das tut doch dem keinen Abbruch, du schreibst einfach: Schlagartig fiel es Stanjic wie Schuppen von den Augen und ein wissendes Lächeln breitete sich auf seinem Gesicht aus. Es war der Mann aus dem –

Klingt super, sagte ich. Warum schreibst dus das nächste Mal nicht gleich selbst.

Er schlürfte den Schaum von seinem Bier, vielleicht, sagte er verträumt, vielleicht mach ich das sogar. Ist weniger umständlich, verstehst du?

Ich verstehe, sagte ich. Ich war eben erst aufgestanden und schon wieder total erschöpft.

Ich sehe alles und jeden!, rief Stanjic seinem Freund durchs Telefon hinweg zu, niemand ist seit heute früh hier rein oder raus, ohne dass ich es protokolliert habe. Er schaute hinüber zu Glasers Haus, Sydow stand jetzt am Fenster, hatte die Flügel geöffnet und winkte ihm zu, den Telefonhörer ans Ohr geklemmt, er aß ein Joghurt.

Und?, fragte er zwischen zwei Bissen durchs Telefon, ist was vorgefallen?

Nein, nichts. Nachbarn, Postboten, Paketdienste und ein armer Irrer bei mir auf der Bank. Simon hat nicht einmal das Haus verlassen, ich frage mich wirklich, was er die ganze Zeit treibt.

Hör mal, Simon kam Punkt zwei nach Hause –

Was? Ich meine wie bitte? Von woher denn?

Vom Einkaufen, Sydow oben am Fenster hielt den Joghurtbecher hoch, er hat meine Lieblingsjoghurts gekauft.

Welche sind das.

Kastanie. Gibts nur im Herbst.

Sind noch mehr da?

Eine ganze Batterie.

Ob das was zu bedeuten hat?

Bestimmt. Nämlich dass er gerne Kastanienjoghurt isst.

Vermutlich. Ich schreibs mal auf, kann noch wichtig sein. Und sonst?

Dann ist er wieder gegangen.

Das kann einfach nicht sein, ich habe mich hier nicht eine Sekunde wegbewegt, nicht einmal aufs Klo, ich habe mir schon überlegt, ob ich mir so einen Beutel zulegen soll, einen Urinbeutel zum Umhängen –

Das ist ja widerlich, ich glaube nicht, dass je ein Detektiv einen Urinbeutel um den Hals hängen hatte.

Ich kanns mir auch nur schwer vorstellen, aber denkst du, ich hätte irgendwo einen Hinweis darüber gefunden, wie sie diese delikate Angelegenheit während stundenlanger Beschattungen lösen? Nichts, in keinem einzigen Buch, kein Wort davon.

Das ist, weil du die falschen Bücher liest, sag ich doch.

Kann schon sein, aber welche sind die richtigen?

Ich weiß es nicht, vielleicht steht so etwas auch nicht in Büchern, vielleicht passiert es einfach nur und nie ist einer dabei, der mitschreibt. Es bräuchte ja, technisch gesehen, einen Beschatter des Beschatters, man müsste einem Detektiv einen Detektiven an die Fersen heften und es wäre immerhin denkbar, dass justament immer in dem Moment, in dem der Beschattete auf ungeahnte Art und Weise diese diffizile Aufgabe löst, Zweiterer gerade auf dem Klo ist. Oder, Sydow hatte das Joghurt weggestellt und beugte sich weit aus dem Fenster, spähte zu Stanjic hinüber, oder sich gerade die Schuhe zubindet. Machst du das öfter?

Ungefähr alle fünf Minuten, Stanjic richtete sich auf, das sind die zermürbendsten Schuhe, die ich je hatte. Es ist nicht einmal so, dass sich die Bänder ob des vielen Herumgehens lösten, nein, sie gehen auch auf, wenn ich schier bewegungslos auf einer Bank sitze.

Ja siehst du, Sydow griff nach seinem Joghurtbecher und begann wieder zu essen, somit könnte Glaser alle fünf Minuten ins Haus rein und aus dem Haus rausgehen, ohne dass du auch nur die geringste Ahnung davon bekommst. Dafür gibt es übrigens einen Trick, wenn du eine Schleife knüpfst, ja? Mach doch gleich mal. Also, du machst einen Knoten, wie immer.

Okay, Stanjic klemmte sein Telefon noch etwas enger ans Ohr, kniete sich hin und machte einen Knoten wie immer.

Dann wickelst du doch für die Schleife einmal um den Daumen, nicht wahr? Der Trick ist nun, dass du zweimal drum herumwickelst, zweimal um den Daumen und dann wie immer die zweite Schlinge durchziehen.

Und dann?

Dann hast du theoretisch einen Doppelknoten, hält wie ein Doppelknoten, geht nicht auf, wie ein Doppelknoten, bloß, dass du ihn nicht mühselig auffriemlen musst, wie einen Doppelknoten, sondern einfach wie immer an dem einen Strang aufzupfst und die Schleife löst sich.

Toll. Weißt du, so etwas in der Art bräuchte es für die Klobesuche während der Beschattung, das –

Da kommt Simon, rief Sydow durch den Hörer, ich muss auflegen!

Wie bitte? Und was soll ich ihm sagen, warum ich hier bin?

Zum Proben natürlich!

Und du?

Ich natürlich auch! Ich komme aber leider zu spät. Ich verstecke mich inzwischen im Treppenhaus oder so.

65. Hier wird auch mal geprobt

Stanjic sah Sydow noch kurz oben am Fenster, er schlang in hastigen Bissen das Joghurt in sich hinein, dann war er verschwunden. Er schwenkte seinen Blick nach unten, Simon Glaser war gerade dabei, die Haustür aufzuschließen. Stanjic raffte seine Tüte und eilte hinüber.

Glaser schaute auf, David, na so was, was machst du denn hier?

Stanjic steckte das Telefon ein, ich habe gerade mit Frederik telefoniert, er kommt leider ein wenig zu spät.

Zu spät wofür.

Zur Probe natürlich.

Probe? Wir haben gar keine Probe abgemacht.

Doch.

Und wo ist deine Ziehharmonika?

Die – ich habe mir überlegt, ich probiers heute mal wieder mit dem Cello. Ich habe lange darüber nachgedacht und bin zu dem Schluss gekommen, dass es nicht am Instrument liegen kann, ist ja nur ein Instrument, nicht wahr, ist ja nur Holz. Es muss an mir liegen, an meiner inneren Haltung.

Und die hat sich verbessert?

Absolut, ich mache jetzt Haltungstraining, seelisch meine ich, das hilft enorm.

Glaser ging ihm voran, stieg die drei Treppen hinauf und schloss die Wohnungstür auf. Nanu, sagte er, da habe ich wohl ganz vergessen abzusperren. Das passiert mir in letzter Zeit häufiger, komisch.

Komisch, ja. Vielleicht ist das schon Senilität, immerhin hast du die Dreißig weit überschritten, näherst dich mit rasender Geschwindigkeit der Vierzig, vielleicht musst du Maßnahmen ergreifen.

Stanjic folgte Glaser in die Wohnung, eilte ins Bad, komme gleich, rief er, und während er dankbar auf der Toilette verweilte und sich der geblümten Kacheln erfreute, der Kloumpuschelung, las er, was heute auf dem Toilettenpapier stand. Er fragte sich, ob andere Detektive nach dem Zusammentreffen mit ihrem zu beschattenden Subjekt auch erst mal aufs Klo rannten. Vielleicht machten sie mit den Händen ein Zeichen, wie beim Time-out im Sport, und das Verfolgungsspiel zwischen ihnen machte kurz Pause. Es gab dem Verdächtigen die Möglichkeit, seinen Privatangelegenheiten nachzugehen, eine Runde Tetris auf dem Mobiltelefon, ein kurzes Verschnaufen im Lieblingssessel, dann gings wieder weiter –

Nein, ich habe die Frau nicht umgebracht, ich kenne sie nicht einmal.

Aber sie waren doch seit vier Jahren verheiratet.

Ja und?

Usw.

Die spannende Information aus der Welt der Wissenschaft war:

Der Pilz Ophiocordyceps unilateralis *ist ein Parasit besonders fieser Prägung. Hinterhältig setzt er sich auf Ameisen fest, dringt in ihren Körper ein und beeinflusst so ihr Verhalten. Ein internationales Forscherteam hat gezeigt, dass die infizierten Ameisen sodann wie Zombies umherirren, ehe sie sich wie auf Kommando an der Unterseite eines Blattes festbeißen und sterben – genau dort, wo optimale Entwicklungsbedingungen für den Pilz herrschen.*

Spannend, dachte Stanjic, während er die Spülung zog. Und schlimm, präzisierte er sich, während er am Waschbecken stand und die Hände einseifte und tadelnd in den Spiegel schaute. Er würde nie wieder fahrlässig eine arme Ameise zertrampeln, sie waren schon gebeutelt genug.

Er trat aus dem Bad und schaute sich unauffällig nach Frederik Sydow um.

Suchst du was, fragte Glaser.

Nein! Stanjic ließ erschrocken davon ab, unter das Sofa zu linsen, er musste dringend an seiner Unauffälligkeit feilen.

Mit den Maßnahmen hast du übrigens recht, sagte Glaser aus der Küche, den Altersmaßnahmen meine ich. Jetzt, wo ich unerbittlich auf die Vierzig zugehe. Das findet meine Versicherung auch, sie denken aber eher an meinen physischen Verfall und empfehlen mir Filine.

Wirklich? Stanjic ging ihm nach, setzte sich an den Küchentisch und trank den kalten Kaffee aus den beiden leeren Tassen. Was ist denn das für eine Versicherung, ich glaube, zu der wechsle ich auch. Ab vierzig kriegt man eine Frau zugesprochen, von Amts wegen, das nenne ich innovativ.

Ja, das ist fantastisch. Ich habe mich nur noch nicht in die Filiale getraut, ich bin doch so schüchtern.

Wir können zusammen hingehen, dann hole ich mir meine auch gleich ab.

Wie soll sie denn heißen.

Katharina, sagte Stanjic prompt, Katharina soll sie heißen.

Glaser warf gerade ein paar Kartoffeln in die Spüle, er hielt inne, drehte sich um, Katharina?

Stanjic errötete, jetzt hatte er natürlich einen kapitalen Fehler gemacht, wie dumm war er eigentlich. Wär er ein Detektiv und in einer Detektiveninnung, hätten sie ihn mit sofortiger Wirkung aus dieser hinausgeworfen, mit einem gewaltigen Tritt in den Hintern, und schlagartig sah er den Konjunktiv in einem ganz anderen Licht, in einem getrübten. So aber konnte er gottlob denken: Was kratzt mich die Innung. Er würde einfach darüber hinweggehen, so tun, als wäre rein gar nichts dabei, ja, sagte er harmlos, Katharina.

Katharina wie die Katharina aus Zürich, hakte Glaser nach.

Ach stimmt, Stanjic griff sich an die Stirn, die hieß ja auch Katharina, hatte ich ganz vergessen.

So. Glaser musterte ihn einen Augenblick lang, vergessen hast du das, ja? Er drehte sich dann wieder um zu seinen Kartoffeln, begann sie zu waschen und zu bürsten.

Aber es gibt natürlich noch viele andere Katharinas, sagte Stanjic nach reiflicher Überlegung.

Natürlich.

Irgendeine wird wohl auch für mich dabei sein.

Das wollen wir doch schwer hoffen. Hier, schälen, hobeln, schichten.

Stanjic nahm die Schüssel mit den gewaschenen Kartoffeln in Empfang, was gibts denn.

Kartoffelgratin und Salat.

Essen wir nicht mehr im *Tante?* Heute gibt es Blumenkohlsuppe.

Ich denke, wir haben Probe. Ich weiß zwar nicht, welcher Schwachkopf eine Abendprobe anberaumt hat, aber bitte. Er warf einen Blick auf die Uhr, wo Frederik bloß bleibt.

Das frage ich mich auch, *immer* dieses Zuspätkommen!

Stanjic schälte, hobelte und schichtete und bestreute umsichtig jede Lage mit Salz und Pfeffer, während Simon ein paar Sachen umgruppierte, Bücher stapelte und davontrug, alte Briefe bündelte und ins Feuer warf, Geschirr einsammelte und in die Spüle stellte. Diese zwei leeren Tassen, dachte Stanjic, während er ihn dabei beobachtete, das war natürlich höchst auffällig, mit wem hatte er Kaffee getrunken? Gab es womöglich verräterische Spuren? Lippenstiftabdrücke? Nein. Das war schlecht. Er fand es betrüblich, dass Frauen heutzutage nicht mehr mit der gleichen Selbstverständlichkeit Lippenstift auflegten, wie sie Unterwäsche anzogen, andererseits war er auch felsenfest davon überzeugt, dass seine Lippen nur anmalte, wer zu wenig zu küssen hatte, der Lippenstift und das Küssen schlossen sich von vornherein aus und er fand es wiederum für sich persönlich höchst ermutigend, dass die Frauen das Küssen dem Anmalen vorzogen. Also: keine Lippenstiftspuren. Er musste sich das unbedingt notieren. *Generelle Kussbereitschaft der Person x*, er würde sich das alles aufschreiben müssen, das grenzte ihre Suchquadrate sofort enorm ein.

Simon Glaser räumte die Einkaufstasche aus, die noch halb voll auf einem Küchenstuhl gestanden hatte, da habe ich einmal, sagte er, während er Nudeln in Vorratsbehälter schüttete und die Gläser mit Honig und Sesampaste ins Regal räumte, einmal nur habe ich versehentlich den Kaffee in die Zuckerdose gefüllt und musste also zwangsläufig dann den Zucker in die Kaffeedose tun, und seither komme ich aus diesem Teufelskreis nicht mehr heraus. Der Kaffee verbraucht sich ungleich schneller als der Zucker und ich glaube, die Möglichkeit, dass einmal der Tag kommt, an dem beide zugleich enden, ist verschwindend gering.

Seit wann trinkst du so viel Kaffee, du hast doch nie Kaffee getrunken. Was ist mit dem fruchtigen Früchtetee, Stanjic hatte die letzte Kartoffel verhobelt und rieb eine dicke Schicht Bergkäse darüber.

Glaser sagte etwas, was? Stanjic schaute auf, klopfte sich den Käse von den Händen.

Das heißt –

Wie bitte?

Ich sagte, der Besuch, manchmal trinkt der Besuch einen Kaffee.

Welcher Besuch.

Verschiedener.

Die Nachbarin?

Glaser nahm ihm die Auflaufform weg und schüttete einen Becher Sahne darüber, ja, die auch.

Findest du nicht, es wäre langsam an der Zeit, sie uns –

Nein. Finde ich nicht.

Und warum nicht?

Einfach so.

Simon?

Ja?

Ist alles in Ordnung bei dir?

Ja sicher, was sollte nicht in Ordnung sein.

Stanjic ging zur Spüle und begann, Geschirr abzuwaschen, dann wusch er den Salat. Er überlegte. War es an der Zeit, Simon mal so ganz konkret anzusprechen, auf die, nun ja, Bedenken? Verdachte? Oder hieß es Verdächte. Simon, könnte er bedächtig sagen, wir haben da so ein paar Verdächte. Das klang unmöglich, sowohl grundsätzlich als auch onomatopoetisch, es konnte also keinesfalls richtig sein.

Ich habe einfach gerade viel zu tun, sagte Glaser. Er schob das Gratin in den Ofen, stocherte in der Glut herum und legte noch ein paar Holzscheite nach.

Kunst, Neue Medien? Stanjic bemühte sich um einen fachmännisch interessierten Tonfall, er nahm den gewaschenen Salat und das Gemüse mit zurück an den Tisch und Glaser setzte sich ihm gegenüber, begann ebenfalls, Karotten und Gurken klein zu schneiden.

Filme, es gibt gerade einen großen Auftrag, ich bin praktisch Tag und Nacht unterwegs.

Einen Großauftrag? Feiern die Türken Jubiläum, irgendein wichtiges türkisches Fest? Vielleicht den Ramadan?

Wieso Türken, was haben denn die Türken mit meinen Filmen zu tun. Und der Ramadan ist schon längst wieder vorbei. Wo wohnst du eigentlich, um dich ist Klein-Istanbul und du fragst im Herbst, ob der Ramadan langsam losgeht.

Ah ja, sagte mein Lektor, er zückte seinen Stift, ich nehme also an, David Stanjic wohnt in Kreuzberg.

Stimmt, sagte ich griesgrämig.

Und wo da genau?

Und was, rief ich, wenn ihm dann fortan die Leute auflauern?

Unsere Leser tun so was nicht. Also:

Dieffenbachstraße, murmelte ich, er schaute mich auffordernd an, 36, fügte ich unwillig hinzu.

Prima. Und Simon Glaser, wenn wir schon dabei sind?

Bismarckallee, Nummer sage ich nicht.

Er wollte schon protestieren, na was solls, sagte er dann, ich werds schon rausfinden.

Wirst du nicht.

Wetten?

Ich würde das, wenn ich du wäre, fuhr Glaser fort, in deinem Wohnumfeld nicht allzu laut tun, das ist ungefähr so, wie wenn ich bei euch in die Kirche komme und den Weihwasserkessel am Eingang als Einladung nehme, mich zu erfrischen. Das kommt nicht gut an, das eine wie das andere, glaub mir. Nein, wenn ich die Sachen jetzt so verkauft kriege, wie sich das abzeichnet, bin ich richtig im Geschäft.

Im Geschäft? Stanjic wunderte sich. Heißt das, diese Sachen, also die Filme meine ich, werden dann wirklich in richtigen Geschäften verkauft? Bei Saturn?

Saturn, im Kunstgeschäft natürlich, wo denkst du hin.

Und um was für Beträge geht es da? Paar Hundert? Paar Tausend?

Glaser warf einen Schlag Karottenscheiben in die Schüssel, er lachte, ein paar viele Tausend, ja.

Das gab Stanjic zu denken. Hatte er Glaser unterschätzt? Die Kunst, die Neuen Medien? Nahm er das alles viel zu wenig ernst? Und was willst du damit machen?, fragte er, willst du uns auf eine Weltreise einladen. Möchtest du mir etwas Schönes schenken.

Ein Haus kaufen.

Ein Haus? Stanjic hatte schon den Mund aufgemacht, etwas Passendes zu erwidern, aber dazu fiel ihm verblüffenderweise gar nichts mehr ein, ein Haus?, sagte er verwundert, wozu denn?

Um darin zu wohnen, wozu sonst.

Ein Mensch allein braucht doch kein Haus.

Vielleicht möchte Filine ja mitkommen, vielleicht ziehe ich dorthin mit meiner Frau.

Stanjic schwieg. Wäre Simon nun Frederik gewesen, hätte er naturgemäß sagen können, nein, müssen: Frederik, hätte er sagen müssen, du hast gar keine Frau. Seltsamerweise war das bei Simon, wiewohl er ebenfalls keine Frau hatte, nicht angebracht. Stanjic hatte urplötzlich das sichere Gefühl, dass Simon, so er sich entschließen würde, in die Filiale von der Versicherung zu gehen, um sich seine Filine abzuholen, hernach mit einer Filine nach Hause gehen würde und, ja, nicht nur nach Hause, er würde mit ihr in ihr gemeinsames Haus gehen, Bäume pflanzen, Kinder ernten und abends durchs Wohnzimmer walzen.

Komisch. Er fand das total komisch, aber nicht zu ändern. Der Mensch denkt und Gott lenkt, sagte Sydows Oma gern und er war auf einmal felsenfest davon überzeugt, dass Gott für Simon schnurgerade auf eine Filine zulenkte, einparkierte, sie einsammelte, ausparkierte und weiter geht die Fahrt, alles immer, ohne dass auch nur einmal der Motor absoff. Er fand das hochgradig interessant. Er schnitt die restlichen Pilze klein und sagte gar nichts mehr und Sydow war immer noch nicht da, dachte er zur Abwechslung, was war da los? War er auf der Treppe eingeschlafen?

Stanjic reichte Glaser die Salatschüssel und wischte sich die Hände ab, ich geh mal nachschauen, wo er bleibt.

Was? Nachschauen? Wo bitte willst du ihn in der Stadt suchen gehen? Wir sind hier nicht bei euch in Österreich auf dem Dorf, einmal um den Marktplatz und man hats gesehen, hier –

Das heißt –

Wie bitte, meine ich.

Stanjic ging in den Flur, ich –

Was?

Wie bitte! Ich –

Die Wohnungstür ging auf, Frederik, sagte er erleichtert, und dann lauter, ich wollte dich gerade suchen gehen, er senkte die Stimme zu einem Flüstern, wo warst du denn in aller Welt.

66. Hier wird wirklich mal geprobt

Hallo David, sagte Sydow laut, er senkte die Stimme, bei der Nachbarin, murmelte er, du wirst es nicht glauben, wer das –

Frederik, Glaser kam aus der Küche, er hatte sich das Küchentuch über die Schulter geworfen, ging voran ins Wohnzimmer, du bist zu spät.

Ich weiß, tut mir leid, Sydow zappelte hinterdrein und Stanjic folgte ihnen langsamer.

Sydow hatte aufgeregt rote Backen, warf seinen Rucksack hin und sich selbst in den Stuhl daneben, er machte Stanjic ein paar eindeutige Zeichen, die der kein bisschen kapierte.

Glaser begann seine Geige zu stimmen, in einer Stunde gibt es Essen, darum müssen wir heute alles ein bisschen schneller spielen. Wo ist deine Klarinette?

Ach herrje, vergessen.

Was ist los mit euch, Simon stemmte die Geige auf seinen Schenkel, schaute abwechselnd von Stanjic zu Sydow, was soll das für eine Probe sein.

Wir dachten, Sydow ließ das bedeutungsvolle Gestikulieren sein und die Hände sinken, das hatte sowieso keinen Sinn, Stanjic sah immer ratloser aus, gleich würde er fragen, warum er so herumzappele. Er bemühte sich, an ihm vorbeizuschauen, wir dachten, jetzt wo wir zusammen Klezmer spielen, wärs gut, wenn wir von nun an auch singen üben.

Richtig, sagte Stanjic, seine Stirn glättete sich schlagartig, *Die griiene Kusine* beispielsweise, übrigens eines meiner Lieblingslieder –

Wollt ihr mich verarschen.

Ich schwöre.

Glaser schaute Stanjic an, er hatte die Hand auf die Brust gelegt und blickte ihm treuherzig in die Augen, dann Sydow, der nickte nachdrücklich. Schön, sagte er. Aber ich warne euch. *Die griiene Kusine* ist nur der Anfang. Es gibt noch viele andere. *Die Mame* beispielsweise –

Alle sind sie schön, sagte Stanjic.

Und alle sind unsere Lieblingslieder, setzte Sydow eins drauf, zufällig.

Glaser warf einen Blick auf seine Uhr, also gut. Er ging hinüber zum Regal mit den Noten und suchte ein paar Hefte heraus, dann hast du, Frederik, hier die Texte, er warf sie Sydow hinüber und stöberte in einem Stapel Papiere, hier hatte ich schon lange einmal Kopien gemacht, von den Noten. Ich hatte ja die Hoffnung nie aufgegeben, dass ihr mein neues Konzept, *Musik der Erde,* einmal mittragen würdet. Es ist wichtig, dass gerade wir Deutschen, die wir verantwortlich sind für den Massenmord an den Juden, in jeder Generation wieder neu darüber nachdenken, wie wir mit dieser Vergangenheit und Schuld umgehen. Ich hatte mir überlegt, die noch oder wieder hier lebenden Juden mit spontanen Ständchen jiddischer Lieder zu erfreuen.

Sag mal, Sydow wechselte einen Blick mit Stanjic, er dachte an die Straßenszene neulich, Simon mit den anderen, unbekannten Musikanten, jetzt verstand er, sie hatten einen noch oder wieder hier lebenden Juden mit einem spontanen Ständchen erfreut. Stanjic machte ein entsetztes Gesicht.

Sag mal, sagte Sydow, bist du sicher, dass das gut ankommt? Hast du das schon mal ausprobiert? Vielleicht wirkt das eher wie eine Provokation. Hast du schon Erfahrungen gesammelt?

Wir müssen einfach noch ein bisschen daran feilen, sagte Glaser.

Hast du es schon ausprobiert, wiederholte Sydow.

Nur als Prototyp quasi, sagte Glaser, natürlich müssen wir noch daran –

Und, war er erfreut? Sydow dachte an den davoneilenden Juden, er hatte gerade ein spontanes Ständchen bekommen.

Simon Glaser wand sich ein wenig, überrascht, sagte er, sagen wir, er war überrascht.

Das ist ja nicht ganz dasselbe, nicht wahr?, hakte Sydow nach.

Nicht ganz, gab Glaser zu, wie gesagt, das ist alles noch sehr unausgegoren und ich bin froh, dass wir nun gemeinsam daran arbeiten können. Er blätterte ein paar Schriftsachen zur Seite und reichte Stanjic die Partituren für das Cello. Er bückte sich und suchte in seinem Instrumentenkoffer nach dem Kolophonium und Stanjic schaute Sydow an, machte eine enorm lässige Kopfbewegung in Richtung der restlichen Papiere und Frederik von Sydow schob sie mit einer fließenden Bewegung in seinen Rucksack und hast du nicht gesehen, weg waren sie.

Sie grinsten sich an, Detektiv sein ist super!

Wir fangen mit der Kusine an, sagte Glaser, als er wieder auftauchte und seinen Bogen einseifte, was grinst du denn so blöd.

Weil ich mich so freue, sagte Sydow.

Wir sind so motiviert, sagte Stanjic, er zog wahllos ein paar Saiten vom Cello an, stimmte, dass es einem das Herz brach, *die Kusine*, sagte er begeistert, *die Mame*, bis der Auflauf fertig ist, haben wir die komplette Verwandtschaft durch, ganz sicher.

Der Pape. Die Grossmame, Sydow nickte begütigend, wir mögen sie alle.

Ich finde euch beide blöd, Glaser hatte seine Geige gestimmt und klemmte sie unters Kinn, können wir?

Das Schwesterl.

Saublöd, wenn ihrs genau wissen wollt. Und los gehts, das macht Spaß!

67. Na also

Sie hatten musiziert, was das Zeug hielt. Stanjic bearbeitete sein Cello, wie andere Leute Holz hacken und Schindeln spalten, und Sydow schwang das Tamburin, schlug die Tschinellen und sang so herzlich und anrührend von der jüdischen Verwandtschaft, als wärs die seine und hätten sich alle furchtbar gern.

Sie hatten sich mit Kartoffelgratin derart den Bauch vollgestopft, dass Frau von Sydow es für mehr als gerecht gehalten hätte, wenn sie sich hernach schlaflos und gepeinigt von infernalischen Leibschmerzen die Nacht um die Ohren geschlagen hätten. Wiederholte Portionen von Gratin ließen sich schwerlich unter *was Leichtes* verbuchen, Salat am Abend ist sowieso kapriziös und zu allem Überfluss tischte Glaser nach zwei weiteren Stunden herzhaften Fiedelns, Singens und Schellentrommeln eine riesige Platte voller gerollter Süßigkeiten auf, klebriger Teig mit Rosinen, Mohn und Quark –

Quark!, rief Stanjic mit irrem, revolutionären Blick und schüttelte seine Fäuste so Pi mal Daumen in die Richtung, in der er Österreich vermutete, die Zeit des Topfens war vorbei, seine Zeit des Topfens war vorbei, er würde nur noch Quark essen, am besten eingenudelt in süßen Teig mit Mohn und Rosinen. Er war schon ziemlich drüber, das verlochte Cello arbeitete mit diebischer Gewissheit am radikalen Abbau seiner Zurechnungsfähigkeit und ganz peripher dachte er einmal an dem Abend: Vielleicht hat der fiese *Ophiocordyceps unilateralis* auch das arme Österreich befallen. Hat sich hinterrücks festgesetzt im Nacken, also irgendwo in der Gegend um Kufstein, und das Land rennt nun wie ein Zombie in den eigenen Untergang, beißt sich in ein Blatt fest, stirbt. Er war sich nicht ganz sicher, in welchem Stadium dieser traurigen Geschichte Österreich sich gerade befand, aber er ahnte: Für Ameisen und Österreich gab es keine Rettung. Man konnte sie nur weiträumig umrunden. In Bezug auf Länder eine eher einfache Übung, so was wie Österreich gab es Gott sei Dank nur einmal.

Glaser kam also mit etwas, das er *Rugelach* nannte, eine jüdische Dessertspezialität, sagte er, habe ich extra gekauft.

Extra für uns? Sydow warf sich noch ein Röllchen in den Rachen und spülte mit Kaffee nach, ich denke, du hattest die Probe gar nicht auf dem Schirm, du wusstest überhaupt nicht, dass wir kommen, so wars doch, oder?

Glaser betrachtete die halb geleerte Platte, ordnete die restlichen Gebäckstücke zu einer Blume, hätt ich euch erwartet, hätt ich *Rugelach* gekauft, sagte er.

Aber du hast *Rugelach* gekauft, sagte Sydow und fischte sich, vermutlich nur um Glaser zu ärgern, ein Blütenblatt. Soll das ein Heideröschen sein, fragte er.

Simon Glaser arrangierte die Röllchen um und sah auf, lächelte: Dann habe ich euch wohl erwartet, sagte er. Ja, das soll ein Heideröschen sein. Er warf Sydow Tschinellen und Tamburin zu, einmal geht noch, rief er und einmal ging noch.

68. Frederik kann echt viel essen

Sie hatten sich dementsprechend spät von Glaser verabschiedet und gingen durch die leeren Straßen. Stanjic summte unverdrossen etwas, das erschreckend nach der *grüenen Kusine* klang, es war ein Ohrwurm. Auch *die Mame* war ein Ohrwurm, allesamt, Onkel und Tant, tutto la famiglia gehörte zur Gattung der Ohrwürmer, Volksmusik hätte das so an sich, sie schlüpfen in die Ohren und kriechen vor bis ins Hirn und besetzen das Musikzentrum, das zumindest war Sydows düstere Prognose. Aber Stanjic konnte ihn beruhigen, es gibt kein Musikzentrum, sagte er.

Dann errichten sie eins, sagte Sydow.

Gut möglich, räumte Stanjic ein.

Es war kalt und ungastlich und kein probates Wetter, um nächtens umherzuspazieren, und Sydow fragte sich, wo in aller Welt David sein Auto abgestellt hatte und auch, ob er es zehn Straßen weiter geparkt habe, damit Glaser nicht zufällig darauf stoße und Verdacht schöpfe, so er zufällig im Quartier umherstreife. Auf dem Weg zum *Rugelach*-Kauf.

Nein, sagte Stanjic, während er sich bemühte, die Orientierung zu wahren, dort war eine Parklücke, in die ich hineingekommen bin. Was sollte Glaser auch für einen Verdacht schöpfen, wir arbeiten dermaßen unauffällig, er würde mein Auto, so er darauf träfe, nicht einmal als das Meinige ausmachen, so wenig vermutete er es hier, Glaser hat keinen Verdacht, er fühlt sich völlig sicher. Heißt es eigentlich im Plural Verdachte? Verdächte?

Verdachtungen, was denn sonst. Bloß dass man niemals mehr als einen Verdacht gleichzeitig haben kann, es würde einem das Gehirn sprengen, insofern ist es irrelevant, sowohl grammatikalisch als auch realiter.

Parklücke ist gut, sagte er dann, als sie auf den leeren Parkplatz bei Bolle kamen. Stanjics Auto stand als Einziges inmitten des riesigen Areals. Aber ich bin mir absolut sicher, dass du es auch unter solchen Umständen noch hinkriegst, deinem Auto irgendwelche Dellen beizubringen.

Zu Mittag sah es hier noch ganz anders aus, behauptete Stanjic, da brauchte es wirkliches Fingerspitzengefühl.

Da bin ich mir ganz sicher.

Sie fuhren durch die Stadt, es war kaum noch Verkehr. Sydow wickelte sich den Schal vom Hals. Sie fuhren lange durch die Stadt und er sagte irgendwann, ich habe Neuigkeiten.

Ich bin ganz Ohr.

In deinem Ohr sitzt Familie Wurm und musiziert, trötet und geigt.

Nur im Musikzentrum, wenn du also davon absiehst, deine Neuigkeiten zu singen, ist alles in Butter.

Also gut, sagte Sydow, er warf den Schal nach hinten auf den Rücksitz und klappte das Handschuhfach auf, entnahm ihm eine unangebrochene Tafel Ritter Sport und begann, Schokolade zu essen.

Ich sehe schon die kritisch gelüpfte Augenbraue meines Lektors, bei allem Respekt für Mathias Verdauung, würde er anheben, aber –

Er, Frederik von Sydow!, konnte, Gratin, Salat und ungezählten Röllchen zum Trotz, immer Schokolade essen, es war ein Wunder.

Ich werde, sagte er kauend, chronologisch vorgehen, also damit beginnen, wie ich heute in Simons Wohnung komme, er war nicht da, sagte ich ja bereits. Ich hatte mir gestern überlegt, ich sollte mir peu à peu seine Filme ansehen. Ich glaube, anhand der Filme werden wir die Nuss knacken.

Ich habe mir seine Filme angesehen, sagte Stanjic, während er in einen Kreisel fuhr und eine Runde drehte, habe ich irgendwas geknackt? Die Filme sind kein Nussknacker, das ist alles, was ich herausgefunden habe. Bin ich dadurch klüger geworden?

Keineswegs.

Eben. Stanjic drehte noch eine weitere Runde, also weiter, sagte er, welche hast du gesehen.

Na ja, ich dachte, die, die du schon angesehen hast, brauche ich nicht mehr durchzugehen, sie waren ja daran zu erkennen, dass sie beschriftet waren.

Gute Idee von mir, oder?

Supertolle Idee, ich würde es patentieren lassen, da steckt eine Menge Geld drin. Jedenfalls blieben dann immer noch gut zwei Drittel ungesichtetes Material und ich habe mir noch ein paar angeschaut. Ganz unsortiert sind sie übrigens nicht, es stehen die Daten der Entstehung darauf und ich habe mich auf zwei bestimmte Schaffensphasen konzentriert. Die eine fiel zufälligerweise in die Zeit, in der du in Zürich weiltest.

Warum?

Rein zufällig.

Es gibt keine Zufälle.

Sagt wer.

Der gemeine Österreicher.

Dann wirds wohl so sein. Man kann dem Österreicher an sich ja vieles nachsagen, aber lügen tut er nicht, viel zu aufwendig und wozu auch, wo schon seine Wahrheit immer dermaßen unwahrscheinlich anmutet, lohnt sich nicht. Ich habe mir mit voller Absicht die Filme ausgesucht, aus der Zeit, da du in Zürich weiltest.

Warum?

Intuition.

David Stanjic überlegte. Gegen die Intuition kommt man nicht an, sagte er.

Richtig. Also, einer davon ging jedenfalls folgendermaßen:

69. Kunst ist ein weites Feld

Die Sache begann in einer Landschaft, die ich als Tundra oder auch Taiga bezeichnen möchte, weder besuchte ich zwar je die eine noch die andere, die marginal von zausem Gestrüpp bewohnte Steppe schien mir jedoch irgendwie in diese Richtung zu deuten.

Sonst: wenig. Um nicht zu sagen gar nichts. Minutenlang, stundenlang, Steppe.

Manchmal kam Wind auf, die Gewächse neigten sich dementsprechend in die eine oder in die andere Richtung, man konnte verstehen, dass sie so gebeutelt aussahen.

Ich hatte alle ausdehnenden Funktionen des moosigen Sessels zur Vollendung gebracht, manchmal döste ich ein. Wenn ich durch ein leises Heulen aufschreckte und den Bildschirm begutachtete, konnte ich mir erleichtert versichern, dass es nur der brünstige Wind gewesen war, der die Tundra malträtierte, die Taiga, egal, sie sahen jedenfalls eh schon fertig genug aus. Ich legte den Kopf auf die Sessellehne.

Hatte ich schon erwähnt, dass die Kameraführung nicht vorhanden war, will sagen, seit Stunden das ein und dasselbe Stück Ödnis gezeigt wurde?

So war es. Ein und dasselbe. Ein paar Büschel Gras, ein verdorrtes Irgendwas. Der Boden staubtrocken. Stundenlang.

Mein Geist ging über in ein sanftes Dahinfließen, ich fühlte mich in fast meditativer Stimmung, vor einiger Zeit, vor langer Zeit hatte ich noch daran gedacht, die Vorführung abzubrechen. Seit einer Weile jedoch fühlte ich mich außerstande, mich aus diesem Sesselbett zu erheben. Ich hörte den russischen Wind, eine halbe Welt von mir entfernt. Es war mir plötzlich, als säße ich selbst zwischen diesen kümmerlichen Grasexperimenten, es war mir, als kühle ein ungekannter Wind meine Stirn. Auf meinem kleinen Cordschiff lag ich in der fremden Landschaft, schaute verwundert in diesen Himmel, der weiter war, als ich ihn kannte, in einen Himmel, der sich ausdehnte, überdehnte, der mehr war, als ein Himmel sein kann, es war ein Himmel, dem man glauben konnte, dass er ein Universum war, vielleicht sogar mehrere, durchaus wahrscheinlich, ein Kosmos. Es wurde Nacht und wieder Tag, dann wieder Nacht und so weiter, ich lag und schaute in die Sterne, in den kernig blauen Himmel, wie mit Seife sauber gewaschen, ich verstand, dass viel Zeit ins Land ging.

Wochen verstrichen.

Immer wieder diese resolute Sonne, die über den Himmel marschierte, trotzige Sterne in der Nacht, der vollgefressene Mond, nahm ab, nahm zu, verhungerte.

Irgendwann am Horizont ein Punkt. Ein sich auf mich zubewegender Punkt. Er wurde größer, fast schon handlich, ich lag in meinem Sessel, den Kopf an die Lehne geschmiegt wie festgefroren, und schaute mit absoluter Gleichmut, in freundlicher Gelassenheit, wie ein Mann auf mich zuhumpelte. Er humpelte an zwei vorsintflutlichen Krücken, er brauchte, auch angesichts der hiesigen Dimensionen, wirklich außergewöhnlich lange, pausierte dann und wann, malerisch auf seine Krücken gepflanzt, humpelte wieder ein Stück. Auf seinem Hemd stand auf Höhe des Herzens sein Name: *Igor.*

Er schleppte sich bis nah an die Linse der Kamera, ein Gesicht, da war der Traktor drübergefahren, Rückwärtsgang, und noch einmal drüber, stützte sich, als würde er es sich für die nächsten paar Jahre hier bequem machen, auf seine Krücken, spuckte einen Grashalm aus, ein vergilbtes Stück Heu und sagte:

Wo Engel zögern, da –

Er hielt inne, starrte mit offenem Mund in die Kamera, *da,* sagte er gedehnt, dieses verwitterte Gesicht, ratlos, er bewegte lautlos die Lippen, schien irgendetwas zu memorieren, *wo Engel zögern*, sagte er zaghaft, *da rennen, nein. Nein, da hetzen, oder wars ganz anders, wo Engel zögern, da – Himmel, Arsch und Zwirn, jetzt habe ich den Text vergessen, warten Sie, wo Engel zögern, da – ja was, da rennen die Verrücktenn oder was – ich verstehs nicht, eben noch wusste ich doch, also: Wo die Engel nicht in die Gänge kommen, da – alles kommt mir durcheinander, im Hirn, wo die blöden Engel, die dummen, nein. Ich gehe rasch fragen, wegen dem Text, nicht wahr, wegen den Engeln, den dummen.*

Er holte umständlich ein Blatt Papier aus der Innentasche seiner Joppe, befeuchtete die Spitze eines Stiftes und überlegte kurz. Er schrieb, steckte den Stift wieder ein, las das Geschriebene noch einmal und befestigte den Zettel an einem dieser Pflanzenskelette.

Er humpelte in Slow Motion davon, zurück in die unendlichen Weiten, ich blickte ihm versonnen nach. Er rumpelte durch dieses bittersüße Stück Eigensinn, durch diese wahnwitzige Endstation der Erde, wurde zum Punkt in der Ferne, verschwand am Horizont. Steppe, das Heulen des Windes, Tundra, Taiga, dieser

Wind, alles wie gehabt, zurück auf Los, das Ende der Welt oder deren Anfang, Tage würden kommen, Nächte, die Sonne eine Drohung, ein Mond wie ein ausgelutschtes Zitronenbonbon. Der Zettel flatterte im Wind. *Komme gleich wieder,* eine krakelige Altherrenschrift. Dann ging es wieder von vorne los.

Das war der eine Film. Angefühlt hatte es sich wie Stunden, aber als ich auf die Uhr schaute, waren es nur zehn Minuten, die vergangen waren.

Dann schaute ich mir drei weitere Filme an, der nächste –

Ich hätte Gift darauf nehmen können, mein Lektor natürlich: Du musst das, sagte er, während er in wilden Zügen ganze Absätze durchstrich, übrigens nicht dermaßen ausführlich erzählen, das ist *nicht* interessant.

Du wirst das, erwiderte ich kühl, sogar noch *hochgradig* interessant finden, zumal wenn ich dir davon erzähle, dass in einem der Filme du mitspielst.

Er hielt abrupt inne, ich?, rief er entrüstet.

Kleiner Scherz, sagte ich, was bitte sollte das für ein Film sein.

Du musst das übrigens nicht dermaßen ausführlich erzählen, sagte Stanjic, er hielt Sydow die Hand hin und er gab ihm einen Riegel Erdbeerschokolade, das ist *nicht* interessant.

Warts nur ab, du wirst das sogar noch *hochgradig* interessant finden, zumal, wenn ich dir davon erzähle, dass in einem der Filme du mitspielst, oder besser gesagt, in –

Stanjic hatte den Kopf herumgewandt und instinktiv aufs Gas gedrückt, sie rumpelten in aufregendem Tempo auf einen Bürgersteig, was?, rief er.

David, schrie Sydow.

Tut mir leid, rief Stanjic, er riss das Lenkrad herum und entging einem unerfreulichen Zusammentreffen mit einer schönbrunnergelb getünchten Häuserzeile, einem totalgeschädigten Auto und einem langwierigen Schriftverkehr mit der Versicherung, aber nur im besten Falle. Im anderen würden sie überhaupt keine Briefe mehr schreiben, sondern vielmehr, auf einer malerischen Wolkenformation sitzend und im Nachthemd die Ukulele spielend, von einer über die Jahre sich vertiefenden Korrespondenz mit Versicherungen nur träumen.

Wie bitte heißt das!, sagte Sydow, er hielt sich mit beiden Händen am Sitz fest, du kostest mich echt Nerven, sag noch einmal *was* und ich steige aus.

Ich spiele in keinem Film mit, Stanjic fuhr zur Beruhigung in einen neuen Kreisel, in einem, den Glaser gedreht hat, schon gar nicht. Wenn schon, gehe ich direkt nach Hollywood.

Das ist noch ein weiter Weg, glaub mir. Bei dem, was ich von deinen Schauspielkünsten bewundern durfte, würde ich sogar wagen zu bemerken, dass es ein Weg ist ins Nirgends. *Way to nowhere*, wie man das in Hollywood fachmännisch nennt. Leute wie du werden dort in traurigen Liedern besungen.

Was denn für Schauspielkünste, was für ein Film bitte!

Das war euphemistisch gemeint, von Kunst kann keine Rede sein.

Ich spiele auch nicht euphemistisch in einem Film!

Beruhige dich, du bist noch jung und es kann nur besser werden. Man könnte dir unter Umständen sogar so etwas wie rührende Naivität und unverfälschten Purismus zusprechen, in dem Film jedenfalls besuchen du und Katharina den Uetliberg.

Nein!

Doch. Die Zahnradbahn, der Planetenweg, die Aussichtsplattform auf dem Turm. Es ist alles so, wie dus mir erzählt hast.

Ich denke, du hast geschlafen!

Ich schlafe nie, ich halte es da eher wie Fische und Elben und drifte durch die weitläufigen Flure der Träume und mein Gehör funktioniert dabei tadellos. Nun gut, im Musikzentrum ist der Wurm drin, aber der auditive Kortex hat Gott sei Dank noch andere schöne Zimmer.

Oh Gott. Oh Gott oh Gott.

Die verschiedenen Planeten, sagte Sydow schwelgerisch, der Mond, die liebe Frau Sonne. Vor dem Restaurant war ein Schild mit der Aufschrift: *Hüt frischi Öpfelwaihe!* Ich weiß nicht, was es bedeutet, ich vermute, ein Anagram. Dann der Orthodoxe mit Hut, *mankind*.

Sprich nicht weiter, bitte.

Do you know mankind?

Nein, Stanjic schüttelte resigniert den Kopf, nein. Ich kenne mich selbst nicht mehr.

Das macht nichts. Die Menschen, kennst du einen, kennst du alle. Wie auch immer. Der Jude steigt vom Turm, verschwindet Richtung Saturn oder was und –

Und?

Und Schnitt, nächster Film.

Schwörst du.

Ich schwöre.

Der Film mit mir ist da zu Ende?

Dieser Film mit dir ist da zu Ende.

Was soll das heißen.

Dass es noch besser kommt.

Oh Gott oh Gott.

Sicher bist du der Renner in jedem türkischen Vereinslokal, nie waren sie dankbarer für die Endlosschleife, glaub mir. Und jetzt raus aus dem Kreisel, mir wird schlecht.

Wohin?

Egal, die Stadt ist groß genug.

Rufst du mal bei der Auskunft an?

Wieso denn das? Bei der Auskunft sagen sie einem auch nicht, wohin man fahren soll.

Ruf einfach an. Bitte. Er reichte Sydow sein Mobiltelefon, Nummer ist eingespeichert.

Unter A wie Auskunft, fragte Sydow.

Nein, unter G.

G?

G.

Sydow drückte die Tasten, lauschte. Da ist nur eine Warteschlaufe, sagte er zu Stanjic gewandt, der nächste freie Mitarbeiter wird sich umgehend um uns kümmern, jetzt läuft Musik.

G wie Grieg, sagte Stanjic, schalt auf Lautsprecher.

Sie gondelten durch die Stadt, hörten Grieg, *In der Halle des Bergkönigs,* und *mankind* war ein wundersames Tier, die Nacht ein Anagram mit ungewissem Ausgang, sie fuhren unter Bäumen, durch Alleen und neben dem Kanal, die Auskunft war eine Behörde ohne Mitarbeiter, weil wer hätte das sein sollen. Wer konnte schon Rat geben in einer seltsamen Welt. Es war einfach eine seltsame Welt.

Der nächste Film, sagte Sydow, während er angelegentlich aus dem Fenster schaute, draußen zog das Schloss Charlottenburg vorbei, der Fluss, die Lichter, ach!, schwärmte er, vom Himmel gefallene Sterne! Weil, sagte er vertraulich, machen wir uns nichts vor, Sterne sind doch romantischer Schnickschnack, eine Verschwendung von Ressourcen.

Du bist auch eine Verschwendung von Ressourcen, da ist mir jeder verdammte Stern noch lieber.

Der nächste Film, sagte Sydow ungerührt, er schaltete die Musik leiser, hatte eine eigenartige Perspektive. Ich habe eine Weile gebraucht, um zu verstehen, wer da eigentlich zuschaute.

Bei was zuschaute.

Nun. Es begann damit, dass du inmitten von Tannennadeln lagest und Katharina war damit beschäftigt –

Fichtennadeln, sagte Stanjic tonlos, das ist mir wichtig.

Also gut, inmitten von Fichtennadeln. Einmal dachte ich, du hättest nach oben geschaut, in die Augen des Astronauten, wie er da hing, in den Zweigen der Tanne –

Fichte. Kanadische Fichte.

Der Fichte und mich bemerkt.

Der Astronaut, sagte Stanjic. Er starrte vor sich auf die leere Straße, ich wusste doch, das ist nicht normal, dass der da hängt, kanadische Fichten hin oder her. Du hast uns beobachtet. Das verzeih ich dir meiner Lebtag nicht.

Ich kann nichts dafür, sagte Sydow, ich steckte kameratechnisch fest in dieser Montur der Astronauten, hing in den Zweigen.

Du hättest den Fernseher ausschalten können, du Verräter.

Ich weiß nicht, wie das geht, ich halte die Fernbedienung immer verkehrt herum.

Aber an kriegst dus immer, wie?

Ja, merkwürdig, nicht wahr?

Und wie.

Sie schwiegen und fuhren und die Galaxis verpuffte die Rohstoffe, dass es eine helle Freude war, weil wer hat, der hat.

Woher, sagte Stanjic irgendwann langsam, woher weißt du überhaupt, dass es ein Astronaut war. Wenn der Astronaut der Beobachter war, woher weiß er denn, dass er ein Astronaut ist. Du hättest genauso gut ein Demeterbauer sein können, der in seinen Wäldern eine Bestandsaufnahme macht. Bei Demeter ist immer viel Handarbeit im Spiel, Raupen von den Bäumen klauben, Kartoffelkäfer einsammeln, in den Fichten hockt vielleicht der gemeine Hauswurm, du hättest ein Demeterbauer sein können auf der Jagd nach dem Hauswurm.

Ein Raumschiff hat mich abgeholt.

Ehrlich?

Es hat mich unten am See – ich vermute, es war der Zürichsee?

Der Zürichsee, in Zürich ist der Zürichsee, in Biel ist der Bielersee und in Genf der Genfersee, wenn du es ein paarmal repetierst, hast du den Dreh raus.

Am Zürichsee abgesetzt und ist weitergeflogen.

Wohin?

Ich weiß nicht, es ging viel zu schnell, ich vermute, mit Überschallgeschwindigkeit, war ja ein Raumschiff. Jedenfalls sah man alles immer aus der Perspektive des Astronauten, bis er dieses Fischglas vom Kopf nahm. Ich vermute, darin steckte die Kamera. Er stellte es auf eine Parkbank und entledigte sich seiner restlichen Ausrüstung, faltete alles sorgfältig zusammen und ging in Unterwäsche davon.

Was für eine Marke, fragte Stanjic.

Schiesser, Feinripp.

Das sollten wir auf jeden Fall notieren.

Absolut.

Immerhin wissen wir dann auch mit Sicherheit, dass es kein Demeterbauer war.

Wegen des Astronautenanzugs.

Nein, wegen des Feinripps.

Ach so.

Und weiter? Sag mir alles. Was mich nicht umhaut, macht mich stark.

Nichts weiter. Ende des Films. Dann fing er wieder von vorne an.

Danke, ich glaube nicht, dass ich es noch einmal hören möchte.

Es war einer der wenigen, die ich mir nicht nur zweimal, sondern mehrfach angeschaut habe, so gut hat er mir gefallen, dieses Schnäbeln und Küssen, das Schmausen und Kabbeln –

Ich habe nicht geschmaust! In hundert Jahren verzeih ich dir das nicht, ich habe was gut bei dir.

Aber jetzt hör zu, sagte Sydow. Sie kamen an eine Ampel, es blinkte orange und keine weiteren Autos waren zu sehen. Stanjic blieb stehen, stellte den Motor aus und zog die Handbremse, er drehte sich auf seinem Sitz herum und schaute Frederik ins Gesicht. Frederik, sagte er, ich möchte eher nichts mehr hören von meiner euphemistischen Schauspielkunst, ich suche mir einen anderen Beruf.

Nein, hör zu, in den Filmen, die ich mir dann angeschaut habe, bist du überhaupt nicht mehr mit von der Partie. Du hast einfach alle an die Wand gespielt, die anderen hattens satt. Nein, du bist nicht dabei, aber jemand anderes, den wir kennen.

Wer denn.

Sage ich dir nachher. Es war übrigens die andere Schaffensphase, es muss aus den Jahren sein, als Glaser studiert hat, von der Zeit kommt es hin. Also, im nächsten Film erschien ein junger Mann auf dem Bildschirm und erzählte uns von einem Abend im *Blutigen Daumen,* offensichtlich ein Lokal, während er erzählte, saß der Mann an einem Tisch und trank Kaffee.

Und wo ist das, fragte mein Lektor, er kreiste mit seinem Stift über dem Berliner Stadtplan.

In Zürich.

Ach so, sagte er enttäuscht. Ob wir das dann in die Fahrradkarte mit aufnehmen sollten?

Sicher, sagte ich, ein Leser der Bücher von *Kiepenheuer & Witsch* scheut keine Mühen, auch noch die entlegensten Schauplätze höchstpersönlich zu inspizieren, diese 800 Kilometer sind radelnd praktisch ein Klacks.

Prima, sagte er begeistert, das macht die Sache gleich internationaler.

Ich nickte beklommen. Vor mir sah ich eine Horde von Lesern die Autobahn entlangradeln, in der hinteren Hosentasche jeweils die von Olaf gemalte Faltkarte.

Ich habe es mir ein zweites Mal angesehen, sagte Sydow, weil es sich hervorragend für eine Tonaufnahme eignete, also hör zu. Sydow klickte den Grieg aus und legte sein eigenes Telefon auf das Armaturenbrett und schaltete auf Wiedergabe.

70. Der Analytiker-Axel

Der Abend im *Blutigen Daumen*, sagte ein Mann mit einer ruhigen, angenehmen Stimme, verlief ungünstig.

Wie jeden Freitag traf ich dort Axel, den erfolgreichen Analytiker, dessen Erfolg und Analytikerberuf mir gründlich auf die Nerven ging. Ich traf ihn trotzdem weiterhin jeden Freitag, aus schlechter Gewohnheit oder mangels anderer Freunde, ich weiß es nicht.

Stanjic hatte auf den Knopf gedrückt, wie, hat er gesagt, heißt der Analytiker?

Axel, sagte Sydow.

Und wie weiter?

Hat er nicht gesagt.

Komisch, sagte Stanjic, er starrte vor sich hin.

Sydow drückte auf den Wiedergabeknopf und es ging weiter.

Die Luft war dick wie Sauerkraut und Most. Ganz hinten, unter einem verkokelten Lampenschirm, saß der Analytiker und las. Aller Wahrscheinlichkeit nach was Fachliches. Analytikergetue.

Ich setzte mich zu ihm an den Tisch, suchte mit den Augen nach dem Wirt, deutete auf die Gläser, der Wirt nickte grimmig. Er war schon offensichtlich angeheitert, wobei man bei diesem Zustand wirklich nicht mehr von heiter sprechen konnte, vielmehr hatte Alkohol, vornehmlich der von ihm bevorzugte *Pflümli*, auf ihn eine eher verdüsternde Wirkung, die in absoluter, wütender Dunkelheit zu enden pflegte.

Er war also ersichtlich angegrantelt und knallte mir kurz darauf ein leeres Glas auf den Tisch, zerrte den Block aus der Brusttasche und starrte zornig knapp an uns vorbei.

Ich nehme die St. Galler Bratwurst, sagte der Analytiker.

Die St.Galler Bratwurst, murmelte Stanjic erschüttert.

Schh, machte Sydow, wir verpassen ja die Hälfte!

– Zeitschrift zusammen, der Wirt renkte seinen Blick ein wenig ein und spähte jetzt auf meinen Schoß, ich nickte. Wa no, knurrte er. Mit Brot, sagte der Analytiker, ich nickte. Der Wirt warf mir einen Blick zu, ich sah für einen beeindruckenden Moment das rasante Tremolo seines rechten Augenlids. Er stopfte den Block in die Brusttasche und verschwand in der Menge. Der Analytiker berichtet mir wie immer von seinem analytischen Erfolg, dann fragte er mich beiläufig nach meiner Meinung zu einem bestimmten Artikel in der Beilage der *Neuen Zürcher Zeitung*.

Nichts, wiederholte ich, ich meine nichts dazu. Ich meine dazu nichts, weil ich so was nicht lese, ich habe zu Kunst, zu sogenannter Kunst keine Meinung und habe nicht vor, dies durch Lesen irgendwie zu verändern.

War ich etwas gereizt? Es könnte gut sein, dass ich etwas gereizt war.

Ich dachte, Axel deutete mit der Zeitschrift auf mich, diesmal würde es dich interessieren. Sozusagen: aus persönlichen Gründen. Der Wirt servierte unter wüstem Geschüttel die Würste. Trunksucht und Tremor, eine schwierige Mischung.

Wo ist denn dem Wirt seine kellnernde Frau, fragte ich. Ich holte die Wurst vom Ende des Tisches und legte sie auf den Teller zurück.

Von einem Berg gefallen. Wenn ich ihn richtig verstanden habe, der Analytiker hatte die Zeitschrift in seinem Sakko verstaut, begann seine Wurst zu zerlegen und regte mich schlagartig auf. Ich kann ihn aber auch nicht richtig verstanden haben, räumte er ein, er ist heute etwas gereizt.

Da waren wir schon zwei. Analytiker-Axel regte mich heute ungeheuer auf, ich dachte darum konsequent und nachhaltig an was ganz anderes, ich dachte zum Beispiel an Konsequenz und Nachhaltigkeit, zwei Tugenden, die ich bei den meisten Leuten vermisse.

Ich dachte an die meisten Leute, viele davon mochte ich nicht.

Den Analytiker hatte ich immer gemocht, heute mochte ich auch den Analytiker nicht, vielleicht lag es an Freud, vielleicht an der Analyse schlechthin, vielleicht an Jung, der Analytiker machte ja in Jung. Vielleicht lag es aber auch nur an seinem unverschämt guten Aussehen, an seinem verdammten Erfolg, an seiner selbstsicheren Weltgewandtheit.

Ich dachte kurzum an alles Mögliche.

Ein schrecklicher Gedanke, sagte der Analytiker irgendwann, nicht wahr?

Was, sagte ich, ich musste was verpasst haben.

Der Wirt stellte frischen Wein auf den Tisch und nahm die leere Karaffe mit. Ich musste gerade das Interessanteste verpasst haben und begann somit schnell und viel zu trinken, schaute mich um. Der Wirt beobachtete mit böser Miene seine Gäste, als säße er in einer völlig verhunzten Theateraufführung.

Und genau so, merkte ich auf einmal, genau so fühlte ich mich auch. Eine Theateraufführung, eine durch und durch verhunzte Theateraufführung. Ich hob die Hand, zeigte ihm die Fünf, er brachte einen halben Liter Wein, ich trank ihn aus, ich bestellte Wein, trank ihn aus und so weiter, das Prinzip ist klar. Ich wisperte ein bisschen.

Was meinst du? Der Analytiker beugte sich lauschend zu mir, hast du was gesagt? Ich betrachtete seine großen, eleganten Ohren, schüttelte den Kopf, eine durch und durch verhunzte Theateraufführung erklärte ich ihm, ich habs satt.

Der Analytiker hatte sich meinen Arm um die Schulter gelegt, wankte mit mir zum Wandelgarten unterhalb des Germanistischen Seminars. Ich hörte das hysterische Gebimmel der Straßenbahnen drüben beim Kunsthaus, dachte an Giacomettis lange Elende in der Sammlung. Diese dürren Beine, zermergelte Wangen, Giacometti musste, gleich mir, ein trauriger, ein tieftrauriger Genosse gewesen sein, Männer wie ausgeleierte Regenwürmer und Frauen.

Ach, Frauen.

Wir wanden uns die Wege des Wandelgartens hoch, es ging zum Sterben langsam. Ich musste jammern, beschimpfte den Analytiker, den gepanschten Fendant, den Wirten und seine zerborstene Frau, die abwesende Katharina, die beklagenswert abwesenden Frauen überhaupt, Frauen, jammerte ich, Frauen. Laufen gefiel mir nicht mehr, der Analytiker warf meinen gleichgültigen Leib über seine Schultern wie ein Bündel erdrosselter Gänse, es war mir alles egal.

Irgendwann lehnte er mich gegen ein Spalier. Dicke, cremige Teerosen, wie sie Prinz Charles in Highgrove kultiviert, ich pflückte mir eine und bettete meine Nase in die pfirsichsanften Blüten und raunte was Wichtiges hinein.

Mit Prinz Charles hätte ich gerne getauscht, in dem Moment, aber vielleicht auch überhaupt. Was, fragte ich mich, wäre wohl am Leben Prinz Charles' auszusetzen, wo war das Problem? Gab es ein Problem? Nein. Für Prinz Charles gab es, soweit ich sehen konnte, kein Problem, nichts in Sicht. Camilla schien mir ein guter Kumpel zu sein. Sie sieht aus wie ein Hund – so what? Charles liebt Hunde! He really does! Camilla. Camillacamilla.

War ich betrunken?

Der Analytiker zündete sich einen von seinen albernen Zigarillos an, setzte sich auf die Lehne einer Parkbank und schaute hinunter auf die Lichter, wissen tu ich gar nichts, sagte er.

Hatte ich ihn etwa danach gefragt? Keineswegs. Ich wollte auch eher nichts wissen. Er zog die Schuhe aus, betrachtete eingehend seine Zehen, ich habe nur einen Verdacht, behauptete er, eine Vermutung habe ich. Ich hielt mich an dem Spalier fest, tastete mich vorwärts und setzte mich neben seine Zehen, formschön wie alles am Analytiker, von den Zehen bis zu den Zähnen, Axel, ein vollendeter Mensch, Mann und Analytiker.

Wäre ich ein im Wandelgarten vorüberwandelnder Bär mit einem kleinen Appetit, ich würde nicht zweimal überlegen, ich würde, ohne zu zagen, in den saftigen Analytiker hineinbeißen und ihn verzehren von den wohlgestalten Zehen bis zum gedrechselten Gebiss, ich würde mich, den unvorteilhaften Gänsestrauß daneben – wäre ich ein Bär –, nicht mit dem Hintern anschauen.

Du bist eigentlich ein blöder Hund, sagte ich. Festgetackert an mein Hosenbein harrte eine smaragdgrüne Raupe einer Klärung der Lage, ich hielt ihr die Rose hin und schaute, wie sie in dem Blütenblattschlamassel nach dem Ausweg fahndete. Ein total blöder Hund, teilte ich ihm mit, ich stand wieder auf, sitzen bringts einfach nicht. Er holte die zusammengerollte Zeitschrift aus seiner Sakkotasche, steckte sie mir ins Hemd. Und was wird das?, fragte ich müde.

Schau mal rein, sagte der Analytiker, ich dachte, es könnte dich interessieren.

Aus persönlichen Gründen?

Aus höchstpersönlichen Gründen.

Ich drehte mich um und wankte den Weg weiter nach oben. Der Analytiker kehrte um, ich hörte seine Schritte gefräßig im Kies. Ich betrachtete die Raupe in der Rosenblüte, wisperte ihr was zu, sie bäumte sich auf, schaute sich um, tastete nach hier und da, versackte wieder. Das System Rose hatte sie kein bisschen begriffen. Ich gelangte ans Ende des Gartens, schleppte mich über den ewigen, den endlosen, horizontlosen, den gemeinen Platz vor dem Universitätsgebäude, ich sah schon von Weitem die riesige Zeder vor unserem Haus und war für einen kurzen, heftigen Moment glücklich. Dann war es auch schon wieder vorbei. Ich schaltete das Licht in der Diele ein, keine Katharina, schon klar.

Ich setzte mich auf den Wäschekorb und holte die Zeitschrift hervor. Es war wie gesagt die Beilage der NZZ, die Kunstbeilage, die ich nicht lese, ich habe sowohl zu Kunst wie auch zu Beilagen aller Art grundsätzlich keine Meinung und wenn doch, eine schlechte.

Ich blätterte herum, traumartig zogen die Reportagen und Bilder an mir vorbei. Ich meinte Heuschrecken zu sehen in gestrecktem Galopp, ein verkehrtes Klo mit einem verkehrten Mann darauf und ein Interview mit einem zerbeulten Hrdlicka zu seinem 80. Geburtstag, auf dem Foto saß er in einem gerippten Unterhemd am Tisch und soff, ein Museumsdirektor mit traurigem

Clownsgesicht hob warnend die Hände, gestohlene Cézannes mit Zwetschgen und Quitten, ich blätterte schneller und dann wurde es interessant.

Ich hatte im *Blutigen Daumen* das Interessanteste verpasst und Aufregung ist nicht gesund und wegschauen hilft: In dem Heft war Katharina, ohne Witz jetzt, Katharina und sie machte in Kunst – ich vermute, es sollte Kunst sein, sie grinste, hatte einen Klopapierhut auf dem Kopf und auf ihrem nackten Busen lag ein toter Fisch. Ich bestellte Wein, wo war der Wirt, seine Frau, meine Frau, ach Frauen.

Ich erwachte und sah den Regen am Fenster. Der Wind kraulte verträumt in den Bärten der Bäume, auf dem Boden sah ich schon wieder die Raupe, sie robbte begeistert Richtung Kleiderschrank, ihr seid alle so blöd, sagte ich, ich schloss die Augen. Aus der Küche quakte eine Radiobewohnerin, kündigte Alfred Hrdlicka an, jetzt gleich live im Studio, vorher noch ein bisschen Musik. Alphörner wurden getutet, eine Ziehharmonika orgelte los. Katharina! Ich richtete mich auf, Katharina musste zurück sein, ich fuhr mir übers Gesicht, es roch gut, Katharina briet Eier, es roch nach Speck, ich tappte durch die Wohnung, blieb an der Schwelle zur Küche stehen, also wirklich!

Analytiker, sagte ich, du blöder Hund. Der Analytiker-Axel briet in meiner Küche Eier mit Speck, das war der Gipfel.

Ich ging ins Bad, schaute in den Spiegel und hätte weinen können, aber was hätte das bringen sollen. Ich sah aus wie einer dieser Zauberwürfel, den ein verzweifelter Tüftler auseinandergeschraubt und nie wieder zusammengekriegt hatte. Seither verwahrte er die Einzelteile in einem Gefrierbeutel.

Ich zog mich an und setzte mich an den Tisch. Ich fühlte mich zerknautscht, von Kopf bis Fuß, der Analytiker servierte uns perfekt gebrühten Kaffee und Speckeier und reichte mir den Brotkorb. Die Alphörner verklangen zwischen Berggipfeln und Alpenglühen, Hrdlicka begann mit serbelnder Stimme irgendeinen eitlen Sermon, ich nahm mir alle Brötchen aus dem Korb, schaute den Analytiker böse an, jetzt würde es sicher gleich interessant, das gefiel mir nicht.

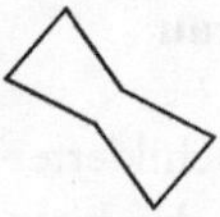

71. Es bleibt mysteriös

Sydow hatte das Tonbandgerät ausgeschaltet, er und Stanjic sahen sich an.

Verstehst du das?, fragte Stanjic, er nahm Sydow die Schokolade aus der Hand und steckte sich ein Stück in den Mund.

Nein, sagte Sydow. Aber ich habe mir noch zwei weitere Filme angesehen, willst dus hören?

Sag mir doch zuerst, wer das war in dem Film. Der, den wir kennen, hakte Stanjic nach, woher kennen wir ihn.

Sag ich dir nach den beiden Filmen, okay? Dann gehst du ganz unvoreingenommen an die Sache heran, also hör zu.

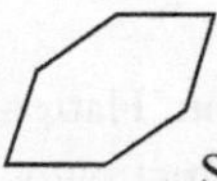

72. Im Süden ist es schön

Sydow erzählte ihm einen weiteren Film, er spielt, sagte er, im Tessin.

Das kürzen wir alles weg, sagte Olaf, er nahm beherzt seinen Stift und kürzte alles weg.

Aber das ist doch, rief ich, enorm aufschlussreich, man erfährt so allerhand, über Katharina und –

So viel wollen wir gar nicht wissen, teilte er mir mit, Ende der Diskussion.

Ich möchte Sie damit, mein lieber Leser, darüber in Kenntnis setzen, dass an dieser Stelle nun noch der ein oder andere hochinteressante Film verhandelt würde, wäre da nicht Olaf. Olaf hats nicht so mit der Kunst, den Neuen Medien, Olaf möchte generell eher nicht so viel wissen.

73. Katharina ist eine interessante Frau

Tja, warum das so ist, das würde in dem geschilderten Film sehr anschaulich zur Geltung kommen, aber bitte, Sie müssens mir – dank Olaf – einfach glauben: Katharina ist eine interessante Frau. Wirklich.

74. Bin ich nur eine Episode?

Das war der eine Film, sagte Sydow.

Sie saßen im Auto, standen auf der leeren Kreuzung. David Stanjic hatte die Hände locker ums Lenkrad gelegt und schaute versunken auf das regelmäßige Blinken des gelben Ampellichts. Was hatte das zu bedeuten?

Er fühlte sich hereingelegt. Von Katharina, von Simon. Hatten sie ihn hereingelegt? Warum? Machten die beiden gemeinsame Sache? Gegen ihn?

Es traf ihn schwerer, als er vermutet hätte. Er war damals aus Zürich abgefahren, von Katharina davongefahren in einer Art – Ratlosigkeit. War er verliebt? Er wusste es nicht. War Katharina verliebt? Das wusste er noch sehr viel weniger.

Er hatte bei ihr gewohnt, er war in den ersten Tagen noch eingenommen gewesen von den Versuchen, den St. Galler Spezialisten dingfest zu machen. Jetzt im Nachhinein erschien ihm diese Unternehmung als eine Art hysterischer Aberration. Er erklärte es sich damit, dass er auf Umwegen versuchte, seine österreichische Episode, wie er es chiffrierte, sprich, seine Zeit mit Klara, zu bearbeiten. Es war seine Zeit mit Klara, wie auch die Zeit nach Klara eine völlig unbearbeitete, ja, es war nicht nur eine unbearbeitete, es war auch – zumindest von seiner Seite – eine weitestgehend unverstandene. Er deutete seine Celloreise als Versuch, sein Leben, musikalisch wie auch nebenmusikalisch, wieder ins Lot zu bringen. Für viel mehr war nicht Platz gewesen. Er hatte für alles, was sich vielleicht unter Erotik subsumieren ließe, keine Kapazität gehabt, keinen Blick und kein Sensorium.

Er war dann in diese Uetliberg-Episode geraten, mit einer Verwunderung, die eigentlich bis heute nicht nachgelassen hatte. Er war am Folgetag verwundert gewesen und war nicht minder verwundert am Abend in den Nachtzug nach Berlin geklettert und seither war er verwundert geblieben. Was aber hinzugekommen war, war die langsam keimende Gewissheit, dass es so mit ihm nicht weiterging. Er konnte nicht weiter zu einer Frau kommen wie die Jungfrau zum Kind.

Er musste grinsen. Stimmte das? War er zu Klara gekommen wie die Jungfrau zum Kind?

Ja, das stimmte. Er hatte nicht um sie geworben, er hatte sie nicht erkämpft, sie war einfach gekommen, war von der anderen Straßenseite herübergekommen und dann war sie irgendwann wieder gegangen. Nicht einmal dann war er in die Gänge gekommen, er hatte es hingenommen wie vorher ihr Kommen. Bei ihm konnte man kommen und gehen, gerade, wies einem Freude machte, es war ein Jammer. Seine Initiativfähigkeit war gleich null. Ein Wunder, dass sie gekommen war. Kein Wunder, dass sie wieder gegangen war. Ein Wunder, dass Katharina gekommen war, kein Wunder, dass sie es nur einmal getan hatte. Er hatte nicht gesagt: bleib, aber er hätte es sagen müssen, er hatte nicht gesagt, komm, und er war nicht selbst gekommen. Das war allerhand, was er unterlassen hatte, und wenig, was er getan hatte, genau genommen nichts. Sie hatte, er verstand das blitzschnell und plötzlich, sie hatte ein Recht darauf, gewünscht zu werden. Und ihm fiel das Wünschen doch so schwer, das Wollen, das war für ihn einfach tierisch schwer. Warum? Ach, viel zu öde, das hier ausführlich zu erörtern, mit so was kann man seinen Analytiker langweilen. Stanjic fand, er habe schon über Gebühr seinen schwierigen familiären Hintergrund bemüht, sicher, dort lag der Hund begraben, dort musste er suchen und finden und sich erlösen, aber: nicht hier und jetzt. Ein toter Hund interessiert einen nur insoweit, als es der eigene war, sonst ist er einem schnurzepiepe. Schnurzepiepe, dachte Stanjic störrisch, er wusste, Sydow würde behaupten: Das sagt man heutzutage nicht mehr, und darum dachte er es aus purem Trotz noch einmal: schnurzepiepe.

War es also seine gerechte Strafe, sich in der Uetliberg-Episode nur als Komparse eines Films wiederzufinden, in dem er nie hatte mitspielen wollen? Geschah es ihm nicht recht, dass er nun noch viel weniger wusste, ob es Katharina ernst gewesen war und wie ernst es ihm selbst war? Musste er annehmen, sie und Simon hatten ihn nur – benutzt? War er einfach ein Film von vielen, immer in Endlosschleife und immer unbeschriftet. War er eine Episode. Gut für einen Film. War das alles.

Und es war, als merkte er erst jetzt, dass er nicht wollte, dass das alles wäre. Und er merkte, dass er wütend war. Er war wütend auf Simon und wütend auf Katharina und er wollte nicht eine Episode für sie sein, er wollte nicht die Uetliberg-Episode sein.

Immerhin, ex negativo schaffte er schon. Ihm war – dank seiner vielgestalten Psycholektüre – völlig klar, dass er damit entwicklungstechnisch noch irgendwo im Frühkindlichen planschte. Das alles würde er natürlich nicht für viel Geld Sydow anvertrauen, Sydow fände das alles zum Schreien komisch. Sydow war zutiefst psychophob, wie er frankophob war, das eine vermutlich – wie alle Psychophobiker – aufgrund seiner eigenen, klaftertiefen seelischen Baustelle, das andere wegen dem Geschirr seiner Oma.

75. Ortsansässige Kunstschaffende

Dann also rechterhand Kirche samt Pfarrhaus, Stanjic stellte plötzlich fest, dass Sydow schon wieder mitten im nächsten Film war, er hatte das Tonband seines Telefons wieder eingeschaltet, es sprach die Männerstimme von vorhin.

Der kann auch weg, sagte Olaf.

Nein, rief ich, der ist wichtig, wegen dem Plakat!

Welches Plakat.

Mit dem *Oha*, du weißt schon.

Wegen diesem Schmuh?

Ja eben! Es ist wichtig, weil es so ein Schmuh ist, am Schluss geht es doch um diese ortsansässigen Kunstschaffenden, die –

Von mir aus, Olaf winkte ab, aber verschon mich mit ortsansässigen Kunstschaffenden.

Stanjic klinkte sich mit einiger Mühe ein, samt angeblichem Pfarrhaus, berichtigte sich die Stimme gerade, auch die Kirche ist, nur der Ordnung halber, nicht mehr als Kirche in Betrieb, die Gemeinden sterben aus, nicht im eigentlichen Sinn natürlich, die metaphysische Gemeinden sterben aus, die sogenannten Kirchengemeinden sind es, die aussterben, auch in Zürich, auch in der Bergstraße.

In der ehemaligen Kirche stellen nun ortsansässige Kunstschaffende ihre Produkte aus.

Wenig überzeugt hat mich beispielsweise eine Installation, welche *Nachmittag im Wald* geheißen war. Eine Rotkäppchenvariation aus Bronze. Das Mädchen trägt einen Korb mit Wein und Gugelhupf.

Dem als Rotkäppchen erkannten Mädchen ist eine riesige und damit meine ich eine mehr als doppelt so große Gestalt gegenübergestellt, unschwer als Wolf erkennbar. Es könnte theoretisch auch ein Hund sein, ein aufrecht auf seinen Hinterbeinen gehender Hund, jedoch würde ein Hund wenig Sinn machen. Es ist nichts darüber bekannt, dass das Rotkäppchen in der Episode um die kranke Großmutter auch mit einem Hund zu tun hätte, ja, es könnte sogar durchaus möglich sein, dass Rotkäppchen in ihrem gesamten Leben wohl einem Wolf, niemals aber einem Hund begegnet ist.

Ein Wolf, dessen wirklich herausragendes Merkmal ein großes, um nicht zu sagen obszön großes Gemächt, ein, wie ich leider sagen muss, hochgradig erigiertes Gemächt, ein wirklich bis zum Äußersten versteiftes Glied ist. *Nachmittag im Wald.* Nicht sehr gelungen, um genau zu sein sogar regelrecht widerwärtig. Ortsansässige Kunstschaffende.

In der Bergstraße, gehen Sie mal vorbei, wenn Sie in der Gegend sind, aber wie gesagt, wirklich überzeugend ist es nicht.

Wenn einem etwas gründlich, wirklich gründlich die Laune verderben kann, so sind das ortsansässige Kunstschaffende. Es ist ein bezeichnendes Merkmal unserer Zeit, dass metaphysische Gemeinschaften dieser Art von Obszönitäten Platz machen, wenn Sie dieses wahnwitzige, angeschwollene Wolfsglied gesehen hätten, wüssten Sie, was ich meine. Gehen Sie lieber nicht hin, meiden Sie die Bergstraße, hüten Sie sich vor ortsansässigen Kunstschaffenden.

76. Sie wollen zum Alex und wissen aber nicht, wo der wohnt?

Die Stimme verstummte. Frederik Sydow nahm das Mobiltelefon und steckte es in die Tasche. Und, sagte er munter, was sagst –

Frederik, sagte Stanjic langsam, dreh dich mal nicht um.

Frederik drehte sich um, was, sagte er –

Ich sagte doch gerade, begann Stanjic, sie hörten eine Autotür zuschlagen, er kommt, flüsterte Stanjic.

Wer denn, flüsterte Sydow zurück.

Der Mann, der schon seit geraumer Zeit in dem Auto hinter ihnen saß, ebenfalls stehend, den Motor ausgestellt, die Warnblinkanlage an, auf einer leeren Kreuzung, irgendwo in Berlin, mitten in der Nacht.

Er war ausgestiegen und langsam nach vorne gekommen. Er rauchte eine Zigarette und warf sie weg, beugte sich herunter und klopfte an die Scheibe. David Stanjic kurbelte das Fenster herunter, er konnte ihn in dem fahlen Licht der Straßenlaternen, des blinkenden Ampellichts kaum ausmachen.

Ja bitte?, krächzte er.

Wo gehts denn hier zum Alex, sagte der Mann, er starrte ins Innere des Autos.

Zum Alex? Stanjic schluckte, zum Alex?, dachte er verdattert. Ich habe keine Ahnung, sagte er.

Sydow lehnte sich über ihn herüber und sagte: Immer geradeaus, können Sie eigentlich gar nicht verpassen. Sie fahren hier den Kaiserdamm entlang, bis er in die Bismarckstraße übergeht, die geht über in die Straße des 17. Juni, beim großen Stern in den Kreisel rein und geradeaus wieder beim 17. Juni raus, beim Brandenburger Tor müssen Sie kurz links umfahren, Dorotheenstraße, ist aber ausgeschildert, dann wieder auf die Verlängerung des 17. Juni, heißt dort Unter den Linden, immer geradeaus, die geht dann über in die Karl-Liebknecht-Straße und schon sind Sie da, sind vielleicht zehn Kilometer.

Danke. Der Mann schaute noch einen Tick zu lange zu ihnen herein, klopfte dann zweimal aufs Autodach und ging zurück zu seinem Fahrzeug.

Stanjic sah ihm im Rückspiegel dabei zu, wie er einstieg, die Warnblinkanlage ausstellte und den Motor startete. Er fuhr um sie herum, hupte kurz und fuhr über die Kreuzung in –

Ja, was macht der denn, rief Sydow.

Was denn, sagte Stanjic.

Er fährt in die Königin-Elisabeth-Straße!

Ja und?

Ja und, ja und! Da gehts nicht zum Alex, ja und! Ich habe ihm gerade lang und breit erklärt, dass er bloß geradeaus fahren muss, hier über die Kreuzung, dann ist er auf der Bismarck und immer weiter, immer geradeaus und er fährt los und biegt links ab!

Vielleicht dachte er, du willst ihn verarschen, sagte Stanjic, für mich klang das, als würdest du ihn verarschen, ich meine, wir müssen ewig weit weg sein vom Alex und du sagst, als wärs gleich um die Ecke, immer geradeaus, können Sie gar nicht verpassen.

Es ist nicht um die Ecke! Bloß geradeaus, keine Ecken! Einfach quer durch die Stadt, kann man nicht verfehlen!

Ist doch egal, aber sag mal, wieso weißt du so genau Bescheid? Ich habe a) keine Ahnung, wo wir sind, und b) weiß ich noch viel weniger, wie ich von hier wieder irgendwo hinkomme, wo ich weiß, wo ich bin. Zum Beispiel zum Alex. Von dort finde ich immer nach Hause, zumindest mit den Öffentlichen.

Vermutlich ist er genau wie du, erst mal zum Alex. Umso unbegreiflicher, dass er dann gar nicht hinfährt!

Vielleicht hat er sichs anders überlegt. Ich finde es eher merkwürdig, dass er zum Alex will, das ist wie auf dem Plakat.

Welches Plakat.

Von der Auskunft, da steht drauf: *Sie wollen zum Alex und wissen aber nicht, wo der wohnt?* Und darunter die Nummer der Auskunft.

Das Plakat? Das am Alex, an dem großen Haus? Sydow lachte, da ruft doch keiner an!

Stanjic schwieg.

Sydow schaute ihn an, du rufst da an, er lehnte sich zurück, schaute ihn weiter an. Du rufst bei dieser Auskunft an. Stimmts? Grieg, ja? Vorhin, der Grieg, das war die Auskunft, ja? Bei der du deine Auskünfte einholst, ja? Er lachte wiehernd, David, sagte er, das ist irgend so ein mieses Kunstprojekt, jede Wette, das hat mit der regulären Auskunft überhaupt nichts zu tun! Diese doofen Sprüche, *Sie wollen einen Stau umfahren und wissen aber nicht, wo einer ist?* Nicht mal die Farben stimmen, lila, was soll das für eine Firma sein, die Telekom ist pink und weiß. Das sind die Farben der Auskunft.

Kunstprojekt, wiederholte Stanjic konsterniert, was für ein Kunstprojekt.

Oder kein Kunstprojekt, was soll das auch für eine Kunst sein, irgendein – Projekt, was weiß ich, Berlin, Stadt der Projekte. Jedermann macht ständig ein Projekt, da blickt man doch nicht durch. Vielleicht eine Werbung.

Eben, eine Werbung für die Auskunft, was sonst.

Wenn, dann eine Werbung für Grieg, vielleicht vom Opernhaus, zum Schon-mal-Reinhören.

Stanjic schwieg wieder, zu so was fehlten ihm die Worte. Themenwechsel. Aber wieso kennst du dich so gut aus?

Ich wohne hier.

Ach so, sagte Stanjic resigniert. Themenwechsel.

Ernsthaft jetzt, Frederik: Ist das immer derselbe Mann? Der in der Schlange hinter uns steht?

Hier ist keine Schlange, weit und breit kein Auto in Sicht.

Umso merkwürdiger, dass er dann hinter uns steht, oder? Er hat schon eine ganze Weile hinter uns gestanden, ich habe ihn beobachtet. Schon die ganze Zeit, als noch das Tonband lief, stand er hinter uns. Das war wie in einem richtigen Krimi, direkt unheimlich. Auch wie er so nach vorne gekommen ist, lässig einen letzten Zug von der Zigarette genommen und sie dann so nebenbei weggeworfen –

Lässig sagt heute kein Mensch mehr, ein furchtbares Wort. Und wenn das aus einem Buch war, dann aus einem schlechten. Er stand mit dem Auto auf der Kreuzung, vermutlich, weil er nicht weiterwusste. Er wollte zum Alex und wusste nicht, wo der wohnt, hat vergeblich seinen Stadtplan konsultiert, ihn nicht aufklappen können und hat aufgegeben. Hat sich gedacht, ich frag mal lieber, und dann hat er lieber uns gefragt. Ist ja hier sonst keiner, den man fragen könnte. Alle sind sie weg, *mankind*, einfach verschwunden, die Erde ist evakuiert worden.

Lass den Blödsinn, da hört mein Humor auf, ja? Das mit diesem Film verzeih ich dir nie. Er ist nicht zum Alex gefahren.

Ja und? Vielleicht dachte er, ich wolle ihn verarschen.

Das glaube ich nicht.

Vielleicht hat er sich's anders überlegt.

Du willst mich mit meinen eigenen Waffen schlagen, richtig? Aber hier stimmt was nicht. Er überlegte. Was war es für ein Auto.

Machst du Witze? Hältst du mich für einen, der auch nur eine Automarke kennt? Ein Auto ist ein Auto.

Ja, aber was für eine Farbe.

Ach so. Rot.

Und was für eine Autonummer?

Weiß ich nicht. Aber es war rot und grau und weiß, vorne rot, hinten grau und weiß gestreift.

Berliner Nummer?

Sydow überlegte, keine Ahnung. Aber auf dem Auto stand was.

Stanjic wartete, die Ampelanlage blinkte, er merkte, wie müde er war, wie unendlich müde er war.

Flink, sagte Frederik nach reiflicher Überlegung, auf dem Auto stand *Flink*.

Bist du sicher?

Sicher nicht. Aber es stand was darauf, was wie *Flink*.

Stanjic holte sein Notizbuch aus der Jackentasche und notierte sich was.

Was notierst du da.

Na, alles: das rote Auto, die Streifen, *Flink*.

Aber unter was notierst du das.

Unter: was sonst noch geschah.

Ach so. Wollen wir mal weiterfahren? Sydow gähnte herzhaft, ich muss ins Bett.

Stanjic startete das Auto und fuhr langsam über die Kreuzung, Sydow diktierte ihm den Weg. Er kannte ihn, weil er hier wohnte. Berlin war ein Dorf.

Und was denkst du über die Filme?, fragte er dann.

Keine Ahnung, ich kapiere gar nichts. Gar nichts. Und wer ist nun der Mann im Film? Der, den wir von irgendwoher kennen?

Gabriel.

Ich kenne keinen – Gabriel? Er starrte Sydow an, von den Dias? Gabriel aus Israel?

Exakt. Auf die Fahrbahn schauen bitte! Exakt, *der* Gabriel. Spielt in den Filmen mit. In diesen Zürichfilmen, es muss eine Zürichphase gegeben haben bei Simon, oder genau genommen eine Schweizer Phase. Hat er mal irgendwas Diesbezügliches erwähnt?

Nein. Stanjic schaute angestrengt auf die Fahrbahn, er überlegte, nein. Er versuchte sich zu erinnern, ob irgendwelche von den Filmen, die er bis anhin gesehen hatte, in Zürich gespielt hatten, aber er hätte geschworen, dass dem nicht so war. Sie hatten an Orten gespielt, die er nicht kannte. Gut, der Film von Gagarin und Armstrong, wer kannte schon das Weltall, aber sonst? Einer, den er gut erinnerte, spielte an einem großen Brunnen, Wassermänner mit Fischleib, geflügelte Wesen, halb Fisch, halb Pferd, er wusste, es war dieser Brunnen der Auslöser gewesen für sein Aufhorchen. Der Brunnen kam in einem Film vor und er kam vor in Simons *Schlachten*text. Es war der Ort dieser – Verführung, Vergewaltigung? Es war diese Gewalttätigkeit gewesen, in dem Text, die ihm unbehaglich gewesen war, nein, nicht nur die Gewalttätigkeit, sondern die Bedrohung, die davon auszugehen schien.

Es war der Brunnen die erste Überschneidung gewesen mit diesem Text, verstehst du, sagte er zu Sydow, ich las in dem Text von einem Brunnen, von einem Triton, der in sein Horn bläst und ein Pferd am Halfter hält, das ihm durchzugehen scheint, und es erinnerte mich an den Film, der an dem Brunnen spielte.

Was passierte in dem Film.

Stanjic dachte nach, er fuhr nach rechts in die kleine Seitenstraße, in der Simon wohnte, rollerte gemächlich unter den Ahornbäumen entlang. Ich glaube, sagte er, es war Abend. Ein Mann stand am Brunnen und schien auf jemanden zu warten.

Woher weißt du das.

David suchte den Straßenrand nach einer Parklücke ab, er schaute ab und zu auf die Uhr, sagte er, und ließ den Blick schweifen.

Wie sah er aus?

Groß. Dünn. Er trug eine Brille und einen groben Wollpullover, eine Tasche, es sah aus, als wären Bücher darin. Hinter dem Brunnen war irgendein großes Gebäude, erleuchtet, mit einer Totalverglasung auf den Platz. Ein hässlicher Bau, Siebzigerjahre, schätze ich mal, furchtbar hässlich. Der Brunnen war schön, vielleicht aus dem 19. Jahrhundert, vermutlich eine Allegorie auf das Wasser oder so, das Gebäude passte absolut nicht dazu. Vielleicht ein Konzerthaus. Man sah in dem hellen Licht die Deckenbemalung. Ein scheußliches, riesiges Gemälde von Figuren, viele davon nackt und unangenehm fleischig, das sah man sogar auf die Entfernung, scheußlich. Viele Leute gingen hinein, ich bin mir ziemlich sicher, dass es ein Konzerthaus war, viele fein gemachte Leute und der Mann hatte eine Verabredung.

Die nicht kam.

Doch. Stanjic verräumte das Auto an einem Eckparkplatz und schaltete das Licht aus, den Motor. Doch, ich glaube, am Schluss ist die Verabredung gekommen.

Mann oder Frau.

Das weiß ich nicht. Man sah nur, er hatte, wie schon die ganze Zeit immer wieder, wartend und suchend um sich geschaut und plötzlich hellte sich sein Gesicht auf –

Das ist so eine Plattitüde, sagte Sydow verärgert, ein Sprachversatzstück, *hellte sich sein Gesicht auf* –

Ist doch egal, dann eben: Die Erleichterung stand ihm ins Gesicht geschrieben. Besser?

Nein. Und dann?

Dann sah man ihn von dem Brunnen weg auf jemanden zugehen, den man aber in dem Kameraausschnitt nicht sah und Schnitt. Es ging wieder von vorne los, der Mann stand am Brunnen, hinter ihm tutete ein Wassermann ins Horn, er schien zu warten.

Hm. Sie saßen stumm in dem dunklen Auto. Sie hatten wenig Lust, auszusteigen, die Nacht war kalt und feucht und sie waren schlapp und faul.

Ruf doch mal bei der Auskunft an, sagte Sydow.

Stanjic klingelte durch, bei G wie Grieg, und es ertönte *In der Halle des Bergkönigs.*

Jetzt beginnt es immer mit *In der Halle des Bergkönigs,* sagte Stanjic, anfangs war es der ganze Grieg, zwar nicht in der richtigen Reihenfolge, aber der ganze. Jetzt immer der Bergkönig.

Sie lauschten dem heiteren Getrappel und Hüpfen und Zupfen.

Woher kennt man das eigentlich, fragte Sydow laut über das ansteigende Brausen und Tosen hinweg.

Woher? Stanjic drehte ein bisschen leiser, na von Peer Gynt, das ist aus dem Peer Gynt.

Aber woher kennt man es, wenn mans nicht von Peer Gynt kennt.

Wie meinst du das.

Ich habe den Peer Gynt nie gesehen und nie gehört und kenne es trotzdem.

Sagen wir so, sagte Stanjic, wenn es jetzt die *Morgenstimmung* wäre, würde ich sagen, mit Sicherheit aus einer Warteschlaufe. Den *Bergkönig* eigentlich nicht, der ist nicht so warteschlaufentypisch, da kommen an zweiter Stelle eher die *Vier Jahresz–*

Es muss ein Film sein, sagte Sydow, schier erschrocken über das orchestrale Gewuchte und Schieben und mächtige Hauen.

Sicher viele Filme, sagte Stanjic, sehr beliebt. Ich würde sagen, immer wenn in einem Film was langsam in die Gänge und dann aber richtig zur Sache kommt, passt der Bergkönig.

Es krawummte. Ein musikalisches Gewitter krachte und rummste und Schluss.

Es war Ruhe, sie schauten sich an, dann ging es wieder von

vorne los, *In der Halle des Bergkönigs,* Getrappel, Gewuchte, Gewitter. Es war eine Warteschlaufe. Es war eine endlose Warteschlaufe.

Stanjic schaltete die Musik aus und steckte das Telefon ein, und jetzt?

Jetzt pack ichs, sagte Sydow, er schnallte sich ab und sie stiegen aus, er stopfte seinen Schal in die Jacke. Stanjic lehnte sich gegens Auto, schaute ihm zu.

Ich recherchiere mal, sagte Sydow, er hielt seinen restlichen Schal im Arm, er hatte keine Energie mehr für die Strapazen des Gewickels, ich recherchiere mal, sagte er über das Auto zu David hinüber, woher ich das kenne.

Ist das wichtig?, fragte Stanjic.

Wofür?, fragte Sydow.

Ich weiß nicht, ich meine, wenn du es recherchierst, muss es doch für irgendwas gut sein.

Stimmt. Sydow wunderte sich selbst. Er wusste nicht zu sagen, wozu es gut war. Ich recherchiere das einfach, sagte er. Wir notieren es dann unter: was sonst noch geschah.

Wenn es etwas mit unserem Fall zu tun hat, sagte Stanjic, verstehe ich den Zusammenhang nicht.

Es gibt keinen Fall, sagte Sydow.

Warum recherchierst du dann.

Vielleicht gibt es ein geheimes Muster, das wir entschlüsseln müssen.

Vielleicht ein aperiodisches Muster, schlug Stanjic vor.

Was ist denn das bitte.

Ach, ist kompliziert, aber das habe ich mal bei Simon auf dem Klo gelesen.

Erzähl mal, aber hoppla, es ist kalt und feucht und ich bin schlapp und faul.

David Stanjic klappte sein Notizbüchlein wieder auf, blätterte, zieh lieber deinen Schal an, es ist kompliziert. Also, sagte er, als er auf der richtigen Seite angelangt war:

Auf dem iranischen Darb-i-Imam-Schrein von 1453 erkannte der amerikanische Physiker Peter Lu etwas, das es eigentlich nicht geben dürfte: ein Muster, das sich niemals wiederholt. Westliche Mathematiker hielten ein solches Muster noch bis Ende der 1960er-Jahre für unmöglich. Zwar erscheint jeder seiner Ausschnitte an anderer Stelle des Musters wieder, wenn man die Fläche groß genug macht. Doch die Motive tauchen unregelmäßig auf. Das Muster als Ganzes lässt sich daher nicht so verschieben, dass es deckungsgleich auf einer ins Unendliche gedachten Kopie seiner selbst zu liegen kommt. Erst in den 1970er-Jahren beschrieb der englische Physiker Roger Penrose die ersten dieser »aperiodischen« Muster. In den 1980er-Jahren fanden Forscher sie auch in der Natur, in sogenannten Quasikristallen. Dabei heißt aperiodisch nicht unsymmetrisch. Es gibt mehrere Möglichkeiten, das Muster aus der Moschee zu drehen, sodass es wieder genau gleich aussieht. Wie Lu herausfand, ist das Ornament aus nur drei Typen von Schablonen zusammengesetzt, mit denen fünf verschiedene Kacheln gebildet wurden. Bisher glaubte man, die islamischen Künstler konstruierten umständlich mit Lineal und Zirkel. Welch geometrische Wunderwerke sie da plättelten, haben sie wohl kaum bemerkt. Ihnen ging es nicht um die Theorie, sondern um die Schönheit der Form.

Sydow starrte ihn an, er hatte sich den Schal auf den Kopf gelegt und lose um die Schultern geschlungen, du hast es in dein Notizbüchlein übertragen?

Stanjic zeigte ihm die Seiten, hineingeklebt, sagte er.

Tatsache, auf zwei Seiten nebeneinander klebten Klopapierfragmente, eng bedruckt.

Warum?

Es schien mir interessant zu sein.

Ich verstehe es nicht.

Ich auch nicht, ehrlich gesagt. Stanjic klappte das Büchlein zu, ich auch nicht. Aber auch was man nicht versteht, kann schön sein – wie wir dank der islamischen Künstler jetzt wissen – da sind wir dann auch wieder beim Feng-Shui. Deine Oma zum Beispiel, mit ihrem Café, ist wie die islamischen Künstler aus dem 15. Jahrhundert, sie weiß nicht, was sie tut, aber es soll hübsch aussehen. Es ist Intuition. Der Mensch weiß mehr, als er denkt. Intuition.

Und du meinst also, sagte Sydow, er rieb sich die Augen, er konnte kaum noch klar denken, du meinst, alle Informationen sind wie Kacheln, wie Fliesen für ein Ornament.

Ja, zum Beispiel. Am Ende sollte es schön sein, das heißt doch nur: ein gefälliges Muster ergeben. Menschen mögen es, wenn etwas symmetrisch ist, das finden wir schön, in einem Ornament in Isfahan, aber ich denke: auch sonst.

Du meinst: im Muster des Lebens.

Das ist ein Sprachversatzstück.

Ja.

Ja, im Muster des Lebens. Ich würde sagen, es ist nicht regelmäßig, aber dennoch nicht unsymmetrisch. Ich würde sagen, könnte man es am Ende überblicken und darstellen, als ein Mosaik, es wäre ein aperiodisches Muster. Jeder seiner Ausschnitte taucht an anderer Stelle des Musters wieder auf, aber nicht regelmäßig.

Sydow hatte die Hände aufs Autodach gelegt und lehnte den Kopf gegen die Karosserie, okay, sagte er, weiter.

Es gibt nur fünf verschiedene Kacheltypen im Mosaik. Gut, das übernehmen wir, warum auch nicht. Nehmen wir mal als These, dass es als Ganzes ein Bild ergibt, nur mal als These. Dann unterteilen wir alle Informationen in die fünf Typen, zum Beispiel: Der Text von Simon ist eine Kachel. Die Filme unterteilen wir in Drei verschiedene Kacheln, die Filme mit Gabriel, die Filme nach Gabriel und die Filme vor Gabriel, die haben auch alle denselben Protagonisten, den wir aber nicht kennen.

Und die fünfte Kachel?

Alles, was sonst noch geschieht.

Das ist gewagt, oder?

Ja, aber: warum nicht? Das Mosaik im Iran beweist doch genau, dass die komplexesten Resultate nicht wissenschaftlich erzielt werden müssen, es geht auch intuitiv. Unsere Intuitionsfähigkeit ist gefragt, unser Assoziationsvermögen.

Das klingt mir doch sehr nach deinen Psychobü–

Nein, tut es nicht, das ist Gehirnforschung. Zum Beispiel: Du kommst abends nach Hause von einem langen Tag an der Uni, die

Enorm Neue Deutsche Literatur hat dich wirklich mitgenommen, du bist ganz schön knülle.

Sydow hob den Kopf, sie grinsten sich übers Auto hinweg an, knülle, sagten sie gleichzeitig, da beißt der Österreicher jaulend ins Gras, sagte Stanjic, gut so.

Also weiter: Du hast deine literarischen Unterlagen von dir geworfen, gehst in die Küche und legst dir eine Wurst in die Pfanne. Es ist ein Rezept von Siebeck. Nebenbei hängst du im Wohnzimmer die Wäsche auf, denkst über deinen Tag nach, die *Enorm Neue Deutsche Literatur,* du singst noch ein bisschen *die Mame*, damit du nachher beim Proben auf Zack bist, die Abendsonne malt Kringel auf den Fußboden, du entspannst dich langsam, es war ein langer Tag, die Literatur war neu und aufregend, Essen ist bald fertig. Auf einmal ist dir, als mische sich unter den köstlichen Duft deiner Wurst ein Geruch nach Angebranntem, als klinge das fröhliche Gebrutzel plötzlich anders und drohend, und ohne, dass du groß zu überlegen brauchst, schaltet dein Hirn um und du reagierst. Du schaltest, aus einem bloßen, unguten Gefühl heraus, das sich zusammensetzt aus Tausenden und Abertausenden Erfahrungen, die in deinem Unterbewussten –

Unterbewussten, wusst ichs doch, Psychokram.

Frederik, das Unterbewusste ist ein Fakt, ab du nun Freud gut findest oder nicht, die Gehirnforschung –

Weißt du, ich glaube, ich finde Freud gut, das sind reine Abwehrmechanismen.

Ja, ich weiß, Psychophobiker sind so, für so was gibt es Selbsthilfegruppen, also langweile nicht mich damit. Jedenfalls reagierst du in so einer Situation aus dem Erfahrungsschatz des Unterbewusstseins. Du erkennst sofort den Zusammenhang, du ordnest es ein, du erkennst kurzum das Problem (das Essen brennt an) und reagierst mit einer Lösung, die das Resultat deines im Unterbewusstsein gesammelten Wissens ist.

Ich schmeiße zum Beispiel die brennende Pfanne aus dem Fenster.

Ja, weil du ein Psycho bist, ein anderer käme da womöglich zu einem anderen Schluss.

Verstehe. Und das Ganze jetzt übertragen auf unser Mosaik?

Nun. Ich würde sagen, ich erarbeite ein Fünfkachelsystem und sortiere unser gesammeltes Material unter die jeweilige Form. Wir sammeln weiterhin so viele Indizien, wie wir können, und dann lassen wir unsere Intuition walten.

Aber was, wenn ich ein Psycho bin? Dann kommt doch ein totales Psycho-Psychogramm dabei heraus, ein heilloses Chaos.

Das ist wiederum ein interessanter Einwand, gab ihm Stanjic recht. Die Vermutung, bei einer psychisch gestörten Persönlichkeit ergebe sich überhaupt kein Muster, weder periodisch noch aperiodisch, einfach kein Muster, vielmehr eine Aneinanderreihung von losen Erfahrungen, ein Chaos. Das kann sein. Dann können wir vielleicht nur hoffen, dass es der Zufall will und es sich mit dem Chaos desjenigen trifft, der meiner Meinung nach diesen Text geschrieben hat, also Simon.

Es gibt keinen Zufall, hast du gesagt.

Umso besser. Dann wird es, wenn wir alles richtig machen, hundertprozentig so sein, weil es unsere volle Absicht ist.

Sydow dachte kurz über das Gesagte nach. Er wusste haargenau, das ging hinten und vorne alles nicht auf, aber das haben Gespräche, die man in kalten und feuchten Nächten bei fortgeschrittener Faul- und Schlappheit führt, so an sich: Niemand prüft sie auf ihre Hieb und Stichfestigkeit, ganz im Gegenteil, man unterschreibt alles, damit man endlich ins Bett kommt.

Gut, sagte er darum aufgeräumt, er raffte sich zusammen, genau so machen wir es, das klingt nach einem vernünftigen Plan.

Im Übrigen, sagte Stanjic, er schickte sich an, wieder ins Auto zu steigen, hast du ja immer noch mich. Wenn dein Mosaik ein heilloses Chaos ergibt, weil du, gestört wie du bist, nicht in der Lage bist, mehr als lose Impressionen zu empfinden, steh ich dir mit einem astreinen, Feng-shui-technisch fein ausgepeilten hübschen Bild zur Seite und wiederum aus unserer beider Lösungsvorschlägen ergibt sich eine wasserfeste Konklusion.

Klingt super, sagte Sydow. Er wollte ins Bett, er war froh um jeden Vorschlag und um jeden Plan, er fand, das klang einfach toll. Er hatte schon begonnen, sich die paar Meter Straße bis zu seinem Haus hochzuschleppen, der Schal schlurfte hinter ihm drein und es begann, fein und säuberlich zu nieseln.

Frederik, rief Stanjic ihm nach, er richtete sich wieder auf, ihm fiel plötzlich etwas ein.

Sydow drehte sich um, sah den Schal und wickelte ihn um seinen Leib, ja?

Stanjic kam wieder ein paar Schritte in seine Richtung. Wer wohnt denn nun neben Simon, wer ist die Nachbarin, du hast doch vorhin, als du gekommen bist, gesagt, dass du bei der Nachbarin –

Katharina. Frederik von Sydow knotete den Schal fest. Katharina ist die Nachbarin.

Sie schauten sich an. Es regnete immer doller. Doller, dachte David Stanjic ohne jede Begeisterung, doller und knülle und ich bin alle. Hörst du das, Österreich.

Aber Österreich hörte es nicht. Österreich ist nie da, wenn man es braucht, auch so eine Charakterschwäche. Ich bin alle, dachte er, völlig knülle und es regnet immer doller. Aber das waren nur so halbherzige Manöver, um einer Tatsache, also Katharina, aus dem Weg zu gehen. Sie schauten sich an. Es gab nichts zu sagen. Ging ihnen etwa der Schneid aus?

Sydow nickte, Katharina, wiederholte er und dann, die Letzten werden die Ersten sein.

Wenn einem der Schneid ausgeht, schaltet das Prinzip Hoffnung und davon gibt es reichlich.

Es gab nichts zu sagen, aber wer zuletzt kommt, kommt auch an. David Stanjic ließ das Auto stehen und nahm sich ein Taxi nach Hause.

77. System ist alles

Stanjic überlegte in den folgenden Tagen, wie weiter.

Er fuhr mit Sydow zusammen die Sandwichs aus, auch ein Job, man lernt da die verschiedensten Menschen – ach egal. Was interessierten ihn die Menschen, was, dass sie alle verschieden waren. Er hatte genug damit zu tun, sich für sich selbst zu interessieren.

Sydow wiederum schwänzte seine Seminare, die *Neue Deutsche Literatur*, ließ er David Stanjic wissen, muss eine Zeit lang ohne mich klarkommen.

Sie scheint damit kein Problem zu haben, meinte Stanjic, während er im Schneckentempo die Straße entlangfuhr und seine Liste studierte.

Nein, gab Frederik zu, anscheinend nicht. Er nahm ihm die Liste aus der Hand und dirigierte ihn durch den Frühstücksverkehr.

Stanjic reichte ihm sein Handy, ruf mal die Auskunft an, der nächste freie Mitarbeiter wird sich um uns kümmern.

Sie hörten Grieg und er erläuterte Sydow, unterbrochen von seinen Kundenstopps, langwierig sein kompliziertes Innenleben.

Ich erforsche mich, hob er an, und ich merke, dass ich mal so und mal so bin, dass ich verliebt bin und wütend, dass es manchmal in meinem Kopf zugeht wie in einem kaputten Kaleidoskop, dass es dann anderntags wiederum ist, als hätte ein prima Fliesenleger mich prima gefliest.

Ach, sagte Sydow irritiert, er öffnete das Handschuhfach und wühlte in den zerknüllten Einwickelpapieren.

David Stanjic schaute in der letzten Zeit häufig in den Spiegel und merkte, dass sein Gesicht außerordentlichen Bewegungen unterworfen war, deren jeweiligen Ursprung er nicht immer zu benennen wusste.

Mein Gesicht ist, sagte er zu Frederik, wie der Ozean.

Sydow klappte das Fach zu, hast du einen elegischen Moment, fragte er misstrauisch. Ich kann nur hoffen, dass das nicht überhandnimmt.

Womöglich, sagte Stanjic, während er in eine Tankstelle einfuhr, womöglich sollte ich den Bart abnehmen.

Ach, sagte Sydow betroffen.

Ich denke derzeit über alles Mögliche nach, zum Beispiel über den Bart.

Ach, sagte Sydow. Dazu fiel ihm offen gestanden keinerlei Gefühlsregung mehr ein.

Der Bart, resümierte Stanjic, er stand in der offenen Tür und winkte einen Tankwart herbei. Er hatte Angst, beim Tanken alles falsch zu machen, mit dem Auto auf der falschen Seite stehen, das falsche Benzin ins falsche Loch orgeln, besser, diese Dinge dem Fachmann überlassen. Er drückte dem Tankwart ein Zweieurostück in die Hand, der Bart, fuhr er an Sydow gewandt fort, ist ein merkwürdig Ding. Bärte. Ich erinnere ein Lied, das vom Bart handelt, ein Piratenlied, es geht so: *Alle, die mit uns auf Kaperfahrt fahren, müssen Männer mit Bärten sein*, deideldum und so weiter, *Männer mit Bärten fahren mit!* Im Folgenden, sagte er, wird von Frauen gesungen und vom Branntwein, von zu tötenden Walrössern und dass der, der Tod und Teufel nicht fürchtet, eindeutig einer mit Bart sein müsse, dann geht es noch um Zwieback und die Hölle, so genau weiß ich das nicht mehr. Das Lied ist eindeutig pro Bart. Das Lied sagt, wer ein Mann ist, trägt Bart und umgekehrt, am Bart wird der Mann erkannt. Wie kommt es also, fragte er anklagend, dass ich, seit nunmehr einigen Jahren ambitionierter Bartträger, genau das umgekehrte Gefühl habe, mir ist, als müsse ich zur Mannwerdung mich des Bartes entledigen. Und zudem, sagte er, mal ehrlich, wenn der Bärtige immer der Pirat ist, mit allem was dazugehört, Kaperfahrten und Tod und Teufel, dann war ich bislang eher ein Faschingspirat.

Er ging in den Shop der Tankstelle, um zu bezahlen, Sydow öffnete die Tür und rief ihm nach, er solle Schokolade kaufen.

Mit dem Faschingspiraten habe ich recht, dachte Stanjic, als er fünf Tafeln Ritter Sport aus dem Regal holte und sich in die Schlange an der Kasse einreihte.

Er war ungefähr so Pirat, wie er ein Detektiv war, einer aus den falschen Büchern. Aber insgeheim, und das war seine eigentliche Tragik, insgeheim fand Stanjic die Bücher ja gar nicht so falsch. Er hatte Sydow gesagt: eine Gruppe zur Rettung der schlechten Bücher. Aber, Hand aufs Herz, er hätte sie auch gelesen, wenn es die Gruppe gar nicht gegeben hätte. Er wäre gerne ein Pirat, ein Detektiv, ein harter Jungs. Ein harter Jungs? Ja, leider, sagte er vor sich hin, der Singular geht gar nicht. An der Schwierigkeit, den Sachverhalt ohne Einbußen in die Einzahl zu überführen, wurde ihm klar, dass es der übergeordneten Gruppe bedurfte. Gewiss, der Detektiv ist ein Einzelgänger, aber er gehört zur Gattung der harten Jungs, vermutlich wegen der Innung. Er hat die Innung, auch wenn sie niemals zusammenkommen, es ist die imaginäre Zugehörigkeit, sagte sich Stanjic, er gehört zu den harten Jungs. Die Piraten, sie haben ihre Mannschaft, der Highlander seinen Clan, der Ritter die Ritterrunde, es hat ein jeder Mann seine Gefährten. Hatte er die falschen Gefährten? Aber vielleicht musste er auch nur den Bart abnehmen, vielleicht waren sie eher Gefährten ohne Bart, sicher, er wollte so gern ein Pirat sein, wiederum war ihm alles Piratige auch nicht so geheuer, die Kaperfahrt, der Branntwein, ich weiß nicht, dachte Stanjic, klauen und scharfes Zeug trinken? Zwieback, meinetwegen, mit Butter und Honig, Frauen? Gern! Aber als Weiber? Ach nö, dachte er, er grinste, nö, liebes Österreich, wir sind mit Weibern eher ratlos, da sind die Weiber und da sind wir und wissen miteinander nichts Rechtes anzufangen. Vielleicht waren sie einfach eine andere Gruppe, eine andere Mannschaft und mit ganz anderen Qualitäten. Welche, war unklar.

Er bezahlte, nahm die Schokolade und faltete die Quittung zusammen, steckte sie in sein Portemonnaie und schickte sich an, wieder zu seinem Auto und dem wartenden Sydow zurückzugehen. Als er am Ausgang war, kam ihm ein Mann entgegen, hielt die Tür auf und ließ ihn an sich vorbei, Stanjic ging ein zwei Schritte, stutzte und drehte sich zu ihm herum.

Und, sagte der Mann, er schaute auf seine Armbanduhr, schon einen Zuckerwasserhersteller gefunden?

Stanjic war stehen geblieben und starrte ihn an, die Glastür fiel wieder zu und er sah den Mann im Inneren des Shops zur Kasse gehen.

Verdattert setzte er seinen Weg zum Auto fort. Berlin ist ein Dorf, sagte er kopfschüttelnd, während er Sydow den Süßkram in den Schoß warf und sich wieder anschnallte. Er startete den Motor, sieben Millionen Leute rennen hier herum, sagte er, und am Schluss sind es immer die gleichen zehn, denen man über den Weg läuft.

Das ist, weil wir Freunde sind, wies ihn Sydow zurecht, da ist es völlig normal, sich ab und an mal zu sehen. Er hatte eine der Schokoladentafeln geöffnet und schob sich einen Riegel in den Mund, aber du warst beim Bart.

Stanjic winkte ab, er ließ das Thema ruhen, er würde ihn fürs Erste noch nicht abnehmen, bis sich – irgendwas abzeichnete. Manchmal zeichnet sich irgendwas ab. Eine Burg am Horizont, dort wartete die Tafelrunde auf den Ritter, ein Haus in einer Talsenke, dort wohnte dem Highlander sein Clan, irgendwann würde sich etwas abzeichnen am Horizont, eine Burg oder ein Gedanke oder eine Vision und er würde handeln können, barthalber und anderweitig.

Mein Lektor schwieg bedeutungsvoll, immer ein schlechtes Zeichen.

Was denn schon wieder, sagte ich entnervt, ich wollte nach Hause und ins Bett, diese Besprechungen mit ihm dauerten immer ewig.

Findest du nicht, begann er in gewohnter Manier seine Mäkeleien, dass Frederik sich erschreckend wenig für Davids Beziehungsprobleme interessiert?

Nein, finde ich nicht.

Immerhin, fuhr er unbeeindruckt fort, hat David ja, wie wir wissen, damals in Österreich eine ziemlich turbulente Zeit erlebt und ich meine, er hat immer noch ganz schön daran zu knabbern, er ist ja quasi beziehungsunfähig, sieh dir nur diese peinliche Katharinageschichte an, das schreit doch zum Himmel.

Kann ich ja schwer ändern, sagte ich.

Aber Frederik könnte, als guter Freund, mit ihm darüber reden, ihm Tipps geben und so, ich habe, sagte er eifrig und tippte mit dem Stift auf ein Blatt Papier, hier ein paar Vorschläge notiert.

Vorschläge?

So Liebestipps. Die kann er David, so von Mann zu Mann, doch hie und da mal verklickern, gerade in der Autosituation – intimer, geschützter Rahmen, also sehr gut – würde sich das ja anbieten.

Nein, sagte ich.

Er seufzte und legte das Blatt wieder in seinen Ordner, du bist so verbohrt, klagte er, man wird dir totale Unsensibilität vorwerfen, glaub mir. Lass Frederik ein bisschen mehr Mitgefühl haben, ein bisschen mehr Interesse, dann –

Also gut, brummte ich, ich überlegs mir.

Prima! Er zauberte das Blatt wieder hervor und schob es mir über den Tisch, nur, falls du ein paar Anregungen brauchst. Empathie ist ja nicht so dein Ding.

Ach so, sagte ich resigniert.

Das waren Stanjics ganz persönliche Angelegenheiten, an denen er zu beißen hatte. Nebenbei studierte er seine Indizien, aber sie ergaben keinen Sinn.

Er war, seit er in die Krise geraten war und sich mit den vielgestalten Formen der Lebenshilfe beschäftigte, ein großer Anhänger der freien Assoziation geworden. Er rannte drei Mal die Woche zu seinem Analytiker –

Und wo, Olaf breitete die Blätter vor sich aus, wo steht das bitte?

Na hier.

Das kommt aber als wichtige Information ein bisschen spät. *Rannte drei Mal die Woche zu seinem Analytiker,* das kann man doch nicht in so einem Halbsatz abtun, vielleicht sollten wir eine neue Ebene einbauen, strukturierend durch das ganze Buch seine Sitzungen, vielleicht könnten wir dort die Problematik der buchintern marginalen inneren Konflikte lösen.

Tolle Idee, sagte ich, in der Vertretersitzung werden sie begeistert sein, wenn das Buch noch Mal um hundert Seiten zulegt.

Hundert Seiten!, rief er entsetzt, kann man das nicht ein bisschen komprimierter gestalten?

Du bist gut, in drei Stunden die Woche quatscht der doch seinem Analytiker ein Ohr ab, der fängt ungefähr beim Urknall an und arbeitet sich schön langsam vor zu seinen Großeltern, das kann ich wohl schwerlich in einem Absatz verhandeln.

Die Vertretersitzung, sagte er sinnierend, Urknall. Na, lassen wir das. Aber für seine, wie soll ich sagen, er wand sich unbehaglich, für seine innere Entwicklung ist es schon wichtig, oder?

Ja, mein Gott, sagte ich, innere Entwicklung. Hoffen wirs halt.

Aber, er starrte immer noch auf sein eingekasteltes … *rannte drei Mal die Woche zu seinem Analytiker,* würde er nicht zumindest dann und wann mit Mathias darüber reden? Ihm von seinem analytischen Fortschritt berichten?

Frederik, sagte ich säuerlich, Frederik. Und, Himmel, nein! Der weiß doch nicht mal, dass er da hingeht, was meinst du denn, was er sich sonst ständig anhören müsste von ihm.

Richtig, sagte er langsam. Aber fällt es ihm nicht auf? Dass David ständig sonstwohin zu einem Termin muss? Wo wohnt denn sein Therapeut überhaupt, er hatte seinen Plan hervorgekramt und faltete ihn auf.

Ich schaute vergrämt aus dem Fenster.

Er sah auf, na?

Nein, sagte ich unwillig, es fällt nicht auf. Er muss nicht sonstwohin zu einem Termin. Er muss nur die Treppe hinunterrennen, et voilà.

Olaf betrachtete verdutzt seinen Plan, er hob den Kopf, das glaub ich nicht! Sagte er dann hingerissen, besser kann mans nicht erfinden, er malte hinter die Dieffenbachstraße ein Rufezeichen und etwas, das mir schwer nach dem Freud'schen Konterfei aussah, er ist extra in das Haus von seinem Analytiker gezogen? Und wie heißt er überhaupt. Und wie findet der das?

Wie der das findet? Na, rate mal, knurrte ich. Axel Huhn heißt er.

Olaf brüllte vor Lachen, kikeriki!, krähte er ausgelassen, kikeriki!

Huhn!, sagte ich laut, nicht Hahn!

Er kicherte albern weiter, ich werd nicht mehr, seufzte er dann, bei so was kommt die Literatur einfach nicht hinterher, so was schreibt nur das Leben.

Sicher, sagte ich unverbindlich. Viel Spaß noch mit der Fahrradkarte.

Stanjic sah nicht ein, warum der analytische Ansatz ihm bei der Lösung des Knäuels, das sein Leben angenommen hatte, nicht dienstbar sein sollte. Er sah nicht ein, wieso nicht ein Detektiv einen Fall lösen sollte wie ein Analytiker eine Phobie, sah er gar nichts ein.

Stanjic mochte so seine Macken haben, aber in einem lag er richtig: Er spürte, dass sich hier etwas zusammenballte und sich miteinander verflocht, das zu entwirren Not tat, er spürte sehr genau, hier war etwas im Gange und es war wichtig, es aus dem Untergründigen hervorzuholen und zu sortieren.

Er fand: Die freie Assoziation, integriert in ein aperiodisches Muster und mit Vertrauen auf seine Intuition, die ihm eine schöne und dem Auge gefällige Lösung versprach, schien ihm die Formel, mit der er die Sachlage zu entwirren gedachte.

Er ließ Sydow beim *Tante* aussteigen und fuhr zu sich nach Hause. Er wusste, es würde eine mühselige Arbeit, aber er kam nicht darum herum: Er musste die Indizien sortieren, nach den Kacheltypen sortieren und dann beginnen, ein Muster zu legen.

Zu diesem Behulf malte er sich fürs Erste die fünf Kacheln auf ein Blatt Papier, es sah folgendermaßen aus:

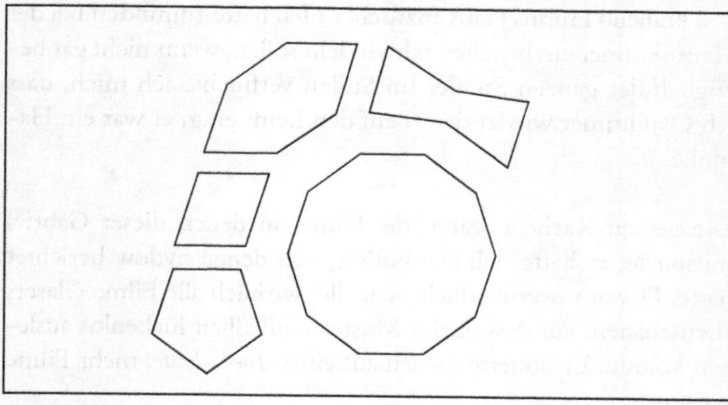

Er las nach, dass die Kacheln des *Ornamentbaukastens* folgende Namen trugen: *Zehneck, Fünfeck, Sechseck, Rhombus und Fliege.*

Ornamentbaukasten, sagte Stanjic angetan, das war gut. Er würde fürderhin damit arbeiten, es klang nach einer ausgezeichneten Verquickung von Wissenschaft und sauberer Handwerkskunst.

Sodann fing er an, alle seine Notizen, die er bereits niedergeschrieben hatte, folgendermaßen zu sortieren: Glasers Text würde er unter den grünen Kacheln ablegen – es würde ihn eine Menge Arbeit kosten, die darin enthaltenen Schlüsselstellen auseinanderzudröseln und niederzuschreiben, es ließ sich aber nicht vermeiden.

Er hatte die Papiere gesichtet, die Sydow beim letzten Besuch derart elegant hatte in seinen Rucksack gleiten lassen. Es war, außer Partituren für weitere Lieder aus dem Umfeld *Musik der Erde* und ungewöhnlich viele Briefe von der Versicherung, nichts von Interesse dabei.

Haha! Mein Lektor fand das witzig, die Briefe von der Versicherung! Wenn David wüsste, was da dahintersteckt, mein lieber Herr Gesangsverein!

Ich lachte nicht mit. Diese anvisierte Fahrradkarte lag mir ganz schön im Magen. Was, wenn nun Scharen von Radlern in bunter Funktionskleidung frühmorgens in die Dieffenbachstraße strampelten, um sich bei einem *Coffee to go* und im Chor kraftvoll krähend Huhns Haus anzusehen? Ich hätte zumindest bei der Hausnummer ein bisschen schwindeln sollen, wenn nicht gar bezüglich der ganzen Straße. Im Stillen verfluchte ich mich, dass ich Olaf immer wieder derart auf den Leim ging, er war ein Halunke.

Die gelben Kacheln waren die Filme, in denen dieser Gabriel mitspielte, er hatte sich alle notiert, von denen Sydow berichtet hatte. Es war unvermeidlich, sich alle, wirklich alle Filme Glasers anzuschauen, auf dass er das Muster schließlich lückenlos auslegen konnte. Er notierte es sich auf einer *To-do-Liste*: mehr Filme schauen.

Die lilafarbenen Kacheln standen für die Filme aus der Schaffenszeit, bevor dieser Gabriel auf den Plan trat – auch dort spielte jeweils derselbe junge Mann mit, er war Gagarin auf seinem Flug durchs Weltall; er war der Nackte, ausschließlich bekleidet mit braunen Ledersandalen, der Nachts in eine Bar trat. Dort am Tresen saß eine Frau, man sah sie nur von hinten (Katharina? Er vermutete es stark). Jedenfalls ging er hin, küsste sie wild und ungestüm, nahm die große Glasschale mit Brioches an sich und verschwand, herzhaft in ein Gebäckstück beißend, wieder durch die Tür in die Nacht hinaus.

Er war der, der, in einem weiteren Film, in derselben Bar an einem Tisch saß und eine Weile schweigend dem spanischen Barkeeper zuhörte, der seine primitiven Lebensweisheiten zum Besten gab, während im Hintergrund eine Gitarrenmusik gezupft wurde und der Sänger dann und wieder klagend und in der typisch heiseren spanischen Manier *la vida la vida* sang. Irgendwann stand der Mann vom Tisch auf, schnipste die CD aus der Anlage und zerbrach sie mit einer Hand, mit der anderen packte er den Barkeeper am Revers, zog ihn über den Tresen und nagelte mit einem Hieb seine Zunge mithilfe einer CD-Scherbe ins Tresenholz. Ende, es ging wieder von vorne los, das Leben, sagte der Barkeeper melancholisch, ist ein Flur mit vielen Türen, vom CD-Player mauschelte einer *la vida la vida*.

Und so weiter, er hatte doch einige der Filme gesehen, manchmal spielte eine Frau mit, man sah sie nie von vorn. Es konnte Katharina sein oder auch nicht, der Mann aber war immer am Start, begleitet von wechselnden Mitspielern. Er ging durch eine Stadt, die David nicht kannte, er saß auf einer Bank auf einer großen Wiese, wo David noch nie gesessen, er besuchte eine Buchhandlung, deren Inhaber David nicht kannte, und legte sich mit einem tätowierten Hundebesitzer an (*Gehört dir die Töle? – Wieso duzt du mich, Arschgesicht. – Ob dir die Töle gehört, habe ich gefragt. – Sag mal, hast du sie noch alle? Nenn mein Mädchen noch einmal Töle und ich mach dich platt. – Hat ne tolle Tolle, deine Töle.* Und der Hundebesitzer machte ihn platt, haute ihm so fadengerade eins in die Backe, dass er ohne Umstände zusammenklappte und zu Boden ging. Dann gings wieder von vorne los, *gehört dir die Töle?* Usw.). Auch der Film am Brunnen vor diesem Konzerthaus gehörte in diese Kategorie.

Stanjic war sich übrigens nicht sicher, wie viel an diesen Filmen eigentlich einem Drehbuch und einer regelrechten Inszenierung unterlag. Mitunter schienen sie ihm durchkomponiert von vorne bis hinten, dann wieder hätte er seine Hand dafür ins Feuer gelegt, dass beispielsweise der Tölenfilm, tja, wie sollte er sagen, mit Laien arbeitete? Er war sich ziemlich sicher, dass der Hundebesitzer kein Mitspieler war, er war einfach ein Hundebesitzer, ging mit seinem Mädchen durch den Park und haute einem, der ihm hier blöd kam, eins auf die Fresse. Der Hundebesitzer war, Stanjic warf sich ungern mit ihm in einem Topf, aber es war die traurige Wahrheit, der Hundebesitzer war in dem Film das, was er selbst in der Uetliberg-Episode war: ein unwissender Mitspieler in einem Stück, in dem er freiwillig keine Rolle übernehmen würde.

Es gab von dieser Sorte Film einige, es wäre müßig, sie hier alle aufzuzählen. Alles in allem ging es darin um Überraschungsmomente, sowohl für die Spielenden als auch für die Zuschauenden, um Provokationen oder Konfrontationen. Stanjic legte alles, was er erinnerte, ab unter den lila Kacheln, er hatte bei Weitem am meisten Filme aus der frühesten Periode gesehen.

Die roten Kacheln waren die Filme nach Gabriel. Er dachte mit Unbehagen an die beiden, in denen er selbst als Protagonist fungierte, er hoffte, es waren die einzigen. Er nahm an, dass alle Filme, in denen weder der Unbekannte noch Gabriel mitspielten, der Ära nach Gabriel angehörten. Sicher war er sich natürlich nicht, aber es vereinfachte die Sache enorm.

Er strich sich den Vermerk *mehr Filme schauen* rot an, und, fügte er hinzu, *beschriften und auf Daten überprüfen.* Das war gut, sowie er die Filme auf die Jahreszahlen lokalisiert hatte, war es leicht, sie den entsprechenden Kacheln zuzuordnen.

Blieb nur noch die große blaue Kachel: was sonst noch geschah. Hier listete er alles auf, was ihm wichtig erschien.

Glasers Veränderung. Er hatte nach seiner Ankunft in Berlin bei Simon Glaser gewohnt. Er war nach Zürich gereist und kurz nach seiner Rückkehr hatte er eine eigene Wohnung genommen, er hatte angefangen, diesen Text zu lesen, und etwa in dieselbe Zeit fiel Glasers Veränderung. Er kam kaum mehr ins *Tante,* er verpasste die Proben, er war selten zu Hause, vernachlässigte seine Wohnung, er wurde verschwiegen.

Stanjic notierte sich alles, dazu auch das vermehrte und glaseruntypische Kaffeetrinken, die beiden Tassen auf seinem Küchentisch. Er notierte sich die neue Nachbarin. Wann war sie eingezogen, bei Glaser im Haus? Es war nach seinem Auszug gewesen und, das notierte er sich als weitere These, es fiel zusammen mit Glasers Veränderung.

Was war noch so gewesen, in den letzten Wochen und Monaten? Ihm fiel der Mann ein, aus dem Auto hinter ihnen. Er wusste,

Sydow hielt das für Blödsinn, aber er hatte das Gefühl, es war immer derselbe. Immer derselbe und ihm war, als kannte er ihn von irgendwoher, aber er kam nicht darauf, von wo.

Er notierte alle Gelegenheiten, an die er sich erinnerte, den Mann im Auto hinter sich gehabt zu haben.

Er legte sich auf den Bauch und überlegte kreuz und quer, er schrieb den Schiesser Feinripp auf seine Liste, das Kastanienjoghurt, er notierte Sydows Fund der Dias. Die Dias selbst wiederum listete er unter die gelben Gabrielkacheln, sie schienen aus dieser Zeit zu stammen.

Er verbrachte dann einen langen und eintönigen verregneten Nachmittag damit, die einzelnen Kachelschablonen im Copyshop zu vervielfältigen und sie hinterher, wieder bei sich zu Hause, auszuschneiden.

Er schaute sich allerlei Bilder an von beispielhaften aperiodischen Mustern, er betrachtete die Fotografien des Schreins im alten Isfahan, er sichtete diverse Penroseparkettierungen und Quasikristalle, er kaufte sich einen Blumenkohl, weil der Blumenkohl, er ist ein Meisterwerk der Aperiodik, er sah in alldem die Schönheit in einer unordentlichen Ordnung und würde sich nun ans Werk machen.

Er packte seine Papierkacheln, seine Listen und ein kluges Sortiment an repetitiver Musik in seinen Schweinsledernen und trug den Koffer zu seinem Auto und fuhr zu Sydow, der hatte ein großes Wohnzimmer.

78. Gedichte sind richtig wichtig

Was willst du machen? Frederik von Sydow hatte ihm die Tür geöffnet, er trug ein Handtuch um die Hüften und war tropfnass.

Stanjic schob sich mitsamt Koffer an ihm vorbei, das Muster legen, sagte er. Im Wohnzimmer rückte er den Tisch und das restliche Mobiliar zur Seite und rollte den Teppich zusammen. Er streifte in der Garderobe die Gummistiefel ab und packte seinen Koffer aus. Er legte die Musik ein, drückte auf die Wiederholungstaste.

Wieso bei mir, wieso nicht bei dir? Sydow hielt mit der Linken sein Handtuch fest und hatte in der Rechten die Vase vom Wohnzimmertisch, die Stanijc ihm in die Hand gedrückt hatte, und was soll die Musik, willst du mich hypnotisieren?

Stanjic hatte sich im Schneidersitz auf den Fußboden gesetzt und begann, die Kacheln mit den jeweiligen Ereignissen zu beschriften, hast du gerade gebadet?

Ja, du hast mich gestört.

Du störst mich auch, ich muss mich intuitiv versenken, bade doch noch ein bisschen.

Was ist mit der Musik?

Das ist Philip Glass, die perfekte Einstimmung.

Sydow stellte die Vase weg und ging zurück ins Bad, er schlug die Tür hinter sich zu. Er legte sich in die Wanne, ließ immer wieder heißes Wasser nach, aß eine Packung softe Kekse mit Orange und las drei Hefte *Asterix*, *Die Lorbeeren des Cäsar, Bei den Legionären* und die *Tour de France*.

Nachdem Stanjic alle bisherigen Notizen der jeweiligen Kachel zugeführt hatte, begann er, ein schönes Muster zu legen. Er verließ sich dabei ganz auf seine Intuition, denn die Intuition ist gespeist von Tausenden und Abertausenden von Erfahrungen, sie ist nicht gedacht und tut dennoch das Rechte. Mitunter sang er das Glass'sche Thema mit, das sich unendlich wiederholte und variierte, er geriet in den idealen Zustand höchster Konzentration bei einem völligen Neben-sich-Stehen, vergleichbar dem Gefühl, das man hat, abends vor dem Einschlafen, bevor man abgleitet in Träume und noch mäandert in diesem merkwürdigen Zwischenreich, einerseits schon so schläfrig und schwer und andererseits doch auch glasklar und seltsam rein.

Nach zwei Stunden fing er an, Pfusch zu machen, und beendete für diesen Tag sein Werk. Er stand auf und streckte sich, betrachtete sein Mosaik, er fand, es ließ sich gut an.

Er ging in Sydows Küche und kochte sich einen Kaffee, er stöberte in den Schränken nach Keksen, hast du Kekse, rief er Richtung Bad.

Nein!

Er machte sich ein Butterbrot und setzte sich an den Tisch und fing an, das Buch zu lesen, das da lag, es waren Gedichte, ein Gedichtband.

Sydow kam aus dem Badezimmer, er trug Jeans und streifte sich gerade einen weinroten Kapuzenpullover über sein Unterhemd.

Stanjic hielt anklagend den leeren Karton der soften Kekse Geschmack Orange hoch, er musterte ihn, alles neu?

Ja.

Wo ist der sonstige Anzugstoff, der tägliche Pullunder.

Ausquartiert, ich dachte, es ist Zeit für eine neue Ära.

Du siehst so – modern darin aus, direkt ungewohnt, so schmissig, so keck und frech, richtig knorke. Diese Jeanshosen, die Kapuze, das macht dich um Jahre jünger, ich schwöre, du siehst nicht älter aus als dreißig.

Sehr witzig.

Auch ein Käffchen?

Ja. Knorke sagt heutzutage kein Mensch mehr und du als Österreicher erst recht nicht.

Alles knorke, das ist meine neue Tagesparole, seither gehts mir fantastisch. Wieso sind keine Kekse da, ich denke, du besuchst extra diesen Kurs, ich denke, ihr backt Weihnachtsplätzchen.

Die sind noch im Übungsstadium, die kann ich niemandem zeigen.

Ich schwöre, ich lache nicht.

Sydow ging ins Schlafzimmer und kam mit einer Blechdose zurück. Er suchte darin ein bisschen herum und reichte Stanjic einen Keks.

Oha, sagte Stanjic, was ist denn das?

Das ist Knecht Ruprecht.

Und die Sorte?

Nussknusperli.

Warum Knusperli?

Weil der Lehrer aus der Schweiz kommt, wir backen Mailänderli und Knusperli und Leckerli. Du hast gesagt, dass du nicht lachst!

Ich lache nicht, Ruprecht schmeckt interessant, krieg ich noch einen.

Nein. *Interessant* ist, wie auch *spannend,* ein Wort, das man nie, nie, niemals verwenden sollte, so man etwas kommentieren möchte, weder für meine Kekse noch für sonst was. Meine Kekse sind nicht spannend.

Nein, spannend sind sie nicht.

Willst du mich schon wieder beleidigen.

Nein, Kekse will ich, sie schmecken gut.

Warum sagst du das nicht gleich.

Er stellte Stanjic die Dose hin und setzte sich zu ihm an den Tisch. Es regnete schon wieder, dicke Tropfen klatschten draußen auf den Balkontisch, die Humphrey-Bogart-Gießkanne, um ihre Aufgabe geprellt, schaute zu ihnen herein.

Und? Er nahm Stanjic das frisch geschmierte Butterbrot ab und tunkte es in seinen Milchkaffee, kaute, was sagt der Fliesenleger?

Läuft sich gut an, sagte Stanjic. Er suchte sich ein paar Kekse heraus und betrachtete sie, drehte sie herum, Knecht Ruprecht? Ein Nikolaus? Ein Rentier? Egal, er tauchte sie in seinen Kaffee, aber wir müssen uns die restlichen Filme anschauen, geht nicht anders. Wir müssen alle, wirklich alle gesehen haben. Und wir brauchen den anderen Textteil.

Was ist mit den Papieren? Den Papieren, die ich geistesgegenwärtig und unter Einsatz meines Lebens bei Simon habe mitgehen lassen?

Nichts, *Musik der Erde*, langweilige Korrespondenzen, auffällig viele Briefe von der Versicherung. Ich habe dir die Liste mit den fünf Kategorien im Wohnzimmer hingelegt, trag einfach alles ein, was dir noch einfällt. Und tapp nicht ins Bild.

Sydow fuhr sich durch die nassen Haare, sortierte sie Zweidrittel zu Eindrittel auf der linken Seite, streifte sie hinters Ohr, ich kann ja zwischendurch ein bisschen weiterpuzzeln.

Stanjic überlegte, er trank einen Schluck Kaffee, warum nicht, sagte er. Wenn dein krudes Es mit meinem, aus meinem genialen

Geist gespeisten, Unterbewussten korrespondiert, ergeben sich womöglich spektakuläre neue Formen.

Exakt.

Stanjic stopfte sich den Rest vom aufgeweichten Keks in den Mund und wischte sich die Hände an den Hosen ab, du liest Gedichte? Er hielt den Gedichtband hoch.

Man muss wissen, was der Feind so denkt.

Ist der Dichter immer der Feind?

Immer. Der Dichter versucht alles, was wir im großen Stil betreiben, zu verdichten. Weitschweifige Erklärungen, umsichtige Erörterungen, langwierige Reden, kurzum, unser ganzes Lebenskonstrukt ist gefährdet, wenn der Dichter gewinnt. Der Dichter geht spürsam durch die Welt, alles ist Stimmung. Ein kleines Zweiglein, ein Vogel sitzt auf einem Zaun, eine Katze streckt sich und der Dichter hat die Idee, nein, nur die zarte Impression einer Frau und wie sie lächelt, er ist total geflasht, das sprengt schier sein emotionales Fassungsvermögen. Er setzt sich in seine Kammer, überlegt reiflich und schreibt dann ein klitzekleines Wort in seinen Gedichtband. Dann ruht er sich aus, Dichten ist schwer. Am nächsten Tag schreibt er vielleicht ein weiteres Wort, vielleicht aber auch nicht, es ist noch zu früh, er spürt, wenn es da ist. Er überarbeitet die beiden Worte, er lauscht in den Äther, horcht in den Wind, will ihm irgendein Molekül noch was sagen? Er schreibt es nieder. So geht es tagein, tagaus, der Sommer geht, schon kommt der Herbst, das Zweiglein stirbt, der Vogel fällt, die Katze hat gegähnt. Dann ist das Büchlein voll, sieben Gedichte sind es, vermutlich ein Zyklus, Dichter arbeiten gerne zyklisch, und alle sind sie wichtig. Wenn der Dichter gewinnt, leeren sich die Straßen und alles sitzt zu Haus und meditiert, vertieft sich in die außergewöhnliche Dichte in des Dichters Werk, sieht die maximale Welthaltigkeit auf einer kaum genutzten Seite und du und ich, wir können einpacken.

Wieso denn?

Weil es verdächtig wirkt, dass jemand hundert Worte verbraucht, wo ein anderer die Nachtigall noch nicht mal trapsen hört und leise auf die Seiten weint. Man könnte uns als veraltet ausrangieren, jetzt nur beispielsweise.

Ach so. Das sollten wir doch zu verhindern wissen.

Meine ich auch. Du gehst?

Auf was genau, fragte mein Lektor, ist das eigentlich ein Seitehieb.

Auf die Dichter, sagte ich.

Verstehe, sagte er. Und du willst das hier so stehen lassen.

Klar, sagte ich.

Du bist eher nicht so für Lyrik, wie?

Ich?, sagte ich, ich schon, und wie. Mathias auch. Aber Frederik nicht. Ich dachte, das dient der besseren Anonymisierung.

Guter Plan, sagte Olaf, sehr sehr guter Plan.

Du gehst, fragte Sydow?

David Stanjic war aufgestanden, wir gehen. Er schaute auf die Uhr über der Tür, Abendessen. Heute gibt es Pilzcrèmesuppe.

Er wartete in der Diele, schon gespornt in Gummistiefel und Ölzeug, bis Sydow sich den Schal umgewickelt hatte.

Ich würde Gummistiefel anziehen, sagte er, als er Anstalten machte, in seine Turnschuhe zu steigen, es schüttet.

Sieht das nicht blöd aus?

Stanjic schaute an sich herunter, das Ölzeug, die Gummistiefel, natürlich sieht das blöd aus, sagte er.

Natürlich sah es blöd aus.

Aber findest du wirklich, fragte er, du willst diese furchtbare Periode wiederholen, in der man als Jugendlicher lieber nasse Füße kriegt, als blöd auszusehen?

Sydow zog die Turnschuhe wieder aus, nein, will ich nicht. Es war eine grässliche Zeit. Jugendlich sein ist sehr anstrengend, immer diese nassen Füße, nie einen Schirm mitnehmen, keine Jacke anziehen im Winter, sich nicht eincremen, wenn die Sonne scheint, Mann sein und jugendlich ist kein Zuckerschlecken. Wir können wirklich froh sein, dass sich das eine davon mit der Zeit von selbst erübrigt.

Eben. Aber nicht traurig sein, wir haben ja noch die Jugend.

Lass die Witze. Meine Identität als Mann ist gerade schwer angegriffen. Kein Job, keine Frau und jetzt schwinge ich auch noch das Tamburin für *Musik der Erde.* Ich sehe mich schon als abgehalfterter Bänkelsänger enden, dem man, wenn die richtigen Männer ins Feiern kommen, die Tschinellen über den Schädel zieht.

Du hast zu viele *Asterix* gelesen.

Stimmt. Seit dem Abend gestern bei Simon habe ich immer Troubadix vor Augen, wenn ich in den Spiegel schaue.

Ach was, jetzt mit Jeans und vorhin im T-Shirt, oder wie heißt das, Muskelshirt?

Das ist ein Unterhemd, du Trottel.

Genau, im Unterhemd und den Jeans siehst du haargenau aus wie Grautvornix. Sogar die Frisur, genau wie bei Grautvornix, dieser schmissige Schrägscheitel, du bist der Beatnix unter den Galliern, du siehst aus, als hättest du den Beat im Blut.

Ja danke, Grautvornix kommt auf der Peinlichkeitsskala direkt nach Troubadix, wenn du so weitermachst, ist mein Selbstbewusstsein völlig im Eimer. Der Beatnix unter den Galliern, Mann, ich singe so Sachen wie, *die Mama ist auf den Markt gegangen.*

Ja, aber in dem Lied bringt sie dir ein Mädchen mit, aus Polen.

Ich will aber nicht, dass meine Mama mir ein Mädchen aussucht, da lacht doch die ganze Analytikerzunft.

Ich denke, du bist psychophob.

So auch wieder nicht.

Na, das ist doch schon ein Fortschritt. Wenn du willst, geb ich dir die Nummer von meinem Therapeuten.

Lass die müden Scherze, du hast gar keinen Therapeuten.

Wenn ich einen hätte, meine ich.

Bin ich froh, gibts den Konjunktiv.

Ich auch, Frederik, ich auch. Wollen wir?

Ja. Auch ein Schirm?

Warum nicht. Was ein richtiger Mann ist, kann sich alles erlauben, es ist der Sieg über die Jugend.

Sie gingen ins Treppenhaus hinaus und Sydow zog die Tür hinter sich zu. Meinst du, fragte Stanjic, als sie die vier Treppen hinunterstiegen, Simon kommt heute auch mal wieder zum Essen?

Nein, glaube ich nicht, Katharina sagt, er hat so viel zu tun.

Wie findest du sie eigentlich.

Katharina? Frederik von Sydow hielt die Haustür auf, spannte seinen Schirm auf und ließ Stanjic voraus nach draußen gehen, klasse finde ich sie, sie ist mein Schicksal, ich spürs.

Stanjic schwieg. Er stapfte durch die Pfützen, das war kindisch, sicher, aber seit er nicht mehr so jung war, konnte er sich das wieder erlauben. Er schwieg, er war mit seinem Schneid am Ende. Wer zuletzt kommt, kommt auch an, machte er sich aber immer wieder Mut. Wer zuletzt kommt, murmelte er wacker, kommt auch an.

79. Man will die Mark zurück

Weißt du, sagte mein Lektor beim nächsten Treffen, wir betraten zusammen das *Liebling*, was mir aufgefallen ist? Er hielt die Tür auf und kam hinter mir herein, Axel Huhn, er machte eine bedeutungsschwere Pause, Axel Huhn und dieser Zürcher Analytiker aus dem Film – der im *Blutigen Daumen* – tragen denselben Vornamen. Da solltest du dir einen anderen überlegen, das ist sonst verwirrend.

Nein, sagte ich, das ist Absicht.

Wir hatten uns an einen Ecktisch gesetzt, er schaute von der Getränkekarte hoch, Absicht?, fragte er hellhörig geworden, und ohne seinen Blick von mir abzuwenden, holte er sein Notizbuch hervor, wie das?

Der Analytiker-Axel aus dem *Blutigen Daumen* ist der Axel Huhn aus der Dieffenbachstraße.

Aber, rief Olaf begeistert, wie kann denn das sein?

Ich zuckte die Achseln, ich glaube, er war damals in die Schweiz gezogen, weil er mit einer Schweizer Dozentin liiert war, Verena Kast oder so hieß die. Er hatte eine Praxis am Mythenquai.

Mythenquai, murmelte Olaf, als er die Adresse in sein Büchlein übertrug.

Jedenfalls ist er nach dem traurigen Ende der Schweizer Liaison nach Berlin zurückgekehrt. Manchmal hört er sich noch die gesammelten Mitschnitte ihrer Gustav-Jung-Seminare an.

Und wie kam David zu ihm? Ich meine, das ist doch schier unmöglich, es muss Tausende von Analytikern geben in der Stadt, wieso –

Soll ich dir sagen, wies war? Ich beugte mich über den Tisch und sagte: Er hat die Liste der kassenärztlich gemeldeten Therapeuten gesichtet und fand einen Axel Huhn. Er fand das witzig.

Kann ich gut verstehen! Mein Lektor lachte herzhaft.

Er hat einen Humor wie eine Oma, fügte ich eisig hinzu. Ich lehnte mich wieder zurück, es ist also, kurzum, einer dieser Zufälle, wie sie nur das Leben in petto hat.

Olaf schüttelte hingerissen den Kopf und machte sich eine weitere Notiz, wenn man das, sagte er, erfinden würde, das glaubte einem kein Mensch.

Drum lass ichs lieber, sagte ich.

Stanjic fuhr am Wochenende zur Entspannung mit dem öffentlichen Verkehr. Er hatte das Gefühl, jede getätigte Autofahrt verkürze seine persönliche Lebenszeit um genau den Wert, den er hinter dem Lenkrad klemmte. Es ist die Todesangst einfach höchst ungesund für den Organismus.

Er überlegte, wie weiter, und fuhr kreuz und quer herum, tief unter der Stadt hindurch, die ganzen Maulwurfgänge erkundend. An einem Tag stieg er immer an Plätzen aus, am Adenauerplatz, am Friedrich-Wilhelm-Patz, am Thielplatz und so weiter, der Aufenthalt auf Plätzen sortiert ungemein. An anderen fuhr er hoch oben in Doppeldeckerbussen, weil hoch oben sein beruhigt und beschwingt gleichermaßen. Er fuhr Straßenbahn im Osten und mit der U-Bahn in die hintersten Winkel des Westens und die prompte Erleichterung setzte wie immer just dann ein, wenn er keine Ahnung mehr hatte, wo er war.

Er kaufte sich in einem Untergrundgeschäft ein Bündel Bananen und aß zwei Stück sofort auf. Er hatte einmal bei Glaser auf der Toilette gelesen, Bananen hätten viel Serotonin. Er konnte sich zwar nicht mehr genau erinnern, ob das nun glücklich mache oder aber nur der Volksmund diese Meinung vertrete, ihm war, als hätte auf dem Klopapier etwas von der *unüberwindlichen Blut-Hirn-Schranke* gestanden, die konnte die Banane nicht durchdringen, aber auf einem vertrackten Weg schaffte es die Banane dann eben doch, er wusste nicht mehr, wie. Aber Bananen, entschied er seine Debatte, Bananen machen glücklich.

Er rief bei der Auskunft an und hörte Grieg, *Halle des Bergkönigs*, er kriegte davon, klug kombiniert mit den Bananen, sofort allerbeste Laune.

Er setzte sich wieder in eine U-Bahn und fuhr noch ein Stündchen ins Ungewisse, ein junges Pärchen sang spanische Weisen, eine Frau las ein dickes Buch und ein melancholischer Mann mit einem tief in die Stirn gezogenen Hut verkaufte die Obdachlosenzeitung und bat um Spenden oder Essen.

Ob nun directement oder auf dem Umweg Neurotransmitter, Bananen sind auch für einen so schwermütigen Mann sehr wichtig, dachte David bei sich und reichte ihm eine Banane.

Nein!, schrie der Mann gepeinigt, nicht schon wieder Banane! Er raffte seine Zeitungen zusammen und floh bei der nächsten Station aus der Bahn.

Stanjic sah ihm nach und dachte an den erhöhten Serotoninspiegel, vor dem auf dem Klopapier ausdrücklich gewarnt wurde, er führte zu der gefürchteten Unruhe.

Er aß noch eine Banane und lauschte den spanischen Weisen, stieg dann auch aus, aber keinesfalls wegen erhöhten Serotoninspiegels, er hatte alles Spanische noch nie gemocht. Er würde nicht so weit gehen, die Spanier ob des Spanischen irgendwohin zu nageln, auf einen Bartresen zu nageln beispielsweise. Die Spanier sangen in ihren Liedern gerne von großen und wichtigen Themen, la vida, la mar, el corazón, er fühlte sich da schnell überfordert.

Dann klingelte er beim Glaser zu Hause an, er war nicht da. Vielleicht war es die Gelegenheit? Er würde sie beim Schopf packen. Er wollte ein Muster legen und es sollte vollständig sein. Er würde, sobald es annähernd vollständig war, sehen können, was fehlte. Diese fehlenden Stücke, so lautete nun seine offizielle These, die er telefonisch sogleich an Sydow weitergab, würden die Lösung sein.

Die Lösung wovon, fragte Sydow.

Des Falls.

Und was genau ist der Fall?

Ich denke, auch das werden wir spätestens dann sehen, wenn wir uns der Lösung nähern.

Findest du nicht, wir sollten vorher wissen, was wir tun?

Sagen wir so, sagte Stanjic laut über den Lärm im U-Bahn-Schacht hinweg in den Hörer, es wäre schön, wenn es so wäre.

Du benutzt den Konjunktiv, bemerkte Sydow.

Richtig, in einer chaotischen Welt ist er der Horizont, stell es dir so vor: Wir haben nun die fünf Kacheltypen. Sie liegen vorerst noch wie Kraut und Rüben in deinem Wohnzimmer.

Eben, klagte Sydow, dieser Saustall macht mich krank.

Ja, aber denke daran, in diesem Durcheinander verborgen liegt schon das Muster, es ist in den Kacheln inhärent, wir müssen es nur legen. Wir müssen es, Kraft unserer Intuition, herausholen und ans Licht bringen, dann haben wir den Konjunktiv eingeholt und können endlich im Jetzt leben. Verstehst du?

Nein, sagte Sydow, ich verstehe nur, dass du den Saustall nicht in deiner Wohnung haben wolltest.

Du hast das viel größere Wohnzimmer, das kannst du gar nicht nutzen.

Kann ich wohl, ich wollte Lebkuchenteig ausrollen und ausstechen.

Auf dem Wohnzimmerboden? Lernst du so was bei dem Schweizer? Vermutlich, weil alle Schweizer noch bis vor einer Generation Bauern waren, sie haben sich ein ganz unverkrampftes Verhältnis zum Dreck bewahrt. Oder nein, so ist es, sie sind, wir wissen es von *Asterix bei den Schweizern*, sie sind derart reinlich, dass man bei ihnen alles, was unsereins auf einem Tisch verarbeitet, auch auf dem Boden machen kann.

Das habe ich nicht von dem Schweizer. Der Schweizer ist ein totaler Pedant. Beispielsweise misst er, bevors ans Ausstechen der Plätzchen geht, die Teigdicke mit einem extra Kekslineal, damit alle gleich dick werden. Er ist ein Pedant. Nein, die Idee mit dem Lebkuchenteig auf dem Boden habe ich von Pippi Langstrumpf, die macht das auch so.

Bist du sicher, deiner Identitätssuche als Mann ist geholfen, wenn du mit solchen Vorbildern arbeitest?

Ich glaube schon, ja.

Wenn du meinst. Geh doch zu mir, der Schlüssel liegt wie immer. Ich bin die nächsten Stunden sowieso nicht zu Hause.

Nicht zu Hause?

Von hinten klopfte jemand Stanjic auf die Schulter, hast du mal ne Mark?

Stanjic warf einen flüchtigen Blick zurück, ja, sagte er zerstreut, schlaf weiter. Der Euro machts eh nicht mehr lange. Du, sagte er ins Telefon, er ging ein paar Schritte weiter, ich muss Schluss machen, kann sein, dass hier gleich eine Revolution ausbricht, die Leute wollen die Mark zurück, ich melde mich!

Wann denn?, rief Sydow, wo bist –

Stanjic klappte sein Telefon zusammen und ging ins nächste Untergrundgeschäft. Eine Mark, dachte er bei sich, eigentlich komisch. Es war ihm schon mehrfach aufgefallen, dass die Leute immer noch den Hang hatten, wenn ihnen etwas besonders teuer erschien, den Europreis in Mark umzurechnen, eine Marotte, die er überhaupt nicht verstand, was sollte das bringen? Ihm war es total egal, er zahlte mit Schilling, als es den Schilling gab, er nahm den Euro, als der Euro kam, er akzeptierte den Franken in der Schweiz. Er überlegte an sich gar nicht, was irgendwas kostete, er hatte, in egal welcher Währung, so und so viel Geld zur Verfügung und das verteilte er auf die ganzen Kosten, es musste nur aufgehen, das war alles. Für mehr Kalkulation war er viel zu faul. Aber die Leute, sie riefen empört, fünf Euro für ein Sandwich? Das waren zehn Mark! Ja sicher, dachte er dann bei sich, wenn mans umrechnet, ergibt es immer irgendwas anderes, fünf Euro waren dann 10 000 Escudos und 70 000 Lire, insofern kann man mit der Mark ja noch froh sein. Auch die Österreicher rechneten, mehr als zehn Jahre nach der Euroumstellung, hartnäckig auf den Schilling um, wenn ihnen ein Betrag exorbitant hoch erschien. Siebzig Schilling, würden sie dann rufen, für ein Sandwich!

Stanjic blieb stehen, siebzig Schilling für ein Sandwich? Das war wirklich stark, so hatte er das noch gar nie gesehen! Wie auch immer, er konnte es noch annähernd nachvollziehen, wenn es darum ging, sein Geld auszugeben. Aber wenn es sich darum handelte, welches einzunehmen, war man doch bestens bedient. Wenn ich ein Almosen wünsche, dachte sich Stanjic, nehme ich doch lieber den Euro als die Mark, immerhin ist ein Euro zwei Mark und 14 Schilling und 140 Lire und 1000 Escudos, also eine ganze Menge. Was solls, er ging ins Untergrundgeschäft und kaufte sich einen Wein. Für den Mut, wie er sich sagte, aber er wurde, trinkend und Bananen essend, sekündlich rührseliger und grässlich weinerlich, er sollte die Finger vom Alkohol lassen. Oder von den Bananen.

Er verräumte sich wieder in die komplizierten Tiefen des innerstädtischen Systems, er trank wacker seinen Wein aus und fuhr zum Alexanderplatz. Dorthin fand er immer und von da aus in die Nähe vom Wald und dem ganzen anderen Programm und schaute hoch zu Glasers Fenster, es war dunkel.

Hier war nicht weiter zu fackeln. Er schloss die Tür auf und fragte sich nicht, ob es Schicksal war oder Zufall, dass er Simon nie seinen Schlüssel zurückgegeben hatte, es war auch ganz einerlei. Er trat in die stille Wohnung und schaute sich um.

80. Drogen sind auch keine Lösung

Unsere Praktikantin, sagte Olaf, hat hier etwas Wichtiges angesprochen.

Praktikantin?, rief ich entsetzt, du willst jetzt, auf Seite 305, noch eine Praktikantin einführen? Hast du sie noch alle?

Sie hat gesagt, fuhr Olaf unerschütterlich fort, dass sie spätestens an dieser Stelle in ihrer Krimierwartung erschlappt ist, sie meint, es wäre vielleicht sinnvoll, den lieben Leser behutsam davon in Kenntins zu setzen, dass dieses Buch kein klassischer Krimi ist, dass hier nicht am Anfang ein Mord steht und am Schluss die Auflösung und dazwischen lauter logische Entschlüsselungsmomente.

Ich legte mir für einen Moment beruhigend die Hand über die Augen. Erstens sagte ich dann, kommt mir eine Praktikantin jetzt nicht mehr ins Buch, die hättest du zielgerichtet von Anfang an aufbauen müssen.

Meinetwegen, erwiderte mein Lektor, lauter als nötig, *ich* bin erschlappt! Ich! In der Erwartung einer sinnvollen kriminalistischen Handlung! *Ich* denke immer, jetzt passiert gleich was Schlimmes und dann ist wieder nichts!

Das ist das Gemeine an der Lokomotion, sagte ich verständnisvoll, wenn ein Plumplori dich angreift, fühlt es sich in etwa genauso an. Im Übrigen, fuhr ich unbeeindruckt fort, hat jeder liebe Leser ja wohl bis hierher verstanden, dass ein Mord erst bevorsteht und, im Kontrast zu einem handelsüblichen Drama, *verhindert* werden soll.

Olaf schwieg. Und was, bitte schön, sage ich jetzt der Praktikantin?

In diesem Buch gibt es keine Praktikantin.

Die Nacht fiel ein wie eine Kopfnuss, ein Schlag aufs Gehirn, wieder ein paar Zellen weniger, murmelte er, ihm war so nach Murmeln.

Meine Gehirnzellen verpufften wie zertretene Stinkboviste, ich hatte kurzum, erklärte er Sydow, als sie am nächsten Tag in Sandwichdingen durch die Stadt brausten, viel zu viel Wein getrunken.

Vielleicht lag es an den Bananen, wandte Sydow ein – sie kannten doch ihr Klopapier!

Eine gemeine Nebenwirkung erhöhter Serotoninaufnahme, diagnostizierte er, eine Nebenwirkung wie die gefürchtete Unruhe.

Schön wärs, meinte Stanjic. Er war sichtlich angeschlagen, regelrecht demoliert, sein Kater konnte nur mehr maunzen, so schlimm fühlte er sich. Schön wärs, wiederholte er, ich aber hatte einfach zu viel Wein getrunken.

Konnte sein, er hatte sich der vielen falschen Bücher erinnert und der darin konsumierten Starkgetränke. Faszinierenderweise schienen sie die darin operierenden Helden nicht im Geringsten bei ihrer Arbeit zu behindern, ganz im Gegenteil. Gemessen an den ungeheuren Mengen, die sie sich in schöner Regelmäßigkeit hinter die Binde kippten, gab es praktisch keinen einzigen Fall, und sei er auch noch so ausgefeimt, der nicht in volltrunkenem Zustand gelöst wurde.

Zum Beispiel, nuschelte er – es waren Namen, die er, auch nüchtern, nur genuschelt über die Lippen brachte – zum Beispiel Dashiel Hammett. Raymond Chandler. Es waren Namen, die auszusprechen großen Spaß bereiten, vor allem betrunken. Dschiel Hämmit, nuschelte er mit diebischer Freude. Dschändl.

Sydow fand Stanjics Humor generell fragwürdig. Was der Alkohol damit machte, fand er verheerend.

Hammett und Chandler jedenfalls hatten ganz sicher keine schlechten Bücher geschrieben, aber in puncto berufliche Vorbilder und männliche Identität für Stanjic die falschen.

Vielleicht, meinte er, liegt es an der chemisch bedenklichen Mischung. Den Bananen als Neurotransmittern und dazu der Liter Wein, die – er hielt kurz inne – Phenole im Wein, sagte er dann langsam und deutlich, und die Polyphenole.

Frederik von Sydow hatte die Zeitung auf seinem Schoß ausgebreitet, er hörte nur mit halbem Ohr hin. Mitunter hob er den Kopf und sagte: Schon mal was von Vorfahrtstraßen gehört? Oder: Die blinken dich nicht an, um dich zu begrüßen, du sollst das Licht anschalten, Idiot.

Im Ressort der *Deutsch-Französischen Freundschaft*, sagte David ungerührt, er schaltete das Licht ein und erhöhte das Scheibenwischertempo, es goss wie aus Eimern, habe ich, fuhr er fort, einmal einen schönen Artikel gelesen im Zusammenhang mit den Phenolen und den Polyphenolen, es ging um das sogenannte *Französische Paradox*.

Ach so, sagte Sydow, er blätterte die Zeitung um.

Ein deutscher Önologe, sagte David, während er sein Telefon hervorkramte und die Auskunft anrief, er brauchte jetzt dringend seinen Kumpel Gynt, dem es irgendwann noch viel dreckiger gehen würde als ihm selbst, ein deutscher Önologe, sagte er lauter über die ersten Takte der Musik hinweg, erklärte in einem halbseitigen Bericht einer interessierten Leserschaft, dass die Franzosen, obwohl sie alle Säufer sind, länger leben als die Deutschen. Wegen der Phenole und Polyphenole im Rotwein.

Es war einer der Beiträge gewesen, die Handkehrum die sofortige Aufkündigung der Freundschaft von Seiten der Franzosen nach sich zogen, sowie eine wunderbare Versöhnung inklusive einem önologischem Geschenk, bestehend aus vierzig Flaschen besten Deutschen Moselweins an den französischen Kanzler, zum Erhalt der französischen Gesundheit.

Stanjic verstummte, er hatte das dringende Verlangen nach einem Rollmops. Er fühlte sich eindeutig neben den Schuhen, er fühlte sich vorangehen und sich selbst hinterherhasten.

Gestern Abend, sagte er, als ich bei Simon aus dem Fenster in die verlassenen Straßen schaute, erinnerte mich das enorm an Zürich, der Gang durch die verlassene Stadt. Alle weg, kein Mensch zu sehen, vermutlich von Außerirdischen entführt, von spitzohrigen Mutanten verschleppt, dass man in der allgemeinen Aufregung auf mich vergessen hatte, war typisch.

Ich schaute auf die andere Straßenseite und dann hatte ich plötzlich ein grammatisches Problem. Es erinnerte mich ungern. Nein. Ich erinnerte mich ungern – hm.

Hat er, fragte mich mein Lektor an dieser Stelle, hat er sein eigentliches Anliegen, die ursprüngliche Motivation, bei Simon in der Wohnung zu schnüffeln, etwa vergessen?

Ja, sagte ich, ich fürchte ja. Er hatte das gerade vergessen, das Einzige, was ihn in dem Moment kümmerte, war:

Wie sagte man das nun halbwegs elegant? Das erinnerte ihn an eine ungerne Erinnerung? Das erinnerte ihn daran, dass er ungern erinnerte, wie? Das erinnerte ihn, wie er ungern erinnern musste? Solcher und ähnlicher Blödsinn reichte völlig aus, dass ihm ein Tag ungeheuer auf den Keks ging, und heute war schon genug ähnlichen Blödsinns gewesen.

Kann ich gut verstehen, sagte Olaf, er berichtete mir von ein zwei persönlichen Beispielen mit ähnlichem Blödsinn.

Ich nickte, solche Tage, sagte ich, gehen einem ungeheuer auf den Keks.

Aber gut, Eleganz hin oder her, da musste er jetzt durch: Das erinnerte ihn an was.

Ungern nämlich, fuhr Stanjic fort, erinnerte ich mich daran, wie ich im Sommer einmal in den Supermarkt gegangen war, um einzukaufen.

81. Sags mit Träumen

Er war müde, er hatte in der schwülen Nacht aufreibend geträumt.

Bitte nicht! rief Sydow entsetzt, bitte bitte keine Träume!

Doch, sagte Stanjic.

Er war aufgewacht und hatte Träume vergessen und Kaffee trinken wollen. Aber Träume sind närrisch anhänglich und Kaffee keiner mehr da. Er hatte kein Brot essen können, denn die Brotdose war leer. Er hatte das nicht verstanden, er hatte erst neulich Brot gekauft gehabt, sie war aber trotzdem leer. Er hatte wegen allem Möglichen schlechte Laune, wegen dieser drei Sachen aber ganz sicher.

Er hatte sich einen Einkaufszettel geschrieben für Milch und Kaffee und Brot und taumelte durch hitzestarre Gassen, über zu helle Plätze, vorbei an Grünanlagen wie zerkochtes Gemüse, Sommer war furchtbar.

Er schleppte sich in den Supermarkt. Er war der einzige Einkäufer, es war sehr still. Hier war kein Mensch, dabei war es hier so schattig, bei der Kühltheke war es wunderschön, er lehnte seinen Kopf an ein Kühlfach, hier war es wunderwunderschön, er fühlte sich glücklich und suchte nach der Milch, sie war aus.

Nicht so schlimm, dachte er freundschaftlich, er fühlte sich schlagartig besser, glücklich und ungeheuer freundschaftlich, er fühlte sich wie ein guter Mensch. Nicht so schlimm, dachte er voller Freundschaft, kein Problem, dann kauf ich eben Sahne. Dann kaufte er eben Sahne! Er war glücklich.

Sahne war auch aus. Aber das macht nichts, dachte er verständnisvoll, vielleicht ist, dachte er, wegen der ordinären Hitze, die gesamte Palette an Milchprodukten sauer geworden, umgekippt, es wäre kein Wunder. Er hätte, als Milch, schon längst kapituliert, er verstand das.

Er ging in Richtung Kaffee. Diese leeren Einkaufsstraßen, kein Mensch kaufte ein, warum? Allmählich irritierte ihn das völlige Fehlen zermürbender Kaufhausmusik, die einen dazu brachte, völligen Unsinn einzukaufen, weil man vollauf damit beschäftigt war, die mysteriösen Texte zu entschlüsseln. Langsam wurde ihm unbehaglich.

Er bog um die Ecke zu Kaffee und Tee, Kakao und getrockneten Früchten, er bog ein zu den Kolonialwaren, Kolonialwaren, sagte er erleichtert, da seid ihr ja, Kolonialwaren, Kolonialwaren klangen exotisch und dabei so beruhigend, jedoch, die Lage dort war schlecht.

Halb leere Regale, ausgeräumte Schächte, sicher, es standen ein paar gemeine Kartons mit Beuteltee herum, gewiss, da und dort lagen wie vergewaltigt die ein oder anderen Pakete Kaffee, zerrissene Einwickelpapiere, leckende Vakuumverpackungen, aufgeschlitzte Säcke. Er schaute sich um, getrocknete Südfrüchte lagen geschändet über den Boden verteilt, Nüsse flohen über schmutzige Fliesen, jemand hatte zwischen den Kolonialwaren gewütet. Er ging zwischen den Gängen umher, es sah wüst aus, diese halb nackten Regale und verschütteter Grieß, Eierkartons mit zerbrochenen Eiern. Hier und da stand ein halb voller Einkaufswagen, die zurückgelassenen Einkäufe von getürmten Verrückten, kiloweise Haferflocken, Trockenbohnen und eingelegte Maiskölbchen. Was hatten die bloß kochen wollen? Was für ein Wahnsinnsmenü war da durch einen gestörten Kopf gegeistert, wieso diese ungeheuren Mengen?

Wo waren die anderen Einkäufer, die kaufwütigen Kunden? Machten sie unisono Urlaub oder im Kollektiv Diät? War Krieg? Saßen alle schon zu Haus hinter verhängten Fenstern und verbarrikadierten Türen, saßen auf hamstergekauften Nudelpaketen und tranken ehrfürchtig die letzte frische Milch? Starrten auf flimmernde Bilder in ihrem Fernsehgerät, wo ein ernster Nachrichtensprecher mit einem Sturmhelm auf dem Kopf das Vorrücken der feindlichen Truppen erläuterte?

Waren, er überlegte beklommen, waren nicht vorher schon die

Straßen auffallend leer gewesen? Er hatte sich nichts dabei gedacht, morgens dachte er immer nicht so viel. Ohne Kaffee und Brot stand er auch noch ganz unter der Fuchtel dieses aufreibenden Traums, er hatte in dem Traum gezeltet, er zeltete nicht gern.

Er hatte Essen kochen müssen auf einem Lagerfeuer, eine Art Erbswurstsuppe in einem Aluminiumtopf, aber das Feuer war nicht recht in Gang gekommen. Egal wo er sich hinsetzte, der Rauch kam immer in seine Richtung, er fand das nicht normal. Er hatte nicht gewusst, wo er seine Bundfaltenhosen aufhängen sollte, dabei hatte er extra einen Hosenbügel dabei.

Er mochte diesen typischen, müffelnden Zeltgeruch nicht. Das Zelt war winzig klein, es war nicht nur kein Platz für das Aufhängen seiner Bundfaltenhose, es war auch sonst für nichts Platz, auch nicht für ihn.

Der Schlafsack bedrückte ihn. Er hatte diese mahnende, sich nach unten hin verjüngende Form einer Mumie. Er musste dringend aufs Klo und wusste nicht, wo, hier war weit und breit keine Toilette, etwa ins Gebüsch? Hier war auch kein Gebüsch. Hier war überhaupt nichts, es war eine Wüstenei, eine Ödnis, ein Niemandsland, hier wuchs kein Baum und er suchte und fand kein Klopapier. Jetzt, im Nachhinein, wusste er, wo er gewesen war: Es war die Tundra, oder die Taiga. Aus dem Film. Aus dem Film mit dem Mann Namens Igor. *Komme gleich wieder,* hatte er geschrieben. Bloß nicht, sicher würde er just in dem Moment seine Nase über den Horizont strecken, wenn er sich mit einem Bein seiner Bundfaltenhose den Hintern abwischte.

Er war, nach diesen unerfreulichen Ereignissen der Nacht, unendlich glücklich gewesen zu erwachen. Es war dieses Traumiglu auch eindeutig winziger gewesen als alle anderen winzigen Iglus, die er je zuvor gesehen hatte, es war ein Kinderiglu gewesen, für besonders winzige Kinder.

Er freute sich unfassbar auf extrastarken Kaffee mit heißer Milch, er hatte, vermutlich begünstigt durch die unerquickliche Erfahrung des gescheiterten Erbswurstsuppekochens, ungewöhnlich großen Appetit. Er konnte auch beim besten Willen nicht verstehen, wieso das Brot schon wieder alle war. So viel Brot konnte ein einzelner Mensch überhaupt nicht essen. Würde er sich nicht einfach weigern, eine solche Option ins Auge zu fassen, würde er denken, die Brotdose verdaute ihren Inhalt selbst, anders konnte er sich das nicht erklären. Es war noch eine Brotdose von *Hulesch und Quenzel*, insofern konnte man eine solche Option wiederum nicht einfach als Firlefanz abtun. *Hulesch und Quenzel* war eine grässliche Firma. Er dachte an Österreich, er dachte an Klara, er fühlte sich noch schlechter. Er hätte nicht gedacht, dass das möglich wäre, dieses Österreich holte wirklich das Äußerste aus ihm heraus.

Ganz ehrlich, sagte mein Lektor, wie er *den* Traum dem Huhn erzählt hat, da wäre ich gern dabei gewesen.

So was erzählt er doch nicht seinem Analytiker! Zumindest nicht das mit der Hose und dem Hintern, eher würde er tot umfallen.

Er hat sich im Ernst mit der Anzughose den Hintern –

Weiß ich doch nicht! Andererseits: womit sonst?

Stimmt, sagte Olaf beeindruckt, womit sonst.

Wie auch immer, sagte Stanjic melancholisch, das war nur der Hintergrund gewesen für meinen Supermarktbesuch, ich wollte Brot und Kaffee und stand in einem gähnend leeren Laden und hatte die schlimme Befürchtung, es herrsche Krieg. Diesbezüglich beruhigte mich aber die mordsdicke Verkäuferin, die irgendwann angedampft kam, mich quasi unter den Arm klemmte und vor die Tür und ein dort angebrachtes, riesiges Plakat beförderte, das ich, ich erinnerte mich dunkel, vorher sorgsam umrundet hatte. Ich muss Werbung immer gebührlich aus dem Weg gehen, ich falle sonst auf alles herein, kaufe Hundekekse und habe keinen Hund, freue mich über einen günstigen Gartenschlauch und habe dann zu Hause keinen Garten, Hustinetten im Familiengebinde und –

Ich verstehe, sagte Sydow, er seufzte, er dachte an seine Frau.

Die Dicke, fuhr Stanjic fort, warf mich ab, rückte die Werbung ins Bild, ich wollte sie nicht sehen, aber die Dicke war so mordsmäßig dick, *Inventur,* las sie mir vor, *Heute geschlossen wegen Inventur.* Ob ich das gelesen hätte, fragte sie, nein, sagte ich. Ob ich nicht lesen könne, fragte sie, doch, sagte ich. Schön, sagte sie, sonst würde sie es mir beibringen, mit Gewalt ginge nämlich alles. Es war eine mordsdicke und sehr eindrückliche Verkäuferin gewesen, ich war froh, dass ich schon lesen konnte.

David Stanjic hielt an und beäugte eine Parklücke. Auch putzmunter hätte ihn das Einparken hier ins Schwitzen gebracht. Er ließ das Auto in der zweiten Reihe stehen und konsultierte seine Liste. Er holte das entsprechende Paket aus dem Kofferraum und schlurfte über die Straße hinüber zu dem Bürogebäude.

Sydow hatte die Zeitung ausgelesen. Er stieg aus und streckte sich gähnend. Der Regen hatte nachgelassen und er ging durch das Tröpfeln den Bürgersteig entlang und betrachtete angelegentlich eine Auslage von gesunden Stützstrümpfen in einem Schaufenster, als er es hinter seinem Rücken tüchtig rumsen hörte. Er eilte zu Stanjics Auto zurück, einer war ihnen hintendreingefahren, die Stoßstange lag auf der Straße und der Po war zerknautscht. Er hob das Metallteil hoch und sah verdattert einem roten Auto hinterher, das gerade schwungvoll um eine Ecke bog, weg.

Stanjic kam langsam über die Straße zurück, er hakte seine Liste ab, gleich waren sie durch. Er klemmte sich wieder hinters Lenkrad und schnallte sich an, Sydow setzte sich mitsamt der Stoßstange neben ihn.

Nanu, sagte Stanjic, er kniff die Augen zusammen, er hatte fürchterliche Kopfschmerzen, was haben wir denn da?

Der Mann mit dem roten Auto, sagte Sydow.

Er hat uns eine Stoßstange geschenkt?

So ähnlich, Sydow warf einen Blick auf seinen desolaten Freund und dann einen auf die Uhr, komm, bringen wirs hinter uns, dann fahren wir ins *Tante* und füllen dich mit starkem Kaffee ab und danach überlegen wir, was das nun wieder zu bedeuten hat.

82. Die anale Phase

Wie es gestern weitergegangen war? Sie haben recht, das wollte Frederik von Sydow auch wissen. Den Kopf gegen die Stoßstange gelehnt lauschte er Stanjics umständlichem Bericht.

Ich tingeltangelte betrunken durch Simons Wohnung, fuhr Stanjic fort, schaute minutenlang aus dem Fenster hinüber zum dunklen Blumenladen, alle Pflanzen schliefen schon, träumten von der freien Natur oder ihrer Kindheit im Gewächshaus, Anarchie oder Regression, eins von beidem, Träume halt.

Frau Heese, fragte ich mich, wo mochte wohl die Blumenheese sein? Tanzte sie Csardas für randalierende Aliens?

An Freitagabenden schließt sie immer schon frech früh den Laden, sie nennt das diplomatisch: beizeiten, schließt beizeiten ihren Laden – zahlreicher, zum abendlichen Blumenkauf wild entschlossener Kunden zum Verdruss frech früh – und eilt in geblümtem Plunder und auf gefährlich hohen Hufen zu geselligen Tanzvergnügen.

Er hatte, als er bei Glaser wohnte, des Öfteren, einfach um sie zu ärgern, am Freitag vor ihrem verschlossenen Laden gestanden und sich dann am Samstag darüber entrüstet.

Was tanzt sie denn, fragte Sydow.

Csardas, Cha-Cha-Cha oder Cancan, irgendwas mit C auf jeden Fall. Cwalzer, Stanjic lachte laut, Sydow schaute ihn empört an.

Ich weiß, gab Stanjic zu, ich hab auch schon bessere gehört. Bloß nicht von mir.

Wo mochte die Blumenheese nur sein? In den Klauen fürchterlicher Mutanten, gefährlicher Geschöpfe von fernen Planeten? Tanzte sie, um sie milde zu stimmen? Ertanzte sie sich dieses universale Wohlwollen, heischte sie nach außerirdischem Beifall für dieses pittoreske Treiben der Erdenwürmer, tanzte sie Cancan in einem Bananenrock?

Die Aliens, meinte Stanjic, denen blieb die Spucke weg. Saßen wie vom Donner gerührt im intergalaktischen Audimax, die unberührten Marsriegel in der Hand, fassungslos. Sie hatten keinen blassen Schimmer, was ihnen widerfuhr. Der Bananenrock, Frau Heeses fliegende Beine, der Schlafzimmerblick unter schweren lila Lidern, die klappernden Hufe, diese interessanten Klänge, dieser Erdenwurm. Was bloß mochte das bedeuten?

Frau Heese, ach Frau Heese hatte rosige Wangen und ein Gemüt wie ein Hackstock, überragte ihn um Kopfeslänge und fällte einen ruck, zuck mit Schlafzimmerblick und sahnigen Hüften.

Ich ging in Simons Küche. Akkurat quadratisch, die Wände schulterhoch mit kleinen Mosaiken zu aperiodischen Mustern gepflastert, frei nach dem Darb-i-Imam-Schrein von 1453 im Iran – haha! Von wegen. Hier ist das einfach kunterbuntes Chaos, die Verbrechen gegen die Menschlichkeit aus den dunklen, den schwärzesten Siebzigern und definitiv keinem Gott zum Wohlgefallen, aber wenn man sichs mit dem großen Uhrmacher nicht verscherzen will, puzzelt man besser was aperiodisches, das kann er dann in der Unendlichkeit herumschieben, wie er lustig ist, freut sich wie ein Kind.

Im Übrigen hatte ich einfach nur einen Flashback, Alkohol generiert mitunter die lustigsten Blüten, erstens nämlich war die quadratische Küche in Zürich gewesen und zweitens hatte ich das mit den aperiodischen Mustern ja nur von Simons Klopapier. *Zwar*, zitierte er für Sydow, hat es auf dem Klopapier auch noch geheißen, aber das habe ich nicht in mein Notizbuch geklebt, dieser Teil war mir rundherum unverständlich:

Zwar erscheint jeder seiner Ausschnitte an anderer Stelle des Musters wieder, wenn man die Fläche groß genug macht, aber die Motive tauchen unregelmäßig auf. Das Muster als Ganzes lässt sich nicht so verschieben, dass es deckungsgleich auf einer ins Unendliche gedachten Kopie seiner selbst zu liegen kommt.

Ich habe damals, sagte Stanjic, sehr, sehr sehr lange auf der Toilette verweilt. Ich habe es immer wieder gelesen und nicht verstanden. Ich versteh es auch jetzt nicht.

Seither aber hatte er es sich zur Gewohnheit gemacht, bei allfälligen Zusammentreffen mit allem Gekachelten und Verzierten seinen aperiodischen Kennerblick aufzusetzen und zu sagen: ah, ein aperiodisches Muster. Andere Leute machten das gerne mit dem Tristanakkord. Sie lauschten im Konzerthaus der Musik und neigten sich dann ihrer schönen Gefährtin zu und hauchten ihr über den entblößten Nacken ins Ohr: ah, Tristanakkord, aber es stimmte nie. Vielleicht gab es keinen Tristanakkord, vielleicht nicht den Schrein im Iran, vielleicht waren diese Toilettenpapierrollen, die Glaser zu vergünstigten Preisen erwarb, nur darum so günstig, weil ihre spannenden Informationen schon längst überholt und widerlegt waren oder, schlimmer noch, von einem Hochstapler allesamt erfunden wurden, bis die Sache aufflog. Sollte man jetzt Tausende von Toilettenpapierchargen zerschreddern? Nein, den Hintern kann man sich auch mit erlogenen Informationen putzen und irgendein Idiot wird das Zeug schon kaufen und, richtig, da klingelte schon das Telefon in der Zentrale und ein gewisser Simon Glaser buchte das günstige Lebensabo, dieser Spezialpreis war einfach der Hammer.

Du hast dich schon wieder verhaspelt, sagte Sydow anklagend.

Stanjic versuchte, sich zu konzentrieren. Ich brauche einen Rollmops, sagte er weinerlich.

Igitt, sagte Sydow, Rollmops isst heutzutage kein Mensch mehr, das Wort wird bald aussterben. Gabs was Interessantes in der Küche?

Hülsenfrüchte, sagte Stanjic vergrämt, Simon hat immer schon die unangenehme Angewohnheit gehabt, riesige Quantitäten von Hülsenfrüchten zu vertilgen.

Jedes Böhnchen, hatte Stanjic höflich einmal zu ihm gesagt, gibt ein Tönchen.

Was?

Wie bitte heißt das.

Wie bitte?

Ach nichts.

Stanjic hatte keine Ahnung, wie er, ohne ordinär oder kindisch zu werden, dieses Gespräch weiterführen sollte, und brach es ab. Er fand furzen ein furchtbar ordinäres Wort und pupsen hoffnungslos infantil. Das war übrigens, wie er angelegentlich bemerkte, keine schlechte Methode, die beiden Länder zu charakterisieren: In Österreich wurde gefurzt, in Deutschland gepupst. Das sagte doch schon alles.

Ich verlor irgendwie den Faden, sagte Stanjic. Hätte ich den Wein nicht trinken sollen, war er etwa vergiftet? Mir war so seltsam und chaotisch, vielleicht befiel mich gerade das, wie hieß es doch gleich –

Französische Paradox, sagte Sydow hilfreich.

Nein, leider nicht, eher das *Paris-Syndrom* und ich hatte natürlich die Nummer von der *Organisation International SOS* nicht dabei.

Ich tigerte durch die Wohnung, im Schlafzimmer herrschte eine beträchtliche Unordnung, Simons Seele steht, meiner persönlichen Meinung nach, quasi vor dem Bankerott.

Im Bad wiederum gabs Neuigkeiten. Unter dem Spiegel saß ein fetter Buddha und grinste, Ohrwaschel bis zu den Schultern und eine Menge Bauchfalten. Der Buddha war neu, sagte Stanjic, ich holte mein Notizbuch hervor und schrieb: *Buddha.*

Nur das?, fragte Sydow, Buddha?

Ich fand es auch zu lapidar, stimmte Stanjic ihm zu, ich habe es durchgestrichen und *fetter Buddha,* geschrieben, *Ohrwaschel. Bauchspeck, evt. Herz-Kreislauf-Störung? Bedeutung.*

Das Fenster, fuhr er fort, das fiel mir gestern erstmals auf, lugt in den düsteren Norden, so viel Kompass steckt auch in mir.

Und?

Sicher findet das Feng-Shui das fabelhaft, meinte Stanjic, sicher findet das Feng-Shui, eine nördliche Toilette ist eine feine Sache, was soll, denkt das Feng-Shui, was soll auf unseren Unrat, auf unschönes Exkrement die Sonne lachen, so weit das Feng-Shui, in den Süden plant man besser die Räume der *Glück bringenden Segnungen* – die Glück bringenden Segnungen, sagte Stanjic vertraulich zu Sydow, sind ein wichtiger Topos, so man sich mit dem

Feng-Shui beschäftigt – lägen nun also die Sanitärräume justament in der Baguazone – Baguazone, sagte er begeistert, ich bin ein toller Hecht – in der Baguazone also der *Glück bringenden Segnungen*, wäre das gewiss schrecklich.

Vermutlich spülte man in solchem Falle das Geld buchstäblich ins Klo, prompte Verarmung wäre die Folge. Wo bloß, habe ich mich gefragt, wo bloß rät das Feng-Shui, eine Toilette zu bauen? Eine Toilette muss gebaut werden, ein Klo muss her.

Wohin also, hatte Stanjic überlegt, wohin soll der Mensch mit seinem Klo, welche Zone wäre günstig, worunter verbucht man denn diese, tja, nennen wir es neutral: Tätigkeit? Dieses Rührigsein auf dem Toilettensitz, das Schaffen auf der Klobrille, unter was könnte man das subsumieren, *Kreativität? Kontemplation?* Sobald man sich für eine Zone entscheidet, wird einem schlagartig unbehaglich, bedenkt man die daraus resultierenden Folgen, man denkt: Aha, das ist also alles, was ich in der Kontemplation zuwege bringe, ist das nun mein spiritueller Fokus?

Und dann die Kreativität, sicher, so auf der Toilette hockend, gewiss, man schaffte, natürlich und unbestreitbar, man bringt etwas hervor, keine Frage, man produziert, aber soll das wirklich alles gewesen sein? Ist das nun, was wir meinen, wenn wir von uns behaupten: Ja, ich bin ein kreativer Mensch?

Wäre es nicht ungleich vorteilhafter, hier eine Hobelbank aufzustellen, eine Leinwand aufzuziehen, ein regelrechtes Atelier, um die großartigen Schwingungen bestmöglich einzufangen?

Vielleicht Töpfern? Eine Töpferscheibe?

Töpfern?, sagte Sydow schwach.

Im deutschen Osten, sagte Stanjic, ist ja zu meiner großen Verwunderung immer viel getöpfert worden.

Es war das Töpfern im Osten sozusagen die höchste Form der Kreativität, wer weniger für den Staat als vielmehr kreativ war, zog aufs Land und töpferte, man traf dort auf andere, gleichgesinnte Töpfer und lebte in großen Töpfergemeinschaften, es gab auch heute noch auffallend viele Läden mit Töpferware, an Sonntagen konnte man von einem Töpfermarkt zum nächsten Töpfermarkt fahren und sich mit Töpferware eindecken, getöpfertes Geschirr und getöpferte Butterdosen, man konnte, dachte Stanjic, praktisch alles töpfernd herstellen, getöpferte Gugelhupfformen und getöpferte Blumenampeln, und – sie standen dann unbenutzt und bewundert in Vitrinen – getöpferte Teeschalen nach japanischem Vorbild, sie waren die höchste Form der Töpferkunst und wurden, fleißig töpfernd, in nie ablassendem Strome produziert. Die hiesigen Töpfer hatten es dank ihrer Kreativität im Töpfern zu einigem gebracht, es wäre, dachte Stanjic, es wäre wirklich im Interesse des Feng-Shui, diesem auffallenden Sachverhalt, diesem im Osten alle anderen kreativen Möglichkeiten überflügelnden Töpfern einmal nachzugehen, war es eine zufällige Bewegung, ein sich selbst verstärkender Trend?

Vorstellbar wäre es zum Beispiel, sagte er zu Sydow, dass einmal ein Töpfer in seiner Werkstatt seine Töpferscheibe ganz zufällig in der Zone der Kreativität aufgestellt hatte, von der Eingangstür aus, er überlegte kurz, Bagua, murmelte er Baguabagua, wo bist du, Bagua, dann ist in dem Bagua, welches, vertraute er Frederik an, wie wir alle wissen in neun schöne Zonen unterteilt ist, dann ist die Kreativität links.

Man kommt zur Tür herein und links bündelt sich Feng-Shuitechnisch die Kreativität und ganz zufällig hat ein bis anhin womöglich nur mittelmäßig begabter Töpfer seine Töpferscheibe hier aufgestellt.

Er töpferte.

Andere Töpfer kamen zu Besuch. Sie kamen aus dem Staunen nicht mehr heraus, Töpfer, riefen sie, hocherstaunt, wie kommts, dass du so gut töpfern kannst?

Ich weiß es nicht, sagte der Töpfer, selbst völlig verdattert ob seiner gelungenen Töpferware, seit ich meine Töpferscheibe hierhergestellt habe, weil mir drüben die Berge von unverkauften Töpferwaren über den Kopf wuchsen, läuft alles wie geschmiert, ich habe fast das Gefühl, es töpfert wie von ganz allein.

Und tatsächlich, die Leute rissen ihm die neuen Töpferstücke förmlich aus den Händen, und nicht nur das, nun plötzlich als Töpferkünstler erkannt, erfuhren auch seine bisher verschmähten Töpferversuche eine ungeahnte Aufwertung, als frühe Stücke eines Töpfermeisters fanden auch sie ihre Besitzer, diese Stapel von verstaubtem Getöpfertem schmolzen ruck, zuck in sich zusammen, sie hatten die gesamte Zone der Kontemplation verstellt gehabt und nun, verwundert über die leer gewordene und schöne Fläche, ging der Töpfer dort ab und zu auf und ab, dachte nach und wurde, wie alle großen japanischen Töpfer, ein großer Denker. Weitere, ganz hinten an der Wand aufgebauten, noch ältere Töpferberge verschwanden – die allerersten Gehversuche in der Kunst des Töpferns, löchrige Tassen, unförmige Gebilde, wahlweise als Elefant oder Schwein ausgezeichnet, ohne dass man das eine vom anderen hätte unterscheiden oder überhaupt nur als Tier erkennen können, sie alle wurden von enthemmten Fans aufgekauft, alle in dem seligen Wunsch, diese faszinierenden Gebilde, die den späten Künstler schon erahnen lassen, zu besitzen.

Die verbaute Wand leerte sich zusehends, das Bagua schläft nicht, der kleine Töpfer stellt sich hin, hebt ein letztes, zurückgebliebenes Stück auf, vermutlich als Kunstwerk verkannt, da es in seiner Unförmigkeit eher einem vertrockneten Klumpen unvertöpfertem Ton gleicht, dabei war es einer der letzten Versuche gewesen, als parteitreuer Staatstöpfer doch noch die erhoffte Anerkennung des Regimes zu bekommen, es war ein Stück aus dem großen Arbeiterzyklus, genannt *Erdscholle*.

Der kleine Töpfer hält es in der Hand, betrachtet es ehrfürchtig, die Sonne kämpft sich gerade zu ihrem Höhepunkt, frisst sich durch die Wolken und gleißend hell fällt das Licht herein, der Töpfer blickt auf und ist erleuchtet.

Die Zone der Erleuchtung, sagte Stanjic zufrieden, nachdem der kleine Töpfer den ganzen Krempel losgeworden war, lag der Weg frei, in den Strahlen der lieben Frau Sonne direkt auf die Erleuchtung zuzuwandeln.

Die anderen Töpfer kamen wieder und wieder, sie staunten und wunderten sich, sahen hässliche Knödel den Besitzer wechseln, sahen, wie der gesamte, viele viele unförmige Stücke umfassende Arbeiterzyklus von ehrfürchtigen Händen und als avantgardistische Abstrakte verkannt davongetragen wurden, sie sahen den Töpfer in tiefer, spiritueller Kontemplation versinken, seine Krüge erhielten dieses gewisse metaphysische Etwas, sie sahen den

Töpfer in seinem Strahlenkranz, er redete wirres Zeug von Astralleibern und seiner Mission, die wahre Gestalt aus dem Lehm zu kneten zum Lobe der Schöpfung, und, sagte er mit diesem typisch auratischen Grinsen, war nicht Gott selbst der erste große Töpfermeister gewesen? Folgten nicht sie alle, die kleinen Töpfer hienieden, in den Fußstapfen des Gewaltigen, seine Kunstfertigkeit zu erlernen?

Sie horchten auf sein irres Gelächter, das aus der Tiefe hervorbricht, wenn man die Unendlichkeit und wunderbare Zusammengehörigkeit aller Dinge erkannt hat, und gingen nachdenklich nach Hause.

Sie betrachteten ihre Regale voller unverkäuflicher Töpferwaren, die krummen Vasen, die schiefen Schalen, verhagelte Gugelhupfformen für Kuchen zum Fürchten.

Wer weiß, dachten sie, und zuckten die Schultern, hilfts nix, schadets nichts, und zerrten ihre Töpferscheibe durch die Werkstatt, platzierten sie, wie sie es bei dem plötzlich wie bescheuert und geschmiert töpfernden Töpfer gesehen hatten, nach links, von der Eingangstür aus gesehen nach links.

Es fühlte sich gut an.

Das Feng-Shui sagt, Stanjics Kater verzupfte sich allmählich und er kam in Fahrt, wenn die Dinge an ihrem rechten Ort stehen, fühlt es sich sofort gut an, ein verrücktes Sofa kann dein ganzes Leben verändern, eine umplatzierte Töpferscheibe macht den Handwerker zum Meister.

Es fühlte sich so unfassbar gut an!

Im ganzen Land wurden die Töpferscheiben durch die Werkstätten geschleift, wanderten von überall her, aus den der Kreativität nicht geneigten Zonen nach links, von der Tür aus gesehen, immer nach links.

Dem Westen durch Mauer und gut bewachte Grenzen verborgen, vollzog sich hier eine kreative Zeitenwende, nun erst wurde getöpfert, was das Zeug hielt, auch vorher dem Töpfern völlig Wesensfremde stellten sich plötzlich eine Töpferscheibe ins Wohnzimmer, immer nach links, von der Tür aus gesehen nach links, es fühlte sich einfach gut an.

Zuerst als niedrige und aufregend orientalische Sitzgelegenheit missbraucht, setzten sich die Menschen irgendwann, nur mal so zum Spaß, an die Scheibe und töpferten was und siehe da, es war wunderschön, sie töpferten, als hätten sie ein Leben lang nichts anderes getan, versuchten sich erst als regimetreue Staatstöpfer mit diversen Zyklen einen Namen zu machen (*Die Schönheit der Trabanten, Kohle ist mein Diamant,* u. ä.), zogen alsdann, als aufwieglerische Avantgardisten, als aufmüpfige Querulanten verkannt, allesamt aufs Land.

Geografisch vielleicht, nahm man das gesamte Land als Bagua, die kreative Zone?, überlegte Stanjic laut, vom großen Eingangstor in der Mauer aus gesehen ganz links?

Was bitte für ein großes Eingangstor, rief Frederik von Sydow hellauf entsetzt, sag mal, wie stellst du dir eigentlich so eine geteilte Stadt vor, hm? Als gemütliches Gallierdorf, mit zwei verschlafenen Wikingern als Wache?

Stanjic dachte kurz nach, so in etwa, meinte er, aber schrei nicht so, der Kater ist gerade eingeschlafen.

Und so, fuhr er dann fort, ertöpferten sie letztendlich, so die insgeheime Überzeugung, wenn sie unvermutet in der leer gekauften Erleuchtungszone ehrfürchtig der Sonne ins Antlitz blickten, ertöpferten so letzten Endes Glasnost und Perestroika, denn steter Tropfen – oder Töpfern, wie die Töpfer wegen der *Déformation professionelle* leider missverstanden hatten – stetes Töpfern höhlt den Stein.

So sind, schloss Stanjic zufrieden, die Töpfer bis heute der heimlichen Überzeugung, eigentlicher Dreh- (nicht ohne Grund heißt es ja Drehscheibe), Dreh- und Angelpunkt der Wende zu sein, und haben so letztendlich der Ignoranz, dem Banausentum des Regimes die Rechnung vorgelegt.

Es hätte, sagen sie, auch anders kommen können, ihr hättet, sagen sie in Richtung untergetauchtem Machtapparat, der Geschichte eine ganz andere Wendung geben können, hättet ihr die Größe, die Schönheit in den diversen Zyklen frühzeitig erkannt, wären wir aufs Land geflohen? Mitnichten, in den Städten hätten wir gewirkt, Seite an Seite hätten wir Töpfer mit Bauern und Arbeitern gestanden und hätten an einer Mauer getöpfert, die das gesamte Land hätte beschützen können, es wäre eine Insel der Seligen geworden, ein Töpferstaat.

Sydow schwieg erschüttert. Ich meine, dachte er bei sich, ich tausche auch ganz gerne mal das ein oder andere Wort, aber was David nach so einem einsamen Besäufnis leistet, läuft doch nicht mehr unter Reden. Sprechdurchfall, sagte er sich, anders kann ich mir das nicht erklären.

Ist dir, sagte mein Lektor beiläufig, eigentlich aufgefallen, dass dieses Kapitel nur so strotzt vor dem Wort *Hintern* und *Po* und aller Arten von Klobesuchen? Ohne, sagte er selbstgefällig, dass ich mich nun mit psychologischem Wissen brüsten will, aber –

Genau, lass es lieber, sagte ich schnell, ich ahnte schon, was jetzt kommen würde.

Aber, fuhr er fort, ich denke, Dr. Huhn wird mir darin zustimmen: David ist eindeutig in die anale Phase eingetreten.

Ich legte den Kopf in die Hände, lass, betete ich, diesen Kelch an mir vorübergehen.

Von wegen. Olaf hatte, um seine anale These zu bekräftigen, von hier bis zum Schluss meines Berichts sämtliche Vorkommen von Toiletten und Verwendungen des Wortes *Gesäß* in all seinen bunten Varianten gezählt (Arsch, sagte er in seinem typisch bürokratischen Tonfall, Po, Hintern, Derrière) und kam auf eine Summe, die mich selbst offen gestanden sprachlos machte.

Ich denke, schlussfolgerte er, als er sein Notizbüchlein wieder zuklappte, du solltest das mal mit deinem Analytiker besprechen.

Es ist Davids Analytiker.

Du solltest das mal mit Davids Analytiker besprechen.

Mach. Mich. Nicht. Wahnsinnig!, zischte ich zwischen den Zähnen hervor.

Er nickte fröhlich, Kikeriki!, krähte er, Ki-ke-ri-ki!

So weit, sagte Stanjic abschließend. Hätten wir das auch geklärt. Geschichte neu verstanden mit Feng-Shui-Experten David Stanjic. So weit also die Historie, so viel zum Mysterium der DDR als Töpferstaat, so weit, so gut, schlecht aber für unser Toilettenproblem, die kreative Zone, sie scheidet aus, Kontemplation, Erleuchtung, wir haben es gesehen, diese Baguazonen werden noch benötigt, und wie weiter? Bagua, sagte er, Baguabagua, schenk mir eine Eingebung, die Zone der *hilfreichen Freunde* beispielsweise, wollen wir sie wirklich mit unserer Toilette bestücken?

Gewiss, er tätschelte Sydow den Arm, Freunde können ungeheuer nerven, nie zu Besuch kommen oder zum total falschen Zeitpunkt, sie vergessen einen, wenn sie grade verknallt sind, und labern einen zu, wenn sie verlassen wurden, sie sind ständig anderer Meinung oder stimmen an der falschen Stelle zu, sicher, Freunde finden Fußball gut, dabei ist Fußball blöd, sie verlieben sich ständig in die Falschen, weil ihnen bei der Richtigen die Frisur nicht passt –

Sag mal, wandte Sydow ein, hast du noch andere Freunde? Meiner Frau steht jede Frisur, käme mir nie in den Sinn, mich da zu beklagen.

Du hast gar keine Frau.

Danke, David. Und du hast Freunde, die ich nicht kenne.

Freunde, setzte Stanjic seinen Vortrag unerschütterlich fort, lügen einem was vor, weil sie feig sind, oder sagen einem die Wahrheit, wo man sie nicht verträgt, Freunde sind sicherlich eine schwierige Materie, ich meine: Schauen wir dich an und Simon, wart ihr gestern zum Beispiel hier und habt mir geholfen? Simon hätte mir sofort sagen können, wo er das verdammte Manuskript versteckt hat.

Aha!, rief Sydow schnell, das Manuskript!

Ich komme darauf zurück, sagte Stanjic, ich muss das erst noch zu Ende bringen, die Zone der hilfreichen Freunde, sollte man da hin eine Toilette bauen? Freunde, sicher, eine schwierige Materie, aber nun gleich zu sagen: scheiß drauf?

Nein, sagte Sydow matt.

Weiter im Text, sagte Stanjic, diese Form des systematischen Arbeitens fing langsam an, ihm einen gewissen Gefallen zu bereiten, was hat das Bagua noch Schönes zu bieten, *Ältere Respektperson*, auch hier beschleicht uns doch ein gewisses Unbehagen, denk nur an deine Oma! *Beziehungen?* Kein Mensch mit einem Funken Verstand im Leib würde freiwillig seine Beziehungen aufs Spiel setzen, gelebte oder erstrebte, gewünschte oder gehabte, und just in dieser heiligen Zone ein Klo aufstellen.

Vielleicht *Reise?*

Das immerhin machte einen gewissen Sinn, begann nicht hier für unsere Hinterlassenschaften eine weite und aufregende Reise? Er selbst reiste auch sowieso nicht so gern. Seit Zürich war er überhaupt nicht mehr gereist, nach Österreich würden ihn nur noch Entführer mit Strumpfhosen und verdunkeltem Lieferwagen bringen und sonst: Die Welt war groß und er war klein, es wäre also sowieso ein eitles und narzisstisches Unterfangen, sie reisend bewältigen zu wollen, so viel Ego hatte er nicht.

Er konnte sich vorstellen, das Ressort *Reise* großzügig an die Toilette abzugeben.

Das hatte mich aus irgendeinem kruden Grund heraus interessiert, schloss Stanjic seinen Diskurs, bloß warum? Ich hatte mich schon wieder verdacht, vergeigt, hatte mich in der Toilette verirrt wie in einer Sackgasse, dabei hat jedes Klo einen Ausgang. Witzig, nicht?

Geht so, sagte Sydow.

Ich klappte den Klodeckel hoch, sagte Stanjic, schaute hinein, kein Duftstein, manchmal hängt Simon in sein Klo einen Duftstein.

Ich notierte mir hinter dem fetten Buddha: *kein Duftstein*. Vermutlich ist das noch wichtig.

Es bringt mich nämlich, sagte er, als er vor das *Tante* rollerte und die Handbremse anzog, die Anwesenheit eines Duftsteins immer in eine komplizierte Zwickmühle. Einerseits erfreue ich mich an dem wohlriechenden Duft, andererseits halte ich diese Parfümierung der Exkremente für ungeheuer obszön.

83. Immer der Nase nach

Sie stiegen aus. Frederik von Sydow klemmte sich die Stoßstange unter den Arm und marschierte voraus ins Café. Es war Mittag, es war kein einziger Platz mehr frei und sie drängelten sich an der Servierdüse vorbei in die Küche.

Anna Snozzi schöpfte aus einem großen Topf Suppe in die bereitstehenden Terrinen.

Servierdüse finde ich übrigens angesichts meiner Oma etwas euphemistisch formuliert, meinte Sydow, er stellte die Stoßstange in die Ecke und holte für sich und Stanjic Suppenteller und Löffel aus dem Schrank.

Ich habe überhaupt nichts gesagt! Stanjic nahm seinen Teller entgegen und hielt ihn Anna Snozzi hin, sie füllte ihn mit Minestrone.

Stimmt, das war ich und es ist nicht nur höchst unpassend, es ist regelrecht ein Skandal. Beschweren Sie sich bitte bei meinem Verlag, der mir derartige Lapsus durchgehen lässt, beschweren Sie sich bei Olaf. Servierdüse sagt heutzutage kein Mensch mehr.

Na, Anna? Sydow hobelte sich einen Berg Käse auf seine Suppe und begann zu essen, wie wärs mit uns?

Frederik, sagte Anna Snozzi, nerv jemand anderen, ich habe zu tun.

Sie war sichtlich gestresst, trug die gefüllten Schüsseln hinüber zur Durchreiche, Onkel Dagobert und Frau von Sydow holten sie dort ab und verteilten sie auf den Tischen.

Apropos Duftstein, fuhr Stanjic ungeniert fort, die Zwickmühle ist derart kompliziert, dass es mich insgeheim juckt, mir selbst einmal einen Duftstein zuzulegen, bloß traue ich mich nicht.

Mich interessiert das nicht, sagte Sydow, würde ich mich auch nur ansatzweise für deinen Psychokram interessiren, würde ich sagen: Du hast dich heillos in der analen Phase verheddert.

Sag ichs doch, meinte mein Lektor zufrieden, hab ichs nicht gesagt?

Jaha!
Kikeriki, sag ich da nur, Kikeri–
Schon gut.

Du bist aber, fuhr Sydow fort, nicht in Glasers Wohnung eingedrungen, um dir über deine bekloppten Neurosen klar zu werden. Es geht um den Text. Wo ist er. Hast du ihn gefunden.

David Stanjic klaubte die Nudeln zwischen dem Gemüse hervor und steckte sie in den Mund. Ich wollte, sagte er, gerade das Badezimmer verlassen, da überfiel mich ein Geruch. Ich erschnupperte eine Erinnerung. Es war mir, als müsse ich genau hinhorchen, es war wichtig, das spürte ich, es war ein Verbindungsglied und etwas zum Ins-Notizbuch-Schreiben. Eine angeworfene Idee oder ein Parfum? Ein verhallter Akkord, kurzes Aufbäumen, ein greller Blitz.

Kennen Sie dieses Gefühl, etwas zu wissen und Sie kommen nicht ran? So erging es Stanjic.

Manchmal ist es ein Name, mitunter ein Wort, eine Erinnerung oder eine gespeicherte Information, man spürt genau, sie geistert durch die Gehirnwindungen, man muss nur die Hand ausstrecken, sie zu greifen – schon ist sie wieder entwischt. Bei ihm war es ein Geruch. Ein Geruch in Glasers Badezimmer und doch gehörte er woandershin.

Ich musste mich ablenken, sagte Stanjic, so tun, als wäre es nicht wichtig, ihm keine Beachtung schenken, dann würde es sich vorsichtig anschleichen und ich würde sehen, wie es sich seitlich in mein Gesichtsfeld schiebt, und dann würde ich es mit einem schnellen Griff packen, hochhalten, beuteln.

Bis dahin eine kleine nützliche Abschweifung am Rande. Ich zupfte ein paar Blätter vom Klopapier, aha: Es ging um Boviste. Nicht unpassend. Mein Gehirn war gestern Abend wie ein Bovist, ein Stinkbovist, um genau zu sein.

Er holte sein Notizbuch hervor und schlug die richtige Seite auf. Sydow beugte sich zu ihm hinüber und sah die eingeklebten Toilettenpapierabschnitte.

Boviste wachsen bevorzugt an schattigen Wiesenrändern. Der gemeine Stinkbovist

– den Pilzfreunden unter uns, wandte sich Stanjic vertraulich an Sydow, ist der Stinkbovist nur allzu bekannt. Die Laien wenden sich bitte Hilfe suchend an das regionale Dezernat, dort sitzt ein Herr im Schnauz und harrt begierig aller wichtigen Fragen zur Gattung der Pilze –

der gemeine Stinkbovist wächst am Waldrand, nicht minder als der wohlschmeckende Flaschenbovist.

Wegen solcher Lappalien, sagte er streng, geht man übrigens nicht ins regionale Pilzdezernat. Wenn du im regionalen Pilzdezernat aufkreuzt, um intime Interna über die große, fröhliche Familie der Boviste geflüstert zu bekommen, nimmt dich da, wenn du später dann einmal schwer vergiftet vom Pilzragout anwankst und dem Schnauzbart die Reste auf den Schreibtisch kotzt, kein Mensch mehr ernst.

Wenn du, sagte er bedächtig, nachdem du dich dort vorher schon mit törichten Fragen zu den Bovisten lächerlich gemacht hast, schwer vergiftet anwankst und dem Dezernenten auf den Tisch kotzt, schaut der gar nicht erst hoch von seinem Pilzmagazin, blättert gemütlich um und sagt: schön, sagt er dann, nach Hause gehen, sagt der dann nur, weiterkotzen.

Stanjic verschränkte die Arme vor der Brust und schaute Sydow beim Essen zu, nach Hause gehen, sagte er nachdenklich, weiterkotzen. Der Dezernent kennt da nichts. Der denkt dann, du willst ihn vergackeiern.

(David Stanjic wies mich später daraufhin, dass er besonderen Wert auf dieses spezielle Wort lege, es sei sein ganz besonderer Gruß an Österreich. Also, liebes Österreich: Vergackeiern. Mit schönem Gruß von David Stanjic.)

Der Dezernent sagt, fuhr Stanjic fort, während er im Pilzmagazin schmökert, fein, oder: prima, oder eben: schön, nach Hause gehen, weiterkotzen. Der fühlt sich völlig verarscht, verstehst du?

Gott sei Dank, sagte Sydow, während er die Teller zusammenstellte und zur Spülmaschine trug, haben wir ja unser informatives Klopapier.

Ganz recht, sagte David

Boviste sind butterzart und schmackhaft, die Boviste sind eine Pilzgattung aus der Familie der Champignonverwandten.

Die Boviste, sagte Stanjic, schneeweiß und kugelig rund mit kleinen, zarten Noppen darauf ähneln sie nicht wenig versprengten Golfbällen.

Er überlegte kurz, sehr sehr versprengten Golfbällen, fügte er unwillig hinzu. Er schaute zu, wie Anna Snozzi, Frau Sydow und Onkel Dagobert ein und aus gingen, sie füllten erneut die Schüsseln und beluden nebenher die große Spülmaschine mit dem gebrauchten Geschirr.

Er überlegte ein bisschen mehr. Spielte Rübezahl mit den anderen Bergbewohnern Golf im Geröll, könnten es unter Umständen deren sehr sehr versprengte Golfbälle sein. Sonst eher nicht.

Er betrachtete im Kochtopf verärgert sein verärgertes Spiegelbild, wenn du nun also, sagte er, herausfinden willst, ob es sich bei deinem Exemplar um einen wohlschmeckenden Flaschenbovist oder aber um einen gemeinen Stinkbovist handelt, auch, und keineswegs zu Unrecht!, als Fähenfurz bezeichnet – drauftreten. Ist er innen zart und weiß wie jungfräulicher Schnee, blendend weiß wie das Innere eines Mohrenkopfes, von keiner Sonne je beleckter Haremsdamenschenkel, kurzum, wirklich weiß, hättest du ihn essen können – tant pis! Jetzt ist es zu spät.

Quillt, natürlich nur, so er frisch ist, es ist also quasi ein Gütezeichen, quillt also eine pastöse braune Masse heraus, in Geruch und Konsistenz exakt wie Kuhscheiße – eine bemerkenswerte Koinzidenz übrigens, die dringend der Prüfung der überregionalen Dezernate bedürfte –, handelt es sich eindeutig um einen stinkenden Stinkbovist, ist der Stinkbovist hingegen schon ein paar

Tage unterwegs, verpufft er unter beherzten Tritten zu trockenem, übel riechendem Staub.

Kein Wunder, dass die Zahl der Pilzfreunde immer weiter abnimmt. Kein Wunder, dass der Pilzdezernent an seinem Schreibtisch verkümmert, der Schnauz ihm in den Kaffee wächst, das Magazin schon längst eingestellt wurde und er nur immer wieder dieselben alten Nummern durchblättert und nur ab und an jemanden beim Sterben begleitet.

Einen, murmelte Stanjic störrisch, der versehentlich in einen Fliegenpilz gebissen hat in der Annahme, es handelte sich um eine originelle Süßigkeit, versehentlich fallen gelassen von einem perversen Kinderschänder, der im Wald – lassen wir das, Stanjic winkte ab, er würde nie mehr.

Nie nie mehr. Eine schlechte Metapher verwenden. Nie mehr.

Ein Gehirn wie ein Stinkbovist ist Quatsch, wenn man nachher stundenlang den Leuten den Witz erklären muss.

Und so witzig, sagte Frederik von Sydow, so witzig ist es nun auch wieder nicht.

Es ist nicht einmal komisch, stimmte David ihm zu, es ist einfach die Natur und sie hat nicht viele Freunde.

Also gut, seufzte er, tüten wirs ein. Falls du dich noch erinnerst: Es ging um das Gehirn und um Stinkboviste, was weder besonders witzig noch ein irgendwie geistreicher Vergleich wäre. Verbuch es unter Kuriosa und bleib noch kurz auf der Weide mit den versprengten Golfbällen, in denen gerade eine Ahnung dämmert. Ich weiß, er winkte müde ab. Golfbälle haben keine Ahnungen, Boviste haben keine Ahnungen. Das ist für meine verkorkste Metapher denkbar schlecht.

Sydow schaute nach draußen in den Gastraum, die ersten Esser waren schon wieder zum Aufbruch gerüstet und er erspähte ein frei gewordenes Sofa. Er schob David Stanjic vor sich her und drückte ihn in die Polster.

Er betrachtete sein leicht grünliches Gesicht, Stanjic war von der letzten Nacht sichtbar gezeichnet.

Ich hole mal Kaffee, sagte Sydow und tätschelte ihm die Hand.

Denk dir meinetwegen, sagte Stanjic mit geschlossenen Augen, ich läge am Wiesenrand, mein müdes Haupt gebettet auf Moos und Wegerich, inmitten von blendend weißen Bovisten und Golfbällen in großer Zahl. Sie haben sich um mich geschart, denn sie alle, sie suchen die friedvolle Nähe der Menschen. Da lieg ich also und rieche den Hauch eines Parfums – keine Ahnung, rief er, wie das auf die Wiese kommt, rief er, verstehst du, rief er, ich weiß es beim besten Willen nicht, kann ich alles wissen?

Schrei doch nicht so, Sydow eilte mit einer Tasse von der Theke herüber und stellte sie neben ihm auf den Tisch, und trink das, es wird dir guttun.

Was ist das?

Ein Anti-Katerdrink. Von Onkel Dagobert.

Ich will einen Rollmops.

Rollmöpse sind ausgestorben.

Wie die Dinosaurier.

Ja.

Ich weiß nur, nahm Stanjic den Faden wieder auf, Metaphern werde ich fortan großräumig umgehen, ich hab noch anderes zu tun, als nachzurechnen, wie weit der Rübezahl einen Golfball verhauen kann, ohne dass es unglaubwürdig wird.

Trink das jetzt, sagte Sydow, er hatte sich die gestrige Zeitung geholt und auf einen Stuhl neben dem Sofa gesetzt, und dann schlaf eine Runde, nachher gehts dir blendend.

Stanjic hatte die Tasse auf seinem Bauch abgestellt und führte sie nun mit geschlossenen Augen zum Mund und trank einen Schluck. Abrupt setzte er sich auf.

Das ist doch kein Kaffee!

Natürlich nicht.

Sondern?

Sag ich dir, wenn dus ausgetrunken hast.

Stanjic legte sich wieder hin und trank angeekelt einen kleinen Schluck. Ich lag also auf einer grünen grünen Wiese und träumte so vor mich hin, nichts zu finden war genau mein Sinn und ein Geruch wehte vorüber und irgendwas machte Klick, in meinem Kopf, ich bekam einen Faden in die Hand, eine durchsichtige Angelschnur, an der hätt ich nur ziehen müssen und den Fisch an Land holen und ich hätte gewusst, woher ich den Geruch kannte. Das wäre schön, erhellend und wunderbar gewesen.

Ein Geruch also. Er hatte David Stanjic schon einmal träumen lassen, von Samarkand, von Rosen aus Damaskus, von Birnen im freien Fall.

Wissen Sie noch?

Genau. Es war in Zürich, es war der intensive Geruch nach mancherlei Früchten und einer orientalischen Eingebung, nach Lederwaren und einer Oase mit einem Kamel. Es war der Geruch einer Wanderung, gefangen in den Windungen des Uetlibergs, der Duft am sanften Hals einer Frau und morgens in einem fremden Bad, nach einer verblüffenden Nacht. Es war, abwegig ist es nicht, vielleicht der Grund, warum David Stanjic just gestern in Glasers Wohnung sich so deutlich erinnerte an die Vorkommnisse damals mit Katharina. Manchmal wissen die Leser mehr als der Bücher Helden.

Rufen wir uns das Bild in Erinnerung: Stanjic liegt am Wiesenrand, ein Kopf wie ein Bovist und der Geruch brachte eine Ahnung auf und eben wollte Stanjic die Erinnerung kommen, wie sie uns gekommen ist, aber dann: stürmt eine Herde Kühe vorbei, kreuzfidel und spürt den Frühling, zieht vorüber im gestreckten Galopp, was, sagte Stanjic zu Sydow, albern aussieht.

Dieses Geschunkel mächtiger Wampen und Euter wie anklagende Fingerhandschuhe. Es gibt Tiere, die sind für die schnelle Bewegung nicht gemacht. Nichts im Leben einer Kuh gemahnt zur Eile. Kühe und Buddhas im Galopp, albern. Wohin willst du denn bitte galoppieren? Zur Erleuchtung? Keine Sorge, du kommst früh genug, ohne dich können die dort eh nicht anfangen, calm down.

Ich? Sydow hob den Kopf von seiner Zeitung, er hatte nur mit halbem Ohr zugehört, er wartete darauf, dass der Katerdrink seine Wirkung tat und Stanjic aus den Pilzen zurückkehrte, von den Kühen, dass Stanjic diese unselige Natur hinter sich ließ und sie sich wieder Glasers kriminellen Machenschaften zuwenden konnten, der Stoßstange und dem roten Auto.

Buddhi. Stanjic trank noch einen kleinen Schluck Katerdrink und holte dann einen kleinen Buddha aus seiner Hosentasche. Er war etwa zehn Zentimeter hoch und ebenso breit. Trotz seines bedenklichen Übergewichts lachte er fröhlich übers ganze Gesicht.

Ist das der von Simon?, fragte Sydow, er nahm ihm die kleine Figur aus der Hand.

Ja sicher, sagt Stanjic, er ließ sich wieder zurücksinken und schloss die Augen.

Er hatte sich ins totale Abseits manövriert, dabei war er ein geselliger Typ und, rief er, komm ich etwa vom Land?

Ja, sagte Sydow erstaunt, du kommst aus Österreich.

Ich komme nicht vom Land, betonte David Stanjic, ich habe nicht die geringste Ahnung vom Land, ich finde sicher wieder zurück, zurück zur Gesellschaft, ich habe mich verrannt, dann renn ich halt wieder zurück, da die Kühe auf der Wiese trampeln alles platt, alle Boviste trampeln sie platt und weg sind sie, die Pilze und die Gedanken darin, verpufft wie ein Fähenfurz.

Er spürte, und das war ärgerlich: Es war ihm kurz durch die Finger geglitten, ein zarter Leib, und er war zu langsam gewesen, ein Gedanke war vorbeigeschwommen, ein Bindeglied im Aalkostüm und er konnte nur noch hinterherschauen, wie es mit wackelndem Hintern davonschlängelte.

Bindeglieder, sagte Stanjic düster, während er einen weiteren Schluck nahm, haben immer wackelnde Hintern, wenn man ihnen hinterherschaut, das ist ja das Schlimme.

Er erinnerte noch die kühle und ungeheure Berührung, ein Moment wie das Entwischen von Träumen, wenn der Morgen graut, ein Aufglimmen und schon wieder weg und verschollen in Untiefen, ein Aal, der sich unter Uferböschungen verbirgt, den Hintern einzieht, zwischen Algenwäldern verschwindet, mit morastigen Wassern verschmilzt. Die Ahnung, die Erinnerung, weg waren sie.

So viel zu den Pilzen, er würde sich hüten, je wieder einen davon zu bemühen.

So viel zu der mulmigen Vermutung, Kühe verpackten in ihrer schwer analen Phase ihre Exkremente in kleinen Golfbällen und versteckten sie an Wiesenrändern, hockten prustend im Gebüsch und hofften, dass einer käme daraufzutreten. Ein Pilzfreund. Für Kühe wäre das dann ein Heidenspaß, dachte Stanjic, so was finden Kühe witzig. Es war aber nicht mal komisch. Es war eine Metapher und Metaphern gehörten verboten. Metaphern liefen unter der Rubrik: warum einfach, wenns kompliziert auch geht. Gehirne wie Boviste, Golfbälle mit Ahnungen, grausig. Man sollte Metaphern und Wälder großräumig umgehen, dozierte Stanjic, man sollte Wälder generell eher meiden. In Wäldern ist auch zu viel Natur und von Natur halte ich nichts. Er fand, dachte er, ich finde, sagte er abschließend, ich finde Städte ausreichend schön.

Katerdrink trinken, hörte er es dicht neben sich, er öffnete ein Auge und sah Frederik von Sydow, er drückte ihm die Tasse an den Mund und er trank einen Schluck. Vermutlich redete er einen totalen Blödsinn, dachte er, allerdings war er sich nicht sicher, was er tatsächlich von sich gab und was nur durch seinen malträtierten Schädel geisterte. Er war für Alkohol einfach nicht geschaffen, er fühlte sich, während er trank, schon verkatert und anschließend verkatert und zusätzlich betrunken, er wusste nicht, was er dabei gewonnen haben sollte.

Ich war ins Wohnzimmer gegangen und suchte das Telefon, fuhr er dann fort, ich hielt Ausschau nach Schnüren, ich wollte dich antelefonieren.

Schnüre über Schnüre, er war geduckt über die Dielen gekraucht, ich bin der, der immer übers Parkett kraucht, hatte er gemurmelt. Er hatte zu Zeiten seiner Freundin Klara damals in diesem Österreich eine Menge ihrer Haare gesammelt, sie waren überall, klebten am Fliegenpapier, verhakelten sich am Vorhang, krochen über den Wannenrand, er hatte sich – nachdem die Freundin mitsamt ihrem grabesschwarzen Schopf abgedampft war, über alle Berge gedampft, mitsamt Haaren, Haarklammern und Zahnbürste aus seinem Leben verduftet war, sich zu den sieben Zwergen verkrümelt hatte, mit denen sie, hintereinander natürlich, fröhliche Urständ feierte – er jedenfalls hatte sich – was wollte er sagen?

Er hatte sich schon wieder völlig durcheinandergebracht, wegen der fröhlichen Urständ vermutlich.

Sagt heutzutage kein Mensch mehr, behauptete Sydow.

Stanjic nickte, er hatte nämlich in Wahrheit auch keinen Schimmer, was das überhaupt heißen sollte. Er jedenfalls hatte nicht gefeiert, es war ihm nicht nach Feiern zumute gewesen, er war grundsätzlich kein Partygänger.

Er hatte sich alle naselang eines der gesammelten Haare seiner Freundin in den Bart gehängt, solange noch Haare da waren, hatte er noch eine Freundin, das war schön.

Das hatte sich zum Beispiel darin verfangen, als sie des Nachts in seinen starken Armen lag, frühmorgens verschlafen auf seinem Schoß sitzend ihr gebuttertes Rosinenbrötchen in den Kaffee tunkte, rund um die Uhr bei ihm Schutz vor wilden Tieren und gefährlichen Automobilen suchte. Je nachdem.

Gerne ließ er sich von anderen Leuten mit spitzen Fingern dieses eine Haar aus dem Bart ziehen, vom Pullover klauben, gerne sagte er: oha. Das muss da hängen geblieben sein, als sie des Nachts in meinen starken Armen, usw.

Und so weiter, sagte er abschließend, heute hätt er sich gern mitsamt Zahnbürste aus seinem Leben geworfen. Jetzt mach ich in Schnüren, das ist unverfänglicher. Ich verfolge jede Schnur, enttarne jedes Gerät, ich bin der Meisterdetektiv.

Überallhin verhießen Schnüre neue Abzweigungen, wichtige Gerätschaften, Schnüre durchzogen die gesamte Wohnung, er verfolgte die ein oder andere, Kabelsalat diverser Lampen im Wohnzimmer, ein im Weltall streunender Rechner, das sinnlose Driften von Sternen. Stanjic hatte sich aufgerichtet, kniete vor dem Schreibtisch, wovor sich so ein Bildschirm eigentlich die ganze Zeit schonen musste. Sterne in vermutlich durch und durch aperiodischen Mustern drifteten still, er schaute ihnen eine Weile dabei zu, glitt lautlos durch die unendlichen Weiten. Und da, beim leisen Flug durchs Weltall, rastete in seinem Kopf was ein.

Katharina, sagte er zu Frederik. In Simon Glasers Wohnung roch es nach Katharina. Nach Katharina aus Zürich, nach ihrem Leib, ihrem Parfum.

Das war das eine. Das andere war, dass ich wieder wusste, was ich hier überhaupt wollte. Den Rest vom Text. Ich sah keine Papiere herumliegen, Notenblätter, das ja, Partituren, Briefe von der Versicherung, Rechnungen. Es war, sagte er zu Sydow, ja keineswegs abwegig, den Rest des *Schlachten*textes in Simons Computer zu finden, immerhin war ich dort auch auf die ersten Teile des

Textes gestoßen und es war keineswegs gesagt, dass Simon sich die Sachen ausdruckt, wie ich es getan habe.

Er war aufgestanden und hatte sich in den Sessel gesetzt, tippte an die Maus, Maus, sagte er, Mausmaus! Er wartete. Du schweigst, kleine Maus? Ihr redet nicht so viel, oder? Mäuse sind klein und grübeln viel. Maus? Na, süße Maus, willst du mit mir gehen?

Er rollerte sie herum, die Sterne verblassten zu dem nüchternen Blau, wenn der neue Tag anbricht, Passwort, Tagesparole, tja, sagte er, schwierige Frage.

Wörter gibts wie Sand am Meer, Passwörter wie Sterne im Weltall, erdacht nach undurchschaubaren Mustern, Sterne, allesamt sinnlos, Sterne sind ja so sinnlos. Sterne sind, machen wir uns nichts vor, romantischer Schnickschnack, eine Verschwendung von Rohstoff.

Schnickschnack, tippte er ein, der kleine Mann im Computer kniff geizig den Mund zu, raffte alles an sich und gab nichts preis, war schon klar, murmelte Stanjic, brauste ein wenig mit der Maus in ihrem Gehege herum. Dieses fordernde Blinken des Cursers, das musste einen ja nervös machen, er wurde ganz nervös.

Maus, tippte er, natürlich nicht, *Maus* ist kein Passwort und die Parole von keinem einzigen Tag auf der ganzen Welt. Letzter Versuch, drohte der Computer. Letzter Versuch, das klang schrecklich, für einen sensiblen Menschen war das der emotionale Supergau, er spürte schon den Anflug von Bauchgrimmen, infernalischen Leibschmerzen, das Erlöschen der letzten verbliebenen Gehirnzellen, einsame Sporen, die durch die leeren Gänge schwebten. Sporen mit kleinen Fallschirmen wie bei den Löwenzähnen. Löwenzahnen? Er ärgerte sich. So was ärgerte ihn einfach.

Der Plural von Löwenzahn flog verträumt durch verwaiste Gehirnschluchten, er musste warten, bis ein paar neue Sterne geboren wurden, ein paar hinfällige verlöschten, er musste darauf hoffen, der kleine Computermann vergäße beim sphärischen Gleiten durch die Galaxis seine läppischen Antworten, und er bekäme eine neue Chance. Noch einmal drei Würfe, drei Versuche, bis dahin suchte er weiter das Telefon.

Im Schlafzimmer war übrigens das Bett nicht gemacht, alles

war verwurstelt, nur, er beäugte die wüst verwurstelten Laken, falls das irgendjemanden hier interessiert.

Nur interessiert das niemanden, fügte er hinzu, nicht mal mich selbst. Es macht mich nur erröten, es macht, dass mir das *Paris-Syndrom* kommt und ich gerne einen Wein trinken würde, um das Syndrom mit dem Paradox auszumerzen.

Wäre es mein eigenes Bett, erläuterte er Sydow den Sachverhalt, verwurstelt von vorangegangenen ominösen amourösen Nächten, würde ich auch erröten, aber es würde mich auch erfreuen, das nennt sich *Österreichischer Komplex*. Sehr typisch.

Ah ja, sagte Frederik von Sydow, er warf einen Blick auf Stanjics Drink und ermunterte ihn, mehr davon zu trinken, sobald du es ausgetrunken hast, mixt dir Onkel Dagobert noch was nach.

Gott bewahre, murmelte Stanjic, weißt du, wie das schmeckt? Wie rohes Ei mit Sellerie, Honig und Chili und *Adolf Wunderlich's echt Roßbacher Magenbitter*.

Nicht schlecht!, sagte Sydow anerkennend, es sind zwar noch weitere leckere Sachen drin, aber den Grundstock hast du beisammen.

Igitt, sagte Stanjic angeekelt. Da lob ich mir meinen Rollmops.

Du warst bei Österreich und seiner Komplexität, sagte Sydow zur Ablenkung.

Stimmt, sagte Stanjic, das Syndrom und das Erröten und der dringende Wunsch, die Organisation möchte mich einsammeln und nach Japan überführen. Ich würde, auch unter Folter, immer behaupten, ich sei ein verstörter japanischer Student. Ansonsten nämlich fände ich mich in meinem schlimmsten Albtraum wieder: Mitarbeiter der *Organisation International SOS* tragen mich, gegen die Gefahren der Infektion mit dem Syndrom mit Mundschutz ausgerüstet, den ich aber in meiner Panik als Damenstrumpfhosen identifiziere, in ein – zur Beruhigung – abgedunkeltes Krankenfahrzeug, fahren mich auf dem schnellsten Weg nach Österreich und setzen mich, da ich – Schockstarre, eine ganz typische Begleiterscheinung des *Paris-Syndroms* – meine Adresse nicht anzugeben weiß, zur Sicherheit vor dem Stephansdom ab, quasi der Kirche in dem großen Dorf Österreich. Von da aus, denkt die Organisation, findet er gewiss nach Hause. Die Organisation hat strenge Avis, die Betroffenen immer in die Heimat zu überführen, die bekannte Umgebung, so die These, wirke sofort lindernd und heilend.

Sydow war hinüber zur Theke gegangen. Anna Snozzi hatte sich, nachdem die Stoßzeit vorbei war, mit einer Tasse Tee und einem Stück Schokokuchen auf einen der Barhocker gesetzt und plauderte mit Onkel Dagobert.

Sydow setzte sich neben sie und aß ihr den Kuchen vom Teller. Er überlegte gerade an einer perfiden Bemerkung zu ihrem dicken Bauch und dem Kaloriengehalt auf dem Tresen vor ihr, als seine Großmutter ihm auf die Pfoten haute und das Kuchenstück zurücklegte.

Und keine blöden Sprüche über Annas dicken Bauch, klar?

Dagobert reichte ihr ebenfalls ein Kuchenstück und eine Tasse Kaffee, sie warf zwei Stück Zucker hinein.

Was ist mit David los, sie deutete mit dem Kinn zum Sofa hin, er sieht nicht gerade frisch aus. Und was soll die Stoßstange in meiner Küche.

Ach, verkatert. Bist du sicher, Omi, dass du diesen Kuchen essen möchtest? Ich möchte nichts über deinen Hintern sagen, ich meine, er spricht für sich.

Frederik, sagte sie warnend, geh studieren oder herumlungern, geh einkaufen oder ein Buch lesen. Was immer es ist, tu es nicht hier. Und nimm deinen Freund mit, er braucht frische Luft. Und die Stoßstange.

Sydow warf einen Blick auf David Stanjic, er hatte die leere Tasse neben sich gestellt und den Buddha in die Hand genommen.

Es war schwierig, es ist, Stanjic sprach in eines der großen Lauscheohren, es ist ganz einfach schwierig.

Sie schauten sich an, du hast gut lachen, sagte er, wenn ich so dick wär wie du, würd ich mich auch auf meinen fetten Hintern setzen und den Herrgott einen braven Mann sein lassen.

Wir gehen gleich, sagte Sydow, lass ihn das noch hinter sich bringen. Der Katerdrink tut in Bälde seine Wirkung, dann fahren wir einkaufen.

Stanjic hatte gestern Abend in Glasers Wohnung irgendwann die Lichter hinter sich gelöscht und legte sich im Wohnzimmer aufs Sofa, setzte sich diesen dicken Ausbund an Heiterkeit auf die Brust, ich bin nicht dick, sagte der, ich hab nur schwere Knochen.

Was?

Vergiss es. Der Buddha schwieg wieder, er sprach nur alle paar Tausend Jahre mal was, dann aber immer was ungeheuer Wichtiges.

Dieses Sofa, Stanjic wippte ein wenig nach, die Federn hingen mächtig durch, das Möbel würde innert Kürze den Rachen zuklappen und ihn verschlingen.

Er dachte an die kleine Biene Willi in der fleischfressenden Pflanze. Maja, rief er, Willi hatte immer so eine nasale Stimme, eine chronische Vereiterung der Nebenhöhlen vermutlich. Psychosomatisch natürlich leicht zu durchschauen. Willi hatte einfach die Nase voll davon, hier immer den Komparsen zu mimen. Wenn Willi ging, sich in dem melancholischen Teiche zu spiegeln, so war es keine kleine dicke Biene, die sich trunken unter immermüden schweren Lidern auf zerknitterten Wellen begegnete, nein, was er sah, war ein Speedy Gonzalez der Lüfte, ein tatendurstiger Batman in gefährlich schwarz-gelbem Trikot, der ihm wüst entgegengrinste, die Arme spannte, dass die Muskeln nur so wurlten, was Willi da in der tosenden Gischt erahnte, war ein Held des Mikrokosmos, harrend nur der rechten Gelegenheit, die Insektenwelt vor jeglichem Unbill zu bewahren, die dumme Maja vor allerlei Kalamitäten zu erretten. Maja war ja so blöd, fiel in jedes Loch, verhedderte sich in jedem Spinnennetz, segelte kurzsichtig in kontaktfreudig geöffnete Schnäbel hungriger Vögel, Maja bedurfte ganz offensichtlich dringend der Hilfe.

Willi hätte auch gerne eine eigene Sendung gehabt. Willi hätte gerne im Fernsehgerät für mitfiebernde Zuschauer mutige Abenteuer bestanden, Willi wäre gerne das Gute gewesen, das schlussendlich immer obsiegt, Willi hatte es ganz einfach satt, hier die Lachnummer zu machen.

Diese ständige Vereiterung der Nebenhöhlen. Maja, wo bit du, rief er hilflos. Immer, wenn Willi sich mal wo zu Wort meldete, in der Regel aufgeregt blökend aus einem tiefen Loch, einem komplizierten Spinnennetz, einem sich hämisch schließenden Vogelschlund, klang es hoffnungslos infantil und chronisch nasal, wo bit du, Maja, Hülfe, rief er angstvoll, während der Sonnentau sich anschickte, einen kleinen Williimbiss einzunehmen, einen speckigen Willisnack.

Willi, murmelte David Stanjic, Williwilli, du arme Socke. Er sank tief in die Chintzbezüge, Chintzbezüge? Woher in aller Welt sollte er das wissen, kannte er sich vielleicht aus mit Stoffen?

Chintz, das war mehr so eine verirrte Löwenzahnspore, er sank tief in die byzantinischen – ach was, zerschlissenen Polster, schloss die Augen. Chintz, dachte er, ein Wort wie eine ungeheure Abstraktion, eine blaue Träumerei, ein Wort wie Ruth, ein Name, als wärs eine weitere Zahl, Chintz und Ruth und Byzanz, weitere und bislang unentdeckte Zahlen.

Byzanz, dachte er. Das wars, vorher im Bad. Der Geruch, der Hauch, der Streif am Wiesenrain. Woher kam dort in Wald und Flur das raffinierte Parfum, ein orientalischer Einfall?

Ein Geruch, es war nur ein Takt gewesen, das Verklingen eines Akkords, weil einer das Pedal noch niederdrückt. Vorher im Bad, das war ein Erinnern, unvermutet und unverhofft wie eine geschäftige Frau, die die Brille abnimmt, und hingerissen blickt man in diese wundervollen, toffeebraunen Augen und von einem Moment auf den anderen sitzt man ihr nicht mehr gegenüber am anderen Ende des Tisches, sondern ganz nah an ihrer Seite und nähert sich Slow Motion und zugleich mit rasender Geschw– vorbei, sie setzt die Brille wieder auf und alles wird nüchtern, *business*, sagt sie geschäftig, *business business*, dies ist nur ein Geschäftsessen, zwischen ihnen liegen die Geschäfte, das Essen, ein Tisch und die ganze Welt. Es war einfach nur eine Idee, die ihn anflog, das rasche Aufleuchten eines vergessenen Stollens und die Taschenlampe wurde ausgeschaltet und er wusste nicht mehr, wo er war, tastete im Dunkeln, gefangen in einer Synapse, er lag im Moos und schlief, ein Bovist unter anderen Bovisten, erwachte vom Zittern und Beben der Erde, eine Hallen und Dröhnen und eine Horde morgenländischer Reiter stob vorbei. Sie hatten es eilig, dass die Farben verwischten, und nur ein Flirren blieb auf der Waldlichtung, aber einer hatte sein Pferd gezügelt, dass es sich aufbäumte und auf den Hinterbeinen tänzelte, wieherte, er hatte sich umgedreht und zwischen den Tüchern und Schleiern und unter dem Turban ein schmaler Schlitz und die Augen hatten ihn angeschaut und sehr genau, einen raschen Moment, dann donnerte sein Pferd mit den Vorderhufen nieder und er gab ihm die Sporen, ritt hinter den anderen her und davon, das Geräusch der Hufe verhallte oder es war ein Schlussakkord, bis einer den Fuß vom Pedal nahm.

In dem Moment hatte er es begriffen. Dass Katharina hier gewesen war, in Simons Wohnung. In seinem Bad, in seinem Bett? In dem verwurstelten Bett. Aber noch etwas anderes –

Ah, schon schlitterte es wieder davon und er rodelte mit gnadenloser Verspätung hinterdrein und flog, immer kopfüber, in schmutzig graue Schneehaufen. Er war leider schon immer ein schrecklich schlechter Rodler gewesen. Während andere jauchzend und mit Affentempo und wehenden Bommeln hangabwärts rasten, tief unten im Tal schon längst Kakao mit Rum schlürften, ging er in Schneeverwehungen verschütt, stritt er sich mit der Rodel darüber, wer führt (in seinem Fall: immer die Rodel), und wehte bei ihm nicht der Bommel einer Strickmütze, sondern er eher insgesamt hinterdrein, na ja, so viel zum Rodeln.

Vergessen wir das lieber, murmelte er, jedenfalls, der Hinweis, der Fingerzeig, der Anhaltspunkt: Was auch immer es war, schon war es im Tal und er noch immer irgendwo am Hang, die Rodel war ohne ihn weitergefahren und er steckte mit dem Kopf wie ein Einser im Schnee.

Dieses zähe Warten auf Tauwetter, dass ein Frühling kam.

Was auch immer es gewesen war, was durch seine Gehirnwindungen gekrochen war, wie ein Spuk durch seine interne Walnuss gegeistert, es wäre ein Stein gewesen im Mosaik. Ein Stein, der das Chaos zu drehen vermag, und plötzlich sieht man die Harmonie und das herrliche Muster.

Weil aperiodisch, lassen wir uns nicht täuschen, sagte er leutselig zu Sydow, aperiodisch heißt keineswegs unsymmetrisch.

Aber dieser kleine Stein rutschte schon zwischen die Kissen und in Sofaritzen, da passte er im Leben nicht durch. Diese verchintzten zerschlissenen Polster, rubinblutrot, ruthrot und chintzblau, die byzantinischen Muster, Byzanz, das osmanische Reich, das Aufbäumen von Pferden in kalifischen Ställen und: Zaumzeug, er dachte: Zaumzeug, ein hinreißendes Wort, Zaumzeug, zärtlich wie feuchte Nüstern, die schnaubend und warm nach Zucker und Äpfeln forschen, Zaumzeug und Byzanz und Okzident, schattenweiße Haremsdamen, die um die Ecke bogen und verschwanden, ein Kästchen mit geheimen Geheimnissen unterm milchigen Arm, und er hätte einen Blick hineinwerfen müssen, das wusste er. Er hätte den Damen hinterdreineilen müssen und ihnen Schatulle und Geheimnisse entwenden, aber Türken belagerten sein Gehirn, rauchten starken Tabak und tranken Kaffee, palaverten ohne Ende, redeten über Gott und die Welt.

Irgendwo in den Tiefen des Diwans begann es zu rumoren, da knurrte heiser ein kleiner Hunger, gurgelte eine geheime Verdauung mit zu wenig Aufträgen. Der kleine Mann im Rechner war eitel, arrogant und dumm, hatte sich den Mund zugesperrt und den Schlüssel auf einem Asteroiden versteckt, in ein schwarzes Loch geworfen. Der dicke Herr auf seiner Brust grinste viel und sagte wenig. Voraussichtlich erst in ein paar Tausend Jahren wieder.

Bis dahin war hinlänglich viel Zeit, detailliert über den letzten Aphorismus nachzudenken, er schlackerte gemütlich mit den Ohren und verbarg den Sinn des Lebens zwischen mächtigen Bauchfalten. Stanjic schaute in das Licht der Stehlampe über sich, reckte den Arm, zupfte am Zugschalter.

Alles versoff augenblicklich in einer summenden Dunkelheit, ein Raunen und Wispern von Kühlschrank und Gebälk, ein Seufzen der Dielen. Alles soff ab in schwarze Gestade, wurde verschluckt von gemächlichen Schattenmäulern, hungrigen Blumen mit Appetit auf Fleisch und Schinkenspeck, lecker Schenkel von blassen Haremsdamen, schlossen sich langsam, Sonnentau und Schenkel, alles schloss sich langsam und verfiel in Schweigen, er fasste den Buddha fest um den Bauch, zwischen seinen Falten hatte das Universum Platz, eine weitere Dimension, ungeheuer viel Raum. *Es ist viel Raum in den Hautfalten des Buddhas*, wer hatte das bloß gesagt, Rilke? Rabelais? Rasputin? Irgendeiner mit R, ders wirklich begriffen hatte, der dem Dicken tüchtig in den Schinken gefasst hatte, sein Ohr mutig an den großen Bauch gebettet und gelauscht hatte auf das Rumoren der ganzen Welt, ein unendliches Glucksen und Grimmen.

Wo ist das eigentlich her, fragte mein Lektor, von wegen auf Zitate verweisen. *Es ist,* sagte er vor sich hin, *viel Raum in den Bauchfalten des Buddhas,* vermutlich ein taoistischer Gelehrter.

Stimmt, sagte ich. Bei uns kennt man ihn nur unter seinem westlichen Pseudonym, Rammstedt.

Rammstedt, notierte sich Olaf, kommt mir bekannt vor. Und aus was für einem Buch stammen diese weisen Worte?

Aus, ich überlegte kurz, aus einem Reiseführer, sagte ich dann.

Linsengericht, dachte Stanjic noch halbwegs, das ist die Lösung. Das war das Lösungswort für den Computer.

Kein *Schnickschnack* und aus die *Maus, Linsengericht*, das Wort, die Tagesparole, das ist, was der kleine Mann im Computer hören will.

Stanjic lauschte auf das Grollen im großen Sofabauch, es war wieder losgegangen oder kams von dem, der nur zu schwere Knochen hatte? Es grollte, in erstaunlicher Regelmäßigkeit und für einen Magen in höchstem Grade untypisch, und plötzlich kapierte er es.

Ich setzte mich auf, sagte Stanjic, und er setzte sich auf und stellte den Buddha weg. Sydow kam zu ihm zurück und zog sich einen Stuhl heran.

Na, sagte er freundlich, haben wir wieder alles beisammen? Sind wir wieder komplett?

Ja, sagte Stanjic.

Noch was von dem Katerdrink?

Nein, sagte Stanjic, lieber nie wieder Alkohol.

Schön. Und was passierte dann?

Ich setzte mich auf, sagte Stanjic, und schaltete das Licht ein. Ich schaute unters Sofa. Ein Kabel führte darunter, ich zog daran und das Grollen entpuppte sich als das Schnurren von Simons trägem Telefon. Ich überlegte kurz, aber das Klingeln hielt an, ich hob den Hörer ab, lauschte.

Ich hörte es atmen. Dann sagte eine fremde Stimme, Katharina, bist dus?

Hallo, sagte ich tonlos, ich merkte, wie mir schlecht wurde, von den Bananen, dem Wein, von einer fremden Männerstimme und der damit einhergehenden Erinnerung an die falschen Filme und schlechte Bücher.

Katharina?

Ich schluckte, lauschte dem Atmen am anderen Ende.

Ich weiß, dass du da bist.

Ich krallte mich ins Sofa, reiß dich zusammen, redete ich mir gut zu, konzentrier dich, irgendwoher kennst du diese Stimme.

Ich weiß, wo du bist.

Ich hielt den Atem an, starrte aus dem Fenster hinaus in die Nacht. Kannte ich die Stimme? Ich konnte überhaupt nicht gescheit denken, mir war auch im Kopf ganz schlecht.

Ich bin in der Stadt.

Mir war es kreuzelend, Maja, flüsterte ich, wo bit du, Maja, hier it die arme Socke und ich habe ein Problem.

84. Die alte Frage: Was war zuerst, das Ei oder der Schlumpf?

Und dann?, fragte Sydow, sie standen bei Bolle vor dem Schokoladenregal, er hatte sich einen Korb in die Armbeuge gehenkt und versuchte, seinen Einkaufszettel zu entziffern.

Dann bin vor lauter Nervosität aufgestanden und ein wenig in der Wohnung herumgegangen, sagte Stanjic.

Und dann? Sydow steckte den Zettel weg, es war sinnlos.

Er hatte einmal gelesen, es sei, gerade bei einem knappen Budget, sinnvoll, sich eine Einkaufsliste zu schreiben, auf dass man dann beim Einkaufen nicht jeden Blödsinn kaufe, sondern nur, was man, laut Zettel, benötige. Bei ihm verfing diese Taktik überhaupt nicht, er konnte seine Handschrift exakt zweieinhalb Minuten nach Niederschrift nicht mehr entziffern und kaufte dadurch immer drei Mal so viel, wie er benötigte, weil jeder notierte Artikel mindestens drei Deutungen zuließ.

Er packte ein paar Tafeln Ritter Sport ein, dachte kurz nach und packte noch ein paar Tafeln mehr Ritter Sport ein. Schokolade war nie verkehrt. Schokolade hat eine aufheiternde Wirkung. Wer weiß, wie viel Schokolade sie brauchen würden bei ihrem Aufenthalt auf dem Land. Das Land war an sich schon deprimierend genug, dazu der notorische Regen und die Aussicht auf Holz hacken und einen umfassenden Katalog von weiteren nützlichen Tätigkeiten, er legte drei Kilo Nüsse dazu, er würde noch eine Kiste Bananen erwerben, Nervennahrung ist unter so prekären Umständen sehr wichtig.

Ja und weiter? Er drehte sich zu Stanjic herum, der betrachtete den jetzt schon überquellenden Einkaufskorb, ich hole mal lieber einen Wagen, murmelte er.

Wieso denn, wir haben doch schon alles. Bananen noch, die nehmen wir mit der Schachtel.

Schokolade, Nüsse und Bananen? Das ist nicht dein Ernst. Wir sind dort vier Tage lang und ich sags dir gleich, ich fahr nicht ins nächste Dorf zum Einkaufen. Ich mache mich doch nicht vor der Landbevölkerung zum Affen, indem ich vor versammelter Einwohnerschaft versuche, mein Auto vor dem Lebensmittelladen einzuparken, einen Blechschaden verursache und mich dann von jemandem wie Herrn Dr. Schicketanz heraushauen lasse.

Machs doch wie der Pfarrer von meiner Oma, sag einfach immer, wenn du wo was zusammengefahren hast, das war schon vorher so. Mir hängen noch die Glassplitter des Schaufensters von *Frisuren Sabrina* im Haar? Das ist bei mir immer so. Jemand hat den Opa da umgefahren? Der sah schon früher so aus. Aus meinem Heck lugt ein Gebüsch? Das gehört so. An meiner Frontscheibe –

Jaja, sagte Stanjic. Auf jeden Fall fahr ich dort nicht zum Einkaufen. Wir kaufen hier ein. Ich denke, du hast eine Liste geschrieben?

Ja. Hier.

Stanjic betrachtete die Liste. Okay. Von der Warte aus ist es eigentlich toll, dass du Bananen, Nüsse und Schokolade enträtseln konntest. Wie bist du überhaupt durch die Schule gekommen, tägliche Blumengebinde für die Lehrerin? Den Jägeronkel auf jedem Elternabend, das Gewehr gut sichtbar neben sich? Flossen Gelder?

Mein Deutschlehrer pflegte zu sagen: Herr von Sydow, Sie haben zwar eine Sauklaue und Ihre Aufsätze sind absolut unleserlich, ich gebe Ihnen aber trotzdem die Bestnote.

Warum? Warum in aller Welt?

Ihr messerscharfer Verstand, hat er gesagt, Ihre offenkundige Brillanz und unbestechliche Klugheit lassen mir gar keine Wahl. Hat er gesagt. Mein Deutschlehrer.

Und worauf bitte soll er so eine hanebüchene Aussage gründen, wo er, ob der vollständigen Unleserlichkeit deiner Schrift, nie was von dir gelesen hat? Intuition?

Exakt. Intuition, Menschenkenntnis und die untrügliche Gewissheit, die sich sofort einstellt, so man es mit einem Genie zu tun hat. Spürt man einfach. Ist ganz selten.

Stanjic betrachtete noch ein bisschen den Zettel, stimmt, sagte er. Du hast aus diesem – lass es uns ein Muster nennen, aus diesem Geflecht – Bananen, Schokolade und Nüsse herausgelesen, das geht absolut nur mit einem messerscharfen Verstand, offenkundiger Brillanz und mit einer gehörigen Portion unbestechlicher Klugheit. Ein Genie. Ich bin froh, stolz und dankbar, eine solch seltene Spezies zum Freund zu haben. Danke, Frederik.

Ach was, Sydow tätschelte Stanjic gönnerhaft die Schulter, lass uns nicht weiter davon sprechen, für mich ist das ja ganz alltäglich und der Unterschied zu den normalen Menschen fällt mir nur ganz selten auf, ehrlich.

Gut, Frederik. Ich gehe dann mal und hole einen Einkaufswagen und werde ihn, kraft meiner ausgeprägt hausbackenen Veranlagung, mit allem Nötigen beladen, einverstanden?

Einverstanden, David, meine mit meiner Genialität einhergehende Ungeschicklichkeit im Umgang mit dem profanen Alltag macht mir manchmal wirklich zu schaffen, weißt du.

Verstehe ich vollkommen.

Stanjic ging und holte einen Einkaufswagen, räumte die Schokoladentafeln wieder aus dem Korb und gab Sydow die vielen Nusspakete in die Hand, verräumen, sagte er.

Er begann, den Wagen mit Milch, Joghurt und Käse zu beladen, mit wertvollen Milchprodukten. Wo waren wir?

Das Telefon hat geklingelt, sagte Sydow, er ging neben dem Wagen her in Richtung Obst und Gemüse, ab und an räumte er was in den Wagen, Stanjic räumte es wieder heraus. (Wozu Mottenpapier? – Ist gerade im Angebot. – Aber wir brauchen es nicht. – Ich sags nur.)

Es hat geklingelt, sagte er, du hast abgehoben. Ein fremder Mann war am Apparat. Du bist nervös in Glasers Wohnung herumgegangen. Und wie weiter?

Wie weiter?, wiederholte Stanjic, nichts weiter, das ist es ja, ich sagte doch: Ich bin vor Nervosität in der Wohnung herumgelaufen. Er reichte Sydow einen Sack Kartoffeln. Klingelt da was bei dir?

Sydow verstaute die Kartoffeln, nahm Zwiebeln und Knoblauch entgegen, in der Wohnung herumge– er verstummte. Das Telefonkabel. Simons Schnurtelefon.

Richtig. Ich ging in der Wohnung herum, habe noch überlegt, ob ich die Stimme von irgendwoher kenne, und habe das Telefonkabel aus der Buchse gerissen, fertig telefoniert.

Und, kennst du die Stimme von irgendwoher?

Kann sein. Stanjic packte allerlei Obst und Gemüse ein, Birnen und Pflaumen, Kraut und Rüben, einen Salatkopf. Kann schon sein. Kann aber auch nicht sein. Ich war einfach zu nervös. Aber ich glaube, du kennst sie.

Wieso das.

Du kennst einfach mehr Leute als ich.

Und jetzt? Sollen wir mit Simon reden? Mit Katharina?

Stanjic rollte den Wagen zum Müsliregal, Müsli?, fragte er, er hielt eine Packung Früchtemüsli hoch, oder lieber nur Haferflocken.

Frosties, rief Sydow, er eilte zum Regal, mit *Tony dem Tiger!*

Vergiss es, sagte Stanjic.

Warum denn?! *Tony der Tiger!* Die knusprigen Powerflakes aus viel gutem Mais, Vitaminen und Calcium machen dich startklar für den Tag, steht doch da, was willst du mehr?

Nein.

Dann *Smacks*! *Smacks* nimmt dich mit in seine turbulente Welt aus Tricks, Spaß und Schabernack.

Noch mehr Spaß, nein danke, das macht mein melancholisches Gemüt nicht mit.

Dann weiß ich, was du brauchst, *Chocos, der Knusperbär,* hilft dir, den Tag bärenstark zu beginnen. Schokolade ist auch so gut für die Nerven.

Okay. Ich koch dir dann einen Kakao, versprochen. Du bist ja schlimmer als ich, du musst daran arbeiten. Früher war ich auch so, ich habe gelesen –

Verschon mich mit deiner esoterischen Selbsthilfe, so was zieht bei mir nicht.

Das ist keine esoterische – na was solls. Jetzt räum diese Pakete wieder aus dem Wagen. Wer ist eigentlich dieser *Smacks*, ist das ein Frosch? Ein Lurch?

Keine Ahnung, er ist ein Trickser, also vielleicht ein Chamäleon oder so. Und was nehmen wir jetzt? Da bleibt doch nichts mehr übrig, *Fruit Loops,* die mochte ich noch nie, aber wenn's sein muss.

Müsli, ein schönes Früchtemüsli.

Müsli, sagte Frederik resigniert, da kann man noch so lange darin herumwühlen, da ist keine Figur mit drin.

David warf Müsli, Nudeln und Reis in den Wagen, was willst du denn mit einer Figur.

Sammeln, früher habe ich so was gesammelt.

Ja, früher.

Früher war nicht alles schlecht.

Ja, früher war aber auch nicht alles gut, das Sammeln von Figuren zum Beispiel, dass man schöne Steine sammelt, das kann ich ja verstehen, Briefmarken, meinetwegen, aber –

Heutzutage sammel ich Plätzchen, Frederik senkte die Stimme zu einem verführerischen Timbre, wollen Sie sich meine Plätzchensammlung ansehen, sage ich zu einer schönen Frau und schon hüpft sie mit mir –

Aha, und warum hat das bisher noch nie funktioniert? Immerhin hast du keine Frau.

Danke, dass du mich daran erinnerst! Das hat nur noch nicht funktioniert, weil ich noch nicht genügend Plätzchen gesammelt habe, du wirst dich noch anschauen.

Apropos, vielleicht nehmen wir ein paar Kekse mit.

Kekse back ich selbst, sagte Sydow, das ist das Einzige, was ich langsam richtig gut kann.

Stimmt. Ich entsinne mich dieser symbolischen Knusperlis, der Kekse zum Orakeln, errate die Form und deine Zukunft wird dir offenb–

Das war Knecht Ruprecht.

Ich bin froh, dass ich ein Rentier darin gesehen habe, es scheint mir für meine Zukunft günstiger.

Jetzt komm, die waren doch lecker.

Ja, sehr lecker, aber nicht knusprig.

Wie gesagt, ich arbeite daran.

Sie packten die Kekse wieder aus, also?, sagte Sydow.

Nein. Nein, wir sollten nicht mit Simon oder Katharina reden, meinte Stanjic, es kann gut sein, dass Simon und der Fremde am Telefon zusammenarbeiten, es ist doch möglich, dass es ein Gangster ist.

Du hast recht, sagte Sydow, sie schoben langsam in Richtung Kassa davon, räumten noch dies und das ein, lecker Marmelade!, sagte Sydow, er packte Marmelade ein.

Simon bringt welche mit, sagte David, selbst gesammelt, gekocht, abgefüllt, eingerext und mit Kalligraphie beschriftet.

Der Angeber, Sydow packte die Marmelade wieder aus, Erdbeerschnüre, sagte er angetan, mit *Jumbo*, dem lustigen Elefanten, zehn Meter, das ist der Hammer.

Stanjic packte sie wieder aus, nein, sagte er, willst du dich vergiften.

Mit dir macht Einkaufen überhaupt keinen Spaß, behauptete Sydow.

Kannst ja das nächste Mal mit *Smacks* gehen, *Smacks* ist eine Spaßbombe.

Tu ich auch, da kannst du drauf wetten.

Mit dir wette ich nicht mehr, du schuldest mir noch den Wetteinsatz von drei vergangenen Wetten, willst du dich auf Generationen verschulden?

Das ist nett, dass du das sagst, du meinst also, ich werde noch eine Generation zeugen, meinst du, ich werde noch was zeugen, meinst du, ich werde noch der Stammvater von vielen vielen Generationen, meinst du, meine Frau und ich –

Ganz sicher, Frederik, ich fühls mit jeder Faser meines Körpers. Du wirst einmal im Alter inmitten deiner großen Familie sitzen und sie werden immer noch nicht verstehen, warum sie in dritter Generation jetzt deine zahlreichen Wettschulden abbauen, aber das macht nichts, das hält zusammen, das ist der Klebstoff, den ein neuer Stamm braucht.

Was meinst du, wie viele Urenkel ich noch erleben werde, wollen wir was wetten?

Wette mit deiner Frau, dann bleibts in der Familie.

Danke, David. Wegen der Frau, und auch sonst, die Generationen, du bist ein generöser Mensch.

Jetzt versteh ich übrigens auch, Stanjic räumte eine große Packung Partygebäck wieder aus dem Wagen, warum dir diese dadaistischen Einkaufszettel so zugutekommen. Du kaufst jeden Scheiß und sagst hinterher, stand doch drauf, und niemand kann das Gegenteil beweisen.

Ein Genie ist ein einsamer Cowboy, es braucht Leute wie Tony, Smacks und den Knusperbären, Leute, die ihn verstehen, mit denen er ungezwungen sein und auch mal lachen kann, einfach Mensch sein.

Okay, lass mich dein Smacks sein, ja? Dein Tony. Call me tiger.

Tiger!, sagte Sydow.

Grooaaarr!

Die Dame im mauvefarbenen Kostüm, die nebenan den Erwerb einer Knusperei erwog, sprang vor Schreck dem nächstbesten Herrn in die Arme, sie schauten sich in die Augen und er sagte, ich liebe Sie, und sie sagte, ich liebe Sie, und, sich um die Taille fassend, tanzten sie singend ins Freie, wo ein launiger Herbst die Blätter nur so fliegen ließ, man kennt so was aus Film und Fernsehen.

Stanjic räusperte sich. Er war ein Tiger, ein wildes Tier.

Geht klar, sagte Sydow. Er schaute dem liebestollen Paar hinterher, das war wie im Film, findest du nicht?

Weiß nicht, solche Filme kenne ich nicht.

Weil du dir immer nur depressives Zeug reinziehst, oder dem Simon seine Sachen, da kommt so was natürlich nicht vor. Wobei das ein Fehler ist, er sollte ab und zu so was einbauen, dann würde er damit auch Geld verdienen.

Er verdient damit Geld, wir haben das unterschätzt.

Viel wird's nicht sein, die werden, wenn sie die Endlosschleifen satthaben in den Vereinslokalen, einen Hut für die Kollekte rumreichen, da fährt er besser, wenn er den *Straßenfeger* verkauft in der U-Bahn, glaub mir.

Das würde ich nicht sagen, ich glaube, die Währung ist dort neuerdings Banane, neulich habe ich –

Ist ja auch egal, im Übrigen hast du recht. Wir sollten Simon auf keinen Fall was sagen. Er würde merken, dass wir ihm auf der Spur sind, es würde ihn womöglich zu einer Kurzschlusshandlung nötigen. Aber Katharina? Sollen wir nicht ihr was sagen?

Das würde sie nur unnötig aufregen, meinte David, er reihte sich vor der Kassa ein, Frauen sind doch so sensibel.

Woher weißt du das, Sydow nahm ein paar bunte Riegel aus dem Süßigkeitenständer, legte sie aufs Band, Stanjic legte sie zurück.

Hat mir deine Frau gesagt, sagte er.

Danke, David. Du hast was gut bei mir.

Dann wünsche ich mir erstens: *Heidesand*, zweitens *Betmännchen* und drittens *Spitzbuben*.

Gebongt.

Kannst du das alles?

Alles. Die Kassiererin hatte angefangen, ihre Sachen einzuscannen, er legte ihr ein Überraschungsei hin, gescannt und gekauft!, rief er, was Spannendes, was zum Spielen und Schokolade! Er nahm das Ei, schüttelte es erwartungsfroh am Ohr und wickelte es aus, drehte sich wieder zu David um, ich kann schon alles Mögliche backen, willst du dir mal meine Plätzchensammlung ansehen?

Danke, ich bleib beim weiblichen Geschlecht, sind einfach sensibler.

Sydow knüllte das Einwickelpapier zusammen und brach das Ei auseinander, steckte sich eine Hälfte in den Mund, wo meine Frau recht hat, hat sie recht. Hoffentlich ist ein *Happy Hippo* drin.

In welchem Jahrhundert lebst du eigentlich. Hol mal ein paar Schachteln. Die *Happy Hippos* waren tiefste Achtzigerjahre.

Ertappt! Woher weißt du das? Kaufst dir die Überraschungseier immer nur heimlich, was? Sydow ging und holte ein paar Schachteln, musst du nicht, lass uns doch mal zusammen ein Überraschungsei essen. Noch ein Überraschungsei für meinen Kumpel hier, er legte der Kassiererin noch ein Ei hin, vielleicht ist bei dir *Schlumpfinchen* drin, die haben die Schlumpfserie neu aufgelegt, die würde ich dann aber gegen meinen *Happy Hippo* tauschen. *Schlumpfinchen* war mir immer Fingerzeig und Anregung, mein Lebensthema nicht aus den Augen zu verlieren.

David Stanjic hatte angefangen, die Lebensmittel einzupacken, ich ahne, ich will es lieber nicht wissen, aber: Welches ist also dein Lebensthema?

Nicht die Schlümpfe jedenfalls, falls du das jetzt denken solltest. Frauen natürlich, ich habe immer geahnt, es wird irgendwann sein wie bei den Überraschungseiern, ich werde gespannt sein und mich fragen: Ist sies diesmal? Die Frau meines Lebens?

Pack mal mit ein, sagte Stanjic.

Sydow legte ein paar Joghurts in eine Schachtel, irgendwann wird *Schlumpfinchen* dabei sein, ich werde wen zum Spielen haben und hinterher werden wir, zum Auffüllen der Energiespeicher, Schokolade essen. Das haben wir dann nötig. Meine Oma hatte früher, wenn ihr der Hintern zu dick wurde –

Mit einpacken sollst du, sagte Stanjic, während er die erste befüllte Schachtel zur Seite schob und begann, eine weitere zu packen.

Sydow legte noch ein Joghurt in seine Schachtel, wenn sie also fand, ihr Hintern sei zu dick, hat sie eine Diät eingelegt. Sie hatte so Kalorientabellen und dort waren alle Betätigungen mit ihrem kalorischen Verbrauch angegeben, also Bügeln und Joggen und Wäsche aufhängen und –

Stanjic nahm die Joghurtbecher wieder heraus, legte die Nudelpackungen, Milchflaschen und Kartoffeln auf den Boden des Kartons und die Joghurts obendrauf, fass mal mit an.

Sydow hob ein Joghurt in den Wagen, und zum Beispiel stand da: *Kalorienverbrauch Geschlechtsverkehr normal pro Stunde* und dann der Kalorienverbrauch, sagen wir: 350 Kalorien und dann stand darunter: *Kalorienverbrauch Geschlechtsverkehr heftig pro Stunde* und auch der Kalorienwert, den weiß ich jetzt aber leider nicht mehr.

Schade.

Ja, aber so oder so, ein wenig Schokolade können wir uns dann auf jeden Fall gönnen, meine Frau und ich. Ich bin jedenfalls schon mächtig gespannt, sagte Sydow, er nahm noch ein Joghurt aus der gepackten Schachtel und legte es in den Einkaufswagen, obs diesmal das *Schlumpfinchen* ist, meine ich, und dann endlich die Frau meines Lebens kommt. Haben wir jetzt alles?

Du, Hauptsache, Stanjic nahm das Joghurt wieder aus dem Wagen, Hauptsache die Joghurts sind dabei. Er hievte die drei Kartons hinein und sie rollerten alles auf den Parkplatz, verstauten die Sachen im Kofferraum.

Stanjic ging und brachte den Einkaufswagen zurück.

Jetzt mach dein Ei auf, sagte Sydow.

Stanjic wickelte das Ei aus dem Papier und brach die Schokolade auseinander, steckte sich ein Stück in den Mund.

Und?

Stanjic schluckte hinunter, erinnert mich an meine Kindheit.

Toll, oder?

Geht so, bei einem schwierigen familiären Hintergrund ist das immer eine zwiespältige Sache.

Ach so, aber du hast ja noch die Überraschung, die kann dich noch überraschen.

David Stanjic betrachtete die kleine Plastikkapsel. Weißt du was, sagte er, er steckte sie in die Tasche, die spar ich mir auf.

Wie, die sparst du dir auf, bis wann?

Bis zum richtigen Augenblick.

Wann ist denn bitte der richtige Augenblick?

Ich glaube, das werden wir wissen. Dann mach ichs auf, versprochen.

Sydow schaute ihn entgeistert an, das ist nicht dein Ernst. So viel Spannung ist der pure Stress für den Körper, so ist das überhaupt nicht gedacht! Wären in all den Jahren noch mehr auf diese wahnwitzige Idee gekommen, hätte der Konzern einpacken können, die hätten sich doch vor lauter Klagen nicht mehr retten können, weil die Leute sich erst ein Überraschungsei kaufen, nachher die Spannung steigern bis zum Äußersten und alle verrückt darob werden.

Im richtigen Augenblick. Mach ichs auf. Versprochen.

Und was, wenn deine Figur ein Hinweis ist, ein Omen?

Was denn für eines zum Beispiel?

Es könnte zum Beispiel, Sydow überlegte, es könnte *Stefan Stulle* drin sein, aus der Krokoserie.

Ja und?

Ich meine nur, es würde dir vielleicht sagen, dass du mit deinen Sandwichs auf dem richtigen Weg bist, dass du beruflich alles erreicht hast.

Das lass mal deine Oma nicht wissen, sie glaubt noch an mich.

Oder, Sydow lachte, *Ole Ohrwurm!* Von den *Peppy Pingos*, das würde eher heißen, dass du dich bei Simon einfach noch mehr reinhängen solltest. *Pudding Paule!* Er tätschelte Stanjics Bauch, der Speck muss weg! Sydow lachte lauthals, oder *Purzel Peter!* Das ist der dicke Hippo, der gerade einen Purzel–

Wahnsinnig komisch, wirklich.

Hubert Heartbreake! Ich werd nicht mehr! David und *Hubi Heartbreaker* unterwegs in Herzensdingen, oder, er lachte noch doller, *Fritz Fiasko!*

Ah ja.

Nein, jetzt weiß ich: *Eddy Koketti!*

Stanjic setzte sich ins Auto, wartete, die Hände auf dem Lenkrad, können wir?

Sydow wischte sich die Tränen aus den Augen, machte die Beifahrertür auf und ließ sich in den Sitz fallen, herrlich, sagte er.

Stanjic öffnete noch einmal die Wagentür, schaute zur Seite, nach hinten, ich glaube, du musst mich rauslotsen, hier stehen überall Autos.

Sydow kriegte einen Lachanfall, lehnte die Stirn ans Handschuhfach, *Macho Mike!,* rief er, Klasse! *Macho Mike* in seinem Turbomobil, rast neuen Abenteuern entgegen, da werden alle Frauenherzen schwach!

Stanjic blies die Backen auf und ließ langsam die Luft ab, unglaub-lich komisch, wirklich.

Du siehst aus wie *Dicke Backen Beppo*, rief Sydow, er lachte hysterisch, während er wieder ausstieg, oder *Toni Tröte!* Er winkte ein bisschen, wachelte mit der Hand, *Flanken Ferdi* parkt aus, Obacht! *Rudi Raser* macht wieder die Straßen unsicher, Stanjic machte ein finsteres Gesicht, Sydow stützte die Hand auf das Auto daneben und hielt sich den Bauch, nein, jetzt weiß ichs, *Miesmuffel!* Das wars!

Und ich weiß auch was, sagte Stanjic, er zog die Handbremse an, schnallte sich wieder ab, stieg aus dem Auto und umrundete es, er nahm die gelbe Kapsel aus der Tasche und drückte sie Sydow in die Hand, ich weiß, dass *Larry Lachsack* heute zu Fuß nach Hause geht, Sydow explodierte, er hielt sich mit beiden Händen am Nachbarauto fest und kriegte sich vor Lachen nicht mehr ein.

David Stanjic stieg wieder ins Auto und manövrierte mit der ein oder anderen Feindberührung aus der Parklücke und fuhr mit quietschenden Reifen davon. Sydow hob den abgefallenen Rückspiegel hoch und wischte sich mit seinem T-Shirt übers Gesicht, meine Fresse, murmelte er, er lachte, dort düst *Don Dufte,* er hatte Schluckauf bekommen, schaute Stanjic nach und winkte ihm mit dem Rückspiegel hinterher. Wenn der wüsste, dass es *Larry Lachsack* wirklich gibt, ich werd nicht mehr!

85. Eine schöne Landpartie

Dass Katharina mitfuhr, war eine Neuigkeit, von der sie sich erst kurz nach der Stadtgrenze erholten.

Jetzt mal was ganz anderes, sagte mein Lektor, du kannst nicht alle immer beim Nachnamen nennen und Katharina nur beim Vornamen, wie sieht das denn aus.

Dann nenn ich eben alle beim Vornamen, sagte ich.

Nein nein, das wirkt unseriös, angesichts deiner eigenen amourösen Verstrickungen regelrecht unmoralisch, du musst Katharina beim Nachnamen nennen.

Frauen nennt man nicht beim Nachnamen.

Warum nicht?

Warum nicht warum nicht, bist du der Lektor oder ich.

Er überlegte kurz, ich, sagte er dann. Er seufzte, von mir aus, ich frag den Verleger, der wird so was ja wohl wissen. Auf jeden Fall nennst du sie bis zur endgültigen Klärung beim Vor- und Nachnamen, wie bei Anna Snozzi.

Bei Anna Snozzi mach ich das, weil sie Snozzi heißt.

Und wie heißt Katharina?

Ich weiß es nicht.

Er schaute mich ungläubig an. Schön, flötete er dann, in dem Fall entscheide ich. Er legte sich nachdenklich zwei Finger an die Schläfen, kniff konzentriert die Augen zu, sie heißt Fitzwilliam, sagte er kurz darauf zufrieden.

Nein!

Doch.

Und wie soll ich das legitimieren? Wo kommt sie dann her? Aus England? Schottland? Das muss ich doch irgendwie thematisieren!

Sicher, sagte er, er notierte sich *Fitzwilliam* in sein Büchlein. Und zwar auf maximal drei Zeilen.

Nicht, dass sie sich nicht gefreut hätten, sie freuten sich praktisch um die Wette, Sydow, weil in seiner eigenen Kapsel, ohne Witz jetzt, das *Schlumpfinchen* gewesen war und er sich absolut sicher war, seinem Schicksal sei damit die Bresche geschlagen –

Nein, war ein Witz. Mir persönlich hätte es gut gefallen, Frederik von Sydow hätte es gut gefallen, aber selten spielt das Leben so, wie es uns gefällt. Es war gar nicht *Schlumpfinchen* drin gewesen, sondern –

Flora Flirt?, fragte Sydow irritiert, er hielt das Figürchen mit gestrecktem Arm vor sich hin, *Flora Flirt*? Von den *Peppy Pingos*? Er ließ die Hand sinken und schaute Stanjic an, was das nun wieder bedeuten soll?

Stanjic hatte keine Ahnung, aber Sydow war nicht pingelig. *Flora Flirt* war sicher ein gutes Omen und er war sich absolut sicher, seinem Schicksal sei damit die Bresche geschlagen, ob nun Flora oder Katharina, sagte er sich, Frauen sind sie alle, er nahm es als Aufforderung, sich flirtend mit Katharina Fitzwilliam mächtig ins Zeug zu legen, er freute sich.

Stanjic freute sich mit ihm um die Wette, weil er zwar nicht zu hoffen wagte, Katharina Fitzwilliam würde hier, fern vom Uetliberg, die unterhaltlichen Kapriolen wiederholen, aber verliebt war er eben trotzdem.

Hätte er das bisher so genannt? Keineswegs. Aber, sagte er sich, als er völlig verdattert hinter dem Lenkrad klemmte und die Fuhre inklusive Katharina Fitzwilliam aus der Stadt kutschierte, man muss einfach sagen, was Sache ist. Er war verliebt. Er war einfach verliebt, dachte er immer wieder, selbst hochgradig erstaunt, Emotionen! Sie machen, was sie wollen! Und dabei, überlegte er, während er zum dritten Mal in einem Kreisel seine Runden drehte, dabei verkomplizierte das die Sachlage ganz erheblich, denn, so viel glaubte er begriffen zu haben, Simon Glaser hatte irgendwie ältere Ansprüche, ja, er schien keinerlei Wert darauf zu legen, dass er, David und Katharina Fitzwilliam, ihre Bekanntschaft weiter ausbauten. Wenn Stanjic an das amourös zerwühlte Bett dachte mit Katharina Fitzwilliams Geruch, wollte er sterben. Gott sei Dank war er im Verdrängen so gut. Er war verliebt. Heimlich einfach.

Kurzum, Sydow und Stanjic, die beiden freuten sich wie Oskar, fahr aus dem Kreisel raus, sagte Sydow freudig, er strahlte Katharina Fitzwilliam an, Kreisel sind für David regelrechte Bermudadreiecke, sagte er, wenn man ihn nicht rechtzeitig erlöst, kurvt er darin, bis die Polizei ihn abends rausfischt.

Ob Glaser sich freute, war schwer zu sagen, er hatte ein Pokerface.

Schon von Geburt an, behauptete Sydow, aber Stanjic ging nicht darauf ein (Woher weißt du das? Kanntest du ihn da schon? Und dann: irgendeine Antwort zum Lobe des Konjunktivs), er war neuerdings so diskursmüde, Sydows Oma hätte gesagt:

So, du wirst also langsam erwachsen.

Aber er hatte einfach Besseres zu tun, er war verliebt, ja, hätte Sydows Oma gesagt, er wurde also langsam erwachsen.

Aus Glaser wurde niemand schlau, immerhin aber hatte er die Sache eingerührt, er hatte, kurz vor Abflug, gesagt: Katharina kommt übrigens mit.

Katharina kommt mit, fragte Sydow, der mit Glaser und Stanjic zusammen das Auto packte, er hielt ein Joghurt in der Hand, die Nachbarin?

Ja. Was dagegen?

Nein. Nein! Wie sollte ich, ich finde Katharina klasse.

Woher willst du das wissen, kennst du sie vielleicht?

Nein, sagte Sydow schnell, auf keinen Fall, woher auch, aber alles, was du von ihr erzählt hast –

Ich habe nichts von ihr erzählt.

Alles, was du nicht von ihr erzählt hast, klang großartig.

Katharina ist großartig, bekräftigte Stanjic, er nahm Sydow das Joghurt ab und legte es in die Schachtel zurück.

Was meinst du damit, sagte Glaser.

Sydow warf Stanjic einen strafenden Blick zu, wäre er eine Detektiveninnung, er hätte ihn per sofort –

Stanjic überlegte schnell, die Innung würde noch einmal stolz auf ihn sein, sie hat mich, sagte er, aus den Klauen des Alkoholismus befreit.

Ich denke, es waren Kirschstengeli, sagte Glaser.

Ja, Teufelszeug, *Lindt & Sprüngli* hatten mich schon fest im Griff, dieser billige Fusel, ich war schon am Erblinden.

Ein großer Verlust wärs nicht, sagte Glaser, er ging noch mal ins Haus, wir kommen gleich, ich hole noch die Thermoskanne.

Alles klar, riefen Stanjic und Sydow. Sie nahmen beide ein paar Dinge in die Hand, wir packen derweil weiter, sie schauten ihm nach. Sobald er im Haus war, legten sie Joghurt und Knirps beiseite, rannten ums Auto und hockten sich hinter die Karosserie.

Und jetzt?, flüsterte Stanjic.

Was und jetzt.

Na ja, was sollen wir tun?

Nichts. Ist doch gut, wir halten einfach die Auge offen und wenn dem Simon sein Fass überläuft, sind wir zur Stelle und werfen ihr den Rettungsring zu.

Aber was, wenn wir nicht rechtzeitig zur Stelle sind? Was, wenn wir ihn nicht schnell genug aufpusten können, was, wenn sie ertrinkt?

Auf dem Land ertrinkt man nicht.

Hallo ihr beiden, sagte Katharina Fitzwilliam, sie trat hinters Auto und schaute zu ihnen hinunter, stimmt etwas mit dem Auto nicht?

Stanjic und Sydow fuhren zusammen und erhoben sich, hallo, rief Stanjic, nein nein, alles in Ordnung, an dem Reifen waren ein paar Schrauben locker, nichts weiter, sie umarmten sich und er klopfte ihr begeistert den Rücken, ja so was, rief er, ja –

Frederik Sydow hatte sich ebenfalls aufgerichtet, hallo, sagte er laut und schob Stanjic zur Seite, er strahlte, Katharina Fitzwilliam streckte ihm die Hand hin, wir kennen uns ja schon, sagte sie.

Sydow schüttelte ausführlich ihre Hand, genau, sagte er begeistert, er senkte die Stimme, aber sag lieber nichts davon zu Simon, er ist in so was eigen.

Katharina Fitzwilliam senkte ebenfalls die Stimme, in was ist er eigen.

Ach, Glaser kam gerade aus dem Haus, er legte die Thermoskanne auf den Rücksitz, ihr habt euch schon kennengelernt. Katharina, das ist Frederik von Sydow, Frederik, Katharina Fitzwilliam, David kennst du ja schon ein wenig.

Ja, sagte David, ein wenig kennen wir uns schon.

Interessanter Name, schnurrte Sydow, Fitzwilliam, wo kommt der denn her?

Ach, sagte sie, halb so wild. Das ist nur ein Künstlername, Simon hatte mal irgendeine interessante Information auf seinem Klopapier, ein gewisser Fitzwilliam gründete …

Na ja, knurrte mein Lektor, ein bisschen mehr Mühe hättest du dir schon geben können.

Es sind drei Zeilen.

Ja, aber drei schlechte.

Gib mir zehn und ich mache den originellsten Absatz in dem ganzen Buch daraus.

Bitte nicht, sagte er, bitte bitte nicht.

… das ist ja wahnsinnig interessant, säuselte Sydow.

Lass das Gesäusel, sagte Glaser dazwischen, er half Katharina

Fitzwilliam, ihr Gepäck im Kofferraum zu verstauen, und Sydow packte Stanjic am Arm und zerrte ihn ein paar Schritte weg nach vorne und zog ihn wieder hinunter zum Vorderreifen. Er rüttelte an der Radkappe, als prüfe er noch ein paar Schrauben, grins nicht wie ein Pfannkuchen, sagte er zwischen zusammengebissenen Zähnen.

Was ist ein Pfannkuchen.

Ein Krapfen, grins nicht wie ein Krapfen.

Ich grinse nicht wie ein Krapfen.

Doch, tust du, hör sofort auf damit, Sydow riss an der Radkappe und hatte sie plötzlich in der Hand.

Na bravo, sagte Stanjic, er nahm ihm die Radkappe ab, Krapfen sagt man hier übrigens überhaupt nicht, das weiß ich genau.

David, Frederik? Glaser schloss den Kofferraum, seid ihr so weit?

Sie richteten sich wieder auf, Stanjic barg die Radkappe hinter seinem Rücken.

Alles klar?, fragte Glaser.

Ja, alles klar, sagte Sydow, Stanjic warf die Radkappe hinter sich, alles repariert.

Wie gesagt, es war eine Neuigkeit.

Fahr aus dem Kreisel raus, sagte Sydow freudig zu Stanjic, er strahlte Katharina Fitzwilliam an, Kreisel sind für David regelrechte Bermudadreiecke, wenn man ihn nicht rechtzeitig erlöst, kurvt er darin, bis die Polizei ihn abends rausfischt.

Es war eine ziemliche Neuigkeit, aber nach der Stadtgrenze hatten sie sich davon erholt.

Und was machst du so, fragte Sydow, er hängte sich vom Rücksitz nach vorne und strahlte Katharina an.

Ach, so dies und das, Kunst, Neue Medien, sagte Katharina Fitzwilliam.

Weißt du was, sagte Olaf, er verschränkte die Arme vor der Brust und schaute mich anklagend an, dieser Name geht mir ungeheuer auf den Senkel.

Also mir gefällt er, behauptete ich.

Lass ihn wieder weg.

Aber du hast doch gesagt –

Ja, er wand sich, aber rhythmisch ist das eine Katastrophe, schau dir das doch an!

Was sagt der Verleger, fragte ich, was spricht der Chef?

Olaf machte ein vergrämtes Gesicht, viel, sagte er. Frage des Respekts, murmelte er … Distanzlosigkeit … Asymmetrie in der Geschlechterbewertung … er wandte den Blick ab.

Fein, sagte ich aufgeräumt, also bleibts dabei.

Wie interessant, sagte Sydow. Ich finde Kunst enorm wichtig, die Neuen Medien. Und woher kennt ihr euch so?

Findet ihr nicht, schaltete sich Stanjic dazwischen, Frederik sieht aus wie ein Krapfen?

Was ist denn ein Krapfen, fragte Glaser.

Ein Pfannkuchen.

Kann schon sein, sagte Glaser.

Er soll damit aufhören, sagte Stanjic, das irritiert mich wahnsinnig, ich kann mich so nicht konzentrieren, ich kann so nicht Auto fahren.

Hör damit auf, sagte Glaser zu Sydow.

Katharina erklärt mir gerade was, sagte Sydow, wir reden gerade über Kunst. Entschuldige die beiden, sagte er zu ihr, sie sind schlecht erzogen, schwieriger familiärer Hintergrund, da haperts dann später mit den Manieren, was sagtest du eben?

Nach unserem Studium in Leipzig sind wir nach Zürich gegangen, aber das hat Simon euch doch sicher erzählt, nicht wahr?

Überhaupt nicht, sagte Sydow, er drehte sich zu Simon, der neben ihm auf der Rückbank saß.

Glaser schaute aus dem Fenster, ich habe es sicher da und dort einmal erwähnt.

Nicht die Bohne.

Bitte, seid wann interessiert ihr euch für meine Ausbildung, Kunst geht euch doch am Arsch vorbei.

Überhaupt nicht! Nie hast du was davon gesagt, dabei hätten wir so viele gemeinsame Interessen, die Kunst, die Neuen Medien.

Ihr seid zusammen nach Zürich gegangen, fragte Stanjic, er

suchte Glasers Blick im Rückspiegel, was habt ihr denn da gemacht?

Kunst, sagte Glaser, Neue Medien. So Sachen eben.

Einmal nur eine *Erwähnung*, sagte Sydow mit traurigem Kopfschütteln, und wir hätten so viel Gesprächsstoff gehabt, anstatt uns immer nur dumpf anzuschweigen. Ich interessiere mich für Kunst, hättest du sagen können, die Neuen Medien sind eines meiner Steckenpferde, und der Bann wäre gebrochen.

Das sind nicht meine Steckenpferde, du Idiot, das ist mein Beruf.

Umso schlimmer, was ist denn das für eine Freundschaft, wo einer vom anderen nicht einmal weiß, was er für einen Beruf hat.

Das frage ich mich auch, sagte Glaser. Und jetzt kümmere dich um die Karte, David fährt gerade auf die Auffahrt nach Hamburg, David, fahr sofort zurück!

Zurück? Du hast Nerven, das ist eine Autobahn!

Frederik! Die Karte!

Ich kann das machen, sagte Katharina Fitzwilliam, das ist Beifahrersache. Sie nahm die Karte von Sydow entgegen, oder kriegen wir dann einen Ehestreit, sagte sie zu Stanjic.

Der Motor heulte auf, du musst hochschalten, du Schussel!, rief Sydow von hinten, das ist eine Autobahn!

Auf der wir im Übrigen nichts zu suchen haben, seufzte Glaser, während er aus dem Fenster schaute, wir fahren gerade nach Hamburg.

David Stanjic schaltete hoch, der Motor hatte geheult, Sydow hatte gerufen, Glaser hatte geseufzt und er hatte gesagt, ja bitte. Leise, er hatte es gaaanz leihhhse gesagt. Oder kriegen wir dann einen Ehestreit, hatte sie gefragt. Ja! Bitte! Es ist für den Ehelosen der Ehestreit eine derart paradiesische Vorstellung wie das Ausfüllen der Steuer für den, der kein Geld verdient, und das Aufkommen des gemeinen Hauswurms im Fichtendickicht für den, der sich einen Wald wünscht und keinen hat. Er würde gerne mit Katharina einen Ehestreit kriegen, weil sie die Karte verkehrt herum hielt oder sie ihretwegen auf einer Skipiste landeten, weil sie versehentlich die Wanderkarte erwischt hatte. Er würde gerne wegen allem Möglichem mit ihr einen Ehestreit haben, er fand die Ehe wunderbar.

86. Begann alles in Las Vegas?

Bei der Ankunft vor dem großen Haus fuhren sie nach fünf erschöpfenden Stunden letztendlich in den Hof ein. Es hatte alles viel länger gedauert als geplant, Sydow betonte zum dritten Mal, dass sie diese Fahrt normalerweise in anderthalb Stunden bewerkstelligten. Sie, damit meinte er konkret jedwelche Fahrgemeinschaft, die nicht Stanjic zum Chauffeur hatte.

David Stanjic von der Autobahn nach Hamburg runterzulotsen, war das eine. Ihn dann dazu zu bringen, ein auf der richtigen Autobahn angemessenes Tempo einzunehmen, ja, überhaupt schneller als siebzig zu fahren, das andere.

Er hatte die enervierende Angewohnheit, sich innerhalb kürzester Zeit in den Windschatten des langsamsten Lastwagens weit und breit zu hängen und dort, hinter ihm herkriechend, in eine Art Autopilot zu schalten, in einen stupiden Trancezustand, der ihn in die Lage versetzte, sich hinterher an nichts, an wirklich gar nichts zu erinnern. Er verlor jegliches Gefühl für die Zeit, jeden Blick für allfällige Abfahrten, er ahnte nichts von der lieblichen Landschaft, die er durchquerte, und leugnete steif und fest, während der gesamten Fahrt auch nur einen Fingerbreit vom Kaffee abbekommen zu haben, dabei hatte er den Inhalt der gesamten Thermoskanne intus.

Simon hatte ihm, argwöhnisch sein sofortiges Abdriften in die totale Abwesenheit beobachtend, in regelmäßigen Abständen ein gewisses Quantum starken Kaffees eingeflößt, in der Hoffnung, damit zumindest das stetige Langsamerwerden zu unterbinden.

So fährt doch kein Mensch Auto, sagte Olaf, das ist absolut unglaubwürdig, *Windschatten des Lastwagens,* so ein Blödsinn.

Dr. Huhn fährt so Auto, sagte ich, Davids Analytiker, das hat er ihm höchstpersönlich einmal erzählt. Ich vermute, dass David seither auch so fährt, läuft irgendwie unter der Rubrik Übertragung. Oder Integration der Vaterimago, keine Ahnung.

Dr. Huhn, sagte Olaf nachdenklich. Sag mal, ist das überhaupt ein seriöser Arzt? Oder ist es eher ein Projekt *Klienten für Klienten*? Wie bei den *Anonymen Alkoholikern*? Mir kommt das allmählich nicht mehr koscher vor, was hat denn der sonst so gemacht?

Ich glaube, sagte ich nach kurzem Überlegen, er war vorher Zauberkünstler in Las Vegas.

Mein Lektor nickte vor sich hin, na logo, sagte er.

Irgendwann wurde es immer kleinteiliger, die Straßen schmaler, die Bäume mehr, die Häuser schrumpften zu windschiefen Schuppen, dann blieben sie ganz aus, ein gutes Zeichen, behauptete Sydow, die Ankunft stünde also kurz bevor. Hier war es so öd und leer, hier musste es doch gleich sein. Er wusste noch nicht, dass Stanjic sich auch da noch verfahren konnte, wo nur eine Straße langführt, aber so war es. Eine Straße, verfahren.

Glaser hatte das Fenster hinuntergekurbelt und die gute Landluft wehte herein.

Sydow hielt sich die Nase zu, macht die Schotten dicht!, rief er, das ist dieser Klimakiller Kuh, die stehen hier auf den Weiden und pupsen, was das Zeug hält, eine ausgewachsene Kuh hat einen CO_2-Ausstoß von drei Tonnen, die toppt jedes Auto, Fenster zu!

Das ist Gülle, was da so riecht, sagte Stanjic, merklich ausgeschlafen und verjüngt, seit es kleinteilig wurde und die gute Landluft seine Gehirnzellen auffrischte, weilte er wieder unter ihnen.

Ja, sag ich doch, die verteilen hier verflüssigte Kuhpupse, Simon, mach sofort das Fenster zu!

Das ist genau der Punkt, rief Stanjic, der Österreicher mag ordinär sein, ihr seid infantil!

Was meinst du damit, sagte Glaser.

Ich möchte das jetzt nicht ausführen, sagte Stanjic, das ist mir zu ordinär, aber: Jedes Böhnchen gibt ein Tönchen.

Ja, sagte Glaser, das hast du mir schon des Öfteren mitgeteilt, ich verstehe es aber noch immer nicht.

Ich möchte das jetzt nicht näher erört–

Fens-ter-zu!, rief Sydow.

Glaser kurbelte, es polterte. Er kurbelte ein paar Runden weiter, nichts passierte. Er spähte in den Fensterschacht, das Fenster ist weg, sagte er.

Oje, sagte Stanjic.

Wie, oje, rief Sydow, was heißt denn oje!

Das Fenster ist in die Tür gefallen, sagte Stanjic, das ist mir schon mal passiert, ist so eine Schwachstelle beim Golf.

Sie saßen stumm im Auto, bald würde es Abend.

Dieses Auto, sagte Frederik Sydow unzufrieden, wird irgendwie immer weniger.

Ja, ist auch nur ein Auto, sagte Glaser, der Fahrtwind kämmte ihm einen verwegenen Mop, soll es Kinder kriegen oder was.

Bloß nicht, Autos mit solchen Schwachstellen sollten sich überhaupt nicht vermehren, es sollte ihnen per Gesetz unterbunden werden.

Ich glaube, wenn du dich damit bei den Grünen stark machst, steht einer raketengleichen Karriere in der Politik nichts mehr im Weg, Glaser versuchte unterdessen, die nun merklich kühlere Abendluft mithilfe eines Straßenatlas etwas abzuschirmen.

Lass den bloß nicht hinausfallen, sagte Sydow vergrämt, sonst finden wir nie wieder zurück in die Stadt und die Politik muss ohne mich klarkommen.

Katharina Fitzwilliam erörterte den Weg in der Zwischenzeit anhand der akribischen Beschreibung Frau von Sydows – alles im schönsten Sütterlin –, sie knobelte hartnäckig an jedem Wort, sie und Stanjic waren ein klasse Team.

Sie fuhren einen lauschigen kleinen Kanal entlang.

Lauschig, sagte Sydow.

Wo, sagte Glaser, der Straßenatlas fiel aus dem Fenster.

Was hat da geplumpst, fragte Stanjic von vorne, ist was ins Wasser gefallen? Simon?

Nein, sagte Glaser, ich bin noch hier.

Leider, murmelte Sydow verbittert, dann schaute er auf der anderen Seite hinaus und sagte nichts mehr, es stank und es war nun schon fast Abend, er hasste das Land.

87. Väter sind schwierig

Als sie ankamen, war es Abend. Leichter Regen fiel und sie spannten die Schirme auf, betrachteten das Haus, das in die Dämmerung glitt, mit den Wäldern verschmolz und eingebettet lag in Wiesen und Flure, die sich ringsum dehnten, gestört durch nichts als Seen und Tümpel, lauschige Kanäle und schwarze Äcker.

Das ist ja riesig, stellte Glaser fest, du hast nie erwähnt, wie riesig es ist, wie viele Zimmer gibt es denn da.

Keine Ahnung, sagte Sydow, viele. Die meisten einsturzgefährdet.

Und das steht die ganze Zeit über leer? Muss man sich nicht ab und an darum kümmern? Und Wiese mähen, Zaun reparieren, solche Sachen? Verschlingt so ein Haus nicht Unsummen?

Doch, aber da gibt es eine Erbschaft dazu, so genau weiß ich das auch nicht. Das gehörte alles einmal meinem Uropa. Dann kam der Krieg und mein Uropa musste schießen gehen, dann kamen die Kommunisten und es gehörte nicht mehr meinem Uropa, dann gingen die Kommunisten wieder weg und es gehörte wieder meinem Uropa. Zumindest theoretisch, leider war er da schon tot, vor Gram über dieses Kommen und Gehen gestorben, über das Leute-Umbringen, zu viel Unruhe.

Was war er denn für ein Jahrgang, fragte Glaser.

1896.

Ich würde sagen, meinte Glaser, Gram hin oder her, er hatte dann auch das Alter, oder nicht. Der Krieg macht einen ja auch nicht jünger.

Kann schon sein. Hats auf jeden Fall nicht mehr erlebt. Es ging dann an meinen Opa und der hatte eine Menge Geld gemacht, nach dem Krieg natürlich und nicht im Osten natürlich. Wie auch immer, wie er gestorben ist, hat er alles meiner Oma vermacht und meinen Vater weitestmöglich enterbt.

Gabs Streit mit deinem Vater.

Mit meinem Vater gibts immer Streit, mein Vater ist ein schwieriger Mensch.

Findet wer.

Mein Opa und ich.

Und dein Vater?

Der findet meinen Opa einen schwierigen Menschen.

Und dich?

Bei mir findet er, ich soll mal erwachsen werden, dann reden wir weiter.

Woran genau erkennt er denn das Erwachsensein.

Job. Haus. Baum. Kind. Frau. Denk ich mal.

Also in absehbarer Zeit, warf Stanjic ein.

Danke, David. Ist einfach nett von dir. Mein Vater jedenfalls findet, niemand ist schwierig, aber mitunter sind es die Umstände. Niemand ist an sich schwierig. Außer mein Opa. Aber auch nur, weil mein Vater findet, dessen Umstände wären doch glänzend gewesen, es gab also keine Entschuldigung, so schwierig zu sein. Gut und Geld gingen auf alle Fälle an meine Oma. Mir hat er auch was vermacht, ich bin sein einziger Enkel, aber das liegt festgefroren auf der Bank, das ist an irgendwelche Klauseln gebunden.

Was für Klauseln, Glaser drehte sich zu ihm um.

Das wird erst frei, wenn ich was Sinnvolles gründen will, ein Geschäft zum Beispiel, aber ein sinnvolles, dann kann ich darauf zugreifen. Wenn ich eine größere und sinnvolle Investition tätigen will. Sinnvoll, das ist eine windige Formulierung, was sinnvoll ist oder nicht, das befindet dann immer der Anwalt. Oder meine Oma. Also meine Oma. Vermutlich kriege ich Geld, weil es sinnvoll ist, wenn ich einen verdammten Wald pflanzen will oder –

Job. Haus. Baum. Kind. Frau. Glaser grinste, drehte sich wieder zum Haus, er ist eindeutig der Vater seines Sohns.

Das stand nie außer Frage. Ob ich je der Vater von irgendwem werden würde und ihm dann was einfrieren könnte auf der Bank, das wird über die Generationen hin offensichtlich bezweifelt. Insofern sind sowohl mein Vater als auch mein Opa schwierige Menschen, meine Oma eigentlich auch.

Es sind die Umstände, die schwierig sind, berichtigte ihn Glaser.

Mein Vater und mein Opa sind meine schwierigen Umstände, schloss Sydow die Debatte, und meine Oma. Meine schwierige Oma ist nun Alleinerbin von Haus, Hof und hektarweise Land und wenn sie nicht da ist, kommt immer ein Bauer aus der Gegend und kümmert sich um das Nötigste. Das ist auch, was die Ländereien angeht, größtenteils verpachtet. An Jäger zum Beispiel, die machen hier Treibjagd und so, das bringt gut Geld ein.

Sie schauten auf die Schemen des Hauses, das in der Finsternis zurückzuweichen schien, es regnete auf ihre Schirme, ein Waldkauz schrie, über allen Gipfeln war Ruh und tiefer Friede herrschte und –

Moment mal, sagte Stanjic irritiert. Wie hieß dein Opa?

Hartmut.

Im Nachnamen natürlich.

Im Nachnamen? Sydow, wie denn sonst.

Ich denke, der war Franzose, so heißt doch kein Franzose, von Sydow? Das ist kein bisschen französisch, wie sollte man das bitte aussprechen, auf Französisch, Artmüt de Südoo? Deine Oma erzählt doch immer –

Meine Oma erzählt viel, wenn der Tag lang ist, meine Oma erzählt auch von der französischen Besatzung im 19. Jahrhundert, diese Campingsache und der Plausch im Zelt, als sie ein junges Mädchen war, wie soll das hinkommen. Sie ist einfach schwierig, ein schwieriger Mensch, meine Oma.

Sie erzählt das einfach? Und warum?

Keine Ahnung, sie findet das vermutlich romantisch. Vielleicht ist es auch Alzheimer, so genau lässt sich das immer nicht unterscheiden, nicht wahr, der Hang zur Romantik ist im Hirn auch direkt nebenan.

Und wo haben sie sich wirklich kennengelernt?, fragte Glaser.

In Paris, in den Tuilerien, sie war dort als Kindermädchen und er machte gerade das große Geld, in Strümpfen, wenn ich mich recht erinnere. Oder auch nicht in Strümpfen, ich kann mich irren. In irgendwas machte er richtig guten Zaster, wie gesagt, seine Umstände waren glänzend.

Aber das ist doch wahnsinnig romantisch, rief Stanjic begeistert, sie führt gerade so einen adretten kleinen Jungen aus, der diese Reifen vor sich hertreibt, wie man das so hatte damals, und trägt eine – eine Tournüre! Er mit gewichstem Schnauz und Zylinder spaziert gerade mit einem Strumpfmodell, aber rein geschäftlich –

Wie gesagt. Meine Oma mag alt sein, aber nicht so. Du denkst in der Zeit der französischen Besatzung! Das waren aber die Fünfzigerjahre, diese Reifensache war da schon längst passé, Tournüre! Diese ausgepolsterten Hintern? Meine Oma doch nicht, meine Oma hat sich immer, wenn ihr der Hintern zu voluminös wurde, eine Diät verordnet, die wird sich freiwillig ein Kissen unter den Rock stopfen! Der Schnauz war passé und der Zylinder war passé und die adretten Kinder erst recht, in der Regel sind das ja verzogene Gören. Und du denkst so was, weil du so romantisch veranlagt bist vermutlich, ich weiß das alles nur von meinem Vater. Meine Oma kann sich an nichts erinnern, nur an die Sache mit der Besatzung.

Jungs, sagte Katharina Fitzwilliam, wollt ihr vielleicht drinnen weiterplaudern? Es nachtet schon ein.

Tatsache, es nachtete schon ein, es wurde zappenduster, kein Stern, kein Mond, hier wurden keine Ressourcen verschleudert, das war ein armer Landstrich, kein romantischer Schnickschnack und auch kein zivilisiertes Licht. Stanjic setzte sich noch einmal ins Auto und schaltete die Scheinwerfer ein, der Hof mit seinem Kopfsteinpflaster lag vor ihnen und rundum sie her war das Land und eine erdige Kälte und Sydow ging vor und sperrte die große Haustür auf. Er tastete nach dem Schalter, in der Diele gingen die Lampen an, der linke Scheinwerfer des Autos gab den Geist auf. Es war ein Auto, das sich einfach still und leise aus dem Staub machte, und da waren sie nun.

88. Wir müssen über Goethe reden

Da waren sie nun. Erinnern Sie sich? Hier, auf dem Land, in dem Sydow'schen Gutshaus werden schließlich alle Fäden zusammenkommen, hier wird das Schicksal zuschlagen und einer wird umgebracht werden und wir können es nicht verhindern. Und doch: Alles kommt anders als geplant.

Ist es schon so weit? Nicht ganz. Jetzt ist es später Herbst und ein paar Schlenker sind noch nötig, ein paar Hebel müssen noch einrasten. Aber es ist ein Wendepunkt erreicht. Sie werden feststellen, dass David Stanjic sich vermehrt nach innen kehrt, das ist unumgänglich, Dr. Huhn hat ihm das bestätigt. Bei ihm baut sich gerade einiges um und dabei ist er selbst sich der beste Gesprächspartner (nebst Dr. Huhn natürlich). Seine Fantasie, in den letzten Jahren eine traurige Brache, kommt wieder in die Gänge – und wenn sie dabei ein paar Kapriolen schlägt, lassen Sie uns großzügig darüber hinwegsehen, es ist dringend nötig, sagt Dr. Huhn, dass die Maschine wieder angeworfen wird. Es ist nötig in Liebes- und in Lebensdingen, es ist nötig für den Ausgang dieser Geschehnisse, denn schlussendlich wird es David sein, der die wichtige Wendung herbeiführt, er wird es sein, der entweder überlebt oder aber dabei draufgeht. Und fürs Überleben braucht man die richtigen Skills. Zum jetzigen Zeitpunkt, ich sags wies ist, stünden die Chancen schlecht für ihn.

Stanjic überlegte, ob er hinuntergehen sollte, aber er hatte keine Lust.

Wollte er dabei zuhören, wie Glaser und Katharina Fitzwilliam sich über Kunst unterhielten? Nein. Wollte er sich ihnen auf einen Spaziergang anschließen? Nein. Wollte er dabei sein, wenn Sydow ihr den Pfannkuchen machte und seine Plätzchensammlung zeigte? Nein.

Er wollte im besten Fall weder Sydow noch Glaser allzu häufig antreffen und wiederum Katharina Fitzwilliam im besten Fall immer antreffen, das eine schien das jeweils andere auszuschließen. Traf er Katharina Fitzwilliam, grinste immer irgendwo Frederik von Sydow um die Ecke, wechselte er mal ohne Begleitung ein zwei Worte mit ihr, hast du nicht gesehen, kam zufällig Simon Glaser angeschlendert, und, sagte er gern, worum gehts?

Um nichts, sagte Stanjic und dabei ging es um alles.

Nein, sagte er dann, wenn sie ihn fragten, ob er sich ihnen

nicht auf einen Spaziergang anschließen wolle, nein danke, ich hacke noch ein paar Runden Holz.

Er hackte noch ein paar Runden Holz, er hatte schon viel Holz gehackt, er war ein Holzhackspezialist, ohne die Kunstfertigkeit der Spezialisten, er war nach jeder Runde Holzhacken ungeheuer froh, sich nichts zerhackt zu haben, außer dem Holz natürlich.

Nein, er wollte sich keinem Spaziergang anschließen.

Er wollte Glaser von einem Spaziergang ausschließen. Er wollte mit Katharina Fitzwilliam spazieren gehen und sich mit ihr über Kunst unterhalten, seinetwegen, die Kunst war ein weites Feld, der Wald war ein weites Gelände und er hatte einen großen Geist und ein großes Herz, darin hatten die Kunst Platz und Katharina Fitzwilliam und die Natur. Er war ein Tausendsassa.

Bloß würde sie das nie erfahren, sie spazierte mit Glaser, wohnte in seinem Hirn, Herz und bald auch Haus und hieß in Wirklichkeit Filine und war eine Verschreibung von der Versicherung, Glaser würde mit ihr Eheglück und Eheleid teilen und durchs Wohnzimmer walzen, ans zukünftige Säen und Ernten wollte er überhaupt nicht denken – ob Bäume oder Kinder, war total egal, er hätte alles gern mit ihr gesät und krapfenglücklich die Ernte eingeholt – jedenfalls durfte er, David Stanjic, da auf keinen Fall dazwischenfunken, womöglich wurde Glaser sonst als Versicherungsbetrüger entlarvt.

Er lag oben in seinem Zimmer auf dem Bett. Wobei, die Versicherung, seien wir ehrlich, das wäre ihm ja ganz schnurzegal, was interessierte ihn dem Glaser seine Versicherungspolice.

Er war einfach zu feige. Er hatte keinen Mumm, er war kein Kämpfer, in Liebesdingen eine ganz ungünstige Mischung.

Es mangelte ihm an Aggressionspotenzial.

Er lag auf dem Bett und schaute zur Decke, irgendwann würde sie herunterfallen, so viel stand fest. Der Verputz blätterte und er war sicher, die Risse waren seit heute Morgen merklich größer geworden, durchäderten die Wände, da und dort verstopfte Venen und sogenannte Besenreißer, Venen und Adern, führten ins Nichts, verödeten irgendwo. Irgendwann würde die Decke herunterkommen. Er hoffte, sie würde es nicht jetzt, und, murmelte er, während er sich auf die Seite drehte, auch nicht morgen. Übermorgen zum Beispiel.

Er schaute aus dem Fenster, es regnete.

Der Regen klopfte kindisch ans Fenster, murmelte in den Regenrinnen und traf sich begeistert in großen Wassertonnen, er mochte das. Er war schläfrig, diese zärtliche Nachmittagsschläfrigkeit baute ihn ab. Wenn er die Augen zumachte, glitt er sofort davon, flitzte durch Gänge wie Regenrinnen, er eilte dahin auf einer Art Eisrodel, schwappte so die gerundeten Wände hoch, dann wieder versuchte er sich zusammenzunehmen, machte die Augen auf und schaute angestrengt zur Decke. Um das Zimmer wäre es im Übrigen schade, es war ein hübsches Zimmer. Der Verputz, der bald mitsamt der Decke herunterkommen würde, war lindgrün. Eine, wie Dr. Huhn ihm einmal erzählt hatte, für psychisch labile Persönlichkeiten äußerst beruhigende Farbe. Ihn beruhigte die Farbe auch enorm. Er wusste nicht, ob er daraus auf seine eigene, psychisch labile Persönlichkeit schließen musste. Durchaus vorstellbar wäre ja, dass eine psychisch labile Persönlichkeit dezidierten Widerwillen, ja, regelrechte Abscheu gegenüber lindgrün getünchten Wänden empfand. Die Persönlichkeit, von Haus aus schon labil und dann auch noch das. Bei Linden, ja, in Zimmern, nein. Sie tobte und schrie, sie wollte ins gelbe Zimmer, ins rote, völlig egal, Farben gibt es doch weiß Gott genug. Gut verzurrt in eine Zwangsjacke, ins lindgrüne Zimmer gesetzt wie in ein Amselei gesperrt, wird sie sich allerdings sofort beruhigen. Ob sie dadurch das Lindgrün lieb gewinnt?

Stanjic fand das eine interessante Frage. Es war ja eigentlich die Frage, ob die psychisch labile Persönlichkeit sich gerne beruhigt fühlt. Nicht unbedingt, oder? Es ist die Ruhe ungleich schwieriger auszuhalten als das unablässige Brausen der Welt, die psychisch labile Persönlichkeit, sie muss sich ihrer psychischen Labilität in der Ruhe umso deutlicher bewusst werden. Stanjic zog die Beine an und schlug einen Teil der Steppdecke über sich, er schaute aus dem Fenster. Regen war so fleißig, er selbst war so faul. Er dachte an die psychisch labile Persönlichkeit, aber ihm fiel keine ein. Er dachte an die Theorien der Farbe, an zartes Grün und Himmelblau, er dachte an Gelb. Er dachte an den

Goethe'schen Farbkreis, er dachte an anthroposophische Sommerfeste mit Kaffee und Pflaumenkuchen und Kindern, die Gedichte tanzten, er dachte: Wichtel. Goethe hatte zu den Farben viel zu sagen, Goethe hatte beispielsweise gesagt: Gelb ist gut für Kinder und Kriminelle, Stanjic fand das hochgradig interessant. Die Kinder, die Kriminellen, was hatten sie womöglich alles gemeinsam? Teilten sie sich mehr als nur das K? Es war anzunehmen. Goethe hatte nichts von Köchen gesagt, von Klempnern und Kegelbrüdern. Kinder und Kriminelle, irgendwas gefiel ihnen am Gelb.

Stanjic schaute träg ins Zimmer. So schönes Licht. Es machten, hatte ihm der Hausmeister im Goethehaus erläutert, es machten einerseits natürlich die feinen, sündhaft teuren Pigmente, andererseits aber die zu der Zeit geläufige Quarkbasis der Wandfarben diesen wunderbar kreidigen, puderigen Effekt, der machte, dass die Wände aufglommen und strahlten, allzu hartes Sonnenlicht brachen und in tausend kleine Teilchen zerstreuten.

Er wurde immer schläfriger, flitzte immer wonniglicher durch die unendlichen Röhren, der Nachmittag flüsterte ihm was Ausführliches ins Ohr, rezitierte womöglich den west-östlichen Diwan, aber viel zu leise, um es genau zu verstehen. Der Nachmittag flüsterte zärtlich und lag ihm in den Ohren und baute ihn ab, er wickelte sich enger in den Bettüberwurf. So diffuse, vertröpfelte Tage, es war so herbstlich, er sank in den Nachmittag, er wähnte sich in Weimar, er sah den Kreis der Farben, gesunde gelbe Zimmer, eine Aula voll mit sich wiegenden Waldorfschülern, er fühlte das Biedermeier, das erhebende Gefühl von Himmelblau, er schloss die Augen, jemand spielte Klavier. Unter dem west-östlichen Diwan, unter seinem Bett, aus der Tiefe grollte und plätscherte ein Klavier, unten aus einer Regentonne.

Nein.

Unten im Salon. Schon eine ganze Weile musste jemand Klavier gespielt haben. Er merkte jetzt, dass er schon seit geraumer Zeit typische Klaviermusikgedanken gehabt hatte. Das Biedermeier, Goethes Weimar, das schwebende Konzertieren verträumter Waldorfschüler auf ihrem Sommerfest, ihre Röcke und Zöpfe, gelbe Räume in Wischtechnik, ganz typisch. Er lauschte, jemand spielte ein Klavierkonzert von Beethoven, das er mochte. Ein Klavierkonzert exakt wie verhangene Regentage in verrockten Herrenhäusern und es gibt Tee und Gebäck und Menschen schauen melancholisch aus dem Fenster, rühren unendlich langsam in ihren Tassen und tragen gut geschnittene englische Anzüge. Ein sehr schönes, sehr inniges Klavierkonzert, jemand spielte elegisch auf dem Klavier, er dachte an die Aula, an die Zöpfe der Schülerinnen, an ihr schönes Haar, an die ungeheure Zopfdichte an anthroposophischen Anlässen, er dachte an Waldorf-Astoria und Waldorfsalat, er merkte, wie er wieder an Fahrt aufnahm, sich stromlinienförmig in die Rodel schmiegte und immer schneller wurde, die runden Wände entlangschlitterte, es ging immer tiefer nach unten, er gewann an Tempo, dachte an diese Waldorfsalate und an Klavierspiel wie weiße Zähne und Perlen, Klavierspiel, erstaunlicherweise mit Orchester.

Er öffnete die Augen, als würde er eine Luke aufklappen. Eine Luke in diesem Kanal zum Beispiel, wo er so rasant unterwegs gewesen war, davonschlittern wollte in untergründige Träume, jetzt aber hatte er angehalten, er hatte über sich eine Luke entdeckt und sie geöffnet, oben herausgelugt, wie amerikanische Soldaten aus ihren Panzern, bloß war es hier eher ein Gullydeckel, den er auf dem Kopf balancierte, während er höchst erstaunt dem lustigen Treiben zusah. Er warf den Deckel von sich, stieg heraus in die Oberwelt und setzte sich auf.

Er hörte ein perlendes Klavier, erstaunlicherweise mit einem gesamten Orchester. Und das alles unten im Salon, Wahnsinn, nein, Blödsinn, niemand spielte Klavier und er hatte keinen englischen Anzug, kein Stück Gebäck und keinen Tee in feinstem Wedgewood, jemand spielte Schallplatten unten im Salon.

Er legte sich wieder zurück, schaute an das Astwerk der Decke, Beethoven, fünftes Klavierkonzert, hier kannte sich einer aus, haha! Er lachte träge und rieb sich die Augen, das ganze Gesicht und sagte mit verstellter Stimme, ist einfach das Einzige, das ich kenne.

Er stand auf und suchte unter dem Bett nach seinen Schuhen, Scherz beiseite, sagte er, er schnürte sie zu und blieb noch ein wenig auf dem Bettrand sitzen. Musik war etwas Hinreißendes, sie machte eine Falltür auf, eine Luke ans Licht, sie machte eine Falte, einen Sprung in der Zeit und er fühlte sich von einem Moment zum anderen nach Teegesellschaft und Gurkensandwich, er hatte diesen unbändigen inneren Drang nach Dreiteilern und glatt rasiertem Kinn, sollte er sich endlich den Bart abnehmen? Er fühlte sich nach gepflegtem Kinn und gepflegtem Landadel. Er sah sich über zerzauste Hügel wandern, möglicherweise mit einem Jagdgewehr über der Schulter. Er fühlte sich nach Feldsäumen, er sah sich schrumpelige Äpfel in Körbe sammeln, genau gemacht, um malerisch vom Landadel aufgelesen zu werden. Der Landadel klaubte ihn von dunstigen Streuobstwiesen, betrachtete liebevoll jeden Einzelnen von ihnen, behauchte und polierte ihn am Strickpullover, um ihn dann zu den anderen in einen rustikalen Korb zu legen. Er dachte: saftige Erdschollen! Er dachte an allerfeinstes Wedgewoodporzellan, er dachte an englische Teekuchen, er dachte: *Scones*! *Clotted Cream*! Er dachte an Erdbeermarmelade und an das Wort Gamaschen. Assam. *Drop of milk*. Solche Sachen. Dinner. Er wurde putzmunter und wünschte, das Konzert möge nie enden. Er beugte sich übers Bett und grübelte in seiner Reisetasche nach einem Strickpullover, wieso hatte er keinen? Keine Cordhosen, kein Anzug, nichts. Unmut. Er betrachtete vergrämt seine Kleidungsstücke, kein einziges gefiel ihm. Er hatte auch keinen Morgenrock. Jeder, er hörte es Beethoven definitiv an, jeder englische Gentleman hatte einen Morgenrock, Paisleymuster. Er hatte nicht einmal eine einzelne blöde Gamasche.

Er öffnete die Tür, im Korridor war es kalt. Ein Morgenrock mit Paisley, seidengefüttert. Er ging durch den Gang und klopfte an Glasers Tür, eine Schlafbrille, Pantoffeln, ein paar Schnäuztücher mit Monogramm, Simon? Er wartete kurz, und einen gestreiften Schlafanzug, einen Kulturbeutel mit Zahnpulver und einem Jurtenriemen, falls er sich entschließen sollte, den Bart abzunehmen, Simon?

Er ging hinein, schaute sich um. Es herrschte eklatante Ordnung, Simon halt. Die Wände: mildes Blau, zartes Geäst, einzelne kräftige Zweige, ein paar Krampfadern, verödete Varizen. Auf dem Fensterbrett lag ein Buch, er ging hinüber und nahm es in die Hand, Stillleben, ein Bildband mit Stillleben, Schalen voller Pfirsiche, warzige Kürbisse und gebündelte Eichhörnchen, erschlagen oder erschossen oder erstochen, straußweise am Hals zusammengeknüpft. Er erinnerte ihn an einzelne Passagen aus dem *Schlachten*text, dieses Schwelgen in diesen morbiden Bildern, ihm war unbehaglich, er legte es wieder weg.

Er suchte nach Glasers Reisetasche, auf dem Sessel, unterm Bett, neben der Tür, nicht da. Er öffnete den Kleiderschrank, sie lag – typisch Glaser eben – säuberlich zusammengefaltet auf dem Boden, die Kleider waren, eh klar, in den Regalen verstaut. Er schaute sie durch, sicher hatte Glaser einen guten Pullover, Glaser hatte so was.

Er nahm einen Stapel aus dem Fach und setzte sich damit aufs Bett, Hemden Hemden, er blätterte durch die Hemden, wie viele Hemden hatte der denn dabei, noch eins auf jeden Fall, er legte sie weg. Ein moosig grüner Pullover, einer mit grauen Karos, er breitete sie nebeneinander aus, der dritte war braun und aus Baumwolle mit Kapuze, das interessierte ihn nicht, als er ihn weglegte, spürte er etwas Hartes, etwas Schmales, etwas Langes, er holte es aus dem Pullover.

Stanjic betrachtete es in dem kreidigen Licht, schaute es an, als hätte wer von der Requisite was verbaselt und er müsse jetzt improvisieren. Er ging hinüber zum Fenster, ein Taschenmesser war das nicht, dafür war es zu groß. Vielleicht nannte man so was Fahrtenmesser, oder war das schon ein Schwert, es steckte in einer Lederscheide, er zog es heraus und steckte es schnell wieder hinein, Messer fand er zum Fürchten. Er wog es in der Hand, schaute auf die Warzen der Kürbisse, die matten Augen erlegter Eichhörnchen, die Spiegelung eines Fensters auf einem Bündel Trauben. Er blätterte hin und her, Feldhasen mit gestreckten Läufen und Blut im Fell, Tische voller Quitten und Zwetschgen, dann wieder Blauschimmelkäse und holländische Malerei auf Suppenterrinen, eine gefüllte und angeschnittene Pastete, man sah Fleisch und Pilze. Er kriegte Hunger.

Er klappte das Buch zu, sinnierte über das Messer. Das war kein Messer zum Einem-blassen-aristokratischen-Kind-was-Schnitzen oder Einen-würzigen-Apfel-Vierteln. Es war kein

Messer, um landadelige Initialen in einen Baum zu kerben. Es war ein Messer zum Fürchten. Man könnte damit ohne Probleme ein Eichhörnchen erlegen und einen Kürbis fällen, eine Fleischpastete schlachten, man könnte ein Kaninchen töten. Wollte Glaser anfangen zu schächten? War die grüne Cousine nur ein harmloser Anfang gewesen für viel Fundamentaleres, wollte er konvertieren? Und musste er wirklich hier heraußen damit beginnen?

Stanjic sah ihn in einer blauen Gummischürze im Hof eine verschreckte Kuh verfolgen, er sah ihn mit dem Messer zwischen den Zähnen hinter einem perplexen Hasen über Felder hechten, er sah ihn an Eichhörnchen üben.

Aber das war nur das eine. Das andere war: Er sah Simon wie in seinem Text eine Frau ausweiden. Er sah ihn, wie in dem *Schlachten*text, wie er einer Schwangeren das Kind aus dem Bauch schnitt. Er sah Katharina Fitzwilliam auf einem einsamen Bürgersteig verenden. Ihm war schlecht.

Er steckte das Messer in den braunen Pulli und verräumte die Sachen wieder im Schrank. Er fand, man sollte der Requisite eine Chance geben, den Fehler zu beheben und das Objekt auszutauschen.

Was packte man in einen Kapuzenpullover, was wickelte man zwischen die Klamotten? Was Zerbrechliches beispielsweise. Ein empfindliches Gerät. Bilderrahmen mit Bildern der Liebsten, die man sich dann auf den Nachttisch stellte. Simon Glaser? Lächerlich. So was kannte er, Stanjic, aus diesen depressiven Filmen, die er immer sah, in denen die Protagonisten unschuldig ins Gefängnis kommen und müde auf dem Bett sitzen, ihr eigenes Hochzeitsbild aus dem Pullover wickeln, damals waren sie noch glücklich. Beide küssen oder knubbeln ihre Nasen aneinander oder tanzen um eine Straßenlaterne. Oder aber, sie packen das Hochzeitsbild der Eltern aus dem Pullover, das war dann ein anderer Film. Ganz anderer Film. Ein Film über eine psychisch labile Persönlichkeit vielleicht. Gestörtes Elternhaus, nie erfolgte Ablösung, fiese Double-bind-Situationen. Die psychisch labile Persönlichkeit starrt täglich viele Stunden das Bild der scheinbar glücklichen Eltern an und weiß, glücklich war nie was. Die Eltern auf dem Bild lehnen die Köpfe vertraulich aneinander und vertraulich wurden sie aber ganz anders, huh! Stanjic schauderte, was für ein schrecklicher Film, sicher saß die psychisch labile Persönlichkeit nach erfolglosem Kampf gegen das lindgrüne Zimmer in einem lindgrünen Zimmer. In dieser nie gewollten Stille wird Erinnerung quälend und die Eltern in seinem Kopf lächelnde Grimassen, die –

Nein. Stanjic stand auf, das war ein furchtbarer Film, deprimierend, so was schaute er sich nicht an. Man konnte noch ganz andere Sachen in einen Baumwollpulli wickeln, beispielsweise einen Seismografen. Bloß wozu? Woher sollte er das wissen. Kannte er etwa das Stück, kannte er Glasers Part? Eben. Die von der Requisite sollten es aber kennen, sie hatten sich verlesen, sie hätten weniger Simon Glaser ein Fahrtenmesser als vielmehr ihm, David Stanjic, ein Rasiermesser in einen Kulturbeutel packen sollen! Sie hätten ihm ein Rasiermesser mit Horngriff und einen Abzugriemen einpacken sollen, hatten sie nicht gemacht, sie hatten alles falsch gemacht, er bräuchte für das Stück dringend den Morgenrock, das Paisley, das Seidenfutter, wussten sie nicht, was hier gespielt wurde? Vermutlich. Sie hatten die falsche Liste, falsches Skript, wer weiß, was er noch alles Skurriles finden würde, wenn er das Zimmer durchpflügte, vielleicht eine genoppte Badehaube, eine Grubenleuchte mit Karbid, vielleicht war der Requisiteur zu alt für seinen Job, vielleicht musste er in Rente.

Man kannte das ja von alten Leuten, Haustürschlüssel ins Gefrierfach, Kuchen zum Backen in den Küchenschrank, Koffer wieder auspacken, obwohl die Reise erst bevorsteht, Brille suchen und sie auf dem Kopf haben, solche Sachen. Privat kann man das ja machen, wenns niemanden kratzt, mein Gott, warum nicht, aber in so einem Job? Geht einfach nicht, man muss dem Requisiteur, der schon seit fünfzig Jahren praktisch im Theater wohnt, für das Theater lebt, Theater atmet, man muss ihm schonungsvoll beibringen, dass er den Stab weitergeben muss, den Büttel abgeben. Vielleicht findet man irgendeine weniger verantwortungsvolle Beschäftigung für ihn, was weiß ich, dachte Stanjic, in der Garderobe. Wobei: auch heikel, vertauschte Mäntel, heilloses Durcheinander, das verwöhnte Abonnementspublikum, das für solcherlei Späße absolut kein Verständnis hat. Womöglich provozierte so was gewalttätige Ausschreitungen, aufgeregte Ehemänner, die fremden Damen den Nerz von den Schultern reißen, dabei das zarte Gespinst der Abendrobe zerfetzen, barbusige Frauen waren die Folge, weitere Ehemänner, die sich einschalteten und schon fliegen die Fäuste, es wäre grässlich.

Besser irgendwas im Hintergrund, da sollten sie sich mal von der Verwaltung den Kopf zerbrechen. Aus dieser Position sollte man ihn jedenfalls schleunigst entfernen. So was konnte noch fatale Folgen haben, man stelle sich vor, er finde so ein Messer zufällig in einem wilden Streit, warf aus Wut über Glaser seine ganzen Sachen aus dem Schrank. Beispielsweise, weil er gerne sein Zimmer gehabt hätte, Glaser es aber nicht hergeben wollte.

Er, Stanjic, stürmte wütend in Glasers schönes blaues Zimmer, hier war es viel schöner, das schöne Blau, das schöne große Bad, der Blick auf den schönen Teich, es war eine Frechheit. Er zerrte Glasers Reisetasche aus dem Schrank und warf den Inhalt der Regale kurzerhand hinein, Glaser stand hilflos, fassungslos daneben, versuchte vergeblich ihn zu beruhigen, beruhige dich doch, würde er beruhigend sagen.

Ich bin ruhig, würde Stanjic schreien, die Hosen, Strümpfe, die Unterwäsche herauszerren, in die Tasche stopfen.

Schau, würde Simon Glaser freundlich sagen, wir können doch das nächste Mal –

Ich will nicht das nächste Mal, würde Stanjic schreien –

Sieh doch, würde Glaser besänftigend sagen, dein Zimmer ist viel praktischer als meines, denk an den praktischen Wandschrank, die direkte Verbindung zum Bad, das praktische Leselicht über dem Bett –

Ich will kein Leselicht, würde Stanjic schreien, und ich will nicht direkt zum Bad, hör auf mit dem Scheiß!

Der praktische Wandschrank, würde Glaser beschwichtigend einwenden –

Und lass, würde Stanjic schreien, lass dieses beschwichtigende Gesäusel, das macht mich rasend! Er würde die Hemden in die Tasche werfen, die Pullover, den grünen, den mit Karo, den Pullover mit Kapuze, er würde in dem braunen Pullover das Messer finden, er würde es anschauen. Simon Glaser würde in seinem

Rücken weiterhin besänftigend auf ihn einreden, was von den Bäumen vor seinem eigenen Fenster schwafeln, der beruhigenden Wirkung von Lindgrün, er, Stanjic, würde sagen, gefährlich ruhig jetzt:

Ich will nicht beruhigt werden.

Lindgrün, würde Glaser weiterreden, ist für psychisch labile Persönlichkeiten –

Und er, Stanjic, würde, vor Wut schier aus der Haut fahrend und im puren Affekt, das Messer aus der Scheide ziehen und Glaser damit erstechen.

Stanjic schüttelte erschüttert den Kopf. Er wusste haargenau, diese Mordfantasien speisten sich aus seiner Eifersucht, Dr. Huhn hatte ihn gewarnt. Den Requisiteur, austauschen. Grässliche Folgen von Requisiteuren, die sich weigern, in Rente zu gehen. Sicher konnte man was Unverfängliches für ihn finden. Stühle sortieren im Möbellager, Tapeten malen für irgendwelche Kostümschinken, das konnte doch so schwer nicht sein, diesen armen Mann unterzubringen.

Er schob den braunen Pullover weit nach hinten in den Schrank, schaute hinein. Er sah, dass die Regalbretter zu kurz waren, zu wenig tief, dass sie eine gute Handbreit vor der Schrankwand aufhörten und einen Spalt freiließen. Er schob den Pullover noch ein Stück weiter, bis er in dem Spalt verschwand, stapelte die restlichen Sachen davor. Er schaute auf den Boden des Kleiderschranks. Der Pullover war nicht unten angekommen, hing vermutlich irgendwo zwischen Brettern und der Wand, schön.

Den Karopullover zog er an. Er war ein bisschen zu groß, aber das machte nichts. Der Landadel krempelte gerne tatendurstig die Ärmel hoch. Er öffnete die Schranktür ein wenig weiter, betrachtete sich in dem Spiegel, nicht schlecht, er würde sich den Bart abnehmen. Eine neue Ära begann.

Er ging weiter zu Sydows Zimmer und klopfte.

Frederik Sydow geisterte aber sicher im Haus herum, manchmal hörte man es aus dem Keller rumsen oder im Dachboden gefährlich krachen, er schlug Nägel ins Gebälk, dass der Verputz sich ängstlich an die Wand klammerte und Risse zu Schluchten wurden, er hängte Bilder auf mit röhrenden Hirschen und schlafenden Frauen in Öl und goldenen Rahmen, Porträts längst verblichener Angehöriger seiner Familie, alle unschwer zu erkennen an den viel zu weit auseinanderliegenden petrolblauen Augen und den Haaren wie Unwetter, man begegnete ihm im Treppenhaus, wo er gebückt und schnaufend mit einer Kommode auf dem Rücken eines der diversen Gelasse anstrebte, er kramte in Schränken und Kisten und beförderte Dinge zutage, die ein freundlicher Genosse einmal vor den Blicken der Welt verbarg, man konnte ihn neben dem Schuppen im Garten antreffen, wo er ausrangierte Nachttöpfe und Waschgarnituren aus dem Art déco mit Fleißigen Lieschen bepflanzte, alles in allem nannte er das renovieren.

Renovieren?, wiederholten sie, sie dachten an die Risse, die Krater, die Schlünde an den Decken, das Zimmer, in welchem man durch das Loch im Boden bequem in den darunterliegenden Stock sah, sie dachten an den wunderbar blühenden Schwamm im Keller, die abgestützten Balkone und die schlanken Birken, die aus dem Dach wuchsen, sie dachten die Worte *notwendig* und *Generalsanierung*, sie dachten an zwei linke Hände.

Probleme damit?, fragte Sydow, schaute einen an. Er hatte die Kommode auf dem Treppenabsatz abgestellt und die Hände in die Hüften gestemmt, schaute einen an; er stand im Salon und hatte zwei Porzellansubjekte in der Hand, stellte sie abwechselnd auf das Sims des Kamins, drehte sich um, schaute einen an; er stellte einen Nachttopf mit Fleißigen Lieschen auf den Küchentisch; er drehte sich um, schaute einen an, er hängte einen Hirsch an die Wand und altfrauenrosa Putz rieselte in sein Haar; er drehte sich um und schaute einen an und man beeilte sich zu sagen, keine Probleme, absolut nicht, man durfte sich doch wohl noch so die ein oder anderen Gedanken machen.

Frederik? Stanjic klopfte noch ein bisschen. Zwar vermutete er ihn schleifend in der Werkstatt, ölend in irgendeinem Möbel, aber wer weiß, vielleicht war da drin die Decke heruntergekommen, als er einen weiteren Hirsch aufhängte, eine Nackige annagelte, er wollte ihm eine Chance geben, nicht inmitten einer solchen Kalamität angetroffen zu werden, er wollte ihm Gelegenheit geben, den Kopf aus dem Geröll und Staub zu befreien, ein paar Brocken beiseitezuwerfen und zu rufen, passt mir grad schlecht, oder: Gib mir fünf Minuten! Oder, würde man ihn hinter der Tür leise murmeln hören, fünf Stunden, er wollte ihm die Möglichkeit geben, an die Tür zu kommen und sie schleunigst hinter sich zuzuziehen, damit er das Desaster nicht sah. Aber er war nicht da oder es war zu spät, er ging hinein.

Hier stapelte sich alles, was Sydow im Dachboden ausgegraben und noch nicht seiner letztendlichen Verwendung zugeführt hatte. Entweder das oder der Requisiteur war vollends übergeschnappt. Tanzende Schäferinnen aus Meißen und ihre tändelnden Arbeitskollegen, gerollte Teppiche, stapelweise angegilbte Leintücher und Tischwäsche, riesige Schinken in prunkvollen Rahmen, wahlweise ölgemalt oder aquarelliert weitere Hirsche, biblische Szenen und schlafende Frauen in allen erdenklichen Graden der Entkleidung. Stanjic stieg darüber hinweg, nahm eines der Bilder hoch, Endstadium, vermutlich war sie, während sie in ihren Schlafanzug stieg, vor Erschöpfung eingeschlafen, viel zu anstrengend.

Im Zimmer war es windig, es bauschte die Vorhänge und regnete wacker aufs Fensterbrett, den Fußboden, als wär es in diesem Haus nicht schon feucht genug. Er legte das Bild aufs Bett, er würde es nachher mit zu sich nehmen, er fand es inspirierend.

Er schob ein paar gestapelte Stühle aus dem Weg und ging die Fenster schließen. Im Hof unten sah er Sydow einen Tisch einseifen, es regnete in Strömen. Verrückt. Er schaute ihm eine Weile dabei zu. Dann machte er die Fenster wieder auf, na!, rief er, Sydow schaute sich um, strich sich die nassen Haare aus der Stirn, Stanjic winkte ihm zu, Sydow irrte mit den Augen suchend über die Hausfront, die vielen Fenster, wischte über ihn hinweg, kehrte um und hatte ihn entdeckt, er winkte zurück.

Wann gibts Essen, rief Stanjic hinunter, Sydow legte die Hand ans Ohr.

Stanjic formte mit beiden Händen einen Trichter, Essen!, rief er.

Sydow schirmte sein Gesicht gegen den Regen ab, jetzt?

Nein, wann, wann es Essen gibt, rief Stanjic, er zog die Schultern hoch bis zu den Ohren und machte den Italiener, non lo so! Ich weiß von nichts, er deutete auf die nicht vorhandene Uhr an seinem Handgelenk.

Sydow schob den Ärmel hoch, schaute auf sein leeres Handgelenk, schien zu überlegen, um sechs?, rief er.

Stanjic hielt den Daumen hoch und schloss das Fenster.

Bloß, wann war es sechs? Er legte sich quer übers Bett und angelte sich den Wecker vom Nachttisch, halb fünf.

Bequemes Bett. Er federte ein bisschen nach, das Bett hing kaum durch, Sydow hatte es sich natürlich sofort unter den Nagel gerissen. Stanjic legte den Kopf aufs Kissen, schloss für einen Moment die Augen. Stünde hier nicht so viel Gerümpel, könnte er einfach umziehen. Aber das würde ihn energetisch zerrütten, Feng-Shui-technisch war das hier eine Katastrophe.

Das Feng-Shui antwortet auf die meisten Fragen mit Ausmisten. Das Geld will einfach nicht zu Ihnen kommen? Kein Wunder, Sie haben Gerümpel unter dem Bett. Plunder auf den Schränken? Er ist wie ein Problem, das über Ihnen schwebt, Sie können nicht mehr denken, häufige Kopfschmerzen sind sehr wahrscheinlich. Krempel hinter der Tür blockiert den Energiefluss zu Ihrem Leben.

In seinem Bauch murrte ein kleiner Hunger. Wer kochte eigentlich? Er rollte über das Bett und ging noch einmal zum Fenster, öffnete es und rief, du oder ich?

Es schüttete immer gewaltiger, Sydow legte die Hand ans Ohr, Stanjic deutete auf ihn, auf sich, rührte in einem Topf und zuckte wieder die Achseln, Sydow nickte, du, rief er herauf.

Er machte das Fenster zu und holte ein Handtuch aus dem gegenüberliegenden Bad, trocknete die Lachen von den Dielen und hängte es über ein paar Stuhlbeine. Er suchte Sydows Schal und fand ihn nicht. Er sah einen Korb voller Zinnsoldaten, eine mineralogische Sammlung, er sichtete einen ausgestopften kleinen Dackel mit mottenzerfressenem Fell, eine Waschschüssel mit einem Fleißigen Lieschen, ein Spinnrad und mehrere Stehlampen mit gläsernen Schirmen, stapelweise Bücher, die Sydow vermutlich eher wegen der Optik aufzustellen gedachte, *Neue Deutsche Literatur* war das definitiv nicht. Er fand endlich auch den Schal,

Sydow hatte ihn um eine fleckige Schneiderpuppe gewickelt, Stanjic murmelte ein Lob der Oma, klemmte sich die Erschöpfte in Öl unter den Arm und eilte von dannen.

89. David Stanjic ist ein wilder Tiger

Promenierte Katharina Fitzwilliam nun wie befürchtet mit Glaser im Wald, vertieft in diskursives Gespräch, vom Regen keinesfalls abgehalten, vielmehr vereint unter einem Familienschirm für die künftige Familie? Nein.

Katharina Fitzwilliam saß mitten im Klavierkonzert, es ging gerade hoch her. Es klang nach wilder Jagd, Fanfaren riefen, allgemeines Schmettern, das Orchester war in großem Aufruhr, alle waren so froh und dachten an heiteres Jagen und schnelles Reiten und das Klavier hatte ganz gut zu ackern, rief immer wieder alle zur Räson und ließ sich dann doch hinreißen mitzutun beim allgemeinen Halali. Es war ein gewaltiges Kämpfen, ein Ringen zwischen den verschiedenen Interessen, bleiben wir herinnen, gehen wir hinaus, benehmen wir uns manierlich oder gehen uns die Pferde durch, wir könnten drinnen Karten spielen oder uns gepflegt unterhalten, *Drop of Milk, Clotted Cream*, sagte das Klavier, jaah, sagte das Orchester halbherzig, jaha! Aber wir könnten auch rausgehen und reiten und schießen und die Hunde von der Leine lassen, es war ein Kabbeln und Necken, ein Hin und Her, ein Schwachwerden und Überreden, ein strahlender Tag, ein glänzender Morgen, alles klang nach Galoppieren und sich in den Steigbügeln aufrichten und schnell sein und sich erhitzen, es waren ein Mann und eine Frau, die verliebt miteinander rangen, sie zog ihn an beiden Händen nach drinnen, redete besänftigend auf ihn ein, er stimmte so halbherzig zu, ließ sich ziehen und locken und war schon fast gewonnen, aber da hörte er ein Horn, da warf er einen Blick zurück und sah das Wetter und unruhige Pferde und er musste, er konnte nicht anders, er musste sie an sich ziehen und küssen und, den Arm um ihre Taille, sie wieder mit nach draußen führen und so ging es immer hin und her, wahnsinnig romantisch, und es war hinreißend, es war betörend und schön, Stanjic hätte absolut verstanden, wenn sie selbst, Katharina Fitzwilliam, in ein Horn getutet hätte, sogar die Geiger tuteten ins Horn, die Flötisten und Triangler, alle tuteten ins Horn, aber sie las unbeeindruckt in einem Buch.

Er setzte sich ihr gegenüber in einen Sessel. Sie lag hingestreckt auf dem durchhängenden Sofa und trug Stulpen wie Balletttänzerinnen und erinnerte ihn schlagartig und ohne Ausweg an das Bild, das er sich nachher aufhängen würde. Auf dem Bild der Nackten war die Nackte nämlich nicht vollständig, nicht absolut nackt. Sie war nackt bis auf ein paar getupfter zarter Strümpfe. Sie trug keinen Schlafanzug oder ein anders geartetes Nachtgewand, sie bedeckte sich, dachte er, auch nicht mit einem Morgenrock, was eine schöne Möglichkeit gewesen wäre, einen solchen zur Anwendung zu bringen. Vielleicht war die Nackige wie er selbst geschlagen mit einer höchst unvollständigen Garderobe, kein Schlafanzug, kein noch so kleines Spitzenkleid für die Nacht, kein Morgenrock, nada. Er hätte sich, bei aller ästhetischer Empfindsamkeit, in solchem Fall jedenfalls zumindest ein T-Shirt übergezogen, eine alte Trainingshose. Gewiss, stilvoll war das nicht, aber bevor er nackt und nur in Socken vom Schlaf übermannt auf einem Tagesbett von einem Maler überrascht – na ja, war auch egal. Sie, die Schlafende auf dem Bild nämlich, sie zumindest trug jedenfalls nichts Dergleichen, wohl aber die getupften Strümpfe. Pyjama nein, Strümpfe ja. Sie war eingeschlafen, bevor sie sich das eine an und das andere ausziehen hatte können. Sie hatte streng nach hinten gekämmte und hochgesteckte Haare, die Schlafende auf seinem Ölbild war eine ermattete Tänzerin. Sie hatte sich mit letzter Kraft noch aus ihrem Tutu schälen können, die Bänder der Ballettschuhe abwickeln und sich mit dem Handtuch das Gesicht abtrocknen, zu mehr hatte es einfach nicht mehr gereicht. Sie war nach einem Tag eiserner Disziplin zwischen die Kissen gesunken, nackt, aber mit Strümpfen.

Katharina Fitzwilliam –

Schluss jetzt mit dem Unfug, sagte mein Lektor energisch, ich möchte diesen törichten Namen nicht mehr hören!

Es ist ein Künstlername.

Mir egal, fortan heißt sie einfach Katharina, klar?

Und was ist mit der Frage des Respekts? Was mit der Problematik der Distanzlosigkeit, der Asymmetrie in der Geschlechterbewertung?

Unsere Leser stehen über so was.

Also gut, lieber Leser. Katharina Fitzwilliam läuft fortan unter Katharina. Über allfällige Fragen bezüglich Respekt, Distanzlosigkeit oder Asymmetrien in der Geschlechterbewertung wenden Sie sich bitte vertrauensvoll an meinen Lektor.

Katharina schaute hoch, legte sich das Buch auf den Bauch. Es war im Zimmer schon ein wenig dämmrig, sie hatte die Stehlampe angeknipst. Sie lag in einer warmen weichen Mulde, in einem sanften Nest, sie war, wie er schlagartig und fast als Schreck musste erkennen, sie war zweifellos sehr schön. Er dachte an Simon und er dachte: Wenns sein muss, bring ich ihn um.

Was war los mit ihm? Wo war sein scheues Ich, sein internes Reh, das weder die Wut kennt noch die köstlichen Freuden der Erregung?

Es war, als hätte er plötzlich den Kopf gehoben, eine Fährte gewittert, einen wilden Duft in die Nase bekommen. Ein Tier, das aufhorcht und die Muskeln spannt, bereit zum Sprung. Er dachte Grooaaar.

90. Was hat Fabian damit zu tun?

Soll ich leiser machen, fragte sie.

Er schüttelte den Kopf, bloß nicht, dachte er, mach nicht leiser, steh nicht auf, bleib, wo du bist, Moment, Moment, zum Augenblicke dürft ich sagen, verweile noch, du bist so schön, der Augenblick, der Moment war schön, Katharina war schön, sie lag in einem dämmrigen Zimmer in einem sofagroßen Lichtkegel, sie war eine müde Tänzerin und musste sich ausruhen, das Klavier war eine bedächtige Katze, ein geschmeidiges Tier, es war ein Tiger im Sprung und er war auf der Jagd.

Sie nahm ihr Buch wieder hoch und las weiter, er legte den Kopf zurück, begann zu lauern, hing tief unten im Sessel und betrachtete sie.

Wie sie bei dem Krach lesen konnte, war ihm ein Rätsel, sicher kam sie aus einer großen Familie.

Ist das eigentlich, mein Lektor schlug einen behutsamen, gefühligen Ton an, wie er ihn für solche Gelegenheiten vermutlich in einer verlagsinternen Weiterbildung *Wertschätzende Kommunikation* gelernt hatte – zumeist allerdings tat er so, als hätte er von so einem Seminar noch nie was gehört –, und fasste mich verständnisinnig am Arm, ist das Folgende eigentlich eine Verarbeitung deiner eigenen traumatischen Erfahrung einer Großfamilie?

Wie kommst du denn darauf.

Nun, er lächelte geziert, ich erinnere mich an das eindrückliche Erscheinen deiner Familie auf der letzten Buchmesse. Unser eingeschüchterter Verlag, umringt von einem Haufen Leute und wir dachten immer, jetzt sind sie aber komplett: Dann kam immer noch eine Schwester von irgendwoher angeschneit.

Also bitte, sagte ich, *so* viele sind wir nun auch wieder nicht. Im Übrigen geht es hier um Katharina. Wie du hoffentlich weißt.

Schriftstellerische Freiheit!, rief er pathetisch, kann doch sein, dass du ihr in Ermangelung einer interessanten Familie deine eigene aufs Auge gedrückt hast.

Unsinn, sagte ich, im Übrigen ist das gar nicht Katharinas Familie. Es ist die Familie, die David Stanjic fantasiert.

Fantasiert, wiederholte Olaf skeptisch, da braucht es doch keine Fantasie. Angesichts der Tatsache, dass David Stanjic immerhin dein ehemaliger Freund Fabian ist und also deine Sippe bestens kennt, würde ich meinen –

Olaf!, rief ich bestürzt, hörst du wohl auf der Stelle auf, in derart haarsträubender Manier Realität und Fiktion durcheinanderzuwurlen!

Ach was, er winkte verächtlich ab, Fiktion, dass ich nicht lache!

Meine Theorie ist ja, er beugte sich vertraulich zu mir herüber, dass Autoren, unfähig, der brutalen Wirklichkeit ins Auge zu sehen, ihre Zuflucht zu Lügen und Flunkerei nehmen – aber bitte, das heißt ja nicht, dass man diese Kindereien unterstützen muss.

Ich wechsel den Verlag, zischte ich, heute noch wechsel ich den Verlag.

Er lachte herzlich, mit 600 Seiten im Gepäck!, rief er lustig, man wird es dir aus den Händen reißen, aus-den-Hän-den!

Okay, dachte ich, okay. Eins zu null für ihn, meinetwegen. Fabian – Herrgott!, rief ich, David Stanjic natürlich! dachte an Katharinas Familie und, ja, es könnte die meine sein. Und? Das Einzige, worauf ich in aller Schärfe bestehen möchte, ist: Ich bin nicht Klara. Die dumme Kuh.

Olaf machte den Mund auf, überlegte es sich aber offensichtlich anders. Es ist eine Sache, seinen Autoren Verlogenheit, Feigheit und Infantilität zu unterstellen. Aber es ist etwas ganz anderes, sie als dumme Kuh zu enttarnen.

Sicher, dachte also David Stanjic, war Katharina es von früh an gewohnt, ihre Schularbeiten zu machen, während eine Horde Geschwister als Indianer verkleidet schreiend über sie drüberkletterte, Postboten unablässig klingelten, um zahllose Pakete und Wurfsendungen abzugeben, und garantiert fuhrwerkte immer gerade jemand dilettantisch auf einem Instrument, bearbeitete eine Geige, haute auf ein Schlagzeug oder spielte Bach in einer Bearbeitung für E-Gitarre. Sicher war der Tumult der Jagd, das Engagement eines voll besetzten Orchesters rein gar nichts gegen den steten Klamauk einer Großfamilie, sicher hatte sie sieben schöne Schwestern und wilde Brüder. Sieben schöne laute Schwestern. Eine Horde Geschwister, dachte er schaudernd, mit Indianerfedern und wüster Bemalung, mit der flachen Hand am Mund diese indianertypischen Schreie absondernd. Sie kletterten über Stuhl und Bank, sie kletterten über Möbel und Stubentische, sie kletterten über Katharina, die Schularbeiten, Hefte und Bücher, lexikalische Gesamtausgaben, Indianerpfade sind unergründlich und unerbittlich. Katharina machte stoisch ihre Schularbeiten, sie konjugierte lateinische Vokabeln und rechnete im Infinitesimal, der Postbote kam mit einer erneuten Wurfsendung, einer kratzte schon seit Stunden unverdrossen an einer Geige oder trompetete das Te Deum. Die Mutter taute den Kühlschrank ab, Marmelade, Milch und Wurst, alles räumte sie um Katharina herum, eingelegte Gurken, kiloweise Quark und Karotten, dazwischen knetete sie was in einer waschzubergroßen Schüssel oder staubsaugte schon wieder. Der Vater baute die Spülmaschine auseinander, da war was verstopft, irgendein Witzbold hatte einen Becher Zement ins Spülmittelfach geschüttet, einfach um zu sehen, was passiert. Der Vater entstopfte seufzend die Spülmaschine oder aber er weißte den Flur, den hatte schon wieder einer mit Kopffüßern bemalt, mit Vögeln wie Rosinenbombern, mit Sonnen, die lachten, jemand bemalte immer den Flur oder ein Kinderzimmer, eine freie Wand, dabei hatte er hunderttausendmal gesagt, dass das absolut verboten – na ja, er weißte eben den Flur. Einer war immer krank, jammerte aus dem oberen Stock, einer brach sich ein Bein oder brachte Läuse mit nach Hause oder Würmer, es kam neuer Besuch, irgendein Kind, es war von einem Kind der Freund. Noch eine Wurfsendung. Das Telefon klingelte, irgendein Kind, das eines der Kinder besuchte, solle sofort nach Hause kommen, alle säßen schon längst am Tisch und warteten nur noch – ja, sagte der Vater, er würde es ausrichten. Es klingelte, diesmal an der Tür, der Postbote, nein, eine Nachbarin, sie brachte den Wohnungsschlüssel zum Blumengießen, die Glückliche fuhr in Urlaub. Der Vater fragte sich, wovon die Kinderlosen eigentlich Urlaub brauchten, dann weißte er weiter. Katharina verfasste ein Résumeé zu Schillers *Naiver und Sentimentaler Dichtung*. Jemand duschte und niemand konnte aufs Klo, dabei ist es ganz dri-h-ingend, heulte das Kind vor der verschlossenen Tür, die Mutter wollte den Tisch umstellen, weil der Teppich musste in die Wäsche. Indianer zogen vorbei, Katharina raffte die Bücher an sich, setzte sich auf die Lexika, konjugierte, während die Mutter den Teppich zusammenfaltete. Wurfsendung. Schon wieder das Te Deum. Oben fiel was um, dem Geräusch nach ein vollgestopftes Regal, ein gewaltiger Klapf, beklommene Stille, dann Getrappel, Kinder, die sich aus dem Staub machten. Die Mutter ging hinauf, schimpfte ein bisschen, kam wieder herunter, stieg auf einen Stuhl, tötete eine Lebensmittelmotte und begann dann, den Kühlschrank mit Essig auszuwaschen. Eine Schwester erklärte, sie habe jetzt das Bücherregal im Wohnzimmer sortiert, wenn noch einer ein Buch falsch einräume, bringe sie ihn um, allgemeines Gelächter, der war gut! Spätestens Ende der Woche wäre alles wieder in heillosem Durcheinander. Katharina setzte sich eine Schutzbrille auf und machte ein chemisches Experiment. Bach für E-Gitarren war eigentlich eine Frechheit, es grenzte an Blasphemie, aber was sollte man machen. Schon wieder die Nachbarin. Dass man die Katze nicht vergäße, zweimal füttern und morgens einfach rauslassen. Was müssen, fragte sich der Vater, Auge in Auge mit einem kraushaarigen Kopffüßer, was müssen sich die Kinderlosen denn Viecher anschaffen? Ein Leben mit Geschöpfen auf dem kontinuierlichen Stand von Zweijährigen, füttern, Katzenklo reinigen, rauslassen oder Gassi gehen, auf der Hundewiese tollen, Stöckchen werfen, wieso taten sich Leute das an? Kinder wurden immerhin älter und weiser – er dachte freudlos an den witzigen Versuch mit dem Zement, älter auf jeden Fall, sie wurden älter und irgendwie – unvorhersehbarer, überraschender – irgendwann verabredeten sie sich selbst zum Spielen und gingen selbst aufs Klo – oder, er warf einen Blick auf das Kind, das dringend aufs Klo gemusst hatte, oder auch nicht. Er legte den Pinsel weg und wechselte ihm die Kleider, wieso, fragte er das Kind, wieso gehst du denn nicht auf das obere Klo?

Weil, sagte das Kind, weil da jemand, also da ist –

Ja?, sagte der Vater, er hielt ihm eine frische Unterhose hin, das Kind hielt sich an seiner Schulter fest und stieg hinein.

Das Kind überlegte, der Vater half ihm in die Strumpfhose, in die Latzhose, ja?, sagte er, er knöpfte ihm die Träger zu, ach nichts, sagte das Kind.

Was, sagte der Vater.

Oben, flüsterte das Kind, es knetete an Vaters Ohr, oben schwimmt ein Fisch in der Toilette.

Ach, sagte der Vater betroffen, und warum tut er das?

Ich habe ihn gerettet, flüsterte das Kind, es hielt sich jetzt an beiden Ohren fest, ich wollte nicht, dass die Mama aus ihm auch einen Wackelpeter macht.

Deine Mutter hat keinen, begann der Vater, dann ließ er es bleiben. Ist oben eine von deinen Schwestern?

Viele, sagte das Kind.

Sag einer von ihnen, sie soll ihn rausholen, ja? Sie soll ihn zurück ins Fischglas schütten. Niemand tut ihm was.

Er gab ihm einen freundlichen Klaps auf den Po, das Kind hopste weiter, er wischte den Boden auf. Die Leute, sie legten sich einen Hund zu, warum? Er verstand es nicht, übermalte den krausen und frech grinsenden Kopffüßer, eine bärbeißige Sonne. Ich meins ernst, sagte die Schwester vom geordneten Bücherregal, sie kam in die Küche, schenkte sich ein riesiges Glas Milch ein, trank es aus, sind nur noch drei Liter Milch da?, sagte sie entgeistert, sie schaute auf die ganzen Lebensmittel auf dem Tisch, in den geleerten Kühlschrank, echt jetzt? Das reicht doch niemals bis morgen, wer war denn mit einkaufen dran, sie goss sich ein weiteres Glas ein. Wo ist das Problem, fragte sie, als sie das Glas absetzte und verschnaufte, wo ist das Problem, ein Buch wieder dahin zu stellen, wo man es hergenommen hat?

Allgemeines Gelächter, ja, sagte die Mutter, sie betrachtete einen verschimmelten Rest in einem Becher aus den hinteren Gefilden des Kühlschranks, das frage ich mich auch, nicht nur bei Büchern. Wo ist das Problem? Man könnte doch einfach alles immer wieder dahin räumen, wo man es hergenommen hat, fertig wäre ein schönes Leben. Sie schmiss den Becher in den Mülleimer, he, schrie ein Bruder, er kam von irgendwoher angerannt, holte den Becher wieder aus dem Mülleimer, das brauche ich für Biologie, daraus machen wir Penicillin!

Um Gottes willen, murmelte die Mutter, was uns nicht umbringt, macht uns stark.

Es klingelte, die Nachbarin, schon in Hut und Mantel, wenn die Katze sich, sagte sie, fürchtet in der Nacht, weil sie das Alleinsein nicht gewohnt ist, wenn Sie sie schreien hören wie ein kleines Kind, dann nehmen Sie sie am besten mit zu sich ins Bett.

Ja, sagte der Vater, er schloss hinter ihr die Tür und wusch die Pinsel aus, wenn Sie wüssten, dachte er, wer da in der Nacht schon alles liegt, weil er sich fürchtet oder weil alle anderen auch da sind.

Wo sind, schrie der Bruder, während er erschüttert in den leeren Kühlschrank starrte, den ganzen Krempel auf dem Küchentisch durchwühlte, wo sind meine anderen Versuche, die ganzen Schimmelkulturen, die waren in so ausgewaschenen Joghurtbechern, wo sind die alle?!

Vermutlich aufgegessen, sagte die Mutter, sie räumte den Kühlschrank wieder ein.

Und was soll ich jetzt meinem Biologielehrer sagen, schrie der Bruder, das waren Hausaufgaben, das war Schule, verstehst du, Schule! Und Schule ist wichtig!

Was du ihm sagen sollst, fragte die Mutter, sie betrachtete nachdenklich zwölf Packungen Quark, wo kam denn der ganze Quark her, wo wollte er hin, was du ihm sagen sollst?, wiederholte sie, sollte sie Quarkauflauf damit backen? Oder war der für irgendwelche Wickel?

Indianer kreischten, die ersten Siedler waren aufgetaucht und sie kannten kein Pardon, Indianer flohen, Siedler schossen. Dann kam die Kavallerie.

Der Vater drückte sich an die frisch geweißte Wand, ließ die Soldaten passieren, von ihm aus konnten sie die Indianer ausrotten bis auf den letzten Mann. Hinterher könnten sie sich in ihr Fort zurückziehen und sich versehentlich selbst in die Luft sprengen. Die Siedler würden von Bären aufgefressen und Amerika, dachte er angetan, Amerika gibt es nicht.

Hallo? Mama! Sag mal hörst du mir zu? Was ich meinem Biologielehrer sagen soll, meine Vier wackelt doch eh schon.

Wieso wackelt die, fragte der Vater, er kam mit dem Pinsel unter die Küchentür, er hatte noch mal angefangen zu malern, wo er an die Wand gelehnt hat, muss er noch mal drüber, wieso wissen wir davon nichts, ich finde –

Ja!, schrie der mit der wackligen Vier, er hielt sich die Ohren zu, jaja! Können wir ein andermal darüber reden? Er griff sich einen Tetrapack, riss die Lasche ab, trank Milch in großen Zügen.

Der Vater kehrt in den Flur zurück, tauchte den Pinsel in den Farbeimer, du musst dir diesen Ton abgewöhnen sagte er, es ist einfach – Indianer rannten vorbei, die Kavallerie, diesmal in umgekehrter Richtung, diese Scharmützel konnten noch Jahre dauern, der Vater drückte sich gegen die Wand, er schloss die Augen, vielleicht betete er.

Sag ihm doch, sagte die Mutter, alle leben noch, sie nahm ihm die Milchpackung ab, es gibt gleich Abendbrot, sagte sie.

Ja und, sagte er, nahm ihr die Milch wieder aus der Hand, trank sie aus.

Sag deinem Lehrer, sagte die Mutter, alle sind erschreckend gesund, es muss Penicillin gewesen sein.

Ich bin nicht gesund!, rief von oben der Kranke, er fand, man nahm ihn nicht ernst. Nie kriegte er Tee und Zwieback und nie las ihm einer vor.

Das wars, fiel der Mutter ein, hast dus am Hals, rief sie nach oben?

Nein, rief er zurück, im Bauch.

Dann brauchst du doch keinen Quarkwickel, rief die Mutter, sie stand unter der Treppe, den ganzen Quark im Arm.

Ich will auch keinen Quarkwickel, rief er herunter, ich will, dass mir jemand vorliest.

Du kriegst einen Kartoffelwickel, sagte die Mutter, und morgen, beschloss sie, morgen gibt es Kartoffeln mit Quark.

Igitt, sagte ein Kind, das vorbeiging, wenn ich das esse, muss ich kotzen.

Ich will keinen Wickel, schrie der Kranke, Wickel sind eklig!

Wickel sind gut, sagte die Mutter, ich mach dir einen heißen Kartoffelwickel um den Bauch, du wirst sehen, wie gut dir das tut.

Oben: Heulen, Schnäuzen, verzweifeltes, kränkliches Gemurmel … nie liest mir jemand vor … denen ist alles egal … immer allein … niemand kümmert sich … ganz allein … kein Tee … verhungern … etc.

Der Quark ist für meine Wände, rief von irgendwoher ein Sohn, wir mischen in der Schule gerade Naturfarben, nach Goethe, das wollte ich mal ausprobieren, das wird super.

Ganz sicher, murmelte der Vater.

Warum, das Kind war vor der Mutter stehen geblieben und sagte anklagend, warum kochst du immer so eklige Sachen?

Kartoffeln mit Quark sind nicht eklig, sagte die Mutter, während sie den Quark in den Kühlschrank zurückräumte.

Doch, sagte das Kind, supereklig. Andere Mamas kochen viel feinere Sachen.

Was denn zum Beispiel, sagte die Mutter.

Nudeln zum Beispiel, sagte das Kind.

Es gibt jeden zweiten Tag Nudeln, sagte die Mutter.

Warum nicht jeden, sagte das Kind, Nudeln sind soo fein.

Das stimmt, ein anderes Kind hatte sich dazugesellt, beide schauten sie der Mutter dabei zu, wie sie den Kühlschrank wieder einräumte, wir würden lieber jeden Tag Nudeln essen, sagten sie. Die Mutter drehte sich um, stemmte die Hände in die Hüften, schaute mit gerunzelter Stirn auf sie hinunter, Nudeln mit was, fragte sie.

Ohne alles, sagten sie, wir wollen nur Nudeln.

Keine Tomatensauce, kein Gemüse.

Nein, sagten sie erfreut, endlich hatte sie es begriffen, wir wollen kein Gemüse.

Das ist aber auf Dauer nicht gesund, sagte die Mutter.

Warum, sagten die Kinder.

Weil euch dann die wichtigen Vitamine fehlen, die braucht der Körper, sagte die Mutter.

Warum, sagten die Kinder.

Damit er groß und stark wird und gesund bleibt. Dafür braucht ihr das Gemüse.

Warum, sagten die Kinder.

Wegen der Vitamine! Im Gemüse!

Warum, sagten die Kinder.

Weil die im Gemüse drin sind. In den Nudeln nicht.

Warum, sagten die Kinder.

Weil … alle Dinge verschieden sind, im Gemüse sind viele Vitamine, Milchprodukte haben viel Eiweiß, in den Nudeln sind hauptsächlich Kohlenhydrate, die sind natürlich auch wichtig, aber man braucht eben auch das –

Warum, sagten die Kinder.

Weil alles verschieden ist!

Warum?

Weil, hm. Wegen – tja. Man weiß das nicht so genau. Der liebe Gott … niemand weiß Genaues … die einen sagen so … die anderen so … manche … also nicht alle … sind der Ansicht … der liebe Gott … die Erde geschaffen … Himmel und Erde … Licht … alles war gut … Finsternis … auch gut … sieben Tage … fruchtbare Bäume … allerlei grünes Kraut … Kohlenhydrate … Vitamine … und … hm –

Warum, sagten die Kinder.

Weil, sagte die Mutter, ja also.

Und Gott sprach, sagte der Vater, er begutachtete die fertige Wand, wusch noch einmal den Pinsel aus, Gott sprach: Es lasse die Erde aufgehen Gras und Kraut, das sich besame, und fruchtbare Bäume, da ein jeglicher nach seiner Art Frucht trage und –

Richtig, sagte die Mutter und –

Warum, sagten die Kinder.

Weil – die Mutter raufte sich die Haare, schloss die Augen, okay, sagte sie. Okay. Ihr kriegt Nudeln. Ohne Soße, ohne alles. Okay.

Die Kinder zogen ab, bevor sie um die Ecke bogen, hob das eine die linke Hand, das andere schlug ein, yes! Wieder hatten sie einen mit der Warum-Phase zur Strecke gebracht. Katharina hielt ein Reagenzglas über einen Bunsenbrenner, begutachtete die Reaktion, schob die Brille in die Stirn und trug die Ergebnisse des Experiments in ihre Listen ein, es klingelte.

Stanjic fand das unfassbar. Er betrachtete sie, so eine Gemütsruhe, mit so einer Familie haute einen wahrscheinlich nichts mehr um, und wenn das Orchester sich auf den Kopf stellte.

Er betrachtete sie, sie las, es war ein spannendes Buch. Und dann der hiesige Frieden! Sicher schaute sie manchmal verwundert um sich, wo die Indianer blieben, auf dem Boden robbende Rothäute, sie fragte sich, was aus den Siedlern geworden war, den Soldatenkorps, dann fiel es ihr wieder ein, Amerika, hatte der Vater manchmal sehnsüchtig gesagt, Amerika gibt es nicht.

So war es. Amerika gab es nicht. Es war ein Irrtum. Sie lächelte und blätterte eine Seite um, das alles lag lange zurück.

Er sollte überlegen, was er kochen könnte. In so einer Familie aß man viele gesunde Kartoffeln, Eiweiß aus Quark, Gras und Kraut, ein jegliches nach seiner Art. Was aß man denn so in Großfamilien, außer Nudeln natürlich, Eintopf? Auflauf? Vielleicht Suppen. Er dachte an mächtige Platten voller Knödel mit Kraut, er dachte an Gulaschkanonen und öffentliche Essensausgaben. Er dachte an zehnköpfige Familien an zu kleinen Tischen, dazu die diversen Kinder zu Besuch, der eine sollte schon längst zu Hause sein, man hatte extra angerufen, bei ihm zu Hause saßen alle am Tisch und warteten nur noch auf ihn, aber der Vater hatte den falschen losgeschickt, hier war immer so viel Besuch und Kinder gleichen sich aber auch aufs Haar. Das gedrängte Sitzen auf Küchenbänken. Er dachte sich eine Mutter mit einem großen, schönen Mund, die mit einer enormen Kelle Kartoffelpüree austeilte, Nudeln ohne alles. Wenn sie gute Laune hatte, konnte sie zum allgemeinen Gaudi die gesamte Kelle im Mund verschwinden lassen und Verse von Ringelnatz zitieren.

Er dachte einen Vater mit schütterem Haar und ständig weißen Farbflecken am Rücken, ein ganzes Schwein zerteilend und Blutwürste aus einem Topf mit siedendem Wasser fischend, er dachte an das unablässige Geschwätz, den steten Radau, schon wieder der Postbote.

Der eine musste los, er ging zum Handball, er schmierte sich nur schnell ein paar Brote, er war gerade mitten in einem Wachstumsschub, trank wie alle anderen hier literweise Milch, fraß Cornflakes aus der Packung und war trotzdem dünn wie ein Strich. Er trank noch schnell einen Liter Milch, he!, rief die eine Schwester empört, dann bring wenigstens von der Tanke noch welche mit, er tippte sich an die Stirn, öffnete den letzten Tetrapack, Mama!, schrie die Schwester, Mama sag ihm, dass er Milch mitbringen muss, das ist eine Regel, wir haben doch abgemacht, dass – er klemmte sich ihren Kopf an die Hüfte und hielt ihr mit einer Hand den Mund zu, trank in großen Zügen die Milch aus. Lass sie sofort los, sagte die Mutter, sie wird ja schon blau. Ein anderer rief vom oberen Stock, es war der Kranke und er verlangte nach Zwieback, diesem Wickel und Haferschleim und warum las ihm niemand vor? Wenn sie ihm einen Wickel machen mussten, um sich mit ihm zu beschäftigen, bitte. Dann Vorlesen.

Einer kam zu spät, wo warst du so lange, sagte die Mutter.

Unverständliches Gemurmel, er schmiss seine Tasche in eine Ecke.

Immer dieses Getrödel, sagte die Mutter.

Wickel!, schrie der Kranke, Wickel, Wickel, Wickel!

Ach ja, sagte die Mutter, der Wickel, sie schmierte was von dem Kartoffelpüree in eine alte Stoffwindel, das geht doch auch, oder, fragte sie den Vater, er zuckte zweifelnd die Achseln, der, der immer trödelte, übernahm den Platz vom Handballer.

Immer dieses Getrödel, sagte die Mutter.

Immer dieses Getrödel, wiederholte ein Kind, es baute sich im Püree einen See aus Bratensaft.

Kümmer dich um deinen eigenen Kram, sagte der andere, schöpfte sich den Teller voll.

Kümmer dich um deinen eigenen Kram, wiederholte das Kind.

Du sollst dich, er hob drohend die Gabel, um deinen eigenen Scheiß kümmern!

Du sollst dich, sagte das Kind, es haute begeistert mit dem Löffel in den See, um deinen eigenen Scheiß kümmern.

Quatsch nicht immer alles nach, schrie er.

Quatsch nicht immer alles –

Schluss jetzt, rief die Mutter, Himmel Herrgott noch mal, sie begann zu essen.

Das Telefon klingelte.

Der Vater hielt einen Vortrag über Spülmaschinen und Zement.

Vergiss nicht die Kartoffelstärke neulich, warf die Mutter ein.

Der Vater erweiterte seinen Vortrag um Kartoffelstärke in der Badewanne, irgendein Witzbold hatte etliche Packungen Kartoffelstärke in die Badewanne geschüttet, einfach um zu sehen, was passiert, mit heißem Wasser aufgefüllt, der Vater sprach über Zement und Stärke –

Die Gelatine, fügte die eine Schwester hinzu, einer trat ihr unterm Tisch gegens Schienbein, au, schrie sie, wer –

Richtig, sagte der Vater, richtig, danke, die Gelatine neulich, er sprach über Zement, Stärke und über Gelatine und ihre eigentliche Verwendung, über die Schwierigkeit, eine Badewannenladung glasiger, aufgedunsener Stärkekügelchen zu entsorgen.

Stimmt, murmelte die Mutter, die Gelatine im Aquarium. Irgendein Witzbold hatte –

Das ist kein bisschen witzig, betonte der Vater.

Die armen Fische, murmelte die Mutter, sie hatte, um die gelierte Masse herauszubekommen, das gesamte Aquarium auf den Kopf stellen müssen, die Fische, die Pflanzen, das Wasserrad aus Plastik, alles war erstarrt zu einer perversen Sülze, ein grotesker Wackelpudding, das war nicht nur nicht witzig, dozierte der Vater, das war –

Aber es hörte eh keiner mehr zu, die Mutter, sicher, sie schon, vermutlich war sie es aber nicht gewesen.

Unter ihnen schrie kläglich eine Katze, sie mochte nicht alleine sein. Die Mutter ging und machte dem Kranken einen Kartoffelpüreewickel.

Was ist denn das, schrie er.

Bist du krank oder nicht.

Nicht so, schrie er.

Dann komm runter und iss mit am Tisch.

Also gut, sagte er, dann nehm ich den Wickel. Aber nachher liest du mir vor.

Wir essen, sagte sie.

Heulen, Schnäuzen, Jammern, die Mutter kam die Treppen wieder herunter, verzweifeltes Gemurmel ... immer allein ... denen scheißegal ... sterben ... keiner merken ... überall Püree ... hat sie jetzt davon ... Wickel ... schreckliche Wickel ... nicht normal ... lauter Verrückte ... nie liest mir einer vor ... Wickel ..., es klingelte.

War in einer Großfamilie eigentlich nie Ruhe? Vielleicht spät in der Nacht? Sicher war es nicht. Pubertierende pflegen abartige Schlaf- und Wachrhythmen, kletterten um vier Uhr früh ins Bett, taumelten dann um sieben in die Schule oder gingen gar nicht erst hin und brachten kuriose Entschuldigungen zum Unterschreiben, sie hörten bis in alle Puppen zu laute Musik oder entdeckten zu aller Leidwesen lautstark mit anderen Pubertierenden ihre Sexualität, irgendeiner pubertierte immer. Die Nächte, sie versprachen keineswegs ein Verschnaufen vom Wettlauf mit dem Tag, die Kleinen bekamen Zähne oder hatten schlecht geträumt, sie waren aufgewacht und hatten Durst und hatten gesehen, dass irgendeiner nicht in seinem Bett lag, sondern drüben bei den Eltern, drum waren sie auch gekommen. Im Elternbett wurde es eng, überall Kinder, dazwischen die Katze, sie fand es hier gemütlich, im Schlaf verfolgte sie eine Stubenfliege, tappte dem Vater andauernd ins Gesicht. Dieser träumte von einem badewannengroßen Gelee mit einer verblüfften Nachbarskatze darin, er träumte von großen Sülzen, diverse Kinder, Katzen und Kopffüßer darin verteilt wie Gemüsestücke, der Vater träumte von Gelees, Sülzen und Wackelpuddings in allen erdenklichen Formen, eine regelrechte Gelatineparty – Witzbold.

Die Mutter fragte sich, während sie den Geräuschen von oben lauschte, ob Pubertierende eigentlich nie müde wurden, sie wurden es nicht. Sie fragte sich, ob sie an die Verhütung dachten, sie taten es manchmal.

Stanjic dachte an diese Mutter an dem Abendbrottisch, sie rief ab und an: Ruhe im Karton oder Himmel, Arsch und Zwirn, aber niemand hörte sie. Er nahm an, der Vater haute hin und wieder mit der Faust auf den Tisch, dass die Suppe schwappte und die Tassen bebten, aber das merkte keiner, es fiel sowieso ständig was runter, ein Teller vom Tisch oder ein Kind von der Bank, ein Bild von der Wand. Er dachte an diese Eltern, die sich über den Tisch hinweg anblickten und dachten, sie wären im Irrenhaus, es waren Kinder, sicher, aber vielleicht waren es auch lauter Irre. Lauter Kriminelle! Das wars! Kinder und Kriminelle, es machte überhaupt keinen Unterschied, fängt auch beides mit K an, es war ein Verein von ausgelassenen Kegelbrüdern, die einen macht der Alkohol fidel, die andern aggressiv, genau so verhielt es sich hier, die einen Kinder sind fidel, die anderen nicht, laut ist beides.

Die Eltern, sie blickten sich über den Tisch hinweg an, der Vater dachte an den frisch geweißten Flur, schüttelte den Kopf und sagte: Gelb, er blickte die Mutter über Tisch und Tumult hinweg an, sie legte die Hand ans Ohr, hier war kein Wort zu verstehen, er formte mit den Lippen das Wort gelb und die Mutter lachte und nickte, sie kannte die entsprechenden Theorien, die Experimente mit Farben, aber was nützte es, wenn alle Woche einer die Wände mit Kopffüßern und immer frohen Sonnen bemalte,

Gelb verlangt nach teurem Pigment und Geld ist ein rares Gut in einer großen Familie, der Vater und die Mutter, sie kannten den Farbkreis und ihren Goethe. Weniger den vom Augenblick, verweile doch, du bist so schön, den sahen sie eher kritisch, dachte Stanjic. Würden die jeweiligen Augenblicke anhalten, sie könnten sich gleich die Kugel geben. Gottlob aber hatte Goethe überall seinen Senf dazugegeben, die Farbenlehre, sie fanden sie absolut einleuchtend und sie hätten gerne an Goethe gedacht, aber das war ein Luxus und sie wussten, sie waren im Irrenhaus. Ein Irrenhaus, dachte Stanjic, und: ob da Gelb noch was reißt? Eher nicht, oder.

Er schaute die Eltern an und sie schauten ihn an und sie lachten sich zu, weil was soll man machen, weinen? Was hätte denn das Weinen je wem geholfen, man musste einfach weiterrennen, im Schweinsgalopp bricht sich ein Bein, wer über das ungeheure Tempo nachdenkt, man darf nicht nachdenken, man muss sich an den Händen fassen und weiterrennen und hoffen, dass einem die Puste nicht ausgeht, dass man irgendwann am Ziel ankommt, dass es ein Ziel gibt. Sicher ist das nicht.

91. Ich sollte wirklich den Verlag wechseln

Katharina legte das Buch weg und drehte sich zu ihm herum, sie schauten sich an. Er merkte, dass er sie schon seit geraumer Zeit angestarrt hatte, er merkte, dass es ganz still geworden war, dass seit einer Weile das Konzert zu Ende war.

Er hörte das leise Drehen der Scheibe auf dem Plattenteller, er hatte ein Déjà-vu der unangenehmen Art, er erinnerte –

War das ein Erinnern? Viel eher vielleicht ein Switch, ein Schnips, urplötzlich das Gefühl und die Gewissheit seiner alten Küche in einem fernen fernen Land in einer uralten Zeit.

Er erinnerte, nein, er fühlte und spürte und *wusste* in diesem Moment diesen Abend und seine Küche. Damals, im Krisengebiet.

Ein schwieriger Abend, fortgeschrittene Trunkenheit, ein gekochter Hirsch und das dazugehörige Brimborium aus Kartoffeln und Preiselbeertamtam und das enervierende Trompeten auf dem Plattenteller. Eine Frau (die dumme Kuh, Anmerkung der Verfasserin), die, als sie sich endlich dazu bequemt hatte, nach Hause zu kommen, die Musik ausschaltete, um ihn hernach auch auszuschalten, ähnlich, wie sie den Plattenarm hob und die Nadel in der Luft hing. Ganz ähnlich, fand Stanjic jetzt, ganz ähnlich hatte sie ihn ausmanövriert und er war hilflos in der Luft gehangen und hatte die Füße nicht mehr auf den Boden bekommen. Da unten ging das Leben weiter, aber ohne ihn. Er hatte nach unten geschaut, aber es war zu tief gewesen zu springen, darum war er hängen geblieben und hatte dem Kreisen zugeschaut, dem Lauf der Welt.

Vielleicht hatten irgendwann seine Arme nachgegeben und er war nach unten gefallen, hingeworfen und hineingeworfen in das übliche Getriebe und war wieder im Rennen, trötete seine kleine Melodie im kosmischen Singen.

Na ja, so viel zu Déjà-vus, aber wollte er an ferne Länder denken, an Österreich und alte Zeiten, wollte er an erkaltetes Essen denken und eine Frau, die sich weiß Gott wo herumtrieb, wollte er an Klara denken?

Nein. Er war froh, diese Zeit nur noch als Phantomschmerz zu erinnern, in den Armen, weil er war zu lange in der Luft gehangen, in den Beinen, weil er war nach dem freien Fall zurück aufs Spielfeld das Laufen nicht mehr gewohnt, in den Lungen, denn da oben war die Luft dünn gewesen. Es hatte überall wehgetan und speziell in der Herzgegend, weil das war auch nur ein Muskel und den konnte man überstrapazieren.

Er erinnerte, nein, er wusste und fühlte es in diesem Moment kurz und aufbäumend erneut als ein Hängen und die Angst davor, loszulassen und zu fallen. Er fühlte es wie einen Biss in den wichtigen Muskel und die anschließende, lange andauernde Betäubung, ein Schlittern, ohne irgendwas zum Sichfesthalten, es war nur ein Déjà-vu, es hatte ihn angesprungen und war so schnell wieder weg, wie es kam. Es war ein Phantom, ein kalter Hauch, ein kleiner Wirbel, ein Irrtum in den Zeiten. Hier kreuzten sich zwei Zeitebenen, überschnitten sich kurz und hart und verliefen sich dann wieder in den unendlichen Gefilden, es war nur ein Zufall, ein Moment, in dem die Dimensionen ein Loch hatten oder einen Sprung. Er hörte das Drehen der Scheibe auf dem Plattenteller und die Wege trennten sich wieder und er musste, jetzt, im Geradeeben, als würd ihn wer zwingen, eher an Katharina denken, Katharina, das ja, aber nur in verteufelt vertüpfelten Strümpfen und schlafend auf einem west-östlichen Diwan.

Er versuchte, sich auf andere, unverfänglichere Bilder zu konzentrieren, aber es war schwierig.

Er hörte das schleppende Ächzen der Schallplatte, er versuchte, an das Orchester zu denken und dass es jetzt eine Pause machte, die Hände in den Hosentaschen in der Garderobe herumstand, fachsimpelte oder Bratschistenwitze zum Besten gab, es gelang ihm nicht. Spätestens bei Garderobe dachte er an Balletteusen und Hochsteckfrisuren und schon war er wieder bei Katharina, bei ihrer Hochsteckfrisur, dem feinen Haar, das vorne an der Stirn aus der Frisur schlüpfte und als zarter Flaum die Stirn umflorte, schon musste er an die Stulpen denken und von da war es nicht weit zum Strumpf. Schon wollte er sich zusammenreißen und an harmlose Leggins denken und die übliche Montur der Tänzerinnen beim Training, aber er musste an die Tänzerin denken auf dem Bild und die diversen Stadien der Entkleidung, er musste an Katharina denken, die diversen Stadien der Entkleidung, dass sie irgendwann an einem Ziel ankam, denn wie viele Schichten trägt der Mensch, dass sie irgendwann entkleidet war, dass es unvermeidlich war, dass das einerseits schön war, dass das aber andererseits auch schlecht war, denn schlafend und entkleidet oder entkleidet und auch nicht schlafend interessierte sie ihn viel zu sehr, sie interessierte ihn entkleidet und zu entkleidend, er sah sie auf dem Diwan und sie schlief, er sah sie auf dem Diwan und sie machte die Augen auf, er sah sie in Ballettmontur und ohne, er sah sich höchstselbst die Ballettmontur abpflücken von ihr, er sah ihre Haare hochgesteckt oder auch nicht, er sah sich höchstpersönlich die Haarnadeln herausklauben, er dachte an die gestaute Hitze unter Haaren, das Knistern von getüpfelten Strümpfen, er dachte verzweifelt an Orchestermusiker, das Rauchen in der Pause, er dachte an Bratschistenwitze, aber fiel ihm irgendeiner ein?

Kein einziger fiel ihm ein. Dabei gab es so viele, wie Bratschisten auf der Welt sind, eher mehr, es gab auf jeden Bratschisten mindestens zehn Witze und er hatte sich damit gebrüstet, sie alle zu kennen, aber keiner kam ihm in den Sinn, er dachte: Katharina.

Er dachte: Bleib liegen und schau mich an, er dachte, bleib liegen und schlaf, ich schau dich an, er dachte, zieh dich aus oder ich zieh dich aus, er dachte, komm zu mir, nach dem Tanz, nach dem Hüpfen und Springen, komm mit einer Arabesque zu mir hergeflogen, komm zu mir, wenn Pause ist und das Orchester raucht, komm –

Er stand auf, räusperte sich, ich habe gerade überlegt, sagte er.

Ja? Sie lächelte ihn an.

Stanjic dachte, dass zwischen Männern und Frauen auffällig viel gelächelt wurde.

Wenn zum Beispiel, dachte er, zwei Männer sich unterhalten. Wenn ich mich mit Sydow unterhalte, mit Glaser, dann reden wir, ab und zu lachen wir, aber lächeln?

Nie, ich könnte schwören, dass wir uns noch nie irgendwann zugelächelt hätten. Lächeln ist was zwischen Männern und Frauen. Lächeln ist so was wie eine Einladung.

Ihm wurde es schandbar heiß, er spürte, wie er rot wurde, eine Einladung, bloß wozu? Sollte er zurücklächeln? Sollten sie hier sitzen und sich zulächeln?

Er fand das ungeheuer intim, er wusste nicht, ob er den Mut dazu hätte, weil was dann?

Weil.

Wenn es einen ruhigen Moment gibt. Wenn gelächelt wird. Wenn zwei wissen, worum es geht. Diese Stille beim Lächeln, dazu das bedeutungsvolle Knistern der Platte, die nur darauf wartete, wieder angeworfen zu werden und das Stück voranzutreiben, dass es weiterging, dass erzählt wurde, was erzählt werden muss, und er wusste plötzlich, die Musik war da und es war nur die Frage, ob man sie auflegen und spielen würde. Er wusste in diesem Moment, das Orchester war so weit, es stand in der Garderobe und rauchte und wartete darauf, dass der Dirigent bereit wäre für den zweiten Teil.

Aber der Dirigent. Was tat er. War er auf dem Weg zu seinen Musikern?

Nein.

Harrte er ihrer schon beim Bühneneingang? Nein. Saß er selbst noch in der Garderobe, puderte eine glänzende Nase, bereitete er sich irgendwie vor?

Eben nicht. Er hatte sich im Klo eingesperrt.

Er wusste, würde er abbrechen, hier und jetzt, würde er nach vorne gehen, vor das Publikum. Es würde ruhig werden. Es würden ihn alle ansehen und warten.

Sie würden sehen, er kommt ohne Taktstock, sie würden sehen, er hat nicht vor, hier und heute noch irgendwas zu dirigieren.

Es wäre still und er würde seine Augen über die Ränge schweifen lassen, übers Parkett und die Emporen, die erwartungsfrohen Gesichter, es würde das letzte Mal sein. Und er wusste, dass, würde er dann sprechen. Würde er dann sagen, dass das Konzert an dieser Stelle zu Ende sei. Dass der zweite Teil nicht folgen werde. Er wusste, dass er ein Gebrochener wäre, einer, der keine Kraft mehr hat und keinen Mut, er wäre einer, der aufgibt und sich feige zurückzieht.

Er wusste das, weil die Musik war geschrieben, ob sie nun gespielt wurde oder nicht, war einerlei, das Stück ging weiter und hatte seinen Verlauf, die Frage war nur, ob er ihn ging oder nicht. Ob er den Schwanz einzog. Ob er noch mutig war für die Welt und ihren unvermeidlichen Gang oder ob er sich ihr verweigerte.

Das alles wusste er, als er in den Waschräumen weilte, sich in die Augen schaute und überlegte, ob er zu alt wäre. Zu alt für das Auf und Nieder, die Eruptionen und tiefen Gefälle, ob er das noch einmal aushielte und immer und immer wieder, weil es niemals aufhörte, weil lebendig sein so unerhört anstrengend war.

Stanjic dachte an den Dirigenten, das Warten der Musiker, er dachte, dass er wusste, wie das Stück weiterging, er dachte, man konnte sich in der Toilette verstecken oder er müsste nur zurücklächeln.

Und er wusste, das würde er nicht aushalten, nicht jetzt. Diesen Moment, dass zwei wissen, worums geht. Er hatte nicht den Mut dazu. Zum Augenblick zu sagen, verweile doch, nichts würde er lieber tun, aber er konnte noch nicht.

Er wollte noch ein wenig in den Waschräumen verweilen, sich auf dem Klo verstecken. Nur noch – einen Moment.

Und ihm war klar, als er sinnierend in der Toilette saß, dass er lange nicht partizipiert hatte, in der Liebe und in der Welt, dass das Lächeln ihn wieder an Bord holte, auf hohe See und mitten hinein ins Konzert, ins ganze Gewoge, die Gefahr der Stürme und die Schönheit der spiegelglatten ruhigen See.

Manche waren Seemänner und manche verbargen sich im Klo.

Olaf lehnte lässig an der Theke des *Liebling* und erfreute sich an einem wiesengrünen Getränk und seinen verspiegelten Sonnenbrillen. Ich setzte mich neben ihn auf einen Hocker und betrachtete sein Glas, was soll denn das sein, fragte ich, ausgepresster Lifestyle?

Versuch bitte nicht, witzig zu sein, sagte er milde, so was liegt dir nicht.

Ich seufzte und bestellte mir das Gleiche. Es schmeckte gar nicht schlecht, irgendwie – aufregend, modern, regelrecht apokalyptisch.

Mein Lektor rührte ein bisschen darin herum, was sagt eigentlich Dr. Huhn zu Stanjics Meditationen an dieser Stelle, was diagnostiziert der Zaubermeister aus Vegas?

Weiß ich doch nicht.

Wenn du mich fragst, erklärte er, ist das hier der perfekte Beweis für meine Analthese. Anstatt dass er mit Katharina ins Bett hüpft, möchte er sich auf der Toilette verstecken, ein eindeutiger Hinweis auf seine Konfliktunfähigkeit und seinen Wunsch, als ewig Dreijähriger durchs Leben zu krabbeln.

Es fragt dich aber niemand, sagte ich.

Olaf nahm seine Sonnenbrille ab und betrachtete mich. Du bist beim *Erlernen sozialen Miteinanders* auch irgendwie hängen geblieben, oder?

Ich schlürfte den letzten Rest von meinem grünen Drink, und du, sagte ich, liest zu viel Wikipedia.

Er setzte seine Brille wieder auf, ich finde es fair, sagte er zusammenhanglos, dass ich für diesen Job viel mehr Geld bekommen als du.

Katharina, sie lächelte ihm zu, sie fragte ihn. Ob er mit ihr zur See fahren wolle.

Wenn er die Klotür öffnete, musste er ein Matrose sein.

Er bräuchte einen Seesack. Friesennerz.

Auch der Dirigent konnte nur dann hinausgehen, wenn er gewappnet war für den zweiten Teil. Er wollte noch ein wenig hier drinnen bleiben. Nachdenken.

Er seufzte. Er wusste genau, es gab nichts nachzudenken. Matrose wird man nicht durch nachdenken. Man muss sich entscheiden. Dann muss man üben. Die ganzen Griffe und Kniffe, die Seemannsknoten, das Klettern in der Takelage, all so was, man musste es üben und wenn man es konnte, musste man in Übung bleiben. Er würde dieser Tatsache nicht durch Grübeleien entkommen. Wenn er einen Friesennerz brauchte, musste er sich welche kaufen gehen. Nachdenken! Das würde ihm so passen.

Ihm wurde leider immer heißer, er steckte ja auch in Sydows obszön langem Schal, was wollte er damit eigentlich bezwecken? Er trug noch dazu Glasers Karopullover, er hätte ihn gerne ausgezogen, bloß müsste er, um das fertigzubringen, erst den Schal vom Hals wickeln, das wollte er nicht unbedingt vor Zeugen, sicher dauerte es Stunden, es könnte auf Katharina auch wirken, als wolle er sich ausziehen, vollständig ausziehen, gleich eine ganz andere Seite aufziehen, oder, er musste lachen, auflegen, die andere Seite auflegen, eine ganz andere Platte, wos schon mächtig zur Sache ging, da steppt der Bär, sich vollständig ausziehen und zur Sache kommen, aber fix!

Entkleiden! Da war er schon wieder! Fast hätte er es geschafft, aber er sah sich scharf wie durch ein enormes Vergrößerungsglas Katharinas Bluse aufknöpfen und ihre Stulpen wegstülpen, du meine Güte, er sah sich mit den Knöpfen kämpfen und sie in die endlich freigelegte Halsbeuge küssen, weiterknöpfen Knopf um Knopf, entkleiden und entkleiden und irgendwann kommt man unvermeidlich an ein Ziel, er spürte förmlich, wie das Umfassen einer –

Hallo-o?

Was? Er schreckte hoch, er sprang auf, hechtete mit einem Satz aus den Sesselgefilden, was ich kochen soll, rief er, habe ich überlegt! Ungeheuer schwierig! Was isst man so in Großfamilien?

Wie bitte?

Was fällt dir spontan ein, was habt ihr so gegessen, in deiner Familie?

In meiner Familie, Katharina klappte das Buch zu, legte es auf den kleinen Tisch neben dem Sofa und drehte sich herum, stützte den Kopf in die Hand, keine Ahnung, sagte sie, vielleicht Nudeln?

Nudeln!, rief er begeistert.

Ich meine, sagte sie, jede Familie isst Nudeln, nicht wahr?

Klar, sicher, aber manche mehr als andere, oder nicht.

Kann schon sein. Was wir gegessen haben, überlegte sie weiter, ab und zu Auflauf.

Auflauf!, rief er begeistert.

Sie betrachtete ihn amüsiert, sag mal, ist was?

Nein, rief er, Auflauf ist gut, Nudeln sind super, Suppen?

Was ist mit Suppen.

Soll ich eine Suppe kochen, sagte Stanjic, eine Kartoffelsuppe.

Kartoffelsuppe ist auch gut, meinte Katharina, sie nahm ihr Buch wieder zur Hand und klappte es auf.

Püree?

Was ist mit Püree?

Püree ist auch was Feines, oder?

Ja klar, sie schaute wieder auf.

Ich koche eine Suppe.

Sehr gut. Sie las weiter in ihrem Buch.

Er betrachtete sie. Hat dir deine Mutter auch Kartoffelwickel gemacht, wenn du krank warst?

Ja, sagte sie, ich hoffe, dass ich nie mehr in meinem Leben einem begegne.

Kartoffelpüreewickel sind noch fieser, oder?

Igitt, rief sie, sie lachte, legte sich das Buch übers Gesicht, stell dir vor, die Sauerei, wenn das überall herausquillt, das ist der Horrorwickel schlechthin, oder? Da hört sich das Simulieren auf.

Tatsache, sagte er, Püreewickel ist das Schlimmste.

Sie nahm das Buch vom Gesicht, koch mal lieber Suppe, meinte sie. Sie stand auf, streckte sich und gähnte, ging hinüber zum Plattenspieler und legte die Nadel wieder auf, wenn du Hilfe brauchst, rufst du mich, ja?

Sicher, sagte er, er schaute ihr zu, wie sie sich wieder hinlegte, das Buch aufschlug, die ersten paar Takte, die Jagd begann von Neuem, das Wetter: fabelhaft, frisch und herbstlich, Hunde tollten, Pferde wieherten nervös, alles blies ins Horn, tutete froh, *Clotted Cream*! *Scones*!

David?

Ja!

Brauchst du Hilfe?

Nein!, rief er, doch!, dachte er, hilf mir, zieh dich aus ich zieh dich aus, dreh dich um ich dreh dich um, ich knöpf dich auf ich beiß dich an, ich –

Beim Kartoffelschälen oder so.

Nein!, rief er, doch!, dachte er, schäl dich aus ich koch dich gar ich küss dich weich, doch!, dachte er, ja!, dachte er, hilf mir beim Kartoffelschälen oder so, hilf mir beim Oder so, hilf mir, gib mir, nimm mir, fahr aus den Kleidern aus der Haut, fahr mit mir in den Süden, gen Italien, er lachte laut auf.

Katharina hatte sich aufgesetzt, ich komme dir jetzt helfen, sagte sie.

Nein!, rief er, ich koch jetzt was, Dinner!, rief er, Gurkensandwichs!, rief er.

Gurkensandwichs?

Nein!, rief er, ja!, dachte er, er wünschte, sie würde um ihn werben und mit ihm tändeln, wie die Frau und der Mann im Klavierkonzert. Sie hatte eine wunderbar geschnürte Taille und ein hinreißendes Dekolleté und er stünde vor ihr, in Gamaschen und Knickerbocker schon fix fertig eingetütet für die Jagd. Er wünschte, sie würde ihn an beiden Händen nehmen und ihn zu irgendwas überreden, im Haus zu bleiben, hinter Türen zu küssen oder ins Bett zu gehen, egal, er jedenfalls würde die Jagd sausen lassen, das Orchester Orchester sein lassen und sich nicht lange zieren, er würde das Gewehr in die Ecke pfeffern, das Wams abwamsen, die Gamaschen wegstrampeln, er würde sie um die graziöse Taille fassen, unter die tausend Röcke greifen und sie hochheben und mühelos! Mühelos in die – tja, wohin auf die Schnelle? Hinauf ins Schlafzimmer?

Er würde nicht mehr wissen, wo es war. Er würde sich heillos verirren, diese schrecklich vielen Räume in englischen Herrenhäusern, eine Tür sah aus wie die andere. Er müsste in jedes einzelne Zimmer hineinschauen, um sich zu vergewissern, dass es nicht seines war, so lange konnte er sie unmöglich tragen, es könnte Stunden dauern. Er würde zusammenbrechen, womöglich vor Erschöpfung mitsamt seiner süßen Last die gewundene Treppe hinunterfallen und alles wäre im Eimer. Ein Riesenradau, wegen der tausend Röcke und Kleiderfalten würde es ihnen nicht gelingen, sich zu entheddern, sie würden gnadenlos bis zur allerletzten Stufe hinunterpoltern. Sicher hätte er sich was gebrochen, läge, Arme und Beine weit von sich gestreckt mit geschlossenen Augen, womöglich bewusstlos, in der Halle. Eilfertig herbeistürzendes Personal, wenn er die Augen öffnete, sähe er über sich das bleiche, erschrockene Gesicht der Geliebten. Sicher, man würde ihn dann in sein Bett tragen, die unerquickliche Zimmersuche hätte damit ein Ende, aber was wäre ihm das nütze? Er läge, zumindest mit einer Gehirnerschütterung, wenn nicht gar Schlimmerem, allein in dem schönen großen Bett, eine Ordensschwester mit einer dieser Hauben wie weiße Regenschirme hielte Tag und Nacht betend zu seinen Füßen Wache, seine Liebste löffelte ihm behutsam Tee und Fleischbrühe in den Rachen, so hatte er sich das nicht vorgestellt. Die anderen jagten frischauf durch kühle grüne Wälder und er, anstatt hier im Haus ebenso sportlich der Liebe zu frönen, seine Liebste aus den unzähligen Röcken zu nesteln und in geheimen Kleiderkammern zu vernaschen, lag hilflos in den Kissen, immer in der Angst, irgendjemand käme demnächst mit einem Wickel, einer alten Windel, bestrichen mit Quark oder Schmalz, gefüllt mit gestampften Kartoffeln, irgendwelche subkutanen Verletzungen abzuschwellen, er würde eingewickelt, dabei hatte er auswickeln wollen. Wickel, dachte er düster, wackeln, dachte er sehnsüchtig, er hatte seine Liebste nehmen wollen und ein Bett zum Wackeln bringen, eine Kommode, das ganze Haus. Jetzt lag er da, er hatte einen Wickel um die Stirn und wenn er den Kopf nur ein wenig drehte, wackelte auch alles. Es gibt einfach, dachte er verbittert, wackeln und wackeln. Er lauschte der murmelnden Nonne, dachte einwickeln und auswickeln, dachte anschwellen und abschwellen, alles, in allem natürlich lauter Schwachsinn, was man eben so denkt, wenn man trostlos krank zu Bette liegt.

Er wollte – er überlegte kurz, ob man einen derart schlechten Witz machen durfte, doch, sagte er sich, in so einer Situation darf man die schlechtesten Witze seines Lebens machen – er hatte anschwellen wollen und nun wurde er abgeschwellt, es war traurig.

Kurzum, dachte Stanjic letztlich, die oben gelegenen Räumlichkeiten kamen nicht infrage. In den Salon?

Sicher saß dort eine alte Tante mit Hörrohr und Stickrahmen. Sie war fast taub, lauschte ab und zu staunend in ihr Rohr und verstand trotzdem nur Bahnhof. Aber sie sah alles und jedes. Wenn er sich nur einen Schokoladenkeks zur Unzeit vom Teller klaute, haute sie ihm auf die Pfoten, wenn sein Hemd nicht ordentlich in die Hose gestopft war, zwickte sie ihn in die nackten Lenden, lachte wie ein Pferd, alte Leute waren entsetzlich anstrengend.

Er würde seine Geliebte in die Küche tragen. Die Köchin und ihre Komparsen waren – im Garten, im Wald beim Pilzesammeln, im Hof beim Tieretöten oder Eiersuchen, nicht da jedenfalls! Es war naturgemäß eine riesige Küche, Gewölbe, blau-weiße Fliesen, die üblichen Kupfertöpfe, alles in allem ein absolut stilvoller Rahmen für ein zärtliches Gemenge. Er würde sie an allem vorbeitragen, er würde sie auf dem Tisch zwischen die Kartoffeln, ihm wurde ganz schwarz vor Augen, er musste, ob er wollte oder nicht, Sachen denken wie: Durchwalken! Unternudeln! Panieren! So Küchenlatein eben, ihm wurde schwarz, ihm wurde heiß, ihm wurde allerhand. Es war sehr anstrengend, die Ruhe zu bewahren, und das bei der allgemeinen musikalischen Aufregung, das Klavier! Das Orchester! Was ein Spektakel! Er musste sich mächtig zusammenreißen, ihm wurde alles heiß und kalt und schwarz und rot, alles in allem eine gefährliche und turbulente Mischung. Andernfalls nämlich würde es ihn auseinanderreißen und die absolute Mehrheit von ihm wollte mit einem gewaltigen Hechtsprung zu und auf Katharina in dem Sofaschiff hüpfen, wollte sie aufknöpfeln und sich auch aufknöpfeln, wollte ihr, kurzum, die Kleider vom Leib rupfen und ihr das Herz herausreißen und verschlingen, weil es war nur ein Muskel und Muskelfleisch, es ist, wie man weiß, das Beste!

Er ging zur Tür, er hatte alles unter Kontrolle. Gewiss, er würde gerne mit ihr aus den Kleidern fahren, aus der Haut. Als er die Tür hinter sich wieder ins Schloss zog, warf er einen kurzen Blick zurück, sie saß auf dem Sofa, schaute ihm nach, er ging den Flur entlang, klopfte mit den Fingerknöcheln gegen die Wände, ließ den Verputz rieseln.

Die schiere Vorstellung, Katharina in der Küche zwischen all den Kartoffeln zu schälen und Frederik platzte herein, um sich eine Limonade zu holen oder, dachte Stanjic boshaft, mit einem Küchenmädchen zu techtelmechteln, die schiere Vorstellung, Frederik ertappte sie beide jubelnd inmitten dicker Bohnen und Kerbelkraut, trieb ihm die Schamröte ins Gesicht.

Wobei, er öffnete die Tür zur Küche, schaltete das Licht ein, wobei er ehrlichkeitshalber hinzufügen musste, dass es ihm auch ohne Sydows Indiskretion die Schamröte ins Gesicht trieb, allein die Vorstellung der enthülsten Katharina zwischen dem ganzen Rosenkohl machte ihn fertig, die nackten Beine in den getupften und getüpfelten Strümpfen und rundherum malerisches Wurzelwerk, Trauben, die er von ihren blanken Brüsten schnabulierte, Honig, den er ihr von den Schenkeln schleckte, er hatte rote und schwarze Impressionen, musste sich mit dem Rücken gegen die geschlossene Tür lehnen.

Er dachte an die Stillleben in Glasers Buch, er fand das beruhigend. Er dachte an viel Obst und Gemüse, Sellerie zum Beispiel, ein Blumenkohl, er dachte an Trauben und Quitten, er fand das äußerst beruhigend, dann dachte er an nackte weiße Schenkel zwischen Trauben und Quitten, er fand das äußerst beunruhigend.

Stanjic suchte Kartoffeln und Zwiebeln, schüttete alles auf den Tisch, er ging in der riesigen Küche umher und machte Schränke auf und zu, sammelte Töpfe, Messer und Schneidebretter zusammen. Er wollte an Kürbisse denken und konnte nicht, er wollte Pasteten denken und Suppenterrinen, holländische Schimmelkäse und köstliche, saftige Bauernbrote und alles, was er dachte und was er sah, war haarscharf und glasklar, als bräuchte er nur zuzulangen: Schenkel, dachte er beispielsweise, köstliche Schenkel, er dachte: ein nackter, milchiger Rücken, sicher, er dachte so Sachen wie saftig, aber weniger rustikale Brote, viel eher: Pobacken, Stanjic heulte auf und haute das Schneidbrett ein paar Mal auf den Tisch, bis es in Stücke brach, Pobacken, es war ein Skandal, das Wort an sich regte ihn schon auf und die Vorstellung erst machte ihn vollends fertig. Schon Backen war ein Wort zum schieren Hineingreifen und dass man zukneifen muss und hineinbeißen, Pobacken war noch viel schlimmer, man musste zufassen, man musste mit beiden Händen kräftig zufassen und umfassen und an sich heranziehen, Backen waren immer gewissermaßen deftig und zum Nicht-zimperlich-Sein, er griff sich eine Kartoffel und begann sie zu schälen, schnitt sich sofort in den Finger, na bravo!, rief er verärgert, er wickelte sich ein Küchentuch um, das konnte er jetzt vergessen, er musste jetzt Suppe Suppe sein lassen und draußen herumrennen, sonst konnte er für nichts mehr garantieren.

92. Im Wald ist immer fix was los

Er war zur Tür hinausgerannt, durch den Flur gerannt, durch eine Diele. Er rannte jetzt über den Hof, vorbei an Sydow, der noch immer schrubbend mit dem Tisch zugange war, er blickte auf, wischte sich mit dem nassen Ärmel den Regen aus dem Gesicht.

Essen fertig?, fragte er, ich habs gleich, ich mache nur noch –

Aber Stanjic rannte an ihm vorbei, rannte aus dem Hof hinaus und auf die Wiese zu. Sydow hielt den Schwamm in der Hand, schaute ihm hinterher, was, rief er, aber Stanjic rannte schon quer über die Weide, er war innert Kürze klatschnass, alles andere war auch klatschnass. Er hatte vergessen, dass es regnete, nein, dass es schüttete, dass es verrückt war von Sydow, bei diesem Wetter draußen zu arbeiten, verrückt und dumm, dass es aber noch viel verrückter und tausendmal dümmer war, bei diesem Wetter über eine aufgeweichte Weide zu rennen. Dass von rennen keine Rede sein kann. Dass es hochgradig albern ist, schnell über eine sumpfige Wiese zu wollen.

Er hatte rennen wollen und musste nun in Zeitlupe seine Füße aus dem Morast ziehen, er kriegte eine Mordswut, auf eigentlich alles, auf die Wiese, auf den Regen, aufs Land, das Landleben, auf sich, auf Frederik, die ganze Sydowsippe und ihren verlotterten Besitz. Er ärgerte sich, dass er hier irgendwo im Osten auf dem Acker hockte und Suppe kochen sollte und dabei viel besser in England gewesen wäre. Alles wäre gepflegter, eine dicke Köchin rupfte Federvieh und buk gedeckte Apfelkuchen, sorgte ganz allgemein fürs Essen und schnitt sich sicher nicht in den Finger, eine taube Alte dämmerte zivilisiert im Salon und der Rest der Mannschaft erlegte zivilisiert einen Hirsch, während er mit Katharina zivilisiert in irgendeinem Schrank zugange war, er heulte auf, das Wort Pobacken regte ihn immer noch tierisch auf.

Er kämpfte sich noch ans Ende der Wiese, bis er am Waldrand ankam, dann gab er auf. Keuchend lehnte er sich mit der Hand an eine Eiche, hielt sich die stechende Seite. Er hatte überhaupt keine Kondition, er überquerte eine Wiese und pfiff aus dem letzten Loch, Leute wie er würden bei einer allfälligen Treibjagd besser zu Hause bei der tauben Alten im Salon bleiben, bisschen sticken.

Leute wie er hockten beim besten Wetter im Salon und ließen sich von schwerhörigen alten Damen maßregeln, fläz nicht so auf dem Sofa, lass die Finger vom Gebäck, steck das Hemd in die Hose. Wenn man was antwortete, sagten sie: was? Ich hör so schlecht. Diese alten Damen hörten immer schlecht, duzten einen konsequent und zwickten einen kindisch, ihr Alter gab ihnen das Recht dazu. Du musst, riefen sie, fröhlich ihr Hörrohr schwenkend, lauter sprechen! Junger Mann!

Er drehte sich um, lehnte sich mit dem Rücken gegen den Baum, strich die tropfenden Haare aus dem Gesicht, langsam wurde es besser, er kriegte wieder Luft. Er sah an sich herunter, was für eine bekloppte Idee, alles an ihm triefte, insbesondere der Pullover, vom Schal gar nicht zu reden. Mit ihm am Set wurde aus Landadel und englischem Savoir-vivre eine Groteske, bestenfalls eine Komödie. Er war der ohne Morgenrock, der nur in Unterwäsche durch die Gänge geistert, weil er nach dem morgendlichen Bad sein Zimmer nicht mehr findet. Er war der, dem die Gurken auf den Teppich rutschten beim Versuch, ein Sandwich zu verzehren, er war der, der beim Besteigen eines Reitpferdes auf der anderen Seite wieder herunterfiel.

In so einem Film wäre er todsicher auch der, der in dem Moment, als er gerade dabei ist, Katharina auf dem großen Tisch in der Küche zwischen Kartoffeln und Suppengrün zu befruchten, mit nacktem und behaartem Hintern zwischen ihren Beinen von der Hausdame ertappt wird, die nachschauen kommt, ob das Dinner schon bereit ist.

Dinner! Von wegen. Clotted Cream und feines Teeservice, bei ihm war das vergebene Liebesmüh. Er zerbrach jahrhundertealtes Porzellan und besaß nicht einmal eine Krawatte. Am besten wäre es, er würde in der Küche bei den Dienstboten essen, die jedes Mal zu kichern anfangen, wenn sie ihn sehen, das Debakel zwischen Gemüse und nackten Schenkeln hatte sich herumgesprochen.

Er seufzte, wickelte das Geschirrtuch von seiner Hand, der Finger blutete nicht mehr. Er hängte sich das Tuch über die Schulter, stieß sich vom Baum los und ging langsam über die Wiese zurück zum Haus. Er stellte sich vor, wie er sich, seine Geschlechtsteile mit einem Blattsalat bedeckend, an der schockierten Hausdame an der Wand vorbeidrückte, er musste laut lachen, was in aller Welt sagte man in so einer Situation?

Er hatte nicht die geringste Ahnung. Keinesfalls konnte man natürlich Dinge sagen wie: habe in der Küche mal nach dem Rechten gesehen.

Es sollte unbedingt diskret sein. Vielleicht sollte man an dieser Stelle ein einfaches und diskretes *Mylady* anbringen, in diesem unterkühlt fragenden, seriösen und unverbindlichen Tonfall, als begegne man sich, den Hut lüftend, beim sonntäglichen Spaziergang auf dem Corso, die Hausdame wiederum könnte in ebensolcher Weise erwidern: *Master Daivid*.

Das würde ihm gut gefallen. Er fände das eine formvollendete und diskrete Lösung.

Er wäre dann weniger der, der beim Nachmittagstee die Clotted Cream im Bart hat und es nicht merkt, als vielmehr ein gut rasierter Gentleman, der sich gerade elegant aus einer etwas pikanten Affäre zieht.

Nackt und nur mit einem Salatkopf bestückt? Warum nicht? Es war das Selbstverständlichste auf der Welt. Er würde sich nachher jedenfalls den Bart abnehmen.

David?

Er drehte sich um, sah Glaser aus dem Wald kommen, er hatte einen Schirm und einen Korb dabei. Stanjic wartete, bis er bei ihm war, warst du Pilze sammeln, sagte er, er schaute in den Korb. Viele Pilze, groß und klein.

Und du? Glaser betrachtete ihn, legte den Kopf schief, ist das mein Pullover?

Ja, sagte Stanjic, ich – tja.

Wie sollte er das erklären?

Ich weiß nicht, sagte er, wie ich das erklären soll.

Das glaube ich auch, sagte Glaser.

Sie setzten sich wieder in Bewegung, stapften stumm nebeneinander über die mühsame Wiese. Der Regen klopfte verspielt auf das Dach von Glasers Schirm, es war ein Familienschirm, dachte Stanjic vergrämt, aber, dachte er hämisch, ohne Familie nützt einem der beste Familienschirm nichts.

Stanjic wischte sich ab und zu mit dem nassen Küchentuch übers Gesicht, die Wiese dauerte ewig, das Schweigen hielt an, der Regen.

Willst du nicht mit drunterkommen, sagte Simon, er hob den Schirm ein wenig an.

Nein, sagte David, das ist ein Familienschirm.

Ja und.

Ich habe einen schwierigen familiären Hintergrund, solche Objekte bereiten mir Probleme, ich kann einfach nicht unbelastet damit umgehen.

Lieber klatschnass werden, ja?

Ja. Leute mit schwierigem familiären Hintergrund werden im Leben eigentlich immer klatschnass.

Nur weil sie es so wollen.

Was meinst du damit.

Du könntest unter meinen Schirm kommen.

Das stimmte eigentlich.

Er sah diese konkrete Situation in ihrer ganzen, verblüffenden Bandbreite: Er hatte einen schwierigen familiären Hintergrund und der sorgte für die, zweifellos, schlechte Beleuchtung in seinem Leben. Und er könnte einfach damit aufhören. Er könnte damit aufhören, in diesem Spot zu gehen, in diesem – diffusen Licht. Es war nur ein Schritt und schon – wechselte die Wattzahl und er ging unter Schirmen, hinein in einen sonnigen neuen Tag.

Ja gern, sagte er, danke, Simon.

Sie gingen eine Weile unter dem Familienschirm. Es fühlte sich gut an, so familiär, ohne, Stanjic schaute genau, tatsächlich: ohne diesen Stich ins Düstere. Es fühlte sich einfach gut an. Er warf einen Blick nach oben in das Dach des Schirms, es war ein rosensatter, manniglich geblümter Schirm und machte ein schönes Licht.

Schönes Licht, sagte David.

Simon schaute auch nach oben, stimmt, sagte er, sehr schön sogar.

Schön ist es, eine Familie zu haben, oder?, sagte David, er staunte ja selbst, so was hatte er im Leben noch nicht gesagt! Nicht schlecht, Herr Specht!

Simon schaute ihn prüfend an, dann – Stanjic traute seinen Augen nicht, war es das erste Mal? Musste er einfach seine angestammten Wege verlassen, von seinen vertrampelten Trampelpfaden wegtrampeln und im Nu ist alles anders und ganz neu? Simon schaute ihn prüfend an und lächelte, ja, sagte er, das stimmt.

Da hatte er kürzlich noch gedacht, es wird nicht gelächelt zwischen Männern und dann so was, da trat er unter den Familienschirm und akzeptierte den Schirm und die Familie und die Welt, sie ward eine andere.

Sie gingen noch ein bisschen unter dem Familienschirm.

Und, sagte Glaser irgendwann, er musterte ihn von Kopf bis Fuß, hast du auch Pilze gesammelt?

Ja.

Viele gefunden?

Geht so.

Glaser wechselte Korb und Schirm von der einen in die andere Hand, er deutete mit dem Kinn auf das Geschirrtuch, darf man fragen, was du mit dem Geschirrtuch im Wald wolltest?

Stanjic betrachtete das Tuch, überlegte, nein, sagte er dann. Das darf man nicht fragen.

Und wenn man trotzdem fragt?

Dann, sagte Stanjic, er überlegte, dann habe ich Geschirr abgetrocknet, was sonst.

Im Wald.

Was denkst du denn. Soll ich damit in die Berge fahren.

Hier hat wohl jemand schlechte Laune, wie.

Kann schon sein. Dass du schlechte Laune hast. Wenn du schlechte Laune hast, sagte Stanjic, mach das mit dir selbst aus, ich kann mit so was nicht umgehen. Frohnaturen wie mich verstört das eher.

Wars nun aus mit den familiären Gefühlen? Nein, musste sich Stanjic daran erinnern, auch die Konflikte, sie gehören unbedingt dazu, so was muss drinliegen.

Mein Lektor lächelte und schaute mich wohlwollend an, holte betont langsam seine Mäkelliste hervor, strich den Punkt *Konfliktunfähigkeit/anale Pattsituation* durch. Geht doch, sagte er.

Stanjic – in einem schwierigen familiären Hintergrund kannte man es nicht anders – neigte naturgemäß dazu, bei den ersten Anzeichen von Unstimmigkeit das Handtuch zu werfen, normalerweise, das wusste er haargenau, hätte er spätestens jetzt gedacht: War ja klar, das ist nichts mit der Familie, dieser Bruder hat mich schief angeschaut. Bloß hatte er dazu überhaupt keine Lust mehr. Es ging sich gut unter dem Schirm, es war schön, eine Familie zu haben, er mochte es, wenn der Himmel voller Blumen stand. Also, sagte er sich, wisch es weg, Kumpel, und er wischte es weg.

Glaser schlupfte mit dem rechten Fuß aus dem Gummistiefel, er reichte Stanjic Schirm und Korb, zog den Stiefel aus dem Matsch und stieg wieder hinein. Bist du vorher schon jemandem mit schlechter Laune begegnet, sagte er, er nahm ihm die Sachen wieder ab, du wirkst ganz verstört.

Kann schon sein, sagte Stanjic, war mächtig viel los im Wald.

Die ganzen Pilze, sagte Glaser.

Richtig, sagte Stanjic, entsetzliche Laune unter den Pilzen, sie habens satt.

Was denn, fragte Glaser.

Einfach alles, Stanjic wrang das Geschirrtuch aus, ich glaube, die Bäume gehen ihnen auf die Nerven.

Sehen, sagte Glaser –

– den Wald vor lauter Bäumen nicht mehr, sagte Stanjic, sie lachten, genau, sagte er, da sinkt allmählich die Moral. Dann so Mordkommandos wie du, rotten ganze Familien aus, kein Wunder, mag da keiner mehr lachen, glaub mir, unter den Pilzen ist die Laune wirklich am Boden.

Er öffnete das Gattertor, ließ Glaser durch und schloss es hinter ihnen wieder. Er warf einen Blick zurück, die Wiese, grün und saftig und erschütternd euphorisch, sie sah wie eine Siegerin aus. Vielleicht sahen aber Wiesen immer so aus.

Sie gingen über den Hof, Sydow war nicht mehr zu sehen, der Tisch stand jetzt, geputzt, gestriegelt und geschnäuzt, unter dem vorspringenden Dach des ehemaligen Waschhauses.

Glaser schüttelte den Schirm aus, musterte Stanjic wieder, von wegen gute Laune, sagte er, ist das nicht Frederiks Schal?

Doch.

Meinst du, seine Laune könnte sich etwas verschlechtern, wenn er diesen nassen Lappen sieht?

Kann ich in ihn hineinschauen?

Weißt du, wie du das erklären sollst?

Nein.

Das glaube ich auch. Glaser stieg aus den Gummistiefeln und stellte sie neben die Tür, bonne chance!, sagte er, er trat ins Haus.

Stanjic schaute an sich herunter, begann, die tropfnassen Sachen auszuziehen, die verdreckten Schuhe, das langwierige Abwickeln des Schals, er pulte sich aus dem Pullover, stieg aus den klammen Hosen, er war nass bis auf die Socken.

Er wrang die Kleider aus, hängte sie sich über den Arm und trat, nur in Unterwäsche, ebenfalls ins Haus, ging durch die große Diele.

Der Morgenrock. Was würde er nicht alles dafür geben. Ein Königreich für einen Morgenrock. Er seufzte. Paisley. Ein Wort voll der Sehnsucht.

Er lauschte, hörte Geklapper aus der Küche, jemand redete, aber er konnte kein Wort verstehen.

In Büchern, sagte ich mit erhobener Stimme zu Olaf, in schlechten natürlich, wird in solchen Situationen gerne an Türen gehorcht. Im wahren Leben horcht aber niemand an Türen, dessen bin ich mir sicher, ich habe noch nie an irgendwelchen Türen gehorcht, Stanjic hat noch nie an irgendwelchen Türen gehorcht und er wird hier und heute sicher nicht damit anfangen.

Ach so, sagte Olaf.

Er versuchte, so leise wie möglich zu gehen, er musste schleichen, er war lange nicht geschlichen, aber so was verlernt man nicht. Jeder, der einmal entweder den Indianern oder aber der Kavallerie angehört hatte, konnte schleichen, was das Zeug hält, Katharinas Familie konnte sicher ein Lied davon singen. Er schlich auf Zehenspitzen an den vielen Türen vorbei, arbeitete sich vor bis auf Höhe der Küche, schlich noch einen Tick leiser. Er war knapp vorbei, als sich der hinter ihm herkriechende Schal mit einem Blumenständer verbandelte, na klar, war ja typisch, für einen wie ihn typisch, sofort die ganze Palette an unglamourösen Ereignissen, es war grauenhaft, es war laut, grauenhaft laut flog der Nachttopf mitsamt dem Fleißigen Lieschen auf die Steinfliesen, zersprang in – er sah es auf den geübten Blick der ständig alles zählenden Autisten sofort – zersprang in genau tausend Teile, es war laut und schlagartig bemerkenswert unordentlich, er wickelte hastig den Schal auf, aber natürlich, da riss jemand die Küchentür auf, Katharina steckte den Kopf heraus.

David?, sagte sie, sie sah das geschändete Lieschen, die Erde und Scherben, sie öffnete die Tür ganz und kam einen Schritt heraus. Sag mal, sie warf rasch einen Blick zurück in die Küche und zog die Tür hinter sich zu, musterte ihn, geht ihr hier alle nackt?

Alle?, murmelte Stanjic, er hatte die flotte Impression eines splitternackten Simon, der seiner Filine alias Katharina per gymnastischer Übungen erhellte, über was für verborgene Muskelreserven er verfügte, es war furchtbar.

Alle?, murmelte er erschüttert, weiß ich nicht. Nackt geht jedenfalls bei mir anders, er sammelte den Schal ein, wäre ich nackt, erklärte er, er hatte sich auch selbst wieder halbwegs eingesammelt, ginge ich mit einem Salatkopf bekleidet.

Ach.

Ja.

Mit einem Salatkopf.

Und ich hätte dann auch eher keinen Bart.

So.

Ja.

Sie schauten sich an, er hätte gerne gelächelt, aber er war eine feige Socke.

Wie stehts mit der Suppe?, sagte sie dann, sie schaute zu, wie er den Schal aufwickelte, er tropfte alles voll.

Geht so.

Ist sie vor dir geflohen? Über die Wiese gerannt, um sich im Wald zu verstecken?

Du hast mich doch hoffentlich nicht beobachtet!

Katharina lehnte sich an den Türstock, schlug ein Bein um das andere und verschränkte die Arme, na ja, beobachtet. Sagen wir so, nach dem Radau in der Küche, deinem entsetzten Aufheulen und dem anschließenden Gepolter mit den Türen war ich doch neugierig zu erfahren, wie du eine Kartoffelsuppe zubereitest.

Ich denke, du hast Musik gehört! Ohrenbetäubend laut, wie willst du gehört haben, dass ich einen Radau in der Küche –

Es gibt da in diesem Konzert durchaus ruhigere Passagen mit Klavier, die –

Jaja, ich weiß schon. Und dann? Dann hast du mich beobachtet, wie ich über die Wiese gerannt bin, wie ich –

Gerannt, gerannt ist nun nicht gerade das Wort, das mir dazu einfallen würde, ich würde eher sagen –

Schon gut. Ich erinnere mich. Ich hatte mir das auch anders vorgestellt. Ich wollte rennen und musste schwimmen. Furchtbare Verhältnisse auf der Wiese.

Ja, sah ganz so aus. Und?

Was und.

Hast du die Suppe erlegt?

Stanjic überlegte kurz, nein, sagte er dann, leider nicht. Sie ist mir entkommen. Hat sich tief in den Wald zurückgezogen, die sehen wir nie wieder.

Hoffentlich tut sie sich nicht mit anderen entlaufenen Suppen zusammen, zu so einer Art Guerilla.

Ja, sagte Stanjic, er betrachtete sie angetan, hoffentlich.

Sie schauten sich an.

Lächeln? Er konnte einfach nicht.

Und hoffentlich, sagte er darum mit belegter Stimme, hoffentlich treffen sie nicht auf die Pilze, ich glaube, die sind heute auf Krawall gebürstet.

Tatsächlich?

Ja. Tierisch schlechte Laune unter Pilzen, wenn die auf die Suppen treffen und mit denen gemeinsame Sache machen, fackeln sie womöglich alles ab.

Katharina lachte, wir werdens ja sehen, sagte sie, ich habe sie eben alle in einen Topf geworfen, sie stieß sich vom Türrahmen ab, hob das letzte Stück Schal auf und legte es auf das zusammengewickelte nasse Knäuel in Stanjics Arm. Sie schaute zu ihm hoch, lächelte, mein Gott!, dachte er, lieber lieber Gott, schick mir einen Salatkopf, schenk mir einen Wickel, dass Männer und Frauen sich so anlächeln können, dass einem alles zu Berge steht, unfassbar.

Sie steckte den Schal fest, damit er nicht wieder herunterrutschte. Es gibt gleich Essen, sagte sie, sie wandte sich wieder der Küche zu, vielleicht gehst du und ziehst dir einen Salat über, wenn du dich mit uns an den Tisch setzt.

Ja, sagte er, oh Gott ja!, dachte er, er schaute ihr nach, wie sie in der Küche verschwand, die Tür hinter sich schloss. Er schaute paralysiert die Türfüllung an. Ja!, dachte er, ja, ja, ja!

Die Tür ging wieder auf, Sydow – nein!, dachte Stanjic entgeistert, nein, nein, nein – doch, Sydow kam mit einem Tablett voller Geschirr heraus, er trug Pantoffeln und einen Morgenrock.

David? Was stehst du hier herum? Er betrachtete ihn, die nackten Beine, was wird das, eine Art Happening? Und vorher? Es sah aus, als wolltest du gegen die Wiese kämpfen, was hat sie dir getan? Sah aus wie Schattenboxen. Ich dachte, du wolltest Abendbrot richten, ich dachte, das hätten wir so abgemacht. Kam dir plötzlich die Wiese dazwischen? Hat sie dich, während du Karotten schabend in der Küche standest, plötzlich erbost, hast du aus heiterem Himmel eine Wut bekommen, eine Riesen-, nein, er lachte unbändig, eine Wiesenwut –

Guter Witz, sagte Stanjic.

Nicht wahr? Und? Hast dus ihr gegeben? Hast du ihr gezeigt, wo der Bartl seinen Most holt, wo der Hammer hängt? Sicher ist sie jetzt ganz zerknirscht. Als ich sie das letzte Mal gesehen habe, sah sie total gebeutelt aus.

Das täuscht. Die Wiese ist immer der Sieger.

Meinst du? Seid ihr jetzt wieder Freunde? Habt ihr – er hielt inne, ist das, er beugte sich ein wenig vor, balancierte das Tablett neben sich, sag mal, ist das mein Schal? Das glaube ich nicht. Mein Schal? Von meiner Omi? Wie sieht der denn aus!

Nass.

Sydow richtete sich wieder auf, ach was.

Tut mir leid, ernsthaft, ich erklär dir das, später, ich hatte vergessen, dass es regnet.

Es regnet nicht, sagte Sydow, es gießt.

Dass es gießt.

Und wenn es nicht geregnet hätte?

Gegossen meinst du. Dann wäre er jetzt nicht nass, natürlich.

Angezogen hättest du ihn aber trotzdem.

Ja klar, ich wollte … es war … er wurde etwas diffus, er begann zu murmeln, alles wurde etwas undeutlich … England, murmelte er … *Dinnerpartys* …

Was murmelst du?

Landadel, murmelte er, er sammelte den Schal auf, stopfte ihn sich unter die Arme … Nebel … Felder … saftige Erdschollen …

Schal … England … Äpfel pflücken … *Clotted Cream* … *Weekender* … wichtiger Schal … Schlafmaske … *five o'clock* … Gurkensandwichs … Wichtigkeit von Schals … das, na ja, er ließ das Gemurmel, na ja, sagte er, das ist jetzt alles zu kompliziert, im Grunde war es einfach wegen des Klavierkonzerts.

Das Klavierkonzert. Verstehe. Hat es bei genauem Hinhören zu dir gesagt: *Geh und stehle einen Schal?*

So ungefähr.

So wie in diesen gefährlichen Heavy-Metal-Stücken, wenn man die Texte rückwärts hört, sagen sie, *go brother, kill, satan loves you*. In etwa so?

Ja, in etwa, aber jetzt mal was ganz anderes, willst du mir nicht diesen Morgenrock ausleihen? Ist das Paisley? Die Pantoffeln gefallen mir auch.

Paisley? Sydow hob das Tablett ein Stück hoch, warf einen Blick auf seinen Morgenrock, nein, der heißt Joachim. Paisley? Das ist doch kein Name. Überhaupt, woher solltet ihr euch kennen, ich habe ihn selbst erst in irgendeinem Schrank getroffen. Und von wegen ausleihen, meinen Morgenrock ausleihen? Die Pantoffeln? Nein. Die will ich dir nicht ausleihen. Genauso wenig, wie ich dir meinen Schal ausleihen will.

Gut zu wissen, Stanjic wandte sich zur Treppe, Paisley ist an einen Banausen wie dich wirklich verschwendet, sagte er über die Schulter.

Sydow ging den Flur entlang zum Salon, er heißt Joachim. Paisley, das ist doch kein Name für einen Morgenrock. Joachim. So heißen Morgenröcke. Oder Fridolin.

Sag ich doch, Stanjic stieg die Treppen hoch, die totale Verschwendung. Paisley an jemanden wie dich ist wie eine frisch geweißte Wand für eine Großfamilie.

Verstehe ich nicht. Das ist Joachim.

Vergebene Liebesmüh, sagte Stanjic, er wickelte den Schal wieder auf. Das eine wie das andere. Du könntest genauso gut einen ausgewaschenen himmelblauen Bademantel aus Frottee tragen, der dir nur knapp bis an die Knie reicht, und wärst genauso zufrieden.

Wieso nicht, sagte Sydow. Das wäre dann, glaub ich, eher ein Fridolin.

Ganz sicher. Oder ein August.

Was das mit einer frisch geweißten Wand und Großfamilien zu tun hat, verstehe ich trotzdem nicht. Sydow war mit seinem Tablett weiter den Flur entlanggegangen und an der Tür zum Salon angekommen, er wandte sich um und klinkte mit dem Ellbogen die Tür auf. Ist aber auch einerlei, rief er zu Stanjic hoch, der hatte den ersten Treppenabsatz erreicht, ist ganz einerlei, rief er, wehe aber, wenn der Schal von meiner Omi Schaden genommen hat, dann mach ich Hackfleisch aus dir.

Stanjic lachte, für eine Fleischpastete, sagte er.

Zum Beispiel, Sydow verschwand im Zimmer, gute Idee.

Stanjic dachte an Fleischpasteten und andere holländische Spezereien, ist gut, sagte er vor sich hin, während er den Rest der Treppe erklomm. Er dachte an diverse Stillleben, mit absolut ruhigem Gemüt. Ruhe und Unruhe, hohe Wogen und spiegelglattes Meer, alles wechselte sich ab, die Erregung flog einen an und flog wieder ab, er fühlte, er war ein Matrose, ein Seemann, er spürte, er war bereit für das aufregende Leben auf See, es war herrlich, er war glücklich.

Er stieg weiter die Treppe hinauf, es roch gut, ihm war kalt, er war müde, er war glücklich, er war neu, alles war fantastisch. Er dachte versuchsweise weiter an Suppenterrinen und goldgelbe Apfelkuchen, er dachte an Schalen voller Kirschen und schwarze Brombeeren, an pralle Blutwürste auf blauem Porzellan. Es funktionierte tadellos. Er probierte, an Schenkel zu denken, an entblößte Rücken, keine Chance, nichts brachte ihn mehr aus der Fassung, er dachte: Pobacken, nichts passierte, Pobacken halt. Pobacken. Ein Wort wie viele andere auch. Ein Sachverhalt wie jeder andere, ob nun vor ihm auf dem Küchentisch eine Pobacke seiner harrte oder ein Stück Schweinskarree, es käme für ihn auf das Gleiche heraus, er war die Gelassenheit in Person, er war Zen, nichts störte seine Kreise, er war neu, er war glücklich, alles wogte auf und ab, er war ein Matrose, ein Seemann, ein Kapitän in zitronengelben Gummistiefeln, er hatte das Steuer fest in der Hand, seine Heimat war das Meer, seine Heimat, sein Leben, alles Streben. Er war beruhigt. Er war verliebt.

93. Auf dem Hühnerhof

Sie waren nun auf dem Land und auf dem Land war es schöner als vermutet, schöner als befürchtet, wenn es nach Sydow ging. Er befürchtete jedes Mal, es sei auf dem Land nicht schön und nun gefiel es ihm hervorragend.

So tätig und frischauf wie dieses Mal hatte er sich allerdings noch nie gebärdet, er hatte keine Ahnung, woran es lag. Es musste also an Katharina liegen, Frauen kehrten bei ihm immer die bezauberndsten Blüten des Aktionismus hervor. Dem Haus immerhin bekam seine neu gespeiste Manneskraft außerordentlich. Man hörte ihn morgens in aller Herrgottsfrühe mit Eimer und Wischmop die Flure feudeln – bis anhin war *Mop* ein Wort, das er sich, wie beispielsweise auch das gemeine *Muffin,* felsenfest weigerte, in den Mund zu nehmen, er fand es ordinär. Er hatte, um den Begriff, aber eben auch die Tätigkeit nicht zu unterstützen, bislang mit Putzlumpen und Wurzelbürste hantiert und entsprechende Cafés boykottiert. Plötzlich, so auf dem Land, wischmoppte er, dass es eine Pracht war, und backte zwei Dutzend Muffins.

Muffins?, sagte Stanjic verwundert, er nahm ein Muffin in die Hand, ich dachte, du –

Es war Zeit für eine Veränderung.

Es war einfach Zeit für eine Veränderung. Darum bohnerte er und polierte und *richtete die Zimmer ein.*

Zu diesem Behulf sammelte er alles, was in seinen Augen einen irgendwie dekorativen Charakter hatte, er zauberte es aus Schränken, zerrte es aus Kammern und Bodengelassen und verteilte es schließlich auf die diversen Räumlichkeiten, die zu Weihnachten dann der Unterbringung der Sydowmannschaft dienen würden.

Er hatte es sich beispielsweise zur Aufgabe gemacht, die meisterhaften Kunstwerke, die sich mit Frauen im Weitesten und nackten Frauen im Konkreten auseinandersetzten, erst mal zu sichten und anschließend dafür zu sorgen, dass alle paar Meter eines davon zu hängen kam. Gleich David Stanjic fand er diese Sujets inspirierend – Freundschaft kann mitunter auf einem ganz hauchzarten gemeinsamen Nenner basieren.

Es musste einer der vorherigen Hausbesitzer eine diesbezüglich ausgeprägte Vorliebe gehabt haben, immer wenn er vermutete, das Thema sei eigentlich ausgereizt, zog er eine neue Variante aus einer Lade, gerahmt und ungerahmt, in Tusche oder aquarelliert, in Blei gezeichnet oder mit Fingerfarben gepanscht, gewiss, es gab der Frauen viele, aber gerade so.

Seis drum, er nagelte sie an die Wände. Er stellte sich vor, es müsse eine höchst verblüffende Wirkung erzeugen, sollte es ihm gelingen, einige Dutzend davon im großen Treppenaufgang zu befestigen.

Kam man durch die Haustür in die Diele, führten rechts und links zwei Flure in die Seitenflügel, in der Mitte aber eröffnete sich einem eine grandiose Freitreppe, die sich auf einer ersten Ebene teilte und sich, spielerisch verjüngt, zu beiden Seiten weiter nach oben wand in den ersten Stock.

Es böte sich hier eine wundervolle Plattform, die Bilder hinreichend zur Geltung zu bringen, und Sydow verbrachte den dritten Tag vornehmlich auf einer Obstleiter und hämmerte Nägel in die Wände, dass bei David im Zimmer der Putz rieselte und er förmlich sehen konnte, wie die Risse immer größer wurden.

Und sonst? Wenn man von gewissen internen Spannungen absah, die zu erörtern keiner die geringste Lust verspürte, war es eigentlich sehr behaglich.

Es regnete. Die Wiesen waren grün und üppig und es war ein stetes Rauschen, ein sanftes Licht, manchmal kamen Rehe, grasten an den Rändern.

Glaser ging viel spazieren, oft in Begleitung von Katharina. Sie schienen allerhand zu bereden zu haben. Stanjic sah ihnen nach und fragte sich, was. Sich selbst etwas fragen, von dem man keinen blassen Schimmer hat, ist dumm und sinnlos, also ließ er es bleiben, sah ihnen nach. Er fragte sich, welche Stelle Simon Glaser eigentlich hatte, Stellung meinte er natürlich, bei Katharina natürlich, nicht generell, das war ihm egal. Waren sie ein Paar? Wenn ja, dann ein merkwürdiges, sehr – diskret. Sosehr Stanjic auch darauf lauerte und suchte, sie dabei zu ertappen, er sah sie nie beispielsweise herzen oder poussieren, er sah sie nie in einer liebestollen Tändelei, es wirkte alles seltsam nüchtern.

Waren sie jedoch kein Paar, wieso war Glaser so sehr daran gelegen, ihn, Stanjic, von Katharina abzuschirmen? Oder bildete er sich das womöglich bloß ein? War er schon paranoid?

Immerhin, nicht wahr, als Glaser gestern spazierte, Sydow im Hofe schrubbte und Katharina Fitzwilliam salonhalber zugange war, nichts und niemand hätte ihn gehindert, in puncto Anbahnung ein paar entscheidende Meter Land zu gewinnen. Hatte er es vielleicht genutzt? Nein. Er war davongesprungen, als wär Springen eine wichtige Disziplin, er hatte behauptet, er würde eine Suppe kochen, und war eher selbst übergekocht. Katharina hatte alleine im Salon gelagert und er hätte gehen können und sagen –

Ja eben, murmelte Stanjic, hätte. Hätte hätte, er hasste den Konjunktiv, mit all seinen unerreichbaren Möglichkeiten, wieso nutzte er sie nicht? Wieso hockte er im Indikativ fest und tat, als wärs eine Parklücke, aus der man nie wieder herauskam? Eine Parklücke, von allen Seiten zugeparkt und es müsste ein Wunder geschehen oder ein Kran kommen, einen zu heben.

Du liebe Güte, er tat, als müsse man, und wenn die Welt unterginge, hartnäckig in seinem Auto sitzen bleiben, dabei konnte er einfach aussteigen und zu Fuß gehen. Spazieren gehen zum Beispiel. Er konnte zu Katharina sagen, willst du eine Runde mit mir spazieren gehen.

Könnte. Berichtigte er sich. Wenn man in einer Parklücke festsitzt, tut man gern so, als bräuchte es ein Wunder. Den Kran. Wenn man einen schwierigen familiären Hintergrund hat, denkt man das gleich noch mehr. Die Sache selbst in die Hand nehmen ist schwierig, wenn man ein paar wichtige Entwicklungsphasen verpasst hat, es hapert dann einfach an der Motorik, sowohl in der Feinmotorik wie in der Grobmotorik, man wünscht sich dann, wie alle Vierjährigen, einen Kran. Dumm gelaufen.

Mein Lektor schaute mich gramvoll an. Weißt du, was mich an dir tierisch aufregt?

Nein.

Dass du, kaum hast du von meinen Überlegungen profitiert, alles auf die Spitze treiben musst.

Ach was, sagte ich, Dr. Huhn hat das auch gesagt.

Was hat Dr. Huhn gesagt.

Weißt du was, mach dir doch selbst ein paar Termine mit ihm aus, vielleicht tut dir das eh gut. Alle meine Freunde gehen zu Dr. Huhn.

Ernsthaft?, sagte er interessiert, wer denn zum Beispiel?

Darüber breite ich den Mantel des Schweigens. Ich kann dir nur sagen: Der Literaturbetrieb, er wäre ein anderer, gäbe es nicht die helfende Hand des Dr. Huhn.

Bein, bei Hühnern heißt das *Bein*.

Lektoren, ächzte ich, sie rauben mir den letzten Nerv.

So muss es sein, sagte er und trank behaglich einen Schluck Kaffee.

Aber Dank einem schlauen Plan ist der Mensch, wie alles Lebendige, unterworfen einem steten Wandel, Gott sei Dank ist Veränderung möglich – Mop! Muffin! – und Bewegung eine Freizeitgestaltung, die man, hat man sich erst einmal daran gewöhnt, nie wieder missen möchte.

Stanjic war vielleicht ein Spätzünder. Vielleicht auch nicht. Es kommt für alles der rechte Augenblick, das hatte er gesagt, als er das Überraschungsei geöffnet hatte, er hatte in dem Moment gewusst, für die Kapsel ist es jetzt noch nicht der rechte Moment, aber er wird kommen. Und dann: bewegt es sich weiter, eine neue Umdrehung, schnellere Gangart, er würde seine Motorik bis dahin hinreichend ausgereift haben. Er würde sein eigener Kran sein, eine Hebebühne. Hoffentlich!

Aber genug davon, es nahm alles seinen Verlauf, es spitzte sich zu, es bereitete sich vor.

Tatsache ist, sie waren jetzt in der Konstellation angekommen, die für das weitere Weben noch wichtig sein würde, sie waren auf dem Land und dort würde alles seinen Gang nehmen, sie richteten das Haus für die große Verwandtschaft und auch sie würde noch wichtig sein. Hier würden sie, am Ende des Jahres, wenn alles zur Neige geht, das Geflecht auflösen und die Fäden neu sortieren.

Man könnte noch weiter mutmaßen und sinnieren, der Regen

und der markige Herbst, das zärtliche Licht und der Gleichmut der Tage verleiten einen dazu, dieses Sitzen an großen Fenstern und der Blick auf eine Wiese, an deren Rändern Rehe grasen, aber lassen wir das.

94. David geht auf dem Zahnfleisch

Zurück in der Stadt nahm alles seinen Lauf, zumindest die Zeit.

Der Herbst ging zur Neige, der Winter brach an.

Es fiel Schnee, dann regnete es wieder, und wieder fiel der Schnee. Die Stadt wurde düster, tauchte ab in dieses ewig graue und diffuse Licht, das sich bis in den April hinein nicht mehr merklich ändern würde und rundum für bodenlose Schwermut, totale Hoffnungslosigkeit und kapriziöse Wehleidigkeit sorgte.

Speziell Stanjic wurde trübselig und jammerig, er ging allen auf den Senkel.

Er ging praktisch nicht mehr aus dem Haus. Nicht, dass er seine Wohnung nicht mehr verließ, er schleppte sich zu Glaser, zu Sydow und verließ dann die Wohnung nicht mehr. Bei Glaser saß er am Ofen und sah aus wie eine nasse Katze, Sydow war er im Weg, Sydow übte Kekse und musste sich konzentrieren.

Stanjic schaute ihm beim Teigausrollern zu, beim Ausstechen und Verzieren.

Meine Mutter hat das immer ganz anders gemacht, sagte er.

Deine Mutter hat Kekse gebacken? Ich denke du hast einen schwierigen familiären Hintergrund.

Stanjic überlegte. Genau genommen konnte er sich gar nicht erinnern. Nicht ans Kekseausstechen, aber auch nicht daran, keine Kekse ausgestochen zu haben. Seine Kindheit war bei ihm eine Lücke, eine öde Leerstelle, dazwischen palmenlose Inseln, ein Aufblitzen von unverknüpften Bildern, einzelne Erinnerungen, naturgemäß schlechte.

Im Grunde suchte er einfach Streit. Er sagte: Meine Mutter hat das immer ganz anders gemacht, oder: Na, ob das was wird, oder: Die sehen aber komisch aus, muss das so sein?

Er sagte das, weil er sich gerne abreagiert hätte.

Er war unglücklich. Er war unglücklich verliebt, aber er war auch unglücklich. Er wusste, er hatte sowohl an dem einen wie auch an dem anderen Zustand selbst Schuld, er erinnerte das Gespräch mit Frau von Sydow und Onkel Dagobert, über Männer und Einkaufswagen, er erinnerte die Tage auf dem Land, er erinnerte Katharina Fitzwilliam auf dem Diwan und in der Küchentür und im Auto neben sich und er erinnerte sich selbst, seine Reglosigkeit, seine Angst.

Er hätte sich gerne abreagiert, weil: Er spürte die Wut. Das war ihm eher unheimlich. Er ahnte, er hatte sie womöglich all die Jahre zu sorgsam umrundet, er wusste nicht, was damit anfangen.

Sydow anpöbeln.

Man könnte also sagen, es war ein Fortschritt, aber Sydow war in so Sachen plötzlich stinkkonservativ, pöbel hier nicht rum, sagte er, während er liebevoll kleine Kekskrönchen mit Zuckerguss verzierte.

Ich pöble nicht, sagte Stanjic wütend.

Doch, tust du, sagte Sydow, er richtete sich auf, begutachtete sein Werk und setzte sodann mit der Pinzette auf jede Zacke eine silberne Zuckerperle.

Na, sagte Stanjic, ob das was wird.

Klar wird das was, Perlen werden das.

Stanjic fand das affig, ich finde das affig, sagte er.

Ja, sagte Sydow, weil du immer rumpöbeln musst. Geh doch ein bisschen nach draußen.

Draußen ist es nass und kalt, sagte Stanjic.

Zieh dir was an und nimm einen Schirm.

Ich will keinen Schirm nehmen.

Dann gehst du eben ohne Schirm.

Ich will auch nicht ohne Schirm gehen, ich will überhaupt nicht nach draußen. Nie mehr, bis der Frühling wieder flattern lässt sein blaues Band.

Aber es würde dir guttun.

Mir nicht, aber dir, du willst mich loswerden.

Stimmt, sagte Sydow, er stopfte seine Zuckerspritze mit rotem Zuckerguss und betupfte die Krönchen mit kleinen Rubinen.

Siehst du, darum gehe ich extra nicht.

Meine Güte, bist du lästig.

Du klingst wie deine Oma, wenn du ihr auf den Wecker gehst, sagte Stanjic.

Du bist wie ich, wenn ich meiner Oma auf den Wecker gehe, erwiderte Sydow, nur ohne meinen natürlichen Charme und mein gutes Aussehen.

Da kann ich ja nur lachen. Weißt du eigentlich, wie du in dem Unterhemd und der geblümten Schürze aussiehst?

Sydow schaute an sich hinunter, das Unterhemd, die geblümte Schürze, ja, weiß ich, sagte er, ich sehe aus wie ein italienischer Macho, wie ein neapolitanischer Automechaniker, der kurz in der Küche zu tun hat, was schrauben, seiner Frau die Nudelmaschine zusammenschrauben. Nachher gehts wieder zu den Autos. Dann gibts Pasta.

Stanjic grübelte nach einem besonders bissigen Kommentar. Das Blöde war, dass Sydow völlig recht hatte, obwohl er von Autos überhaupt nichts verstand. Er sah gut aus, schwarzes Lockenhaar wie Kumuluswolken, der Feinripp, der sich an seinen athletischen Leib schmiegte, die muskulösen Oberarme –

Moment mal, sagte Stanjic, er fasste Sydow ins Fleisch, woher kommen denn diese Muckis, der athletische Leib, gehst du neuerdings ins Fitness?

Sydow winkelte die Arme zur Siegerpose und ließ die Muskeln wurlen, stimmt, sagte er, er beugte sich wieder über seine Kronen, gut, was?

Du siehst aus wie ein Schrank!

Na ja, wiegelte Sydow großzügig ab, sagen wir: wie ein Schränkchen.

Stanjic betrachtete böse die fertigen Kronen, die sehen aber komisch aus, sagte er, muss das so sein?

David. Geh ein bisschen nach draußen. Bitte.

Nein.

Usw.

Im Dezember hatte David Stanjic Geburtstag, er wurde dreiunddreißig.

Glaser erinnerte ihn behutsam daran, dass nun für ihn wie für jeden Mann ein entscheidender Dreh- und Angelpunkt erreicht sei. Es sei das Todesjahr des Herrn ein Schicksalsjahr schlechthin im männlichen Werdegang. Entweder, sagte Glaser, man geht dabei drauf, oder aber es gelingt einem, seinem Leben den nötigen Schlenker zu verpassen, den zünftigen Anstoß, der die Glocken zum Läuten bringt. Sonst, er tätschelte Stanjic begütigend die Hand, kannst du dich immer noch auf Ostern freuen, letzter Auftritt.

Stanjic fand, das klinge ausgesprochen selbst gebastelt.

Wieso gebastelt, ich bastle nie.

Doch, sagte Stanjic grantig, ich finde, du bist ein richtiger Bastelwastel. Simon nervte ihn wahnsinnig, diese hausgemachten Theorien immer, sie gingen ihm mächtig auf den Keks, dass er dreiunddreißig wurde, fand er auch nicht gut, er wurde dreiunddreißig, hatte nicht gebaut, nicht gepflanzt und nicht begattet und hatte zu alledem nicht einmal wie Frederik Sydow einen Vater, den das irgendwie kratzte. Sydow fand er im Übrigen auch saublöd, wegen dem ständigen Backen, dem Muskelgeprotze, seiner Haarpracht wie ein romantisches Gewitter und seinem guten Aussehen schlechthin.

Er feierte explizit nicht.

Sydow schenkte ihm zehnmal Bestrahlung bei der Lichttherapie, Glaser einen Nähkurs, niemand wusste, warum.

95. Ein Brot mit Hackepeter – ein Omen?

Was tat sich noch? Wenig. Stanjic sah Katharina Fitzwilliam seltener als erhofft, um genau zu sein gar nicht. Ihn wunderte das, immerhin hockte er wie gesagt beinah täglich bei Glaser, alle zwei Tage bestimmt. Er tat es weniger um der Gesellschaft Glasers willen, in ihm blähte sich ein regelrechter Hass auf gegen ihn und seine Verstrickung mit Katharina. Vielmehr besuchte er ihn in der ungenauen Hoffnung, dadurch Katharina regelmäßig zu treffen, aber sie kam selten, nein, eben gar nicht zu Besuch. Oder vielleicht auch immer zweitäglich, einfach mit verkehrtem Rhythmus, jeden zweiten Tag nämlich ging Stanjic zu Sydow, um zu pöbeln einerseits und betrübt zu sein andererseits, ja, um Liebeskummer zu haben. Nicht, dass er Frederik von Sydow auch nur ein Sterbenswort davon gesagt hätte. Er befürchtete, seinen, Sydows, eigenen Bestrebungen hinsichtlich Katharinas damit unnötigen Aufwind zu geben. Er kam also nur, um zu pöbeln.

Simon Glaser war, wir wissen es bereits, meistens gar nicht zu Hause. Vermutlich, dachte Stanjic vergrämt, während er ohne Glaser in Glasers Wohnung hockte, ist er bei Katharina.

Wieso, sagte Olaf, er lehnte sich zurück und ließ sich ein Brot mit Hackepeter servieren, wieso geht er nicht einfach rüber und klingelt?

Wieso, fragte ich also Stanjic angelegentlich, bist du nicht einfach rübergegangen und hast bei ihr geklingelt?

Er schaute mich entgeistert an, ich kam nicht einmal auf den Gedanken!, sagte er. Die Passivität, Leute mit meinem Hintergrund –

Ich winkte ab. Olaf winkte ab.

Irgendwann, sagte er kauend, ist man zu alt für solche Ausreden.

Meine Rede, sagte ich, aber Stanjic hielt noch eisern dran fest und kam darum: nicht einmal auf den Gedanken.

96. Die Causa Fritzl

Wie bist du überhaupt reingekommen, fragte Glaser, als er winters am Abend nach Hause kam und David Stanjic erstmals neben dem Ofen fand wie ein Häuflein Unglück.

Telekinetische Fähigkeiten, sagte Stanjic.

Glaser stellte die Einkaufstasche auf einen Stuhl und schüttelte seine Mütze über der Spüle aus. Zur Abwechslung gabs Schnee, an einem Tag schneite es, am anderen regnete es wieder, Stanjic überlegte peripher, ob es vielleicht eine Gleichschaltung mit seinem Besuch bei Sydow oder Glaser gebe, aber er war viel zu trübselig für solch waghalsige Berechnungen.

Telekinese, meinte Glaser, ich wüsste nicht, wie du mit Telekinese hier –

Hast du was zu essen mitgebracht, fragte Stanjic, er kramte in der Tüte und riss eine Packung Weingummi auf, begann zu kauen.

Und?, fragte Glaser.

Mit dem Schlüssel natürlich.

Mit welchem Schlüssel natürlich.

Mit deinem Schlüssel natürlich.

Der, den du natürlich nie zurückgegeben hast?

Natürlich.

Gibst du ihn mir bitte jetzt zurück.

Nein.

Glaser seufzte und nahm Stanjic die Weingummis weg, Sydow hat mich schon vor dir gewarnt.

Wie gewarnt.

Gestern hat er mich gerufen, nachdem du dort endlich Leine gezogen hast. Hat gesagt: Mach die Tür nicht auf, Simon, lass ihn bloß nicht zu dir hinein, der Winter macht ihn zum Zombie und zur Zumutung, zu allem Üblen mit Z, er ist die wandelnde Zerstörung. So ungefähr hat Frederik das ausgedrückt.

Und das soll ein Freund sein. Ein Verräter, das ist er.

Er sagt, du pöbelst nur rum.

Ich pöble nicht! Ich mache gerade ein wichtiges Entwicklungsstadium durch.

Und welches?

Ich tue so blöd, wie ich kann, und es ist ganz wichtig, dass ihr mich trotzdem lieb habt.

Hast du das aus deinen Psychoratgebern? Lies doch nicht so Drecksbücher, sagte Glaser. Für so was sind im Übrigen Mütter da, das kannst du bei deiner Mama machen.

Eben nicht! Das kann ich eben bei meiner Mama nicht machen. Meine Mama war psychisch total gestört, emotionale Kälte,

Koalkoholismus und das gepaart mit einer Borderlinestörung – und das ist jetzt nur meine private Ferndiagnose – meine Mama kann ich in der Hinsicht vergessen, die hätte mich maximal ins Gefrierfach gelegt, wie das dieser Typ Mütter tut, wenn das Kind nicht pariert.

Das Gefrierfach ist eine deutsche Spezialität, ihr in Österreich habt für so was die Keller.

Das stimmt, sagte Stanjic. In Österreich haben sie die Keller. In Österreich ist die Wahrscheinlichkeit hoch, dass Kinder wie ich in einem Keller groß werden. Weißt du, als damals die Sache mit dem Fritzl aufkam, dachte man bei uns dann auch, dagegen war das mit Natascha Kampusch quasi ein Kindergeburtstag. Der Fritzl. Ein vollkommen Wahnsinniger, aber auch darin eben ein typischer Österreicher. Damit konfrontiert, dass seine Tochter, die er 24 Jahre lang eingesperrt hatte, in einem Interview sagte, er habe sie mit den Händen an einem Eisenbett festgekettet, sagte er: *Ich? Sie an einem Eisenbett festgekettet? Niemals! Die hatte doch gar kein Bett!*

Das läuft in Österreich unter Schmäh, oder?, sagte Glaser.

Ich weiß nicht. Vielleicht fällt das auch gar niemandem auf, kann gut sein. Gut war auch die Berichterstattung rundherum, Stanjic stöberte zwischen den Lebensmitteln auf dem Tisch und steckte sich irgendwas in den Mund. Einmal, da war schon das Gerichtsverfahren angelaufen, in Amstetten, und die Einwohner hattens satt. Sie hatten die schlechte Presse satt, die ihr Dorf neuerdings durch die Fritzlsache in der ganzen Welt hatte, sie wollten nicht mit dem Fritzl in einen Topf geworfen werden, sie waren nicht alle wie der Fritzl, aber sie wollten auch überhaupt nicht mehr zum Fritzl befragt werden, sie wollten von nichts gewusst haben und auch jetzt nichts davon wissen, wenn sie Fritzl hörten, sahen sie nur mehr rot. Musste nur einer kommen und sagen, *wegen dem Fritzl,* und er konnte die Beine in die Hand nehmen. In einem Artikel berichtete der Journalist, wie er – Stichwort: investigativer Journalismus – einen Bauern auf dessen Feldern aufsuchte.

Der Bauer saß auf einem Traktor. In Klammern stand: *Marke Steyr.* Dann, nach der Fritzlsache befragt, gab der Bauer zu Protokoll: *Wenn Se mi no a wos frogn, drah i Eana a Gwind ins Ohrwaschl!* Verstehst du? Ein Wahnsinniger sperrt seine Tochter 24 Jahre lang in seinen Keller, vergewaltigt und misshandelt sie, zeugt mit ihr sieben Kinder und redet dann davon, er habe sie schützen wollen, und so was steht dann in einer österreichischen Zeitung, *Gwind ins Ohrwaschl.* Verstehst du, warum dieses Land in der Krise ist?

Ich verstehe.

Nicht nur, dass es so Leute wie den Priklopil und den Fritzl dort wirklich gibt – Menschen, die man sonst nur in den wüstesten Träumen vermutet –, nein, wir haben auch diese völlig pervertierte Art der Berichterstattung, die setzt dem Wahnsinn die Krone auf. *Marke Steyr.* Man sieht ihn vor sich, wie er sich das gewissenhaft notiert. *A Gwind ins Ohrwaschl.* Aha, danke, das wird unsere Leser interessieren.

Mein Lektor legte mir eine Liste vor, die mich offen gestanden sprachlos machte.

Er hatte sich einzelne Begriffe notiert (beispielsweise: *Österreich kommt schlecht weg,* oder: *Popo (plus Varianten),* weiters: *politische Inkorrektheiten (Witze über Ossis, Frauen, Rentner, Bucklige etc.)* und dahinter irgendwelche Fantasiezahlen. Er hatte die verschiedenen Kategorien in ein Farbsystem aufgeschlüsselt, jetzt verstand ich endlich, warum sein Manuskript so bunt war.

Weißt du, was das ist?, fragte er.

Ich schüttelte den Kopf, alleine die Zahl der Popos war derart gigantisch, dass ich befürchten musste, es handle sich dabei um das Wort mit dem textintern höchsten Vorkommen.

Dir ist schon klar, sagte er, dass du mit diesem Machwerk ordentlich aufs Dach kriegen wirst?

Aber wieso denn?! Ich schob ihm die Liste wieder über den Tisch, ich habe ja quasi nur mitgeschrieben, ich bin doch bloss eine niedere Charge, das sind ja nicht meine Meinungen, die ich hier zu Markte trage!

Rede doch nicht so geschwollen, wies mich Olaf missbilligend zurecht. Was das in Österreich wieder für Rezensionen hervorbringen wird, will ich gar nicht wissen, in der Luft wird man dich zerreißen.

Ich war erschüttert. In der Luft zerreißen. Das war schrecklich. Und das mir! Wo ich doch Heimweh habe nach Österreich alle Tage, wo ich selbst doch schamhaft erröte schon nur beim Wort Gesäß, wo ich doch jeden Witz verkehrt herum erzähle! Ich rang die Hände, was, rief ich klagend, soll ich bloß tun?

Olaf seufzte, er schaute trübe auf seine farbige Liste. Zusehen, sagte er dann, dass du beim Runterfallen auf den Füßen landest.

Ich denke, ich werde zerrissen! In der Luft zerrissen!

Er nickte nachdenklich, du hast recht, sagte er. Dann hilft vermutlich nur noch beten und den Herrgott einen guten Mann sein lassen.

Wir lächelten uns zu, das, sagte ich zu ihm, hätte ein Österreicher nicht schöner sagen können.

Er verzog gequält das Gesicht und erhöhte die Zahl hinter *Österreich kommt schlecht weg* um eins.

Könntest du bitte die Finger vom Essen lassen, Glaser entzog ihm eine Packung Reiscracker und verräumte sie in der Anrichte.

Wann kochst du denn was.

Habe ich dich zum Essen eingeladen?

Nein, aber ich versuche diese für dich beschämende Unterlassung möglichst höflich zu umgehen, ich versuche, dir keinen Vorwurf zu machen und gelassen damit umzugehen.

Wieso gehst du nicht ins *Tante* zum Essen.

Ich will nicht alleine ins *Tante* gehen, Frederik arbeitet jetzt abends immer auf dem Weihnachtsmarkt, als Nikolaus –

Sydow arbeitete genau genommen nicht als Nikolaus, der Nikolaus war hier lange nicht so populär wie in Stanjics ferner Heimat, wie auch das Christkind, der Nikolaus und das Christkind wurden hier ausgebootet von einem schmerbäuchigen Weihnachtsmann, der alle Jobs auf einmal erledigte. In dem Fall war es Sydow, er erledigte den Job. Zu diesem Zweck fuhr er spätnachmittags mit einem Rentierschlitten auf dem Weihnachtsmarkt ein, animierte das Publikum zum Mitsingen (*Morgen kommt der Weihnachtsmann*) und verteilte kleine Geschenke. Warum er das machte, war Stanjic nicht ganz klar, am Geld konnte es kaum liegen, der Verdienst war kaum der Rede wer. David hatte die These, Frederik unternehme diese Anstrengung hauptsächlich in der Hoffnung, ein Marktbesucher sei zufällig auch ein Besucher des *Tante* und trüge es seiner Oma zu.

Frau von Sydow, würde der Besucher sagen, wissen Sie, wen ich heute auf dem Weihnachtsmarkt gesehen habe? Ihren Enkel. Er macht sich dort als Weihnachtsmann zum Affen. Dass der das nötig hat! Bei, mit Verlaub, Frau von Sydow, bei der Familie!

Stanjics These war dementsprechend, dass Sydow versuchte, den sozialen Druck auf seine Großmutter zu erhöhen. Sie sollte sehen, zu welchen Demütigungen er sich gezwungen sah, weil sie das verklauselte Geld nicht locker machte, besser, sollte seine Oma denken, besser, er gründet ein sinnloses Geschäft oder eine Gesellschaft, die keiner braucht, als dass er sich vor meiner gesamten Kundschaft zum Horst macht.

Stanjic bezweifelte, dass dieser Plan wirklich greifen würde. Die Stadt war zu groß, Weihnachtsmärkte gab es zu viele und Frederik Sydow war, als Weihnachtsmann verkleidet, kaum noch als Sydow erkennbar, er verschmolz in kongenialer Weise mit seinem Job.

Frederik ist abends ständig unterwegs, sagte Stanjic, in Sachen Nikolaus, und du.

Was und ich.

Und du lässt mich auch hängen, was machst du eigentlich abends immer.

Arbeiten, ich habe –

Jaja, viel zu tun, was denn? Nein, sag nichts. Kunst und Neue Medien. Gibt einfach mächtig viel zu tun in der Kunst, den Neuen Medien.

Stimmt, sagte Glaser.

Wenn ich alleine ins *Tante* gehe, muss ich mich regelmäßig von Frau von Sydow abkanzeln lassen, das packe ich momentan nicht. Mich macht der Winter schon vollkommen fertig. Der Winter gepaart mit Frau von Sydow und ich kann mir die Kugel geben. Wenn ich *ins* Tante gehe, denke ich, ich kann nichts und ich bin nichts. Wen ich *aus* dem *Tante* komme, denke ich, ich kann und bin *wirklich* nichts. Ich trete heraus und um mich herum ist diese zersetzende Düsternis – übrigens völlig einerlei, ob ich nachts aus dem *Tante* komme oder mittags, über die Dämmerung kommt ein Tag hier nicht mehr heraus. Ich kann nichts, denke ich, ich bin nichts. *Wirklich*. Und die Stadt flüstert: stimmt, go and kill yourself.

Okay. Das ist natürlich nicht besonders konstruktiv.

Nein, wirklich nicht.

Und wieso kochst nicht du zur Abwechslung mal, du kochst doch gar nicht schlecht.

Ich bin, sagte David Stanjic, gerade in einer heiklen Phase meiner Entwicklung, ich muss umsorgt und versorgt werden, damit mein Ich ausreifen kann.

Welches Ich bloß.

Weiß ich noch nicht, ist einfach noch zu früh, das zu sagen. Umsorgen und versorgen und für mich sorgen. Ganz wichtig. Hat meine Kellermutter versäumt. Muss ich jetzt nachholen.

Bei mir.

Und bei Frederik. Aber Frederik wird nach geraumer Zeit so lästig, pöbelt mich dauernd an, das mag ich nicht.

Er sagt, du wirst lästig und pöbelst ihn an.

Das nennt man Übertragung.

Tja. Ich glaube langsam, ich weiß, wie es sich anfühlt.

Müsst ihr dringend bearbeiten, sonst gerät eure Entwicklung ins Stocken.

David, dieser Jargon! Du liest die falschen Bücher. Die falschen.

Ach Simon, ich glaube, das mit den richtigen Büchern, das wird überschätzt. Man kann einfach nur lesen und hoffen, dass es was nützt.

Er ging zur Anrichte und holte sich die Reiscracker wieder heraus, ich lege mich jetzt ein bisschen aufs Sofa und gebe die Hoffnung nicht auf. Wenn das Essen fertig ist, sag Bescheid. Sicher bist du froh, dass du nicht alleine essen musst.

Ja, sagte Glaser, während Stanjic ins Wohnzimmer hinüberging und sich mit einem Buch gemütlich aufs Sofa legte, ja, sagte Glaser, todfroh.

97. Endlich: ein Rezept zum Nachkochen

Erinnerst du dich, wie er aussah? Sydow stocherte in den Nüssen herum, suchte die Mandeln heraus und begann zu nussknacken, steckte sich die Kerne in den Mund.

Was? Stanjic schaute von seinen Papieren auf, sie saßen in Glasers Küche. Glaser war nicht da, sie suchten Indizien und schauten sich Filme an, sie saßen in der Küche und aßen Glasers Nüsse und Mandarinen auf. Sie pausierten gerade von der Detektive Mühen.

David. Es ist nicht so schwer.

Wie bitte?

Ob du dich erinnerst, wie er aussah. Sydow schob den Teller weg und öffnete die Ofentür, warf die Schalen ins Feuer. Er blieb in der Hocke und schaute in die Flammen, legte ein paar Mandarinenschalen hinein, ein paar Zapfen aus der Holzkiste, schaute zu, wie alles schwarz wurde und verbrannte, die Zapfen rochen gut.

Wie wer aussah. Stanjic vertiefte sich wieder in seine Unterlagen und tastete mit der Rechten nach dem Keksteller.

Ich kann mich nicht mehr genau erinnern, wie er aussah. Sydow erhob sich ein bisschen und rückte den Teller von Stanjic weg über den Tisch, schaute Davids krabbelnder Hand zu. Es war schon so spät, sagte er, ich war schon so müde und es war schon so dunkel und ich habe auch nicht genau aufgepasst. Er legte sich auf den Küchenboden und verschränkte die Hände hinter dem Kopf.

Von was redest du, Stanjic schaute auf, suchte nach dem Keksteller und zog ihn wieder zu sich heran. Er wählte sich ein kleines Sortiment Sterne mit Füllung und reihte sie vor sich auf. Gut! Deine Kekse. Und ich sehe, dass es Sterne sind, das ist ein Fortschritt.

Das sind Tannenbäume, du Trampel, mit Pfefferminzfüllung.

Das habe ich geschmeckt, die Pfefferminze habe ich geschmeckt. Die Tanne nicht, für mich schmeckte es hundertprozentig nach Sternen. Dann las er weiter.

Sydow betrachtete ihn aus halb geschlossenen Augen, David?

Ja? Stanjic schaute auf, ließ seinen Blick suchend durch die Küche wandern, bis er Sydow auf dem Boden ausmachte, auch noch Kekse?

Nein. Was liest du da.

Stanjic hob ein paar Streifen hoch, das sind hochinteressante Fakten aus der Welt der Wissenschaft, hier zum Beispiel: *Ein tiefer Blick in die Augen verrät den Charakter.*

Du liest das Klopapier hier am Küchentisch?

Auf der Toilette ist es so kalt. Simon heizt dort gerade mal, dass die Rohre nicht einfrieren, aber mein Hintern friert noch vor den Rohren fest, er hat einen anderen Gefrierpunkt. Also weiter:

> *Mats Larsson und seine Kollegen von der Universität Oslo befragten 428 Menschen zu ihrer Persönlichkeit und untersuchten deren Augen. Danach sind Menschen mit linsenförmigen Verfärbungen auf der Iris besonders gefühlsbetont und empfindlich, während ringähnliche Strukturen eher auf Impulsivität hinweisen. Verantwortlich für diese Zusammenhänge könnten Gene sein, die die Muster der Iris und gleichzeitig persönlichkeitsrelevante Gehirnstrukturen bestimmen.*

Stanjic legte das Klopapierblatt weg und schob sich einen Tannenbaum in den Mund, wenn das mal nicht interessant ist!

Du meinst, wegen unseres Falles? Wegen Simon? Gute Idee, wir sollten uns mal seine Augen ansehen, wenn wir einen Ring sehen, wissen wir immerhin, ob er, wenns hart auf hart kommt, zu einer Art Kurzschlusshandlung in der Lage ist.

So weit habe ich jetzt gar nicht gedacht.

Das stimmte. Stanjic dachte seit dem Ausflug aufs Land generell eher wenig, sein Kopf befand sich meistens in einem Zustand des blassgelben Träumens, er hüpfte darin mit Katharina Fitzwilliam über blühende Frühlingswiesen, holte für sie eine riesige Brezel vom Maibaum und lagerte mit ihr unter Ribbecks Birnbäumen und pustete ihr zärtlich ins Ohr.

Das Gefühl habe ich langsam auch. Aber notiere das mal, die Augen, diese Ringe auf der Iris, kann mal noch wichtig sein, wer weiß. Was noch?

Stanjic sichtete seine Blätter, das hier ist auch sehr spannend, und zwar geht es darum, dass ein Klavierspieler, schon bevor er einen Fehler spielt, im Gehirn merkt, dass er einen Fehler machen wird. Ich lese es dir vor, der Titel ist: *Der unaufhaltsame Fehler.* Also:

> *Was geschieht im Gehirn eines Pianisten, wenn er sich verspielt? Wann bemerkt er überhaupt, dass er danebengegriffen hat? Neue Versuche haben ergeben, dass das Gehirn den Fehler schon bemerkt, bevor er passiert – und es muss dem Geschehen hilflos zusehen, weil keine Zeit mehr zur Korrektur ist.*
> *Bei anspruchsvollen Stücken werden schon einmal 1000 Noten pro Minute gespielt, das geht nur, wenn ein großer Teil der Bewegungen als Muster gespeichert ist und ohne bewusste Planung abgespult werden kann.*
> *Die Versuchsleiter ließen 19 Pianisten Klavierpassagen von Bach und Haydn auswendig lernen und hernach blind, das heißt, ohne dass sie ihre Hände sehen konnten, spielen.*
> *Per EEG wurde festgestellt, dass die negativen Ausschläge, die mit einem Fehler zusammenhängen, etwa 70 Millisekunden vor dem Anschlagen der falschen Taste selbst erscheinen. Zudem werden die falschen Töne schwächer angeschlagen als die richtigen. Offenbar merkt also das Gehirn, dass ein Fehler in der Luft liegt, kann aber nicht mehr dagegen tun, als den entsprechenden Finger ein wenig abzubremsen. Der Fehler ist durch nichts mehr zu verhindern.*

Frederik von Sydow starrte an die Decke, *ein großer Teil*, wiederholte er, wie war das noch einmal?

Moment, Stanjic ging noch einmal durch den Text, *danebengegriffen, keine Zeit zur Korrektur, 1000 Noten*, hier: *wenn ein großer Teil der Bewegung als Muster gespeichert und ohne bewusste Planung abgespult werden kann.*

Sydow schwieg, er dachte nach. Eine Bewegung ist ein Muster. Das Muster speist sich aus – woraus, würdest du sagen, speist sich ein Muster?

Stanjic überlegte, er verschob die Sterne vor sich, nein, die

Tannen, na ja, sagte er, unterschiedlich. Hier ist es Übung. Die Probanden üben die Stücke von Bach und Haydn, sie lernen sie auswendig. Es ist eine Abfolge von eingeübten Bewegungen, und eine Bewegung ist dann ein gespeichertes Muster. Vielleicht könnte man sagen, ein Muster ist eine Wiederholung.

Und zum Beispiel das Muster, das du in meinem Wohnzimmer auslegst, woraus speist sich das?

Verschieden, denke ich. Einerseits meine Intuition. Dann der Wunsch oder die Tendenz nach einer Art Ordnung, nach Schönheit und die wird am ehesten empfunden, wenn es eine Ordnung gibt. Gerade in den aperiodischen Mustern aber sehen wir ja, dass das nicht bedeutet, dass es immer die Wiederholung des ständig Gleichen ist, im Gegenteil, das Wunderbare daran ist, es verändert sich und wiederholt sich nur im Kleinen, im Großen wandelt es sich ständig, wird aber nicht unsymmetrisch, entspricht also immer noch unserem Bedürfnis nach Ordnung.

Okay. Und im Verhalten? Ist es ein Muster? Oder ist es keines.

Du meinst wegen Verhaltensmuster. Stanjic zuckte die Schultern, klar gibt es die, es ist zusammengesetzt aus Erfahrungen und Gewohnheiten und unserer Geschichte.

Gut, sagte Sydow, also mal angenommen, du hast einen schwierigen familiären Hintergrund.

Das übersteigt zwar mein Vorstellungsvermögen, meinte Stanjic, aber ich bemühe mich nach Kräften dir zu folgen. Weiter.

In dem schwierigen familiären Hintergrund haben sich gewisse Verhalten etabliert. Verhaltensweisen etablieren sich, Muster ergeben sich, Handlungsabläufe, eine bestimmte Art und Weise, etwas zu tun, Konflikte zu lösen –

Oder auch nicht zu lösen, sagte Stanjic, ich denke, wir waren beim schwierigen familiären Hintergrund, ein Merkmal dessen ist die völlige Unfähigkeit zur Konfliktlösung.

Hast du das mal irgendwo gelesen.

Ja, habe ich mal irgendwo gelesen, ich sage das nicht als Betroffener, sondern als Leser.

Das ist ja schon mal was, Konflikte werden also nicht gelöst, sondern, tja, was macht der Akteur im schwierigen familiären Hintergrund?

Hauen zum Beispiel, er kann dann hauen.

Fein, er haut also. Was aber ist ein Konflikt?

Wenn Interessen auseinandergehen, oder Meinungen und die daraus resultierende Spannung.

Gut. Stell dir vor, du kommst aus einem schwierigen familiären Hintergrund, wenn die Interessen auseinandergehen, wird gehaut, das also ist das Muster – jetzt mal grob vereinfacht, ja?

Ja.

Weiter, dann bist du alt genug. Du verlässt den schwierigen familiären Hintergrund und kommst mit anderen Leuten zusammen, mit weniger schwierigen, zum Beispiel mit mir.

Er machte eine kurze Pause, keine Reaktion.

Es ist von Vorteil, fuhr Frederik Sydow fort, hast du jetzt nicht zum Beispiel gelacht.

Über so was kann ich nicht mehr lachen.

Auch gut. Wenn du mit mir also einen Interessenskonflikt hast, haust du mich dann zwangsläufig?

Nein. Ich habe noch nie wen gehauen.

Und warum nicht? Es müsste doch das einzige Muster sein, das du gelernt hast.

Stanjic dachte nach. Er hatte eine Menge Bücher gelesen, die Psyche ist ein weites Feld, viele Bücher.

Oder, fragte Sydow, ist das Muster an dir abgeprallt und hat dich gar nicht geprägt und du beziehst deine Verhaltensmuster ganz von woanders?

Ich würde sagen, sagte Stanjic, das geht nicht. Ich würde sagen – und ich sage es nicht gern, glaub mir –, das Muster ist dasselbe, es ist nur abgewandelt, es hat eine andere Ausprägung.

Was für eine.

Darüber möchte ich jetzt lieber nicht reden, okay? Aber glaub mir, ich habe daran zu beißen.

Für unsere These reicht es allemal, sagte Sydow, du sagst also, das Muster bleibt sich gleich, aber wenn du jetzt an die Kacheln denkst, könnten wir sagen, die Farben wechseln?

Ja, ist gar nicht so falsch. Es hat eine andere Konnotierung, aber die Form ist dieselbe, die Kachelschablone bleibt die gleiche, aber wenn sie vorher beispielsweise rot war, ist sie jetzt grün.

Und bleiben alle Kacheln immer im Spiel?

Im Mosaik ja, sagte Stanjic. Er schaute die Tannenbäume an, er dachte an den Kreislauf der Nahrung, an den Kreislauf der Natur, er dachte an das Meer, das verdunstet, und sah den Regen vor dem Fenster, er dachte, dass ein steter Wandel war in der Welt und aber nichts verloren geht. Alles bleibt im Spiel. Das Muster webt sich fort in Unendlichkeit, in immer neuen Varianten und sich doch nicht unähnlich. Müsste man die Regungen und Bewegungen allen Treibens legen als ein Muster, in einem Koordinatensystem aus Zeit und Raum, es wäre, dessen war er sich plötzlich ganz sicher, es wäre ein aperiodisches. Alles bleibt im Spiel, alles wandelt sich ständig, es bleibt sich gleich und doch nicht.

Und auch sonst, sagte er darum, ja, alle Kacheln bleiben immer im Spiel. Bei mir ist das Hauen noch im Spiel, aber in einer anderen Farbe. Ich kann sie nicht aussortieren, aber die Farbe kann sich ändern, die Linien verbinden sich aber doch. Ich kann andere Muster legen, aber der rote Faden zieht sich durch. Man könnte vielleicht sagen, es gibt ein hauendes Umfeld, die Aggression kommt also von außen. Sehr häufig, das belegen die Statistiken, sehr häufig übrigens wechselt sich darin nicht mal die Farbe, die Leute wurden gehauen und hauen dann auch. Aber gut, wenn sie nicht hauen, kann es sich beispielsweise nach innen wenden, es gibt mannigfaltige Möglichkeiten der Autoaggression, in denen man sich betätigen kann. Das wäre dann also schon ein Farbwechsel, allerdings kein besonders glücklicher. Ich glaube nicht, dass das Muster dadurch an Schönheit gewinnt.

Die Frage ist, wie du das kannst.

Wie meinst du das.

Wenn es die Gewohnheiten sind, die die Muster dirigieren, dann – passieren sie einfach, oder?

Gott bewahre, das würde ja heißen, dass ich von vorne bis hinten determiniert bin, und das weigere ich mich zu glauben.

Schreib das mal auf, das dürfen wir für unsere Versuchsanordnung nicht vergessen.

Was soll ich aufschreiben. Ich weigere mich, das zu glauben?

Was genau.

Stanjic überlegte, er wollte und würde das nicht glauben. Dass ein Muster nicht veränderbar ist, dass es sich nicht wandelt. Es geht nichts verloren, sagte er, aber alles wandelt sich. Daran glaube ich.

Das heißt also, wenn wir das anwenden auf unser Mosaik und auf unseren Fall. Dann müsste diese These insofern greifen, als alle Indizien und alle Begebenheiten, die wir als wichtig eruiert haben, im Spiel bleiben. Nicht in sich gleich, aber in einer Verwandlung.

Ja. Ja, ich denke, das stimmt.

Aber. Mal angenommen, es stimmt, was du neulich gesagt hast: Alles, was passiert, ist wichtig. Angenommen, der Mann von der Kreuzung ist wichtig, das hast du gesagt. Nur mal angenommen, ich sage nicht, dass ich dir zustimme, ganz im Gegenteil, ich –

Du willst deine totale Kapitulation zu Protokoll geben, richtig?

Dass du es einem aber auch so schwer machen musst, immer druff, immer darauf herumtrampeln, anstatt dass du stillschweigend einfach anerkennst, dass ich dir ein bisschen entgegenkomme.

Du kommst mir nicht entgegen, du schließt dich meiner weisen Führung an, so könnten wir es im Protokoll festhalten.

So was unterschreibe ich nicht.

Denkst du, das ist ein Verein, der seine Protokolle nachher zur Einsicht und Unterzeichnung herumschickt? Da kennst du mich schlecht.

Weißt du, dass sich bei mir auch langsam eine gewisse Diskursmüdigkeit breitmacht?

Umso besser, rief Stanjic, deine Oma würde sagen, bravo, wirst du endlich erwachsen. Er notierte sich alles.

Was notierst du da.

Deine Verwandlung, sie erscheint mir wichtig, ich werde es in unserem Mosaik als den Stein legen, an dem deine innere Reifung einen gewaltigen Sprung getan hat.

Meinetwegen. Sydow hatte sich aufgesetzt und lehnte jetzt mit dem Rücken gegen die Küchenwand.

Was würdest denn du sagen, was ein Muster ist, fragte Stanjic, nachdem er alles aufgeschrieben hatte.

Ein Muster ist das, was man malt, sagte Frederik von Sydow abschließend.

Hm. Stanjic überlegte, es klang so einfach und zu einfach, er schaute Sydow nachdenklich und erstaunt an. Aber eigentlich, sagte er langsam zu ihm, hast du damit gerade was ziemlich Kompliziertes gesagt. Und was Wahres. Ich glaube, das stimmt: Ein Muster ist das, was man malt. Weil man malt immer ein Muster. Man wird sich immer über das, was man malt, verraten, weil es immer ein Muster zeigt, und der, der zu entschlüsseln weiß, was du malst, erkennt das Muster und umgekehrt.

So kompliziert hatte ich es gar nicht gedacht, aber ich bin froh zu merken, dass noch in meinen einfachsten Äußerungen so viel Komplexität steckt. Du kannst mir mich ein andermal erklären, ja? Jetzt zum Mann an der Kreuzung. Erinnerst du dich, wie er aussah.

Ist es wichtig.

Du musst jetzt darauf herumreiten, ja? Du willst von mir hören, ja, der Mann an der Kreuzung, er ist wichtig.

Ja.

Gut. Ja. Es ist wichtig. Ich weiß es nicht sicher. Ich habe nur so ein Gefühl.

Ein Gefühl, das ist doch schon mal was. So krude und verworren es sich auch noch zeigen mag, das heißt, deine Empfindungsskala erweitert sich, immer ein sicheres Zeichen für eine stattfindende Entwicklung.

Bitte, ich kann dieses Wort nicht mehr hören! Zurück zu dieser Nacht, diesem mysteriösen Mann. Was hat er da gemacht? Warum stand er hinter uns, mit ausgeschaltetem Motor? Warum wollte er zum Alex und fuhr dann nicht hin?

Spielen wir Krimi?

Ja, David, wir spielen richtig schlechten Krimi.

Wie in den falschen Büchern.

Ja, David.

Die du heimlich liest.

Sydow starrte ihn wütend an, man kann den Bogen überspannen, David Stanjic, vor zwei Generationen hat man in meiner Familie noch gehaut, das hat sich nur verformt und eine hässliche

Farbe angenommen und ich spüre regelrecht, wie es in seiner eigentlichen Ausprägung in meiner Person wiederkehrt, in Alarmrot, verstehst du? Ich werde zur roten Kachel! Ich spüre die Wiederkehr des Musters!

Also gut, Stanjic lachte, du bist ganz am Boden, das gefällt mir nicht so schlecht. Aber ich werde nicht über dich drübergehen, ich reiche dir die Freundeshand und helf dir wieder auf.

Stanjic überlegte. Er starrte aus dem Fenster, jetzt war es schon ganz dunkel. Glaser war heute Morgen mitsamt Kamera in einem Taxi davongebraust, sie hatten es, bei Frau Heese hinter ein paar Zimmerlinden verborgen, beobachtet. Er würde, so vermuteten sie aus den Erfahrungen der letzten Wochen, lange unterwegs sein, er war in den letzten Wochen immer lange unterwegs gewesen, im Zeichen der Kunst, der Neuen Medien. Dennoch sollten sie hier langsam wieder abdampfen. Er versuchte, sich den Mann ins Bild zu holen, wie er neben seinem Fenster aufgetaucht war. Er erinnerte sich nicht mehr so gut, es war spät gewesen und das Licht so fahl und sie beide so müde und vor allem, er hatte das in den hintersten Winkel seines Bewusstseins gestopft. Vor allem nämlich war er gerade in die Knie gegangen vor Frederiks Filmberichten. Ganz allgemein und denen mit der Üetliberg-Episode im Speziellen.

Sydow hatte sich wieder hingelegt, rollte sich auf die Seite und stützte das Kinn in die Hand, schaute ihn an.

Braune Haare, sagte Stanjic. Kurz. Groß, mindestens eins achtzig, eher mehr. Schlank, dünn, sehr mager, diese neurotischen Augen hungriger Seelen, schlanke Hände, lange Finger, Ohren wie Koteletts.

Was?

Ich *liebe* Vergleiche!

Das ist ja das Schlimme.

Stanjic knuffte ihn in den Oberarm, ach was, das habe ich aus einem Buch.

Aus was für einem Buch.

Aus einem Buch mit harten Jungs, in solchen Büchern hat man Ohren wie Koteletts oder Blumenkohl.

Sydow schaute auf die Uhr, komm, wir zischen ab, meine Empfindungsskala erfährt gerade ungeahnte Wachstumsschübe, ich fühls in meinem Gedärm, dass Glaser bald nach Hause kommt.

Das nennt man Hunger.

Erstaunlich, was mir bisher, in meinem emotional verkrüppelten Vegetieren, alles entgangen ist, der Wahnsinn.

Sie packten ihre Siebensachen und verwischten die Spuren, dann gingen sie ins *Tante* und Frederik Sydow unterrichtete seine Großmutter wortreich von einem klitzekleinen Anflug von Diskursmüdigkeit und ob sie dementsprechend nicht die Kohle lockermachen wolle, er spüre den dringenden Impuls, etwas Sinnvolles zu gründen.

Was denn, sagte Frau von Sydow, sie verteilte mit Quack zusammen gerade die Suppenterrinen.

Sydow lief neben ihr her, zum Beispiel eine Antidiskursdiskussionsggesellschaft, kurz ADDG, wir könnten auch einen Laden eröffnen, mit so Gimmicks, Merchandiseprodukte sind heutzutage sehr wichtig.

Frederik, du bist mir im Weg, zuletzt stolpere ich noch über dich drüber und schütte die ganze Suppe aus.

Also, was sagst du dazu.

Nein.

Hm. Frederik ging im Rückwärtsgang vor ihr her, ist das alles, was du dazu zu sagen hast?

Ja.

Der Diskurs ist nicht so deine Stärke, was?

Nein.

Verstehe. Er ging schweigend ein paar Meter vor ihr her, machte dann zwei Ausfallschritte, Frau Sydow kreischte, er fing mit der einen Hand den Suppentopf auf, mit der anderen seine Oma, das ist Reaktion, oder?, sagte er zu ihr hinunter, wenn du mich nicht hättest, wärst du jetzt vor Schreck zu Boden gekracht, hättest dir die Hüfte gebrochen, die Suppe über den Kopf gegossen, Verbrennungen zweiten Grades davongetragen und würdest den Rest deiner Tage simmernd in einem Altenheim verbringen, ohne Besuch.

Frederik. Raus jetzt.

Erst, wenn du mir die ADDG finanzierst, das wird ein Knüller.

Nichts finanzier ich dir! Hilf mir hoch!

Sydow zog seine Oma wieder in die Senkrechte und trug ihr den Suppentopf zum nächsten Tisch, du hast recht, Omi, der Diskurs, er ist noch nicht tot, da geht noch was. Ich bin froh, dass ich dich zurate gezogen habe, ich hätte eine visionäre Gesellschaft gegründet, für die die Welt noch nicht bereit ist, und wäre ohne dich mitsamt Frau und Kind schnurgerade in den Bankerott gerannt.

Frau und Kind, schnaubte seine Oma. Und Bankerott, sie schaute prüfend über die Tische und sah alle wohlversorgt mit Brot und Suppe, das sagt man heutzutage nicht mehr so.

Sydow gab ihr einen Kuss auf die Wange, danke, Omi, you made my day.

Er ging zum kleinen Tisch hinten an der Wand, Stanjic saß schon dort und brockte sich Brot in seine Suppe, er hatte die Zeitung neben dem Teller ausgebreitet. Sydow setzte sich dazu und hob den Deckel von der Terinne, schöpfte sich ein paar Kellen Suppe, was gibts Neues?

Stanjic schob die Zeitung beiseite und tunkte die Brotstücke unter die Suppe, ach, sagte er. Ich glaube, Frankreich und Deutschland planen vor Weihnachten noch den großen Eklat und versichern sich damit umso schönere und versöhnlichere Weihnachten. Er reichte Sydow die Zeitung hinüber und tippte auf das Bild eines außergewöhnlich dicken Mannes, der mit seiner Frau vor dem Hamburger Zoo stand und wehleidig in die Kamera blickte.

Sydow las: *Ein Hamburger Krankenhaus hat den seit vielen Jahren geschäftlich (*Les Croissants Du Pont!*) in Deutschland tätigen Monsieur Du Pont aus Marseille die Weiterbehandlung in einer Tierklinik empfohlen.*

Der 240 Kilogramm schwere Mann war mit Beschwerden im rechten Arm in die Notaufnahme der Universitätsklinik gekommen, wie das Krankenhaus gestern berichtete. Eine Untersuchung per Kernspin- oder Computertomografie schien ratsam, konnte aber in der Klinik nicht durchgeführt werden, da die Geräte zu klein waren. Bitte ambulant organisieren, zum Beispiel über Hagenbeck, *hieß es demnach in der Überweisung des zuständigen Arztes. Das Ehepaar, vom Taxifahrer wie gewünscht zur vermeintlichen Ambulanz* Hagenbeck *chauffiert, fand sich betroffen vor dem Hamburger Zoo wieder.*

So viele Jahre Arbeit im Dienste der Deutsch-Französischen Freundschaft, *weinte die fassungslose Frau bei Befragung unseres Journalisten,* und dann das! Als Monstrum wird man in den Zoo eingeliefert!

Der zuständige Arzt der Universitätsklinik wies solche Anschuldigungen von sich, die Angabe über Hagenbeck *wäre nur gut gemeint und als* Hilfestellung für den weiterbehandelnden Arzt *gedacht gewesen, schwer übergewichtige Patienten werden üblicherweise* in tiermedizinisch genutzten Geräten *untersucht.*

Vor uns, *sagte die Frau entsetzt,* wartete ein Elefant!

Monsieur Du Pont hat sich zu dem Vorfall noch nicht geäußert, seine Frau spricht aber ganz offen von einer baldigen Rückkehr in die Heimat – muss Hamburg fortan ohne die köstlichen Croissants Du Pont auskommen? Ist ein in Frankreich angesehener Geschäftsmann und wohlgelittener Bürger hier nicht mehr als ein Elefant unter Elefanten?

Der französische Kanzler zeigte sich nach Inkenntnissetzung des Vorfalls höchst alamiert und befürchtet einen tiefen Riss in der Freundschaft zwischen den beiden Ländern.

Sydow überflog die anderen Artikel, klare Sache, in der heutigen Ausgabe sägten die französischen Korrespondenten an der Achse. Sogar das Rezept Alain Ducasse' schien ein Seitenhieb im Zeichen Hagenbecks, er empfahl den Deutschen ohne weitere Kommentare *Elefantengulasch:*

Zutaten für ca. 3000 Portionen

1 mittelgroßer Elefant
(am besten Gattung Loxodonta africana*)*
20 Beutel Salz
500 kg Pfefferkörner
750 Schaufeln Kartoffeln
125 Schaufeln Möhren
200 Bund Petersilie
80 Beutel Zwiebeln

5000,5 Liter trockenen Rotwein
1 Kaninchen

Zubereitung

Den Elefanten in mundgerechte Stücke schneiden (das dauert ungefähr 6 Wochen).
Gemüse waschen und in Stücke schneiden (weitere 4 Wochen).
Das Fleisch in einen Jumbo-Missionarskübel geben. 5000 und einen halben Liter Wein dazugeben und das ganze 28 Tage kochen.
Schaufelweise mit Salz und Pfeffer abschmecken.
Wenn das Fleisch durch ist, Gemüse hinzufügen. Um das Ganze zu beschleunigen, empfiehlt es sich, eine große Kohlenschaufel zu benutzen.
Für eine weitere Woche leicht köcheln lassen, dann portionieren und mit Petersilie garnieren.
Reicht für ungefähr 3000 Gäste.
Kommen mehr Gäste als erwartet: Das Kaninchen zufügen!
Bon Appetit!

Siebeck, scheinbar unbeeindruckt von den Tollheiten um ihn herum, informierte seine interessierten Lesern über die Herstellung von *Nonnenfürzchen,* ein Schmalzgebäck, das, wie er sagte, *dem Deutschen gar wohlschmecket*, er persönlich aber *als zu fett ansehe.*

Frederik faltete die Zeitung zusammen und legte sie auf den Nebentisch, meines Erachtens, sagte er, sind 200 Bund Petersilie zu wenig, ich würde empfehlen, noch einen hinzuzufügen.

Exakt, sagte David.

Und sonst?

Eher wenig. So gings dahin, sie bespitzelten Simons Wohnung, schauten seine Filme und fraßen seine Nüsse, zwischendurch fuhren sie die Sandwichs aus und kachelten ein Bild der Ereignisse, von dem sie noch nicht wussten, ob es aperiodisch sein würde oder aber nach einem System, das die Welt noch nicht kannte.

98. Buchen Sie doch mal einen Nähkurs!

David bestritt es zwar wortreich, aber Frederik gewann trotzdem den Eindruck, die Lichttherapie zeitige einige Erfolge, David war viel aufgeräumter und tatendurstiger und vor allem netter.

Das ist nicht von der Lichttherapie, sagte er hartnäckig, das kommt vom Nähkurs.

War Frederik aber auch egal, Hauptsache, er torpedierte einerseits nicht mehr seine Keksversuche und andererseits ihr kriminologisches Vorgehen, das, er musste es sich eingestehen, ihm selbst zwischenzeitlich eine diebische Freude bereitete.

Wie ist es, er kam ins Wohnzimmer und schaltete die Musik leiser, er hatte sich nun doch endlich die Mühe gemacht, den *Schlachten*text zu lesen. Er fand es ungeheuer mühselig und anstrengend und er kriegte davon Muffensausen, wie er sagte.

Das gibts nicht mehr, sagte David, im Übrigen finde ich das übertrieben.

David arbeitete an dem Mosaik, es nahm langsam Form an.

Du nimmst es nicht mehr ernst genug, klagte Frederik.

Ich habe es lange genug ernst genommen.

Ja, aber da wusstest du noch nicht um die faszinierenden und heimtückischen Korrelationen, die dieser Text zu unsrer Indiziensammlung aufweist.

Zum Beispiel?

Frederik zählte sie ihm auf.

Stimmt, das ist faszinierend und heimtückisch, Gott sei Dank haben wir nun ein wasserdichtes System, um alles aufzudröseln.

Hast du denn nun endlich diesen restlichen Textteil? Du dachtest doch, er wäre vielleicht bei Simon auf dem Rechner.

Nein, habe ich nicht.

Aber du sagtest, du hättest das Passwort, du warst doch ganz sicher, letztendlich das Passwort herausgefunden zu haben?

Linsengericht? David hielt ein Zehneck in der Hand und legte es versuchsweise in sein Puzzle. Linsengericht wars nicht, war ein Irrtum. Ich glaube auch nicht, dass es in seinem Rechner ist.

Nur, weil du nicht reingekommen bist.

Stimmt.

Ich gehe jetzt zu Simon und hole den Text.

Und wie stellst du das an?

Ich gebe als Passwort Simon Glaser ein.

Tolle Idee, viel Erfolg.

Frederik tippte Glasers Nummer ins Telefon und klingelte durch, hallo? – Simon? Ah, du bist zu Hause, sehr gut, ich komme mal einen Sprung vorbei, David hockt schon wieder bei mir in der Wohnung und macht mir das Leben schwer, ich halts nicht mehr aus. –

Was? –

Wie bitte, dann eben. –

Der Nähkurs? Er hat zu dir gesagt, der Nähkurs hätte ihm so gutgetan, er sei vollständig von seiner Winterdepression geheilt?

Er warf David einen anklagenden Blick zu, er winkte ihm grinsend mit einer grünen Fliese zu und werkte weiter.

Ach so, ja, er macht mich ja auch nicht mehr mit seiner Schwermütigkeit fertig, seit dem Nähkurs vernäht er mir hier alles, jeden noch so winzigen Stofffetzen, den er finden kann, vernäht er zu einer Patchworkdecke, Vorhänge, Hemden, Tischdecken, Topflappen, alles futsch. –

Nein, nicht schön, du kennst doch David, natürlich sieht eine von ihm genähte Patchworkdecke nicht schön aus, aber ich rede ihm lieber nicht drein, es ist wichtig für seine Entwicklung, sagt er, kennst ihn ja. –

Genau, besser sinnloses Tun als sinnloses Reden, sag ich auch immer, soll er mir hier die Sitzkissen unter dem Hintern wegnähen, ist alles besser als dieses schwarze Loch, zu dem er sich redend entwickelt hat. Ich habe neulich gelesen, dass Planeten in der Umgebung schwarzer Löcher zu Staub zermalmt werden. Diese schwarzen Löcher haben gewaltige Massen, eine ungeheure Schwerkraft und ziehen damit das Gas aus ihrer Umgebung an und dann entstehen dort in hurtigem Tempo neue Sterne und Planeten und weil die alle wiederum rasend schnell unterwegs sind, kollidieren sie miteinander und die Trümmer der Kollision kollidieren dann wiederum miteinander und diese brutale Kettenreaktion zerbröselt Hunderttausende oder gar Millionen von Planeten zu allerfeinstem Staub und –

Ach so, dann habe ich das von deinem Klopapier, dann kennst du das schon. –

Dass ich mich fühle wie einer von diesen Planeten, das wollte ich sagen, David ist ein schwarzes Loch und saugt alle Lebensenergie von mir weg und ich kollidiere dann immer mit mir selbst und je öfter ich mit mir zusammenpralle, desto öfter pralle ich mit mir zusammen, ist eine Kettenreaktion, es zermalmt mich in immer schnellerem Tempo. –

Sicher, so kann man das auch sehen, ein schwarzes Loch produziert auch die Planeten, aber was ist dabei gekonnt, wenn sie sich gleich darauf alle gegenseitig wieder vernichten? Das ist doch ein Nullsummenspiel. Ich würde sagen, er erzeugt sie nur, um sich dann in diesen Staubmantel –

Dann eben Staubring, diese supermassiven schwarzen Löcher verbergen sich hinter einem dichten Staubring und so macht es auch David, aber ich habe keine Ahnung, was er dahinter treibt –

Richtig, dann lieber die Patchworkdecke, da habe ich ihn zumindest immer im Blick. Bloß brauche ich eben kurz eine Auszeit, ich komme bei dir vorbei. Ich sage nicht *gleich*, weil bis man bei dir draußen ist, vergeht in Böhmen ein Viertel –

Auch wieder wahr, endlich genug Zeit, auf dem Weg den Schal ordentlich umzuwickeln, also, auf gleich, ja? –

Wo musst du denn hin? –

Aha. Und dauert das lange? –

Vier Stunden, ach so, ja dann geht das heute natürlich nicht, gut, Tschüss! –

Nein nein, gar nicht schlimm, dann gehe ich ein bisschen meine Oma plagen, das hält sie frisch. –

Richt ich ihr aus, also. –

Ja, richte ich ihm aus. Also.

Frederik legte auf und ging in den Flur und holte seine Schuhe, sehr gut, sagte er, während er sich auf den Boden setzte und sie überstreifte, Simon muss gleich weg, ist sicher vier fünf Stunden unterwegs, sagt er. In einer Stunde bin ich dort, ich zieh mir den Text aus dem Computer und komm wieder zurück, du kannst ja in der Zwischenzeit was kochen.

Ach nein, keine Lust, David streckte sich und gähnte, er schaute auf die Uhr, wir treffen uns im *Tante*, in zwei Stunden. Bis dahin hab ich hier auch noch einen guten Stapel abgearbeitet. Oder ich näh was, gute Idee.

Von mir aus, Frederik schlüpfte in seinen Mantel und klemmte sich den Schal unter den Arm, bis gleich.

Vergiss diesmal nicht, abzuschließen, rief ihm David nach, sonst denkt er noch irgendwann, er wird verrückt.

Ich denke, wir denken, er ist verrückt.

Ja, aber er hat ja keine Ahnung davon, lassen wir ihn also in dem Glauben. David war aufgestanden und schaltete die Musik wieder lauter, bis dann.

Frederik war schon an der Tür, Stanjic drehte die Musik wieder runter, was solltest du mir übrigens ausrichten?

Ach so, er bucht dir noch ein paar Stunden Nähkurs, für Fortgeschrittene, weil es dir so guttut, deiner Entwicklung. Bis dann! Er zog die Tür hinter sich zu und David hörte ihn die Treppe hinunterpoltern.

Macht ihr euch nur über mich lustig, sagte er zufrieden vor sich hin, er schaltete die Musik wieder lauter und sang *macht ihr euch nur über mich lustig* in repetitiver Folge zur Glass'schen Begleitung.

99. Wer nackig ist, kann nichts mehr ausziehen

Mit schnellen Schritten naht das Weihnachtsfest, sagte David, Frederik fand das widerlich.

Man kann das auch individueller ausdrücken, sagte er erbost, man muss nicht immer mit vorgefertigten Modulen aus schlechten Büchern arbeiten.

Wieso eigentlich plötzlich wieder David und Frederik, sagte mein Lektor, wir hatten das doch geklärt: keine Vornamen! Da kann man ja sonst gleich die ganze Anonymisierung in den Orbit schicken.

Dass du immer gleich so radikal werden musst, begehrte ich auf, das ist eine Aggressivität bei dir, die solltest du mal bearbeiten.

Blödsinn. Du jedenfalls kehrst schleunigst zurück zu Stanjic und Sydow, sonst heißt er fortan Mathias und Simon Glaser wie im wirklichen Leben, nämlich –

Schon gut, knurrte ich, ich habs verstanden.

Seit David Stanjic sich dank dem Nähkurs wieder bester Laune erfreute, versackte sie bei Sydow ins Bodenlose, er behauptete, es läge an seinem Weihnachtsmannjob, aber Stanjic vermutete insgeheim, es gründete eigentlich in Sydows gespaltenem Verhältnis zu Verwandtschaft und Familientandaradei. Er konnte das aus eigener, wiewohl ja ganz anders gearteter Erfahrung absolut begreifen. Bei ihm jedoch mündete das in der totalen Idealisierung, er freute sich enorm, aufs Land, auf Weihnachten, auf die Verwandtschaft und auf die magische Mischung von allen dreien.

Du bist hoffnungslos naiv, sagte Sydow.

Und du bist hoffnungslos pessimistisch.

Ich bin realistisch.

Glaser klopfte mit der Klarinette auf seinen Notenständer, können wir?

Morgen war Weihnachten, Sydow kaute hartnäckig darauf herum, auch so eine Sache, der Satz hat es zu einiger Berühmtheit gebracht, bloß hat kein Mensch eine Ahnung, aus welchem Buch er stammt. Geschweige denn, dass jemand es gelesen hätte.

Morgen war aber nicht Weihnachten, sagte Stanjic, was nun?

Morgen war nicht Weihnachten, sagte Glaser, aber es nahte mit schnellen Schritten und sie hatten noch mächtig viel zu tun. Packen wirs, Jungs!

Sie übten ein bisschen.

Was ist eigentlich mit unserem Projekt, sagte Stanjic zwischen zwei Stücken, diese spontanen Ständchen, warum machen wir keine mehr, mir hat das gut gefallen.

Das war übertrieben. In situ war es ihm jeweils hochnotpeinlich gewesen, aber er entwickelte eine gewisse Angstlust, für die er durchaus ein Faible hatte.

Sie hatten zwischenzeitlich ein paar spontane Ständchen gegeben, sie waren alle in etwa so ausgefallen wie das erste, welches er, Stanjic, und Sydow vom Auto aus beobachtet hatten: Simon Glaser zog eine hässliche und unförmige Mütze über, er sah damit verboten aus, sie fragten: diese unförmige Mütze, muss das sein?

Er sagte, ja.

Sie zogen mitsamt ihren Instrumenten auf Fahrrädern durch die Stadt und gaben, so sie eines durch die Orthodoxie seiner Gewandung kenntlichen Juden angesichtig wurden, ein spontanes Ständchen.

Zweimal suchte der so Ausgezeichnete jeweils entsetzt das Weite. Einer versprach ihnen, sie wegen Belästigung zu verklagen, und ein vierter schließlich fragte sie, ob ihnen eigentlich klar sei, dass man das durchaus als Provokation verstehen könne, was Stanjic und Sydow ihm sofort bestätigten und sich wortreich entschuldigten.

Glaser wiederum machte Anstalten, ihn in ein weitschweifiges Gespräch zu verwickeln, es ging ihm um Schuld und die entsprechende Handhabe, er sprach von Wiedergutmachung und der Aufgabe, die jede neue Generation damit –

Der Mann unterbrach ihn und sagte: Es gibt keine Wiedergutmachung. Nicht in diesen Dingen. Deutschland kann zahlen und es zahlt und es ist richtig, dass es zahlt, es ist nötig. Deutschland kann sagen: nie wieder, und es wäre gut, wenn es stimmte. Deutschland kann die Bilder zurückgeben und die Häuser und alles, was sie unrechtmäßig an sich nahmen, und es ist spät genug dafür. Aber es wird nichts wieder gut dadurch, es ist ein Irrtum. Es ist eine Schuld und ihr könnt sie nur tragen und damit leben. Und damit meine ich euch alle, eure Großeltern, eure Eltern und euch, weil es ist eine Schuld, die habt ihr jetzt in eurer Genealogie. Im Übrigen möchte ich diese Musik nicht hören, nicht in dieser Stadt und nicht von Deutschen.

Simon Glaser nahm das, wie so vieles, in völliger Gemütsruhe zur Kenntnis. Stanjic fragte sich angelegentlich, ob es für Glaser in diesen Dingen eigentlich ein Gut oder Schlecht gab, ein Richtig und Falsch oder ob er alles nur unter Erfahrungen verbuchte. Er fand das insgeheim bewundernswert, litt selbst jedoch Höllenqualen. Aber wie gesagt, auch die Höllenqual hat so ihre

Reize, er mochte die damit einhergehende Aufregung und auch das Gefühl von Scham, vermutlich, diagnostizierte er sich selbst, durchlaufe ich gerade dementsprechende mangelhaft ausgelebte Kinderjahre.

Nein, machen wir nicht mehr, sagte Glaser.

Warum nicht, fragte Stanjic.

Ich denke, es ist genug.

Genug wofür?

Genug für meine Zwecke.

Welches sind denn deine Zwecke? Sydow legte die Tschinellen weg, ich dachte, es geht um Wiedergutmachung!

Es gibt keine Wiedergutmachung.

Das hat der Mann gesagt! Du hast doch gefunden, dass –

Das hat der Mann gesagt und er hat recht.

Und seit wann findest du das?

Immer schon.

Und warum dann das Ganze?!

Ich wollte sehen, was passiert.

Stanjic und Sydow starrten ihn an, warum? Warum nur? Du benutzt uns, du benutzt die Leute, um zu sehen, was passiert?

Glaser lehnte sich zurück und legte die Klarinette in den Schoss, wäre ich ein Wissenschaftler, würde ich eine These aufstellen. Ich würde eine Versuchsanordnung erfinden, ich würde Experimente machen, um zu sehen, was passiert. Es gibt dann ein Ergebnis, es kann sein, dass ich es erwartet habe. Es kann sein, dass es meine Erwartungen übertrifft, es kann sein, dass es ein ganz anderes Ergebnis ergibt, alles kann sein. Es wäre, als Wissenschaftler, nicht meine Aufgabe, zu bewerten, ob es gut ist oder schlecht, es ist einfach die Natur oder die Physik oder die Chemie und sie machen, dass Dinge passieren. Wie sie passieren und was passiert, das interessiert mich, als Wissenschaftler.

Du bist aber kein Wissenschaftler, sagte Sydow böse, du machst in Kunst, in Neuen Medien.

Das ist ein bisschen ähnlich, sagte Glaser, glaub mir, die Unterschiede sind marginal. Im Idealfall mache ich es so lange, bis ich ein Muster erkenne – wenn das gelingt, würde ich sagen, ich habe es gut gemacht.

Ein Muster, sagte Stanjic überrascht, was ist ein Muster, deiner Meinung nach.

Glaser überlegte, vielleicht könnte ich sagen: die Struktur, die sich zeigt.

Und das siehst du nach viermal fiedeln, ja? Sydow regte das auf, alles daran.

Ach nein, sagte Glaser, ich habe ja vorher schon ein paarmal gespielt.

Aber nicht mit uns, sagte Stanjic.

Nein, nicht mit euch. Ihr wart dem Projekt *Musik der Erde* damals noch nicht so aufgeschlossen.

Ich denke, es ging nicht um das Projekt, es gibt kein Projekt.

Aber ja, es ging immer um das Projekt, alles hat seine Richtigkeit.

Du bist also zufrieden?

Ja, ja, ich denke doch.

Weil du das Muster erkennst?

Das Muster? Glaser lachte, das Muster zeigt sich erst am Schluss.

Wann ist der Schluss.

Ich weiß es nicht, dann, wenn das Muster sichtbar wird, ich denke, dann weiß ich, dass es der Schluss ist.

Aber du machst keine spontanen Ständchen mehr.

Nein, das stimmt.

Ja und? Dann hast du das Muster? Ist Schluss?

Musik der Erde ist ja nur ein kleiner Teil vom Ganzen.

Ein Stein im Mosaik?, fragte Stanjic.

Sagen wir: mehrere Steinchen derselben Form.

David Stanjic verstand gar nichts mehr, hatte Glaser sie entdeckt und enttarnt? Oder was lief da eigentlich.

Und, Sydow hatte sich ebenfalls zurückgelehnt, er betrachtete Glaser mit verschränkten Armen, und in welche – Form gießt du dein Muster, wie verwertest du deine Versuchsanordnungen, schreibst du es auf?

Mitunter, Glaser hatte nun ebenfalls die Arme verschränkt, sie betrachteten sich.

Und sonst?

In jeder Form, die die Kunst hergibt.

Die Kunst ist ein weites Feld, sagte Frederik.

Da hast du vollkommen recht. Glaser streckte sich, es ist ja schön, dass ihr euch neuerdings so ausnehmend für meinen Beruf interessiert, wir werden sicherlich noch ausreichend Mußestunden finden, uns darüber auszutauschen. Jetzt aber, er nahm seine Klarinette wieder zur Hand, jetzt müssen wir üben! Weihnachten naht mit schnellen Schritten und wir wollen uns doch vor deiner Großmutter und deiner versammelten Verwandtschaft keine Blöße geben.

Hallo?, rief Sydow, wir spielen da! *Musik der Erde*! Keine Blöße geben, du bist gut, nackiger geht doch gar nicht.

Wie du meinst. Dann lass es uns in Würde tun. Und eins zwei drei, das macht Spaß!

100. Die Firmengründung

Weihnachten nahte also mit schnellen Schritten, sagte mein Lektor behaglich. Tat sich sonst noch was?

Ach ja, eh ichs vergesse, ich versuchte, ebenso gekonnte Kaugummiblasen zu fabrizieren wie er, natürlich ging es daneben. Sydow, murrte ich, während ich mir das Zeug aus dem Gesicht kratzte, Sydow hatte den Rest vom Text.

Olaf klaubte mir ein Stück Kaugummi aus der Frisur, er ließ die Hand sinken, er hat was?!

Er war an dem Tag losgegangen, den Text holen, wie er sagte, und er hatte den Text geholt.

Du hast was? Stanjic hatte ihnen Suppe aufgetan, er ließ die Kelle sinken.

Sie trafen sich wie abgemacht im *Tante*, David hatte zwischenzeitlich fleißig weitergepuzzelt, er war entsprechend erschöpft, aber guter Dinge, er sagte, die Sache nehme langsam Gestalt an.

Sydow holte einen Stapel Seiten aus seiner Umhängetasche,

legte sie neben Stanjics Suppenteller, ich sagte doch, ich hole den Rest vom Text.

Mit welchem Passwort, Stanjic schob seinen Teller zur Seite und blätterte durch die Papiere. Tatsächlich, es war derselbe Text und diesmal vollständig, vom Anfang bis zu der Stelle, wo seine Version aufgehört hatte, und von dort an noch weiter bis zum Schluss.

Simon Glaser, was sonst, Sydow brockte sich Brot in die Suppe und begann zu essen.

Hast du schon reingelesen?

Sicher, hatte ja massig Zeit auf dem Rückweg.

Und?

Na, wie der andere Teil auch. Unerquicklich, aber vermutlich aufschlussreich. Ich denke, du solltest dich gründlich einlesen, du hast dafür ein Händchen.

Frau Sydow kam zu ihnen herüber, sie machte gerade ihre Runde, schmeckts, Jungs?

Hervorragend, wie immer Frau von Sydow, sagte David. Rote Bete, nicht wahr? Bloß, dass sie nicht rot ist, komisch.

Frau Sydow warf ihm einen strengen Blick zu, sie wandte sich an Frederik, dein Vater hat mich angerufen.

Ach!

Ja, er sagt, man habe dich auf dem Weihnachtsmarkt gesichtet, singend und auch sonst nicht an Gaben geizend. Du verteilst da, sagt man, kleine Geschenke.

Ach ja, Sydow setzte eine betrübte Miene auf, was man halt alles so macht, wenn man kein Geld hat.

Ich finde das toll! Dein Vater übrigens auch. Dass du dein Leben endlich selbst in die Hand nimmst und einmal ans Geldverdienen denkst.

Was? Ihr Enkel warf den Löffel in die Suppe, ich mache mich da als Weihnachtsmann zum Deppen und du findest das toll, ja? Mein Vater auch, ja? Ihr wollt einen Wicht, einen Niemand, einen Nichts zum Sohn und Enkel, ja, ist es das, was ihr mir sagen wollt?

Wie bitte, Frederik, gewöhn dir das doch bitte an. Weihnachtsmann ist ein sehr seriöser Beruf, nichts, wofür man sich zu schämen braucht.

Ja, wenn man ein pensionierter Bartträger ist vielleicht.

Siehst du mal, es ist also ein Job, in dem man alt werden kann, das gibts nicht oft.

Bestens, und was mache ich den Rest vom Jahr? Urlaub? Also gut!

Ach was, dir wird schon noch was einfallen. Die Hauptsache ist doch, dass du begriffen hast, wie der Hase läuft, dass jeder seines Glückes Schmied ist.

Lass! diese! Sprachversatzstücke!, rief Sydow, das macht mich rasend!

Apropos Hase, sagte seine Oma, sie wischte ein paar Krümel von der Tischdecke und steckte sie in die Schürzentasche, Ostern hast du doch schon mal sicher, nicht wahr?

Guter Tipp, ich könnte ja eine Agentur gründen, für die Vermittlung von Festtagsbegleitung.

Warum nicht? Vielleicht liegt dir so was.

Omi, ich studiere Germanistik! *Neueste Deutsche Literatur*! Das ist nicht mein Fachgebiet!

Aber welches ist, arbeitsmarkttechnisch gesagt, dein Fachgebiet?

Die Sprache, die Literatur, das Deutsche ganz allgemein!

Na, lassen wir das. Was ich wissen wollte, ist, ob du dementsprechend am 24. noch arbeiten musst, das ist doch gewiss dein Hauptarbeitstag.

Nein, muss ich nicht.

Nicht? Und warum nicht?

Weil ich bis dahin gekündigt haben werde, ein Job, den sowohl du als auch mein Vater begrüßen, kann nichts für mich sein, ich habe mich geirrt.

Sei nicht albern, wir freuen uns einfach, dass du endlich –

Ihr sollt euch nicht freuen! Das Opageld sollt ihr rausrücken, dann lösen sich alle meine Kalamitäten in Wohlgefallen auf!

Das Opageld kriegst du erst, wenn du endlich einmal was Sinnvolles machst in deinem Leben!

Ich studiere! Die deutsche Literatur!

Was Sinnvolles! Habe ich gesagt!

Stanjic war immer grünlicher geworden, er legte seine Serviette weg und murmelte was von einem Toilettenbesuch. Konflikte, und wenn sie auch nur an ihm vorbeiflogen, umfassten sein Herz jeweils sofort mit eisernen Klammern, ähnlich einem Weckglas.

Hiergeblieben! Frau Sydow fasste ihn ins Auge, er ließ sich wieder auf den Stuhl gleiten, schaute trüb in seine Suppe, und was ist mit Ihnen, David?

Was ist mit mir?

Was ist mit den Sandwichs?

Nun ja, ich fahre sie aus, man lernt da die verschiedensten Menschen –

Hören Sie, das gilt jetzt für meinen Enkel und nicht minder für Sie, in Abwesenheit Ihrer eigenen Großmutter rede ich an ihrer statt: Ab nächstem Jahr möchte ich von Ihnen Nägel mit Köpfen sehen!

Omi, jammerte Sydow, denk an die Module, die Sprachversatzstücke, die deutsche Sprache ist so reich an schönen –

Das hilft dir alles nichts, wenn dein Vater dir ab nächstem Jahr die Überweisung streicht.

Seit wann macht er das?

Seit heute.

Hat er dir das am Telefon gesagt.

Richtig.

Hast du ihm den Tipp gegeben, hast du ihm gesagt, meinst du nicht, Horstl, es wäre mal an der Zeit, deinem Sohn einen Tritt in den Arsch zu geben?

Die deutsche Sprache ist schön und reich genug, nicht in die Bredouille zu kommen, solche Vulgaritäten benützen zu müssen.

Allerwertester sagt man heutzutage nicht mehr.

Nicht? Wie denn dann?

Man sagt *Derrière,* wie damals, als du ein kleines Mädchen warst, zur Zeit der französischen Besatzung, es ist ein Revival, insofern also wieder topmodern.

Meinetwegen. Ich habe jetzt keine Zeit mehr, mit euch zu plaudern, brav bleiben!

Frau Sydow zog ab, Stanjic und Sydow löffelten schweigend ihre kalte Suppe.

Was war das überhaupt, fragte Sydow missmutig, er kippte den Teller und ließ sich den Rest auf den Löffel gleiten.

Vielleicht Sellerie?, meinte Stanjic.

Sicher hat meine Oma darum so miese Laune, weil alle Gäste ihr zu ihrer leckeren Topinambursuppe gratulieren, diese Suppe schmeckt nach absolut gar nichts und sieht aus wie Abwaschwasser.

Und jetzt?, fragte Stanjic.

Nichts und jetzt, jetzt gehen wir zu mir, du liest den Text, fügst alle Sachen in die Liste ein, wir werfen den Philipp Glass ein und fliesen weiter. Und dazu essen wir viele Kekse, süß und knusprig.

Ich meine wegen des Geldes, dein Vater streicht dir das Geld.

Das wusste ich schon, ich habe heute auch mit meinem Vater telefoniert, mein Vater sagt auch Allerwertester. Ich frage mich, wie ich in diese Familie hineingeboren wurde, vermutlich im Krankenhaus verwechselt, mit dieser Vorstellung halte ich mich aufrecht.

Und wie machst du es dann?

Ach, mir wird schon was einfallen, die deutsche Sprache wird in so vielen Bereichen gebraucht, da wird sich wohl ein Plätzchen für mich finden. Im Übrigen sagte ja mein Jahreshoroskop, ich solle mal kürzertreten im Job, das bedingt immerhin, dass ich einen habe, also gute Aussichten.

Und ich, was mache ich?

Du hast doch einen Job, einen schlechten, sicher, aber es ist einer. Und du lernst da die veschiedensten Menschen kennen, auch schon was.

Ach. Ich habe festgestellt, dass die Menschen alle gar nicht so verschieden sind und dass man sie schwer kennenlernt, insofern hats der Job nicht gebracht.

Dann würde ich sagen: Gründe mit mir eine Firma. Eine sinnvolle Firma. Wir verdienen damit ein Heidengeld und streichen zusätzlich noch das Opageld ein, was hältst du davon.

Klingt gut, abgemacht.

Und so machten sie es dann auch. Aber dazu später.

101. Die Wahrheit über seine Mutter

Erst mal wurde aufs Land gefahren, die Geburt des Heilands stand unmittelbar bevor und am 22.12. quetschten sie sich mitsamt Instrumentensärgen, Rezeptsammlung und Schlitten ins Auto und krochen los, erst mal auf die Autobahn nach Hamburg.

Du bist, bemerkte Simon Glaser, auf der Autobahn nach –

Ich sehs!, sagte Stanjic erbost, denkst du, ich machs mit Absicht?

Glaser sah nach draußen, langsam vermute ich das, in der Tat.

Ist auch so, sagte Sydow, er schaute von seinem Asterixheft hoch, er will uns bei *Hagenbeck* abladen, er hat da einen Deal laufen, mit dem Zoodirektor, wir fungieren da als Zwergelefanten und sind die zarte Einlage für den Silvesterschmaus.

Ich finde eher, sagte Glaser, David benimmt sich wie die Lorenz'schen Graugänse: Dem ersten Laster, den er erspäht, fährt er bedingungslos hinterher, ich weiß nicht, bist du auf einer Autobahnraststätte geboren?

Exakt, sagte Stanjic. Meiner Treckermutter aus dem Schoss geplumpst, als sie ihren Lkw besteigen wollte. Die Arme, sie wussten gar nicht, dass sie schwanger ist, sie dachte, sie hätte einfach etwas zugelegt. Fernfahrerteller sind ja nicht gerade berühmt für ihre kalorische Ausgewogenheit. Ich war dann nicht sicher, wer ist die Mutter? Sie oder der Lastwagen? Ich war einfach nicht sicher.

Jaja, sagte Glaser, jeder hat sein Päckchen zu tragen. Hier, trink einen Becher Kaffee und dann bei der nächsten Ausfahrt raus bitte.

102. Holzhacken ist gesund

Stanjic stapfte durchs Haus, er hatte Unruhe.

Wenn er an einem Fenster vorbeikam, schaute er hinaus. Draußen war immer Regen, dabei war morgen Weihnachten.

Er ging über die große Treppe nach unten, wusste nicht so

recht, wohin sich wenden. Er mochte nicht in den Salon gehen, sobald er Katharinas ansichtig wurde, hatte er das dringende Bedürfnis, sich alle Kleider vom Leib zu reißen und zu ihr aufs Sofa zu springen, um ihr hernach ebenfalls die Kleider vom Leib zu reißen und ihr ins Herz zu beißen.

Das war nicht besonders subtil, aber was sollte er machen.

Er hatte neulich, als würde wiederum jemand ihm die Decke vom Kopf ziehen oder den Balken aus dem Auge, er hatte bei ihrer letzten Landpartie im Herbst ganz schlagartig sich verlieben müssen.

Du sorgst hier, meinte mein Lektor, für chronische und chronologische Verwirrung, ich denke, er war schon seit Zürich schlagartig –

Unfug, er war vorher schon ganz verliebt gewesen, schon als er sie allesamt mit dem Automobil hierherchauffierte, hatte er das begriffen. Vermutlich war er schon in Zürich ganz verliebt gewesen und es war noch nicht in seinem Hirn angekommen. Unbewusst aber hatte er es wohl geahnt, immerhin hatte er sich sinnlos betrinken wollen, Katharina hatte ihn daran gehindert, sie hatte ihm die Jumbopackung Kirschstengeli entrissen, dafür war er ewig dankbar, er hätte sich ob der Rührseligkeit, die damit einhergegangen wäre, sonst ein Leben lang geschämt.

Und jetzt hatte er das brennende Gefühl, keine Geduld mehr zu haben und keine Zeit, er wusste nicht, ob es daran lag, dass er ausgehungert war und schon zu lange allein oder ob es was mit dem Alter zu tun hatte. Vielleicht lag es an allem zusammen.

Seither bemühte er sich, die Kontrolle zu wahren, umrundete sorgsam den Salon und versuchte, sich in den Griff zu kriegen, aber er kriegte sich nicht in den Griff.

Er ging den Korridor entlang, klopfte mit den Fingerknöcheln gegen die Wände, sanft rieselte der Verputz, er hätte sich gerne irgendwohin verräumt.

Im blauen Zimmer saß eine Horde Kinder um einen korpulenten Onkel, lauschte mit betroffenen Gesichtern. Stanjic schaute durch den Spalt in der Tür, öffnete sie ein wenig weiter.

Da hatte, las der Onkel vor, *da hatte ihr neidisches Herz Ruhe, so gut ein neidisches Herz Ruhe haben kann. Die Zwerglein, wie sie abends nach Hause kamen –*

Stanjic zog die Tür wieder zu, hatte er ein neidisches Herz?

Er hatte ein verliebtes Herz, er hatte ein gequältes Herz, aber neidisch?

Ja. Er hatte ein neidisches Herz. Was sollte er dagegen tun? Was tun mit einem neidischen Herzen? Würde er enden wie die böse Königin? Endeten so die neidischen Herzen, würde er gehen müssen, um sie zu sehen auf ihrer Hochzeit, musste er sich das geben? Vielleicht. Vielleicht war das so. Vielleicht würden auch für ihn schon glühende Schuhe bereitstehen und er würde tanzen müssen, bis er tot zur Erde fiele. Er würde tanzen müssen und dabei konnte er gar nicht tanzen, das war ja das Schlimme.

Er lehnte sich mit dem Rücken zur Wand, schloss die Augen. Er hörte das monotone Auf und Ab des Märchengemurmels, er hörte das Klappern aus der Küche, das ganze Haus schnaufte und hob und senkte sich, in allen Zimmern war ein stetes Gebastle und Gewerke, dort faltete ein Dutzend Sydows verträumte Origamis, dort bestaunten ein paar picklige Jugendliche die artistischen Handgriffe eines ehemaligen Taschendiebs, manche gingen spazieren. Er wusste nicht, wohin mit sich.

Die Tür zum blauen Herrenzimmer ging auf, die Horde Kinder rannte heraus, er drückte sich gegen die Wand. Sie rannten an ihm vorbei, rannten im Pulk die Treppe hinauf, verschwanden in den oberen Gefilden, weg waren sie.

Er hatte ein neidisches Herz. Er fand keine Ruhe. Die Eifersucht. Die Eifersucht hatte ihn fest in der Mangel, räumte beständig alles in ihm herum, als wäre Ordnung die Lösung. Die Eifersucht war es, die ihm die Unruhe machte, die schwere See, sollte er Holz hacken?

Ja. Er hatte ein neidisches Herz und würde Holz hacken, bis er es wieder auf Sendung gebracht hatte, bis es wieder seiner eigentlichen Bestimmung und Aufgabe nachkam: pumpen. Neidische Herzen sind Herzen mit zu wenig Aufgaben, der Müßiggang hat schon immer unsere niedrigsten Impulse hervorgebracht. Die Herzen, sie brauchen das Tätigsein wie alle anderen auch, manche wurden sonst fett, seines wurde neidisch. Die Herzen, sie würden gerne der Liebe frönen, kann schon sein, es war das, wonach es sie am allermeisten verlangte, aber bekommt man immer, wonach man begehrt? Nein. Sein Herz würde gerne lieben und musste Holz hacken, so war das.

103. Das Herz wird überschätzt

Stanjic hackte Holz, er war nicht gut darin.

Sicher, man konnte nicht in allem gut sein. Aber grad so? Er brauchte ewig lange, um ein einziges Scheit zu spalten, entweder fiel es vom Hackstock, bevor er draufhaute, oder er haute daneben. Lag es vielleicht am Gerät? Er betrachtete die Axt, war sie krumm und schief? Nein. Es musste an ihm liegen. Er musste die Sache männlicher angehen, sicher war er einfach zu schüchtern, ein gewisser Mangel an Selbstvertrauen, er stand sich selbst im Weg. Er wischte sich den Schweiß von der Stirn, stützte sich auf die Axt und schaute hinaus. Der Schopf war zu seiner Stirnseite hin vollständig offen, man stand überdacht im Freien, der stete Regen trappelte behände auf dem Blechdach, es gefiel ihm hier. Das Wasser stand in tiefen Pfützen zwischen den Steinquadern im Hof, Unkraut wogte darin, sanft wie Algen, er roch den Rauch aus dem Schornstein.

Er zog den Pullover und das Hemd aus, alles war schweißnass, er hängte die Sachen über einen Balken. Holz hacken konnte nicht so schwer sein. Holz gehackt wurde seit Jahrtausenden, Holz hacken war quasi Kulturgut, vermutlich schon längst eingeschrieben in den menschlichen Gencode, jeder Trottel konnte Holz hacken. Er würde das jetzt üben. Er stellte einen neuen Klotz vor sich auf den Hackstock, nahm ihn in Augenschein, er würde sich zum Holzhackspezialisten machen, er rückte ihn ein wenig zurecht, er holte aus, er würde so lange Holz hacken, bis er das Wort Libe nicht mehr richtig buchstabieren konnte und aber eins a Holzscheite produzierte, er –

Es hupte! Er hackte sich schier ins Bein. Er drehte sich herum, ein kleines grünes Auto, drehte im Hof eine elegante Runde, dass das Wasser nur so spritzte, und fuhr jetzt rücklings unter eine der Birken. Autofahren war auch so eine Sache. Es sah so leicht aus, so spielerisch, so hingeklimpert. Er wiederum fuhr genau so Auto, wie er Holz hackte, in der Regel also gar nicht, und wenn doch, dann zum Abgewöhnen. Seit er in Berlin Auto fuhr und somit immer hübsch im Trockenen saß, hatte sich seine Schreckhaftigkeit enorm erhöht, er fuhr, das Gesicht quasi gegen die Frontscheibe gepresst und das Lenkrad war sein einziger Freund, er hielt ihn eisern fest.

Er war einer von denen, denen immer mitten auf der Kreuzung der Motor absäuft, die an der Tankstelle den Tankwart bitten, ihnen zu helfen, weil sie so was noch nie gemacht haben, und die, im Versuch, zu bremsen, die gesamte Kupplung herausreißen, was muss das in einem Auto auch alles derart nah nebeneinander – na ja.

Ein Auto war in den Hof gekurvt, hatte sich unter der Birke versorgt. Er hatte es gar nicht heranfahren hören, unter seinem Blechdach hörte er nur das enorme Getöse des Regens, der Rest der Welt machte Pantomime.

Er legte die Axt weg und fuhr sich mit der Hand über die Brust. Er trat nah an den Rand des Schopfs und wartete. Grünes Auto, grünes Auto, wer, er bückte sich ein wenig, um ins Innere des Autos zu sehen, wer fuhr denn ein grünes Auto, noch ein Sydow? Man sollte meinen, alle wären schon da. Sollte es noch mehr geben? Würden noch mehr Autos kommen? Karrte man sie aus dem hintersten Winkel der Welt heran, auf dass ihnen dieser Heidenspaß nicht entginge?

Die Autotür ging auf, ein Schirm, wurde aufgespannt, ein Bauch wurde ausgefahren, ein –

Anna!, rief Stanjic, er lief hinüber und nahm ihr den Schirm ab, reichte ihr die Hand und half ihr heraus, ja Anna, rief er, er strahlte.

David, rief sie, das ist ja –

Ja so was, rief er, er umarmte sie ungeschickt, bist du, ich wusste gar nicht, hast du, wo ist denn, er bückte sich, schaute ins Innere des Autos, kommst du allein? Wo ist Wolfgang? Solltest du denn noch Auto fahren? Er hielt den Schirm über sie beide, nahm ihr die Tasche ab, sie liefen hinüber zum Schopf.

Stanjic schüttelte den Schirm aus, lehnte ihn gegen den Hackstock, er drehte sich zu Anna Snozzi um, fasste sie an den Schultern, rieb freudig an ihnen auf und ab, wie kommst du denn hierher? Wie geht es dir? Ist alles, er machte eine ungefähre Bewegung in Richtung Bauch, alles in Ordnung? Und wo ist Wolfgang.

In der Stadt. Er –

Ist das gut, dass du kommst, du weißt ja gar nicht, wie das hier, Stanjic führte sie hinüber zu der schmalen Bank an der Längsseite der Hütte, durch das weit vorspringende Dach stand sie immer im Trockenen. Er wischte Staub und Holzspäne weg und setzte sich neben sie, du hast ja keine Ahnung. Bin ich froh, dass du kommst, weißt du, die Sydows, und dann Katharina – kennst du Katharina Fitzwilliam? Sie ist die, na, von Simon, die Freundin von Simon und –

Simon hat eine Freundin? Anna Snozzi legte die Hände an den Rücken und drückte das Kreuz durch, das wusste ich gar nicht.

Tut dir der Rücken weh? Stanjic drehte sie herum und rieb ihr den Rücken, ja eben, sagte er. Katharina Fitzwilliam, sie ist, wie soll ich sagen, ich habe, na ja. Wirst du dann sehen, Simon jedenfalls, na ja. Simon eben.

Katharina Fitzwilliam? Ich kenne keine Katharina Fitzwilliam. Woher kennt Simon eine –

Aus Leipzig. Dann waren sie in Zürich. Dabei ist sie, Stanjic knetete Anna Snozziss Schultern, na ja.

Was ist sie, Anna Snozzi drehte sich ein wenig herum, schaute ihn an.

Na ja. Stanjic stand abrupt auf, nahm die Axt wieder zur Hand und stellte sich einen Holzklotz zurecht, sie ist, also Katharina Fitzwilliam ist, er holte aus, haute daneben.

David! Was machst du denn da!

Holzhacken, siehst du doch, Stanjic stellte den umgekippten Holzklotz wieder auf, es ist mit Katharina Fitzwilliam eben so.

Du nervst, sagte mein Lektor.

Du auch.

Hast du schlechte Laune.

Nein, *du* hast schlechte Laune.

Usw. Solche Gespräche führen wir zuhauf, Olaf ist wirklich ein Spezialist darin, derartige Pattsituationen herzustellen.

Geh und lass deine schlechte Laune an Mathias aus, sagte er.

Er heißt Frederik, sagte ich, Frederik von Sydow.

Du nervst, sagte mein Lektor.

Ja, hakte Anna Snozzi nach.

Ach ist egal. Wirst sie gleich kennenlernen. Er holte aus –

David.

Ja.

So wird das nichts.

Was.

Das ist nicht Holzhacken, das ist russisches Roulette.

Was?

Anna Snozzi stemmte sich von der Bank, nahm ihm die Axt aus der Hand.

Anna! Du wirst doch nicht, in deinem Zustand, denk an das –

Sie spaltete den Klotz, legte die Scheite in den Korb, ich denke an das Kind, glaub mir, ich denke mir, wenn es jetzt mitkriegt, wie man Holz hackt, muss ich später nicht immer bangen, es mache es irgendwann so wie du. Ernsthaft, David, du solltest einmal über deine Technik nachdenken.

Ich habe keine Technik.

Mein ich. Dabei, sie musterte seinen nackten Oberkörper, die Arme, du bist ja kräftig, du müsstest eigentlich –

Ja? Stanjic war hocherfreut. Das hat mir noch nie jemand gesagt. Er hob die Arme, spannte die Muskeln, willst du mal fühlen?

Nein danke, Anna Snozzi winkte ab, hackte noch ein Klafter Holz, aber ich sehs. Du hast schon Muskeln, die kann man auch haben, wenn man lang und dünn ist, du bist kräftig, die Muskeln wären alle da. Aber wenn man dir zusiehst, würde man meinen, du benutzt sie nicht.

Weißt du, sagte Stanjic treuherzig, ich habe eher mit dem Herzen Holz gehackt.

Eine absolut schwachsinnige Idee. Herzen haben immer zwei linke Hände, das solltest du langsam wissen. Anna Snozzi stellte ein neues Holz auf den Hackstock, also, sagte sie, erst mal stellst du es immer eher auf den hinteren Teil des Hackstocks. Wenn du dann danebenhaust, triffst du wenigstens den Hackstock und nicht den Boden und deine Füße und so. Sie stellte sich hinter ihn, legte ihm die Axt in die rechte Hand, du musst sie hinten am Stiel nehmen, nicht irgendwo in der Mitte, und die zweite Hand dazunehmen, bei dir wird das sonst ein Gefuchtel, und –

Anna!

Was? Du musst –

Stanjic ließ die Axt sinken, drehte sich um, es hat mich getreten.

Was? Ach das Baby. Ja, das macht es manchmal, also, du musst –

Nein, Stanjic betrachtete verwundert ihren Bauch, nein nein, ich kann so nicht arbeiten, warum tritt es mich denn.

Es bewegt sich einfach, langsam wirds eng da drin.

Ja, kann ich mir vorstellen. Ist es unruhig? Meinst du, es ist eifersüchtig? Vielleicht hat es ein neidisches Herz. Das schafft Unruhe. Ich würde das verstehen.

Ich glaube, es ist einfach nur eng. Wollen wir noch ein bisschen?

Geh du mal hinein, Guten Tag sagen und so.

Und du?

Ich hack noch ein bisschen Holz.

Bist du sicher.

Ganz sicher.

Dann tu mir den Gefallen und benutz deine Muckis dafür.

Linke Hände und so, verstanden.

Versprochen?

Versprochen. Stanjic stellte sich ein Klafter an den vordersten Rand des Hackstocks und packte die Axt mit einer Hand kurz hinter dem Blatt, holte weit –

David!

Er lachte, nahm die Axt richtig in die Hände, war nur ein Witz.

Ich mach es jetzt haargenau so, wie dus mir gezeigt hast. Versprochen.

Also gut. Anna Snozzi spannte den Schirm auf und griff nach ihrer Tasche.

Lass stehen, sagte Stanjic, ich bring sie nachher mit rein. Er holte aus, spaltete aufs Trefflichste, na?, sagte er befriedigt, was sagst du?

Was ich da sage? Das Herz, es wird einfach überschätzt.

Recht hast du. Stanjic warf die Scheite in den Korb, spaltete Holz, er spaltete Holz, als hätte er sein Leben lang nichts anderes getan, eine Pumpe!, rief er, es ist einfach eine Pumpe. Und womöglich, dachte er, er spaltete! Hackte Holz! Er war ein Holzhackspezialist, er war dafür geboren, womöglich, dachte er, habe ich auch kein neidisches Herz. Wie das Baby. Dem Baby und mir ist es einfach nur ein bisschen eng. Oder.

104. Vitamin-B-Mangel – wie man ihm begegnet

Sydow saß in der Küche am Tisch vor einem Berg Gemüse, er zerlegte einen Lauch.

Seine Oma wuselte um Anna Snozzi herum, brachte ihr Hagebuttentee, wegen dem Vitamin C! Bestrich ihr ein Brot dick mit Butter, weil mit dem Cholesterin, das war ein Irrtum! Sie brachte Äpfel, Vitamine sind so wichtig! Sie platzte fast vor Eifer, Anna dies und Anna das und ein Fußschemel dort, sie eilte um ein Schultertuch, drapierte es um Anna herum, noch mehr Brote, weil in ihrem Zustand muss man tüchtig –

Omi, sagte Frederik, er warf den zerkleinerten Lauch in den Topf, legte sich einen neuen parat, so wie Anna aussieht, hat sie eher schon ein paar Brote zu viel eingeworfen.

Lass die dummen Witze, Frau Sydow schenkte Anna Snozzi Tee nach, legte ihr die Hände auf die Schultern, noch ein Kissen? Bisschen Honig? Soll ich noch eine –

Anna Snozzi hielt sie fest, tätschelte ihr die Hände und zog einen Stuhl nah zu sich heran, Frau Sydow setzte sich, weiterschwätzend. Vitamine … so wichtig … Margarine … isst kein Mensch mehr … und ein Lob der Suppe!

Frederik! Den Sellerie!

Sydow betrachtete entmutigt den Schwung Sellerieknollen und begann, Sellerie zu schälen, Sellerie grob zu würfeln, Leute gingen aus und ein, sie deckten den Tisch im Esszimmer, sie rührten in weiteren Töpfen und schnitten ein paar Brotlaibe in Scheiben, eine Tante Hildegard balancierte ein Tablett mit Käse über ihrem Kopf, toll.

Ein Kind kroch unter dem Tisch herum, machte irgendwas an seinen Schuhen, vermutlich band es die Schnürsenkel zusammen, eine Freizeitgestaltung, so alt wie das Binden von Schuhen selbst.

Er überlegte, wie alt wohl das Binden von Schuhen sein mochte. Er schälte einen weiteren Sellerie, er glaubte sich zu erinnern, dass zum Beispiel schon Ötzi, der Mann aus den Alpen, sein Schuhwerk mithilfe eines Schnürsenkels schloss. Er wusste wiederum nicht, ob auch mit einer Schlaufe. Womöglich mit der Superschlaufe, die er Stanjic ans Herz gelegt hatte. Womöglich aber auch nicht, womöglich war ihm genau das, ein dummer Schnürsenkel nämlich, der immer wieder aufging, zum Verhängnis geworden. Gemeinhin wurde ja angenommen, er sei, friedlich rastend und Brotzeit haltend (Sandwich vom Alpensteinbock), hinterrücks mit einem Pfeil erlegt worden. Genauso gut konnte es aber sein, dass er alle naselang diese vermaledeiten Schnürsenkel hatte zubinden müssen und derohalben natürlich nicht immer wachsam war, ähnlich wie bei David. An dem ihn observierenden David konnte Simon mühelos mehrfach vorbeispazieren, er hatte nichts gesehen, band gerade seine Schnürsenkel. Ötzi, ansonsten ein Topjäger, der schneller zieht als sein Schatten, kniete schon wieder fluchend über seinem Bärenfellschuh und zack, da hat es ihn erwischt.

Sydow bewegte seine Füße hin und her, Tatsache, Schnürsenkel zusammengebunden. Ihm war alles gleich, seine Oma schwätzte immer noch, Vitamine, frische Luft –

Aber der absolute Höhepunkt für ihn in der Ötzisache damals war, als die ersten Fotos von ihm in die Presse kamen – ich meine, dachte Sydow, ein Mann, der aussah wie ein Räucherspeck – und eine Dame aus dem Bayrischen dennoch steif und fest behauptete, es handele sich um ihren vor 12 Jahren in den Bergen verschollenen Mann – ein Blick auf den Speck, sofort erkannt! Na ja.

Er bückte sich und knotete die Schnürsenkel auseinander, dann schnitt er Gemüse klein, es war sehr viel Gemüse und es sollte sehr klein sein, kleiner!, drohte ihm seine Oma noch einmal, sonst wird die Suppe nicht fein.

Und Beine hochlegen, sagte sie, wieder zu Anna Snozzi gewandt, sie hatte wirklich Ausdauer, und gut sehen Sie aus! So gesund und –

Jaja, sagte Sydow, und Butter macht die Wangen rot und Wolfgang? Er schüttete einen Wurf Selleriewürfel in den Topf, starrte Anna Snozzi an, was ist mit Wolfgang, was ist mit dem Kindsvater.

Frederik –

Was, Omi? Anna steht knapp vor der Niederkunft.

Niederkunft!

Ist doch so, du platzt doch schon aus allen Nähten, ich verstehe überhaupt nicht, wie du hinter dem Lenkrad Platz gehabt hast, ist das so ein Behindertenmobil? Wo man den Sitz ausschwenken kann und mit vergrößertem Sitzraum? Darf man in dem Zustand überhaupt noch ein Fahrzeug lenken? Nicht, oder. Ich finde das absolut fahrlässig, da kommst du mir nichts dir nichts hier angebraust, jeden Moment können die Wehen einsetzen und hier ist weit und breit kein Arzt, es –

Frederik, es sind doch noch Wochen hin.

Das glaubst du doch selbst nicht, willst du noch dicker werden? Ein so riesiges Kind kannst du doch niemals auf die Welt bringen, das zerreißt dich doch in tausend Stücke. Oder sind es zwei?

Frederik, reiß dich zusammen! Anna sieht fabelhaft aus, fabelhaft sehen Sie aus, Anna, die roten Wangen, Frau Sydow ging hinüber zu ihrem Enkel, schaute in den Topf, und mach vorwärts mit dem Gemüse, wir wollen essen.

Er nahm sich eine von den Karotten, säbelte sie klein, nein ernsthaft jetzt, du musst dich verrechnet haben, wenn du weiter so wächst, bist du in einem Monat so hoch wie breit, das ist doch nicht normal. Das Kind kann jeden Moment kommen, das Kind wird jeden Moment kommen, du hast schon den typisch gesenkten Bauch.

Frederik!

Ist doch wahr, Omi, schau hin, Sydow deutete mit einer Karotte auf Anna Snozzi, das Kind hat sich schon total gesenkt, alles ist bereit. Bloß Anna hockt auf dem Land, kein Arzt weit und breit und Wolfgang ist Gott weiß wo.

Wolfgang ist zu Hause, sagte Anna Snozzi, sie hatte auch ein Brett zur Hand genommen und griff sich ein paar Karotten, schnitt sie klein.

Ach. Und was macht er da? Der Stubenhocker? Wieso ist er nicht bei dir?

Frederik, ich bin schwanger, nicht krank, sie schob mit dem Messer die zerkleinerten Karotten in den Topf.

Deine Nerven möchte ich haben.

Das kommt von den vielen guten Vitaminen, Frau Sydow tätschelte Anna Snozzi die Schulter, weil Sie so brav Vitamine gegessen haben, Vitamin B, das stärkt die Nerven, Kartoffeln.

Ja, Omi, ich würde eher sagen, Anna hat zu viel davon abgekriegt, die ist ja quasi schon sediert, hast du eine Kartoffelkur gemacht? Hast du einen Vitamin-B-Schock? Fühlt sich alles an wie in Zeitlupe und die Reflexe haben Verspätung?

Getreide, zählte seine Oma auf, Bananen –

Ja, Omi, Bananen sind ganz wichtig. Meine Nerven jedenfalls liegen blitzeblank, wenn ich sehe, wie Anna hier kurz vor der Niederkunft in aller Gemütsruhe ihren Bauch herumwuchtet –

Wochen, sagte Anna Snozzi, noch Wochen.

Innereien, sagte Frau Sydow, Eier –

So viel Leber kann ich gar nicht fressen, dass ich mir das noch wochenlang mit anschaue.

Du doch nicht, seine Oma schaufelte die Karottenstücke von seinem Brett und trug den Topf zum Herd, bei dir ist Hopfen und Malz verloren, und ich bin dem Herrgott ewig dankbar, dass du nie schwanger sein wirst. Du bist so schon eine Zerreißprobe für meine Nerven.

Bananen. Sydow ging ihr hinterher, du musst mehr Bananen essen. Stärkt die Nerven.

Neun Monate im Dreieck hüpfen würdest du, sie rührte im Topf herum, schwitzte das Gemüse an und goss Wasser dazu, komm, umrühren, sie drückte ihm den Kochlöffel in die Hand und fing an, Kräuter zu hacken.

Ich weiß nicht, Sydow legte den Löffel weg, drehte sich um und betrachtete Anna Snozzi, wenn ich mir Anna so ansehe, finde ich hüpfen schon sehr euphemistisch gesagt. Gehen vielleicht. Krabbeln, ich würde im Dreieck krabbeln.

Ich glaube fast, Anna Snozzi war ebenfalls aufgestanden und wischte sich die Hände ab, ich glaube fast, du würdest hüpfen, Bauch hin oder her, bis –

Kurz vor der Niederkunft, Frederik nickte, bis kurz vor der Niederkunft. Du bist kurz vor der Niederkunft und ich bin der Meinung, du hättest dein Dreieck nicht hierherverlegen sollen. Das war ein Fehler. Du hättest immer in Hör- und Rufweite von einem Krankenhaus krabbeln sollen. Und Wolfgang hinterher, immer dir hinterher hätte er krabbeln sollen. Er hätte dich aber auch gleich tragen können. Frauen in deinem Zustand, quasi im letzten Moment vor der Entbindung, sollten nicht mehr selbst krabbeln müssen, sie sollten noch viel weniger sich gestresst fühlen durch dieses enervierende Hinterhergekrabbel von Männern mit schlechten Frisuren, da fühlen sie sich doch von einem üblen Omen verfolgt, sie sollten –

Seine Oma hatte zu wenig Bananen gegessen und warf ihn aus der Küche, er solle sich nützlich machen, aber dazu fiel ihm natürlich nichts ein.

105. Der Onkel – Österreich holt uns ein

Verstehst du das? Sydow hatte sich zu Stanjic gesetzt und schaute ihm beim Hacken zu, wieso fährt sie kurz vor Weihnachten dem Kindsvater davon, da ist doch was faul. Sicher hat er sie verlassen, der Schweinepriester.

Das glaube ich nicht, Stanjic warf ein paar Scheite auf den wachsenden Klafterberg neben sich und stellte sich ein neues Holzstück zurecht, holte aus, Wolfgang ist so ein lieber Mensch, der würde so was nie tun, Wolfgang ist der netteste Mensch, den ich kenne.

Das sind die Schlimmsten, das sind die mit der Aggressionshemmung. So lieb sein ist nicht normal, klar, dass der einmal durchdreht.

Ich habe auch eine Aggressionshemmung, sagte David, er warf die Scheite auf den Berg, und dreh nicht durch.

Warts ab. Wenn der Druck zu groß wird.

Wann gibt es denn Essen?

Gleich.

Apropos durchdrehen, findest du nicht, dass Simon hier auf dem Land viel entspannter ist? Als wäre, regelrecht als wäre eine Last von ihm abgefallen, so kommt mir das vor.

Stimmt, sagte Sydow, er streckte die Beine aus, weißt du, ich glaube, das war einfach falscher Alarm, wir haben uns da in was reingesteigert.

Meinst du?

Ja, meine ich.

Und Katharina Fitzwilliam?

Was ist mit Katharina Fitzwilliam.

Essen! Anna Snozzi stand drüben in der offenen Tür und rief über den Hof.

Wir kommen, rief Sydow zurück, Stanjic warf die letzten Scheite auf den Berg und legte die Axt weg.

Was ist mit Katharina, fragte Sydow noch einmal.

Meinst du eigentlich, Stanjic nahm sein Hemd vom Balken und schlüpfte hinein, meinst du, die sind ein Paar?

Simon? Und Katharina Fitzwilliam? Nein.

Wieso bist du da so sicher? David knöpfte das Hemd zu und angelte sich den Pullover, könnte doch sein. Einfach ein komisches, manche Paare sind wahnsinnig komisch, die sind vielleicht einfach ein komisches Paar, ein sehr diskretes.

Wieso ich sicher bin? Weil ich gefragt habe, was denn sonst.

Wen hast du gefragt.

Simon habe ich gefragt.

Simon hast du gefragt? David Stanjic zog sich den Pullover über den Kopf und starrte Sydow an, wieso?

Um meine Chancen auszurechnen, ist doch klar.

Deine Chancen? Stanjic stieß seine Hände in die Ärmel und zerrte den Pullover in alle Richtungen zurecht, Katharina Fitzwilliam schaut dich nicht mit dem Hintern an! Katharina Fitzwilliam interessiert sich einen feuchten –

Sie soll mich doch um Himmels willen nicht mit dem Hintern anschauen, sagte Sydow schockiert, wozu gab der Herr uns ein Angesicht – wobei, er schnatterte aufgeregt und ließ seine Stimme in den Keller fallen, wobei das natürlich durchaus was für sich hat.

Stanjic haute ihm mit beiden Händen eins vor die Brust, lass die blöden Witze, rief er zornig, das erlaube ich nicht, dass du –

Was fällt dir ein, Sydow packte ihn am Halsausschnitt des Pullovers und schüttelte ihn, was denkst du dir denn! Verstehst du keinen Spaß mehr oder was, du hirnverbrannter Trottel, denkst du, ich –

Frederik? David?, rief Anna Snozzi herüber, alles in Ordnung bei euch?

Sie schraken zusammen und hielten inne, schauten hinüber zum Haus, legten sich die Arme um die Schultern und winkten, super!, riefen sie, Sydow stieß Stanjic eins mit dem Ellbogen in die Seite, Stanjic ballte sich um seinen Bauch zusammen, David krümmt sich schon vor Hunger, rief er, fast hätte er in mich reingebissen, vor lauter Appetit, er hatte mich schon am Wickel.

Braucht ihr einen Schirm? Ich komme rasch rüber, rief Anna Snozzi, sie machte Anstalten, in die Diele zurückzugehen.

Nein!, rief Sydow, Regen macht schön, sagt doch meine Omi immer und Stanjic hats nötig, schau ihn dir an, er zog Stanjic am

Kragen in die Höhe und präsentierte ihn Anna Snozzi, er sieht ganz demoliert aus. Aber keine Sorgen, ein bisschen Regen und der wird wieder wie neu.

Er zerrte David Stanjic neben sich her in den Regen, lass gut sein, Kumpel, war ein Witz. Niemand nimmt dir die Braut weg. Die interessiert sich einen feuchten Kehricht für mich, die schaut mich leider nicht mal mit dem Hintern an. Aber du solltest mal hinne machen, sonst brennt sie dir noch an.

Was? Stanjic machte sich los und starrte ihn an, wer brennt an?

Wie bitte heißt das, wo bleibt dein Knigge. Bei Katharina Fitzwilliam solltest du mal ein bisschen in die Gänge kommen. Das sieht doch ein Blinder.

Was sieht ein Blinder.

Sie liebt dich.

Ja?

Ja.

Ist das ein Zitat, fragte mein Lektor.

Ja klar, sagte ich.

Von den *Fab Four*, protzte er mit seinen Checkerqualitäten.

Die englische Sprache, bemerkte ich, muss nicht zwangsläufig gemauschelt werden.

Jedenfalls, fuhr ich fort, hätten sie ein bisschen mehr Talent, als im Planschbecken Hausmusik herumzueiern, hätte so eine simple Tatsache schon gereicht, einen Riesenhit zu landen. Das Talent, es ist ein merkwürdig Ding darum. Den einen gibts der Herr im Schlaf. Den anderen nicht. Warum, weiß keiner, es ist ein Geheimnis.

Ja, sagte Olaf.

Tu mir aber einen Gefallen, sagte Sydow, bevor sie die Tür erreichten, knips den Krapfen aus, bitte. Nicht, dass ichs dir nicht gönnen würde, aber es ist das zu offensichtliche Glück der anderen ein bitteres Los, wenn die eigene Frau gerade in der Ferne weilt.

Sie hatten die Haustür erreicht und er streifte unter dem Vordach seine nassen Schuhe von den Füßen. Stanjic latschte an ihm vorbei in die Diele, er war wie vor den Kopf gestoßen, er war vor den Kopf gestoßen.

David, sagte Frederik von Sydow freundlich, die Gummistiefel.

Wie bitte?

Ah ja, Sydow wandte sich Anna Snozzi zu, plötzlich gehts. *Wie bitte* sagt er, es bestätigt meine These, dass der Mensch im Schock ungeahnte Fähigkeiten freisetzt. Das ist, weil im Gehirn das totale Chaos ist und sich alles neu formiert. Danach beherrschen wir plötzlich die fabelhaftesten Dinge.

Willst du, wandte er sich freundlich wieder an Stanjic, so zum Essen gehen?

Stanjic folgte seinem Blick und betrachtete seine vermatschten Gummistiefel, er ging zurück unters Vordach, um sie auszuziehen.

Welche Frau überhaupt, sagte Anna Snozzi, sie hakte sich bei Frederik unter, sie gingen langsam durch die Diele, deine eigene Frau weilt in der Ferne? Du hast gar keine Frau, Frederik.

Danke, Anna, er tätschelte ihre Hand, dass du mich daran erinnerst. Wenn ich dich nicht hätte, als Memo und als Frau. Wozu in die Ferne schweifen, ich sags ja schon länger, wo das Glück so nahe weilt. Nicht einmal das Kind musste ich selbst machen, das ist unsere Gesellschaft, unsere Konsumgesellschaft. Ich muss nur über den Hof kommen und dich am Arm nehmen, schon habe ich Frau und Kind. Das Schlimme daran ist, dieselbe Gesellschaft ist auch eine Wegwerfgesellschaft, alles wirft sie weg, Brot, das bis zum Abend nicht verkauft wurde, eine Socke, die zu flicken keiner mehr eine Lust hat, die Frau, obwohl das Kind noch nicht einmal ganz durchgebacken ist. Hat Wolfgang dich weggeschmissen wie eine Bananenschale, ein Butterbrotpapier, hat er dich einfach fallen lassen?

Lass gut sein Frederik. Wolfgang kommt morgen nach, alles in Butter.

Wieso kommt er nach?

Er musste heute noch arbeiten.

Nein, *wieso* er nachkommt.

Und da dachte ich eben noch, du sorgst dich um mich.

Zuallererst sorge ich mich immer um mich und das ist auch gut so, weil um mich sorgt sich sonst anscheinend keiner. Morgen sitzen dann alle in trauter Zwietracht –

Zweisamkeit heißt das.

Zweisamkeit, meinetwegen, unterm Tannenbaum und nur ich muss wieder allein ins T-Shirt schnäuzen.

Sie hatten die Diele durchquert und waren den Flur entlanggegangen, David Stanjic wie ein Bauerntölpel immer hinterdrein. Anna Snozzi öffnete die Tür zum Speisezimmer.

Der Lärm war gigantisch. An die fünfzig Sydows, die echten und die im Herzen, groß und klein, die Hässlichen und die Schönen, die Klugen und die Blöden, hatten hier allerbeste Laune und reichten sich Schüsseln, Terrinen und Platten, jonglierten mit Besteck und Servietten und langten tüchtig zu, sie stemmten die Pokale und brachten gewitzte Trinksprüche aus, *Auf die Zukunft!* Zum Beispiel, bei prompter Kenntnisnahme von Anna Snozzis Bauch, einfach gewitzt.

Ich glaube, sagte Anna Snozzi laut über den Krach hinweg zu Sydow, zweisam ist morgen keiner, jede Wette.

Er hätte ihr beinah zugestimmt, aber sein Blick fiel auf David Stanjic, auf dieses glückliche Pfannkuchengesicht, das sich, als er Katharina Fitzwilliam in dem Getümmel ausmachte, noch weiter in die Breite zu ziehen schien. Doch, dachte er. Morgen gabs einen, der würde zweisam sein, da fuhr die Eisenbahn drüber.

David Stanjic würde mit Katharina unterm Lametta sitzen, ihr verliebt eine Christbaumkugel in die Flechten hängen und denken, sie seien von allen verlassen, aber zweisam in einer stillen Nacht, und wenn alle Sydows um sie herum schon Polonaise tanzten, weil die kannten da nichts.

Sie würden zweisam sein und er, Frederik Sydow, würde schon wieder auf ein langes Jahr ohne Frau zurückblicken und, so die Moiren nicht mal ein bisschen Gas gaben beim Handarbeiten, sprach nichts dafür, dass sich das in dem kommenden und langen Jahr so schnell ändern würde.

Er hätte sich gerne bemitleidet, aber dann schaute er wieder auf Stanjic, sah diesen bescheuerten Krapfenbub und folgte seinem Blick hinüber zu Katharina Fitzwilliam, die Stanjic unter der Tür entdeckt hatte und ihm zuwinkte. Zuwinkte und lächelte, dass einem alles Wachs werden wollte, innerlich natürlich, sie lächelte Stanjic zu sich herein und rückte auf der Bank ein Stück zur Seite, um ihm Platz zu machen. Sie sah glücklich aus, grinste wie ein – tja, Pfannkuchen, da hatten sich zwei gefunden.

Sydow schüttelte den Kopf, und weil er ein gutes Herz hatte, wurde er selbst ganz närrisch und fidel ob des vielen Glücks.

Er ging die lange Reihe der fröhlich Zechenden vorbei zu Simon Glaser, klopfte ihm auf die Schulter und er wandte sich um.

Freddy, sagte er, setz dich zu uns. Er legte die Hand auf den Rücken einer jungen Frau zu seiner Linken, kennst du schon Filine?

Nö, sagte Frederik Sydow, er gab ihr die Hand, grinste, aber kann man ja kennenlernen. Filine? Von der Versicherung?

Ja, sie lächelte und schüttelte ihm die Hand, Zusatzversicherung.

Ach so.

Nein! Reingefallen! So weit sind wir noch nicht. Zusatzversicherung! Sie glauben aber auch alles. Zusatzversicherung, was soll das denn für eine Zusatzversicherung sein, Sie dürfen sich nicht jeden Bären aufbinden lassen, Zusatzversicherung, das ist wirklich stark. Darf sich ein Buch vielleicht alles erlauben? Darf sich das Leben alles erlauben? Die Kunst, die Neuen Medien?

Olaf sagt nein, Simon würde sagen: ja.

Ja? Wir müssen einfach sehen, ob die Kunst sich durchsetzen kann, aber noch schwächelt sie, noch hat das gemeine Leben die Oberhand und das ist mitunter schrecklich banal, hat einen Jagdschein und heißt Jodok.

Also: Frederik von Sydow ging die lange Reihe der fröhlich Zechenden vorbei zu Simon Glaser, klopfte ihm auf die Schulter und er wandte sich um.

Freddy, sagte er, setz dich zu uns. Er wies auf den Mann neben sich, kennst du schon deinen Onkel Jodok? Er ist Jäger.

Angenehm, sagte Sydow.

Onkel Jodok? Hatte er noch nie gehört, aber bitte, wenn seine Oma sagte, das ist ein Onkel Jodok, dann war das ein Onkel Jodok. Familie ist das, wofür man sich entscheidet, angenehm, sagte er, und schüttelte Onkel Jodok die Hand.

Glaser hatte ihm zwischen sich und dem Onkel Platz gemacht und schenkte Frederik Wasser in sein Glas, Onkel Jodok veranstaltet am 26. eine Hatz, sagte er.

Die Stefanihatz, sagte der Onkel zufrieden, er tat sich noch was von der Suppe auf. Das wird von nun an bei den alljährlichen Sydowtreffen die Stefanihatz sein, wir haben mit dem Jagdpächter schon alles besprochen. Suppe?

Nein danke, da ist Sellerie drin und viel zu grob gewürfelt. Sydow nahm sich was von den gebratenen Kalbskoteletts und reichte die Platte weiter. Er schaute sich nach dem Püree um und wartete, bis die Schüssel bei ihm eintraf, das Kännchen mit der Fleischsoße, er häufte sich von allem was auf seinen Teller und begann zu essen. Was jagen wir denn da, fragte er kauend.

Wildschweine natürlich! Eine Treibjagd, das wird eine Hetz!

Onkel Jodok erläuterte ihnen ausführlich die Freuden der Wildschweinhatz –

Die Hetz mit der Hatz, murmelte Glaser neben Sydow vor sich hin, aber so was lief bei dem nicht unter Humor, er fand es nicht mal witzig.

Die Gefahren der Wildschweinhatz, das Leid der Wildschweinhatz. Onkel Jodok erläuterte ihnen haarklein alles, was er über die Wildschweinhatz in petto hatte.

Was heißt, es gibt immer wieder Tote, Sydow legte einen Kotelettknochen beiseite und wischte sich die Hände an einer Serviette ab, jetzt wohl nicht im Ernst.

Immer wieder Tote, Onkel Jodok nickte energisch, er klaubte die Knochen von Sydows Teller und warf sie unter den Tisch. Sydow schaute ihn verständnislos an, bückte sich und hob das Tischtuch. Der Hund schaute ihm ins Gesicht, ein Riesenvieh mit Ohren, knorpselte an seinem Kotelettknochen, er ließ das Tischtuch fallen und setzte sich wieder auf. Ihm war ein wenig flau.

Zwei Pfund Hund auf ein Pfund Sau, bemerkte der Onkel, das ist so eine Faustregel, damit man so einen ausgewachsenen Keiler überhaupt halten kann.

Sydow fragte sich, was Onkel Jodok da eigentlich vorschwebte, eine Hatz hatte er gesagt, meinte er das ganz wörtlich? Eine Wildschweinhatz in barocker Manier? Oben im Dachboden hatte er diverse Gemälde dieses Genres ausgemacht, er ersetzte die darauf jagenden Männer durch Onkel Jodok und ein paar wackere Mitstreiter hoch zu Ross, eine Meute Sauhunde (*zwei Pfund Hund auf ein Pfund Sau*) wild kläffend um sie herum, einen Keiler durch den Wald hetzend, bis er müde wird, um ihn dann mit einer Saufeder zu erlegen.

Tote. Immer wieder. Entweder zum Beispiel, sagte Onkel Jodok gerade, der Eber wird fuchsig und greift dich an, dann wird's eng. Und einmal war ich dabei, da ist einer in eine Schlucht hineingefallen. Also nicht der Eber natürlich! Der nicht!

Eine Schlucht?, sagte Sydow, man fällt doch nicht einfach so in eine Schlucht.

In eine Bodenspalte, die siehst du nicht. Kuhloch hieß das da, manchmal fällt da eine Kuh hinein, sagt man, oder eben ein Jäger. Heißen tun sie Kuhlöcher. In den Alpen laufen die Kühe frei im Wald herum, das sind ganz alte Weiderechte. Manchmal fallen sie in die Kuhlöcher. Da war ich dabei, wie einer ins Kuhloch gefallen ist, ein Jäger eben, den haben sie nie mehr gefunden.

Wie bitte? Sydow stellte sein Glas zurück, wieso soll man den nie mehr gefunden haben!

Das ist verwünscht, mit den Kuhlöchern, sagte Onkel Jodok, er nickte bedächtig, ganz verwünscht ist das. Immer wieder gibts Tote. Der Eber. Das Gelände. Oder die Jäger derschießen sich gegenseitig.

Was tun sie?, fragte Glaser.

Sich derschießen, gegenseitig, das ist auch saudumm. Ich war einmal dabei, da haben sie einen derschossen, saudumm war das, der ist noch in dem Rettungsauto elendiglich verblutet, ein ganz saudummer Schuss in den Oberschenkel, blöd war das.

Onkel Jodok, sagte Glaser, wo kommst du eigentlich her.

Aus Österreich!

Ach so. Glaser nickte, er schob den leeren Teller von sich und schaute sich um, ob es schon Süßigkeiten gab und Tee, einen Früchtetee. Onkel Jodok aus Österreich. Das hätte er sich denken können, das ist wie das *Gwind im Ohrwaschl* und *die hatte gar kein Bett!* Die Kuhlöcher, der derschossene Jäger, blöd war das. In Österreich ist so was einfach blöd, saudumm halt.

Sydows Oma klöpfelte an ihr Glas. Sie war aufgestanden und strahlte in die Runde, der Lärm verebbte langsam und alle wandten sich ihr zu, die letzten, hartnäckigen Esser legten Messer und Gabel weg.

Ich freue mich, sagte sie, wie in jedem Jahr heute wieder alle in so geselliger Runde begrüßen zu dürfen. Seit vielen Jahren ist es nun schon Tradition –

Frau Sydow redete weiter, sie beschwor die alten Zeiten, blickte zurück auf schwierige Jahre (Stichwort Enteignung, das Kommen und Gehen der Kommunisten, diese ständige Unruhe), sie erinnerte an die Morgenröte nach dieser langen Nacht, an Glasnost und Perestroika – die amerikanischen Sydows nickten wissend, es mussten diese schmackhaften Suppen sein, die wärmenden Eintöpfe – und wie schön es sei, nun schon seit so vielen Jahren wieder sich unterm Tannenbaum vereint zu sehen, sie sprach von dem alten Geschlecht der Sydows und dem Sydow im Herzen, weil das ist das, was wirklich zählt, der Sydow, den wir in unseren Herzen tragen.

So ist es, murmelte Onkel Jodok gerührt, der Sydow, den wir in unserem Herzen tragen.

Seine Oma machte in dem Stil weiter, Sydow hörte nur mit halbem Ohr hin, er betrachtete Onkel Jodok, fragte sich so nebenbei, wo seine Oma ihn aufgegabelt haben mochte.

Als hätte ers gerochen, beugte sich Onkel Jodok zu ihm herüber und sagte leise, eine ganz feine Frau ist das! Ganz eine patente! Eine Cousine zweiten Grades! Wir kennen uns noch von ganz früher, da sind wir zusammen auf die Pirsch!

Auf die Pirsch, dachte Sydow, er schaute hinüber zu seiner Oma, jaja.

Sie machte die üblichen Bekanntmachungen. Das Betreten des Zimmers mit Loch sollte tunlichst vermieden werden, sie drehte sich nach links und die Sydowsippe lachte wie ein Mann. Die errötende junge Dame im blauen Rolli –

Das bin übrigens ich. Sicher haben Sie sich mit Olaf – wo, mein Lektor klöpfelte auf den Papierstapel, wo bist du eigentlich? Irgendwann hier müsstest du doch auftauchen, oder? – sicher haben Sie sich schon gefragt, ob ich mich vor lauter Trubel womöglich vergessen habe, nein, das bin ich. Allerdings muss ich hinzufügen, dass ich eine wirkliche Rand- und Nebenfigur bin, wie gesagt, meine Verwandtschaft zu Auguste von Sydow ist eine recht weitläufige und keiner unserer drei Protagonisten hatte auch nur die geringste Notiz von mir genommen. Simon nicht, weil er sowieso in einer Parallelwelt zu leben scheint, Frederik nicht, weil er in all den Jahren zuvor die Aufenthalte hier auf dem Land in vollendeter Griesgrämigkeit und hinter hoffnungslos veralteten Büchern verbracht hatte und in diesem Jahr seinen Kopf natürlich ganz woanders hatte – und David? Nun ja, David und ich hatten, als wir uns hier über den Weg liefen, einen kurzen und überraschten Gruß gewechselt – in seinem Fall muss ich vielleicht korrekter sagen, einen erschreckten Gruß gewechselt. Die Causa, die uns im Österreichischen vor ein paar Jahren zusammenführte, war, fürchte ich, nicht dazu angetan, dass er darüber erfreut war, hier eine Mitwisserin anzutreffen, jemanden, der ihn an Klara erinnerte, die allgemeine Krise. Wir hatten uns stillschweigend darauf geeinigt, unsere Bekanntschaft miteinander nicht an die große Glocke zu hängen. Unser Verhältnis hat sich später aber beträchtlich entspannt, David war mir sehr behilflich bei der Rekonstruktion der ganzen Angelegenheit.

Die errötende junge Dame im blauen Rolli jedenfalls war vor drei Jahren beim adoleszenten Versteckspielen durch das Loch gefallen, hatte sich Gott sei Dank kein Haar gekrümmt, im Salon darunter nächtigte Tante Hildegard mitsamt Matratze und Daunengedöns auf dem maroden Billardtisch, ihr eigentliches Zimmer saftete durch, da war das Dach undicht. Sie war nur auf die Tante gefallen, Hildegard hieß sie, halb so wild.

Am Morgen nach dem Frühstück, fuhr Frau von Sydow fort, gings zum Baumschlag, die Herren möchten diesmal doch bitte einen wählen, der ins Zimmer passe, sie lege Wert darauf, den noch von ihrem Großvater höchstselbst bepinselten Engel auf der Spitze zu platzieren.

Sydow bezweifelte, ob dieser Engel der allgemeinen Hebung der Ästhetik dienlich sein würde. Er war vom Uropa höchstselbst bepinselt und auch von eigener Hand gedrechselt und grinste feist, es war ein Engel wie ein versoffener Schwerenöter. Er überlegte kurz, oder Karlsson vom Dach. Ihn schauderte, Karlsson hatte er noch nie gemocht, er war ein Arschloch. Er hatte eigentlich gefunden, Weihnachten habe durch Karlssons Abwesenheit unbedingt gewonnen. Er würde morgen also auf jeden Fall dabei sein beim Baumschlag, er würde sagen: Nein nein, der ist nicht zu groß, das ist haargenau, was meine Oma sich vorgestellt hat, passt perfekt, jede Wette!

Mein Enkel Frederik, sagte Frau Sydow, er klinkte sich hastig wieder in die Informationsveranstaltung ein, mein Enkel Frederik bäckt morgen Weihnachtsplätzchen.

Sydow streckte beide Hände zur Siegerpose in die Luft.

Wer sich seiner AG anschließen möchte, findet sich bitte um acht Uhr in der Küche ein.

Um acht?, sagte Sydow entgeistert.

Um acht, sagte seine Oma. Die Vorbereitungen für das Abendessen beginnen um 15 Uhr, die AG Weihnachtsplätzchen räumt bitte bis dahin die Küche. Die AG Weihnachtsplätzchen aufräumt bitte bis dahin die Küche. Des Weiteren –

Du kannst nicht, unterbrach sie Sydow, wenn ich meine Weihnachtsplätzchen-AG durchführe, gleichzeitig eine Konkurrenzveranstaltung wie Baumschlag ansetzen, das läuft unter Mobbing. Im Übrigen will ich auch den Baum schlagen, ich werde dort gebraucht, sie schleppen dir sonst todsicher einen an, der doppelt so hoch ist wie die Decke. Oder, dachte er, wenn er die fleißig zechenden Onkel betrachtete, sie wissen nicht mehr, wie eine Tanne aussieht und wir feiern dieses Jahr unter einer Ulme, kann gut sein.

Also gut, räumte seine Oma ein, die Plätzchen-AG trifft sich um acht und aufräumt bis 14 Uhr die Küche, dann gehts zum Baumschlag, Treffpunkt Viertel nach zwei in der Halle.

Des Weiteren: Der Menüplan hängt zur Einsicht aus, die Küchen- und Putzpläne ebenso, man trage sich bitte ein.

Sydow driftete wieder davon, seine Oma war ein Drache. Eine feine Frau? Von wegen, dachte er grimmig, morgen um acht, kommt alle zur Plätzchen-AG, jaja. In Scharen werden sie strömen, alle werden sich zur gleichen Zeit durch die Tür quetschen wollen, um ja nicht zu spät zu kommen. Zu ihrer Demütigung malte er sich seine Oma aus, in einen ausgesucht hässlichen Lodenmantel gehüllt und mit einem Gewehr in der Hand, in dieser typisch geduckten Haltung der Jäger, auf der Pirsch, mit Onkel Jodok.

Zwischenzeitlich ging es weiter, die Benützung der flurgelegenen Badezimmer erfolge nach Zimmersprengel. Wessen Badezimmer sich an den eigenen Schlafraum angrenze, möge es mit einem Badezimmerlosen teilen.

Die Klobrillen, sagte Frau Sydow gerade streng, bleiben unten. Die Badeöfen sind nach Genehmigung eines Wannenbades neu zu beheizen, wer darauf vergisst, muss eine Stunde Holz hacken, die Liste hängt aus. Bescherung morgen wie immer nach dem Essen um 22 Uhr. Mein Enkel, seine Freunde Simon Glaser und David Stanjic sorgen in diesem Jahr für unsere musikalische Begleitung, sie steht unter dem Motto *Musik der Erde,* wir dürfen gespannt sein.

Glaser winkte in die Runde, Sydow vergrub den Kopf in den Händen und Stanjic lächelte glücklich, er hatte nichts mitgekriegt, er war glücklich. Er würde vergessen, nach dem Wannenbad den Badeofen neu zu bestücken, er würde die Klobrille hochklappen beim Pinkeln, er würde keinen Plan einsehen und sich in keinen Plan eintragen und ins Zimmer mit Loch gehen und durchs Loch fallen, er würde alles musizieren, was Glaser sagte, Glaser würde sagen, spiel, und er würde spielen, er würde höchstselbst eine viel zu große Ulme schlagen und in den Salon stopfen. Er war glücklich. Er lächelte in die Runde.

Zudem hat Simon Glaser sich bereit erklärt, sagte Frau von Sydow, dieses Jahr die Hühner zu schlachten, in seiner AG werden noch Assistenten gesucht.

Sydow hob mit einem Ruck den Kopf, was tust du?

Hühner schlachten, am 25. gibts Paprikahuhn, Hausrezept.

Du kannst keine Hühner schlachten!

Kann ich wohl, ich habe geübt.

Mit was denn geübt bitte!

Mit Hühnern, mit was denn sonst, mit einer Kuh? Aber psst jetzt, deine Omi ist noch nicht fertig.

– eine Hatz, sagte Frau von Sydow gerade, alle, die einen Jagdschein besitzen, mögen sich bei Onkel Jodok melden, alle anderen werden ermuntert, als Treiber teilzunehmen. Der Jagdpächter Dr. Friedrich Wiest war so freundlich, uns für diesen Tag den Wald zur Verfügung zu stellen, er wird sich uns mit Freuden, Freunden und Hunden selbstverständlich anschließen. Zur vorherigen Information über den Ablauf und Prävention vor allfälligen Unfällen treffen sich alle Interessierten morgen zu Tee und Früchtekuchen im Salon. Die AG Quilten trifft sich jeweils –

Sydow hörte nicht mehr zu, Hühner schlachten, was sollte denn das. Und mit Hühnern geübt? Wo übt man mit Hühnern das Schlachten? Sicher war das wieder eine neue Narretei, Simon würde mit einem Hackebeil hinter einem aufgeregten und laut gackernden Huhn herrennen, es würde immer schneller sein als er und die zuschauende, hochinteressierte Verwandtschaft würde ihn, Sydow, fragen, kennt ihr euch?

Und als wäre das nicht genug des Unfugs, musste er sich abends noch als singendes Trio produzieren und damit unumwunden eingestehen: Ja, wir kennen uns.

Er sah hinüber zu Anna Snozzi, sie hatte einen mordsdicken Bauch und einen haushoch mit Kuchen und Gebäck beladenen Teller vor sich stehen und Onkel Dagobert reichte ihr immer neue Spezereien, Pralinen und Toffeetäfelchen, schokolierte Früchte und Nougat aus Montélimar. Er dachte kurz und schmerzlich an ein provenzalisches Mädchen mit geschürztem Rock, bis zu den Knien in einem Zuber voller Trauben. Er dachte an Montélimar, ein Ort wie eine Verheißung, an Lavendelfelder und Busentücher, er dachte daran, dass das Mädchen auf seinem Herzen herumtrampelte, als käme dorten der junge Wein heraus, dabei war es nur ein *Adolf Wunderlich's echt Roßbacher Magenbitter.* Er dachte an Katharina Fitzwilliam, sie war nicht sein Schicksal gewesen, er dachte an andere Frauen, alle nicht sein Schicksal, er betrachtete Anna Snozzi und sie war nicht die Seine. Morgen käme Wolfgang und erfreute sich an Frau und Bauch, David und Katharina waren zweisam und brauchten keinen mehr auf der Welt, bei Simon würde in nicht ferner Zukunft seine Zusatzversicherung greifen, er, Frederik von Sydow, hatte eine diesbezügliche Vision gehabt und wenn er auch sonst nicht wusste, was das Morgen bringen mochte: das ganz bestimmt. Er spürte es einfach.

Alles formierte sich neu, allüberall fand ein Herz zum andern, wo er hinschaute, wurde einer zum Mann und nahm sich eine Frau.

Und er hatte seine Plätzchen-AG. Um acht. Und kein Mensch würde kommen.

Morgen war Weihnachten, dachte Sydow düster. Das epische Präteritum schlägt wieder zu.

106. Ein schöner Tag

Heute war Weihnachten. Sydow hatte keine Ahnung, wie Käte Hamburger das einordnen würde in ihrer *Logik der Dichtung.* Seiner ganz persönlichen Meinung nach hatte Dichtung keine Logik, es war die große Qualität der Kunst, nicht logisch zu sein. Wunder waren möglich. There's still hope, fellows, murmelte er mit geschlossenen Augen vor sich hin, there's still hope.

Er lag noch im Bett, der Wecker hatte geschellt. Es war kurz vor sieben und ganz dunkel draußen, er hatte die Nachttischlampe angeknipst. Heute war Weihnachten. *Aber am Vormittag hatte sie den Baum zu putzen. Morgen war Weihnachten.* Jeder, der durch die Germanistik marschiert war, kannte Käte Hamburger und *Morgen war Weihnachten*, niemand wusste, aus welchem Buch es stammte. Vermutlich hatte Käte Hamburger es erfunden, um ihre Theorie zu stützen.

Heute war Weihnachten, heute wurde ein Baum geschlagen und geputzet. Heute konnte er mit seiner Ich-AG Plätzchen backen.

Er kämpfte sich aus der Decke und setzte sich auf, regnete es? Nichts zu hören. Er stand auf und tappte durch das halbdunkle Zimmer hinüber zum Fenster. Er schaute hinaus.

Kein Regen, keine Pfützen, kein Herbstwetter mitten im

Winter. Es hatte geweihnachtet. Draußen war eine friedliche und stille Welt, durch den Schnee nicht ganz dunkel, ein zauberhafter Schimmer, er wurde handkehrum zuversichtlich und optimistisch. Es war gar nicht so sehr kalt im Zimmer, konnte das sein? Er ging zum Kachelofen und legte die Hand an die Kacheln, die Wärme arbeitete sich hoch. Jemand musste in aller Frühe schon geheizt haben, herrlich. Ein Wichtel wahrscheinlich, die Sydows fanden wirklich überall ihre Anhänger. Heute war Weihnachten. Es würde ein schöner Tag.

107. Auch der Golf hat seine Tücken

Er zog sich an und trat hinaus auf den kalten Flur, es war still. Das ganze Haus noch vertieft in eine schläfrigen Dämmerung, diese zärtliche und sanfte Morgenruhe, wenn alle noch schlafen und dahinziehen auf einem trägen Schiff und man leise durchs Haus geht, er mochte das.

Er ging zur großen Freitreppe. Unten brannte ein kleines Licht, er stieg an den nackigen Damenporträts vorbei hinunter, durch die Diele und öffnete die Haustür.

Die Landschaft war dick gezuckert und liebevoll gehäkelte Flocken taumelten vom Himmel, er atmete die kalte Luft ein, sie roch nach Kaminrauch. Heute, dachte er zufrieden, liebe Käte, heute war Weihnachten. Gestern war morgen Weihnachten gewesen. Heute ist Weihnachten. Heute wird gebacken und geschlagen und geputzt und beschert.

Er ging in die Küche und dort war es mild und heiter. Seine Oma saß an dem riesigen Tisch in der Mitte des Raumes und tauchte ein Milchbrötchen in den Kaffee, na, sagte sie, sie las die Zeitung.

Na, sagte er, er ging zum Herd und goss sich auch einen Kaffee ein und setzte sich zu ihr. Sie schob ihm ein Brötchen zu, es war noch warm und duftete wunderbar, er teilte es auseinander und steckte sich ein Stück in den Mund.

Willst du dich meiner AG anschließen, fragte er.

Nein nein, sagte sie, ich würde dir nur dreinreden, mach du mal. Ich fahre um halb acht mit David zum nächsten Markt, einkaufen.

Sydow lachte, mit dieser noch verschlafenen Behäbigkeit des frühen Morgens, tunkte ein Stück Brötchen in den Kaffee und weichte es ein, mit David? Um halb acht? Mit dem *Auto?*

Natürlich mit dem Auto, mit was denn sonst, denkst du, ich klemme mich hinten bei ihm auf den Gepäckträger?

Sydow lachte heiser, mit David, um halb acht, mit dem *Auto!* Er zog sich den Rest der Zeitung herüber, sie war von vorgestern. Es hätte ihn auch gewundert, wenn hier jemand in aller Herrgottsfrühe Zeitungen austragen würde. Er schlug sich durch bis zur *Deutsch-Französischen Freundschaft,* da gab es eine außerordentlich weihnachtliche Versöhnung zwischen den –

Die Küchentür ging auf und Stanjic kam herein, er trug eine Pudelmütze und seinen, Sydows nämlich, Schal, Jacke, Stiefel, kurzum, er war fixfertig angezogen für draußen und er kam –

Wo kommst du denn her?, sagte Sydow verblüfft.

Von draußen. Ich habe schon mal den Schnee vom Auto gekehrt, Frau von Sydow, wenn Sie so weit sind, könnten wir los.

Sydow suchte in seiner Tasse nach dem Brotstück, er ging und holte sich einen kleinen Löffel, fischte im Kaffee herum, du warst schon *draußen?* Du bist schon *auf*? Um *halb acht*?

Seine Oma stellte Stanjic eine Tasse Milchkaffee und ein Brötchen auf den Tisch, fürs Frühstück reicht die Zeit allemal, sagte sie. Ich gehe in der Zwischenzeit und hole meinen Mantel.

Schnee vom *Auto* gekehrt?, fuhr Sydow fort, ihr fahrt mit dem *Auto?*

Stanjic entledigte sich der Mütze und öffnete den Reißverschluss seiner Lammfelljacke, er nahm den Kaffee und das Milchbrötchen an sich und lehnte sich gegen den Tisch. Ja, mit dem Auto, wie denn sonst, rodeln? Tut mir leid, dass wir bei deiner Plätzchen-AG nicht dabei sein können, sagte er, aber wir stoßen nachher dazu.

Wir? Sydow beförderte das aufgeweichte Brotstückchen aus seiner Tasse in die Spüle und schaute Stanjic quer durch die Küche an, wer denn wir?

Katharina und ich, wir fahren jetzt mit deiner Oma zum Markt und helfen ihr bei den Einkäufen.

Sydow sah, in schneller Folge: David Stanjic, wie er sich aus einem zerwühlten Bett wurstelte, Katharina Fitzwilliam im Deckenallerlei noch im schläfrigen Driften, Stanjic, wie er sich in seine Klamotten wickelte, die Decke noch einmal um sie feststeckte, wie er sie –

Mit dem *Auto*?, wiederholte er.

Ja klar, mit dem Auto.

Und was, wenn die Scheibe wieder hinunterfällt?

Stanjic hatte die runtergefallene Scheibe fürs Erste mit einem Brett ersetzt gehabt, das Auto dann aber, nachdem Sydow sich rundweg geweigert hatte, in ein derartiges Asimobil zu steigen, in die Werkstatt gebracht und launige 180 Euro bezahlt für etwas, was auch der Mechaniker wieder als *typisch Golf* bezeichnet hatte, die Fenster *fallen alle naselang mal runter.*

Die kann man nicht mal runterkurbeln, sagte Stanjic fröhlich, alles festgefroren, alles sicher.

Du hast nur einen Rückspiegel.

Hier ist doch kaum Verkehr.

Es sind noch weitere Radkappen vom Auto abgefallen.

Die sind doch nur zur Zierde.

Die Stoßstange, der linke Scheinwerfer?

Hier ist doch kaum Verkehr!

Was, wenn das Auto weiter Federn lässt. Was, wenn der Auspuff abbricht, die Tür während der Fahrt davonweht?

Was ist los mit dir, du bist doch sonst nicht so pessimistisch.

Sydow schwieg, er rührte in seinem Kaffee, verschob die restlichen Brötchen auf dem Backblech, ja, was war los mit ihm? Er war auf einmal so himmeltraurig.

Tut mir leid, David. Ich bin blöd. Ich back für dich Heidesand. Und Betmännchen.

Guten Morgen. Katharina Fitzwilliam kam herein, lächelte in die Runde. Sie ging zu Stanjic hinüber und er reichte ihr seine Tasse, sie trank einen Schluck, wollen wir?

Stanjic reichte ihr den Rest von seinem Brötchen und strich ihr kurz über die Wange, Sydow schaute ihnen aus den Augenwinkeln heraus zu, Stanjic kam aus dem Lächeln gar nicht mehr heraus! Er machte den Reißverschluss seiner Jacke zu, hoffentlich, dachte Sydow wüst, klemmt er sich die Lippe ein.

Klar, sagte Stanjic.

Ich bin einfach blöd, dachte Sydow himmeltraurig über seine wüsten Gedanken. Nehmt doch noch ein Brötchen mit, sagte er, er suchte zwei schöne, große Gebäckstücke aus und packte sie in eine Papiertüte, Stanjic ging zu ihm hinüber und steckte die Tüte in seine Manteltasche. Er zögerte einen Moment.

Weißt du. Ich glaube an das Feng-Shui, sagte er.

Ich weiß, David.

Ich glaube an die fünf Tibeter. Ich glaube an Bachblüten.

Ich weiß, David. Ich mag dich trotzdem, wirklich.

Und, sagte David, ich glaube an die Astrologie.

Frederik von Sydow ging zur Spüle und schüttete seinen Kaffee in den Ausguss und stellte die Tasse weg. Er stützte sich mit beiden Händen auf das steinerne Spülbecken, er fühlte sich, als hinge es ihm um den Hals wie ein Mühlstein und zöge ihn in den eigenen Abfluss, ein sehr kompliziertes Gefühl, aber so war es, der Spülstein, um den Hals, saugt einen in den Abfluss. Er schwieg.

Ernsthaft?, fragte er.

Ja, sagte Stanjic. Denk an dein Jahreshoroskop. Denk dran, dass das neue Jahr noch nicht begonnen hat, denk dran, dass es 365 Tage hat, denk dran, dass das eine ganze Menge ist und dass an so vielen Tagen so viel passieren kann.

There's still hope, fellows? Meinst du das?

Absolut.

Alle diese Sachen, an die du glaubst, ja? Die sind nicht logisch.

Das stimmt.

Kunst ist auch nicht logisch, oder?

Ganz sicher nicht. Ganz sicher. Nicht.

Findest du, wir sollten unsere Haltung gegenüber der Kunst überdenken?

Ich glaube fast, das sollten wir.

Findest du, ich sollte meine Haltung gegenüber dem Feng-Shui überdenken?

Richtig. Ausmisten. Umstellen. Baguas bedenken. Und das

Horoskop kann kommen. Deine Frau. Dann hat sie Platz. Im richtigen Bagua.

Danke, David. Du bist ein echter Freund.

Das bin ich wirklich. Und wenn du dir den bei Laune halten willst: Vergiss die Spitzbuben nicht.

Er knuffte ihn in den Oberarm, Männer knuffen sich gerne mal in den Oberarm, sie waren Männer und sie hatten Oberarme, um sich zu knuffen.

Dann mal los, sagte Stanjic, er legte Katharina Fitzwilliam den Arm um die Schultern und sie zogen von dannen, verfrachteten Frau von Sydow im Auto auf den Beifahrersitz und chauffierten sie mit einem einäugigen Auto freundlich blinzelnd durch den Morgen, der eben zu grauen begann.

Frederik stand in der Tür und schaute ihnen nach, Katharina Fitzwilliam winkte hinten aus dem Heckfenster und er winkte zurück.

Heute war Weihnachten.

108. Vielleicht endet Frederik als Gulaschsuppe

Gegen Mittag war bei der Plätzchen-AG noch Hochbetrieb.

Tante Mary rollte nach Sydows Anweisungen den Lebkuchenteig über den Küchenboden – in Deutschland macht man das so, informierte er sie – und hernach stachen sie, akkompagniert von einem Rudel begeistert jaulender Kinder, Hunderte dicke Weihnachtsmänner, Socken und Rentiere aus.

Wieso Socken, fragte ein Kind.

Mit uns in England, sagte Tante Mary, während sie großzügig die schwarz-weißen Fliesen für eine neue Runde Teig bemehlte, kommt das Vater Weihnacht mit das Rentierschlitten geflogen auf den Dach. Mit Rudolf. Du kennst Rudolf? Die Rentier mit das roten Nasen?

Mit das roten Nasen?, sagte das Kind, nein.

Rudolf the red nosed reindeer? Tante Mary sang *Rudolf the red nosed reindeer.* Dann sang sie es in einer grässlichen Übersetzung, für die sie sich von Sydow unter anderem einreden ließ, *red nosed* hieße im Deutschen rotznasig.

Ich verstehe, dass niemand mit ihm Freund sein wollte, sagte das Kind. Sicher dachte es an zahllose rotznasige Kitakameraden, mit denen es auch keine Reintierspiele spielen wollte. Und die Socke, fragte es?

Das Vater Weihnacht kommts mit das Schlitten. Das Rentiere sind warten auf den Dach und er ist rutschen durch das Kamin und tut das Geschenke in das erhängten Socken.

Das machen wir auch!, sagte das Kind.

Nein, sagte Sydow, das machen wir nicht. Erschauernd sah er schon den dicken Hinne mit Rauschebart und rotem Wams hilflos im Kamin stecken und nie wieder rauskommen, von oben zerrte Onkel Jodok, von unten seine Oma, es half nichts, er würde nie wieder rauskommen. Das machen wir auf keinen Fall, sagte er, da machen nämlich alle unter einem Meter, wie du, in die Miesen, schau dir mal deine kleinen Söckchen an, da passt ja eben mal eine Nuss rein, willst du das?

Nein, sagte das Kind betroffen.

Sie hatten Knusperli gebacken und Leckerli glasiert, sie hatten Meiländerli mit Loch produziert für den Baumbehang, sie hatten die ganze Palette an Backwaren mit i durchexerziert und dazu Betmännchen, Heidesand und Spitzbuben, einen Berg Lebkuchen.

Die Plätzchen-AG hatte einen erstaunlichen Zulauf erfahren. Punkt acht stand Onkel Hinne in der Küche. Er hieß Heinrich. Aber man nannte ihn Hinne! Das dicke Gesicht erwartungsfroh gerötet, er hatte schon alle Öfen geheizt und die Holzvorräte neu bestückt, er lechzte nach Betätigung, er litt unter seniler Bettflucht.

Sydow sah sich schon den Tag mit diesem übereifrigen Tollpatsch zubringen, der kein Ei zerteilen und keinen Zucker abwiegen konnte, ohne dass alles verschüttging, aber Onkel Hinne war, trotz seiner kühnen Proportionen, von außergewöhnlicher Geschicklichkeit und knetete nach seiner Anleitung schon mit zarter Hand den Butterteig, als weitere Mitglieder der AG eintrudelten und sich innerhalb kürzester Zeit zu einer perfekt aufeinander zuarbeitenden Bäckerriege formierten.

Sydow hatte sich, als er absehen konnte, dass die riesige Küche wie zu ihren besten Zeiten von einer ordentlichen Dienstbotenmannschaft bevölkert wurde, aus dem Dachboden eine zerbeulte Flüstertüte geholt und lenkte so den versammelten Eifer in geordnete Bahnen.

Im Verlauf des Vormittags kam Anna Snozzi angerumst und tat Kund, nun ein Kartoffelgulasch zuzubereiten, auf dass ein jeder sich zu Mittag verköstige.

Sehr gute Idee, sagte Sydow durchs Megafon, danke, liebe schwangere Anna Snozzi.

Frederik?

Ja, Anna Snozzi?

Ich stehe direkt neben dir, ich höre dich sehr gut.

Sydow nahm das Megafon herunter und schaute ihr zu, wie sie Anstalten machte, fünf Dutzend Zwiebeln zu schälen. Brauchst du jemanden zur Unterstützung?

Anna Snozzi warf einen Blick auf die Wagenladungen Zwiebeln, Kartoffeln und Knoblauch, den gigantischen, aber leeren Kessel, gute Idee, sagte sie.

Er hob das Megafon wieder an den Mund, einer von den Spitzbuben abtreten bitte, an der Gulaschfront wird Unterstützung angefordert. Anna, sagte er dann, wieder zu ihr gewandt, bist du sicher, dass der Kindsvater heute noch hier aufkreuzt? Mir sieht das ganz so aus, als würde er dich sitzen lassen, hochschwanger und irgendwo im Niemandsland.

Frederik! Nimm das Megafon weg!

Sydow winkte beruhigend in die plötzlich verstummte Menge, war ein Witz, sagte er durchs Megafon. Seine Plätzchen-AG schaute ihn an.

Also gut, lenkte er ein, es stimmt nicht. Sie ist gar nicht schwanger.

Frederik!

Ehrenwort, rief er durchs Megafon, er floh ans andere Ende

der Küche, so sieht jeder aus, wenn er ihr Gulasch intus hat, ihr Freund wurde von ihr versehentlich platt gewalzt in der Nacht, er sieht aus wie eine Flunder, klar braucht der noch Tage, bis er hierhergeschwommen ist.

Frederik! Anna Snozzi war ihm hinterhergekommen, sie entriss ihm die Flüstertüte, das ist nicht komisch!

Ich weiß, Anna, er entwischte ihr mit einem eleganten Hüftschwung, Flundern sind nicht komisch, sie sind nicht einmal witzig, Fische sind todlangweilig, aber der Meinung war ich immer schon.

Ich würde dich am liebsten aus der Küche werfen!

Geht nicht, mein Team braucht mich, ich bin der Kopf von diesem Riesenleib, sie bedürfen meiner und meiner beruhigenden Worte. Er hielt ihr die Hand hin, kein Wort mehr über nichts, ich schwöre, ich rede nur noch über Knusperli und Chräbeli.

Ich warne dich, ja?

Ich setz noch eins drauf, ich rede nur noch über Sachen, die mit i enden.

Anna Snozzi reichte ihm zögernd das Megafon, ich sehe, wie es in deinem Kopf arbeitet, sagte sie, keine Witze über ein Gebäck namens Wolfi, okay? Ich verkoch dich zu Gulasch, wenn du frech wirst, sagte sie.

Frederik von Sydow schüttelte bekümmert den Kopf, Schwangerschaftsgelüste, sagte er durchs Megafon, es verlangt uns das Letzte ab, Männer.

109. Frau von Sydow ist in Wahrheit eine Außerirdische

Punkt zwei Uhr verließen sie unter Mitnahme diverser Blechdosen und Schachteln die tipptopp geschniegelte Küche und versorgten die Ausbeute des Tages in der Speisekammer. Sydow wankte in den Salon, warf sich dort auf den Diwan vor dem Kamin und verlangte nach einer Kompresse.

Kommt nicht infrage, sagte seine Oma, sie sortierte auf dem Tisch den Baumschmuck, in zehn Minuten geht ihr die Tanne schlagen.

Ohne mich, ich bin völlig erledigt.

Natürlich mit dir, hier herinnen gehst du nur im Weg um, hier müssen wir umstellen, damit der Baum Platz hat.

Ich kann mich ja auf mein Bett legen.

In deinem Bett liegt Anna.

Und warum?

Weil sie sich ausruhen muss.

Kein Problem, dann ruhen wir uns zusammen aus.

Mit dir zusammen kann man sich nicht ausruhen.

Ich kann mich mit Anna auch *nicht* ausruhen, es gibt zahllose schöne Möglichkeiten, sich mit Anna *nicht* auszuruhen, ich denke da an –

Kann schon sein, aber nicht für dich. Ich habe dich umquartiert. Wenn Wolfgang kommt, brauchen sie das große Zimmer, du schläfst bei Simon.

Wenn Wolfgang kommt, wenn Wolfgang kommt! Und wenn er nicht kommt?

Warum sollte er nicht kommen? Seine Oma drehte sich zu ihm herum, sie hielt den hässlichen Engel in der Hand, feixend lachte er Sydow ins Gesicht.

Vielleicht, weil er Angst gekriegt hat. Diese neue Verantwortung, das macht ihn fertig, er hat es sich anders überlegt, er will gar kein Kind, er will jung sein und ungebunden.

Frau Sydow widmete sich wieder dem Tandwerk, wieso sollte er das wollen. Jung und ungebunden sein ist kein Honigschlecken, er kann froh sein, dass er das glücklich hinter sich hat.

Wem sagst du das, murmelte ihr Enkel, er hatte die Augen geschlossen und den Arm übers Gesicht gelegt.

Du, seine Oma deutete mit einer Hand voll Lametta auf ihn, du bist ungebunden und nicht mehr jung, das ist noch viel schlimmer.

Danke, Omi, du baust mich einfach immer wieder auf, Sydow stemmte sich aus dem Sofa und ging schlapp Richtung Tür. Ich gehe lieber den Baum schlagen, und wenn ich alles allein machen muss, nichts knüppelt einen derart nieder wie zehn Minuten in deiner Gesellschaft.

Gut so, ein junger Mann sollte nicht bei seiner Oma in der Stube hocken, wie sieht das aus.

Ich denke, meine Jugend ist gelaufen.

Mit dreißig, ich bitte dich, wenn das nicht mehr jung ist, dann bin ich eine alte Frau.

Du hast vollkommen recht. Das würde von dir sicher niemand behaupten, weil es heißt immer, im Alter wird man mild, nett und weise, alles Eigenschaften, die bei dir nicht auch nur im Geringsten zu konstatieren sind.

Werd nicht frech.

Ich bin jung, ich darf das.

Frederik. Du raubst mir noch –

Sydow zog die Tür hinter sich zu und schlurfte den Flur entlang Richtung Diele, von wegen, murmelte er vor sich hin, diese Frau hat keine Nerven. Keine Nerven und keine Gefühle, sie ist ein Alien, von einem fremden Stern entsandt, der in meinem Horoskop irgendeine gemeine Rolle spielt. Sie ist mein schwieriges Umfeld, weil ich in der falschen Minute zur Welt kam. Eine halbe Stunde vorher und ich wäre geboren in einer Konstellation, die statt ihrer jemanden wie Tante Hildegard vorgesehen hat, freundlich, einfühlsam und voller guter Eigenschaften. Tante Hildegard backt seit Hunderten von Jahren schon die schönen Nervenkekse, die haut nichts um und sie haut niemanden um, höchstens, er sah Tante Hildegard in der Jodeljoppe mit der restlichen AG Baumschlag plaudernd in der Diele auf den Abmarsch warten, höchstens einen Tannenbaum. Und zwar mithilfe ihrer Gedanken, das nenn ich Nervenkraft!

110. Ein Pferd namens Anneliese

Sie zogen ab und schlugen unter großem Hallo einen währschaften Baum, sie zogen zurück und pflanzten ihn in den umgeräumten Salon, sodann wurde geschmückt, was das vielgestalte Sortiment an Baumschmuck hergab.

Es gab wie immer Streit um die Farbwahl, warum nicht einmal stilvoll in Blau und Silber, irgendjemand hätte es immer gerne einen Tick stilvoller, in Rot und Gold oder alles violett oder nur weiß. Wie immer war er schlussendlich bunt, wie immer wurde vorgeschlagen, diesmal doch kein Lametta, wie immer fragte dann einer entgeistert, wo denn bitte schön das Lametta, und wenn kein Lametta, kann man Weihnachten ja gleich streichen, wie immer biss irgendein Kind schon mal alle erreichbaren Keksbehänge an.

Nein, es war kein stilvoller Baum, aber er trug – einer eigensinnigen Auffassung Onkel Hinnes nach machte man das so – gebügeltes Lametta. Vermutlich war es nur geschuldet seiner panischen Angst, in ein Fünfminutenloch des Nichtstuns zu fallen, die ihn dazu bewegte, hingebungsvoll die bunten und verhedderten Streifen vom letzten Jahr aufzubügeln, jedenfalls hing das Lametta landauf landab nirgendwo strammer.

Rotznase Rudolf war in der Zwischenzeit das meistgesungene Weihnachtslied, immer wacker intoniert von Tante Mary, die über gewisse Nuancen in der deutschen Sprache aufzuklären niemand für nötig befand. Sobald sie fröhlich anhub mit *Rudolf die rotznasig Reintier* fielen alle jauchzend ein.

Wie immer war es saulaut und wahnsinnig familiär, herrlich, fand David Stanjic, er fands herrlich, ja geht so, sagte Sydow. Er hätte am frühen Nachmittag schon eine Kompresse gebraucht, jetzt war er reif für die Insel.

Seine Oma war überall und nirgends, eher aber Ersteres.

Sydow war sich sicher, würde er sich in einer Besenkammer, in einem alten Wandschrank verstecken, sie wäre innert Kürze auch dort, beorderte ihn in die Küche für Küchendienste, nach draußen in den Hof, dem unablässig fallenden Schnee mit einer Schippe Herr zu werden, oder in den zweiten Salon, um Onkel

Jodok daran zu hindern, an den Hirschgeweihen an der Wand *schon mal zu üben*.

Er, Sydow, hatte ein tropfendes Rohr mit Isolierband umwickelt, eine Dusche entstopft und die Habseligkeiten einer kleinen alten Dame ins lindgrüne Zimmer überführt.

Das ist Tante Inge, sagte seine Oma, das ist die Schwester von dem Neffen meines –

Meinetwegen, sagte er. Er hatte also die Habseligkeiten einer Tante Inge vom gelben ins blassgrüne Zimmer überführt, nachdem sie bekundet hatte, in dem gelben Zimmer kämen ihr so kriminelle Anwandlungen.

Was für welche denn, hatte er gefragt.

Zwicken zum Beispiel, sagte Tante Inge, sie hatte einen weißen Dutt und war bemerkenswert klein, schaute von unten herauf in sein Gesicht, zum Beispiel zwicken, sagte sie fröhlich.

Das ist nicht kriminell, das ist kindisch, mischte sich Stanjic ein. Er behauptete, diese Beobachtung träfe sich hundertprozentig mit Goethes diesbezüglichen Erfahrungen, und wechselte ohne Mucken mit ihr das Zimmer, vielleicht vertrat er die Meinung, seine neue Liebe vertrüge sich gut mit derart infantilen Erscheinungen.

Nachdem Frederik von Sydow diesen ganzen Quatsch hinter sich hatte, zog er sich zum Verschnaufen in die Speisekammer zurück und aß ein Stück Quittenbrot.

Hier war es schön. Er aß noch ein Stück Quittenbrot, Quittenbrot, sagte er vor sich hin, ein hinreißendes Wort, vermutlich hoffnungslos veraltet, er hatte aber keine Ahnung, wie man das heutzutage womöglich nannte. Ein wundervolles Wort, überhaupt, Quitte, sehr sehr schönes Wort, die Quitte war gelb und das Wort war gelb, diese Art von Koinzidenz kommt in der Sprache nicht allzu häufig vor. Das Quittenbrot war, wie er einmal gelesen hatte, eine der ältesten Süßigkeiten überhaupt. Das gefiel ihm.

Hier war es ruhig, gedämpft krawallte es von fern, doch hier herinnen war es wundervoll friedlich und wohltuend gut gefüllt. Die Einkäufe türmten sich auf den Regalen, allerlei Spezereien baumelten von der Decke, unter anderem ein gewaltiger Laib Käse, Onkel Hinne hatte ihn verschnürt wie ein Paket und neben Würsten, Speck und Schinkenseiten an der Decke verzurrt und säbelte nach Bedarf große Tortenstücke davon herunter.

Säckeweise lagerte Getreide an den Wänden. Tante Hildegard bestand seit Jahr und Tag darauf, sämtliches Mehl frisch zu mahlen, sie reiste zu diesem Zweck jeweils ohne Mann, aber mit einer großen Getreidemühle an – Sydow war nicht sicher, ob sie keinen Mann hatte oder er aber wegen der Größe der Getreidemühle keinen Platz mehr im Auto fand. Jedenfalls brachte sie eine Getreidemühle an, wie man sie in diesem Ausmaß ansonsten in einem Privathaushalt gar nicht antraf, in ihrem außerweihnachtlichen Leben mahlte und buk sie damit in einer ökologischen Hofgemeinschaft. In einer dubiosen Kommune, wie Sydow gerne sagte.

Das ist keine Kommune, sagte seine Oma strafend, Tante Hildegard mag ein wenig ökolastig sein, das ist aber auch schon alles.

Doch, sagte ihr Enkel, sie wohnt mit zwölf Männern in einer Mahl- und Sexualgemeinschaft, sie backen wöchentlich für den Ökomarkt Brötchen in Gebildeform, so zweideutige Semmeln wie zum Beispiel –

Frederik, reiß dich zusammen! Tante Hildegard ist eine sehr respektierliche Frau!

Das will ich damit keineswegs bestreiten, ich würde es sehr begrüßen, wenn du nur halb so respektierlich wärst. Ich würde dir auf alle Fälle dabei behilflich sein, deine obszönen Backwaren auf dem Markt an den Mann zu bringen, ich würde beispielsweise ausrufen: Hier schöne Schwanzbröt–

Danke, Frederik, ich glaube, das genügt.

Jedenfalls standen da die Getreidesäcke, von Tante Hildegard waren sie.

Er hatte, weil an ihr einerseits kein Weißmehlpaket passierte und sie andererseits so freundlich und einfühlsam und auch sonst voller guter Eigenschaften war, sämtliche von seinem Schweizer Backguru erlernten Plätzchenrezepte in die Vollwertkost übersetzt, backte nur mit Dinkel und Honig und, wo unvermeidlich, mit allerrohstem Rohrzucker und hatte sich von ihr sogar überreden lassen, den gesunden Galgant in seine Spekulatius zu verbacken. Er musste sagen, alles schmeckte gar nicht schlecht, nein, es schmeckte alles ausgesprochen gut oder, wie Tante Hildegard so herzerfrischend kundtat, rundum gesund! Tante Hildegard war stolz auf ihn und Tante Hildegard war eine so freundliche, einfühlsame und auch sonst charakterstarke Person, dass er auf ihren Stolz ausgesprochen Wert legte.

Er aß noch ein Stück Quittenbrot, alt wie die Menschheit selbst, und erfreute sich an den vielen von ihm und seiner AG befüllten Dosen und Kisten, dann ging die Tür auf, seine Oma war überall.

Ach hier bist du, sagte sie, kurz von ihrer Liste aufblickend, sie machte mit ihrem Stift einen Haken, vermutlich führte sie ihn an jeder dritten Stelle für alle diversen Arbeiten, hakte ihn ab, an dich denke ich schon die ganze Zeit.

Ich weiß nicht, ob ich mich darüber freuen soll, wenn du bei jedem Klo, das nicht ordnungsgemäß spült, und jedem Bild, das von der Wand fällt, automatisch an mich denkst, sagte Sydow. Er ließ sich von der Gefriertruhe gleiten, in der, wie er wusste, ein notgeschlachtetes Schwein lag. Er hatte keine Ahnung, in was für einer Not sich das Schwein befunden hatte und ob es die darauf folgende Schlachtung als Befreiung davon begrüßt hatte, noch, wer das Schwein notgeschlachtet –

Lass dieses müßige in der Gegend Herumdenken, sagte seine Oma, sie steckte sich den Kugelschreiber in die Schürzentasche und ging ihm voraus aus der Speisekammer, ich sehe dir genau an, dass das wieder nichts taugt. Geh und zieh die Kinder eine Runde mit dem Schlitten, die sind schon völlig durch den Wind und verlangen nach einem rotznasigen Reintier und danach, dieses Jahr ihre Geschenke in meine Strumpfhosen gestopft zu kriegen, ich weiß nicht, wo sie diesen Unsinn herhaben.

Von Tante Mary aus England, sagte Sydow, der hinter ihr herging, die setzt ihnen diese Flausen in den Kopf, sie wiegelt sie auf, sie will Weihnachten wie zu Hause. Ich frage mich, ob das überhaupt eine echte Sydow ist, mir kommt das nicht normal vor, rotznasiges Rentier, ich bitte dich.

Doch, das ist eine Großcousine von meinem Schwager, ihre Großmutter war die Tante von der Mutter von meinem –

Oder so, Sydow lachte, er klopfte seiner Oma auf den Rücken, vergiss es, Omi! Deine Versuche, verwandtschaftliche Bande zu entflechten, stellen alles infrage, was man je über Genealogie gelernt hat. Wir sind dir hoffnungslos ausgeliefert, du sagst, das ist Verwandtschaft, und wir nicken alles ab, war doch schon immer so. Wo sind denn die Kinder?

Drüben im zweiten Salon bei Onkel Jodok, er wollte ihnen was zeigen.

Bloß nicht, murmelte er, er ging rüber in den zweiten Salon, nahm dem Bub an der Wand den Apfel vom Kopf und erklärte den gespannten restlichen Kindern zu ihrer großen Enttäuschung das Ende vom Spaß. Dem nicht minder enttäuschten Onkel nahm er die Armbrust ab, er hatte sie selbst im Herbst auf dem Dachboden gefunden und im Salon zwischen die Hirschgeweihe gehängt, er hatte es dekorativ gefunden, jetzt fand er es gedankenlos, dumm und dabei ästhetisch nicht über die Massen ansprechend. Er sperrte sie in eine kaputte Toilette und warf den Schlüssel in eine Vase, nicht dass seine Oma ihn noch zu weiteren Klosettreparaturen heranzog.

Das war doch nur eine Riesengaudi, sagte der Onkel, und kein bisschen gefährlich.

Sydow ließ das unkommentiert. Während er den Kleinsten Schuhe und Schneeanzüge überzog, dachte er bei sich, dass vermutlich nur darum Onkel Jodoks Erzählungen nach so viele Jagdunfälle passierten, weil jeweils Onkel Jodok mit von der Partie war.

Glaser kam die breite Treppe herunter, deine Oma sagt, ich soll dir bei was helfen, sagte er.

Richtig, sagte Sydow erfreut, keine große Sache, wir ziehen nur eine Horde überspannter Kinder mit einem zentnerschweren Schlitten über Land.

Glaser betrachtete von der Treppe aus die Kinder unten in der Diele, die erwartungsfroh zu ihm hinaufschauten. Die eine Hälfte steckte schon schwer vermummt und mit Schal und Mützen zum Verstummen gebracht in Schneeanzügen, die andere machte sich gerade daran, die Schlittenfahrt in Hausschuhen anzutreten. Dann kam er ganz herunter, durchquerte die Halle und fischte ein paar von der Tür weg. Er zog seine Stiefel an und ging über den Hof hinüber in den Schuppen, betrachtete den Schlitten.

Soll da nicht ein Pferd vorne dran?, rief er.

Ihr wartet hier, Kumpels, sagte Sydow zu den Kindern. Er wankte Glaser hinterdrein, ein fertig verpacktes Kind turnte ihm auf den Schultern herum, zwei weitere hangelten noch ohne Schuhe an je einer Hand, er schaute entmutigt auf den riesigen Schlitten.

Wie ich meine Oma kenne, stellt sie sich vor, wir beide ersetzen das Pferd, sagte er, ich glaube, so was versteht meine Oma unter einer Gaudi, sie ist da ähnlich pervers wie Onkel Jodok und ich vermute, das versteht sie auch unter starken jungen Männern, für die so was doch ein Klacks ist.

Ich bin nicht mehr so jung, ich bin schon ein Fall für Filine die Schwimmnudel, gab Glaser zu bedenken, frag meine Versicherung.

Erzähl das mal meiner Großmutter, die faltet deinen Versicherungsbeamten derart zusammen, dass er dir die Arbeitstauglichkeit auf dem Bau attestiert bis hinauf ins hohe Alter.

Im ersten Stock öffnete jemand ein Fenster und Frau von Sydow schaute heraus, das Ross ist im Stall drüben!, rief sie herunter.

Sydow reichte die beiden Kinder an Simon weiter und nahm das dritte von den Schultern auf den Arm, er trat aus dem Schuppen in den Hof, legte die Hand über die Augen, das Kind legte auch die Hand über die Augen und sie schauten zusammen durch das dämmerige Schneegestöber hinauf zum offenen Fenster, was für ein Ross?, rief Sydow, das sagt man übrigens nicht mehr! Und in was für einem Stall?

Was für ein Ross?, echote das Kind begeistert, in was für einem Stall?

Das habe ich ausgeliehen, vom Verwalter, rief seine Oma herunter, drüben, in den alten Ställen, ein feines Pony! Es heißt Anneliese!

Das könnte auch durchaus eine weitere Tante sein, sagte Sydow zu dem Kind, es nickte. Er ging zu besagten Stallungen und, Tatsache, ein Ross, ein Miniaturpferd stand da und freute sich mit vielen gelben Zähnen, sie beide zu sehen.

Bestens, sagte Simon Glaser zufrieden, er stellte die beiden

Kinder wieder in der Diele ab, anziehen, sagte er, gleich gehts los! Sodann machte er sich daran, das Ross und den Schlitten irgendwie miteinander in Einklang zu bringen, gottlob eilte mit wallenden Röcken Tante Hildegard herbei, sie kannte so was von ihrem Ökohof, sagte sie zu Glaser, auf dem Markt ist das *die* Attraktion für Jung und Alt!

Von wegen, murmelte Sydow zu einem Kind, das er gerade in seinem Anorak einschloss, sie kennt das von ihrem wilden Männergespann, mit dem jagt sie bei sich zu Hause im Spessart über die Weiler und wirft Gebildebrote wie Popos in die staunende Menge.

Warum?, fragte das Kind mühsam zwischen Schal und Mütze hervor.

Lass dich gar nicht erst darauf ein, sagte Stanjic von der Diele her, einmal auf ein Warum geantwortet und es gibt kein Entkommen mehr.

Woher weißt du das.

Aus meinen inneren Monologen.

Verstehe. Wir wissen es auch nicht, sagte Frederik Sydow zu dem Kind, frag nachher Tante Hildegard, das erklärt sie dir am besten selbst.

Ich komme auch mit, sagte Stanjic, er stieg in seine Winterstiefel und schlüpfte in die Lammfelljacke, das macht bestimmt großen Spaß!

Bestimmt, sagte Sydow. Wir werden uns verirren. Kinder werden vom Schlitten fallen, der Gaul wird durchgehen, etliche von uns beißen und irgendwo im Wald verschwinden. Wir werden aufgrund der hereingebrochenen Dunkelheit weder den Weg nach Hause noch die verlorenen Kinder wiederfinden, so viel Spaß.

Ach komm, Stanjic klopfte ihm gut gelaunt den Rücken, das ist deine gewohnheitsmäßige Weihnachtsabwehr, du siehst das viel zu pessimistisch. Wie heute früh mit dem Auto, reinweg gar nichts ist passiert.

Meine Oma hat gesagt, die Leute wären kreischend auseinandergesprungen und die Bäuerin auf dem Markt hätte mit entsetztem Blick ihre Kohlköpfe an den Busen gedrückt, als du wie ein Wahnsinniger auf sie zugerast seist.

Das war einmal, weil ich den Rückwärtsgang verwechselt habe. Sonst lief alles wie am Schnürchen.

Ja, meine Oma meinte bloß, sie frage sich, wo du eigentlich den Führerschein gemacht hast.

In Österreich, da fahren alle so, sagte Stanjic.

Das habe ich ihr auch gesagt, sie riet mir daraufhin, im Rahmen meiner Gesundheitsvorsorge dieses Land weiträumig zu umfluren.

Das hätte ich dir auch sagen können.

Ist ja auch egal, das hat sie auch gar nicht gesagt, ich wollte nur deine natürlichen Reflexe prüfen, ob du trotz der liebestypischen Blödheit noch zurechnungsfähig bist. Aber du springst eins a an, alles im grünen Bereich also.

Sind wir so weit? Sydow setzte einem letzten Kind die Mütze auf, kontrollierte sämtliche Füße und Hände auf entsprechende Behältnisse, dann Abmarsch, Freunde!

Er hob mit Stanjic zusammen ein Kind nach dem anderen in den Schlitten und packte ihnen die dicken Pelze über die Beine.

Was ist denn das für ein Tier, fragte er, er strich über das Fell.

Bär, sagte David.

Von einem echten Bär, fragte ein Kind, wohnen die noch im Wald?

Glaubt ihm nichts, sagte Sydow. David verwechselt eine Ratte mit einer Katze, er hat keine Ahnung von Viechern. Wenn ihm im Wald ein bärtiger Mann begegnet, rennt er schreiend weg und sagt, das Mammut sei zurück.

Warum, fragte das Kind.

Es gibt dafür zwei Gründe, erklärte Sydow. Einerseits, weil es David ist, David ist von Haus aus so. Andererseits, weil er noch dazu verliebt ist, da ist der Ofen dann ganz aus, er sieht alles in einem flauschigen Licht. Wenn ihm dann einer zu nahe kommt, kriegt er einen Heidenschreck und denkt ans Mammut. Das ist sein spezielles anthropologisches Erbe.

Warum, fragte das Kind.

Weil die Liebe ein seltsames Tier ist, kleines Kind, und du und deinesgleichen, ihr seid ihr Unterpfand. Und nun singen wir das Lied vom rotznasigen Reintier, auf drei, eins zwei drei!

Rudolf das rotznasig Reintier, deideldidel-du-del-dei!

Simon Glaser führte das Pony, Stanjic und Sydow gingen nebenher und Tante Hildegard winkte ihnen noch lange nach. Sie hatte Glaser geholfen, die Laternen am Schlitten anzuzünden, und sie gingen schaukelnd und gaukelnd in der sinkenden Dunkelheit, heute war Weihnachten, murmelte Frederik von Sydow, heute, wiederholte er mysteriös, war Weihnachten.

111. Ist Simon ein eiskalter Pokerspieler?

Der Abend verlief in geordneten Bahnen. Es wurde ausgiebig getafelt –

Gefressen, sagte Sydow, alles andere wäre euphemistisch.

Seis wies will, es gab Lammbraten mit Kartoffeln und grünen Bohnen, diverse Vorspeisen, Zwischenspiele und Dessertschweinereien, ungelogen, sagte Sydow zu Glaser, er deutete auf ein konditorisches Wunderwerk, für diesen Kuchen wurden zwanzig Eier verbacken und ein voller Liter Sahne, von diesen Cremespeisen gar nicht zu reden. Galgant ist da mit Sicherheit nicht drin. Und der gute Dinkel auch nicht, wie sie das alles an Tante Hildegards strengem Blick vorbeigebacken haben, ist mir ein Rätsel.

Dazu braucht es einfach ein starkes Ego, sagte Glaser.

Was?

Wie bitte heißt das. Ein starkes Ego. Würde David zumindest sagen.

Ja, David vielleicht. Er würde das sagen und bedeutungsvoll auf meine hildegardtauglichen Plätzchen schielen und sagen, irgendwie schmecken die alle nach Nervenkeksen. Du hast mich schon erschreckt. David würde solche Gemeinheiten sagen, wenn er nicht Klügeres zu tun hätte. Das beweist übrigens nur wieder, dass Gemeinheit in der Regel aus Langeweile verübt wird. Ist dir langweilig.

Ach nein, kann ich eigentlich nicht sagen, Simon Glaser schaute gemütvoll in die Menge, ich finde es durchaus amüsant hier.

Amüsant?, fragte Sydow zweifelnd.

Sicher, dachte er, wenn man so was witzig findet.

Alles wie immer, sagte er, als Onkel Hinne, auf einem improvisierten Podest winterliche Poeme rezitierend, durch den Stuhl krachte, Roman Signer von Sydow, ein Onkel und Explosionskünstler aus den Alpen, eine mit Kaubonbons gefüllte Toilette sprengte und eine Frau ihrem Mann eine langte und *du Sauhund* rief.

Wer sind die beiden, fragte Sydow. Er saß mit einer sortierten Platte Weihnachtsplätzchen auf dem Schoß im Schaukelstuhl, trug eine der zinnoberroten Mützen, die seine Großmutter für ihn, Stanjic und Glaser gestrickt hatte, und folgte mitsamt der restlichen im Salon verteilten Verwandtschaft interessiert dem anschließenden Gebrüll. Er steckte sich ein Chräbeli in den Mund, es ging um Affären ganz allgemein und um eine Frau namens Bibi.

Ich weiß es nicht, sagte seine Oma nach reiflicher Überlegung. Sie nahm einem Kind die Handvoll verkokelter Kaubonbons ab und ein weiteres von einem Stuhl, es hatte sich darangemacht, die Keksbehänge in luftigeren Höhen anzubeißen. Frau von Sydow neigte in solch prekären Situationen dazu, ihre schnell angebotene Hand der Verwandtschaft ebenso schnell wieder zurückzuziehen. Es waren einfach zwei Leute, die hier zufällig auch Weihnachten feierten, und sie hatten unterschiedliche Ansichten zu einer Frau namens Bibi, wer auch immer das sein mochte.

Die Adoleszenz hatte sich unter Mitnahme großer Schachteln belgischer Schokoladentruffes fürs traditionelle Versteckspiel im gesamten Haus zurückgezogen, Sydow hatte vorsichtshalber das Puzzle abfotografiert und einen alten Bottich unter das Zimmer mit Loch gestellt, gefüllt mit Wasser. Er und Onkel Dagobert hatten eine Wette am laufen, Onkel Dagobert sagte Nein, er sagte Ja.

Jede Wette, sagte er, er steckte sich eine halbe Lebkuchensocke in den Mund, dass einer reinfällt. Das ist wegen der Hormone, da spielt das Orientierungsvermögen plemplem. Schwangere und Pubertierende, schick sie auf einen Orientierungslauf und du siehst sie nie wieder. Was spielt ihr denn da?

Tric-Trac, sagte Onkel Dagobert.

Gewinnst du?

Wer gegen mich spielt, sagte Onkel Jodok gemütlich, gewinnt nicht.

Sydow betrachtete ihn, die prächtigen Schenkel, dieser Mann war ein Bär, ein Mammut, eine ausgestorbene Spezies, behäbig in der Ruhe und gefährlich, wenn er in Bewegung kam. Ich vermute mal, sagte er dann, er ließ seine Hand über den Spezereien kreisen, das gilt auch für die Jagd.

Die Sau, meinst du! Onkel Jodok trictracte sein Gegenüber gerade ins Aus, er lehnte sich zurück und nahm sein Punschglas in die Hand, sicher, die Sau gewinnt gegen mich auch nicht, er leerte das Glas in einem Zug, da hätte sie früher aufstehen müssen!

Aha.

Simon Glaser kam, bahnte sich zwischen den auf Sofas und Teppichen fläzenden Weihnächtlern einen Weg und baute die Notenständer vor dem Tannenbaum auf, sind wir so weit? Frederik? David?

Sydow hielt sich an der Plätzchenplatte fest, ich esse noch, sagte er.

Glaser ging her und versuchte, sie ihm wegzunehmen, sie zerrten ein bisschen hin und her, dann kam Frau Sydow, stellte die Platte weg, sie klatschte in die Hände und rief, Musik!

David? Glaser dudelte zum Warmwerden ein paar Tonleitern rauf und runter und schaute sich nach Stanjic um, David?

Ich sags doch, David feiert Weihnachten ohne Familie, sagte Sydow. Würde ich auch, wenn ich er wäre.

Glaser schaute in die bedeutete Richtung und sah Stanjic mit Katharina Fitzwilliam am Kamin, jemand hatte eine rollbare Stehlampe umfunktioniert und einen Mistelzweig an die Birne gehängt, rollte ihn immer hinter den beiden her. Sie saßen unter Misteln, küssten sich dann und wann und waren dazwischen in wichtiges Gewisper vertieft.

Glaser sagte nichts.

Sydow schaute ihn prüfend an, er wusste nicht, was er schließen sollte aus seinem Gesichtsausdruck. Ließ sich irgendwas daraus schließen? Nein, er hatte ein Pokerface, es ließ sich daraus schließen, dass er vermutlich gut war im Poker.

Pokerst du eigentlich?, fragte Sydow, er sortierte seine Noten und legte sich die Blätter zurecht.

Gelegentlich, sagte Glaser.

Gut darin?

Simon Glaser drehte sich zu ihm herum, ziemlich, sagte er, ziemlich gut, ja.

Bist einer von denen, der die Leute richtig abzockt, was?

Manche würden das so sagen, sicher.

Und du?

Ich würde sagen, ich bin einfach ein guter Spieler.

Würdest du, Frederik von Sydow angelte sich den Plätzchenteller wieder vom Tisch, würdest du, wie Onkel Jodok, sagen, wer gegen dich spielt, gewinnt nicht?

Glaser probierte die ersten paar Takte des Weihnachtsoratoriums, er hielt inne, nein, sagte er. Ich würde sagen: Dabei sein ist alles. David?

Stanjic hielt im Flüstern inne und schaute her, dabei sein ist alles, sagte Glaser, schieb deinen Hintern her.

Bitte, Simon, sagte Frau Sydow tadelnd, wie reden Sie denn.

Den Arsch, musst du sagen, sagte Sydow, meine Oma ist da empfindlich.

112. Ein Heiland ist geboren

Und dann?

Dann übernahm Bach das Ruder, jauchzen! Frohlocken, preisen! Und rühmen!

Und alle zusammen!, rief Sydow, er orgelte mit der Ziehharmonika, dass es eine Freude war, und erhob dann, kühn dirigierend, den Chor der Sydows im Herzen zu galaktischen Höhen, zu sphärischem Schwelgen und himmlischem Tamtam.

Jauchzet, frohlocket! auf, preiset die Tage, rühmet, was heute der Höchste getan! Lasset das Zagen, verbannet die Klage, Stimmet voll Jauchzen und

Fröhlichkeit an! Dienet dem Höchsten mit herrlichen Chören, Lasst uns den Namen des Herrschers verehren!

So viel dazu. Sie spielten, was die Literatur an festlichen Klängen hergab und das ist nicht zu knapp. Anschließend rekapitulierten sie ihre manniglichen Lieder auf die Familie, denn das hier war, allen Zweiflern zum Trotz, eine Familie und sie gehörte besungen, Die Mame! Die grüne Cousine! Es herrschte eine Bombenstimmung, und einmal geht noch, rief Onkel Jodok begeistert nach jedem Stück, er war ein Tanzbär, ein Salonlöwe, er war das rotnasige Rentier und noch in der Volltrunkenheit ein Musikfreund vor dem Herrn, dieses Lied von der Cousine, rief er, das hat mir gefallen, noch einmal!

Das kann ich mir denken, murmelte Frederik Sydow erledigt, er fügte seiner Großmutter, im Walde schleichend mit ihrem Cousin Jodokus auf der Pirsch, rote Backen hinzu und strich sogleich das Schleichen und ersetzte es durch: springen. Cousine Auguste war nie gegangen, geschweige denn geschlichen, sie war immer nur gesprungen.

Polonaise!, rief Tante Hildegard und wedelte freudig die Hüften und stupste Onkel Jodok neckisch an, wie gesagt, die kannten da nichts. Jodok war ein Salonlöwe und Tante Hildegard eine Partynudel, zusammen waren sie der Schrecken eines jeden Fetenmuffels, der Leib gewordene Albtraum eines jeden Festtagverweigerers, sie stupsten sich mit den Hüften und stoben auseinander, sie hüpften und eierten eifrig tanzend in die Knie und kamen wieder hoch, und das alles mit diesen schweren und behäbigen altdeutschen Leibern, die eher auf ein Bild von Bruegel gepasst hätten.

Dazwischen trubelte der Rest, jeder Sydow konnte feiern bis zum Umfallen, es lag ihnen im Blut, Jodok und Hildegard mochten der nimmermüde Kern sein des allgemeinen Spektakelns, aber hier ließ sich niemand lumpen, Tante Inge vollführte mit konsequent adretter Frisur komplizierte Schrittkombinationen um sich selbst herum, ein Paar, dessen Namen Frederik nicht kannte, zog in einer flotten irischen Jig juchzend diagonal eine Schneise durch den Salon, Onkel Dagobert – Sydow war sich nicht sicher, es in dem Getümmel richtig auszumachen, ihm schien, Onkel Dagobert werfe mit hinreißender Leichtigkeit seine Oma in die Luft. Weihnachten, Fest der Stille und der Besinnung? Nicht im säkularisierten Osten, hier kann man ohne sich zu genieren Hotdog mampfend eine Kirche besichtigen und den Pfarrer ungestraft fragen, ob er unter dem Talar eine Unterhose trägt, hier kann man zum Lobpreis von Christi Geburt eine Polonaise veranstalten und keiner findet das bedenklich.

Sie feierten bis in die Puppen, sie feierten, sagte Frederik von Sydow besinnlich, während er später, viel viel später, als alle endlich den Weg ins Bett gefunden hatten und er mit dem Akkordeon im Schoß noch im Schaukelstuhl schaukelte, bis in die Puppen.

Onkel Hinne, der zähe alte Kämpfer gegen den kleinen Tod und das Versinken in Träume, vom Schlaf letztendlich übermannt, ja, regelrecht gefällt, lag schnarchend auf dem Sofa. Ansonsten war es ruhig, wunderbar ruhig, es roch nach Bienenwachs und Schießpulver, nach Lebkuchen und Kinderpunsch.

Er spielte ein paar einzelne, zarte Töne. Das Weihnachtsoratorium, es ist wunderschön, es ist so festlich und heiter, es besingt des Heilands Geburt und den Anbruch einer neuen Zeit. Er schaukelte und schaute in das verglimmende Feuer im Kamin und fragte sich, was die Tage, die Wochen, was das kommende Jahr wohl bringen mochte.

113. Das Augenlicht meiner Oma

Sie gingen über den Hof, es war sehr – huldvoll, Frederik wunderte sich selbst, was ihm da durchs Gehirn krauchte, er dachte, huldvoll, lobesam und zu Gott Gefallen. Das war es, was ihm zu diesem frühen Morgen, zu diesem Tag nach dem Weihnachtsfest einfiel. Das alles hatte nichts mehr damit zu tun, dass man das heutzutage nicht mehr sagte, ihm kamen alle grammatischen Kategorien durcheinander, alle grammatischen und auch alle anderen. Er fand, es war ein lobesamer Tag, es war Quatsch, aber er konnte nicht davon lassen.

Jemand hatte Schnee geschaufelt, den gesamten Hof frei geschaufelt, vor bis zum Weg.

David klinkte das Gattertor auf, wollte es aufschwenken, aber der Schnee stand kniehoch. Hier wurde nichts mehr geschwenkt, hatte keiner geschaufelt, kein Mensch schaufelte den Schnee von einer Wiese, hier sank man tief, hier konnte man untergehen.

Sie kletterten über den Zaun. David ließ sich nach unten gleiten, Frederik sprang neben ihm hinab, dann wurde es schlagartig mühsam und alles Slow Motion.

David kannte die Wiese eigentlich immer eher mühsam. Sobald er diese Wiese betrat, versank er entweder im Schlamm oder im Schnee, was mochte das bedeuten? Vermutlich nicht viel. Außer, dass er sie bislang erst zweimal betreten hatte und sie durchaus einmal bei gefälligeren Verhältnissen aufsuchen könnte.

Sein Freund hielt sich an ihm fest, kämpfte gegen ein Loch, das ihn ins Innere der Erde saugen wollte. Sie arbeiteten sich durch den Schnee. Sicher, er warf einen Blick zurück zum Haus, sicher sahen sie ganz lustig aus, sollte jemand zufällig aus dem Fenster sehen. Dabei war es alles andere als lustig.

Es ist alles andere als lustig, sagte er zu David.

Ja, sagte er, glaub ich dir, bloß verstehe ich immer noch nicht, worum es eigentlich –

Gleich, sagte Frederik, er schaute sich wieder um, was, wenn uns jemand hört.

Wer sollte uns denn hier hören, David war stehen geblieben, schob seine schöne neue Mütze aus dem Gesicht. Sie hatten die Hälfte der Wiese zurückgelegt, standen inmitten einer großen, weißen Fläche. Niemand und nichts war zu sehen, das Haus lag ruhig und wie ausgestorben, nur der Rauch aus dem Kamin ließ darauf schließen, dass jemand zu Hause war. Dass, dachte Frederik erschaudernd, dass die gesamte, weltweite Sydowsippe zu Hause war. Bloß schlief sie noch, es war noch zu früh für ihre übliche Betriebsamkeit, niemand würde ihnen zusehen, wie sie über die Wiese sanken.

Irgendjemand hatte schon Schnee geschippt, das ja. Onkel

Hinne litt einfach unter notorischem Bewegungszwang, hatte dieses dicke, immer rote Gesicht der ewig Eifrigen, egal, zu welcher Unzeit man morgens aufstand: Der Onkel war schon wach. Sydow hatte den Verdacht, er eile mitunter ohne bestimmtes Ziel durchs Haus, keuchte die Treppen hoch, um kurz darauf wieder hinunterzurennen. Er hatte schon Schnee geschippt und den Kamin angeworfen, rumorte jetzt vermutlich irgendwo in den Dachkammern. Er war der Typ Herrenausstatter, man konnte ihn sich problemlos in Hemd und Gilet vorstellen, ein Nadelkissen am Arm und ein Maßband um den Hals und mit seinem dicken Leib verzückt um einen auszustattenden Herrn herumkaspernd.

Katharina sagt, bemerkte David, sie hat gestern in der Früh vom Bett aus den Onkel gesehen, er schleicht noch vor der Dämmerung mit einem Korb voll Holz in die diversen Zimmer, das Feuer zu schüren und die jeweiligen Bewohner mit einem wohltemperierten Erwachen zu beglücken.

Auch in dieser Rolle leuchtete er Frederik auf der Stelle ein. Ganz allgemein konnte man sagen, er passte in jedes irgendwie servile Fach des 19. Jahrhunderts, er sah ihn mittags herzhaft in eine Schweinehaxe beißen, einen Weinkelch stemmen und dennoch sofort beim geringsten Geräusch aufspringen und zur Türe eilen, es hat geschellt!, würde er rufen und sich mit der tischtuchgroßen Serviette den Mund abwischen, das ganze krebsrote, transpirierende Gesicht, und er würde glücklich sein, auf der Stelle wieder, haushoch beladen mit abgesteckten Beinkleidern, um einen Kunden herumzuschwänzeln.

Was machte er jetzt? Sie hatten ihn nicht gesehen, als sie heute früh leise die Treppen hinunterstiegen, sich in ihre Mäntel wickelten und ins Freie traten, in einen klaren, kalten Tag. Der Rest der Mannschaft lag noch tief in den durchhängenden Betten, bald würden sie aber zu ihrer täglichen Hochform auflaufen. Er hatte, bei dem gewaltigen Klamauk, den diese Familie veranstaltete, immer den Eindruck, von der Ferne müsse man es in dem Haus beständig knuffen und puffen hören. Er stellte sich vor, wie ein unbeteiligter Beobachter, ähnlich wie er jetzt, auf der Wiese stand und zu dem Haus hinüberblickte, aus dem ohne Unterlass Musik dudelte, stetes Gehämmer zu vernehmen war, immer wieder Staubwolken aus einem der vielen Fenster quollen oder irgendjemand was ausklopfte, eine Federdecke oder einen Teppich, oder gleich einer in hohem Bogen hinausflog. Er stellte sich den Anblick ähnlich vor wie dieses Knäuel Gallier, diese sich notorisch kloppenden Mitbewohner von Asterix und Obelix, da flog ein Fisch, dort segelte einer vorbei, so in etwa, dachte er, musste dieses vollgestopfte Haus auf einen unbescholtenen Spaziergänger wirken.

Ich kann nicht mehr, sagte David, er nahm die Mütze ab, steckte sie in die Manteltasche, ich finde das auch albern. Alle schlafen. Es ist noch nicht mal richtig hell.

Im Winter wird es überhaupt nie heller als jetzt, so früh ist es also gar nicht.

Doch, sehr früh, noch nicht mal Tiere sind unterwegs, kein einziger Vogel.

Im Winter gibt es keine Vögel.

So. Und wo sind sie?

Na im Süden.

Und die, die nicht in den Süden fliegen? Es kann ja nicht jeder in den Süden fliegen, die Spatzen zum Beispiel –

Spatzen, sagte Frederik verächtlich.

Ja, die Spatzen. Wo sind die Vögel im Winter.

Frederik überlegte, er schaute sich um, in den Himmel. Das Schneefeld. Er schaute hinüber zum Wald. Er hatte völlig recht, kein Vogel weit und breit, er schaute wieder zu David, tot, sagte er. Sie sind alle tot.

David verschränkte die Arme, so, rief er. Und wie bitte kann es dann sein, dass es im Frühjahr wieder Vögel gibt?

Ssch! Frederik nahm ihn beschwichtigend am Arm, schaute sich um, das sind die, flüsterte er, die aus dem Süden zurückkommen natürlich.

Und die Spatzen?

Spatzen, sagte Frederik verächtlich.

Ja, die Spatzen! Meisen! Rotkehlchen! Sie fliegen nicht in den Süden und sind im Frühling wieder da. Warum?

Ssssch! Das ist, flüsterte Frederik, er nahm ihn am Ärmel und packte sich seine Hand fürsorglich unter den Arm, stapfte wieder los Richtung Wald, das ist die alte Frage nach dem Huhn und dem Ei.

Nein, ist es nicht, David ließ sich widerstrebend mitziehen, damit hat das überhaupt nichts zu tun.

Doch, Frederik tätschelte seine Hand, schau, sagte er, das Huhn, das Ei, irgendetwas muss einfach auf einmal da gewesen sein, es geht nicht anders, war es das Huhn? Das Ei? Wir wissen es nicht. Plötzlich war es da, wo es vorher nicht da war. Vom Himmel gefallen? Vermutlich. Und genau so ist es mit den Vögeln. Sie sterben im Winter, anders geht es nicht, es ist zu kalt. Nie sieht man sie herumfliegen. Man sieht sie auch nicht herumgehen. Sie sitzen nicht gemütlich in ihren Nestern und schauen fern, sie sind überhaupt nicht an die Stromversorgung angeschlossen. Vögel wohnen auch, ich habe das selbst erst in fortgeschrittenem Alter bitter verstehen müssen, Vögel wohnen ja auch gar nicht in Nestern. Wo sie wohnen? Ich weiß es nicht, überall und nirgends, sie sind Nomaden der Lüfte, sie wohnen in Nestern, wenn sie Kinder haben.

Ja-ha!

Ja. Und jetzt, fragst du. Sie sind tot. Im Frühjahr sind sie auf einmal wieder da. Es ist erstaunlich, aber es ist so.

Ach.

Ja, sagte Frederik, es ist einfach die Natur. Schwer zu verstehen. Unberechenbar.

Die armen Spatzen.

Spatzen, sagte Frederik verächtlich, lieber den Spatz in der Hand, als die –

Das passt hier überhaupt nicht.

Doch.

Was du immer streiten musst, du zerrst mich in aller Herrgottsfrühe aus meinem schönen warmen Bett, wo ich gemütlich mit –

Keine Details bitte, rief Frederik, er hielt sich die Ohren zu, ich bin in so was sehr sensibel.

Ich auch!, rief David, hochsensibel! Wenn man mich morgens um sieben aus dem Bett zerrt, nur, um mit mir auf einer verschneiten Wiese zu streiten, strapaziert das mein sensibles Gemüt aufs Äußerste!

Schrei nicht so, flüsterte Frederik, soll uns jeder hören? Ich habe ein paar wichtige neue Fakten.

Was für Fakten. In Bezug auf deine Verwandtschaft? Hast du herausgefunden, dass es nie einen Sydow gab? Ist Opa Hartmut eine Erfindung und deine Oma zeugte deinen Vater im Alleingang?

Wundern würde es mich nicht, wie diese Schnecken, die sich mit den Liebespfeilen selbst begatten.

Ich frage mich immer noch, wo du das herhast.

Von Simons Klopapier, ich schwöre.

Ist auch egal, also?

Ich habe neue Indizien, in unserem Fall.

Was für ein Fall.

Frederik schaute gepeinigt in den Himmel, du hast alles vergessen, nicht wahr? Seit du auf Freiersfüßen wandelst, ist dir alles andere Schnuppe, oder?

Freiersfüßen, David lachte geschmeichelt, also ich weiß nicht.

Jetzt reiß dich mal zusammen! Heutzutage wandelt man nicht mehr auf Freiersfüßen! Also: Ich habe unser Muster mitgenommen.

Du hast was?

Darb-i-Imam, unser System, die ganzen Kacheln.

Du hast das Mosaik zerstört, rief David, unsere gesammelten Daten zu Simons Akte –

Frederik hielt ihm den Mund zu, schh! Wirst du wohl leise sein, wisperte er, nichts habe ich zerstört, ich habe alles abfotografiert und oben im Zimmer mit Loch ausgelegt.

David befreite sich von Frederiks Hand, warum im Zimmer mit Loch?

Weil da nie jemand reingeht, außer kichernde Teenies, die aber von fremder Hand gelenkt sofort aufs Loch zusteuern und hindurchfallen und dann im Wasserbottich paddeln, da geht niemand rein. Außer du vielleicht noch, wenn du, blind vor Liebe, durchs Haus taumelst, immer unterm Mistelzweig und deine Liebste suchst und vor lauter Eifer durchs Loch kugelst.

Blind vor Liebe, David lachte geschmeichelt, also ich weiß nicht.

David. Das war ein Sprachversatzstück. Übelster Ausprägung, so etwas würde ich nie ernsthaft verwenden.

Aber wenn ich durchs Haus taumele und durchs Loch kugle, was dann?

Ich weiß nicht, David, vielleicht fehlen mir dann einfach die Worte.

Du hast alles ausgelegt. Warum?

Warum, fragt er mich, weil wir den Fall lösen müssen!

Gibt es denn einen Fall?

Frederik schaute wieder in den Himmel, aber es nahte keine Hilfe, gab es Gott? Wo war er? Jedenfalls kam er nicht durch die Wolken gebrochen, was schade war. Frederik fand das auch sehr schade. Seine Geduld wurde auf eine harte Probe gestellt. Aber er würde sie bestehen. Ja, sagte er darum geduldig, es gibt einen Fall und es gibt spektakuläre neue Erkenntnisse.

David stülpte sich die Mütze wieder über, Wind kam auf und pustete den frischen puderigen Schnee durch die Luft, er war jetzt wieder auf Sendung.

Gut so, dachte Frederik, die Liebe hat ihn noch nicht völlig zersetzt.

Mir ist eingefallen, sagte er, woher ich die Melodie kenne.

Grieg, sagte David, *In der Halle des Bergkönigs*.

Schon wieder nennst du alle beim Vornamen, sagte mein Lektor anklagend, jetzt hatte ich gedacht, du hast das im Griff, aber nein, kaum schaut man dir nicht auf die Pratzen, reißt alles wieder ein, wie Sodom und Gomorrha ist das.

Olaf. Vergleiche sind eine feine Sache. Bloß wüsste ich nun wirklich nicht, was diese sexuelle Anspielung mit der Verwendung von Vornamen zu tun hätte.

Ist doch klar wie Kloßbrühe, sagte er, aufgrund deiner eigenen amourösen Verstrickungen –

Ich habe doch nicht mit jedem, den ich duze, amouröse Verstrickungen!

Das wäre auch skandalös! Ein regelrechtes Sodom und –

Olaf. Lass. Das.

Feuer, murmelte er, Schwefel, Sünde.

Weißt du was, sagte ich, wenn der Große bei euch im Verlag anklingelt und sagt, ihm sei da was zu Ohren gekommen über einen etwaigen Sittenverfall in meinen Hütten: Er soll die beiden Engel rüberschicken. Ich schwör beim Augenlicht meiner Oma, dass ihnen nichts zustößt.

Beim Augenlicht der Auguste von Sydow.

Ich überlegte kurz, genau, sagte ich dann.

Ja, sagte Frederik, er kämpfte sich wieder ein paar Schritte weiter Richtung Wald, mir ist eingefallen, in welchem Film sie vorkommt. Wähl sie mal an.

David kramte das Telefon aus der Hosentasche und klingelte die Auskunft an. Alle Leitungen waren besetzt, der nächste frei werdende Mitarbeiter würde sich umgehend, Musik. *In der Halle des Bergkönigs.*

Sie lauschten, es war erhebend und geheimnisvoll, es kam angetrappelt in dieser weißen und ergebenen Landschaft, einer ging auf Zehenspitzen und schlich sich an, einer schaute um die Ecke und näherte sich immer schneller, einer huschte von Baum zu Baum und kam dann ganz offen und in großen Sprüngen, einer hatte ein wildes und genießerisches Gesicht und gewaltige Hände und packte zu, Ende.

Es ging wieder von vorne los. David schaltete das Telefon aus.

Frederik schaute in den schweren Himmel, es begann wieder zu schneien, friedlich und still und lobesam. Es war der 25. Dezember und dies ist ein friedlicher und stiller und geruhsamer Tag und abends gabs paprizertes Huhn, Simon schächtete schon.

M, sagte er, er blieb wieder stehen, drehte sich um und schaute David an, *Eine Stadt sucht einen Mörder*. Von Fritz Lang.

114. David ist kein Cineast

David hatte die Hand an den Mund gelegt, sie starrten sich an, was mochte das –

Was mag das bedeuten, flüsterte David tonlos, was in aller Welt mag das bloß alles bedeuten.

Ich weiß es nicht, flüsterte Frederik zurück. Ich habe keine Ahnung.

Im Übrigen, David nahm die Hand aus der Betroffenheitsgeste und sagte, in normaler Lautstärke jetzt, im Übrigen kenne ich den Film gar nicht.

Frederik richtete wieder den Blick gen Himmel, Gnade, rief er, mit was für Idioten hast du mich geschlagen?

Um was gehts denn da, fragte David unbeeindruckt.

Um einen Mörder natürlich! Einen Mörder in Berlin. Und immer, wenn er mordet, muss er Grieg pfeifen, *In der Halle des Bergkönigs.*

Warum?, fragte David, das ist ja komisch.

Warum, warum! Was weiß ich! Weil er eine Schacke hat vermutlich, du könntest ja auch fragen, warum er Kinder morden muss.

Stimmt, warum eigentlich?

Ich weiß es nicht. Ich weiß es nicht! Ich! Weiß! Es! Nicht! Er muss morden und pfeifen, so ist das nun einmal, vielleicht können wir uns der Einfachheit darauf einigen, dass es einfach so ist, sagen wir: Es ist eine Filmidee. Okay?

Okay. Aber weißt du, langsam entwickelt sich in mir eine regelrechte Aversion gegen den Film an sich, ich meine, auch in Büchern gehts nicht nur sauber zu, aber gerade so?

Ja, kann schon sein, wollen wir das Gespräch vielleicht vertagen? Ich schwöre, wenn das hier alles vorbei und vorüber ist, gründe ich mit dir einen Literaturzirkel und einen Antifilmzirkel, ich gründe mit dir alles und umzirkle jedes dir wichtige Thema.

Abgemacht?

Abgemacht, sagte Frederik, nun denn. Er fasste für David kurz die filmische Handlung und das perverse Treiben des Kindermörders zusammen, er berichtete von der Jagd auf ihn und von seiner Enttarnung durch einen blinden Luftballonverkäufer.

Anhand des Pfeifens, versteht du? Er hörte ihn pfeifen und weiß plötzlich, er pfeift, wenn der Morddrang ihn heimsucht, und so gelingt es ihnen schlussendlich, ihn zu stellen und zu richten. Was sagst du also dazu.

David dachte nach, ist das alles vielleicht ein Witz?

Kann sein. Sie hatten sich wieder dem Haus zugewandt und gingen langsam zurück. Bloß, fragte Frederik, wer macht ihn? Ein Witz passiert nicht einfach, oder? Jemand macht einen Witz.

David überlegte, er war nicht sicher, stimmte das? Machte die Natur Witze? Was ist ein Witz? Ist er ein – Kulturgut, sozusagen? Was war Humor. Onkel Dagobert hatte neulich was dazu gesagt, wie war das? Es war um diese Mädchen- und Männersache gegangen, um Frauen, die zugleich Berge waren und Wanderfreunde, es war ums Wandern gegangen. Er hatte gesagt, er würde das schon hinkriegen. Er hatte gefragt, warum. Und Onkel Dagobert hatte gesagt: weil du Humor hast. Er hatte es nicht verstanden. Und Onkel Dagobert hatte gesagt, er würde es ihm ein andermal erklären. Es war also an der Zeit, sich das erklären zu lassen. Mit den Witzen, mit dem Humor, die Sache, wie man etwas hinkriegt.

Ich frage mal Onkel Dagobert, sagte David. Sie waren am Gatter angekommen und kletterten darüber.

Wieso Onkel Dagobert.

Weil er mir das sowieso erklären wollte. Er meinte, ich hätte Humor, das würde mich retten.

Retten wovor.

Ich weiß es nicht, ich frage alles Onkel Dagobert.

Was *genau* fragst du Onkel Dagobert.

Was ein Witz ist. Was Humor ist. Wieso es die Rettung ist. Ob nur für mich. Oder für jeden. Alle diese Sachen.

Humor, Witz. Ist das dasselbe?

Sie überlegten.

Ich frage alles Onkel Dagobert, sagte David abschließend. Sie gingen über den Hof, Simon trat gerade aus dem Haus, er trug ebenfalls seine neue rote Mütze und eine lange, gummierte

Schürze über den Hosen. Er war auf dem Weg zu den Hühnern, verschwand um die Ecke.

Zum Beispiel Simon, sagte David, sie schauten ihm nach, die Sache mit den Hühnern, aber auch generell, Simon generell, diese ganze Sache, ist das ein Witz? Macht er einfach einen langen und komplizierten Witz? Läuft so was noch unter Humor?

Weiß nicht, sagte Frederik, ich habe keinen Humor. Wenn er also die Rettung sein sollte, bin ich einer von denen, die untergehen.

Schade eigentlich.

Ja, aber was soll man machen. Wenn bei euch dafür ein guter Witz darüber rausschaut, hat sichs vielleicht gelohnt.

Vielleicht. Was aber, wenn nicht, was tun wir dann?

Weinen. Haare raufen. Selbstvorwürfe, schlechtes Gewissen, hinterherstürzen.

Das klingt, so aus der Entfernung, eigentlich schon wieder ganz witzig.

Du meinst, es gibt noch Hoffnung für mich?

Es gibt immer Hoffnung.

Das klang bei dir Anfang des Winters aber anders.

Das kommt vom Nähkurs, der hat irre angeschlagen bei mir.

Sie waren beim Haus angekommen und stiegen die Stufen hinauf, trampelten den Schnee von den Schuhen.

Ich schau mal, wo Onkel Dagobert ist, sagte David.

Tu das. Ich gehe inzwischen meiner Oma aus dem Weg, ich bin im Zimmer mit Loch, falls du mich nachher suchen solltest. Ein bisschen kacheln, meine intuitiven Kanäle sind heute gut gelüftet, ich spürs.

115. Schon mal von König Leonidas gehört? Ich auch nicht

Weil, sagte Onkel Dagobert, Humor immer Hoffnung ist.

Sie saßen in der Küche und schauten zu, wie Tante Hildegard in einer Holzmulde große Mengen Teig knetete.

Stell dir vor, du bist in einer ausweglosen Situation – in einer scheinbar ausweglosen Situation. Es kommt nicht darauf an, in welchem Bereich, seis ein wissenschaftliches Problem, seis ein zwischenmenschlicher Konflikt, ein kriegerisches Unternehmen. Eine schwierige Situation. Was tut man? Es gibt die Möglichkeit, zu verzweifeln. Man schmeißt im Voraus den Büttel hin. Es gibt die Möglichkeit des mutigen Durchstehens – das gelingt am besten, wenn man ein Kämpfer ist oder eine reale Chance sieht, mit Kraft und Mut zu gewinnen. Zumeist, achte mal darauf, zumeist sind die Starken und die Schönen nicht besonders lustig – sie müssen es nicht, der Erfolg ergibt sich aus ihrer Stärke und Schönheit und anderen vorteilhaften Qualitäten. Aber was macht man, wenn man unterlegen ist? Wenn man weiß, man hat keine Muckis und muss aber kämpfen und man möchte aber auch nicht verzweifeln? Im besten Fall hat man Humor. Es ist – mitunter nur eine vernichtend kleine – aber es ist eine Chance auf die Überwindung der Krise, und zwar, und das ist das Interessante, durch die Veränderung des Standpunktes.

Onkel Dagobert schaute eine Weile dem Teigkneten zu, er schenkte sich Tee und Milch nach, ich sage dir ein Beispiel.

480 vor Christi Geburt gab es die berühmte Schlacht bei den Thermopylen, das ist ein Engpass zwischen dem Kallidromos-Gebirge und dem Golf von Manila, am Peloponnes. Stell dir vor: Du hast auf der einen Seite den Hellenenbund, das Heer der Griechen unter König Leonidas von Sparta, etwa 5000 Mann. Sie blockierten den Pass, um das persische Heer aufzuhalten – das persische Heer mit, man mache sich das klar, einer Gesamtstärke von 50 000 Mann, angeführt von Xerxes dem Ersten.

Tante Hildegard kippte den Teig jetzt auf den bemehlten Tisch und zerteilte ihn in fünf große Stücke, die sie zu ovalen

Laiben formte, im Mehl wendete und zum Aufgehen in Rohrkörbchen legte.

Eine, Onkel Dagobert lächelte, eine ausweglose Situation, man kann es nicht anders sagen.

Fünftausend Mann auf der einen Seite und auf der anderen ein Heer von gigantischem Ausmaß, zehn Mal so stark und siegesgewiss und gewillt, sich Griechenland unter den Nagel zu reißen.

Ich habe, so soll Xerxes den König der Griechen freundlicherweise informiert haben, *ich habe so viele Bogenschützen, dass ihre Pfeile die Sonne verdunkeln werden.*

Hoppla! Was sollte Leonidas ihm antworten? Ganz offensichtlich hatte er recht, ja, er hatte so viele Bogenschützen, dass ihre Pfeile die Sonne verdunkeln würden – eine deprimierende Aussicht, man stelle sich diese Ankündigung und ihre Auswirkung auf die Moral der Truppen vor.

Und Leonidas? Was macht er? Zieht er den Schwanz ein? Nein. Antwortet er im selben Ton? Nein, das kann er nicht. Er hat nichts Adäquates anzubieten, er kann auf dieser Ebene nicht mithalten, er hat weder so viele Bogenschützen noch eine andere beeindruckende Zahl an Kämpfern, die er hier ins Feld führen könnte – weder verbal noch in der Realität. In dem Bewusstsein, dass seine Chancen auf einen Sieg äußerst gering sind – er wäre ein Narr, wenn er anders dächte –, macht er etwas anderes: Er wechselt den Standpunkt und ist damit interessanterweise der Überlegene. Wiewohl er sterben wird im Feld, wiewohl die Griechen diese Schlacht – trotz beeindruckend großer Verluste auf Seiten der Perser – verlieren werden. Aber in diesem Wortwechsel, in diesem Gefecht der Sprache und der Eloquenz, ist er der Überlegene.

Xerxes also sagt, ich habe so viele Bogenschützen, dass ihre Pfeile die Sonne verdunkeln werden, und Leonidas lässt, so wird es gesagt, Folgendes antworten:

Umso besser – dann kämpfen wir im Schatten!

Sie lachten, verstehst du?, fragte Onkel Dagobert.

Ja, sagte David, ich verstehe.

Sie saßen weiter in der Küche, tranken Tee. Es roch nach Sauerteig und draußen fiel folgsam und andächtig der Schnee, Tante Hildegard legte Holz nach. Dagobert rührte ein bisschen in seiner Tasse, es gibt zum Humor die verschiedensten Thesen, alle haben mich Zeit meines Lebens sehr beschäftigt.

Wieso denn.

Nun, wenn man zur Verzweiflung neigt und aber Wege aus dem totalen Untergang sucht, stößt man irgendwann auf den Humor, er ist immer Ausdruck der Hoffnung.

Neigst du zur Verzweiflung.

Heute nicht mehr, nein. Und dass ich es nicht mehr tue, wurde mir durch Humor zumindest erleichtert.

Und durch was noch?

Durch was? Dagobert trank seinen Tee aus, erinnern, wiederholen, durcharbeiten – in unterschiedlicher Reihenfolge.

Hm. David betrachtete ihn, das klingt aber schwer nach Freud.

Lieber David, ich glaube fast, du liest die richtigen Bücher.

David strahlte, danke Onkel Dagobert, das habe ich immer gehofft!

Einer meiner diesbezüglichen Handwerker erklärte mir das Phänomen des Humors einmal folgendermaßen: Was uns beispielsweise zum Lachen bringt, sagte er, sind die Fehler, die uns *noch nicht* unterlaufen sind. Es ist eine Imagination der eigenen Tollpatschigkeit oder der eigenen Schwäche in der Zukunft, sozusagen eine künstliche Verdoppelung und damit, und das ist das Wunderbare, überwindet man rein symbolisch das Bedrohliche der Situation. In diesem Tiefstapeln des Widerstands steckt der optimistische Hinweis, dass man sich der Situation nicht ohne Widerstand ausliefert. Dieser symbolische Vorgriff vermittelt neue Hoffnung auf eine Lösung auch im wirklichen Leben. Im Humor macht man sich dümmer, als man ist, und wird dadurch stärker, als man scheint.

Hm.

Bloß, Onkel Dagobert hob mahnend den Finger, denk jetzt nicht, man könne sich mit der Methode, quasi unablässig witzelnd, durchs Leben schlängeln.

Nicht.

Nein. Das wäre dann wieder was anderes.

Was denn.

Das nennt man Konfliktunfähigkeit.

Auch wieder nicht gut.

Nein, mein Lieber, das ist ganz und gar nicht gut und, wenn ich so impertinent und für einmal sehr persönlich werden dürfte?

Ich bitte darum.

Du hast Humor.

Das ist gut.

Du bist konfliktunfähig.

Das ist schlecht.

Um aber zu einem ausgereiften und vollendeten Mann und Mensch zu werden, bedarf es der Kombination, denke nur an Leonidas – konfliktscheu ist er weiß Gott nicht. Er sieht die Situation äußerst klar und er stellt sich ihr – mit einer gewissen Beweglichkeit, die von seinem Humor zeugt. Ich sage, um ein ausgereifter Mensch und Mann zu werden, aber das gilt als Frau natürlich auch, aber das willst du vermutlich nicht werden.

Nein, Onkel Dagobert, ich denke, das können wir ausschließen.

Sehr gut! Onkel Dagobert erhob sich, dann hätten wir das so weit.

David war ebenfalls aufgestanden und zusammen verließen sie die Küche, gingen durch die Diele und blieben vor der großen Treppe stehen.

Was aber, sagte David, wenn ich den Konflikt nicht aushalte.

Betrachte Humor als kleine Entspannung, als eine Art Insel. Wäre er Selbstzweck, so würde ich sagen, wird es schon wieder pathologisch – es ist wie mit Leuten, die unablässig reden, ohne aber eine Struktur darin zu haben. Sie kommen vom Hundertsten ins Tausendste. Das Reden dient aber nicht der Kommunikation, es dient nicht dazu, einen Gedanken über komplizierte Wege auszuführen, um dann, elegant und klug, wieder dort anzuknüpfen, wo der Faden gesponnen wurde – es ist das die zirkuläre Form des Sprechens und verlangt äußerste Konzentration und die Fähigkeit, das Gespräch zu beherrschen und nicht umgekehrt, dass einen eine Art – entschuldige – Sprechdurchfall überkommt. Ähnlich verhält es sich mit der Anwendung von Humor. Er zeugt von Beweglichkeit, das ja, von einer hohen Form von Intelligenz, aber er sollte nicht dazu dienen, Situationen ständig zu entwischen. Denk ihn dir eher als eine Form der Selbstregulation: Du bist in einer heiklen und sehr schwierigen Situation, in einem für dich äußerst bedrohlichen Konflikt. Was bewirkt ein Witz? Er entschärft, er stärkt dich – nach der obigen These und er macht einem selbst deutlich, dass es mehrere Ebenen überhaupt gibt, dass der Wechsel der Perspektive möglich ist und gerade er es ist, der die Entwicklung herbeiführt.

Warum?

Weil jede Situation überdeterminiert ist. So es dir gelingt, die Bedeutungsebene zu wechseln, wendet sich mit großer Wahrscheinlichkeit die Situation – Leonidas, König der Griechen! Xerxes droht, er redet von der Stärke seiner Truppen! Leonidas aber nimmt sich aus dem Gesagten etwas ganz anderes heraus, er antwortet auf der bildhaften Ebene – und es mag noch viele mehr geben. Je nachdem, wie – man könnte sagen: wie fantasievoll du bist, wie viele verschiedene Bedeutungsebenen dir kraft deiner Intelligenz zur Verfügung stehen, wird deine Wahlmöglichkeit umso größer – und damit das schöne und überraschende Spielfeld des Humors.

Eins noch, sagte David.

Bitte.

Angenommen, sagte David. Er überlegte kurz, wie sollte er all das zusammenfassen – all das: Simon, Frederik und er, das *Tante,* die Proben und die Texte, die Filme und Katharina, den Autofahrer in der Schlange hinter ihnen, Grieg und *Die Stadt sucht einen Mörder,* wie sollte er die Vermutungen zusammenfassen und die Verdachtungen, die gesammelten Indizien, die Kacheln, kurzum, das ganze Mosaik, das Muster, die Aperiodik?

Angenommen, sagte er, es herrscht eine – Situation. Sie wirkt – bedrohlich oder unverständlich, sie ist seltsam und nicht zu verstehen. Sie ist vielleicht ein Witz, aber vielleicht auch nicht. Sie ist völlig unbegreiflich und nichtsdestoweniger ist man darin verwickelt. Was dann?

Hm. Onkel Dagobert hatte sich an die Verzwirbelung des Treppengeländers gelehnt und betrachtete ihn, das klingt reichlich undurchsichtig.

Es ist undurchsichtig.

Dann, sagte Dagobert, stell eine These auf. Das ist der Perspektivwechsel. Eine These ist die Vermutung einer Determinierung, man kann sie erst mal behaupten und sehen, wie weit man damit kommt und ob sie – greift.

Woran aber merke ich, ob sie greift?

Daran, dass es wirkt! So! Und jetzt muss ich los, Hühner rupfen.

Onkel Dagobert ging Hühner rupfen und David stand noch für einen Moment in der großen Halle, überlegte. Die Konfliktunfähigkeit. Die Uetliberg-Episode. Katharina und er. Diese vier Komponenten musste er irgendwie zusammenbringen. Er überlegte noch ein bisschen mehr, aber es gab nicht viel zu überlegen. Es war eine Verzögerungstaktik und damit eindeutig der Konfliktunfähigkeit zuzurechnen und der wollte er eigentlich nicht mehr so viel Platz einräumen. Also, fertig überlegt, es gab nichts zu überlegen. Er streckte das Kreuz durch, er war ein Mensch und Mann! Er hoffte, der Humor würde ihm nicht ausgehen. Dann ging er, um mit Katharina zu streiten.

116. Danke, Olaf

Sie saßen beim Paprikahuhn, es schmeckte ausgezeichnet.

Das schmeckt ja ausgezeichnet, sagte Frederik zu David, wer hätte das gedacht!

Jaja, hör mal. David legte sein abgenagtes Hühnerbein auf den Teller und wischte sich die Hände ab, ich war heute noch ein wenig draußen. Spazieren. Mit Katharina.

Wie schön für euch, Frederik nahm den Knochen und warf ihn unter den Tisch. Getrappel. Knorpsen und Knacken. Ein Jagdhund ist immer wachsam.

Ja, geht so, dachte David, es war eher weniger schön gewesen.

Sie waren schon auch spaziert, aber in der Hauptsache hatten sie gestritten, er war sich also nicht sicher, ob so was überhaupt unter Spaziergang lief, aber er verspürte wenig Lust, das mit Frederik zu erörtern.

Es war recht eigentlich einer der anstrengendsten Nachmittage überhaupt gewesen. Die Hürde des Gesprächsanfangs, das Benennen generell, er schob das alles hastig beiseite, es hatte ihn zutiefst erschöpft und er fühlte sich mürb und alt. Aber, so viel war ihm klar, trotz aller Peinlichkeit, die es für ihn auch geheißen hatte, trotz des Gefühls des freien Falls, sobald er sich aufs Eis wagte (spazierend und sprechend), trotzdem er und Katharina nicht nur streitend den Nachmittag im lauschig verschneiten Wald zugebracht hatten, sondern auch, zurück im Haus, im Streit auseinandergegangen waren und ihn diese Tatsache schier wahnsinnig machte, war er sich im Klaren, dass er etwas geschafft hatte. Es war neu, es war anstrengend, es war richtig, es war, ja, *ein Meilenstein in seiner Entwicklung* – das durfte er natürlich Frederik so nicht sagen, es war einerseits ein Sprachversatzstück und noch dazu ein Terminus aus der Psycholiteratur, eine höchst unerfreuliche Emulsion, wie Frederik finden würde.

Jetzt aber tat es hier nichts zur Sache, er musste es beiseitelegen und sich darin üben, den Konflikt auszuhalten. *Meilenstein in meiner Entwicklung*, murmelte er, *Konflikt aushalten*, es war zum Im-Boden-Versinken und – ha! Schon wieder! *Im Boden versinken!* Er dachte, fühlte und stritt neuerdings nur mehr in Modulen, das Sprachversatzstück war zu seiner ureigentlichen Natur geworden, grausig.

Was sagst du? Frederik neigte sich ihm ein wenig zu, du musst lauter sprechen, hier gehts zu wie im Irrenhaus. Noch Reis?

Nein danke, also hör zu. David schaute sich um, aber Frederik hatte recht, niemand würde hier etwas mithören, alle stopften sich mit Huhn und Reis voll und tranken Holunderblütensekt vom Sommer. Es war behaglich und warm und auf der anderen Seite drüben saß Katharina, vertieft in ein Gespräch mit Simon. David versetzte es einen Stich – ach was, murmelte er, Frederik liegt ganz richtig, Sprachversatzstücke bringens einfach nicht, es *versetzt mir nicht einen Stich.* Vielleicht holterdipolterte sein Herz. Vielleicht ballte sich sein Magen zusammen, vielleicht war sein

Inneres für den Bruchteil einer Sekunde eine leere Hülle, weil ihm die Eingeweide in die Hose rutschten, vielleicht aber gab es dafür einfach keine adäquaten Worte, es war auch egal. Es war egal. Katharina sprach mit Simon. Sie tat, was auch immer sie für richtig hielt, und er tat auch, was er für richtig hielt. Er fasste sich an den Kopf, hörte denn dieses Denken niemals auf? Dieses ewige Rennen im Kopf?

David? Frederik schaute von unten her in sein Gesicht, ist was?

Nein.

Katharina, oder. Frederik nickte weise vor sich hin, schob mit seinem Messer ein paar versprengte Reiskörner auf die Gabel, die Uetliberg-Episode. Gekränkt und verletzt, sagte er, beleidigt und verunsichert. Dann Simon. Wer war er und wer ist er, Eifersucht. Rückzug. Liebeskummer. So ungefähr?

Ja, sagte David verblüfft, so viel Sachverstand und Durchblick hatte er von Frederik keineswegs erwartet, ja, sagte er, so ungefähr.

Aha, sagte mein Lektor zufrieden, endlich hältst du dich einmal an meine Liebestipps und vertraust auf meine lange Lebenserfahrung, er hakte irgendwas auf seiner Liste ab, vermutlich: *Frederik von Sydow sollte sich mehr für David Stanjics Gefühlsleben interessieren.* Weißt du, fuhr er fort, das macht uns Mathias gleich viel sympathischer. Viel.

Dann ist es ja gut, sagte ich erschöpft.

Ihr kriegt das schon hin, sagte Mathias, ach was! Frederik.

Wir kriegen das schon hin.

Weißt du, warum?

Nein. Ich glaube es auch nicht. Ich denke das im Rahmen meiner Selbsttherapierung, Konflikt aushalten, Zuversicht üben, der Glaube an die Bewegung und so weiter.

Das ist sicher alles ganz richtig, meinte Frederik milde, aber das Gute ist, dass noch etwas dazukommt.

Was denn.

Die Liebe, Himmelsmacht! Ihr passt hervorragend zusammen, ihr *gehört* zusammen, das sieht ein Blinder, und das wird euch immer Ansporn sein und Ermutigung.

Komisch, du klingst wie Onkel Dagobert.

Na ja. Ich habs von Onkel Dagobert. Ich habe mich heute mal ein bisschen mit ihm unterhalten, das mit dem Humor, das interessierte mich auch. Wir haben uns ein wenig über euch unterhalten.

Ach. Von wegen Humor oder was. Mal was zum Lachen haben oder wie.

Ja. Dann haben wir uns ein wenig über mich unterhalten, dann über ihn, wir haben uns einfach unterhalten. Es war eine gute Unterhaltung. Aber lassen wir das. Vertraue der Liebe, horch auf dein Herz und fühl den Puls, aber halt den Konflikt fürs Erste mal aus und vergiss ihn. Du wolltest mir vom Spazierengehen berichten.

Nicht direkt, David schob den Teller weg. Ich weiß nicht, ob so was unter Spazierengehen läuft, aber auf alle Fälle waren wir draußen streiten, gingen streitend ein wenig im Wald herum und streitend quer hindurch, dort ist irgendwann eine Schneise, da führt die Straße lang. Erinnerst du dich? Als wir das erste Mal hierherfuhren, und uns vielfach verfuhren, sind wir die Straße langgefahren, sie führt ins nächste Dorf. Dort, am Straßenrand, parkte ein Auto.

Von hinten beugte sich Tante Hildegard über den Tisch, Frederik und David machten ihr Platz, sie sammelte die leeren Teller ein, das Besteck.

Weiter, sagte Frederik, er hatte die Hände auf der Tischdecke gefaltet und schien versunken in die Betrachtung von Anna und Wolfgang, die, offensichtlich von Onkel Jodok bestens unterhalten, schrien vor Lachen, sicher erzählte er schlüpfrige Witze. Wolfgang hatte sich, das nur am Rande, die Haare abgeschnitten, an wichtigen Wendepunkten machten die Leute immer irgendwas mit ihren Haaren, sie ließen sie wachsen, sie ließen sie schneiden, er, Frederik, hatte schon des Öfteren versucht, das Schicksal damit zu überlisten. Er machte immer wieder mal was Neues mit seinen Haaren, er ließ sie schneiden, ließ sie wachsen, um sie dann wieder neu zu schneiden, in der Hoffnung, damit die Wende herbeizuführen, bisher hatte es –

Hörst du mir zu?, fragte David.

Ja sicher.

Was habe ich gerade gesagt.

Dass am Straßenrand ein Auto parkte.

Und danach.

Danach hast du nichts mehr gesagt, ich weiß nicht, warum.

Doch. Ich habe dir gesagt, was auf dem Auto draufstand.

Was denn?

Rate mal.

Auto.

Sehr witzig, auf dem Auto stand: *Flinkster.*

Frederik schaute noch einen Moment auf Onkel Jodok, er war dazu übergegangen, seine Schwänke pantomimisch zu untermalen, Wolfgang hatte den Kopf auf den Tisch gelegt und lachte sich krumm, er wandte den Blick ab und starrte David an, das ist es, sagte er. Nicht Flink. *Flinkster.* Von *Car-Sharing Flinkster.*

Der Mann an der Ampel, sagte David, der Mann, der in der Schlange immer hinter uns steht. Sie schauten sich an.

Er ist hier, flüsterte Frederik.

Ja, sagte David, ich fürchte ja.

117. Boccia ist auch ein Sport

Frederik und David hatten am 25. bis spät in die Nacht hinein gepuzzelt. Sie hatten alle neuen Informationen in ihr System eingespeist, die da waren:

Schreib auf, sagte Frederik. Er lag neben dem Mosaik und schaute an die Decke. Der Mann von der Kreuzung fährt einen Leihwagen der Firma *Flinkster.* Das lässt zwei mögliche Schlüsse zu: entweder, er ist nicht aus Berlin, oder aber, er ist aus Berlin, besitzt aber keinen eigenen Wagen.

Wagen, sagte David zufrieden, die Amerikanisierung und die falschen Bücher schreiten fort, *Wagen,* er schrieb es auf.

Jaja, sagte Frederik, jetzt ist nicht die Zeit für Rangeleien zwischen dir und mir, jetzt müssen wir uns eisern zusammenschließen, um mit doppelter Kraft –

Okay, weiter, sagte David.

Der Mann an der Ampel ist mit ziemlich großer Wahrscheinlichkeit auch der Mann, der immer hinter uns in der Schlange vor der Ampel steht. Nennen wir ihn also *die Unbekannte* X. Er scheint uns also a: zu verfolgen und b: –

Keinen Wert darauf zu legen, dass wir es nicht merken, fügte David an.

Richtig. Immerhin steigt er jedes Mal aus dem *Flinkster* und läuft damit Gefahr, von uns wiedererkannt zu werden.

Was, und das ist natürlich beschämend für uns als Profiler, wir nicht getan haben. Wir haben ihn nicht wiedererkannt, ein ums andere Mal nicht.

Man könnte meinen, sagte Frederik, er drehte sich auf den Bauch und stützte die Hände aufs Kinn, man könnte meinen, er mache sich einen Spaß daraus.

Aus was.

Aus unserer Blödheit.

Ich finde das nicht besonders spaßig.

Ja, du nicht, aber er vielleicht. Er hat einen anderen Sinn für Humor.

Komischer Humor.

Ja, das sollten wir notieren, eventuell mit einem Fragezeichen, weil: ist das überhaupt noch Humor?

Was könnte es sonst sein?

Durchtriebenheit. Übersteigertes Größenselbst.

Größenselbst, notierte David, das ist tiefster Psychojargon, und das von dir!

Wir kommen hier nicht darum herum, alle Strippen zu ziehen, da müssen die Animositäten über Bord, ich sage also: *Ja* zum Psychojargon, *Ja* zur Psychoanalyse, ja, ich sage *Ja* zur Psyche schlechthin und das war nicht immer so. Aber zurück zur Unbekannten X: Er scheint sich seiner Sache sehr sicher zu sein.

Was aber ist seine Sache?

Das versuchen wir doch gerade herauszufinden, immer mal langsam mit die jungen –

Frederik!, rief David entgeistert, das Modul gewinnt die totale Herrschaft über dich!

Ja, ich dachte, ich sollte die Zügel mal abgeben, es kann nur besser werden. Weiter: Er scheint uns also zu verfolgen. So weit, so eindeutig. Warum? Das ist unklar, schreibe es als Frage auf.

Dann: Grieg. Was hat die *Halle des Bergkönigs* mit all dem zu tun, was der Film von Fritz Lang?

David legte sein Notizbuch zur Seite. Er saß im Schneidersitz auf dem Boden, mit dem Rücken gegen den Kachelofen gelehnt. Sie hatten – toi, toi, toi – die Physik auf ihrer Seite, die Wärme würde gewohnheitsgemäß aufsteigen und das Zimmer erwärmen, mit den höher gelegenen Wärmezonen zirkulieren und nicht durch das Loch im Boden nach unten in den zweiten Salon entfleuchen. Der Fußboden war dennoch kalt, er hatte sich ein Fell untergelegt, vermutlich Bär.

Von unten kam ein kleiner Krawall. Frederik robbte auf dem Bauch zum Loch und spähte hinunter in den zweiten Salon. Fünf Kinder waren ins Zimmer gestürmt, rannten um den Billardtisch mitsamt Wasserbottich und wieder zur Tür hinaus.

Wenn, sagte David langsam, nur wenn. Wenn also der Mann X ein übersteigertes Größenselbst hat. Wenn er sich seiner Sache sehr sicher ist. Wenn er – spielt. Mit uns, mit unserer Blödheit, wenn er einen schlechten Witz macht oder aber schaut, wie weit er gehen kann, wenn er, kurzum, ein Spieler ist.

Ja? Frederik hatte sich wieder aufgesetzt und betrachtete versunken das Fliesenwerk.

Dann können wir vielleicht annehmen, dass auch ebendieses Motiv eine seiner Spielereien ist.

In der Halle des Bergkönigs?, fragte Frederik, wie meinst du das.

Kann sein, dass ich mich täusche, aber wenn wir die drei Komponenten zusammenführen, also erstens: Bei der Auskunft läuft immer *In der Halle des Bergkönigs*, zumindest seit einiger Zeit. Zweitens: Bei Lang muss der Mörder immer dieses Stück pfeifen, wenn er morden muss. Drittens, und dieses drittens möchte ich als Grundthese an alles anfügen, was wir hier erörtern, weil es mir ein Scharnier zu sein scheint und der Dreh- und Angelpunkt, drittens: Der Text, den wir haben, spekuliert mit einem Mord und unser Schluss daraus war, dass einer geplant ist und wir ihn verhindern können.

Frederik schaute ihn an, wartete. Und weiter?

Nichts weiter.

Aber ich verstehe es nicht.

Nun. David zupfte ein paar Haare aus dem Fell und rollte sie zu einem kleinen Knäuel. Kraft meiner Intuition und Genialität stelle ich folgende These auf: Einer spielt uns immer Grieg als perfiden Hinweis auf etwas Schlimmes, das sich zutragen wird.

Wer ist Einer, fragte Frederik.

David war aufgestanden und ging im Zimmer herum. Wenn wir sagen: Eine Kachel im Muster kann sich verändern, aber sie kann nicht verschwinden. Die Farbe kann wechseln, aber die Formen bleiben und die Linien auf den Kacheln verbinden sich zu einem Muster im Muster. Dann heißt das: Alles ist immer im Spiel, wenn auch in gewandelter Gestalt.

Okay, sagte Frederik.

Der Text, sagte David. Wir haben Simon verdächtigt und vermutlich zu Unrecht, die Kacheln sprechen gegen ihn als Mörder. Dennoch halten wir daran fest, dass es einen Verdächtigen gibt, wir bleiben dabei: Etwas bereitet sich vor.

Ja, sagte Frederik, weiter.

Wir haben also, sagte David, einen Unbekannten im Text. Und wir haben eine Unbekannte X, den Mann von der Kreuzung, den Mann aus dem Auto hinter uns. Und –

Und, sagte Frederik langsam, er war ebenfalls aufgestanden, sie schauten sich über das Loch im Boden hinweg an, wir haben einen weiteren Unbekannten. Den Mann aus dem Film. Gabriel.

Sie schauten sich an, sie fühlten sich für einen Moment gut und richtig wichtig, auf der Höhe von Kraft und Macht.

Blöderweise, sagte David dann, und damit war dieses fantastische Gefühl auch schon wieder aus und vorbei, haben wir aber einen weiteren Unbekannten.

Den Mann vor Gabriel, sagte Frederik, wir nannten ihn Joseph. Könnte. Er überlegte kurz, wenn unsere Grundannahme stimmt und nichts fällt aus dem Spiel, sondern wandelt sich bloß, könnte oder müsste dann nicht entweder Joseph oder Gabriel unsere Unbekannte X sein? Er raufte sich die Haare, es wurde ganz schön vertrackt, direkt zum Aus-der-Haut-fahren.

Können wir kurz Pause machen, ein bisschen plaudern, ganz harmlos?

Sicher, sagte David, er merkte ebenfalls etwas wie hereinbrechenden Wahnsinn und so Anklänge an Hysterie.

Sie spielten eine Runde Boccia. Im Zimmer mit Loch musste man immerhin nicht befürchten, dass der Boden dadurch in Mitleidenschaft gezogen würde. Sie plauderten ein wenig. Über Tante Hildegard und ein nicht übersehbares Techtelmechtel zwischen ihr und Onkel Jodok und dabei, sagte Frederik, während er die Kugel in der Hand wog und Maß nahm für den nächsten Wurf, dabei dachte ich immer, Tante Hildegard ist so eine typische Alleinstehende, Mitte sechzig, runde Hüften und Apfelbacken, aber fern jeglicher romantischer Gefühle, ich dachte immer, neben ihr hat außer der Getreidemühle niemand Platz. Er warf die Kugel beherzt durch die Luft, sie landete krachend auf dem Parkett, kullerte quer durchs Zimmer und verschwand resolut im Loch, weg war sie. Zwei zu zwei, sagte Frederik.

David warf seine Kugel und traf direkt, sie hörten sie unten in den Salon plumpsen, in den Wasserbottich sinken, weg war sie, drei zu zwei, sagte er. Onkel Jodok ist auch einer, von dem man denken würde, neben ihm hat keiner Platz, die beiden sind wie zwei gewaltige Seekühe, man denkt, jeder braucht einen eigenen See, aber nein, sie driften gar nicht unelegant umeinander herum.

Wie bei Bruegel, Frederik stellte sich mit dem Rücken zur Wand, ging in die Knie und warf seine Kugel astrein ins Loch, drei drei, sagte er. Bei Bruegel, fügte er hinzu, tappen auch diese unproportionierten Riesenkörper durchs Bild und ergeben ein durchaus ansprechendes Ensemble, ich glaube, es kommt weniger auf die Verhältnisse zur Welt als auf die Verhältnismäßigkeit innerhalb des jeweiligen Systems an.

Ja, aber die Welt ist auch ein System.

Das war wohl nichts, sagte Frederik, er holte Davids Kugel aus dem Korb mit dem Brennholz.

Sie spielten, bis alle vorhandenen Kugeln im unteren Salon im Wasser lagen, weiter gehts, sagte David. Wir haben eine Unbekannte X und überlegen also: Könnte er vorher schon einen Part übernommen haben und wenn ja, welchen. Könntest du dir vorstellen, dass er mit Gabriel identisch ist.

Nein, sagte Frederik sofort, er sieht ihm keinen Deut ähnlich, der Mann an der Kreuzung ist dunkel und herb, Gabriel ist ein Schnösel. Ein Schnösel, wiederholte er angetan, er musste sich über kurz oder lang eingestehen, dass er für die *Allerneueste Deutsche Literatur* einfach ein hoffnungsloser Fall war, er mochte Quittenbrot und onduliert, ihm gefiel es, zu kramen und zu nesteln, für ihn war der Rotblonde ein Schnösel und er wollte, dass alles dufte war. Ein Schnösel, sagte er. Der Mann an der Kreuzung aber war kein Schnösel, der Mann, der immer in der Schlange hinter uns stand, stieg jeweils aus, um uns Beine zu machen, und er ist einer, dem man vom bloßen Ansehen sofort glaubt, dass er dazu in der Lage ist.

Also gut, sagte David, er hatte alles notiert, könnte er der Mann aus den frühen Filmen sein.

Ja, sagte Frederik nach kurzem Nachdenken. Nicht, dass ich mich sofort an den einen erinnert hätte, wenn ich den andern sah, aber es ist denkbar. Man wird älter, man verändert sich.

Dann, sagte David, lass es uns als These nehmen. Die Unbekannte X ist der Mann aus den Filmen. Was wissen wir von ihm?

Sie studierten ihre Stichworte zu den einzelnen Filmen, er war, sagte Frederik, über drei Jahre hinweg in fast jedem Film präsent, es müssen die Jahre in Leipzig gewesen sein.

Zumindest ein paar davon, sagte David, insgesamt waren es sechs –

Von Katharina, antwortete er auf Frederiks hochgezogene *Woher-wissen-wir-denn-das*-Augenbrauen.

Also gut. Weiter: Gab es eine männliche Rolle, fuhr Frederik fort, hat er sie gespielt. Und manche, nicht alle, aber manche der Filme werden von ihm und Katharina zusammen bestritten, oft in, na ja.

David nickte. Es war nicht angenehm, sich das klarzumachen, aber es waren meist amouröse Geschichten.

Gut, sagte Frederik, dann müssen wir für alles weitere Vorgehen einen nächsten Punkt klären, nämlich: Was sind diese Filme?

Kunst, sagte David, Neue Medien.

Sicher, aber was zeigen sie jeweils.

Keine Ahnung. Soweit es mich als Betroffener angeht, kann ich sagen: zu viel. Sie zeigen zu viel und zu Intimes.

Aber das ist es!, rief Frederik, genau das und genau du bist der Türöffner, diese Filme aufzuschließen!

Du meinst –

Ja sicher! Schau: Du kommst nach Zürich und wohnst bei Katharina Fitzwilliam. Katharina Fitzwilliam hat mit Simon studiert, sie haben zusammen diese Filme gemacht, was du scheinbar nicht in Zusammenhang bringst. Warum eigentlich nicht?

Ich weiß nicht. Ich war zu sehr mit meinem Cello beschäftigt, mit Klara. Mit dem C an sich. Blöderweise schreibt sie sich mit K. Im Übrigen sieht auch Katharina sehr anders aus als in diesen frühen Filmen, zum Beispiel trug sie damals die Haare kurz und noch dazu gefärbt. Ich wäre auch nie darauf gekommen, sie in so einen Kontext mit Simon zu setzen, vermutlich, weil mir Simons Schaffen von Anfang an gänzlich schleierhaft war.

Spielt jetzt auch keine Rolle, Frederik wachelte mit der Hand, Tatsache aber ist, dass die beiden offensichtlich über die Jahre hinweg im Kontakt, nein, nicht nur im Kontakt, sondern in Zusammenarbeit sind. Sie machen weiterhin gemeinsame Filme oder nutzen zumindest dieses Portal und speisen es mit jeweiligen eigenen Filmen, ob nun zusammen oder im Alleingang, weiß ich nicht, ist aber auch nicht wichtig. Jedenfalls: Katharina Fitzwilliam verliebt sich in dich.

Wieso bist du dir so sicher, vielleicht hat sie mich nur missbraucht.

Nein, hat sie nicht.

Wieso dann dieser Film, wieso die Uetliberg-Episode, wieso diese –

Weil sie, und diese Annahme ist wichtig, weil sie ihr Privatleben eben auf diese Art und Weise umsetzt – ob dir das nun gefällt oder nicht.

Es gefällt mir kein bisschen.

Das ist eure Privatsache, aber für unsere Zwecke ist es wunderbar.

Verstehe ich nicht.

Weil. Wenn sie das jetzt so macht, mit dir, sie verliebt sich, sie integriert dich in ihre Filme. Dann –

Dann hat sie es vielleicht immer so gemacht.

Exakt.

David schaute angesäuert. Das spricht nicht für ihre Wandlungsfähigkeit. Dabei ist die so wichtig, sagt mein Analytiker.

Mag sein, aber lass jetzt mal – Frederik stockte, wer bitte?

David starrte aus dem Fenster, es gab nichts zu sehen.

Dein – Analytiker?!

Das, sagte mein Lektor, blenden wir jetzt aus, dieses Konfliktfeld können wir einfach nicht beackern, wir können nicht noch ein Fass aufmachen, der Verleger hat gesagt, eine neue Nebenhandlung zusätzlich und er streicht mir das Urlaubsgeld.

Und wie soll ich das dann bitte textintern lösen?

Ganz einfach, sagte Olaf, David sagt: Mein Analytiker, Dr. Huhn.

So ein Zufall, sagt daraufhin Frederik lachend, mein Analytiker heißt auch Dr. Huhn!

Aus die Maus. Olaf schaufelte sich löffelweise Zucker in seinen Kaffee, das reicht vollkommen.

Ich starrte ihn an, woher, sagte ich beeindruckt, woher weißt du, dass die beiden den gleichen Analytiker haben?!

Aber was, das ist doch nur eine elegante – er ließ den Löffel sinken, schaute mich an, das ist nicht dein Ernst, oder? Er schob angewidert sein Kaffeegedeck von sich, ich hätts wissen müssen, Frederik ist schon seit Jahr und Tag bei Dr. Huhn, stimmts?

Klar, der macht seine Zehnerkarte voll, ein Jahr gratis.

Mein Lektor sagte etwas, das ich bisher nur aus *Asterix* kannte, er sagte: Hmpf.

Mag sein, sagte Frederik ungerührt, aber lass jetzt mal dein persönliches Betroffenheitsgejammer. Wenn es stimmt, dass sie es *jetzt* so macht, wenn es stimmt, dass sie es *früher* schon so gemacht hat, dann ist: die Unbekannte X, unser Joseph, einmal ihr Freund gewesen. Später ist er entweder nicht mehr ihr Freund gewesen oder – tja. Eigentlich gibt es nur diese Möglichkeit.

Wieso, es kann doch auch sein, dass er einfach nur nicht mehr mit ihnen gearbeitet hat.

Ja, aber ist es realistisch, das getrennt zu sehen? Bei der Art von Filmen? Ich würde sagen: nein. Und da wir eine These brauchen, sage ich: Sie haben zusammengearbeitet und sie und er waren ein Paar. Dann waren sie kein Paar mehr und sie haben nicht mehr zusammengearbeitet, dafür aber mit einem anderen Protagonisten. So weit so gut. Weiters haben wir diese Dias, schwer zu sagen, aus welcher Zeit die stammen, aber da in dem Text das Josephmotiv vorkommt und also die Verführung durch Gabriel, scheint er darauf reagiert zu haben, und zwar eifersüchtig reagiert. Was sagte der Text noch?

Dass das Kind ihm fremd bleibt, sagte David. Aber ich weiß nicht genau, inwiefern dieser Text wirklich chronologisch ist, es gibt schon auch so ein zärtliches Denken an das Kind. Und dann allerhand Gewalttätiges, am Brunnen – ich habe das übrigens recherchiert, es gibt in Leipzig tatsächlich so einen Brunnen, wie er da beschrieben ist, vor dem Gewandhaus, mit Wassermännern und geflügelten Pferden.

Gut, was noch?

Eine Szene fand ich gruselig, das war die Beschreibung eines Abends im November, er geht die Mozartstraße entlang – auch die gibt es in Leipzig – und es fliegen so viele Krähen am Himmel, dass alles schwarz wird davon.

Ach!, sagte Frederik, er versuchte sich zu erinnern.

Ja, sagte David und –

Ach! sagte Frederik, bei Simon in der Küche. Jetzt fiel es ihm wieder ein. Wie er ihm über den Mund gefahren war, als er von Vögeln sprach, die einen Mann überfallen.

Das schreibst du jetzt natürlich nicht alles im O-Ton hin, das interessiert ja kein Schwein, sagte Olaf, das fasst du mal hübsch –

Knackig, soufflierte ich ihm –

– hübsch knackig zusammen und weiter gehts!

Schwer zu sagen, meinte David, nachdem er Frederiks knackige Zusammenfassung des damaligen Gesprächs gelauscht hatte.

Na, muffelte Olaf, das war jetzt aber ein bisschen sehr knackig.

Je knackiger, desto besser, sagte ich.

Schon richtig, wandte er ein, aber das ist nicht zusammenfassen, was du da machst, du lässt Frederik zusammenfassen und sagst, er hat zusammengefasst.

Stimmt doch.

Er raufte sich die Haare, ich sehs direkt kommen, unsere Leser werden uns tagein, tagaus ratlos antelefonieren, uns mit Mails bombadieren und mir vor meinem privaten Heim auflauern, sie werden fragen: Was genau steht denn nun eigentlich in diesem *Schlachten*text, wieso können wir nicht selbst lesen, was darin steht, warum habt ihr den nicht als Anlage mit ins Buch gelegt, hm?

Ja, wieso eigentlich?

Ich bereue es eh schon. Na ja, vielleicht müssen wir irgendwann ein gesondertes Buch daraus machen, ich weiß auch schon einen Titel.

Ah ja.

Ja. *Der arme Josef.*

Interessant, sagte ich.

So was schüttel ich mir nichts, dir nichts aus dem Ärmel, sagte er.

Interessant, sagte ich.

Also weiter im Text:

Schwer zu sagen, hatte David also gesagt, nachdem er Frederiks Zusammenfassung des damaligen Gesprächs gelauscht hatte. Wenn wir, sagte er, Simon noch verdächtigten, wäre das ein mächtiges Indiz. Sollen wir ihn wieder verdächtigen?

Nein, lass mal, Frederik ging ein paar Schritte im Zimmer herum und betrachtete das Muster, es war schon weit gediehen, es sah vielversprechend aus. Ich würde sagen, er hat so reagiert, nicht, weil er den Text selbst verfasste, vielmehr, weil er ihn kennt. Er kennt den Text, ich meine, er besitzt ihn. Oder besaß ihn zumindest. Woher immer er ihn auch herhaben mag. Er hat ihn gelesen. Vielleicht ist dieser beschriebene Vorfall einer, den er realiter kennt, vielleicht derohalben die Gereiztheit. Vielleicht weiß Simon um die Gefahr.

Wieso eigentlich, fragte David mit gerunzelter Stirn, fragen wir ihn nicht einfach.

Ich habe ihn alles Mögliche einfach gefragt, denkst du, man kriegt von Simon einfache Antworten? Vergiss es, ein verschlossenes Gesicht und verschlüsselte Sentenzen, mehr ist nicht drin. Ich habe keine Ahnung, was er damit bezweckt, aber wenn ich zwar zwischenzeitlich sicher bin, dass er nicht der Gegner ist, bin ich wiederum keineswegs sicher, ob er mit uns kooperiert. Er verheimlicht irgendwas, so viel ist sicher.

Katharina verheimlicht auch irgendwas, sagte David trübselig.

Sie wissen was, sagte Frederik, und wollen es uns nicht sagen, schön ist das nicht.

Wir können allerdings auch nicht gerade sagen, dass wir Simon gegenüber sehr mitteilsam waren, wandte David ein, Katharina gegenüber schon gar nicht.

Wir hatten aber auch gute Gründe, immerhin hielten wir ihn für einen potenziellen Mörder.

Vielleicht können wir das etwas gefühlvoller formulieren, sagte David, wenn es je dazu kommt, die Fakten auf den Tisch zu legen.

Ich würde sagen, an den Formulierungen feilen wir ein andermal, sonst kannst du mich morgen gleich den Schweinen zum Fraß vorwerfen, als Treiber tauge ich dann definitiv gar nichts.

Gut, sagte David, er dachte eine Weile nach, dann fasse ich jetzt zusammen und erstelle eine These, wie es war, und dann brauchen wir nur noch bis zum heutigen Tag weiterzupuzzeln.

Und dann?

Dann spekulieren wir, was die Kacheln vulgo Geschehnisse der nächsten Tage sein werden, und verhalten uns dementsprechend.

Fein. Frederik setzte sich wieder neben das Loch und ließ die Beine baumeln, leg los.

Gut. Den Anfang hatten wir ja schon. Es waren einmal Simon, Katharina und Mr. X, die studierten zusammen in Leipzig. Sie machten Kunst, Neue Medien, sie machten in Film. Katharina und X waren ein Paar, ich würde sagen, wenn wir den Text so weit richtig verstehen, ein, tja, turbulentes. Sie trennten sich, zumindest Simon und Katharina verblieben aber noch in Leipzig, fürs Erste mit wechselnden Filmpartnern. Irgendwann lernt sie einen gewissen Gabriel kennen, sie, ja.

Tapfer machst du das, sagte Frederik, aber ich löse dich ab. Vermutlich wird sie schwanger von ihm.

Das wissen wir aber nicht sicher.

Du hast das selbst so gesagt, als wir die Dias angeschaut haben.

Stimmt überhaupt nicht, du hast es gesagt.

Kurzum, sagte Frederik ungeduldig, in dem Text kriegt sie ein Kind, von Gabriel, und Joseph ist eifersüchtig.

Ja, aber in dem Text ist es Joseph von Maria und Joseph, da ist Maria schwanger vom Heiligen Geist und er nimmt sie trotzdem.

Komm, nicht unnötig verkomplizieren, Frederik winkte ab, den Heiligen Geist lassen wir weg, wenn wir jetzt der Metaphysik noch Tür und Tor öffnen, werde ich höchstselbst psychotisch, darauf kannst du Gift nehmen. Im Text schneidet er ihr immerhin auch den Bauch auf. Darum würde ich sagen: Entweder, das ist eine Fantasie, oder er ist tatsächlich tätlich geworden, als er wusste, dass sie ein Kind bekommt von einem anderen. Ich tippe auf die Fantasie, diese ganze Josephsidentifizierung scheint mir eher eine Art Imagination zu sein, dieses Vorstellen seiner Frau mit einem anderen, diese selbstquälerischen Gedanken. Oder aber, sie hatte eine Fehlgeburt, auch möglich. Möglich, dass er sich das in seiner Fantasie so zurechtgemacht hat, dass er das Kind getötet hat. Weil immerhin, sie hat kein Kind.

Nein, sagte David. Offensichtlich.

Keine Sentimentalitäten jetzt. Ich würde sagen, er stellt ihr nach. Das ist der Punkt.

David überlegte, er nickte, ein Stalker, sagte er, das macht Sinn. Es würde auch dazu passen, dass er in dem Text in eine fremde Wohnung einsteigt, da Bilder von der Wand nimmt. Vielleicht – er schaute für einen Moment hingerissen an die mürbe Tapete, du! Vielleicht. Vielleicht sind die Bilder an der Wand nur eine Verklausulierung, was, wenn es die Dias sind, die er stiehlt? Er steigt in die Wohnung ein, in der sie wohnt, und nimmt sich die Dias, schaut sie sich an.

Bestens! Ich sehe schon, sagte Frederik aufgeräumt, wir schreiten voran. Simon und Katharina schließen in der Zwischenzeit ihr Studium ab und ziehen nach Zürich. Wo ist die Unbekannte X? Reist sie hinterdrein?

Das können wir den vorhandenen Fakten nicht entnehmen. Unsere Grundvoraussetzung aber, dass keine Kachel aus dem Spiel fällt, muss auch hier ihre Gültigkeit bewahren – er ist also in irgendeiner Form noch präsent.

Genauso wie Gabriel – ob er nun noch mit Katharina zusammen war oder nicht. Hast du, als du bei Katharina wohntest, ein Anzeichen einer männlichen Anwesenheit bemerkt?

Nein. Aber wie gesagt, ich war anfangs vollauf mit meinem Cellodebakel beschäftigt, ich habe nichts mitgekriegt.

Immerhin, die Uetliberg-Episode!

Die habe ich mitgekriegt, richtig. Aber danach waren wir ja nicht in ihrer Wohnung.

Wie bitte? Wo denn dann?! Nicht in ihrer Wohnung?

Nein, hab ich dir aber erzählt, wir waren in einer ganz anderen Wohnung, so einer durch und durch quadratischen, ein bisschen wie –

David stockte, er starrte Frederik an.

Kommt was? Frederik starrte zurück, oder was ist.

Der dicke Buddha, sagte David.

Was ist mit ihm, er ist dick, na und? Möchtest du jetzt zwischen uns die religiöse Frage klären, willst du fragen, du, wie hältst dus mit der Religion, Kumpel?, denkst du, das steht jetzt an?

In Simons Wohnung sitzt neuerdings im Bad ein dicker Buddha vor dem Spiegel.

Ich glaube trotzdem nicht, dass er Buddhist ist.

In dieser Wohnung in Zürich, sagte David geduldig, in der quadratischen, saß auch ein dicker Buddha vor dem Spiegel.

Interessant, sagte Frederik, er schwang seine Beine aus dem Abgrund und setzte sich im Schneidersitz hin, was noch.

Es war der Geruch, sagte David. Ich habe einfach nicht geschaltet. Als ich damals nachts bei Simon in der Wohnung war und nach Indizien suchte, fiel mir der Geruch auf im Badezimmer. An dem Abend wusste ich, dass er noch woandershin gehörte, aber ich kam nicht drauf, wohin. Es war derselbe Geruch wie im Badezimmer in der fremden Wohnung in Zürich. Auch dort stand ich, nach dieser, hm, erstaunlichen Nacht, morgens im Bad und roch und wusste nicht, wohin der Geruch gehörte, ich kriegte jeweils den einen Ort nicht mit dem anderen in Zusammenhang, wäre mir einfach nie in den Sinn gekommen.

Und?

Katharinas Parfum, sagte David, es ist Katharinas Parfum. Sie muss früher schon mal bei Simon zu Besuch gewesen sein, vielleicht hat sie was davon verschüttet und es hing als ganz leiser Hauch noch im Bad, sodass ich, als ich es in Zürich roch, wusste, ich kenne es von irgendwoher. Nach Birnen und Rosen aus Samarkand, nach Zaumzeug und Reitern aus dem Orient, es roch ein wenig nach einer italienischen Piazza und Lederwaren, es war –

Und das alles in *einem* Parfum?, fragte Frederik erstaunt, kein Wunder, dass Frauen das Multitasking so gut beherrschen müssen, die hätten doch sonst den sensorischen Overkill, und zwar sekündlich.

Aber der Punkt ist: Ich roch es an Katharina. Ich sah es in der quadratischen Wohnung. Ich rieche es jetzt an ihr. Und ich roch es in einer Nacht in Simons Wohnung. Warum?

Sie schauten sich an, vielleicht ein Zufall, meinte Frederik zögernd.

Und der Buddha?

Noch ein Zufall, na so was.

Auch sonst, David schüttelte den Kopf, die Wohnung ähnelt auch sonst der von Simon, glaub mir, mir fällt es wie –

Schon gut, kein Grund, banal zu werden. Fackeln wir nicht lange, für Haarspaltereien ist auch keine Zeit. Wir haben also ein weiteres interessantes Fakt: Simon hat eine Wohnung in Zürich und Katharina dazu einen Schlüssel und entschließt sich aus Gott weiß welchen Gründen, nach Besteigung des Uetlibergs dort mit dir zu nächtigen. Seid ihr danach noch öfter da gewesen oder habt ihr wieder in ihrer Wohnung gewohnt?

Am nächsten Tag bin ich abgefahren.

Was, direkt?

Nein, es ergab sich, dass sie mich in den Zug nach St. Gallen setzte, keine Ahnung, warum, ich meine, was sollte ich da noch. Der Spezialist geistert heute noch durch Träume voller Not und Peinlichkeit. Als ich zurückfuhr, erwartete sie mich mitsamt meinem Gepäck am Bahnhof und ich musste mich eilen, meinen gebuchten Nachtzug nach Berlin zu erwischen.

Interessant!, rief Frederik, das wird ja immer besser!

Das kann ich nicht finden, glaub mir, die halbe Nacht lag ich ratlos in dieser fahrenden Sardinenbüchse und verstand die Welt nicht mehr.

Aber ich verstehe eine ganze Menge, sagte Frederik eifrig, es ist folgendermaßen: Katharina hat einen Stalker = der Unbekannte X = Joseph = ihr ehemaliger Freund = Ex-Mitarbeiter. Seit der Geschichte mit Gabriel weiß sie, dass es äußerster Umsicht bedarf, so sie einen neuen Mann haben sollte, unser Joseph darf es nicht wissen.

Tolle These, sagte David matt, wenn er weiß, dass sie Filme machen, wenn er die Film kennt, weiß er doch, was Sache ist.

Das ja, aber er weiß nicht, wer du bist. Frederik schaute ihn begeistert an, verstehst du? Von dem Moment an, wo Katharina eine, nun ja, Liebelei, nicht wahr, mit dir beginnt, vermeidet sie vorsorglich ihre eigene Wohnung, es ist vielleicht nur eine Sicherheitsmaßnahme, aber immerhin.

David überlegte, möglich war es ja. Und warum hat sie nie Kontakt mit mir aufgenommen, hinterher?

Vielleicht wusste sie, dass er ihr auf der Spur war, vielleicht musste sie vorsichtig sein. Unterschätze mal nicht die Problematik des Stalkers, es gibt extra Umzugsunternehmen für solche Fälle, ohne Aufschriften und ohne Autokennzeichen, sie machen die Umzüge in der Nacht und fahren verwirrende Umwege, um etwaige stalkende Verfolger auf den falschen Kurs zu bringen. Wenn er der Typ ist aus dem Text, ist er nicht koscher, so viel weiß ich sicher.

Aber sie ist nach Berlin gekommen.

Ja! Freu dich doch.

Tue ich ja! Bloß scheint der X auch in Berlin zu sein, und nicht nur das, er fährt immer im Wagen hinter uns, wie kann das sein?

Das, Frederik nickte sinnend, das ist in der Tat hochinteressant.

Hochinteressant. Was haben wir noch, er schaute in Davids Notizbuch, Grieg, was machen wir mit Grieg. Wann, sagst du, hast du das erste Mal die Auskunft angerufen?

Als ich neu hier war, ganz am Anfang.

Und seither immer wieder, ja?

Ja, es muntert mich auf.

Das immerhin spricht für deine Charakterstärke, jeder andere, der feststellen muss, dass es keine Auskunft gibt, würde an Schwermut und Verzweiflung zugrundegehen.

Das hilft uns auch nicht weiter, murmelte Stanjic.

Aber ich helfe dir weiter. Wenn es stimmt, dass X ein Spieler ist. Wenn es stimmt, dass er sich überlegen fühlt, wenn es wahr ist, dass er denkt, er kann seine Spielchen mit uns treiben und wir kapieren nichts. Wenn er denkt, er kann sogar Grieg pfeifen wie bei Lang und wir laufen trotzdem ins offene Messer.

Dann?

Dann ist diese Auskunft natürlich sein Produkt.

Du meinst Kunst.

Sicher, ein Kunstprojekt. Berlin, Stadt der Projekte, hab ichs nicht gesagt! Und jetzt lass uns die Kacheln verfugen: Wie funktioniert das Kunstprojekt – vermutlich über eine Kamera, denkbar wäre, er machte die Mitschnitte aller Leute, die die Auskunft anrufen, und filmt deren Reaktionen. Eine Auskunft, bei der nie jemand drangeht, was machen die Leute? Verfallen sie in Schwermut, verzweifeln sie oder laufen sie Amok, klingeln sie noch einmal durch oder geben sie sofort auf, oder, das wärst dann du, rufen sie immer wieder an und erfreuen sich an der *Halle des Bergkönigs*.

Anfangs lief immer die Morgensuite, dann der Bergkönig, dann der Rest vom Grieg, am Anfang war mehr Musik.

Soso, sagte Frederik, er dachte nach. Bis wann ungefähr?

Keine Ahnung, Frühsommer? Hochsommer?

Bis Katharina Fitzwilliam nach Berlin gezogen ist vielleicht?

David überlegte, vielleicht. Ich weiß es nicht sicher.

Lass es uns annehmen, er schnürt das Mieder schon enger, verstehst du, die Hinweise verdichten sich, die Gefahr verdichtet sich, er kreist euch ein.

Hör auf! Das klingt gruselig.

Ist es, David, das ist es, glaub mir. Aber so weit, so gut. Ein Kunstprojekt, er filmt die Leute vor dem Plakat. Nehmen wir an, er schaut sich die Bänder an. Nehmen wir weiters an, er war ein Schläfer.

Was heißt das.

Er war als Stalker gar nicht mehr aktuell aktiv, vielleicht war es eine ruhende Pathologie, bereit, beim geringsten Anlass wieder anzuspringen. Nehmen wir an, er kennt auch weiterhin Katharinas und Simons Filme, dann – na?

Dann kennt er auch mich, sagte David tonlos.

So war es. Ihm ging die Kompliziertheit auf und die schreckliche Komplexität dieses Schlamassels.

Mir auch, Olaf seufzte tief, es ist schrecklich, es ist kompliziert, es ist viel zu komplex, dieses ganze Chaos, das du da herumwurstest, spricht wirklich nicht für eine ausgeglichene Gemütsverfassung, vielleicht solltest du mal Dr. Huhn konsultieren. Wenn der gesamte Literaturbetrieb kollektiv bei ihm auf der Couch liegt, scheint es ja wirklich anzuschlagen, niemand betreibt diese Zunft derart umständlich und verdreht wie du.

Ja, Olaf.

Das nächste Buch, sagte er drohend, das nächste Buch!

Ich weiß, Olaf.

Hundert Seiten! Und um kein Popowort länger.

Versprochen, Olaf.

Versprochen, schnaubte er, von wegen, er klappte seine Ledermappe auf und holte einen Vertrag heraus, schriftlich will ich das haben, versprechen tut man viel, wenn der Tag lang ist.

Ich starrte den Wisch an. *Ich, Verena Roßbacher, verpflichte mich, für das nächste Buch, das im Herbst 2015 unter dem Titel:* Die Muskatellertraube *erscheint, hundert Normseiten (30 Zeilen à 60 Anschläge!) nicht zu überschreiten. Inhalt: egal. Gezeichnet usw.*

Die Muskatellertraube?, sagte ich perplex, was soll denn das für ein Buch sein!

Mir egal, sagte er, er schraubte den Deckel vom Füller und reichte ihn mir rüber, und jetzt unterschreiben.

Richtig, sagte Frederik. Was also macht er?

Er stellt sich an den Alex und wartet, bis ich vorbeikomme.

Nein. Frederik lehnte sich zurück, es ist viel einfacher. Er wird fortan immer wissen, wo du bist.

David schaute ihn an, er drehte und wendete das alles, aber er verstand es trotzdem nicht.

Dein Handy, sagte Frederik. Stell es dir genau vor: Er hat einerseits seine Mitschnitte vom Alex, Hunderte von Leuten, die diese Nummer anwählen – vermute ich mal. Vielleicht bist du aber auch der Einzige, gut möglich – er sieht dich also telefonieren, und da dein Anruf ein Tonband anklingelt, das er installiert hat, kann er rückverfolgen, wann genau der Mitschnitt war und welche Telefonnummer die Auskunft angewählt hat. Voilà. Fortan hörst du Grieg und sobald du das tust, weiß er, wo er dich findet, verfolgt dich. Fortan ist er: der Mann im Auto hinter dir.

Oh Gott, flüsterte David, oh Gott oh Gott! Ein Verrückter! Oder ein Künstler.

Ich fürchte, ja, sagte Frederik. Wir können eigentlich nur hoffen, mehr Künstler als Verrückter.

Und er ist hier, hier draußen!

Ja, sagte Frederik, ich denke, davon sollten wir stark ausgehen.

Weil ich die Auskunft antelefoniert habe, heute Morgen!

Tja. Es ist ja nicht so, dass ich dich davon abgehalten hätte.

Was hat er nur vor? Was in aller Welt will er hier?

Darauf, sagte Frederik, gibt es meiner Meinung nach nur zwei mögliche Antworten: dich.

Mich!

Oder Katharina.

Katharina!

Ich sehe beim besten Willen kein anderes Motiv. Unser Muster sagt meiner Meinung nach dasselbe.

118. Alkohol hat auch seine positiven Seiten

Das war der Stand der Dinge. Sie überdachten die Fakten.

Moment, sagte David, was ist mit Gabriel? Ist er doch aus dem Spiel? Widerlegt er eines unsere Axiome?

Nein, Frederik schüttelte energisch den Kopf. Er hat sich, unserer Regel gemäß, gewandelt.

In was.

In dich.

Könntest du mir, sagte David zwischen zusammengebissenen Zähnen, das bitte erläutern, Freund Frederik! Ich finde das eine Frechheit!

Schau. Frederik riss ein Blatt aus dem Notizbuch und malte darauf ein Männlein. Wir gehen davon aus, dass alles Muster ist. Dein Leben, mein Leben, das Leben schlechthin. Ja?

Das haben wir gesagt, ja.

Zum Beispiel ist es nun ja aber so, dass sich dein Muster und das meine miteinander verflechten. Wessen Muster ist es also nun?

Weiß ich nicht.

Ich würde sagen, Frederik zeichnete von dem Männlein ausgehend einen Fliesenboden, es gibt dein Muster. Es gibt mein Muster. Es gibt unser beider Muster. Es gibt ein Muster von uns zusammen mit Simon. Es gibt einfach verschiedene Ausgangspositionen, vielleicht könnte man es so sagen. Wenn wir nun unseren Fall betrachten, haben wir folgendes Problem: Um wessen Muster geht es eigentlich. Um deins? Um unseres? Um Katharinas, Simons, unser aller Muster?

Ich habe keine Ahnung, stöhnte David, ich werde ganz wuschig im Hirn, es ist auch schon spät, können wir nicht Schluss machen für heute?

Nein, können wir nicht. Es ballt sich was zusammen, David, es hat sich was zugespitzt und es wird was passieren, je weiter wir heute kommen, desto besser. Sieh her, wir haben uns einem Fall gewidmet und damit einem Anderen, wir haben uns der Unbekannten X gewidmet. Ich würde sagen, es ist sein Muster. Wir kommen darin vor, gewiss. Aber um herauszufinden, was er getan hat, was er tut und was er tun wird, ist es nötig, dass wir uns nur als Kacheln sehen in einem Spiel, das das Seine ist. Ein Teil seines Musters ist Zufall – wenn man es so nennen möchte – oder sagen wir: Es ist das Resultat seiner Herkunft, seiner Familie, seiner Entscheidungen. Ein anderer Teil seines Spiels scheint einem Plan zu unterliegen, er scheint Schritte vorauszuahnen, er scheint sein Muster in eine bestimmte Richtung beeinflussen zu wollen. Im Übrigen ist das aber für uns einerlei, wir haben allerhand Daten zusammengetragen und müssen daraus seine zukünftigen Schritte ermitteln, aus dem, was wir von ihm kennen, so, wie wir ihn einschätzen, pokert er. Er zielt in eine bestimmte Richtung und dabei fühlt er sich sehr überlegen und sehr schlau, er fühlt sich unangreifbar, er will einen Coup landen und scheint überzeugt, uns immer einen Tick voraus zu sein. Was wir nicht wissen, ist: Droht er nur, ist es ein Spiel und nur das, oder meint er es ernst, spielt er über den normalen Rahmen des Spiels hinaus.

Das hatten wir doch schon, sagte David, er hatte sich ins Fell gelegt, die Füße auf dem Brennholzkorb, wir haben gesagt: Es geht um einen Mord. Wir haben gesagt, wir nehmen es ernst.

Gut. Dann ist jetzt nur noch die Frage, wie wird er stattfinden und wie können wir ihn verhindern.

Nur noch, sagt er, murmelte David ins Fell, ein Klacks.

Das ist es wirklich, sagte Frederik, er zog David den Korb unter den Füßen weg, konzentrier dich noch für zehn Minuten und wir haben die Sache im Kasten, ich verspreche es dir.

David setzte sich auf, starrte auf das Kachelmuster, es erinnerte ihn an die Mosaike in der akkurat quadratischen Küche in einer Nacht in Zürich, es erinnerte ihn an die Fliesen in Glasers Küche, er fragte sich, ob es einen geheimen Zusammenhang gebe und wenn ja, warum. Es gab aber keinen geheimen Zusammenhang, dachte David verärgert, oder wenn doch, dann –

Wenn ich sagte, unterbrach ihn Frederik, Gabriel wurde durch dich ersetzt, so ist das natürlich von seiner, also Josephs, Perspektive aus gesehen. Es geht um Katharina, er hat seinen Fokus – aus welchen Gründen auch immer – auf sie gelegt, eine Art Besessenheit, würde ich sagen. Sie war mit Gabriel zusammen und womöglich schwanger – was davon nun Ausgeburten seiner Fantasie sind und was real, wissen wir nicht, aber in seinem Text verleitet ihn dieser Sachverhalt, der reale oder der imaginierte, zur Gewalttätigkeit. Dort richtet sie sich gegen das Kind, nicht eigentlich gegen Katharina. Ob auch gegen Gabriel – davon ist in dem Text nichts zu lesen.

Die Fliese Gabriel wandelte sich – immer aus seiner Sicht, sagte Frederik schnell, nicht, dass ich sagen wollte, du bist austauschbar oder für Katharina ist es egal oder so, aber für die Unbekannte X war sie mit Gabriel zusammen und jetzt ist sie mit dir zusammen, es ist eine andere Farbe, aber die Fliesenform bleibt sich gleich, du bist die Kachel neben Katharina.

Nun. Was ist neu? Verfolgt er etwa Katharina? Wir wissen es nicht genau. Aber er verfolgt dich, so viel ist sicher.

David schwieg, er empfand ihre gesammelten Indizien, das Kachelsystem und nun dieses höchst spekulative Gespräch als regelrechten Drahtseilakt, als ein Balancieren auf einem Wasserfass, er hatte die Sorge, dass sie hinterher, anstatt phänomenale Ergebnisse vorweisen zu können, von dannen zögen wie ein begossener –

Ich sehe, wie das Modul dich umtreibt, unterbrach ihn Frederik, hör auf damit, das zeugt von nichts als davon, dass du, wenns ernst wird, den Schwanz einziehst.

David sah haargenau den begossenen Pudel, wie er mit gesenktem Kopf und eingeklemmtem Schwanz Leine zog, er sah eine Hundemarke an seinem Hals, auf der stand: *David*.

Ich sage dir, was passieren wird. Frederik packte David am Nacken und schüttelte ihm die Flausen aus dem Kopf. Es wird hier passieren. Er weiß, wo wir sind. Er ist gekommen. Er hat das erste Mal dich und Katharina an einem Ort vereint, ich denke, hier und jetzt findet der Showdown statt. Und weißt du, wie wir wissen werden, wann es so weit ist?

Nein, weiß ich nicht.

Denk mal nach! Denk daran, dass er denkt, wir denken nicht. Für ihn sind wir Kacheln in seinem Spiel, er ist der Beweger. Er fühlt sich wie der große Uhrmacher, er denkt, er ist Gott.

Wer ist wie Gott, sagte David vor sich hin, wann war das gefallen?

Wie bitte?

Ach, keine Ahnung, irgendwas, was Onkel Dagobert mir mal erzählt hat, egal.

Auf jeden Fall, sagte Frederik: Je länger wir ihn in dem Glauben lassen, dass dem so ist, desto besser für uns.

Übertragung, Gegenübertragung, murmelte David vor sich hin, alles ist Psyche!

Was?

Wie –

Wie bitte?

Ach egal, ich kriege heute nichts mehr zusammen, mir scheint das alles höchst analytisch zu- und herzugehen, mir scheint, es geht um eine Intervention, um ein überraschendes Moment.

Exakt, sagte Frederik. Er hat uns haufenweise Fingerzeige gegeben, weil er sich daran weidet, dass wir blind und ohne Verstand daran vorbeitrotten. Er fühlt sich sicher und mächtig.

Ich weiß es nicht, sagte David traurig, ich weiß gar nichts. Wir Österreicher haben immer von nichts was gewusst.

Ich sags dir: Wir werden Grieg hören, wir werden es irgendwann und irgendwo hören, einer wird es summen oder pfeifen oder die Auskunft anrufen mit seinem Telefon und auf Lautsprecher schalten. *In der Halle des Bergkönigs.* Wir werden es plötzlich von irgendwoher vernehmen und wir werden wissen, dass es so weit ist. Das ist seine Art von Humor, es ist ein – Witz. Und darauf müssen wir vorbereitet sein. Wir müssen dann die Intervention starten und die Ebene wechseln.

David war sprachlos, er war ratlos, er war bar von allem, was gut und nützlich ist, Rat und Tat und Wort und Sinn, nichts stand ihm zur Verfügung.

Aber wie nur, fragte er kläglich, wie sollen wir auf einen möglichen Mord vorbereitet sein, wenn wir nicht wissen, wie und wo er uns auf welche Weise treffen wird? Und was, wenn er aber Katharina im Visier hat, was dann? Wie können wir sie schützen?

Ich glaube das nicht, sagte Frederik. Ich bin mir ziemlich sicher, dass wir aus unserem Material schließen können, dass er ihr nichts tut. Es ist ein Spiel, für ihn, und sie ist – vielleicht sogar zusammen mit Simon – sein Spielpartner oder besser: sein Gegner in diesem

Spiel. Denk daran, wir haben verschiedene Kacheln und Katharina ist das Zehneck in seinem Muster, ich glaube nicht, dass sie sich für ihn wandelt. Ich glaube, das ist der Punkt. Er erträgt den Wandel nicht und am allerwenigsten bei der Person, auf der er seinen fanatischen Fokus hat.

Das ist hoch spekulativ, rief David, was, wenn du dich irrst? Du spielst mit ihrem Leben!

Ich irre mich nicht, sagte Frederik.

Sie waren beide aufgestanden und schauten sich wieder über das Loch im Boden hinweg an. Es war spät in der Nacht, der Ofen kühlte langsam ab, im Haus war es ruhig geworden. Morgen galt es, früh aufzustehen. Die Hatz! Das Horn würde rufen zum allgemeinen Halali! Der Wald, das Schwein, Jodokus!

Ich glaube, sagte Frederik, wir können uns jetzt nur auf uns verlassen und schauen, dass wir heil aus der Sache herauskommen.

Du hast leicht reden, um dich geht es nicht, sagte David wütend.

Aber ich decke dich, sagte Frederik. Ich bin dein Kompagnon. Er lächelte, abgemacht?

David zögerte, aber was blieb ihm übrig? Er konnte es versuchen oder er konnte es unversucht lassen, verlieren konnte er allemal. Gewinnen womöglich auch, aber vielleicht waren die Chancen geringer. Er versuchte, sich anhand seiner Kenntnisse der Logik, seines Wissens um die Wissenschaft des Zufalls, zu einer Entscheidung zu kommen, aber er hatte weder diesbezügliche Kenntnisse noch irgendein Wissen. Dunkel erinnerte er irgendein Experiment mit einer Ziege und einem Auto. Drei Türen und Ziege und Auto und – weiter erinnerte er sich nicht, er hatte nicht einmal eine Ahnung, ob ihm eine vollständige Erinnerung dessen wirklich von Nutzen wäre. Er wollte genau genommen beides nicht haben, weder Ziege noch Auto, er wurde schon einem einzigen nicht Herr, zwei Autos wären sein persönlicher Supergau. Er wollte nur eine Tür auftun und durch sie hinausspazieren, hinaus auf eine blühende schöne Blumenwiese und mit Katharina Fitzwilliam Haschen spielen zwischen Gebüsch und Haselstauden.

Abgemacht, sagte er.

Sie schüttelten sich die Hände, bloß, sagte David, was machen wir überhaupt ab?

Erstens, sagte Frederik, wir werden immer auf der Hut sein, allzeit bereit. Zweitens, wir werden uns bewaffnen.

Womit bewaffnen?

Nun ja. Frederik überlegte, es gibt eine Armbrust in einem Klo, aber ich weiß nicht mehr, in welcher Vase ich den Schlüssel versteckt habe. Es hat ein paar stumpfe Schwerter im Dachboden, scheint mal wer gesammelt zu haben, aber ich glaube nicht, dass uns die was nützen. Es fällt einfach zu sehr auf, ständig mit einem zentnerschweren Eisenschwert durch die Gegend zu schleichen. Weiters gäbe es im Schuppen ein Glas mit Arsen, gegen die Ratten, aber –

– Gift hat im Nahkampf einfach seine Nachteile, sagte David, sie lachten laut.

Und sonst?, fragte Frederik, ein Küchenmesser vielleicht.

Das ist es! David haute ihm auf die Schultern, das Messer im Schrank! Er berichtete Frederik von dem Messer in Simons Schrank, ich wollte im Herbst, na ja, es war wegen der Pullover … dein Schal, Wedgewoodporzellan, Gurkensandwich –

David, lass das, sagte Frederik tadelnd, das Messer, wo ist das Messer. Mehr interessiert uns jetzt nicht.

Wirst du gerade erwachsen.

Wenn du weiterschwafelst, werde ich hier und vor deinen Augen noch zum Greis. Komm, mach hinne, hol das Messer, lass alle Details und dann gehen wir schlafen. Wenn ich daran denke, dass wir morgen schon wieder in aller Herrgottsfrühe aufmüssen, wird mir bänglich. Ein Messer, ist doch schon mal was, das nimmst du.

Wieso ich, rief David entgeistert, ich kann damit überhaupt nicht umgehen!

Aber eher als ich. Du kommst aus Österreich, da seid ihr dem anthropologischen Erbe noch viel näher, ihr seid noch nicht so lange von den Bergen heruntergekraxelt und aus den Wäldern gekrochen wie wir hier in kultivierten Gegenden, ich würde mich, kaum hätte ich das Messer gezückt, innerhalb von Sekunden selbst erdolchen, ich schwöre. Im Übrigen habe ich eine prima Idee,

Onkel Jodok hat doch dieses scharfe Zeug mitgebracht, Obstler, *von meinen eigenen Zwetschgen!,* orgelte er im Bariton des Onkels, immer, wenn sie sich den hinter die Binde kippen, brüllen sie vor Freude, so scharf ist der. Ich füll mir was in eine Sprühflasche, meine Oma hat so was in ihrem Badezimmer stehen, mit Lavendelwasser. Wenn ich der Unbekannten X was von dem Schnaps ins Gesicht spritze, holla! Der wird krähen vor lauter Spaß, spielen ist schön! Wird er denken, bevor er endgültig erblindet und dann von dir zu Frikassee vermetzelt wird.

Wenn du meinst, sagte David zweifelnd.

Auf jeden Fall setzen wir uns morgen die roten Mützen auf, damit wir uns immer sofort orten können, wenn was sein sollte.

Schön, sagte David, so machen wirs, er gähnte, ihm war es einerlei, er wollte ins Bett.

Und so machten sies.

War das insgesamt ein guter Plan?

Schwer zu sagen, Messer und Schnaps, na ja. Das mit den roten Mützen jedenfalls, das war gut, das war sogar richtig prima.

119. Ein eleganter literarischer Trick

Kann man zusammenfassend erzählen, wenn sich realiter die Geschehnissen schier überschlagen?

Gewiss.

Bloß, wie fängt mans an?

Am besten von hinten.

Hinterher also war es folgendermaßen:

Der Arzt konnte nur mehr den Tod feststellen, die Leiche war abtransportiert worden. Die Polizei hatte nach umfangreichen Zeugenbefragungen und Tatortbesichtigungen, nach Hergangsanalysen und dergleichen langen Worten mehr ihre Arbeit endlich abgeschlossen und wurde von Auguste Sydow im Hof verabschiedet, sie stiegen in ihre Autos und fuhren langsam über die schneebedeckte Straße davon.

Im Haus war es ungewohnt ruhig, Onkel Hinne hatte die Kinder abgezogen, sie hatten im zweiten Salon eine Höhle gebaut und er erzählte ihnen das Märchen von *Katz und Maus in Gesellschaft.*

Onkel Jodok lag oben in seinem Zimmer, schlief. Der Arzt hatte ihm ein starkes Beruhigungsmittel verabreicht und Tante Hildegard saß bei ihm, betrachtete sein Gesicht, in dem es beständig zu arbeiten schien, mitunter entspannte es sich und er sah aus wie ein Kind, ein junger Bub, dann wieder verzerrte es sich unter einem Grauen, das durch seine Träume ging.

Die anderen waren im großen Wohnzimmer, unterhielten sich leise.

Frederik saß im Schaukelstuhl, er sah müde aus und so, als versuche er immer noch zu begreifen, was eigentlich passiert war. Tatsächlich versuchte er immer noch zu begreifen, was eigentlich passiert war.

Was, sagte er, ist eigentlich passiert?

Seine Großmutter war wieder hereingekommen, sie schloss die Salontür und setzte sich in einen Sessel. Sie saß eine Weile da und schwieg.

Ich denke, sagte sie dann, das würden wir alle gerne wissen.

Tante Mary rührte einen großzügigen Löffel Honig in eine Tasse Tee und reichte sie ihr. Sie nahm einen Schluck, setzte sie in ihrem Schoß ab und schaute von Frederik zu David, er saß auf dem kleinen Sofa. Simon stand mit dem Rücken zum Zimmer am Kamin und schaute ins Feuer.

Frederik? Sie schaute ihn an.

Frederik hob die Schultern, ich weiß es nicht, Oma. Ich weiß es wirklich nicht.

Irgendetwas musst du doch wissen, immerhin haben du und David –

Ich denke, es ist besser, wenn ich versuche, den Vorfall zu erklären. Simon hatte sich umgedreht, er schaute Frau Sydow an, er war immer noch blass und sah auf eine Art – ernüchtert aus, dachte Frederik, wie er das noch nie an einem Menschen gesehen hatte.

Er hatte überdeutlich sein Gesicht vor Augen, als er mit den anderen durch den Schnee kam, herbeigerufen durch den Schuss und die entsetzten Schreie danach, er hatte sich vorgedrängt und hinuntergeschaut auf den Mann und sein Gesicht war schneeweiß gewesen und zu Tode erschrocken.

Rundherum war alles in Betriebsamkeit ausgebrochen, es wurde nach einem Notarzt telefoniert, es wurde eine Decke herbeigeschafft, jemand versuchte die Wunde abzubinden und das Blut zu stillen, Onkel Jodok hatte sein Handgelenk umfasst und fühlte den Puls und Simon hatte sich neben den Mann gekniet und seine andere Hand gehalten und der Mann hatte ihn angeschaut und gesagt: Game over?

Katharina schob sich durch die Menge und setzte sich neben Simon in den Schnee, der Mann lächelte und sagte: gewonnen.

Dann schloss er die Augen und sagte nichts mehr und Onkel Jodok ließ die Hand sinken und sagte, vorbei.

120. Olaf hats nicht so mit der Eleganz. Oder mit der Literatur

Was ist denn das für ein modischer Quatsch, sagte mein Lektor, *am besten von hinten anfangen*, so was Dummes, man muss doch nicht zu solchen Mätzchen greifen und derartige Sperenzchen veranstalten und –

Schon gut, sagte ich hastig, wer weiß, was für Worte mit *-chen* er noch hervorkramen würde, darauf konnte ich getrost verzichten.

Ein anständiger Text, dozierte er, kommt ohne derlei Wippchen aus, der hat es nicht nötig, zu solchen –

Ja! Jajaja! Olaf! Ich! Tus! Nie! Wieder!

Bene, sagte er zufrieden.

Aber: Was also war vorher?

Vorher war es frühmorgens, der 26.12., Stefanitag, und von draußen tönte das Horn und rief zum Halali, draußen stand in der stockdunklen Finsternis Onkel Jodok fixfertig eingetütet in ein Jägerwams und mitsamt Gamsbart und Gamaschen und pustete froh ins Horn. Heute war die Stefanihatz und die Schweine sollten schon mal ihre Lauscheohren aufstellen und die Beine in die Hand nehmen.

Frederik hörte es tuten, in seinem Traum war er eben mit einem Schiff davongefahren, in eine schöne neue Welt, nach Amerika, zusammen mit Sigmund Freud. Sigmund Freud hatte ihm gerade einen intimen Traum erzählt und um seine Hilfe bei dessen Analyse gebeten, Jung hatte schon kläglich versagt und war drum von seinem Analytikerpapa über Bord geworfen worden.

Das Schiff tutete erneut, er setzte sich mit einem Ruck im Bett auf und er wusste, es fuhr kein Schiff und Amerika, Amerika gab es nicht. Vielmehr würde er heute in der untersten Charge als gemeines Fußvolk einem Schwein hinterdreinhetzen. Er würde durch verschneite Wälder rennen und sich in Gebüschen verheddern, er würde sich unter Ästen zu spät ducken und immer die volle Ladung Schnee in den Nacken kriegen, er würde denken, er sei der Sau dicht auf den Fersen und im nächsten Moment stünde sie vor ihm, keinen Meter entfernt und bereit zum Angriff. Und zu alledem müsste er die ganze Zeit über von höchster Wachsamkeit ganz anderer Sorte sein, er würde wissen, eine Stadt sucht einen Mörder, und dabei gab es zwei signifikante Unterschiede: Sie waren hier nur zu zweit, von den Voraussetzungen einer Stadtgründung also noch weit entfernt und von Mord konnte bisher keine Rede sein. Aber wozu grübeln, jeder Tote hatte irgendwann gelebt und jeder Mord hatte ein Davor, daran hielt er sich eisern fest.

Er wankte aus dem Bett und zog sich fröstelnd drei Pullover über, heute hatte niemand geheizt, sicher war Onkel Hinne anderweitig beschäftigt, ölte ein Gewehr oder stach mit einem Keksförmchen Gurkensandwichs zu Geweihen aus.

Als er aus seiner Zimmertür trat, traf er auf David und Katharina, sie waren ebenfalls gerade auf dem Weg nach unten, David sah immer noch aus, als würde er schlafen, es war immerhin halb drei gewesen, als sie letzte Nacht endlich ins Bett gekommen waren, das Unternehmen *Messer* hatte sich komplizierter gestaltet als geplant.

121. *Die Muskatellertraube* wird ein gutes Buch

Also gibt es ein *noch* vorherigeres Vorher, sagte Olaf trocken.

Ja, das habe ich erst jetzt eingeflochten, weil –

Schon gut. Es ist ja hier Hopfen und Malz verloren. Ich habe, sagte er, eine neue Liste angefertigt.

Nein!

Doch. *Dos und Don'ts* bei der *Muskatellertraube.*

Ich warf einen Blick auf die Liste. Unter den *Dos* stand ein Was, nämlich: *Fasse dich kurz.*

Die andere Spalte zog sich über mehrere Seiten, der letzte Punkt lautete: *chronologisch vorgehen (üben! üben! üben!)*

Sie waren also nächtens vor das blaue Zimmer geschlichen, Frederik hatte vorsorglich eine Kerze mitgenommen und flüsternd stritten sie darüber, wer eigentlich in diesem Zimmer nächtige.

Frederik sagte, Onkel Jodok, und sicher würde er schnarchen, kein Problem also, reinspaziert, Messer geholt, rausspaziert. Aber David war überzeugt, es schliefe dahinter Tante Mary und sie habe *traditionell,* sagte er auf Englisch, einen leichten Schlaf, *a light sleep,* wiederholte flüsternd immer wieder, *traditionell!*

Ruhe jetzt, wisperte Frederik genervt, er öffnete vorsichtig die Tür und hintereinanderher schlichen sie auf Zehenspitzen durchs Zimmer und zum Schrank. David drehte beklommen den Schlüssel im Schloss und machte die Schranktür einen Spaltweit auf, sie quietschte entsetzlich, Frederik packte ihn am Arm, er hielt inne. Sie lauschten atemlos, die Kerze flackerte und Frederik hob sie ein wenig hoch, um hinüber aufs Bett zu sehen, aber schwer zu sagen. Ein Berg unter der Bettdecke.

Vorsichtig, ganz ganz vorsichtig zog David die Tür auf, bei jedem Klagelaut erstarrte er, Frederik leuchtete zum Bett, nichts. Endlich war er weit genug offen und David beugte sich hinein, langte mit der Hand über das Durcheinander von Kleidungsstücken und tastete sorgfältig die hintere Schrankwand ab. Frederik beugte sich zu ihm hinein, und, flüsterte er, hast dus?

Nimm die Kerze weg, du Trottel, flüsterte David zurück, ich habe keine Lust, in einem fremden Kleiderschrank zu verbrennen.

In deinem eigenen wärs dir egal?, flüsterte Frederik.

Lass die Witze!

Das war kein Witz, ich habe überhaupt keinen Sinn für H–

Frederik. Morgen schlag ich dich windelweich, halt jetzt endlich die –

Vom Bett her raunzte was, David stand ganz still, den Oberkörper im Schrank, Frederik pustete die Kerze aus, im Bett drehte sich jemand, die Matratze ächzte noch einmal, ein Mann seufzte, dann war es wieder still.

David zog sich aus dem Schrank zurück, Frederik zündete die Kerze wieder an, das Messer blitzte zwischen ihnen, lang und schmal, eine Art Chirurgenstahl vielleicht, dachte David. Aber was wusste schon einer wie er, von einem vermeintlich nahen anthropologischen Erbe spürte er rein gar nichts, er hatte vor allem, was über das Buttermesser hinausging, einen tiefen, ehrfürchtigen – nein, das wars alles nicht, er hatte einen, wie er fand, gesunden Respekt vor Schneidwerkzeugen wie diesen.

Er tappte leise Richtung Tür, dort angekommen drehte er sich um. Er sah Frederik zu seinem Entsetzen über das Bett gebeugt, mit der Kerze den Elefanten unter der Bettdecke beleuchtend. David wurde es schwach, er schlich sich behände zu ihm hin und zog ihn am Arm, Frederik deutete mit dem Kinn auf den Bettinhalt, Tatsache: Da schlief Onkel Dagobert und, von ihm felsenfest umschlungen, die Frau, deren Mann mit einer anderen namens Bibi –

Aber, nicht wahr, was weiß schon ein Fremder.

Wer sagt das jetzt, fragte Olaf.

Na, ich.

Ist das deine Vorstellung von philosophischen Betrachtungen, die sich ein lieber Leser dann womöglich herausschreiben soll, so eine Art Kalenderspruch.

Genau, sagte ich erfreut.

Was weiß schon ein Fremder, sagte Olaf langsam vor sich hin, eigentlich gar nicht so verkehrt, was weiß schon, wiederholte er mystisch, während er es zur weiteren philosophischen Verwendung in seinen Kalender übertrug, ein Fremder.

David zog Frederik mit sich nach draußen und schloss behutsam die Tür hinter ihnen. Aber, setzte Frederik an, das ist die Frau, deren Mann mit einer anderen namens Bibi –

Was weiß schon ein Fremder, sagte David weise.

Was soll denn das heißen, Fremder! Das ist mein Onkel Dagobert, das ist Familie!

Das ist dein Großonkel Dagobert und abgesehen von seinen familiären Pflichten führt er ein geheimes Leben als Mr Quack und davon möchte ich nichts Genaueres wissen.

Aber ich!

Das spricht nur für deine ungelösten ödipalen Konflikte, nichts also, womit du dich brüsten solltest.

Ödipale Konflikte! Was du immer redest, ich will ihn ja nicht gleich umbringen, du hast dich heillos verheddert in deinen psychologischen Wahnideen, Dr. Huhn probiert sicher an dir seine Hypnose aus, über die er und ich uns dann zusammen immer lustig machen. Ich gehe jetzt und sag dem Mann – wie heißt er eigentlich, ich weiß nur, dass seine Frau ihn Sauhund nennt – ich gehe jedenfalls jetzt zu ihm und sage ihm: Falls Sie Ihre Frau suchen, ich weiß zufälligerweise, wo sie –

Wieso mischst du dich in anderer Leute Angelegenheiten.

Ich mische mich nicht in –

Ich sage dir, warum: weil deine eigenen Angelegenheiten zu langweilig sind.

Entschuldige mal, wir sind gerade einem Mörder auf der Spur, wir verhindern gerade ein Verbrechen, ich habe schon Langweiligeres erlebt!

Dein Intimleben, das ist dir zu langweilig.

Ich habe kein Intimleben!

Eben. Frederik. Such dir eine Frau.

Was soll denn das jetzt bitte! Willst du mich fertigmachen?

Gute Nacht, sagte David resolut.

122. Waren Sie an der Informationsveranstaltung?

Die Nachtruhe war kurzum etwas zu kurz gekommen. Er, Frederik, hatte wegen Davids Anschuldigung bezüglich gewisser ödipaler Konflikte von Freud träumen müssen und von einem Gustav Jung, der hilflos in den Wellen versank, und David selbst wankte wie ein Zombie Katharina hinterdrein, wäre sie ins Zimmer mit Loch gegangen, er wäre hinterdreingewankt. Hätte sie mit einem gekonnten Sprung das Loch überwunden, wäre er prompt hindurchgefallen, in den zweiten Salon, in den Wasserbottich, dessen war Frederik sich ganz sicher. Er packte ihn darum am Nacken und bog mit ihm, unten in der Diele angekommen, ab in den zweiten Salon, was der Zufall nicht bewerkstelligt, muss einer fest in die Hände nehmen, er tauchte David ohne Zaudern in den Bottich, daraufhin war der hundertprozentig auf Sendung und tauchte wiederum Frederik in den Bottich, dann gingen sie sich umziehen.

Als sie kurz darauf, hochgradig erfrischt und tatendurstig, im Hof zu den anderen stießen, hatte Onkel Jodok zusammen mit Dr. Wiest schon begonnen, die Jagdgesellschaft zu begrüßen, die Jagdbläser vorzustellen, die Hunde namentlich zu erwähnen und alle noch einmal über die letzten, nötigen Instruktionen zu informieren. Sie betrafen im Wesentlichen den Tagesablauf, allfällige Pausen und dafür vorgesehene Jausenstationen, das gemeinsame Mittagessen. Dr. Wiest erinnerte die Bedeutung der verschiedenen Hornsignale, dann gabs Frühstück.

Ach so, sagte David, als er sich in der Diele wieder aus seinen manniglichen Jacken schälte, hätte ich gewusst, dass es noch

Frühstück gibt, hätte ich mich noch nicht in meine manniglichen Jacken gehüllt.

Vermutlich wurde das alles gestern erläutert, bei der Einführungsveranstaltung, sagte Frederik, er hängte seine Jacken und Pullover über die Brüstung und zusammen gingen sie ins Esszimmer und schaufelten sich von den großen Platten auf dem Büfett Rührei und Speck auf ihre Teller.

Sie hatten gestern die Einführungsveranstaltung versäumt, sie waren schlecht informiert. Sie hatten keine Ahnung von den Geheimnissen der Hornsignale, sie wussten nichts von der Psychologie des Jagdhundes noch von der des Wildschweins.

Wir schließen uns einfach fürs Erste der Masse an und imitieren ihre Bewegungen, sagte Frederik zwischen zwei Bissen Ei, er riss ein Stück Dinkelbrot auseinander und reichte die eine Hälfte davon David, und sobald wir sicher sind, verstanden zu haben, wie der Hase läuft, und keiner uns weiter beachtet, setzen wir uns ab.

Das Schwein, sagte David beklommen, es werden nur Schweine gejagt, hat Onkel Jodok vorher noch mal eindeutig gesagt.

Hasen, schnaubte Frederik, er wischte das Fett von seinem Teller und schob sich den letzten Bissen Brot in den Mund, Hasen und Schweine, was interessiert denn uns das Getier im Wald, wir wissen, wen wir suchen.

Das wissen wir genau genommen nicht, sagte David, ihm wurde immer beklommener.

Jetzt ist keine Zeit für solche Haarspaltereien, sagte Frederik, er schaute auf Davids Teller, du isst ja gar nichts. Du musst schon was essen, nicht, dass du, wenns hart auf hart kommt, unterzuckert neben mir zusammenbrichst!

David aß lustlos ein paar Gabeln Speckeier. Frederik reichte ihm ein Butterbrot, er aß das Butterbrot, Frederik löffelte ihm Zucker in den Tee und er trank den Tee.

Hinter ihnen ging Katharina vorbei, sie verteilte an alle orange Sicherheitswesten.

Wozu denn das, fragte Frederik.

Damit man dich nicht mit einem Schwein verwechselt, sagte sie.

Das ist mir bis heute noch nie passiert.

Kann schon sein, ist aber eine Sicherheitsvorschrift.

Woher weißt du das.

Von der Informationsveranstaltung. Warst du an der Informationsveranstaltung? Ich glaube, ihr wart beide nicht an der Informationsveranstaltung!

Doch, waren wir, sagte Frederik, während David sich über seine Teetasse beugte, wir wollten nur prüfen, ob du da warst. Die Warnweste, sehr gut, ich habe mich schon gefragt, ob die hier keine Ahnung von den Sicherheitsvorkehrungen haben.

Katharina betrachtete ihn, dann betrachtete sie David, aber er suchte immer noch etwas in seiner Tasse. Macht keinen Blödsinn, Jungs, sagte sie. Ja?

Jaja, sagte Frederik, er war aufgestanden, alles mobilisierte zum Aufbruch, komm, David, los gehts, das Schwein kann was erleben!

David? Katharina nahm ihm die Tasse ab, ihr wart gestern nicht an der Informationsveranstaltung.

Ja, sagte David, stimmt, wir haben uns auch gewundert, er linste an ihr vorbei, Frederik winkte ihm zu und gab ihm irgendwelche Zeichen, stimmt, sagte er langsam, es war irgendeine Veranstaltung, aber Informationen kriegten wir da nicht, es ging um –

Er versuchte aus Frederiks Pantomime irgendwie schlau zu werden, es ging ums Singen, sagte er, Frederik haute sich auf die Schenkel, und ums Lachen.

Katharina betrachtete ihn skeptisch, um was?

Frederik kam und nahm David am Arm, ach, sagte er, während er ihn mit sich in die Diele zog, Katharina kam ihnen hinterher, das war so ein Vortrag. Von Onkel Dagobert. *Musik und Humor,* außer uns hat das aber keinen interessiert, also genau genommen hat es uns auch nicht interessiert, wir haben uns einfach in der Tür geirrt.

Sie zogen sich an und streiften sich die orangen Warnwesten über.

Kommst du auch? Frederik deutete auf die Mannschaft der Treiber, die schon draußen im Hof wartete.

Nein, Katharina schickte sich an, hinüber zu Onkel Jodok zu gehen und der kleinen Gruppe, die sich um ihn geschart hatte. Sie waren gerade dabei, sich in zwei bereitgestellte Geländewagen zu begeben, ich gehöre zu den Jägern.

Katharina Fitzwilliam hat einen Jagdschein? Frederik schaute ihr verwundert hinterher, wusstest du das?

Ja, sagte David unglücklich, er war kreuzunglücklich. Nicht wegen mangelnden Jagdscheins, er hätte absolut kein Problem damit, in seiner Fantasie von der Beethoven'schen Jagdgesellschaft eher den häuslichen Teil zu übernehmen und somit seine Liebste vom geselligen Beisammensein im Haus zu überzeugen, die klassische Rollenverteilung war ihm wirklich herzlich egal. Er war kreuzunglücklich, besser gesagt, ihm war kreuzschlecht, ihm war mulmig, na und? Dabei, mulmig war gar kein Ausdruck, er hatte das Gefühl, hier und jetzt und auf der Stelle in Ohnmacht zu fallen, er hoffte auf einen plötzlichen Bewusstseinsschwund und darauf, dass man ihn damit in den Salon trüge und mit einer Hühnersuppe wieder aufpäppelte –

Was soll denn das!, rief er, Frederik hatte ihm nonchalant ins Gesicht gehauen, er rieb sich die brennende Backe, was ist los mit dir?

Was ist los mit *dir*! Du machst hier auf kranken Mann, das sehe ich von Weitem, aber damit ist jetzt nichts, das können wir uns nicht leisten, sagte Frederik. Reiß dich zusammen, es geht los.

Schlaghölzer wurden verteilt, sie hatten keine Ahnung, was sie damit anfangen sollten, Krach machen? Das passte nun absolut nicht in ihre Pläne, sie würden sie bei nächster Gelegenheit nebst Warnweste in einem Gebüsch deponieren.

Wenn wir hier in der Warnweste und mit Schlaghölzern musizierend durch den Wald ziehen, erklärte Frederik David, sieht und hört uns der Mörder doch gleich. Die Warnweste warnt ihn sofort, dann ist es mit der Überrumpelung Essig.

David nickte, er hoffte, es würde ein Schnee fallen oder der Nebel sinken und die Jagd abgeblasen, von den Hornbläsern abgeblasen, aber nein, die Jäger fuhren in den Jeeps davon, sie würden an Jägerständen platziert und er, David, sollte ihnen die Schweine in Schusslinie treiben, er fragte sich, wie es so weit hatte mit ihm kommen können.

Sie folgten den anderen Richtung Wald.

Offensichtlich war irgendwas ausgesteckt worden, gelbe Pflöcke standen da und dort, sie schienen allen anderen was zu sagen.

Ein Mann ging herum und brachte alle in Formation. Sie hatten ihn bisher noch nicht im Haus gesehen, er gehörte vermutlich zu Dr. Wiests Jagdequipment. Frederik erinnerte sich, dass er vorher als Treiberleiter vorgestellt worden war.

Dann warteten sie. Der Tag blieb meliert, die Wolken hingen tief. Es war kalt und roch nach Schnee, leise hörten sie die Treiber links und rechts sich unterhalten, Tante Hildegard rühmte Tante Mary gegenüber die Vorteile wollener Unterhosen, *wooly undertrousers*, wie sie flüsternd im Halbdunkel orakelte, *fine wooly undertrousers*.

Ich habe nicht den Punkt, flüsterte Tante Mary zurück.

Very fine and wooly, flüsterte Tante Hildegard, *so good if you want to pack a swine in a winterforest.*

I see, sagte Tante Mary nachdenklich, *I see.*

Dann warteten sie alle weiter.

Auf was warten wir, flüsterte David.

Weiß nicht, sagte Frederik.

Sie warteten noch ein bisschen, dann hörten sie ein Horn, es schien das Signal für den Jagdbeginn zu sein und alle setzten sich in Bewegung.

Sie gingen eine Weile in der Kette mit durch den verschneiten Wald und fingen dann an zu trödeln. Sie trödelten immer doller, sie trödelten quasi bis zum Stillstand, sie blieben weit zurück. Sie sahen den Rest der Treiber in der Ferne zwischen den Bäumen verschwinden, Tante Hildegard in fine und wooly undertrousers unter Rock und Warnweste, Tante Mary, darüber grübelnd, was es mit diesen deutschen Jagdmethoden auf sich hatte, bei denen man im Wald ein Schwein verpackte, Tante Mary mitsamt der ihr anvertrauten Triangel, deren schrecklicher Klang die hiesigen Schweine das Fürchten lehren würde.

Sie hörten noch eine Weile das Knacksen und Brechen des störrischen Waldes, das engagierte Rühren der Schlaghölzer, das Bimmeldibimm der Triangel, dann kehrte Stille ein.

Hinter einer dicken Tanne entledigten sie sich der Westen und Musikinstrumente.

Und jetzt auf eigene Faust!, sagte Frederik begeistert.

Und wohin?, fragte David.

Frederik überlegte kurz, flüsterte einen Abzählvers.

Was flüsterst du denn da, fragte David.

In einer chinesischen Eisenbahn, da fuhr ein chinesischer Gockelhahn, er rief: Himmeldonnerwetter der Professor mit dem goldnen Messer in der Universität, halt stopp!, sagte Frederik auf, zählte die Richtungen aus und dann sagte er, da lang.

Sie gingen dann da lang.

Wo hast du denn den her?, fragte David, ist das überhaupt ein Abzählvers? Das ist sicher kein Abzählvers. Ich kenne nur *Ene Mene Muh.*

Ja sicher kennst du nur *Ene Mene Muh*, sagte Frederik, er hielt einen Zweig zur Seite und ließ David an sich vorbeigehen, du kommst aus Österreich, dem Kuhstall Europ–

Jaja.

Den Abzählvers habe ich von einem kleinen Jungen im *Tante*, damit zählen wir immer aus, wer das letzte Brot kriegt. Im Übrigen, fügte er hinzu, stimmt das nicht mal, ich weiß noch einen anderen Abzählvers, und du auch. Und angesichts der waltenden Tatsachen ist es sicher trefflicher, ihn hier zur Anwendung zu bringen.

Warte, warte nur ein Weilchen,
bald kommt der schwarze Mann zu dir,
mit dem kleinen Hackbeilchen
macht er Schabefleisch aus dir.

Frederik, das ist absolut geschmacklos. Und woher kennen wir den überhaupt? Ich kenne so was nicht, das ist pervers.

Doch, kennst du. Er kommt in dem Film vor.

In einem von Simons Filmen? Dann wunderts mich nicht. Vielleicht ist es doch Simon, den wir gleich treffen, mit einem eindeutigen Ring um die Iris, bereit zur tödlichen Spontanhandlung.

Quatsch. In *M – Eine Stadt sucht einen Mörder*. Da kommt er vor.

David blieb wieder stehen. Je länger, sagte er, je länger ich darüber nachdenke, desto glücklicher bin ich, diesen Film nicht zu kennen, das klingt ja grässlich.

Kann schon sein, bloß ist die Frage: Gehört auch der Auszählvers mit zum Muster?

Wie meinst du das.

Na ja, ob die Unbekannte X auch diese Situation vorausgesehen hat und davon ausgeht, dass wir anhand des vorgesehenen Abzählreims die Richtung auszählen und sie darum –

Weißt du was, sagte David langsam. Es kann gut sein, dass dieser Typ einen an der Waffel hat.

Ja sicher, sagte Frederik, davon gehe ich stark aus.

Bloß, sagte David weiter, machen wir uns hinreichend verdächtig, ebenfalls einen an der Waffel zu haben, wenn wir jeden seiner verdrehten Gedanken kongenial hinterherdenken.

Na ja, bloß zum Antäuschen, wir müssen ihn in Sicherheit wiegen, er muss denken, wir sind ihm auf den Leim gegangen, insofern ist es absolut notwendig, sich in sein System einzuklinken.

Und du bist sicher, wir kriegen dann noch die Kurve und klinken uns wieder aus?

Ja klar! Wir haben doch alles im Griff! Wir denken immer einen Schritt voraus, das kann er nicht wissen, noch dazu haben wir dich als Messerkünstler und mich mit meinem Obstlerparfum, was kann uns schon passieren?

Und welches genau ist der Schritt, den wir vorausdenken?

Das ist ja das Tolle, wir wissen es nicht!

Toll, wirklich.

Nein, ernsthaft, es ist unsere Fähigkeit zur Spontaneität und schnellen Reaktion. Es ist die Tatsache, dass wir keinen Plan haben, was wir ihm voraushaben, damit rechnet er sicher nicht. Verstehst du nicht, er hat alles geplant, das heißt, er hat auch uns geplant und sagt sich unsere kommende Reaktion voraus. Hätten wir einen Plan, wäre es vermutlich der, den er von uns ahnt.

Warum?

Na gut, vielleicht auch nicht, aber die Chance, dass es so wäre, ist ungleich höher, als wenn wir gar keinen Plan haben, sondern aus der Situation heraus agieren. Weil wie in aller Welt, sagte Frederik triumphierend, sollte er etwas vorausgeahnt haben, wovon wir selbst noch nicht mal einen blassen Schimmer haben?

David schwieg. Irgendwas, dachte er bei sich, irgendwas stimmt doch an dieser Argumentation nicht. Aber er kam beim besten Willen nicht darauf, was.

Sie gingen eine Stunde und dann noch eine. Mal hörten sie ein Horn von nah und dann von fern, ebenso das Musizieren und Klöpfeln der Treiber, mal näher und mal ferner, dann verlor es sich wieder. Sie gingen durch den Wald und wussten nicht, wo sie waren, und auch nicht, wo die anderen waren, David hatte wirklich nicht das Gefühl, sie verfolgten einen Plan, insofern lief also alles nach Plan.

Wozu ein Plan, fragte Frederik, er bog einen Ast zur Seite und ließ David vorbeigehen, wo wir doch unsere Intuition haben.

David hatte aber die Befürchtung, dass sie weder Plan noch Intuition hatten, er hatte das Gefühl, sie irrten einfach durch einen verschneiten Wald und hofften, irgendetwas würde sich ereignen. Er für seinen Teil zumindest hoffte das in der Zwischenzeit immer dringlicher, etwas sollte sich ereignen, ganz egal, was.

123. Mantra-Singen hilft auch bei Lektoren

Als es dann so weit war, fielen sie aus allen Wolken.

Sie starrten sich an, voller schlimmer Ahnung und voller Entsetzen. So ganz konkret kommt alles lange Erwartete und Ersehnte dann doch viel zu plötzlich. Sie lauschten.

Hatten sie sich getäuscht, geirrt, verhört? Hatte nur ein Wildschwein gegrunzet, ein Horn krumm getönt oder ein Hirsch geröhrt, hatte die Triangel sie genarret?

Keineswegs, sie horchten noch ein bisschen in den Wind und da war es wieder: ein Pfeifen, gar nicht so fern, ein wenig Grieg, *In der Halle des Bergkönigs*, fast schon langweilig und alles nach Skript.

Und jetzt, flüsterte David, weiß wie Schnee, blass wie ein Glas Milch, aber derart Poetisches dachte in dem Moment kein Mensch.

Es ist auch nicht poetisch, nur, damit das klar ist. Nicht, dass hier irgendeiner mit derartigem Unsinn Bände voller Gedichte füllt.

Niemand, rügte mich mein Lektor, niemand bedarf deiner unqualifizierten Kommentare zum Geschehen. Nur weil du von Lyrik und generell von allem Feinen und Zarten keinen Schimmer hast, heißt das nicht, dass du unsere womöglich fleißig jambende Leserschaft vergrätzen musst.

Unqualifizierte Kommentare, wiederholte ich erbost, braucht niemand, aha. Und was genau mache ich da seit Hunderten von Seiten, bitte schön?

Ertappt!, rief er fröhlich, unqualifiziert hast du gesagt!

Ich holte tief Luft, *om shanti shanti shanti*! Nicht provozieren lassen, sagte ich mir, ein-fach nicht provozieren lassen.

Frederik schluckte. Jetzt hieß es, einen klaren Kopf bewahren. Was auch immer das heißen mochte, gerade schien ihm, sie konntens nur falsch machen. Insofern wars auch egal.

Hinterher, sagte er tonlos, er machte eine Kopfbewegung in Richtung Grieg und setzte sich in Bewegung.

David folgte ihm, wiewohl alles in ihm nach hinten strebte, zurück ins Gebüsch, in dichtes Fichtendickicht. Im dichten Fichtendickicht, dachte er zur Ablenkung, sind dichte Fichten richtig wichtig. Richtig wichtig, wiederholte er, während er möglichst lautlos hinter Frederik herstapfte, im dichten Fichtendickicht sind dichte Fichten richtig –

Frederik hob die Hand, sie blieben stehen. Jemand pfiff, schon deutlich näher jetzt. Er lockt uns in eine Falle, dachte David panisch, ihm wurde klamm und bang, ihm ging alles drunter und drüber im Bauch und im Kopf und im Herzelein, er dachte an letzte Worte und sinnloserweise daran, dass er es im Leben nicht mal so weit gebracht hatte, dass es sich gelohnt hätte, ein Testament aufzusetzen, das wurmte ihn. Es war ein Verrückter, ein Verrückter, dachte David verzweifelt, und er lockt uns in ein mit dichtem Fichtendickicht getarntes Loch, wo ein wütender Keiler schon auf uns wartet und –

Er stockte, sollte er jetzt, Auge in Auge mit dem Tod, dem Österreichischen Tür und Tor öffnen, sollte er klein beigeben? Nein, dachte er mannhaft, auf keinen Fall würde der Keiler Faschiertes aus ihnen machen. Der Keiler würde sie zu Hackepeter verarbeiten. Hackepeter, er musste lauthals lachen, das war wirklich das dümmste Wort auf Erden!

Frederik stolperte vor Schreck über seinen Schal und semmelte der Länge nach hin, hast du sie nicht mehr alle, zischte er, er wischte sich den Schnee aus dem Gesicht, was ist los mit dir?

David half ihm auf, er murmelte etwas von überspannten Nerven und Fleischpflanzerln.

Ob das ein Schimpfwort sei, fragte Frederik verärgert, ob er sich hier mit ihm kloppen wolle.

Das Pfeifen ertönte, entfernter jetzt, Grieg entfleuchte! Nachher, rief David, ich schwöre, wenn wir das überleben, klopp ich mich mit dir und lass dich gewinnen!

Lachhaft, schnaubte Frederik, während sie losrannten, er und lässt mich gewinnen! Ich mach Hackepeter aus dir!

David lachte, insofern war es ja jetzt eine Win-win-Situation, entweder Frederik oder der Keiler, Hackepeter! Und für so was war er aus der Krise geflohen! Traurig war das. Um in der Fremde und ohne testamentarische Verfügung in einem trüben Ostwald zu Hackepeter verarbeitet zu werden, gab es deprimierendere Schicksale? Wohl kaum.

Grieg und die Berghalle waren jetzt schon kaum mehr zu hören, sie eilten hinterher, über Stock und Stein, jetzt gilts, dachte David, jetzt gilts!, rief er Frederik zu.

Sie rannten über Lichtungen und krochen unter Ästen, sie hielten lauschend inne und hechteten über Gräben, sie blieben im Schnee stecken und hingen in launigem Buschwerk fest, sie rannten und rannten, Frederik immer voraus und David hinterdrein, sie rannten und dann blieb Frederik stehen und David rannte in ihn hinein und schaute auf.

124. Gott sei Dank gibts Dr. Huhn!

Da stand er, auf der anderen Seite der Lichtung.

So face à face ist das einfach immer was anderes. David und Frederik starrten ihn an. Er lächelte ihnen zu, winkte gar, nicht, dass sie zurückwinkten, so konnte man ihnen denn doch nicht mitspielen. Der Affekt ist zwar ein verführerischer Geselle, aber man kann ihn im Griff haben, sie hatten ihre Affekte voll im Griff, zumindest was das Winken anging.

Da stand er, friedlich an einen Baum gelehnt. Der Mann von der Kreuzung. Der Mann, der in der Autoschlange immer hinter ihnen gestanden hatte. Es war der Joseph aus dem Text und der Mann aus den frühen Filmen, er war die Kachel, die immer im Spiel blieb, er war die Unbekannte X und der, mit dem sie Simon verwechselt hatten, er war es, der in Berlin am Alexanderplatz ein Kunstprojekt gelandet hatte, er war eine Auskunft, bei der nie einer dranging, er war ein Mann und Mensch und hatte eine Iris, aber sie konnten nicht sehen, ob da etwa eine ringförmige Verfärbung wäre oder nicht, er war einer, der womöglich einen Fehler machte, wie ein Klavierspieler sich verspielt und der es nicht mehr verhindern konnte. Vielleicht machte er aber auch keinen Fehler. Er war es, der nun langsam, ganz ganz langsam auf sie zukam und womöglich versuchte, sie durch die perfide Lokomotion zur Strecke zu bringen, er war es, der, bevor er leise wieder anfing zu pfeifen, dreierlei sagte, was sie erschütterte, zumindest Stanjic:

Er sagte erstens zu David: Haste mal ne Mark? Er grinste. Und, rief er in gespielter Not, nicht schon wieder Banane!

Und David erinnerte sich schlagartig an die Gewölbe der U-Bahn, den Mann in der Bahn, den Mann, den er beide Male nur flüchtig hatte angesehen. Hier war er und er konnte ihn in Ruhe und genau betrachten, er war identisch, mit allem. Der Mann auf der Bank vor Simons Haus, der Mann an der Tanke – *schon einen Zuckerwasserhersteller gefunden* –, er war der Mann, der ihm ständig an den Karren fuhr (metaphorisch!) und seine Stoßstange demolierte (wörtlich). Schon wieder er. Berlin war ein Dorf. Oder.

Und weiters und drittens sagte er: Wer ist wie Gott?

Frederik sagte, wie bitte? Er schaute fragend zu David, aber der ließ den Blick nicht von dem Mann und er wusste, der spielte mit ihnen Puppentheater. Der fühlte sich als der Große im weißen Kittel, der die Engel wie Rosinen ins Bild schüttet und die Welt baut, wie sie ihm passt, ein Gewitter türmt, wenn er es will, und der Jungfrau Maria seinen Engel schickt, wenn er findet, es ist Zeit. Er ist der, der ohne Rücksicht und ohne Maß denkt, er sei wie Gott, und David erinnerte sich. Michael. Michael ist wie Gott.

Das war es, es war die Bedeutung des Namens, Onkel Dagobert hatte es gewusst und er selbst hatte es nachgeschlagen. Michael war der Erzengel und in der Bibel der Einzige, der mit Namen genannt wurde. Der Einzige? Nicht ganz. Es gab noch einen anderen und dessen Bedeutung war: *Meine Stärke ist Gott.* Sollte es also ein Zweikampf werden, ging es darum? Der zweite benannte Engel in der Bibel war Gabriel. Er schaute den Mann an und fragte sich, denkt er es sich so? Wie funktioniert dem sein Gehirn und sein Plan? Oder hatten sie sich völlig verstiegen und verhoben, waren sie ganz auf dem falschen Dampfer? Er musste es probieren. Wenn der andere immer im Spiel gewesen war. Wenn Gabriel auch immer im Spiel gewesen war und sich aber gewandelt hatte, nicht die Kachel, aber die Farbe, wenn es stimmte, was Frederik gestern gesagt hatte, dann –

David sagte: Michael. Michael ist wie Gott.

Der Mann lächelte. Brav, sagte er. Also weißt du, wer ich bin. Aber weißt du auch, wer du bist?

Ich bin Gabriel, sagte David. Und meine Stärke ist Gott.

Der Mann lächelte weiter, so weit bist du also gekommen, sagte er.

In David arbeitete es. Er wusste, er musste jetzt das System verstehen. Er musste kombinieren und dann einen Schritt machen, den der andere nicht erwartete. In dem Text war es so: Der im weißen Kittel, das war Gott, er war der Große. Und der da drüben auf der Lichtung, der sagte: Ich bin wie Gott. Okay. Gott hatte seinen Engel geschickt, Gabriel, um Maria eine Botschaft zu bringen. In der Bibel hatte er das getan. Im Text aber hatte er einen Trick gemacht, einen Spalt in der Zeit, eine Lücke, in der Gott ihn nicht sah, er hatte Maria verführt und ihr ein Kind gemacht. Im Text hatte Gabriel Gott ausgetrickst. War es das, was den anderen dort drüben jetzt so ärgerte? Ging es um eine Art Heimzahlung? Und was fing er, David selbst, jetzt damit an? Was war das Spiel? Wollte der andere, dass er trickste, und war seine Idee, dass er ihn dabei erwischte?

Du denkst, du kannst mich überlisten, nicht wahr?, sagte der andere, er war stehen geblieben, stand ganz gelassen und entspannt im Schnee. Du denkst, du kannst mich reinlegen. Aber du irrst dich. Das macht man mit mir nur einmal. Verstehst du.

Ja, sagte David, ich verstehe. Also war es so, wie er gedacht hatte. Und weiter? Er hatte keine Ahnung.

Es gibt noch einen Dritten.

David schrak zusammen, er schaute hinüber zu Frederik, er hatte ihn beinah vergessen.

Und wer bist du? Der Mann schaute auch zu Frederik, musterte ihn.

Ich bin der Dritte, sagte Frederik. Ich bin Raphael.

Raphael?, fragte David verdutzt, was soll denn das jetzt?

Religionsgeschichte. Habe ich mal studiert. Aber erzähls nicht weiter, ja? Ich befürchte eine gewisse Rufschädigung, wenn sich das herumspricht, vor allem Simon könnte ungebührlich darauf herumreiten. Raphael jedenfalls, dozierte er, ist etwas umstritten. Laut apokrypher Texte gehört er aber zu den drei Erzengeln, du als alter Österreicher, als waschechter Katholik müsstest das eigentlich wissen.

Und, fragte der Mann kalt.

Na ja, immerhin bedeutet mein Name: *Gott heilt die Seele.*

Und, sagte der Mann.

Es ist ein Angebot, sagte Frederik.

Willst du damit sagen, ich sei krank.

Ihre Seele, sagte Frederik, ja. Das will ich damit sagen. Aber Gott kann Sie heilen. Die Männer in den weißen Kitteln. Sie waren da schon, nicht wahr? Dort kann man Sie heilen.

Ich brauche keine Heilung. Ich bin nicht krank. Ich bin zu klug für euch. Ich habe euch genau da, wo ich euch haben wollte, ihr seid mir in die Falle gegangen, ich kann mit euch spielen, wie es mir gefällt. Ich wusste jeden Schritt, den ihr machen werdet, und ich weiß die nächsten, die kommen werden.

Welche denn, sagte David.

Der Mann lachte, mach einen Schritt und dann siehst du, was passiert.

Ich sagte, mischte sich Frederik wieder ein, es war ein Angebot.

Dein Angebot interessiert hier niemanden.

Das habe ich so weit begriffen. Wie gesagt, ein Angebot. Würde ich denken, ich sei Gott, wäre ich vielleicht der Meinung, ein Angebot ist eine Verpflichtung. Man hat, so als Gott, einen eher kleineren Toleranzrahmen bezüglich solcher Sachen. Ich aber weiß, dass man Angebote ausschlagen kann. Und ich weiß auch, dass es freundlich gemeint war. Wenn Sie es nicht annehmen wollen, wird es Konsequenzen haben.

Du willst mir drohen? Der Mann lachte belustigt auf, mit was denn?

Immerhin, sagte Frederik, er hielt kurz inne, schien zu lauschen. Hatte er etwas gehört? David war sich nicht sicher, vielleicht war es ein Horn gewesen? Und was hatte es getutet? Ach, was würde er jetzt nicht gegeben haben für die Kenntnis der Hornsignale! Vielleicht nahte Rettung und sie mussten hier einfach nur ein bisschen die Zeit verdehnen, vielleicht würde alles gut?

Immerhin, wiederholte Frederik gelassen, hat Raphael noch eine andere Bedeutung. Er wandte sich an David, Religionsgeschichte, sagte er entschuldigend, wie gesagt, habe ich studiert. Da gabs mal ein Tutorat *Spiritualität und Interkulturalität.* Ich würde gerne sagen, ich war jung und brauchte das Geld, aber die Masche zieht hier wohl nicht. Im Grunde war es aber nicht ganz uninteressant, wir haben da zum Beispiel –

Sag mal, hast du sie noch alle? Der Mann starrte ihn an, ihr steht hier nicht bei Rot an der Kreuzung.

Frederik überlegte kurz, nicht?

Der Mann schien ebenfalls zu überlegen. Irgendwas brachte ihn aus dem Konzept, vermutlich die Metapher mit der Kreuzung und der roten Ampel und der entsprechenden Bedeutung für die aktuelle Situation.

Und wenn doch, sagte er dann, steh ich direkt hinter euch und ich krieg euch.

Ach, sagte Frederik leichthin, mal sehen. Was ich eben erzählen wollte, ist –

Jetzt hörte David es ganz deutlich, ein Horn tutete, ein Horn zur frohen Jagd, war es näher jetzt? Hatte der Mann es auch gehört? Er schien ebenfalls zu lauschen.

Ich lasse in dem Falle, sagte Frederik laut, die ausführlicheren Erörterungen, wiewohl es ein paar lustige Anekdoten gäbe, Esoteriker haben einen wahnsinnig guten Humor, bloß wissen sie nichts davon – wie gesagt, was ich eben erzählen wollte, ist, dass Raphael bei den Parapsychologen sehr beliebt ist. Sehr beliebt. Er gilt dort als der schützende Eingreifer in bedrohlichen Situationen.

Interessant, sagte der Mann. Und wie genau stellst du dir das vor?

Das ist nicht der Punkt, sagte Frederik liebenswürdig. Die Frage ist, wie Sie sich das vorstellen. Wenn Sie alles geplant haben. Wenn Sie alles wissen, was passieren wird. Wenn Sie sind wie Gott. Dann werden Sie es wissen, nicht wahr?

Der Mann lachte herzlich, ja, sagte er dann, ich weiß, was ihr tun werdet. Und ich weiß, dass ihr gar nichts tun könnt, um zu verhindern, was passiert. Also lass das Gequatsche. Er zog eine Pistole hervor und richtete sie auf David. Es ist folgendermaßen, sagte er. Zuerst erschieße ich dich. Dann, er machte eine Kopfbewegung hinüber zu Frederik, dann erschieße ich ihn.

Und dann, fragte David heiser, er hatte einen trockenen Mund. Er hätte gerne irgendwie lässiger reagiert, ich meine, dachte er bei sich, hier geht es zu wie in einem schlechten Film, mir kommt vor, ich bin im falschen Buch, da zieht einer seine Pistole – allein schon das, *zieht seine Pistole,* wo sind wir hier eigentlich? Aber so war es, er hatte seine Pistole gezogen und gesagt, zuerst erschieße ich dich und dann dich, dümmer konnte man sich so was nicht ausdenken. Hatte hier irgendjemand die falschen Bücher gelesen? Offensichtlich. David war nicht ganz sicher, wer. Er selbst? Dieser Mann dort mit der Pistole? Jedenfalls war es ein Elend und ein harter Junge in einem anderen Buch hätte jetzt vielleicht gesagt: *Immer mal langsam mit die jungen Pferde*. Oder: *So haben wir nicht gewettet, Freundchen*. Er, David, sagte aber nichts dergleichen. Er war schon froh, dass er überhaupt was herausbekam, ihm war hundeelend, er würde sich gerne hinlegen, er hätte gerne ein abgedunkeltes Zimmer und eine Mütze voll Schlaf.

Und dann?, wiederholte der Mann. Dann geh ich wieder, würde ich mal sagen.

Sie denken doch nicht ernsthaft, sagte Frederik, dass Sie hier einfach so zwei Leute um die Ecke bringen können und dann unbehelligt wieder nach Hause gehen, bisschen fernsehen. Sie glauben doch nicht wirklich, dass Ihnen niemand auf die Schliche kommt. Man wird uns finden, es ist Winter, man wird Ihre Spuren finden im Schnee, man wird Sie finden, glauben Sie mir. Man wird Sie einsperren.

Vielleicht, sagte der Mann, er lachte schon wieder, er war ein fideler Geselle, vielleicht kommt ja ein Raumschiff und holt mich ab.

Sie sind völlig wahnsinnig, sagte Frederik entrüstet.

Keineswegs, sagte der Mann. Aber vielleicht gibt das einen guten Film ab, wer weiß. Ihr kennt doch die Filme, nicht wahr?

Nein, welche Filme denn, sagte Frederik.

Spielte er einfach auf Zeit, fragte sich David, versuchte er, den anderen im Gespräch zu halten? Er schien immerzu zu lauschen, hoffte er auf das Näherkommen der Jagdgesellschaft? David horchte nun selbst noch genauer.

Doch doch, ihr kennt die Filme sicher, sagte der Mann, er hatte sich wieder in Bewegung gesetzt, David wagte nicht sich zu rühren, wie hypnotisiert schaute er auf die Pistole. Die beiden machen damit gerade gut Geld, wie ich gehört habe. Aber ich glaube fast, mein Film wird besser. Ja, ich würde sagen, das wird ein absoluter Knüller.

Knüller sagt man heutzutage nicht mehr, wies ihn Frederik zurecht.

Du denkst, du kannst hier Späße treiben, wie?

Keineswegs, mir ist es einfach wichtig, sprachlich den Anschluss nicht zu verlieren.

Du wirst noch viel mehr verlieren, glaub mir, sagte der Mann, er fing wieder leise an zu pfeifen, Grieg, *In der Halle des Bergkönigs*, wie der Mörder bei Lang. War er ein Mörder oder würde es sein?

War es sein Fehler oder der ihre, machte hier einer gerade einen Fehler? Fühlte er sich überlegen und zu Recht? Hatte er alles vorausgeahnt und geplant, war er wie Gott? Und sie konnten nur noch als Marionetten in seinem Arrangement mittun? Was konnte sie sonst tun? Hatten sie alles richtig überlegt und was hatten sie eigentlich überlegt.

Er war in der Mitte der Lichtung stehen geblieben, keine drei Meter von ihnen entfernt, und schien auf sie zu warten. Er hielt kurz inne im Pfeifen und sagte:

Wobei, der Ordnung halber zählen wir aus:

Warte, warte nur ein Weilchen,
bald kommt der schwarze Mann zu dir,
mit dem kleinen Hackbeilchen
macht er Schabefleisch aus dir.

Er hielt die Pistole wieder auf David gerichtet, wusste ichs doch, sagte er befriedigt, und siehst du? Das Schicksal gibt mir recht, du bist zuerst dran.

Das ist nicht Schicksal, das ist Zufall, sagte Frederik rügend.

Umso schlimmer für euch, dann geben mir das Schicksal und der Zufall recht, damit sinken eure Chancen, das hier zu überleben, auf unter null.

Sie sind ein komischer Rechenkünstler, wo haben Sie denn gelernt, sagte Frederik abschätzig, bei Pipi?

Hör mal, wenn du meinst, das wäre der Zeitpunkt, hier witzig zu sein –

Ich bin nicht witzig, sagte Frederik entrüstet, ich habe überhaupt keinen Sinn für Humor.

Ich auch nicht!, bellte der Mann.

Interessant, sagte Frederik verbindlich. Meine Oma übrigens auch nicht.

Ich auch nicht, sagte David kläglich, er starrte immer noch die auf ihn zielende Pistole an.

Bisschen viele Adjektive, sagte Olaf.

Ja, sagte ich, Zeit der Adjektive.

Geht wieder vorbei?

Aber klaro!

Sagt mal, der Mann hatte ein rotes Gesicht bekommen und strich sich mit der freien Hand über den Kopf, habt ihr noch alle Tassen im Schrank?

Frederik tat so, als würde er scharf nachdenken, nö!, rief er dann fröhlich, und Sie?

Der Mann schaute ihn eine Weile an, dann schaute er David eine Weile an und dem wurde es ganz anders. Der schaute einen an, dass man alles zugeben wollte, sofort, sogar, wenn es nichts zuzugeben gab.

Er begann wieder leise zu pfeifen, düdelte gemütvoll vor sich hin, als wäre das ein Stück wie jedes andere. Oder war es einfach nur ein Stück wie jedes andere? Hatten sie sich hier wahnhaft in was reingekniet, nein, mitsamt dem ganzen Leib reingelegt, wie Leute das gerne sagen, wenn ihnen was besonders gut mundet? Frederiks Vater sagte gern, beispielsweise angesichts einer delikaten Dessertkreation wie Kanarimilch mit schwimmenden Inseln: Da könnt ich mich reinlegen!

Frederik dachte an seinen Vater. Weiß der Teufel, wies kam, aber er dachte an seinen schwierigen Vater, weil, seien wir ehrlich, alle Väter sind schwierig. Er dachte an seine Mutter, anders, sicher, aber auch nicht besser, Väter und Mütter: einfach schwierig. Er dachte an seine Eltern und erinnerte sich an das Thema der Triangulierung, das Dr. Huhn ihm einmal gegen seinen Willen erläutert hatte, kurz gefasst sei es, so Dr. Huhn, das Auslagern eines Konflikts aus einer Zweierbeziehung auf einen Dritten. Die Vorstellung eines Dramadreiecks aus Verfolger, Retter und Opfer, erinnerte er dunkel, ermögliche den Rollentausch. Und darum, weils die Situation gerade so hergab und die Assoziation ein faszinierendes und schönes Thema ist, dachte er an Tante Mary mit ihrer Triangel zum Aufstöbern des gemeinen Schweins, er dachte an seine Eltern und seine psychische Triangel mit ihnen und an das gemeinsame Räuber-und-Gendarm-Spielen mit Nachbars und dass sein Vater und Gendarmenkumpel ihm und seiner Mutter zurief: Umzingeln!, und so kams, dass er nun urplötzlich und aus einem assoziativ absolut kohärenten und nichtsdestoweniger absolut spontanen Impuls heraus David zurief:

Umzingeln!

Und der eine rechtsherum rannte und der andere linksherum und sie somit von zwei Seiten auf die Unbekannte X zustrebten und der zu pfeifen aufhörte und für einen kurzen, wirklich sehr kurzen Moment verwirrt, ja, nachgerade überrascht aussah, und dann überschlugen sich die Geschehnisse, weil da kam ein Schwein angerannt, ein Riesenvieh und in heller Aufregung, weil es wurde gejagt, es wurde mit Musik geärgert und von Leuten in wollener Unterwäsche verfolgt – wofür es übrigens, aber das nur am Rande, im Englischen eine sehr schöne und knappe Formulierung gibt, nämlich: woollies! Auch Tante Hildegard war froh und dankbar, das in ihrem fortgeschrittenen Alter noch erfahren zu dürfen, und vielleicht sind auch wir noch einmal alle dankbar, dieses schöne neue Wort in unseren aktiven Wortschatz zu integrieren – kurzum! Das Netz zog sich immer enger und das Schwein rannte hier um sein Leben, raste wie eine gesengte Sau auf Frederik zu und kriegte einen tüchtigen Schwung Obstler ins Gesicht, heulte oder brüllte oder japste und änderte die Richtung, preschte auf die Unbekannte X zu und David zog sein Messer und dann fiel ein Schuss und Frederik stolperte vor Schreck über seinen langen Schal und David sackte in sich zusammen, weil er sofort dachte, natürlich, natürlich triffts mich, so war es gedacht, jetzt kommt der schwarze Mann und macht Schabefleisch aus dir, Hackepeter oder Faschiertes, weil, seien wir ehrlich, kommt das letztendlich und wenns drauf ankommt noch drauf an? Nein, ihm kam es auf einmal nicht mehr darauf an, er wusste nur, es ist aus, er klappte einfach zusammen und kippte um, seitwärts in eine Schneeverwehung, und dabei hatte ihn nichts auch nur gestreift und angehaucht, und das Schwein hechtete in Riesensätzen aus diesem Getümmel, verschwand im Wald und würde sich hüten, heute noch einmal jemandem vors Visier zu kommen, ja, überhaupt noch diesen Wald mit seiner Anwesenheit zu beehren. Vielmehr würde es auswandern, mit Kind und Kegel auswandern, weiter hinüber in den Osten, wo Pommern noch Pommern war und Leute mit Nervenfieber wohlverwahrt in Irrenanstalten dämmerten und wo kein Menschenkind je seine Kreise störte.

David fühlte seine Seele schon entfleuchen, er sah sich selbst gen oben streben und mit Petrus die komplizierten Verhandlungen in die Wege leiten, die ihm das Himmelreich sollten eröffnen, er sah sich selbst in einem bequemem Nachthemd und lieblich auf dieser Ukulele das *Te Deum* anschlagen, er sah sich auf einer Wolke in den Abend schweben und dem Großen höchstpersönlich ganz nah sein und dabei starb gerade einer, der war wie Gott, weil was ist der Mensch, wenn nicht von seinem Ebenbild, und da starb also gerade ein Mensch ganz in echt und wirklich.

125. Warum wir mehr Gedichte schreiben sollten

Was dann in welcher Reihenfolge geschah? Hörner wurden getutet, Leute rannten an, Treiber und Jäger und Hunde tollten herbei, Katharina und Simon, alles war plötzlich auf der Lichtung, als wäre das hier ein Filmset und alle hätten rundherum schon in den Startlöchern gestanden, um nach dem vollendeten Take alles wieder neu zu arrangieren. Alle aber hasteten an David vorbei und bildeten eine Traube um den ernsthaft Gefallenen und Hingestreckten. David lag und schaute in die Wipfel, dort oben war Ruh, in allen Wipfeln ist immer Ruh, dann beugte sich ein Gesicht über ihn, blass und bleich wie Milch und Schnee und anderer poetischer Zierrat, und David schwor hier und jetzt und in diesem Augenblick, dass er ein Gedicht verfassen würde, nein, einen Zyklus, über das bange Gesicht eines Freundes, es würde triefen von Milch, gezuckerten Kanditen und süß gekochtem Grießmus und allem, was mild ist und gut und macht, dass das Leben weitergeht, alles okay, fragte Frederik heiser, alles okay?

Ja, David nickte, alles war okay. Er richtete sich auf und sah zwischen den vielen Beinen hindurch Simon am Boden knien, Katharina ihm gegenüber, dazwischen lag der Mann, dazwischen lag der, der war wie Gott, und der war tot und er, David, war sich nicht ganz klar, was hier eigentlich gespielt wurde. Er sah das Messer neben sich im Schnee liegen, griff danach wie geträumt und steckte es wieder ein.

126. Wollen Sie ein Buch über schwierige Beziehungen?

Simon hatte später dem Polizeibeamten Folgendes zu Protokoll gegeben: Es handele sich bei dem durch einen Schuss zu Tode gekommenen um Michael Kowalski, gebürtig in Polen, wohnhaft in München. Er arbeite als freier Künstler, vornehmlich im Bereich der Installationskunst, und sie hätten zusammen studiert, in Leipzig, und über einige Jahre gemeinsame Projekte realisiert. Dies alles wurde von Katharina bestätigt. Sie gab an, für einige Zeit mit ihm liiert gewesen zu sein –

Ein Wort, das jetzt immer noch durch Frederiks Kopf geisterte, er wusste, das war absolut unpassend, nichtsdestoweniger sagte man das heutzutage –

Liiert waren sie also gewesen und Filme hatten sie gemacht und was sonst die Kunst so hergibt, immer zu dritt, Simon, Katharina, Michael.

Insgeheim hakte Frederik alles ab, jede einzelne Kachel hakte er ab und ginge es hier um *Stadt Land Fluss* oder ein ähnlich geselliges Freizeitvergnügen, hätte er bei jeder hier zutage tretenden Information, die sich mit ihren Thesen deckte, gerufen: Treffer!

Dann wurde die Liaison aufgelöst – offensichtlich auf Wunsch Katharinas –, was sowohl zu einem Bruch in der Arbeits- wie auch in der Freundschaftsbeziehung führte, ein Bruch also auf jeder Ebene. Sie, Katharina und Simon, hatten sich daraufhin einen anderen Kompagnon gesucht –

Nein, antwortete Katharina auf die Frage des Beamten, mit diesem sei sie nicht liiert gewesen.

Nein, antwortete sie auf die darauf folgende Frage, sie sei nach Abbruch der Beziehung zu Michael Kowalski erst mal überhaupt nicht liiert gewesen, es sei, falls er das meine, nicht die amouröse Übertragung ihrer Gefühle auf einen anderen Mann der Grund für die Trennung gewesen.

Der Polizist fragte –

Ob das etwas zur Sache tue, fragte sie zurück.

Offensichtlich, antwortete der Beamte, immerhin haben wir einen Toten. Wir haben einen toten Mann, der offensichtlich weder zur Jagdgesellschaft gehört, noch sich um die entsprechenden Warnschilder zu kümmern schien, der einfach mitten durch das Jagdgelände spazierte, und das alles ohne einen ersichtlichen Grund dafür. Das Einzige, was ihn hier mit irgendwas verbindet, scheinen Sie zu sein und Herr Glaser. Alles tut etwas zur Sache, was dabei hilft, den Fall zu klären.

Der Grund für die Trennung, wiederholte Katharina. Es war eine schwierige Beziehung.

Was sie damit meine.

Sie erläuterte die schwierige Beziehung.

Ich glaube, sagte Olaf, er strich die folgenden Erörterungen großzügig durch, das können wir en détail weglassen, wer will schon ein Buch über schwierige Beziehungen lesen.

Nun ja, sagte ich argwöhnisch, viele, Bücher über schwierige Beziehungen gehen weg wie warme Semmeln.

Ernsthaft? Olaf schaute überrascht auf, er dachte kurz nach, dann betrachtete er unseren durchgearbeiteten Papierstapel, meinst du, fragte er beklommen, wir machen irgendwas falsch? Ich meine, man kann nicht gerade sagen, dass es in diesem Machwerk besonders viel um schwierige Beziehungen geht.

Ob wir was falsch machen, fragte ich perplex zurück, alles! Lieber Olaf, wir machen alles falsch! Dickes Buch: eh ganz schlecht, Ironie: kann man total in den falschen Hals kriegen, Klamauk: hat schnell die Air von Oberflächlichkeit, dann deine Liste mit den politischen Inkorrektheiten: quasi ein gerader Schuss ins Bein, Albernheiten, Kindereien, mangelnder Ernst, heillose Verwicklungen usw., wir machen, sagen wirs, wies ist, rundherum alles falsch.

Er hatte die Arme vor der Brust verschränkt und starrte versunken auf die Coverentwürfe, die der Verlag uns zugesendet hatte, auf einem schaute einem ein Revolver fadengerade ins Auge, knallte einen ab. Dann hob er den Kopf, er grinste mich an und sagte: Wir machen alles falsch, meine Liebe? Also gut! Wenn wir schon untergehen, dann mit Musik! Lass es krachen, lass es, wenns dem Ende zugeht, so richtig krachen, ja?

Okay, sagte ich erfreut, okay!

Es ist zweifellos immer vertrackt, jemandem eine Beziehung zu erläutern, wenn er nicht drinsteckt. Es ist, dachte David, während er mulmig den Erläuterungen lauschte, auch tierisch vertrackt, jemandem eine Beziehung zu erläutern, der drinsteckt. Dann fiel ihm ein, dass Mulmigkeit, wie schon sein Biologielehrer so trefflich zu sagen wusste, ein ausschließlich weibliches Leiden ist, und warf es über Bord. Er lauschte Katharinas Erläuterungen einer schwierigen Beziehung und dachte an Klara, an sich und an Klara und ihre gemeinsame und unerläuterte Beziehung. Er dachte, es ist schier unmöglich, eine schwierige Beziehung zu erläutern, aber man muss es versuchen, es ist, sagte er sich mutig selbst, das Benennen die halbe Miete.

Er war ein Borderliner, schaltete sich Simon irgendwann in die Erläuterungen ein, ein kreativer Kopf, sicher, aber schwerst gestört.

Ob es dafür irgendeinen medizinischen Befund gebe.

Sicher, sagte Simon. Am besten, Sie setzen sich mit der Psychiatrie in Verbindung.

Er war in der Psychiatrie, fragte der Beamte nach.

127. Das Verhör

Offensichtlich. Nachdem er bei Katharina Fitzwilliam –

Sie hieß damals übrigens noch Pückler, vermutlich aus einer direkten Linie abstammend von Fürst Pückler, ich hätte das gerne für Sie, lieber Leser, recherchiert, aber mein Lektor hat gesagt: Nein.

Wie, nein.

Einfach nein.

Aber es wäre unbedingt angebracht, diese faszinierende Herkunft genauer zu –

Nein. N.e.i.n. Nein.

– bei ihr also in Leipzig mehrfach in die Wohnung eingestiegen war, sich mehrfach von der Polizei dort wieder hatte abholen lassen und mehrfache Geldbußen dafür anstandslos bezahlte, sie mehrfach die Telefonnummer gewechselt hatte, weil er sie stündlich mehrfach antelefonierte, nachdem sie einmalig den Namen und mehrfach die Wohnung gewechselt hatte und die Spuren verwischt und er sie mehrfach wieder ausfindig gemacht hatte, nachdem er schließlich – einmalig – mit einer gewaltigen Axt bestückt einen Vorgarten verwüstet, ein Treppenhaus zu Kleinholz verarbeitet und in einen dort geparkten Kinderwagen geschissen hatte, war er in die Psychiatrie eingewiesen worden, was nur der erste von mehrfachen Aufenthalten dort sein sollte.

Warum sie ihn nicht gleich dabehalten hätten, fragte der Polizist.

Er müsse, sagte Simon gereizt, ihn wohl kaum darüber aufklären, dass niemand, der nicht aus freien Stücken in einer Psychiatrie verweile, dort gegen seinen Willen festgehalten werden könne –

Außer, sagte der Polizist –

Ja, außer, hat er aber nie, sagte Simon.

Außer nämlich, er wird tätlich und handgreiflich und dazu zählt weder das mitternächtliche Sitzen in einem fremden Wohnzimmer (er spielte dabei, sagte Simon, gerne in aller Ruhe ein wenig auf dem Klavier, bevorzugt Chopin – vermutlich, wie er überflüssig hinzufügte, als Reminiszenz an seine Herkunft) noch telefonischer Terror und, interessanterweise, auch nicht das innerstädtische Herumtragen und Zweckentfremden einer Axt.

Dieser letzte Coup allerdings, bemerkte Simon der Ordnung halber, habe zu einem merklich längeren psychiatrischen Aufenthalt geführt, den er jedoch auch, nach Abgeltung der verpflichteten Dauer, auf eigenen Wunsch wieder verlassen habe, allerdings mit der Auflage, sich Katharina auf zwei Kilometer nicht zu nähern.

Und, sagte der Beamte, hat er sich daran gehalten.

Wie Sie sehen, sagte Simon müde, hat er sich nicht daran gehalten, immerhin wäre er sonst jetzt nicht tot und erschossen und das keine zwei Kilometer Luftlinie von hier.

Er war so unendlich müde. Er fuhr sich mit den Händen über das Gesicht, die Haare. Er war müde und hätte er es voraussehen müssen, hätte er ahnen können, was passiert und was geschehen würde?

Vielleicht.

Hätte er was sagen müssen, zu Frederik, zu David?

Sah ganz so aus.

Und wie kommt es, fragte der Beamte nun weiter, dass Herr Kowalski schlussendlich hier auftaucht, hier, er machte eine ungefähre Bewegung Richtung Schnee und Acker, hier, wo Seen und lauschige Kanäle sich die Hand gaben, Fuchs und Hase sich nicht nur freundlich Gute Nacht sagten, sondern einträchtig aneinandergekuschelt abends Frieden fanden, hier, wo ein mächtiges Haus langsam, aber sicher in sich zusammenfiel und eine zweifelhafte Familie auf groß und glücklich machte.

Ich weiß es nicht, sagte Simon.

Aber Sie werden doch eine Vermutung haben.

Nein.

Simon mochte nicht mehr. Er würde es Frederik erklären müssen, seiner Oma und der gesamten Familie und vor allen Dingen David, das reichte und dort gehörte es hin.

Der Polizist grub noch ein wenig nach und war unzufrieden, er witterte pikante Details, spannende Interna und fand sich schwer damit ab, sie hinter Simons versiegeltem Mund zu wissen, es ging noch eine Weile hin und her, aber Sie müssen doch –

Nein.

Aber einen Verdacht werden Sie doch wohl –

Nein.

Sind Sie Herrn Kowalski innerhalb der letzten Jahre, also nach dem allgemeinen Bruch, noch einmal –

Nein.

Wissen Sie etwas von etwaigen Freunden, Arbeitskollegen von Herrn –

Nein.

Aber Sie werden doch wohl –

Nein.

Usw.

Alles, was Simon wohl sonst noch wusste oder mutmaßte, alles, was er insgeheim noch bergen mochte, er würde hier und jetzt nicht davon berichten.

Der Polizist fragte Katharina nach weiteren Erläuterungen der schwierigen Beziehung, er fragte Onkel Jodok, bevor er vom Arzt aus gesundheitlichen Gründen medikamentös zusammengefaltet und ins Bett verfrachtet wurde, er fragte David und Frederik zu ihrem Anteil an dem Geschehen, er trug alle so gewonnenen Informationen mit denen seiner Kollegen zusammen, informierte sie allesamt von der Auflage, den hiesigen Ort bis auf Weiteres nicht zu verlassen, und versprach seine Wiederkehr am morgigen Vormittag.

Die Polizeibeamten fuhren allesamt, von Frau von Sydow zu ihren Automobilen geleitet, langsam durch die verschneite und zauberhaft weihnachtliche Landschaft davon.

So weit.

128. Wir machen alles falsch

Die Polizisten konnten davonfahren und alle anderen mussten dableiben.

Onkel Jodok kämpfte sich durch schwere Träume. Er war völlig außer sich gewesen, er hatte einen Mann erschossen, ich habe gedacht, es wär die Sau!, hatte er immer wieder händeringend gerufen, er hatte Frederik und David aus reinem Zufall nicht erschossen, wenn ihr nicht die roten Hauben aufgehabt hättet!, rief er immer wieder verzweifelt, jeden von euch hätt es erwischen können!

Das stimmte. Und das war es, was Frederik zu denken gab. Er hatte, seit sie alle wieder im Wohnzimmer versammelt waren, in der Hauptsache darüber nachgedacht, er hatte es gedreht und gewendet, aber es wurde einfach kein Schuh daraus.

Was war denn der Plan gewesen, von diesem Kowalski? Er verstand es beim besten Willen nicht.

Er verschob das Nachdenken darüber auf später und klinkte sich wieder in Simons Erläuterungen ein.

Simon hatte sich auf einen Stuhl am Kamin gesetzt, Katharina saß auf einem Sofa, David auf einem anderen. Der Rest der Sydows verteilte sich auf den Salon, sie saßen auf Fensterbrettern und auf dicken Kissen an die Wand gelehnt, sie waren mausestill und mischten sich nicht ein, weil all das hier ging sie nicht wirklich was an, sie waren nur die Komparsen in einem Stück, dem es aus ihrer Sicht an allem Möglichem mangelte, Chronologie, Logik und mit Sicherheit auch einem Happy End.

Nein!, sagte mein Lektor entgeistert.

Was nein.

Kein Happy End?

Ach was, das hier ist doch nur noch eine schwierige Klippe, die umschifft werden muss, das wissen die armen Verwandten noch nicht, nachher wird alles dufte.

Olaf betrachtete mich gefällig, ich fürchte, sagte er, das gehört zu dem, was wir alles falsch machen.

Das, sagte ich, fürchte ich auch.

Frau von Sydow saß in ihrem Sessel, betrachtete Simon und wartete, alle wandten sich ihm zu, warteten.

Wir, sagte Simon, also Katharina und ich, hatten nach dem Wegzug aus Leipzig gedacht, es sei überstanden.

Ich war der Meinung, fügte Katharina hinzu, Michi würde den neuen Aufenthaltsort, geschweige denn meine Adresse in Zürich nicht herausfinden. Er schien mir damals nicht mehr in einem Zustand zu sein, konkrete Recherchen betreiben zu können, er war in keiner besonders guten Verfassung.

Sie hatten für längere Zeit nichts mehr von ihm gehört, es hatte sich alles beruhigt. Sie hatten in Zürich zwei Wohnungen genommen, Katharina hatte dort ein weiteres Studium angefangen, zusammen produzierten sie Filme, die, wie auch vorher schon, ohne dass ihre Namen dabei irgendwo aufschienen, an den unterschiedlichsten Orten gespielt wurden.

An was für Orten, schaltete sich Frederik ein.

Ach, sagte Simon, verschieden. Vorfilme in unabhängigen Kinos oder beispielsweise auch in Elektrofachgeschäften. In den dortigen zum Verkauf stehenden Fernsehern laufen die normalen Programme, mitunter spielten sie unsere Bänder. Oder natürlich bei verschiedenen Kunstevents, wobei uns das eigentlich nicht so interessiert hat, wir waren eher für die Unterbringung in einem natürlichen Umfeld, ohne die Überschrift Kunst.

Vereinslokale, öffentliche Toiletten, sagte David leise vor sich hin.

Ja, sagte Simon, zum Beispiel. In der Schweiz gibt es ja relativ viele italienische Vereinslokale, in Deutschland kamen die Zuwanderer eher aus der Türkei, in der Schweiz aber aus Italien, dafür hatten unsere Filme genau das richtige Format. Jedenfalls war eine Weile lang Ruhe, wir hatten dann auch wieder einen Dritten im Bund, der regelmäßig mit uns arbeitete.

Gabriel, murmelte Frederik, er nickte wissend.

Severin, sagte Katharina. Wir hatten ihn bei einer Ausstellung kennengelernt. Er gehörte zu einer Gruppe ortsansässiger Künstler, die in Zürich in einer ehemaligen Kirche in der Bergstrasse –

Bergstrasse, notierte sich Olaf, nur wegen der Fahrradkarte, erklärte er mir, es ist nicht schlecht, wenn unsere Leser sich dort ein bisschen Kunst zu Gemüte führen können, kann ja nicht schaden, nachher schön essen gehen im *Blutigen Daumen*, eine Röschti essen, ein Zürcher Geschnetzeltes, ein bisschen schwätzen über Kunst, das ist doch ein prima Ausflug.

Meinst du?, fragte ich zweifelnd.

Klar, Kunst ist ja so wichtig, die Neuen Medien.

Klar, sagte ich.

– in der Bergstrasse Installationen machten, in der Regel furchtbares Zeug, so Kunsthandwerk, Rotkäppchen und der Wolf in einer sehr vereinfachten Deutung, der Wolf natürlich als potenzieller Verführer mit einem riesigen Schwanz, solche Sachen, Leitern, auf die man klettern kann und oben hängt dann ein Fernrohr zum Durchschauen, uns hat das nicht besonders interessiert.

Wenn man durchs Fernrohr schaute, erinnerte sich Frederik

an das diesbezügliche Plakat bei Simon in der Wohnung, in einer Schublade, in der er an einem Abend herumkramte, sah man ein Wort, es hieß: *Oha.* Kunsthandwerk, ganz richtig, er fand so was auch furchtbar, er fand Kunst einfach furchtbar.

Severin indes, fuhr nun Simon wieder fort, war ein Glücksfall, aus der Zeit mit ihm stammen eigentlich die besten Filme. In einigen davon kamen dann auch seine vorherigen Installationskünste vor, besagter Wolf beispielsweise, er war – ganz im Unterschied zu den anderen ortsansässigen Künstlern, die in der ehemaligen Kirche ausstellten – ein hochironischer Mensch. Was man von den übrigen wirklich nicht sagen konnte.

Severin war dann dein Freund, sagte David hinüber zu Katharina auf dem anderen Sofa. Was kümmerten ihn ortsansässige Künstler, ironisch oder nicht, war ihm doch egal, aber er bemühte sich um Neutralität und Harmlosigkeit, keine leichte Sache, wenn man weder neutral ist noch irgendwas harmlos findet, es klang also eher nach einer fiesen Anschuldigung, Severin war dann dein Freund!, beschuldigte er Katharina fies.

Nein, sagte Katharina überrascht, sie schaute auf, wie kommst du darauf?

Die Filme, sagte Frederik, in den Filmen ist er dein Freund, oder nicht. Und dann warst du auch schwanger von ihm.

Ich?, sagte Katharina erstaunt, schwanger? Von Severin? Wie kommst du denn darauf?

In Israel, beharrte Frederik, er warf David einen Blick zu, in Israel warst du schwanger. Von Gabriel, ach was, von diesem Severin.

In Isra– begann Katharina, sie brach ab. Ach du meine Güte. Sie und Simon schauten sich an, hast du –

Nein, sagte Simon, ich habe – dann griff er sich an die Stirn, er stand von seinem Stuhl auf, er schaute Frederik an, er schaute David an, dann schaute er Katharina an. Jetzt verstehe ich, sagte er, jetzt fügt sich alles zusammen! Ständig die unabgeschlossene Tür! Kaffee, der immer weniger wird, obwohl ich selbst ihn nicht trank, ihr wart ständig in meiner Wohnung, habt da herumgeschnüffelt!

Stimmt, sagte Frederik.

Aber warum? Simon stand jetzt vor dem Kamin, er hatte die Hände in die Hüften gestemmt, warum in aller Welt?!

Wir hatten dich im Verdacht, sagte Frederik.

Im Verdacht? Mich?! Was für ein Verdacht überhaupt?

Tja, also, ich zuerst nicht. Frederik schaute zu David hinüber, wir dachten, du bist bekloppt, sagte der.

Ach.

Ja. Frederik nickte, David hatte diesen Text von dir.

Welchen – den Text? Den *Schlachten*text?

Exakt.

Und woher bitte?

Versehentlich eingepackt, sagte David, als ich bei dir ausgezogen bin.

Versehentlich.

Ernsthaft! Jedenfalls habe ich mir das durchgelesen und, na ja, das ist doch nicht normal.

So. Und dann?

Na ja, dann haben wir dich beschattet, Indizien gesammelt und so.

Aber warum? Warum denn bitte?!

Weil du verrückt bist, also warst, also wir dachten das. Dass du eine Gefahr bist.

Für wen.

Keine Ahnung, sagte Frederik, für die Gesellschaft. Ehrlich jetzt, ich habe es ja anfangs auch nicht glauben wollen.

Nicht.

Nein. Ich dachte, das ist dein krudes Zeug für die Kunst, irgendwas für die Neuen Medien, dein Steckenpferd eben.

Steckenpferd! Das ist mein Beruf!

Dass so was unter Beruf läuft, konnten wir doch nicht wissen! Dass man mit so was sein Geld verdient!

Ich verdiene damit nicht mein Geld!, schrie Simon zurück.

Natürlich nicht! Wer will denn für so was zahlen!

Der ist nicht von mir, der Text! Verdammt!

Eben, sagte Frederik, wieder völlig gelassen, er lehnte sich zurück und tippte leicht mit den Fingerspitzen gegeneinander, das dachten wir dann irgendwann auch. Nachdem wir deinen Computer geknackt und alles in das aperiodische System eingespeist hatten.

Ihr habt was?

Das aperiodische System, sagte Frederik, er schlug die Beine übereinander, das ist eine Supersache, David ist darauf gekommen, das war auf deinem Klopapier, also, das aperiodische System ist ein Muster, das –

Danke, zischte Simon, ich kenne mein Klopapier, ich weiß, was ein aperiodisches System ist! Was ihr mit meinem Computer gemacht habt, will ich wissen, was ihr Herrgott noch mal überhaupt getrieben habt, will ich wissen!

Ach so. Tja, wir mussten ja an den Rest des Textes, nicht wahr?

Warum – in – aller – Welt – musstet – ihr – an – den – Rest – des – Textes!

Weil wir dachten, sagte Frederik freundlich, du bist total gaga, schreibst dann dieses durchgeknallte Zeug von wegen Vergewaltigung und Mord, noch dazu warst du auf einmal nie da, ständig auf Achse, das schein uns total verdächtig und passte zu unseren Verdachtungen –

Dann, löste David ihn ab, diese ungeheure Empfindlichkeit in Bezug auf Katharina – er deutete mit dem Kopf in ihre Richtung, wir dachten, bei dir knallt irgendwann in absehbarer Zeit die Sicherung durch und du gehst und bringst wen um – also Katharina, um konkret zu sein, irgendwas in der Art.

Simon hatte sich hingesetzt, jetzt stand er wieder auf, er hatte sich die Haare gerauft, sie standen in alle Richtungen. Er starrte Frederik an, er starrte David an, dann starrte er Katharina an. Das toppt alles, oder, sagte er. Ihr seid wahnsinnig, sagte er, wieder zu den beiden gewandt, völlig wahnsinnig.

Nein, du bist wahnsinnig!, rief Frederik, er war ebenfalls aufgestanden, brüllte Simon quer durch den Salon hin an, so einen ausgekochten Blödsinn zu schreiben!

Aber, David war nun auch auf den Beinen, zupfte ihn am Pullover, wir hatten doch schon vermutet, dass er es gar nicht geschrieben hat, alle unsere Indizien wiesen doch auf –

Ach ja, stimmt, sagte Frederik, er setzte sich wieder in seinen Sessel, schlug die Beine übereinander, stimmt, du hast es gar nicht geschrieben, nicht wahr? Aber diese bescheuerten Filme, die sind von dir.

Mit Verlaub, sagte Katharina, von uns.

Pardon, Frederik betrachtete angelegentlich seine Fingernägel, sie sind trotzdem total bescheuert. Was sollte denn das? Habt ihr jeden Blödsinn abgefilmt? Was sind das für komische Arrangements? Ist es alles wahr? Ist alles erfunden? Sind es die Filme zu eurem komischen Leben oder was soll der Quatsch.

Teils, teils, sagte Katharina, je nachdem.

Je nach was, fragte Frederik.

Je nun, manche von den Filmen sind einfach Settings, die wir uns ausdenken, manchmal sind es Zeitungsartikel, die uns dazu inspirieren, zum Beispiel – ich weiß nicht, welche davon habt ihr denn gesehen?

Alle, sagte David, alle haben wir gesehen.

Alle!, rief Simon, schön gemütlich in meinem Wohnzimmer!

Richtig! Aber glaub mir, sagte Frederik, es war nicht die pure Freude, diesen Schmuh anzuschauen, wirklich nicht.

Weil ihr keine Ahnung von Kunst habt, deshalb!

Wenn das Kunst ist, fress ich meine Oma!, rief Frederik.

Da werde ich ja wohl noch, rief Frau von Sydow entrüstet, ein Wörtchen mitred–

Mahlzeit!, rief Simon.

Kommt, Jungs, sagte Katharina, ist doch jetzt egal, die Kunst ist ein weites Feld. Tatsache ist, manche Filme sind Improvisationen, manche sind von hinten bis vorne durchgeplant, manche lehnen sich ganz nah an unser Leben an, andere sind vollständig erfunden, für manche inszenierten wir bestimmte Situationen.

Was denn so für Situationen, fragte Frederik alarmiert.

Kannst dus dir nicht denken?!, rief Simon erbost zurück, ich denke, ihr seid zwei so Superchecker, ihr beiden, der ganze Stolz der Zunft der Detektive!

Frederik betrachtete ihn, was soll ich mir denken.

David schaute zu Simon, die spontanen Ständchen, sagte er langsam, zum Beispiel die spontanen Ständchen. *Musik der Erde*. Die Wiedergutmachung. Stimmts.

Ja, stimmt! Und jetzt, willst du einen Verdienstorden?

Das war alles inszeniert! Frederik schüttelte fassungslos den Kopf, von wegen, Pflicht eines jeden Deutschen und jede Generation muss neue Formen finden, mit der Vergangenheit umzugehen, das alles ist erstunken und erlogen, oder? Du benutzt alles und jeden, uns, die Leute auf der Straße, den Holocaust, du benutzt den Hundebesitzer auf der Wiese und arme ortsansässige Künstler, ihr, er fuchtelte zwischen Katharina und Simon hin und her, ihr benutzt uns, wies euch Spaß macht, oder? Ihr benutzt David –

Das ist meine Sache, sagte David.

Bitte! Mit dir kann mans anscheinend machen!

Es ist meine Sache, habe ich gesagt!

Uetliberg-Episode sag ich da nur, Uetliberg-Episode! Aber bitte, chaqun à son goût!

Reg dich ab, sagte Simon.

Okay. Frederik regte sich ab.

Wo war überhaupt die Kamera, fragte er dann interessiert, er schaute Simon an, ah! Er lachte, klar! Die hässliche Mütze! Wo denn sonst!

Die drei lachten laut.

Jetzt mal ernsthaft, sagte Frederik, nachdem sie sich wieder beruhigt hatten, als dieser Mann uns da den Vortrag hielt, von wegen dass das eine Provokation ist, ich hätte alles unterschreiben können, ich habe mich zu Tode geschämt, ich schwöre.

Ja, sagte Simon, das sieht man auch in den Filmen sehr schön.

Frederik warf ihm einen feindseligen Blick zu, ah ja?

Ja.

Trotzdem, sagte Katharina pikiert, wäre es durchaus interessant zu wissen, woher die Idee bezüglich Severin und mir kommt.

Die Dias, sagte Simon. Sie haben bei mir in der Wohnung die Dias angeschaut.

Und wie kommen sie zu den Dias? Sie schaute Simon forschend an, ich glaube mich zu erinnern, dass wir gemeinsam die Entscheidung getroffen haben, sie nicht für unsere Aktionen zu verwenden.

Sicher. Sie kennen sie ja auch nicht von unseren Aktionen, klingt das bisher so, als würde einer von den beiden sich eine

Kunstaktion ansehen? Von wegen. Da sie offensichtlich über Wochen hinweg – über Wochen hinweg? Er schaute Frederik und David stirnrunzelnd an, die beiden nickten. Nachdem sie also offensichtlich über Wochen hinweg! In meiner Wohnung ein und aus gegangen sind, sich unsere Filme reingezogen haben und auch sonst ihre verdammten Zinken in fremder Leute Angelegenheiten gesteckt haben, haben sie die Dias gefunden, die Dias angeschaut und scharfsinnigerweise daraus geschlossen, was daraus zu schließen ist.

Und was bitte, sagte David wütend, ist sonst daraus zu schließen, wenn nicht das, was wir daraus geschlossen haben?

Was denkst denn du, rief Simon, dass wir hier Urlaubsfotos schießen, Pilgerreise ins Israelische rüber?!

Ja! Genau das schließe ich daraus! Im Übrigen bin ich nicht auf den Kopf gefallen, du, er schaute jetzt Katharina an, du kommst direkt aus dem Zelt von dem vermaledeiten, dem vermaledeiten –

Schnösel, sagte Frederik zufrieden, von dem vermaledeiten Schnösel.

Richtig!, rief David, man sieht ja sogar noch seinen nackigen Fuß! Aus dem Zelt herausragen! Und wie er dann seine ekelhaften Hände auf –

David, beschwichtigte ihn Frederik, dieser Schnösel ist es doch nicht wert, dass du hier unter Niveau –

Seine grausligen Hände auf deinen Bauch –

David?, sagte Katharina vorsichtig.

Ist doch wahr! Willst du es vielleicht abstreiten, oder was! Ich, äffte David sie nach, schwanger? Von Severin? Wie in aller Welt kommst du denn da–

David, Katharina war zu ihm hinübergegangen, sie packte ihn an den Schultern.

Was!, rief er, er schüttelte ihre Hände ab, willst du es etwa bestreiten? Es ist haargenau wie in dem Text, haar-ge-nau-wie-in-dem-

Eben, sagte sie, eben.

Was eben.

Schau, Katharina überlegte. In Michis Pistole war keine Munition, nicht wahr?

129. Nichts ist schlimmer als Heimweh

Das stimmte. Zu allem Überfluss stimmte auch das. Keine Munition. Er hatte sie bedroht und sie hatten ihm geglaubt und in der Pistole war keine Munition.

Ja und, sagte David, denkst du, dadurch verstehe ich irgendwas besser?

Ich bin mir sicher, sagte Katharina, wenn wir uns dort auf der Lichtung genauer umsehen, finden wir die Kamera.

Die Kamera, sagte David. Er schloss für einen Moment die Augen und bedeckte sein Gesicht mit den Händen. Oh Gott, dachte er bei sich, oh Gott oh Gott, wo bin ich hier gelandet? Ich war in Österreich und, sicher, dort war nicht alles gut, aber so krank ist dort niemand, auf eine derart verdrehte und komplizierte Art krank ist dort kein Mensch, der Österreicher, dachte er bei sich, ist auf eine gesunde Art krank, irgendwie sauber und man weiß, womit mans zu tun hat, in Österreich, dachte er weiter, weiß man, was man hat. Das hier ist die Katze im Sack, ich kam hierher und dachte, dies ist ein großes und weites Land, ich dachte, hier entkomplizierte sich alles und entflechtete sich. Und was muss ich erleben?

Ja, was musste er hier erleben? Keine Ahnung, Tatsache ist, dass das, was er hier und heute erlebte, seinen Blick auf dieses Österreich radikal veränderte. Wenn nach seinem dortigen Fortgang Frederik auf seine Lamenti geantwortet hatte: Ach komm, dort ist nicht alles schlecht, und er steif und fest behauptet hatte, doch, alles, wirklich alles, so kam er jetzt zu dem Schluss: Es war nicht alles gut. Und: Österreich ist ein schönes Land. Das dachte er angelegentlich, Gott ist groß, dachte er, und Österreich ist ein schönes Land. Dann nahm er die Hände vom Gesicht und fragte noch einmal, ruhig jetzt, er hatte irgendein starkes Sedativum genommen, innerlich natürlich, also sehr innerlich, metaphorisch nämlich! Er fragte: Eine Kamera?

Ich bin mir sicher, sagte Katharina, er drehte dort einen Film.

David starrte sie an, dann starrte er Frederik an, dann Simon, er setzte sich wieder aufs Sofa, weitest möglich von allen entfernt. Von wirklich allen.

Und was soll das?

Katharina schaute zu Simon hinüber, ich fürchte, sagte der, das soll etwas sein, von dem du und Frederik wenig halten.

David nickte, Kunst, sagte er, ja. Wenn das diese berühmte Kunst sein soll, dann halte ich davon wenig, ja.

130. Der Arsch mit Ohren

So war es. Kunst. Wenn er und Frederik aus dem, was Katharina und Simon ihnen abwechselnd zu erklären versuchten, schlau wurden, war es eine Mischung aus Konkurrenz und gegenseitiger, künstlerischer Befruchtung, wenn man das so sagen kann.

Beispielsweise diese Dias, sagte Katharina. Ursprünglich war der Text.

Der *Schlachten*text, sagte David.

Ja, sagte Simon. *Schlachten, ein Alphabet der Indizien*, so heißt er vollständig. Michi muss ihn geschrieben haben, als er in der Psychiatrie war, ich fand ihn auf seinem Blog. Er schickte ihn wie auch alles andere, was er uns zukommen lassen wollte, schickte er an die Adresse meiner Mutter – es war der einzige Anlaufpunkt, den er noch von früher her hatte. Wir haben uns, auch nach der Auflösung unseres gemeinsamen Arbeitsverhältnisses, immer wieder unsere Arbeiten zugeschickt, fügte er erklärend hinzu. Unsere Filme, Fotos, mitunter auch Texte, Tonaufnahmen, ganz verschieden. Katharina und ich hatten uns ja hauptsächlich auf die Filme fokussiert, Michi machte alles Mögliche. Und den Text fanden wir interessant. Wir nahmen ihn als Anlass, diese Israel-Episode nachzustellen, die fanden wir ziemlich gut, also diese These, dass Gabriel Maria schwängerte und es keine jungfräuliche Geburt war.

Interessant fandet ihr das, ja?, fragte Frederik.

Interessant, ja. Aber dann erfuhren wir, dass es Michi sehr schlecht ging. Er hatte in der Psychiatrie eine Therapie angefangen und sie aber abgebrochen, auf seinen eigenen Wunsch war er wieder gegangen. Und dann fing der Terror wieder an. Ich sagte das ja schon im Beisein der Polizei, es gab eine sehr unangenehme Phase nach der Trennung der beiden, er kam damit nicht gut klar und machte Katharina das Leben ganz schön schwer. Als wir aber in Zürich lebten, beruhigte sich das alles und wie gesagt, es entstand, über Distanz zwar und ohne, dass wir direkt zusammengearbeitet hätten, eine Art Dialog über unsere Arbeiten. Jedenfalls begann er, mir über die Adresse meiner Mutter tote Fische zu schicken, verwesende Eichhörnchen und so oder kleine Nachrichten mit Drohungen, oder so Sachen wie: *Ich finde dich.* Da dachten wir, wir lassen das lieber mit den Dias. Wir haben es nicht mehr weiterverfolgt, wir dachten, eine diesbezügliche Öffentlichkeit wäre eher unangemessen. Es schien ja bei ihm immer noch um Katharina zu gehen.

Woher wisst ihr das, fragte David. Wenn ich das recht verstehe, hat er sie in Zürich nicht mehr behelligt.

Michi war mit seinen Sachen nicht ganz erfolglos, er machte mitunter ziemlich große Projekte. In München, wo er für eine Weile wohnte, aber auch sonst wo. Als Katharina und ich nach einer zweitägigen Tour wiederkamen – wir waren für Dreharbeiten in den Bergen gewesen –, hing am Bahnhof in Zürich, direkt hinter dem riesigen Reiseengel von Niki de Saint Phalle, ein großes Plakat, darauf stand: *Sie sind Katharina, aber wer bitte ist Igor?* Darunter eine Nummer, angeblich von der Auskunft.

David sagte nichts, Frederik sagte auch nichts. Sie schauten Simon an und warteten darauf, dass es weiterging, sie konnten das alles nicht glauben.

Ich hatte, sagte Simon, schon von ähnlichen Aktionen von ihm gehört. Es war eine Art Markenzeichen von ihm, mit dem er kennzeichnete, dass er in einer Stadt seine Arbeiten machte. Wir hüteten uns, mit unseren eigenen Telefonen dort anzurufen, dazu kannten wir ihn zu gut. Aber damit hat er vermutlich auch nicht gerechnet, dazu kennt er uns wiederum auch zu gut.

Aber ihr habt dort angerufen, sagte Frederik.

Sicher, von einer Telefonzelle aus, sagte Simon.

Und, sagte David, was lief?

Was da lief? Simon sah ihn spekulierend an. Da lief *Katharina die Kleine.*

David sah ihn verständnislos an, was lief da?

Simon nickte, von Vicky Leandros.

David schaute zu Frederik, der zuckte die Schultern.

Auguste von Sydow in dem Sessel hinter ihrem Enkel hatte die rechte Hand über die Augen gelegt, sie schien unablässig den Kopf zu schütteln, sie konnte das alles nicht begreifen, oder aber, sie kannte das Lied und mochte es nicht. Auch möglich.

Kennt ihr nicht? Simon stand auf und ging hinüber zum Klavier, öffnete den Deckel. Er spielte ein paar Akkorde, immerhin, sagte er laut darüber hinweg, inspirierte es uns zu einem weiteren Film, er spielt in der Taiga. Aber das nur nebenbei, ich vermute, ihr kennt ihn? Der alte Mann dort, das soll Igor sein.

David nickte, die waren alle verrückt, dachte er, die sind alle völlig durchgeknallt.

In Sibirien, sang Simon nun,
wo der Wind der Taiga singt
war die Hochzeitsnacht.
Katharina war ein zartes Täubchen
Igor war ein wilder Stier
Jeder dachte
oh
das schwache Weibchen
er macht bald ein Wrack aus ihr.
Aber schon nach ein paar Wochen Ehe
sah die Welt ganz anders aus.
Er lag bleich und müde hinterm Ofen
sie sprang trällernd durch das Haus.
Katharina
die Kleine
das war eine
so toll wie keine.
Katharina
die Kleine
in der Liebe war sie wirklich groß.
Igor wärmt im Wirtshaus sich beim Wodka
draußen fror es unentwegt.

Als er früh am Morgen endlich heimkam
war sein Platz im Bett belegt.
Als er schrie:
Verflucht
was macht der Kerl hier?
Rief sie: Schatz
sei nicht verhärmt
du hast Glück
ich wäre glatt erfroren
hätte er mich nicht gewärmt.
Katharina
die Kleine
das war eine
so toll wie keine.
Katharina
die Kleine
in der Liebe war sie wirklich groß.
Igor musste unter die Soldaten
hatte er auch wenig Lust.
Nach drei Jahren
sah er sein Weib wieder
mit Klein-Igor an der Brust.
Als er schrie: Niemals bin ich der Vater
hat sie zärtlich nur gelacht.
Keine Sorge
Schatz
als ich ihn machte
hab' ich nur an dich gedacht.
Katharina
die Kleine
das war eine
so toll wie keine.
Katharina
die Kleine
in der Liebe war sie wirklich groß.

Simon nahm die Hände von den Tasten und drehte sich auf dem Klavierhocker zu ihnen herum, so viel dazu, sagte er.

Ich denke, sagte David zu Katharina, du hattest nach ihm keine neue – Liaison!

Hatte ich auch nicht.

Und warum dann der Kerl in deinem Bett?

David! Es ist ein Lied!

Ja! Und warum dann dieses vermaledeite Lied und nicht zum Beispiel –

Ja?, rief Katharina wütend, was denn zum Beispiel?

Zum Beispiel, sagte Frederik: *Frag dein Herz, Maria-Katharina*.

Aha, sagte Katharina, das wäre dann besser, ja?

Nein!, rief David, nichts ist besser! Ich finde das alles zum Kotzen, diese ganze Kunstscheiße finde ich zum Kotzen!

Kann ich gut verstehen, sagte Katharina, glaub mir.

Also gut, so weit sind wir uns also einig, fasste Frederik zusammen. Vielleicht wärt ihr so freundlich, uns noch den fabelhaften Rest zu berichten.

So viel ist nicht mehr zu berichten, sagte Simon, er drehte sich sanft auf dem Klavierhocker hin und her. Wir wussten also, er ist in der Stadt, wir wussten, wir sollten vorsichtig sein. Ich wohnte zu dem Zeitpunkt ja in der Hauptsache schon in Berlin, hatte aber in Zürich noch meine Wohnung, für die gab ich Katharina den Schlüssel, falls sie mal das Gefühl haben sollte, sie müsse die Wohnung wechseln. Michi war ja in dem Sinn nicht gefährlich, erklärte er David und Frederik.

Nicht, sagte David verbittert.

Nein. Vor allen Dingen war es sehr lästig.

Mir hat es damals in Leipzig schon Angst gemacht, sagte Katharina.

Sicher, sagte Simon. Trotzdem weiß ich bis heute nicht, ob er je eine reelle Gefahr war oder nur damit gespielt hat, ich weiß bis heute nicht, was ist Krankheit und was ist Kunst.

Das, dachten Frederik und David absolut zeitgleich, sie schauten sich an, wissen wir genau!

So genau, sagte Katharina, möchte ich das gar nicht wissen.

Wie auch immer, sagte Simon.

Und dann, fragte Frederik, mir ist trotzdem noch alles Mögliche unklar.

Was denn zum Beispiel?

Zum Beispiel, sagte David, er war wieder vom Sofa aufgestanden, tigerte durch den Salon, die restlichen Sydows, inklusive mir, verfolgten reglos das hier gebotene Spektakel. David blieb dicht vor Simon stehen, dass du so dagegen warst, dass ich mich für Katharina interessiere!

Ich war nicht dagegen, sagte Simon. Ich wollte nur nicht, dass du dich in Gefahr bringst, das ist alles.

Ich denke, er war nicht gefährlich!

Weiß mans? Könnte doch sein.

Ja, könnte, Konjunktiv!

Du hast es doch immer so wichtig mit dem Konjunktiv!

Ja, aber er ist die schönere Welt! Insofern kann es nicht sein, weil das ist nicht schön!

Gut, dann also nicht, habe ich mich halt geirrt!

Wieso sollte er mir überhaupt gefährlich werden, wie denn bitte!

Erstens, zählte Simon auf, hätte es sein können, dass er aus dem Uetliberg-Film schließt, dass Katharina einen neuen Freund hat.

Wo hätte er denn den sehen sollen, rief David.

Die Welt ist klein, die Kunstwelt ein Dorf, sagte Simon, er zuckte die Schultern. Natürlich kannte er unsere Filme, also mit großer Wahrscheinlichkeit auch den Uetliberg-Film. Ich war übrigens absolut gegen diesen Film, sagte er, nur fürs Protokoll.

Der war ein Fehler, sagte Katharina, das stimmt.

Ein Fehler, ja?, rief David.

Ja!, rief sie zurück, ich habe mich entschuldigt! Tausendmal! Erinnere dich! Gestern!

Das ist nicht genug!

Entschuldigung!

Also gut!, rief David, er beruhigte sich sichtlich. Tausendundeinmal ist sichtlich genug. Trotzdem, beharrte er dann, wieso sollte er daraus schließen, dass ich ihr Freund bin, ihr habt doch lauter solche komischen Filme gemacht, mit Leuten, die ihr Freund sein könnten, waren die alle dein Freund?, blaffte er Katharina schon wieder an, zum Beispiel der Mann im Tessin? Der Mann aus dem *Blutigen Daumen?*

Nein, sagte Katharina, ich sagte doch bereits, ich war nach Michi nicht mehr liiert.

Das sagt man heutzutage überhaupt nicht mehr so!, schrie David. Und, schrie er, na also! Wieso sollte er dann aus dem Uetliberg-Film schließen, dass du einen neuen –

Simon lachte, weil er nicht blöd ist, sagte er. An dem Film sieht doch jeder, dass du nicht spielst!

Ganz meine Rede, Frederik nickte, naive Schauspielkunst.

Ihr könnt mich alle mal!, brüllte David, er nahm eine Vase vom Kaminsims und warf sie an die Wand.

Zur Sicherheit, Simon hatte sich geduckt und richtete sich wieder auf, hat Katharina ja vermieden, mit dir wieder in ihre Wohnung zu gehen, man weiß ja nie, nicht wahr.

Und deine Heimlichtuerei? Frederik schaute ihn an, das kannst du ja wohl nicht bestreiten, dass du ein Heimlichtuer bist.

Na ja, einerseits ging es um die Projekte. Ich kann es da nicht brauchen, dass Leute, die ich vielleicht in meinen Filmen verwenden muss, wissen, was sich da abspielt.

Das – Frederik hielt inne, was solls, das wars ja gar nicht wert. Wir spielten also in deinen Filmen, sagte er freundlich.

Sicher, das haben wir doch vorhin schon geklärt.

In den Klezmerfilmen, sagte Frederik, und sonst noch?

In keinem.

Schwörst du?

Ich schwöre. Also in fast keinem.

Du bist ein Arsch mit Ohren.

Frederik, ich bitte dich, sagte seine Oma, Arsch mit Ohren, das sagt man nicht.

Un cul avec des oreilles, sagte Frederik, so sagte man das, als du ein kleines Mädchen warst. Im 19. Jahrhundert, zur Zeit der französischen Besatzung. Besser?

Es klingt auf jeden Fall eleganter, sagte seine Oma.

Okay, sagte Simon. Je suis le cul avec des oreilles.

Das war das einerseits, erinnerte David ihn düster, das andererseits?

Andererseits, Simon seufzte, hatte sich Katharina betrüblicherweise in dich verliebt und angesichts unserer Erfahrungen mit Michi in Leipzig hatte ich offen gestanden wenig Lust, dass du, einer meiner Freunde, in dieses Schlamassel mit reingezogen würdest. Aber fragt man mich? Nein, Katharina zieht nach Berlin, also gut.

Wegen mir, fragte David sie.

Sicher wegen dir, sagte sie.

Wegen wem sonst, sagte Simon, wegen mir vielleicht? Dem Arsch mit Ohren?

Simon, reißen Sie sich zusammen!

Verzeihung, Frau Sydow!

Das dachte ich zumindest, sagte David, ja. Dass sie wegen dir gekommen ist. Wegen einem Arsch mit Ohren.

David!

Einem Arsch, sagte David hartnäckig, mit Ohren.

Tja, sagte Simon, falsch gedacht.

Und warum, grantelte David, warum habt ihr dann ständig zusammengehangen?

Einerseits wegen –

Ja, sagte Frederik, *Projekte Projekte* und sonst?

Wegen der Projekte, stimmt, sagte Simon. Und sonst: weil Michi schon da war.

Wo da, fragte David.

In Berlin, sagte Simon.

Und woher wusstet ihr das?

Woher wohl, mischte sich Frederik ein, er schaute Simon an, wegen dem Plakat, sagte er, am Alex.

Simon nickte, richtig.

Und Katharina ist trotzdem hierhergezogen? Frederik schaute sie an, warum?

Sagte ich doch schon, Simon wirkte genervt, wegen David.

Ja, aber, sagte Frederik, wo ihr doch schon wusstet, dass er hier war, wieso –

Weil ich keine Lust mehr hatte, mich terrorisieren zu lassen, sagte Katharina, soll ich jede Stadt meiden, in der Michi seine Plakate aufhängt? So gehts doch auch nicht.

Ja, aber immerhin hast du David mit reingezogen, oder nicht, sagte Frederik. Wärs da nicht vielleicht angemessen gewesen, mal was zu sagen, ein paar Informationen rüberzuschieben?

Vermutlich, sagte Simon. Das war vielleicht ein Fehler.

Das ist alles, was du dazu zu sagen hast?, fragte Frederik.

Nein. Es tut mir leid.

Sag es tausendmal, forderte Frederik. Und dann sag es noch einmal.

Es tut mir leid. Es tut mir leid. Es tut –

David winkte ab, was solls, dachte er, was solls. Wusstest du, dass ich immer bei der Auskunft anrufe?

Himmel nein!, rief Simon, woher auch.

Okay, David nickte ein bisschen, okay.

Das wärs dann wohl, sagte Frederik munter, oder ist sonst noch was?

Vermutlich viel, dachte David, ihm ging gerade der Kopf über, er konnte einfach nicht mehr. Vermutlich waren noch viele Fragen ungeklärt, aber heute wollte er nichts mehr geklärt kriegen und nichts gesagt, heute wollte er nichts mehr fragen und keine von diesen unmöglichen Antworten, außer vielleicht noch –

Das Messer, sagte er zu Simon gewandt, was wolltest du mit dem Messer?

Mit welchem –

David war hinüber zu seiner Jacke gegangen und hatte es aus der Tasche gezogen, er legte es auf den Tisch.

Nanu, sagte Simon, du hast das! Ich habe es schon überall gesucht!

Hast du, aha. Und was macht man so mit einem derartigen Messer? Schächten?

Stimmt, Simon schaute ihn verblüfft an, wie kommst du darauf? Aber, ja, das ist ein altes Schächtmesser, hat mir mal ein alter jüdischer Metzger geschenkt, mit dem ich einmal ein –

Projekte Projekte, sagte Frederik, lass mal.

Ah, ja. Ich dachte, ich probiers hier draußen auf dem Land mal aus, vielleicht ergibt sich mal eine Gelegenheit, im Rahmen eines –

David winkte ab, Projektes, schon klar, alles klar, Kunst ist schön.

Aber wo war es denn, sagte Simon, ich muss es irgendwie verlegt haben.

Keine Ahnung, sagte David, er war schon auf dem Weg zu Katharina, er küsste sie, er liebte sie, er war auf dem Weg zur Tür, auf dem Weg hinaus, in den Flur und in die Flure und Wälder und die schöne neue Welt, nach Amerika oder gen Italien.

Keine Ahnung, sagte er. War heute auf einmal in meiner Tasche, ich habe keinen Schimmer, wie es da reingekommen ist.

131. Der letzte Film

Einer war tot, das war tragisch.

Dass dieses Drama auf einen grotesken Film gebannt war, machte es nicht besser. In der Tat war die Perspektive beeindruckend, Michael Kowalski musste die Kamera im Voraus an einem Baum befestigt haben. Der letzte Film also ging so:

Man sah fürs Erste nur einen stillen Wald, eine verschneite Lichtung. Die Bäume trugen schweren Schnee. Dann, erst von fern und immer näher kommend, hörte man ein Pfeifen, *In der Halle des Bergkönigs,* mal entfernte es sich wieder, dann nahte es, dann erschien Michael selbst im Bild. Er würdigte die Kamera keines Blickes, lehnte sich an einen Baum, pfiff, wartete. Dann die beiden, angetan mit knallroten Mützen, deren ungeheure Signalwirkung ihnen wohl entgangen war. Hätten sie in den Mützen jemanden überrumpeln wollen, wärs damit Essig gewesen, so viel ist sicher.

David, wie er in Frederik hineinrannte, wie sie Michael Kowalski anstarrten, so plötzlich kam es dann eben doch ganz schön plötzlich. Das gesamte Gespräch, dieses Hin und Her, Michael und Gabriel und Raphael, dieses metaphysische Ringen, von fern das Tönen des Jagdhorns, es schien ihn aber nicht weiter zu beschäftigen. Und dann ging alles drunter und drüber, das Schwein tauchte im Gebüsch auf, Michael Kowalski wirkte verblüfft, ja, schwer überrascht, das Schwein war riesig. Ein wilder Eber mit kleinen fanatischen Augen und da hinein kriegte er die volle Ladung Obstler, als er auf Frederik zupreschte und daraufhin die Richtung wechselte und Kowalski überrannte. Ein Schuss ertönte, er musste das Schwein knapp verfehlt haben, Michael fiel getroffen, David fiel, weil er dachte, er sei getroffen, und Frederik fiel wegen seinem Schal. Das Schwein nahm die Beine in die Hand und weg war es. Es würde fortan die Wälder sorgsam umrunden, die Natur bringts einfach nicht.

Und dann strömten ein Haufen Leute auf die Lichtung, es wurde telefoniert, irgendwann fuhr einer der Jeeps vor, dann ein Polizeiauto und zwei mit einer Krankenbahre stapften durch den Schnee, und so weiter, und so weiter.

Die Lichtung leerte sich. Es war ein stiller Wald, es begann zu schneien. Alles war vertrampelt, das Blut schon braun und der Schnee deckte langsam alles zu. Es kam die Nacht und eine schale Dunkelheit, man hörte die Tiere des Waldes, das Knacken der Bäume, das Schleichen einer zärtlichen Dämmerung, das Grauen des Morgens.

Irgendwann tauchte Simon auf der Lichtung auf, schaute sich um. Er untersuchte die Bäume, schaute in die Kamera, kletterte hoch, man sah sehr groß seine Nase. Das war die letzte Einstellung. Ein Gewackel, dann war es aus.

132. Was spricht der Magier?

Irgendwie und irgendwann ging alles vorbei: das Jahr, der Winter, Schuld und Schmerz und Wut und Hadern, das alles holt die Zeit und macht es mürb. Vielleicht heilt Gott die Seele oder vielleicht die Zeit, vielleicht beide zusammen oder vielleicht ist der eine das andere, man weiß es nicht.

Sie wussten nur, dass der, der tot war, gesagt hatte, ich bin wie Gott, und dass er Michael geheißen hatte und der kämpfte gegen den Drachen und Teufel und besiegte ihn. Ob er, Kowalski, nun was besiegt hatte und wenn ja, was, blieb ungeklärt. Ob er besiegt worden war und wenn ja, von wem, auch unklar. Wie und ob das alles zu deuten wäre und wenn ja, wie, ach, wer wüsste das zu sagen!

Vielleicht ein Analytiker, vielleicht, ja, mit ziemlicher Sicherheit Dr. Huhn, der Magier aus Las Vegas, der Zauberkünstler vom großen Kontinent. Aber dort wollten weder Frederik noch David die Sache in ihrer ganzen Ausführlichkeit erläutern, es hätte Stunden gedauert und Jahre und so gerne redeten sie eigentlich gar nicht mehr. Sie wurden erwachsen und die Zeit ist ein rares Gut und ein flüchtiger Geselle, was auch immer das heißen mag.

133. Spielen Sie öfter mal mit Ihrer Schwimmnudel

Alles war also in Sack und Tüten.

Simon erfreute sich, eh klar, seiner Schwimmnudel. Manchmal sprach er von Kunst, von Neuen Medien, aber keiner hörte ihm zu.

Erfreute sich seiner Schwimmnudel?, sagte Olaf perplex, was soll denn das heißen?

Ah ja, rief ich, das habe ich fast vergessen!

Das Leben hatte ihn nämlich in seiner Kunstfertigkeit weit überholt, das Leben hatte die Kunst überholt.

Ich meine, sagte Frederik zum etwa hundertsten Mal zu David, so was liest man nicht mal in schlechten Büchern! Eine Zusatzversicherung! Ich kann es einfach nicht fassen, er kriegt Post von seiner Versicherung, er kriegt Post von der AOK.

Von der AOK-Plus, sagte David.

Meinetwegen! In der Post heißt es, er sei jetzt in einem Alter, in dem er etwas für seine Gesundheit tun solle, *Wassergymnastik,* heißt es in der Post, *treiben sie doch fortan Gymnastik im Wasser und holen Sie sich Filine die Schwimmnudel gratis in einer unserer Filiale ab.* Das ist doch, sagte er empört, keine Wassergym–

Ja, sagte David, er wollte eigentlich los, er hatte es eilig. Er hatte es neuerdings immer sehr eilig, er war eingespannt in Job und Familie und die Zeit ist ein rares und hinreißendes Gut und er wünschte es sich auch nur einen Fingerbreit anders.

Und dann, sagte Frederik hartnäckig, er packte David am Ärmel und hielt ihn fest, geht er irgendwann hin und sagt – ja, was? Guten Tag? Ich hätte gerne Filine die Schwimmnudel, die mir Dank meiner Zusatzversicherung zusteht?

Genau, sagte David, er schüttelte an seinem Arm, du, ich muss jetzt –

Und, Frederik fasste ihn noch ein wenig fester, und die Damen in der Filiale sagen: Gerne, Herr Glaser, einen Moment bitte, und gehen nach hinten und holen Filine, Filine, mit der er gerade ein Haus im Grunewald bezieht, Bäume, Kinder und Blumen sät und Walzer satt, ein völlig neues Programm?

Exakt, sagte David, also, ich mach mal –

Das ist doch ein Witz!

Kein Witz, haargenau so hatte es sich zugetragen. Der Brief von der AOK, nein, der AOK-Plus, Entschuldigung, Wassergymnastik (das ist doch nicht Wassergymnastik, was die treiben!, sagte Frederik an der Stelle immer empört), holen Sie sich Filine die Schwimmnudel und Glaser ging hin, Guten Tag, Herr Glaser, Moment, und da war sie: Filine.

Seine neue Freundin, nein, seine Frau, weil sie hatten praktisch sofort geheiratet, als hätten sie nur aufeinander gewartet. Sie hatten nur aufeinander gewartet.

Hattest du einmal eine dementsprechende Figur im Überraschungsei, fragte Frederik.

Aber so war es nicht. Keine Eier und auch keine wirkliche Überraschung. Simon war keineswegs überrascht, er schien der Meinung zu sein, es gehe alles seinen notwendigen und auch logischen Gang.

Filine wiederum sagte im Prüfungsgremium im Rahmen ihres Meisterschulabschlusses an der Kunsthochschule, ihr Kunstprojekt sei ein voller Erfolg gewesen. Es hätte quasi das Leben die Kunst mit ihren eigenen Mitteln geschlagen.

Es war ein Kunstprojekt.

Kunstprojekt, sagte Frederik entrüstet, was soll denn das für ein –

Ja, sagte David, schau mich an. Die Uetliberg-Episode, ich in der Uetliberg-Episode, ich in einem Film in Endlosschlaufe, du und ich, wir sind nicht so für die Kunst, aber glaub mir, Simon kommt damit gut klar, nein, Simon leuchtet das regelrecht ein.

Das stimmte. Filine hatte ein Kunstprojekt gemacht, zusammen mit der AOK-Plus, sie hatte an ausgewählte Haushalte Hunderte von Briefen geschickt, in denen die Versicherten dazu aufgefordert wurden, sich Filine die Schwimmnudel in ihrer Filiale abzuholen.

Was heißt ausgewählte Haushalte, fragte Frederik unzufrieden, ihn machte das alles und insgesamt unzufrieden, nach welchen Kriterien denn ausgewählt!

Versicherungsinterne Kriterien, sagte David, die Versicherung speichert doch alle möglichen Daten, Krankheit, Arztbesuche, Zahnkontrollen etc., damit hat sie ein gewisses Profil erstellt.

Ich möchte nicht wissen, was für eines, sagte Frederik.

Ich schon. David würde das hochgradig interessieren, aber Filine war in diesen Dingen ähnlich informativ wie Simon, sie war eine Pokerspielerin.

Kurzum, die Briefe wurden versandt, mitunter mehrfach – wie bei Simon Glaser, Frederik dachte an den imposanten Stapel Post von der Versicherung in Glasers Wohnung – und der ein oder andere machte sich auf in seine Filiale, um sich die Schwimmnudel abzuholen. Diese Unternehmung nebst jeweiliger Reaktion auf Filine, also auf *die* Filine als leibgewordene Schwimmnudel, wurde von ihr sorgfältig dokumentiert und innerhalb ihrer Theoriearbeit mit dem Titel *Alle lieben Pasta!* ausgiebig erörtert.

Ihre diesbezüglichen Erfahrungen fand Frederik nachgerade skandalös, ich meine, sagte er zu David, das ist doch die Höhe, dass –

Sicher, sagte David, ich stimme völlig mit dir überein, aber jetzt muss ich wirklich los.

Er fand es eher ermüdend, diese unerhörten Gegebenheiten wieder und wieder durchzukauen, Filine und Simon hatten sich über die kruden Wege der Kunst gefunden, es war ein Kunstprojekt, was solls.

Und es war ein Lebensprojekt. Also ein Fall für die Neuen Medien, die beiden machten daraus einen Film, Simon entlockte dem armen Cello Töne, die noch nie ein Mensch auf dieser Welt gehört hatte, und produzierte daraus die Filmmusik, sie verdienten mit der Chose ein Mordsgeld und bauten an. An das Haus nämlich, im Grunewald.

Für noch mehr Platz für noch mehr Kinder, sagte Frederik hochgradig empört, Produkte der Wassergymnastik.

In David hatte er diesbezüglich allerdings keinen geduldigen Zuhörer mehr. David war auch der AG Wassergymnastik beigetreten, er legte ab und an seiner Katharina die Hand auf den Bauch und grinste in die Kamera, völlig einerlei, ob da eine war oder nicht, und da war nie eine, er freute sich wie Oskar.

Wenn es ein Mädchen wird, heißt es nach dir, sagte er gern zu Frederik, ihm kam in diesen Tagen alles ein wenig durcheinander.

Apropos, sagte Frederik, apropos Überraschungsei! Was war denn damals in deinem Überraschungsei drinne?

Im Überraschungsei?, fragte Olaf, in dem von David Stanjic? Er suchte in seinen Notizen, das steckt noch in Frederiks Jackentasche, oder?

Stimmt, das war eigentlich der Clou der ganzen Sache!

Frederik kramte die Kapsel aus seiner Jackentasche und warf sie David zu, er knackte sie auf und holte das Figürchen hervor, schaute es an.

Der, sagte David langsam, der Linksaußenschlumpf.

Wie bitte?

David hielt ihn Frederik vors Gesicht, der Linksaußenschlumpf.

Frederik nahm den Schlumpf in die Hand und drehte ihn zwischen den Fingern. Er blickte auf und sie sahen sich an. Sie dachten an den Wald und an Dr. Huhn und die Triangulierung, ans Dramadreieck und an die Umzingelung und –

Wo bist du langgelaufen, fragte Frederik.

Links außen rum, sagte David.

Frederik nickte, er gab ihm den Schlumpf zurück, er nickte noch ein bisschen weiter. Ob es ein Hinweis gewesen wäre? Sicher. Worauf? Sie hätten keine Ahnung gehabt.

Jedenfalls, sagte David, er warf den Schlumpf in die Luft und fing ihn gekonnt wieder ein, verräumte ihn in der Tasche, ich muss mal los, sagte er munter, und jedenfalls, wenns ein Mädchen wird, heißt es nach dir!

Super, sagte Frederik vergrämt.

Er segelte in diesen Zeiten durch die weiten Untiefen des Grams, der Empörung und Entrüstung. Positiv formuliert könnte man sagen, so zumindest Davids Interpretation, er erweiterte sein emotionales Spektrum.

Danke, sagte er auf so was hin eingeschnappt, so dick will ich gar nicht werden.

Du hattest auch schon mehr Sinn für Humor, monierte Simon, er trat einen Schritt zurück und betrachtete sein Werk, er strich gerade seine Küche im Grunewald, gelb, Frederik fand das passend, ob wegen der Infantilität oder Kriminalität des Synchronschwimmerpärchens, bleibt dahingestellt. Jedenfalls war Simon der Meinung, er, Frederik, hätte schon mal mehr Sinn für –

Stimmt nicht, sagte Frederik, ich habe überhaupt keinen Sinn für Humor.

134. Jetzt säuft der Kahn endgültig ab!

Aber mal ehrlich: Sollte er nun immer und ewig und auf Gedeih und Verderb mausallein auf dieser Erde wandeln? Er hatte wandeln wollen, im begrünten Innenhof des Germanistischen Seminars. Sein Horoskop hatte ihm die besten Entwicklungen in Aussicht gestellt, in Job und Gesundheit, eine Traumfrau für die Liebe, und, gewiss, er belegte neuerdings das Fach *Literatur von Morgen,* hegte aber so seine Zweifel, ob das auch nur im Entferntesten was mit einem Job zu tun hatte. Er war gesund, bloß: Er war immer gesund, aber, und das war der heikle Punkt: Das Jahr geht ins Land, wie er praktisch täglich betonte, und ich glaube langsam, die Frauen, sie sind ausgestorben, sie haben das mit der Evolution einfach nicht hingekriegt.

Schlecht, so weit.

Jobmäßig wiederum konnte er nicht klagen. Er müsse, hatte es im letztjährigen Jahreshoroskop geheißen, jobmäßig ein wenig kürzertreten.

Ihn als arbeits- und zukunftslosen Studenten eines humanistischen Fachbereichs, für den die Welt keine Verwendung hat, hatte das zu Recht leicht irritiert. Aber man sollte nie das Horoskop, man sollte einfach die Sterne nicht unterschätzen. Sie abzutun als eine Verschwendung von Ressourcen griff definitiv zu kurz, sie unter Schnickschnack zu verbuchen und unter romantischem Zierrat wurde ihnen keinesfalls gerecht, die Sterne, sie ergaben in summa das Horoskop und kündeten von Stagnation und Wandel, von Gesundheit und Krankheit, sie versprachen eine Zukunft, die noch nicht war, und als sie eintrat, musste Frederik sich eingestehen, dass er seine Meinung sowohl zu den Sternen als womöglich auch zu den fünf Tibetern und auch zu den Bachblüten gründlich überdenken sollte.

Er und David hatten nämlich ein Patent angemeldet.

Mein Lektor nickte vor sich hin, ein Patent, wiederholte er. Im *Liebling* war es ziemlich laut geworden, der Mittag neigte sich schon gegen drei und allerlei Fußvolk trudelte ein und trank Kaffee. Wir hatten zu Ende gegessen und er warf seine Serviette auf den Tisch und winkte der Bedienung.

Wir waren auf den letzten Metern, wir hattens bald geschafft und jetzt, sagte er, melden sie also ein Patent an, ja? Jetzt, um genau zu sein, gehst du unter, aber mit Musik. Ja?

Aber ja!

Er und David hatten also ein Patent angemeldet.

Sie hatten ihr System in eine allgemein verständliche Form gebracht und seither ermittelte die deutsche Kriminalpolizei mit ihrem ausgefuchsten Fliesenkonzept, seither verhüteten geschulte

Profiler allerlei illegale Machenschaften anhand eines aperiodischen Musters, seither waren sie Ehrenmitglied der Detektiveninnung und wenn man bedenkt, dass Otto Normalverbraucher nicht einmal sicher sein kann, dass es eine solche Innung überhaupt gibt, ist das schon allerhand.

Sie entwickelten einen unendlich erweiterbaren Bausatz von Fliesen (fünf Formen wie schon im Schrein von Isfahan, was sich damals bewährte, kann heute nicht falsch sein, sagte David gern, verschiedene Farben und darauf ein Netz von Linien) und empfahlen die vierfältige Zusammenarbeit eines geschulten Kriminologen, eines Analytikers, eines Humoristen und eines Germanisten – Letzteren erpresste Frederik mit seinem Eingeständnis an den Analytiker und man kann sagen, es wurde ein voller Erfolg.

Einerseits, weil dadurch der anhaltenden Germanistenschwemme aus den Universitäten eine Bresche geschlagen wurde. Die Germanisten, sie wurden nach der lang anhaltenden Übermacht der IT-Spezialisten der letzten Jahre die meistgesuchten Fachleute, ja, es entstand ein regelrechter Germanistenmangel, eine eklatante Unterfütterung des neuen und dringenden Bedarfs, der mit dem Einkaufen ausländischer Germanisten gedeckt werden musste, bis Deutschland und seine Stätten des Geistes sich auf diese völlig veränderten Gegebenheiten eingestellt hatten und unter den Abiturienten die Werbetrommel rühren konnten für diesen neuerdings hochattraktiven Fachbereich mit praktisch hundertprozentiger Arbeitsgarantie. Die IT-Spezialisten unterwarfen sich schnell, entwickelten Umschulungskursen, sie hätten sonst allesamt auswandern müssen.

Auch Frederik selbst war seither schwer beschäftigt, nicht, dass er es noch nötig gehabt hätte, das Patent allein arbeitete ja quasi von selbst, noch dazu hatte die Oma das Opageld enteist. Zwar litt dadurch ihre bislang unangefochtene Autorität bei ihrem Enkel – wenn meine Oma so was sinnvoll findet, sagte er einmal unter vier Augen zu David, kann ich sie unmöglich noch ernst nehmen. Frei nach Groucho Marx' dictio, er würde keinem Klub angehören wollen, der ihn als Mitglied aufnimmt –, aber bitte: Her mit dem Zaster!

Wie gesagt, er arbeitete keineswegs mehr wegen der Moneten, aber natürlich konnten die in der Aperiodik noch völlig unbeschlagenen Kriminologen unmöglich auf seinen großen Erfahrungsschatz verzichten. Natürlich war es nötig, sein Genie der Allgemeinheit zur Verfügung zu stellen – so Frederik wieder zu David.

So viel zum einerseits, andererseits wurde es aber auch sonst ein voller Erfolg, es ging ein in die Annalen der internationalen Kriminalgeschichte als *The fab five of the fab four* (lassen Sie sich das mal von meinem Lektor vormauscheln und Ihr Tag ist geritzt) – fünf Kacheln und vier Spezialisten.

Landauf, landab wurde gefliest und gekachelt, dass es eine Freude war. Die gemeine Kriminalität und jede Form der Illegalität wurden fortan praktisch im Keim erstickt, Frieden, Glück und Ordnung überzogen das Land mit ihrem fröhlichen Muster, kaum noch jemand hatte das Bedürfnis, irgendwas in Gelb anzupinseln, außer Simon und ein paar versprengte Kinder, die der BVG entkommen waren, aber das würde sich noch auswachsen – das Gelb natürlich, die BVG wird bleiben, da fährt die Eisenbahn drüber – und wieder zeigte sich ganz deutlich: Es siegt die Ästhetik über das Chaos.

Was auch immer das bedeuten mag.

135. Mit den Waffeln einer Frau

Abends trafen sie sich im *Tante*.

Frederik hatte neuerdings den Ehrgeiz, das provencalische Geschirr zu unterwandern, bei jedem Besuch tauschte er ein Teil gegen ein mitgebrachtes, antiprovencalisches aus, er erhoffte sich dadurch eine spürbare Verbesserung seiner Laune und, wie er Stanjic insgeheim anvertraut hatte, wenn ich das gesamte Geschirr einmal rundumerneuert habe, wenn kein provencalischer Ochse mehr im Tellerrund leidet und kein Mädel mehr mit dicken Waden in den Trauben stampft, genau dann wird aller Verdruss von mir abfallen und ich werde mich umdrehen und –

Die Frau deines Lebens wird vor dir stehen.

Ernsthaft jetzt, ich fühls.

Suppe ist alle, sagte David.

Und jetzt? Frederik nahm sich das letzte Stück Brot und wischte seinen Teller aus, geh doch in die Küche und hol welche.

David lehnte sich behaglich an Katharina, es wäre aber schöner, du würdest welche holen, sagte er treuherzig.

Ja eben, Konjunktiv, sagte Frederik.

Ist die schönere Welt, sagte David.

Wär die schönere Welt.

Komm, Frederik, Simon kippte die Schüssel, kratzte den Rest Suppe zusammen und hielt Filine den Löffel hin, wenn du für Nachschub sorgen würdest, wär das einfach dufte.

Das sagt heute kein Mensch mehr.

Aber wenn du gehst, gibts kein besseres Wort dafür und plötzlich ist es dann wieder in aller Munde.

Ihr schlagt mich mit meinen eigenen Waffen, oder?

Womöglich, sagte Katharina, begegnest du auf dem Weg in die Küche deinem Schicksal und es erlegt dich mit einem Schuss.

Das wären dann eher die Waffeln einer Frau, sagte David.

Waffeln? Frederik schaute sich nach Brot um, wieso Waffeln.

Ich weiß nicht, Frauen arbeiten einfach mit ganz anderen Methoden, aber du als Keksspezialist kannst da garantiert mithalten. Deine Freundin wird –

Was soll das, ich habe gar keine Freundin, wollt ihr mich fertigmachen?

Was ist los, Simon schenkte Wasser aus, bist du schicksalsmüde? An jeder Ecke könnte dein Lebensblatt sich wenden, wieso nicht unterwegs in Suppendingen.

Ihr habt gut reden, ihr sitzt hier mit den letzten Exemplaren der Frauen – Frauen übrigens, die alle meine Frauen sein könnten, hättet ihr mir nicht in die Suppe gespuckt –

Apropos Astronauten, sagte David, mein Biologielehrer, als Mann und Biologe ein absolutes Ass, hat gesagt –

Jaja, schon gut. Frederik nahm die leere Suppenterrine vom Tisch und machte sich auf den Weg in die Küche.

Und bring noch Brot mit, rief ihm Simon hinterher.

Und Butter, fügte David hinzu.

Viel Brot, rief Simon, Achtjährige müssen tüchtig essen, er zerteilte seine Brotscheibe und reichte die eine Hälfte dem Jungen neben ihm.

Ich bin aber schon elf, sagte der Junge.

Das ist, weil du immer so tüchtig gegessen hast, sagte Simon, weitermachen, dann bist du morgen schon zwölf.

Obacht, sagte David leise, die Oma kömmt, sie breiteten ihre Servietten aus und waren brav, und Käse, rief er Frederik hinterher.

Jaja, sagte Frederik, er drängelte sich durch die Gäste, die an der Theke auf einen Platz warteten, es war proppenvoll, klar. Sicher, es war immer schon voll gewesen, wegen dem Selbstläufer, neuerdings war es aber noch voller, neuerdings nämlich waltete und walkte Wolfram Siebeck höchstselbst in der Küche, immerhin hatte Frederik eine Wette gewonnen. Zumindest fast.

Ich habe sie nicht gewonnen, sagte er düster, im Job, sicher, ich habe jetzt einen Job und, ja, da läufts prima, aber meine Frau? Siehst du hier vielleicht irgendwo meine Frau? Ich nicht.

Auguste von Sydow tätschelte ihm begütigend die Wange, das kommt schon noch, sagte sie. Jetzt kommt erst einmal der Wolfram und zeigt uns, was er außer Wurst noch so auf dem Kasten hat, und dann isst du tüchtig und dann ergibt sich der Rest wie von selbst.

Ich wüsste nicht, sagte Frederik pikiert, wie in der Historie jemals einer durch essen zu einer Frau gekommen wäre, immerhin warst du selbst es, die uns darüber informiert hat, dass Frauen keine dicken Männer mögen, es sei, hast du gesagt, ein Irrtum.

In unserer Familie wird man nicht dick, sagte Frau Sydow zufrieden.

Darf ich dich, rief Frederik, vielleicht an deine zahlreichen Diäten erinnern, von wegen dickem Hintern?

Papperlapapp, seine Oma wischte das weg, ich hatte immer schon einen Hintern wie ein junges Fohlen, du verwechselst mich.

Frederik schüttelte ungläubig den Kopf, verwechseln, mit wem soll ich dich denn bitte schön verwechseln, dich kann man nicht verwechseln, glaub mir.

Vielleicht mit deiner Mutter.

Auf meine Mutter kommt mir nichts! Meine Mutter hat keinen dicken Hintern!

Frau von Sydow tätschelte ihm schon wieder die Wange, ah, das ist ein gutes Zeichen, dass du neuerdings deine Mutter in Schutz nimmst, ich würde sagen, du holst da in deiner psychischen Entwicklung was auf.

Omi! Du redest, als wärst du in Behandlung bei Dr. Huhn! Du redest, als hättest du mit David einen Literaturzirkel!

Ich bin bei Dr. Huhn und habe mit David einen Literaturzirkel!

Das stimmte. Dr. Huhn betörte einfach jeden, ob jung oder alt, er und Auguste von Sydow würden noch so manchen lustigen Plausch halten. Und: Zwar hatte David die Krise im Allgemeinen hinter sich, sein Interesse beispielsweise am Feng-Shui hatte wirklich merklich nachgelassen, nichtsdestoweniger befand er, er müsse ja nicht gleich alles über Bord werfen, das würde wiederum nicht für seine neu erworbene Fähigkeit zur Kontinuität sprechen. So blieb er also den fünf Tibetern treu, seinem Hang zu den falschen Büchern und zu Freud und seinen vielen Kindern, weil die Psyche ist ein weites Feld, ein weites und geheimnisvolles Feld und er war fest entschlossen, dorten noch so manche schöne Blume zu pflücken.

Aber ich merke, ich schweife ab! Wie konnte das nur passieren? Bislang zeichnet sich mein Bericht hier aus durch Stringenz und äußerste Knappheit und nun? Fange ich an zu pfuschen, komme ich etwa ins Schwadronieren und ins gesellige Plaudern, jetzt, wo es gilt, den Sack zuzumachen und das Buch wegzulegen? So haben wir nicht gewettet, liebe Freunde!

Also, um es kurz zu machen: Siebeck, da waren wir, Frau von Sydow war also der Meinung, die damalige Wette verloren zu haben und sie hatte ihre Wettschulden eingelöst, hatte beim Siebeck angerufen, beim Wolfram nämlich.

Wolfram, hatte sie ins Telefon gerufen, kennst du mich noch? Ich bin die Cousine von der Mutter von der Schwester –

Ja richtig!, rief der Wolfram begeistert, ich erinnere mich!

Und wirklich, so war es. Ein echter Sydow, Wolfram war ein echter Sydow. Und Siebeck? Ach, was hat ein junger Mensch nicht alles für Allüren! Hatte er sich einmal zugelegt, als Pseudonym nämlich, damit *meine wirkliche Arbeit bewertet wird und nicht der Ruhm und Glanz meiner alten Familie.* Na ja, über solche Kapriolen war er jetzt glücklich hinweg, ich meine, wenn bisher nicht seine wirkliche Arbeit bewertet wurde, stehen die Chancen nicht zum Besten, dass es noch mal so weit kommen würde, immerhin wird er demnächst hundert.

Kurzum, er kehrte zurück in den Schoß der Familie, nicht, dass er die Auguste nun gerade geheiratet hätte, ich meine, was ist mit Barbara? Barbara Siebeck, nunmehr von Sydow, kam natürlich mit und fortan herrschte er in der Küche des *Tante* über Töpfe und Pfannen und sie und Auguste von Sydow wurden beste Freundinnen und schwelgten in gemeinsamen Erinnerungen.

Welche da wären?

Keine Ahnung! Gehöre ich vielleicht zur Familie?

Ja, rufen Sie? Das sei, rufen Sie (Olaf übrigens auch) entrüstet, doch der Grund gewesen für meinen weihnachtlichen Aufenthalt auf dem Gutshof im Mecklenburgischen!

Ach wissen Sie, um ehrlich zu sein: Ich gehöre eher zu den Sydows im Herzen. Von Wolfram und Auguste von Sydow und ihrer Sandkastenfreundschaft weiß ich rein gar nichts. Ich fungiere hier nur als Chronistin, nüchterne Beamtin im Dienst der genauen Niederschrift. Ich erwähnte eingangs, dass ich mich, als Siebeck alias Sydow im *Tante* zu kochen begann, anfing, mit der Sache zu beschäftigen, und urplötzlich noch ganz anders involviert wurde, in, wie soll ich sagen, delikaterer Natur.

Mein Lektor stand schon an der Tür und setzte seine schicke Sonnenbrille auf, er drehte sich suchend nach mir um, also, rief er mir ungeduldig zu, mach mal hinne, dann holen wir uns Eis!

Habs gleich, rief ich, also noch schnell zum Schluss:

Delikaterer Natur also, aber keine Sorge, ich komme gleich darauf, wie gesagt, Frederik ist schon auf dem Weg in die Küche und ich wiederum komme gerade aus der Küche – warum? Das will ich Ihnen ja gerade auseinandersetzen, also:

Seither kocht im *Tante* der alte Sydow alias Siebeck. Gehen Sie mal hin, wenn Sie in der Gegend sind, da in der – Sakra, jetzt habe ich doch glatt die Straße vergessen!

Olaf nahm die Brille wieder ab und zog ungläubig ein Augenlid herunter, vergessen, jaja, meine Fahrradkarte willst du korrumpieren, so ist es doch!

Okay, was heißt vergessen, offen gestanden muss ich auch immer zuerst zum Alex fahren und von da aus finde ich dann qua Intuition hin, keine Ahnung, wie die Straße eigentlich heißt. Vielleicht fragen Sie sich einfach durch, à la: Entschuldigung, wissen Sie vielleicht, wo ich das *Tante* finde? Da wo der alte Sydow kocht, alias Siebeck? – Wie? Immer geradeaus, etwa 10 Kilometer und dann links?

Sie sind skeptisch? Müssen Sie nicht, Sie sind ja hier nicht in Österreich, wo man Sie immer konsequent in die falsche Richtung schickt. Der Berliner, er wird sofort merken, dass Sie nicht von hier sind, der Berliner findet so was exotisch. Der Berliner findet schon den Berliner von der anderen Seite der Mauer exotisch, da können Sies im Grunde immer nur richtig machen. Unter uns, probieren Sie dort mal den Kuchen, man sagt zwar, er sei der beste der Stadt und ich persönlich finde ihn immerhin annehmbar, aber da habe ich auch schon bessere gegessen, zum Beispiel in Österreich. Wäre das Land nicht derartig in der Krise, könnte man eventuell mal wieder hinfahren, aber so. Essen Sie ihn im *Tante*.

Essen Sie Kuchen im *Tante.*

Schließen Sie die Augen und denken Sie sich die Berge. Denken Sie an das Land am Strome und das Land der Dome, denken Sie an ein Land, heiß umfehdet, wild umstritten, liegend einem Erdteil inmitten, einem starken Herzen gleich, denken Sie an ein viel gerühmtes, viel geprüftes und viel geliebtes Österreich, denken Sie an das Heimweh, das einen jeden plagt, der ungekämmt ist und fern der Heimat. Denken Sie an David Stanjic und denken Sie an mich.

136. Tüten wirs ein

Aber genug der Sentimentalitäten! Wir haben noch was zu Ende zu bringen, noch ist nicht Zeit für den Kaffeeklatsch und das Fläzen in schwermütigen Erinnerungen, wir waren bei Frederik von Sydow, der nicht mehr mausallein auf diesem Planeten und auch nicht in dieser Stadt wollte wandeln, Sydow, der sich mitsamt leerem Suppenpott durch die dicht gedrängt wartenden Gäste drängelte, er drängelte sich vorbei an einer Frau –

An einer Frau?

Hübsch?

Surely!

Klug?

Aber hallo!

Charakter?

Top!

Und das sah man alles auf einen Blick?

Ja.

Das, sagte Olaf streng, willst du doch hoffentlich nicht so stehen lassen.

Ich winkte ab, alles im Dienste der Anonymisierung.

Ach so, Olaf nickte. Könntest du dann nicht noch ein paar gewinnende Zeilen über mich anbringen?

Von wegen Anonymisierung? Hübsch, klug und top Charakter?

Genau, sagte er erfreut, klingt doch super!

Ist leider kein Platz mehr, sagte ich, sorry.

Ach.

Ja, Vertretersitzung und so, weißt schon.

I see, sagte er, *I see*.

137. Noch ein Wort zum Konjunktiv

Er drängelte sich an ihr vorbei – nein, wäre ja sinnlos, drängelte quasi in sie hinein und so ganz plötzlich war hinfort die Suppenschüssel und der Unbill der Welt, entschwanden die Mengen und just das gesamte Café und es war, als wandele er in einem begrünten Innenhof, und es musste sein der begrünte Innenhof der Germanistischen Fakultät, vielleicht tief versunken in komplizierten Gedanken, brütend über einem allerneuesten literarischen Problem, vielleicht aber auch nicht, wandelte so dahin und in sie hinein und nachdem sich ihre und seine Skripten miteinander befreundend um den Springbrunnen – ach nein, nachdem die Terrine auf dem Boden zerschellte und in Abermillionen Einzelteile sich verpuffte, sagte ich:

Hoppala!

Das, sagte er, er hatte sich gebückt und zwei Teile der Suppenschüssel aufgehoben, richtete sich auf, das, sagte er –

Ich erhob mich ebenfalls und hatte ein Stück von der Schüssel in der Hand, das sagt heute kein Mensch mehr, sagte ich, ich lachte, ich weiß.

Wir lächelten uns an, während wir sinnlos das ein oder andere Stück der Suppenschüssel aufhoben und uns die windzerzausten Haare aus den Gesichtern strichen, denn es war Abend und Sommer und der Wind ist ein wilder Geselle und er wühlt in göttlichen Bärten und in jungen Herzen und Sydow würde sagen, willst du mich –

Und ich würde sagen, heiraten –

Und er würde sagen, ja!

Und ich würde sagen, willst du dir –

Und er würde sagen, meine Plätzchensammlung ansehen –

Und ich würde sagen: Umgekehrte Reihenfolge.

Und er würde sagen, stimmt.

Er würde mich ansehen und ich würde ihn ansehen und wir würden Stücke der Suppenschüssel in den Händen halten und der Wind würde uns die Haare zerzausen, die Herzen und die ganze Haut und das H wie ein Hauch würde uns anwandeln und um-

und umkehren von zuoberst bis zuunterst und er würde sagen, ich habe ein literarisches Problem. Ich brüte über einer komplizierten Sache. Ist, würde er fragen und die Scherben auf den Tresen legen und sich die Haare aus dem Gesicht streichen, ist der Konjunktiv die schönere Welt.

Und ich würde ihn an den Händen fassen und die Liebe ist ein schönes Tier und ich würde sagen, nein. Wär ja noch schöner.

Okay, sagte er, okay. Er holte tief Luft und eins, zwei und drei und Rhabarber Rhabarber und dann einfach nah an den Abgrund und da ist die Weite des Meeres, der Himmel und von allem anderen und die Augen zu und: Sprung.

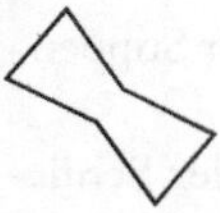

138. Meine wahre Identität

Ja, meine lieben Leser, ich muss nun wohl Butter an die Kartoffeln geben: An dieser Stelle haben mich die Ereignisse überrollt und auf ganz ungeahnte Art und Weise erfasst. Gewiss, Frederik und ich waren uns drüben in Pommern schon über den Weg gelaufen, aber denken Sie, wir hätten uns auch nur die Bohne füreinander interessiert? Mitnichten, ich hielt ihn für arrogant, eingebildet und frech und ich war für ihn der tollpatschige Backfisch, der kichernd in ein Loch auf Tante Hildegard fällt – allesamt nicht die besten Vorraussetzungen, um einander Liebespfeile in den relevanten Muskel zu schießen.

Wenn es Ihnen nichts ausmacht, würde ich mich aber doch gerne weiter im diskreten Personalpronomen tummeln, gerade wenn es – wie im folgenden Abschnitt – eher intim wird, ist mir das sonst unangenehm und ich fange womöglich aus Schamhaftigkeit an, weitschweifig zu werden.

Später nämlich wird er sie, in einer Nacht, während er schnurrend um ihre Hüften streicht, fragen, ob sie nicht vielleicht gerade ihren Vater anrufen wolle.

Jetzt?, wird sie rufen, auf keinen Fall!

Und sie wird ein paar Monate später einen Ball für ihn unter ihrem Kleid spazieren tragen, er wird endlich seine politische Forderung nach der Demokratisierung des Ballsportes umgesetzt haben, zumindest: a small step. Aber er plant noch Weiteres, nebulös ahnt er es am Horizont aufdämmern: seine eigene Fußballmannschaft. Nie mehr das Mitspielerproblem im Park, herrlich.

Und das Beste ist: alles in der Zukunft! Kein Konjunktiv weit und breit! Wenn das mal nicht ein Sieg der Realität ist! Und dabei: so ungemein kunstvoll!

Es wird kommen, so viel steht fest. Aber noch sind wir nicht ganz so weit, noch ist es ein Abend, nein, der Abend im Café, es ist der Abend, an dem er das Meer überblickte und die Weite der Himmel und alles anderen, und das war viel, das war: unendlich viel.

Es ist der Abend, an dem er Furcht empfand und trotzdem sprang. Und etwas Besseres hatte er in seinem Leben noch nie gemacht.

Moment mal!, rufen Sie da entrüstet, weil da kommt Ihnen doch so was wie Moral und ein Bedürfnis nach wie sichs gehört, wie heißt denn die Dame überhaupt?! Man kann doch nicht innert Sekunden jemandem seine Plätzchensammlung ans Herz legen und die Ehe antragen, man kann doch nicht so mir nichts dir nichts hineinhüpfen in die Wogen und das wonnigliche Auf und Nieder der Liebesdinge, man muss doch die Konvention wahren und das Gesicht, ein bisschen schöntun und sich interessieren, zum Beispiel, was machst du so? Und: Wie heißt du eigentlich.

Sie könnte dann zum Beispiel sagen, Flora.

Flora könnte ich sagen und das würde uns gut gefallen, nicht wahr? Sicher. Bloß hat er sie nicht gefragt, ist ihm gar nicht in den Sinn gekommen. Und drum wird das auch uns nun auf ewig und immer verborgen bleiben, leider. Vielleicht heißt sie Flora.

Vielleicht aber auch nicht. Vielleicht heißt sie Annemarie, warum nicht. Und die, damit müssen wir uns abfinden, kam noch nie in irgendeinem Ei vor. Annemarie ist eine Überraschung ohne Ei und ohne Schokolade, nicht, dass das Frederik zu irgendeinem Zeitpunkt seines folgenden Lebens gestört hätte. Weil es blieb überraschend und es war immer spannend und zum Naschen hatten sie auch was, immerhin war er der unangefochtene Held auf dem Feld der Plätzchen. Er war der Keksspezialist und bis anhin der Freund aller Frauen, jetzt ging er das Ganze exklusiver an, er war fortan der Freund dieser Frau und es war nicht so, dass ihm der schöne Rest ihres schönen Geschlechts im Geringsten abgegangen wäre, für ihn war der Rest gestorben, ausgestorben, aber das hatte er schon länger gesagt.

Annemarie. Warum nicht. Und wenn schon Frederik sich in dem Moment nicht im Geringsten dafür interessierte und auch nicht für ihre beruflichen Tätigkeiten, Sie, unbeleckt der Liebe zu Annemarie, möchten doch zu gerne wissen, was tut sie hier im *Tante*? Ist es Zufall? Schicksal gar? Alles beides, also eine über hundertprozentige Einlösung der astrologischen Versprechung? Vielleicht. Annemarie. Vielleicht arbeite ich als Journalistin, kam her ins *Tante,* um den neuen Koch zu interviewen, kann schon sein.

Lucky you!, sagte David später gut gelaunt manchmal zu ihm und haute ihm auf die Schultern und lucky me!

Und me!, sagte Simon daraufhin.

Und hatten sie nicht recht?

Doch.

139. Genug geschwätzt

Aber noch mal ein kurzer Switch zurück, weil noch sind wir nicht so weit, erinnern Sie sich? Er musste erst noch springen, alles der Reihe nach, denn alles muss seine Ordnung haben, weil, vergessen wir es nicht: Auch Frederik hatte sein persönliches Mosaik, auch er war der Eigner eines aperiodischen Systems und bislang war eine der Fliesen ein Wunsch gewesen und eine große Sehnsucht, sie war immer das *Schlumpfinchen* gewesen und jede Frau als mögliches Schicksal, sie hatte sich gewandelt in der Farbe und blieb doch dieselbe Form, sie hieß *Flora Flirt* oder anderswie und sie bleibt immer im Spiel, ob nun als Idee oder in Konkretion, das spielt keine Rolle, aber jetzt jedenfalls, jetzt wurde sie Fleisch und wahr und wirklich echt.

Ruckizucki jetzt!, rief Olaf, er hatte die Hand spähend an die Stirn gelegt, ich sehe schon Mathias! Mr Stoffwechsel ist schon tüchtig am Spachteln, der isst uns noch das ganze Eis auf, bring die Sache unter Dach und Fach!

Ich schrieb schnell die letzten paar Zeilen, dann packte ich den Rechner ein und trat mit meinem Lektor hinaus in einen sonnigen Tag, in ein herrliches Stück Welt und sah Mathias drüben mit einer gigantischen Tüte im Eissalon stehen, gleich würde ihm eine Kugel runterfallen, immer fiel ihm eine Kugel runter, es war sein Schicksal. Ich ging zu ihm rüber, weil ich war auch sein Schicksal. Ich denke, das ist ausgleichende Gerechtigkeit.

Schwätz nicht, rief Olaf, auf in die Schlacht!

Die letzten Zeilen, fragen Sie? Nun, es war um die verkehrte Reihenfolge gegangen, erinnern Sie sich? Heiraten, Plätzchensammlung anschauen und so, Seite 627 und folgende. Und es muss, in der Liebe wie auch sonst, alles seine hübsche Ordnung haben.

Und darum und dafür und vor allem für ein gutes Ende wie in einem schlechten Buch war es so:

Okay, sagte Frederik, okay. Er holte tief Luft und eins, zwei und drei und Rhabarber Rhabarber und dann einfach nah an den Abgrund und da ist die Weite des Meeres, der Himmel und von allem anderen und die Augen zu und: Sprung.

Willst du dir meine Plätzchensammlung ansehen, fragte er.

Ja, sagte ich.

Willst du mich heiraten, sagte er.

Ja, sagte ich.

Für die Möglichkeit der ruhigen und sorgenfreien Arbeit danke ich besonders dem Kanton St. Gallen und dem Land Österreich.

Mein ganz herzlicher Dank für jedwelche Unterstützung in den letzten Jahren geht an meine wunderbare, weitläufige Familie, natürlich an Frederik, ach was, Mathias!, und meine zauberhafte Tochter Flora, an meine hinreißenden Freunde, an diverse Sterndeuter, Feng-Shui-Techniker und die gesamte Hühnerzunft – sie alle machen das Leben zu einem heiteren, herrlichen und wirklich erstaunlichen Ort; weiters danke ich meinem höchst ausgefuchsten Lektor Olaf, Fabian alias David Stanjic, der in diesem Buch unerwartet noch einmal aufkreuzte, und allen anderen, die die Freundlichkeit hatten, hier mitzuwirken – sie alle sind auch im richtigen Leben genau so, wie sie im Buch vorkommen.

Ein Leser der Bücher von Kiepenheuer & Witsch scheut keine Mühen, auch
Orte und Straßen in Berlin:
A - Alexanderplatz
B - Unter den Linden
C - Brandenburger Tor
D - Großer Stern
E - Dorotheenstraße
F - Kaiserdamm
G - Königin-Elisabeth-Straße
H - Straße des 17. Juni
I - Bismarckallee
J - Chodowieckistraße
K - Helmholtzplatz
L - Winsstraße
M - Hufelandstraße
N - Raabestraße
O - Ostseestraße
P - Diefenbachstraße
Hamburg
Prenzlauer Berg
Tante
Grunewald
Berlin
Tante
Kreuzberg
Diefenbachstraße Nr. 34
Chicago
Mulhouse
Elsass-Lothringen
Frankreich
Weimar
Aix-en-Provence
Zürich
St. Gallen
Schweiz
Kufstein
Öst

die entlegensten Schauplätze höchstpersönlich zu inspizieren

eipen und Lokale: 1 - Cafe Liebling 2 - Küken und Kater 3 - Noch Schöner 4 - Schlechtes Versteck 5 - Blutiger Daumen 6 - Trattoria Gepetto

Saša Stanišić

Wie der Soldat das Grammofon repariert

Roman

320 Seiten, btb 73762

Aleksander wächst in der kleinen bosnischen Stadt Višegrad auf. Sein größtes Talent ist das Erfinden von Geschichten. Als der Krieg mit grausamer Wucht über seine Heimat hereinbricht, muss die Familie fliehen. In der Fremde eines westlichen Landes erweist sich Aleksanders Fabulierkunst als lebenswichtig: denn nur so gelingt es ihm, sich an diesem merkwürdigen Ort namens Deutschland zurechtzufinden und sich eine Heimat zu erzählen.

»Deutscher Buchpreis-Gewinner der Herzen!«
Gerrit Bartels, Tagesspiegel

»Diesen Roman muss man lesen, wie man Schokolade isst: nicht zu schnell und nicht alles auf ein Mal. Damit man zu jeder Zeit spürt, wie gut und besonders das ist, was man zu sich nimmt.«
Christine Westermann, WDR